무언의 속삭임

찰리파커 스릴러
A Charlie Parker Thriller

무언의 속삭임

The Whisperers

존 코널리 장편소설
전미영 옮김

openHouse

차례

마크 던, 폴 오라일리, 노엘 마헤르, 에밋, 헤거티에게 바침

프롤로그

전쟁은 신화적인 사건이다.
인간이 겪는 일 가운데 열정의 격통을 제외한다면……
우리가 신화적인 상황으로 전이되어 실재적 신이 되는 일이 달리 또 있을까?

제임스 힐먼,《전쟁에 대한 끔찍한 사랑》

바그다드

2003년 4월 16일

홀로 버려진 그 소녀를 기다란 중앙 회랑에서 발견한 것은 알-다이니 박사였다. 헌 옷가지와 부서진 가구들과 짐 싸는 데 쓰는 헌 신문지 아래, 소녀는 깨진 유리와 도자기 파편에 파묻히다시피 누워 있었다. 먼지와 어둠 탓에 웬만해선 눈에 띄지 않았을 터였지만 알-다이니 박사는 그런 소녀들을 찾아내느라 수십 년을 바친 사람이었다. 다른 사람들이라면 모르고 지나쳤을 곳에서 박사는 소녀를 알아보았다.

드러난 것은 소녀의 머리뿐이었다. 푸른 눈이 열려 있고 입술에는 희미한 붉은빛이 감돌았다. 박사는 무릎을 꿇고 앉아 소녀를 덮은 파편 무더기를 쓸어냈다. 고함치는 소리, 탱크들이 위치를 바꾸면서 덜컹거리는 소리가 밖에서 들려왔다. 갑자기 회랑으로 밝은 빛줄기가 쏟아져 들어왔다. 소리를 지르며 지시를 내리는 무장한 사람들의 모습이 보였다. 하지만 그들은 너무 늦게 왔다. 이 일은 그들의 우선순위에 있지 않았으므로 사태가 벌어졌을 때도 팔짱만 끼고 있었다. 그들은 이 소녀에게 관심이 없었다. 알-다이니는 달랐다. 박사는 처음 만났을 때도 한눈에 소녀를 알아보았다. 직접 만나기 전부터 좋아했던 소녀였고, 처음 눈길이 닿은 순간 소녀의 아름다움에 매혹되었다. 그날 이후 박사는 하루 중 한두 번은 반드시 짬을 내어 소녀와 함께 고요한 시간을 가졌다. 인사를 건넬 때도 있었고, 소녀의 미소에 조용히 미소로 답하며 그저 말없이 서 있을 때도 있었다.

그는 어쩌면 소녀를 살릴 수도 있겠다고도 생각했다. 하지만 조심스레 나뭇조각과 돌을 걷어내고 보니 당장 해줄 수 있는 일은 아무것도 없었다. 그에게는 아무런 의미도 없는 신성모독의 행위가 벌어지는 와중에 소녀의 몸은 산산조각 나고 말았다. 사고가 아니라 작정하고 한 짓이었다. 소녀의 팔과 다리를 짓밟은 구둣발 자국이 바닥에 어지럽게 찍혀 있었다. 소녀의 몸은 구둣발에 밟혀 그녀 아래에 깔린 모래알 만한 크기로 철저히 부서졌다. 얼굴이라도 최악의 폭력을 피할 수 있었던 것이 그나마 다행인지, 아니면 오히려 더 끔찍한 일인지 알-다이니 박사는 판단할 수 없었다.

"오, 애야." 소녀의 볼을 부드럽게 톡톡 치면서 박사는 속삭였다. 소녀를 직접 만지는 건 15년 만에 처음이었다. "놈들이 네게 무슨 짓을 한 게야? 놈들은 우리 모두에게 무슨 짓을 한 게야?"

이곳에 머물렀어야 했다. 소녀를 두고 떠난 것이, 소녀와 함께 다른 것들도 내버려둔 채 떠난 것이 잘못이었다. 하지만 무장 게릴라 조직 페다이와 미국인들이 정보국 근처에서 전투를 벌였다. 프리즈(건물의 윗부분에 그림이나 조각으로 띠 모양의 장식을 한 것-옮긴이)에 모래주머니를 쌓고 조각상에 기포 고무를 두르는 동안에도 총성과 폭발음이 연이어 들렸다. 침공이 시작되기 전에 보물 일부를 안전한 곳에 옮겨둔 것이 그나마 다행이었다. 전투는 여기서 채 1킬로미터도 떨어지지 않은 텔레비전 방송국으로까지 확산되었고, 박물관 단지 반대편에 있는 중앙 버스 정류장에서도 전투가 벌어졌다. 총성이 점점 가까워졌지만 박사는 이곳에 머무르자고 했다. 지하에 식량과 물이 저장되어 있었다. 그러나 다른 사람들은 너무 위험하다며 반대했다. 한 명을 제외한 모든 경비원들이 무기와 제복을 내던지고 달아나버렸고, 검은 옷을 입은 총잡이들이 박물관 정원에 모습을 드러냈다. 박물관 사람들은 정문을 잠그고 뒤쪽 출입구로 빠져나와 강을 건너 동부 지역으로 도망쳤다. 그들은 한 동료의 집에 머물면서 총성이 멎기를 기다렸다.

하지만 전투는 계속 이어졌다. 참다못해 메디칼시티 다리를 건너 되돌아가려 했지만 무장 군인들이 막아섰다. 그들은 어쩔 수 없이 다시 동료의 집으로 돌아가 커피를 마시며 더 기다렸다. 그곳에 너무 오래 머물렀는지도 모른다. 그들은 박물관으로 돌아가는 게 안전할지에 대해 논쟁을 벌이면서 시간을 흘려보냈다. 달리 방도가 있었던 것은 아니었지만 그렇다 쳐도 박사는 자신을 용서할 수 없었으며 죄책감을 떨치지도 못했다. 방치된 소녀는 유린당하고 말았다.

박사는 울었다. 먼지와 오물 탓이 아니라 분노와 아픔과 상실감 때문이었다. 울음을 멈출 수가 없었다. 구둣발 소리와 함께 다가온 한 병사가 그의 얼굴에 손전등을 비추었을 때에도 박사는 여전히 울고 있었다. 다가온 병사 뒤로는 또 다른 병사들이 있었고, 그들은 박사를 향해 무기를 겨냥했다.

"이봐요, 누구십니까?" 손전등을 든 병사가 물었다.

알-다이니 박사는 대답하지 않았다. 아니, 하지 못했다. 그의 마음은 온통 유린당한 소녀의 눈에 쏠려 있었다.

"영어 할 줄 압니까? 한 번 더 묻겠습니다. 당신은 누굽니까?"

알-다이니 박사는 병사의 목소리에 초조함이 묻어나는 걸 의식했다. 동시에 그 목소리에는 오만함도 서려 있었다. 정복자가 피정복자에게 과시하는 우월감이었다. 박사는 한숨을 내쉬며 눈을 치켜떴다.

"나는 무피드 알-다이니 박사입니다." 그는 눈을 비비며 말했다. "이 박물관에서 로마 유물을 담당하는 부관장입니다." 박사는 자기가 한 말에 대해 생각하느라 잠깐 말을 멈추었다. "아니, 로마 유물 담당 부관장이었지요. 지금은 박물관 자체가 없어져버렸으니까. 남아 있는 건 잔해뿐이군요. 당신들이 이렇게 만들었어요. 팔짱 끼고 구경만 하면서 박물관이 이 꼴이 되도록……."

그 말은 병사들뿐 아니라 자신에게 던지는 말이기도 했으나 입안에 씁쓸한 뒷맛만 남길 뿐이었다. 직원들은 화요일에 박물관을 떠났다. 토요일이 되자 박물관이 약탈당했다는 소식이 들려왔다. 그들은 피해를 추정하고 남은 것들을 지키기 위해 박물관으로 복귀하기 시작했다. 들리는 말에는 목요일에 수백 명이 박물관 담장 주위에 모였고, 그날부터 약탈이 시작되었다고 했다. 약탈자들은 이틀 동안 마음껏 박물관을 헤집고 다녔다. 박물관 내부자가 약탈에 관련되었고, 일부 경비원이 비장의 유물을 노렸다는 소문도 돌았다. 약탈자들은 운반할 수 있는 건 모조리 쓸어갔으며 가져갈 수 없는 것들은 파괴해버렸다.

알-다이니 박사와 몇몇 직원들은 미국 해병대 사령부로 가서 약탈자들이 다시 돌아올 우려가 있으므로 박물관을 보호해달라고 요청했다. 하지만 박물관에서 불과 15미터 떨어진 교차로에 배치된 미군 탱크들은 명령을 내세워 도움주기를 거절했다. 계속 그들을 압박해 경비를 세워주겠다는 약속을 겨우 받아냈으나 정작 그들이 온 것은 오늘, 수요일이었다. 알-다이니 박사는 미군들이 도착하기 직전에야 박물관에 올 수 있었다. 군 및 언론과의 연락을 맡고 있던 탓에 군대 내 여러 인물을 만나고 언론에 취재원을 연결시켜주느라 지난 며칠을 허비했다.

아주 조심스럽게, 박사는 부서진 소녀의 머리 부분을 들어올렸다. 수많은 시간이 흘렀어도 젊음을 간직한 소녀. 거의 4천 년이 지났는데도 소녀의 머리카락과 입과 눈에 칠해진 물감의 색깔을 알아볼 수 있었다.

"봐요." 박사는 흐느끼며 말했다. "보라고. 놈들이 이 아이한테 무슨 짓을 했는지."

병사들은 허연 먼지를 뒤집어쓴 노인과 그의 손에 들린 머리를 잠시 물끄러미 쳐다보다가 약탈당한 이라크박물관을 장악하기 위해 다시 움직였다. 병사들은 젊었다. 그들이 맡은 작전은 과거가 아니라 미래를 위한 것이었다. 최소한 여기서는 인명 피해는 없었다. 약탈 같은 건 일어나기 마련이다.

어쨌거나 지금은 전쟁 중이다.

알-다이니 박사는 병사들의 움직임을 지켜보던 눈길을 돌려 주위를 살펴보았다. 쓰러진 진열장 옆에 페인트가 튄 의복 견본 하나가 떨어져 있었다. 살펴보니 비교적 깨끗했다. 그는 소녀의 머리를 그 옷으로 꼼꼼히 감싼 뒤 운반하기 쉽게 네 귀퉁이로 매듭을 지었다. 박사는 간신히 몸을 일으켰다. 왼손으로 소녀의 머리를 들고 보니 자신이 지배자에게 보여줄 처형 증거를 손에 든 사형집행인처럼 느껴졌다. 그림 속의 소녀는 산 사람처럼 생생했다. 워낙 심한 충격에 휩싸인 터라 소녀의 절단된 목에서 피가 흘러나와 먼지로 뒤덮인 바닥에 붉은 꽃잎처럼 뚝뚝 떨어졌어도 박사는 놀라지 않았을 것이다. 주위에 있는 모든 것들이 한때 존재했던 것들을 떠올리게 했고, 벌어진 상처처럼 부재를 상기시켰다. 뼈대에 장식되었던 보석이 사라졌고, 조각난 뼈들이 흩어져 있었다. 조각상들은 머리가 떨어져 나갔다. 전체를 들고 갈 수 없어 핵심 부위만 떼어낸 것이다. 이상한 일이라고 그는 생각했다. 소녀의 머리 부분 또한 절묘한 아름다움을 간직하고 있는데 약탈자들은 알아채지 못한 모양이었다. 그게 아니라면, 소녀의 몸을 망가뜨린 작자는 이 세상에서 미의 한 조각을 없애버리는 데는 그걸로 충분하다고 여겼던 것일까.

박물관의 피해는 엄청났다. 기원전 3500년 무렵의 수메르 예술이 낳은 걸작이자 세계 최고(最古)의 돌조각 제례용 기물인 와르카 화병이 기단에서 잘려나갔다. 황소 머리가 달린 아름다운 리라는 금이 벗겨져 불쏘시개로 전락했다. 바셋키 상, 없어졌음. 엔테마 상, 없어졌음. 자연스러운 인간의 얼굴을 새긴 최초의 가면인 와르카 가면, 없어졌음. 박사는 박물관의 전시실을 차례로 둘러보면서 사라진 모든 것들을 그것들의 환영과 유령으로 채워넣었다. 여기는 상아 인장, 저기는 보석이 박힌 왕관. 거기 놓였던 것들이 현재의 잔해 위에 겹쳐졌다. 엄청난 손실에 망연자실한 그 순간에조차 알-다이니 박사는 마음속으로 박물관 수집품 목록을 만들고 있었다. 약탈당한 물품을 회수한다는 거의 불가능한 과제에 착수했는데 박물관의 기록이 유실되었을 경우에 대비해 귀중한 유물들의 시대와 출처를 기억에 새겨두려 애쓰고 있었다.

유물.

알-다이니 박사는 걸음을 멈췄다. 그의 몸이 살짝 흔들렸고 두 눈은 감겨 있었다. 지나치던 병사가 괜찮냐고 물으며 물을 건네주었지만, 마음속의 동요가 너무 큰 탓에 그 작은 친절에 고마움을 표시하지도 못했다. 대신 박사는 몸을 돌려 상대의 팔을 와락 움켜쥐었다. 병사의 손가락이 총의 방아쇠에 얹혀 있었다면 그 순간 박사의 고뇌가 끝나버릴 수도 있었던 위험한 움직임이었다.

"나는 무피드 알-다이니 박사입니다." 그는 다급하게 말했다. "여기이 박물관의 부관장이에요. 당신 도움이 정말로 필요합니다. 난 지하실로 가야만 해요. 가서 조사해볼 것이 있어요. 아주, 아주 중요한 일입니다. 내가 거기 들어갈 수 있도록 당신이 도와주어야만 해요."

박사는 자기 앞의 병사들, 어둑한 회랑에서 베이지색 형체로만 보이는 그들을 향해 몸짓을 해보였다. 박사의 바로 앞에 선 젊은 병사는 미심쩍은 기색이었지만 곧 어깨를 으쓱했다.

"그러려면 우선 제가 먼저 지나갈 수 있게 해주셔야겠는데요, 선생님." 병사는 기껏해야 스물한두 살이었지만 더 나이든 사람에게 어울림직한 안정감과 자신감을 풍겼다.

알-다이니 박사는 무례한 행동을 사과하면서 뒤로 물러섰다. 군복에 새겨진 그 병사의 이름은 '패챗'이었다.

"신분증명서는 갖고 있습니까?" 패쳇이 물었다.

알-다이니 박사가 박물관 신분증을 꺼냈지만 거기엔 아랍어만 나와 있었다. 그는 지갑에서 한 면은 아랍어, 다른 면은 영어로 된 명함을 찾아내 건넸다. 실내가 침침한 탓에 패쳇은 눈을 가늘게 뜨고 명함을 읽어보더니 돌려주었다.

"알겠습니다. 우리가 할 수 있는 게 있는지 가봅시다."

알-다이니 박사가 박물관에서 가진 직함은 두 가지였다. 로마 유물 부관장이라는, 그의 방대하고 심오한 지식과 아무런 보상 없이 어깨에 지워진 추가된 책임감에 비추어 한참 부족한 직함 이외에도, 박사는 목록에 올라 있지 않은 유물을 담당하는 큐레이터 직함도 갖고 있었다. 이름만 들어서는 그 작업이 얼마나 어렵고 힘든지 알 수 없다는 점에서 부관장 직함과 통하는 면이 있었다. 박물관의 소장품 목록 체계는 시대에 뒤처진 데다 복잡하기 짝이 없어 아직도 목록에 올리지 못한 유물이 수만 점에 달했다. 박물관 지하실은 유물이 잔뜩 쌓인 선반들로 미로처럼 변해 있었다. 유물은 상자에 든 것도 있고 그렇지 않은 것도 있었는데, 알-다이니 박사와 전임자가 목록 작업을 마친 것은 그중 극히 일부로 대부분은 금전적 가치가 거의 없는 유물이었다. 하지만 그 한 점 한 점은 알아볼 수도 없을 정도로 변형된 한 문명, 지금 세상과 철저히 분리된 한 문명의 흔적이자 표지였다. 지하실은 알-다이니 박사가 박물관에서 가장 좋아하는 곳이었다. 무엇이 발견될지 누가 알겠는가? 생각지도 못한 보물을 찾아낼 가능성도 있었다. 물론 지금까지는 보물을 거의 찾아내지 못했고, 분류하지 못한 소장품의 양도 좀처럼 줄지 않았다. 그도 그럴 것이 도기 조각 하나, 조상의 파편 하나를 공식적으로 박물관 기록에 등재할 때마다 십여 점이 새로 들어오는 식이었다. 정체가 파악된 물품이 늘어나는 것과 마찬가지로 미지의 유물도 점점 늘기만 했다. 헛수고에 불과하다고 말하는 사람도 있겠지만, 알-다이니 박사로 말하자면 지식과 관련된 문제에는 낭만적인 인물이었다. 발견을 기다리는 소장품의 양이 계속 늘고 있다고 생각하면 즐거워 어쩔 줄 몰랐다.

알-다이니 박사는 손전등을 들고 소장품의 계곡을 통과했다. 패챗 역시 손전등을 들고 그의 뒤를 따랐다. 문이 박살난 채 열려 있어 박사의 열쇠를 쓸 일은 없었다. 지하실은 숨 막힐 듯 더웠다. 미군이 침공하기 전에 전기가 끊기자 약탈자들은 기포 고무에 불을 붙여 횃불로 사용했고, 그 탓에 코를 찌르는 냄새가 공기 중에 떠돌고 있었지만 알-다이니 박사는 더위도 악취도 거의 의식하지 못했다. 그의 관심은 한곳, 오직 한곳에 쏠려 있었다. 지하실에도 약탈자들의 흔적이 남아 있었다. 선반이 뒤집히고, 크고 작은 상자의 내용물이 쏟아져 있었다. 약탈자들은 몇몇 기록을 불태우기도 했지만 관심을 끌 만한 물품이 없다는 걸 금방 깨달았는지 피해는 그리 심하지 않았다. 그렇지만 없어진 유물들이 분명히 있었다. 지하실 안쪽으로 걸어가는 동안 알-다이니 박사의 불안감은 점점 커졌다. 드디어 찾던 지점에 도착한 박사는 눈앞에 있는 선반의 빈 공간을 응시했다. 그 순간 거의 포기하긴 했으나 그래도 마지막 희망의 끈은 놓지 않았다.

"없어졌어요." 박사는 패챗에게 말했다. "제발 부탁입니다. 찾는 걸 도와주세요."

"뭘 찾으면 되는 겁니까?"

"납으로 만든 상자예요. 그리 크진 않아요." 알-다이니 박사는 두 손을 60센티미터 간격으로 벌려 보였다. "아무 무늬도 없고, 단순한 걸 쇠에 작은 자물쇠가 달려 있습니다."

두 사람은 함께 지하실을 열심히 수색했다. 패쳇이 분대장의 호출을 받고 간 이후에도 알-다이니 박사는 혼자서 계속 찾았다. 그날 내내, 그리고 밤에도 계속 지하실을 뒤졌지만 납 상자는 흔적도 없었다.

아주 귀중한 물품을 숨기려 한다면 무가치한 물건들과 함께 두는 게 괜찮은 방법이다. 낡은 옷 같은 걸로 싸서 평범한 곳에 던져두면 더 안심할 수 있다. 누구나 볼 수 있는 곳에 있으면서도 조금도 시선을 끌지 않도록 말이다. 박물관이라면 실제와는 전혀 다르게 분류해둘 수도 있다. 이 경우가 그랬다. 납 장식함, 페르시아제, 16세기, 크기가 약간 더 작고 봉인된 평범한 궤가 들어 있음. 궤는 붉은 칠을 한 철로 만든 것으로 보임. 날짜: 미상. 출처: 미상. 가치: 미소.

내용물: 없음.

이 모든 위장, 특히 내용물에 대한 거짓말에도 불구하고 누군가 납 상자 속에 든 궤에 가까이 다가간 사람이 있다면 궤 속의 무언가가 말을 한다고 생각할지도 모른다.

아니다, 말하는 것이 아니다.

속삭인다.

미국 메인 주, 케이프 엘리자베스
2009년 5월

  제 이름을 부르는 소리를 듣고 개가 비척거리면서 계단 꼭대기에 나
타났다. 그래선 안 된다는 것을 알면서도 개는 식구들의 침대 가운데
에서 자고 있던 중이었다. 부르는 목소리에는 꺼림칙한 일을 암시하는
건 전혀 없었다. 다시 한 번 부르는 소리가 들렸을 때는 목줄이 쩔렁거
리는 소리도 섞여 있었다. 개는 기쁨에 겨워 계단을 두 칸씩 뛰어 내려
가 내동댕이쳐지듯 바닥에 닿았다.

  데미안 패쳇은 손가락을 들어올려 개를 진정시킨 다음 목줄을 걸었
다. 따뜻한 날씨였지만 그는 녹색 배틀재킷을 입고 있었다. 개가 익숙
한 냄새를 감지하고 주머니에 코를 들이대자 데미안은 손을 내저어 쫓
았다. 아버지는 경영하는 식당에 나가 있었고, 집은 고요했다. 해질 무
렵이었다. 데미안은 개를 데리고 숲을 지나 바다 쪽으로 갔다. 햇살의
질감이 변하기 시작하면서 그의 뒤로 보이는 하늘에 붉은빛과 금빛이
번졌다.

  묶여 있는 데 익숙하지 않은 개는 목줄을 물어뜯었다. 산책할 때면
대개 자유롭게 돌아다니도록 해주었는데 오늘은 그렇지 않았다. 개는
힘껏 버팅기면서 불쾌감을 드러냈다. 게다가 데미안은 잠깐 멈춰서 킁
킁대며 냄새를 맡는 것도 허락하지 않았고, 오줌을 싸려하자 질질 끌
고갔다. 개는 불평하듯 깽깽거렸다. 근처 자작나무에는 말벌집이 있었
다. 지금은 회색 말벌집이 조용했지만 낮에는 공격적으로 윙윙대는 말
벌 천지였다. 며칠 전 개는 자작나무 수액이 나오는 곳을 헤집다 벌에

쏘인 적이 있었다. 배가 노란 딱따구리가 먹이를 찾아 나무껍질을 뚫어둔 덕분에 곤충들이며 새와 다람쥐가 달콤한 수액을 핥는 곳이었다. 그 자작나무에 가까워지자 벌침의 고통을 떠올린 개가 낑낑거리면서 앞으로 나가지 않으려 했다. 그러자 데미안은 개를 토닥여 진정시킨 뒤 방향을 바꿔 아픈 기억이 있는 장소에서 벗어났다.

어렸을 때 데미안은 벌과 말벌, 호박벌에 푹 빠져 살았다. 벌들의 집단은 봄에 형성된다. 전해 가을에 짝짓기를 한 뒤 몇 달간 잠들었던 여왕벌이 깨어나면서 왕국이 건설된다. 여왕벌은 목질섬유를 침과 섞어 종이 펄프 기둥을 만들고, 거기에 자손을 위한 육각형 방들을 하나씩 덧붙여나간다. 수정란에서 나온 암컷들을 위해 방을 만들고, 이어 미수정란에서 나온 수컷들이 살 방을 만든다. 데미안은 벌 왕국이 점차 확대되는 단계를 훤히 꿰고 있었다. 벌 왕국은 사춘기 때 그의 몸이 그랬듯 쑥쑥 커졌다. 특히 암컷들의 역할이 흥미진진했는데, 그건 데미안이 가부장적인 구식 가정에서 자란 탓이었다. 어릴 때는 당연히 결정권이 남자에게 있다고 생각했다. 어머니를 필두로 할머니들, 고모와 이모들, 사촌들이 영리하기 그지없는 방식으로 남자들을 뜻대로 조종한다는 것을 깨닫기 전까지는 그렇게 믿었다. 여기 이 회색 둥지에서는 여왕벌이 보다 공개적으로 지배권을 행사하면서 알을 낳고, 벌집을 방어하고, 새끼를 먹이면서 자기도 먹이를 공급받는다. 여왕벌은 몸을 떨어 알을 따뜻하게 해주기도 한다. 몸을 떠는 과정에서 만들어진 따뜻한 공기가 여왕벌이 직접 지은 종 모양의 방에 고여 있게 된다.

벌집에서 멀어지는 게 내키지 않는 듯, 데미안은 잎사귀에 가려 잘 보이지 않는 회색 벌집을 뒤돌아보았다. 그의 날카로운 눈이 거미줄과 개미집, 혈근초에 기어오르는 녹색 애벌레를 포착했다. 그때마다 그는 잠깐 발길을 멈추었다. 한 장면 한 장면을 눈 속에 담아두기라도 하려는 듯.

데미안이 걸음을 멈춘 곳에서는 바다 냄새가 났다. 누군가 그의 모습을 보았다면 울고 있다는 것을 뚜렷이 알아보았을 것이다. 얼굴이 일그러지고, 흐느낌 탓에 어깨는 떨리고 있었다. 그는 주위를 둘러보았다. 나무들 사이로 움직이는 무언가를 찾으려는 듯 고개를 좌우로 돌렸다. 하지만 새소리와 부서지는 파도 소리만 들릴 뿐이었다.

개의 이름은 샌디였고, 잡종이었지만 리트리버 혈통이 뚜렷했다. 이제 열 살이 된 개는 아버지의 개인 동시에 그의 개였다. 데미안이 오랫동안 집을 떠나 있었지만 개는 자기를 아껴주는 두 사람을 똑같이 사랑했다. 하지만 지금, 개는 젊은 주인의 행동을 도통 이해할 수 없었다. 젊은 주인 앞에서는 맘대로 해도 괜찮았는데. 데미안이 옆으로 다가가 어린 나무 둥치에 목줄을 묶자 개는 머뭇머뭇 꼬리를 흔들었다. 데미안은 몸을 일으켜 주머니에서 권총을 꺼냈다. 38 스페셜 연발 권총으로 스미스 앤드 웨슨 모델 10이었다. 데미안에게 총을 판 중개인은 주머니 사정이 나빠진 베트남전 참전 군인한테 샀다고 말했다. 그 참전 군인이 총을 판 것은 코카인 비용을 마련하기 위해서였고, 결국엔 코카인 때문에 목숨을 잃었다는 이야기를 데미안은 나중에서야 들었다.

그는 두 손으로 귀를 막았다. 오른손에 들린 총이 하늘을 향했다. 데미안은 고개를 흔들면서 눈을 질끈 감았다. "제발, 제발 그만해. 부탁이야. 제발."

그의 입꼬리가 처지고 코에서는 콧물이 흘러내렸다. 그는 귀에서 손을 떼고 온몸을 떨면서 개에게 총을 겨누었다. 총구와 개의 주둥이 사이 거리는 불과 몇 센티미터였다. 개는 몸을 앞으로 내밀고 킁킁대며 총 냄새를 맡았다. 개는 기름과 화약 냄새에 익숙했다. 데미안과 그의 아버지는 새 사냥에 자주 개를 데리고 나갔다. 총에 맞은 사냥감을 물고 주인한테 갖다주곤 했던 개는 사냥 게임을 예상하고 기대감에 차서 꼬리를 흔들었다.

"안 돼. 안 돼, 내가 그런 짓을 하도록 하지 마. 제발 그러지 마."

방아쇠에 걸린 그의 손가락에 힘이 들어갔다. 팔 전체가 부들부들 떨리고 있었다. 엄청난 의지력을 발휘해 그는 총구를 개에게서 치웠다. 그리곤 바다를 향해, 대기를 향해, 지는 해를 향해 비명을 질렀다. 그는 이를 악문 채 개의 목줄을 풀어주었다.

"가!" 데미안은 개에게 소리쳤다. "집으로 가! 샌디, 집으로 가라!"

개는 다리 사이로 감춘 꼬리를 여전히 살며시 흔들고 있었다. 그곳을 떠나고 싶지 않았다. 무언가 대단히 잘못되었다는 것을 감지했기 때문이다. 그러자 데미안이 개한테 달려와 엉덩이를 걷어차려 했다. 마지막 순간에 발을 내렸기에 얻어맞지는 않았지만 그 서슬에 놀란 개는 집 쪽을 향해 도망치기 시작했다. 잠깐 멈추고 데미안 쪽을 쳐다보았으나 그가 다시 자기 쪽으로 다가오려는 기색을 보이자 즉시 꽁무니를 뺐다. 이번에는 멈추지 않고 계속 달렸다. 총성이 울릴 때까지.

개는 머리를 곧추세웠다. 그러더니 천천히 몸을 돌려 왔던 길을 되짚어갔다. 젊은 주인이 어떤 사냥감을 쏘아 떨어뜨렸는지 궁금했다.

1부

나는 혼자 힘으로 싸웠다. 아무도 맞설 수 없는 그런 자들을 상대로.

—호머, 《오디세이》 1권

1

여름이 왔다. 만물이 깨어나는 계절이다.

북부에 위치한 이곳은 남쪽 지역과는 계절감이 다르다. 이곳에서 봄은 환상이다. 한 번도 지켜진 적 없는 약속이며, 검게 슨 눈과 서서히 녹는 얼음에 결박당한 채로 새 생명을 흉내내는 것일 따름이다. 자연은 해변과 습지에서, 숲에서, 스카버러의 해수 소택지에서 때를 기다리는 법을 배웠다. 2월과 3월에는 겨울이 지배권을 행사하도록 내버려둔다. 그동안 겨울은 싸움 없이는 단 1센티미터의 땅도 순순히 내주지 않으면서 서서히 위도 49도 선으로 퇴각한다. 4월이 다가오면 버드나무와 포플러, 개암나무, 느릅나무가 새들의 지저귐 속에서 봉오리를 맺는다. 나무는 피어날 준비를 마친 꽃들을 숨긴 채 가을부터 기다려왔다. 얼마 지나지 않아 습지는 진갈색 오리나무들로 뒤덮이고, 얼룩다람쥐와 비버들이 활동을 개시한다. 하늘에는 멧도요가 꽃처럼 피어나고, 거위와 찌르레기 무리가 파란색 들판에 뿌려진 씨앗처럼 점점이 흩어진다.

마침내 5월이 여름을 데려왔다. 만물이 깨어난다.

모든 것이.

창으로 쏟아져 들어온 햇살이 내 등을 따뜻하게 데워주었고, 내 잔
엔 커피가 새로 부어졌다.

"더러운 짓거리야." 카일 퀸이 말했다. 깔끔한 하얀 옷을 입은 카일
은 말쑥하고 몸집이 자그마한 남자로, 비드포드에 있는 팰리스 식당의
주인이었다. 그가 요리사를 겸하는 팰리스는 내가 지금껏 본 중에 가
장 청결한 간이식당이었다. 대개 간이식당에서 밥을 먹으려다 요리사
의 꼴을 보게 되면 항생제 코스를 주문해야 할 것 같은 심정이 되는데,
카일의 차림새는 깔끔함 그 자체고 주방에도 얼룩 한 점 없었다. 팰리
스의 위생 상태는 병원의 집중치료실 못지않았다. 외과 의사의 손도
카일의 손만큼 깨끗하진 못할 것이다.

팰리스는 메인 주에서 가장 오래된 식당차식 간이식당이었다. 매사
추세츠 주 로웰 소재 폴라드 사에서 주문 제작한 식당 차량은 몸체에
칠해진 빨간색과 흰색 페인트가 아직도 선명하고 깨끗했다. 여성용 화
장실이 딸려 있다고 알려주는 금색 글씨가 창에 붙어 있는데 마치 불
속에 쓴 글씨처럼 번쩍번쩍 빛났다. 팰리스는 1927년에 문을 연 뒤 지
금까지 소유주가 네 번 바뀌었고, 다섯 번째 소유주가 카일이었다. 아
침 식사만 팔고 정오가 되기 전에 문을 닫는 이 간이식당은 평범한 일
상생활을 좀더 견디기 쉽게 해주는 작은 보물 중 하나였다.

"그래요." 나는 카일의 말에 맞장구쳤다. "더러운 짓 중에서도 최악
이지."

내 앞의 카운터에 포틀랜드 프레스 헤럴드지가 펼쳐져 있었다. 1면 제일 하단, 접히는 부분 아래쪽에 이런 기사가 실려 있었다.

경찰관 살해 사건 수사 난항

기사의 주인공인 포스터 잰드로 경관은 사코 마을 경계선 바로 안쪽에 있는 옛 블루문 술집 뒤편에 주차된 자신의 트럭에서 총에 맞은 시체로 발견되었다. 당시 그는 비번이었고, 시체로 발견되었을 때의 옷차림도 민간인 복장이었다. 그가 블루문에서 무엇을 하고 있었는지는 아무도 몰랐다. 검시 결과 사망 추정 시간이 자정에서 새벽 2시 사이라는 점이 밝혀지자 수수께끼는 깊어졌다. 사람들로부터 사랑받지 못한 술집이 불타고 잔해만 남은 곳에서 그 시간에 무슨 볼일이 있었을까? 잰드로의 시체는 하루 일과를 시작하기 전에 담배를 피우고 커피를 마시려 블루문 주차장으로 차를 몰고 들어간 순회밴드 현장작업자에 의해 발견되었다. 그를 죽음에 이르게 한 것은 가까운 거리에서 발사된 22구경 총알 두 개였다. 하나는 가슴, 하나는 머리에 박힌 것으로 보아 전형적인 처형 방식을 암시했다.

"거긴 온갖 골칫거리를 불러들이는 곳이에요." 카일이 말했다. "불타고 남은 것들을 깡그리 밀어버렸어야 했는데."

"맞아요. 근데 그러지 않고 뭔가를 설치했었지요?"

"묘비예요. 샐리 클리버의 이름을 새긴 묘비."

카일은 나처럼 여태 눌어붙은 손님들에게 커피를 따라주러 걸어갔다. 노먼 록웰의 그림에 등장하는 인물들처럼 한 줄로 나란히 앉은 그들은 뭔가를 읽거나 목소리를 낮춰 조용조용 대화를 나누고 있었다. 펠리스에는 부스도 탁자도 없고 스툴만 열다섯 개 놓여 있다. 나는 입구에서 가장 먼 쪽, 제일 끝자리에 앉아 있었다. 오전 11시를 넘긴 시간이어서 슬슬 문을 닫을 때였다. 하지만 카일은 서둘러 사람들을 몰아내지는 않을 것이다. 여긴 그런 곳이다.

샐리 클리버. 그녀의 이름이 잰드로 살인 사건의 기사에 언급되었다. 그 이름은 이 지역의 자잘한 역사에서 대부분의 사람들이 잊고자 하는 이름이었고, 블루문의 관에 박힌 최후의 못이었다. 그녀가 죽은 뒤 블루문은 폐쇄되었고, 몇 달 뒤에는 불이 났다. 소유주가 방화 및 보험 사기 혐의로 심문을 받았지만 관례에 따른 조사일 뿐이었다. 나무 위의 새들은 클리버 가족들이 블루문에 성냥을 그었다는 것을 알고 있었고, 한마디라도 그걸 비난하는 말을 입에 올리는 사람은 아무도 없었다.

블루문이 문을 닫은 지도 거의 10년이 지났다. 엄밀히 말해서 그걸 슬퍼하는 사람은 전혀 없었다. 뻔질나게 드나들었던 술꾼들도 마찬가지였다. 동네 사람들은 그 술집을 '블루 무드'라고 불렀다. 들어갈 때보다 기분이 좋아져서 나오는 사람은 아무도 없었다. 눈앞에서 개봉된 것 외에는 입에 대지 않아도 그랬다. 블루문은 음산한 곳이었다. 벽돌 건물 위에 전구 네 개로 밝혀진 외부 조명은 번갈아가며 언제나 하나는 꺼져 있었다. 실내는 어둑한 조명으로 불결함을 가렸고, 술꾼들에게 안정감을 주려는 건지 스툴이란 스툴은 모조리 바닥에 주저앉아 있었다. 만성 비만자용 요리 교실을 연상시키는 빈약한 메뉴가 있긴 했지만 손님 대부분은 알코올 소비를 부추기기 위해 소금을 듬뿍 쳐둔 무료 땅콩 안주로 배를 채웠다. 영업시간이 끝나면 밥을 굶은 사람들이 남은 땅콩을 욕심껏 움켜쥐고 바텐더인 얼 핸리가 개수대 옆에 보관해둔 커다란 봉지 쪽으로 몰려들었다. 얼은 블루문의 유일한 바텐더였다. 그가 아프거나 술꾼들을 상대하는 것보다 긴한 용무가 있을 때면 블루문은 문을 열지 않았다. 하루치 알코올을 채워넣기 위해 술집을 찾은 사람들이 블루문의 문이 잠긴 걸 보았을 때 안도감을 느꼈을지 아니면 짜증을 냈을지는 정확히 알기 어렵다.

그러다 샐리 클리버가 죽었고, 블루문도 그녀와 함께 죽었다.

샐리 클리버의 죽음에 수수께끼는 없었다. 그녀는 스물세 살이었고, 친구들 사이에서 '클리피'라고 불린 클리프턴 안드레아스와 같이 살았다. 그녀는 웨이트리스로 일하면서 주급에서 얼마씩 떼어 따로 돈을 모은 것 같았다. 클리피 안드레아스를 죽이는 데 필요한 돈이었거나 안주용 땅콩에 쥐약을 섞을 것이라고 얼 핸리를 위협할 때 설득력을 더하기 위한 돈이었을지도 모른다. 나는 클리피 안드레아스 같은 부류의 인간을 잘 알고 있다. 그런 인간과는 가까이 하지 않는 게 상책이다. 클리피 안드레아스는 강아지를 보면 물에 빠트려 죽이려 하고, 벌레가 있으면 짓눌러 터뜨려야 직성이 풀리는 작자였다. 가끔 직장을 구해도 몇 달 만에 때려치웠고 '이달의 직원'으로 뽑힌 적은 한 번도 없었다. 그는 수중에 돈이 한 푼도 없을 때에만 일을 했다. 그나마도 빌리거나 훔칠 방도가 없고, 자기보다 약하고 형편이 어려운 사람에게서 뜯어내는 것도 마땅치 않을 경우가 되어서야 최후로 고려하는 대안이었다. 그에게는 나쁜 남자 특유의 얄팍한 매력이 있어 착한 남자는 약하다는 일반론을 믿는 여자에게는 먹혔다. 실은 그 여자도 연못 밑

바닥 진창에 빠지지 않은 정상적인 남자를 꿈꾸었으나 하는 수 없이 그런 남자 대신 다른 누군가를 진창 속으로 함께 끌고가려 한 것인지도 모르지만.

나는 샐리 클리버를 개인적으로 알지는 못했다. 아마도 자존감이 낮았을 테고 기대치는 더 낮았을 것이다. 클리피 안드레아스는 그녀의 자존감을 더 끌어내렸고 낮은 기대치조차 충족시켜주지 못했다. 어쨌거나 어느 날 저녁, 샐리가 힘겹게 모아둔 얼마 안 되는 돈을 찾아낸 클리피는 친구들을 불러 블루문에서 한바탕 신나게 놀기로 작정했고, 근무를 마치고 집에 돌아온 샐리는 돈이 없어진 걸 알고 그가 자주 가는 곳을 뒤졌다. 그녀가 클리피를 찾아냈을 때, 그는 그녀의 돈으로 블루문에 있는 유일한 코냑 병을 따서 마시는 중이었다. 샐리는 평생 처음으로 자기 권리를 주장하기로 결심했다. 그것은 마지막 주장이기도 했다. 샐리는 고함을 치며 달려들어 클리피를 할퀴고 머리카락을 쥐어뜯었다. 그러자 얼 핸리가 나서서 클리피에게 여자와 집안 문제는 밖으로 가지고 나가라고, 두 가지 문제를 수습하기 전에는 돌아오지 말라고 했다.

클리피 안드레아스는 샐리 클리버의 목덜미를 움켜쥐고 뒷문으로 질질 끌고 나갔다. 술집에 앉은 사람들은 그가 샐리를 마구 때리는 동안 그 소리를 듣고만 있었다. 다시 돌아왔을 때에는 클리피의 손가락 관절 부위가 까졌고, 두 손에는 피가 묻었으며, 얼굴에도 피가 튄 자국이 있었다. 얼 핸리는 그에게 새로 술을 한 잔 부어준 다음 샐리 클리버를 살펴보려고 슬그머니 밖으로 나갔다. 그때 이미 샐리는 피로 기도가 막혀 질식한 상태였고, 구급차가 도착하기 전에 블루문 뒷마당에서 숨을 거두었다.

같은 운명이 블루문에, 그리고 클리퍼 안드레아스에게 찾아왔다. 그는 8년을 복역한 뒤 교도소를 나왔는데 석방 두 달 만에 '정체불명의 공격자'에 의해 살해당했다. 범인은 클리퍼를 죽인 뒤 지갑에는 손도 대지 않고 시계만 가져가서 그것을 인근 배수로에 버렸다. 클리버 일가는 기억력이 좋다는 말이 떠돌았다.

그런데 이제 샐리 클리버가 질식사한 장소에서 불과 몇 미터 떨어진 곳에서 포스터 잰드로가 죽었고, 블루문 역사의 잿더미는 다시 파헤쳐지게 되었다. 주 경찰 당국은 경찰관의 죽음에 신경을 곤두세웠다. 멀리 거슬러 올라가 1924년, 에머리 구치 경관이 마타왐키그에서 일어난 교통사고에 휘말려 숨졌을 때부터 그랬다. 1964년 사우스베릭 은행강도 사건 때 최초로 경찰이 총에 맞아 살해당한 사건이 발생해 찰리 블랙이 죽었을 때도 마찬가지였다. 그런데다 잰드로 살해 사건에는 흑막이 있었다. 언론은 실마리가 없다고 보도했지만 떠도는 소문은 달랐다. 크랙 약병이 잰드로의 트럭 옆 땅바닥에서 발견되었고, 같은 약병의 파편이 시신의 발치에 흩어져 있었다고 했다. 체내에는 약물 복용 흔적이 없었지만 경찰 내부에서는 포스터 잰드로가 마약에 연루됐을 가능성을 우려하고 있었다. 사실로 밝혀진다면 누구에게도 좋을 게 없는 일이었다.

서서히 팰리스 식당에 빈자리가 늘어났다. 카운터에는 나밖에 남지 않았지만 나는 자리를 뜨지 않았다. 카일은 커피잔이 차 있는지만 확인하고 나를 그대로 내버려둔 채 정리를 시작했다. 일주일에 몇 번은 꼭 들르는 나이 지긋한 단골들 중 마지막 사람이 계산을 끝내고 나갔다.

나는 한 번도 사무실이라는 걸 가져본 적이 없다. 그럴 필요도 없었지만, 설사 필요했을지라도 효과가 비용을 상쇄할 거란 생각은 들지 않았을 것이다. 포틀랜드나 스카버러의 임대료가 상당히 싸다는 걸 감안해도 그랬다. 사무실 문제를 지적하는 고객은 몇 되지 않았고, 프라이버시나 신중함이 각별히 요구되는 경우에는 부탁만 하면 적당한 장소를 이용할 수 있었다. 가끔 프리포트에 있는 내 변호사의 사무실을 빌리는 일도 있었으나 변호사라는 존재를 혐오하는 사람들은 변호사 사무실에 가는 것을 싫어했다. 내게 도움을 구하러 오는 이들은 대부분 격식에 얽매이지 않는 방식을 선호했다. 대개는 내가 고객의 집으로 찾아가서 이야기를 나누지만, 주인의 분별을 믿을 수 있는 팰리스 같은 간이식당이 더 나을 때도 있다. 이번 경우엔 장소를 정한 것이 내가 아니라 예비 고객이었는데 나도 불만은 없었다.

정오가 조금 지나자 팰리스의 문이 열리더니 60대 후반의 남자가 들어왔다. 모자를 머리에 얹고, 체크무늬 셔츠 위에 L.L. 빈 재킷을 걸치고, 말쑥한 푸른 데님 바지에 워크부츠를 신은 모습이 전형적인 구식 양키의 모델이라 할 만했다. 전기 케이블처럼 마른 체격에 얼굴에는 세월의 풍파가 느껴지는 주름이 새겨졌고, 의외다 싶을 만큼 세련된 금속테 안경 뒤에서 밝은 갈색 눈동자가 반짝였다. 그는 이름을 부르며 카일에게 인사를 건넨 뒤 모자를 벗어 카일의 딸 타라에게 고개를 살짝 숙여 보였다. 카운터 뒤에서 청소를 하던 타라는 웃음 띤 얼굴로 그를 맞았다.

"반가워요, 패쳇 씨. 오랜만에 오셨네요."

타라의 목소리에 깃든 다정함, 눈동자의 반짝거림이 새로 도착한 손님이 최근에 겪은 고통을 말없이 위로하고 있었다.

카일이 주방과 카운터 사이의 쪽문으로 몸을 내밀었다. "진짜 식사가 뭔지 한번 보실래요, 베넷? 시장해 보이는데 뭔가 좀 드시면서 겸사겸사 어때요?"

베넷 패쳇은 싱긋 웃으면서 카일의 말이 머리 쪽에 맴도는 성가신 벌레라도 되는 양 오른손으로 공기를 철썩 내리치는 시늉을 해보이곤 내 옆자리에 앉았다. 패쳇은 다운스 다이너라는 식당을 40년 이상 운영해왔다. 1번 도로 상에 위치한 스카버러 다운스 경마장 가까이 있는 그 식당은 2차 대전에 참전했던 그의 아버지가 유럽에서 돌아온 직후에 시작한 곳이었다. 다운스 다이너에 가면 지금도 베넷 아버지의 사진이 벽에 걸려 있는데, 일부는 군 복무 시절 때의 사진으로 존경받는 패쳇 병장이 부하들에게 둘러싸인 모습을 보여준다. 아버지가 40대에 일찍 세상을 떠나자 베넷이 식당 사업을 물려받았다. 지금껏 살아 있으니 베넷은 아버지보다 수명이 긴 셈이다. 내가 우리 아버지보다 더 오래 살 운명인 것처럼 베넷도 그런 모양이었다.

그는 코트를 벗어 낡은 가스난로 가까이에 걸어두고는 타라가 권하는 커피를 받았다. 눈치 빠른 타라는 주방으로 아버지를 도우러 갔고, 베넷과 나 둘만 남았다.

"찰리." 악수를 하며 그가 말했다.

"잘 지내시는지요? 패쳇 씨." 이름이 아니라 성으로 부르려니 어색했다. 열 살이나 더 나이를 먹은 것처럼 느껴졌지만, 이런 유형의 사람을 만나면 상대가 편안한 호칭을 허락해줄 때까지 기다려야 한다. 그가 경영하는 식당의 모든 직원들이 그를 '패쳇 씨'라고 부른다는 걸 나는 알고 있었다. 그를 아버지처럼 생각하는 직원도 있겠지만 어쨌거나 고용주이니만큼 직원들은 그를 정중하게 대했다.

"베넷이라고 부르게. 이런 일에서는 격식을 따지지 않는 게 더 낫겠지. 자네를 제외하고는 사립 탐정과 대화를 해본 적이 한 번도 없다네. 그것도 자네가 우리 식당에 와서 밥 먹을 때 얘기를 나눈 것뿐이지만. 사립 탐정이라고는 TV나 영화에서 본 게 전부야. 그래서 말인데, 실은 자네 평판 때문에 약간 신경이 곤두서 있는 상태라네."

베넷은 나를 찬찬히 뜯어보았다. 그의 눈길이 내 목에 난 흉터에 잠깐 머물렀다. 지난해 총알에 맞은 자국이 영구 흉터로 남아 있다. 아무래도 요즘엔 여기저기 베이고 긁히는 게 생활이 된 모양이다. 내가 죽으면 내 시체를 진열장에 넣어두고 얻어맞거나 총상을 입거나 감전을 당할 가능성이 다분한 유사한 길을 가려는 자들에게 본보기로 삼을 수도 있으리라. 그게 아니면 단순히 내가 운이 없었던 건지도 모른다. 혹은 운이 좋았거나. 그건 물이 담긴 컵을 보는 관점의 문제다.

"들리는 말을 다 믿지는 마세요."

"그야 그렇지만. 그래도 걱정이 되는 건 마찬가지네."

나는 어깨를 으쓱해 보였다. 알 만하다는 듯 그가 슬쩍 웃음을 머금었다.

"이리저리 에둘러 말할 필요는 없겠지. 내게 시간을 내줘서 고맙네. 자네가 바쁜 사람이라는 건 알고 있으니까."

딱히 그렇진 않았지만 바쁠 거라고 생각해주면 고마운 일이다. 메인 주 경찰의 착오로 정지되었던 사립 탐정 면허가 올해 들어서야 회복되었기 때문에 이렇다 할 일거리 없이 지내는 중이었다. 최근에 맡았던 건은 지루하기 짝이 없는 보험 조사였다. 산재를 입었다고 주장하는 어떤 멍청이가 자기 집 마당에서 무거운 돌을 들어올리는 장면을 포착하기 위해 차에 죽치고 앉아 책을 읽으며 시간을 때웠다. 그나마도 경제가 이 모양이다 보니 보험 조사 건도 많지 않았다. 메인 주 사립 탐정 대부분이 일거리가 없어 힘든 상태였고, 나 또한 들어오는 일은 무엇이든 맡을 수밖에 없는 입장이었다. 마치고 나면 표백제 속에서 목욕을 하고 싶어지는 그런 일거리도 감지덕지였다. 한동안은 해리 밀너라는 남자를 따라다녔다. 평범하게 일을 하고 야구 연습장에 아이들을 데려다주는 와중에도 모텔과 아파트 곳곳에서 세 여자를 상대하는 자였다. 외도를 의심해 조사를 의뢰한 그의 아내는 남편이 프랑스 소극의 등장인물처럼 여러 여자와 얽혀 있다는 것이 드러났을 때도 그다지 충격을 받지 않았다. 그 남자의 시간관리 기술과 넘치는 에너지는 감탄을 자아냈다. 밀너는 나보다 불과 서너 살 많았는데, 만약 내가 일주일에 네 여자를 만족시켜야 했다면 부어오른 물건을 식히려고 얼음에 몸을 담그다 심장 발작을 일으켰을 것이다. 어쨌거나 그 일이 한동안 내가 맡은 일거리 중 제일 짭짤했고, 지금은 시간을 죽이기 위해 한 달에 며칠씩 포레스트가의 그레이트 로스트 베어 술집에서 일하고 있다.

그래서 나는 "생각하시는 만큼 바쁘지는 않습니다" 하고 대답했다.

"그럼 찬찬히 이야기를 들어줄 수 있겠군."

나는 고개를 끄덕인 다음 말했다. "자세한 얘기를 나누기 전에 우선 데미안 일에 애도를 표하고 싶습니다."

나는 그의 아버지와 마찬가지로 데미안 패쳇에 대해서도 잘 알지 못했고 장례식에 참석하지도 않았다. 신문에서는 신중을 기해 보도했지만 데미안이 어떻게 죽었는지는 누구나 알고 있었다. 사람들은 전쟁 탓이라고 소곤거렸다. 명목상 자살일 따름이었다. 그를 죽인 것은 이라크였다.

베넷의 얼굴이 고통으로 일그러졌다. "고맙네. 짐작했겠지만 자네를 만나려 했던 건 그 일과도 약간 관련이 있어. 이런 얘기를 꺼내려니 좀 우습다는 생각도 드는군. 자네가 하는 일, 살인자를 추적하는 그런 일과 비교하자면 내가 제안하려는 얘기는 상당히 따분한 축에 들 거야."

불륜이 저질러지는 모텔방 밖에서 대기하는 일이나 가짜 환자가 허리를 굽히기를 기다리며 대시보드에 카메라를 얹어두고 몇 시간씩 차에 죽치고 앉아 있는 일이 어떤 것인지 말해주고 싶었지만 참았다.

"때로는 그런 따분한 일들이 기분 좋은 변화를 가져오기도 하지요."

"그렇지. 나도 그렇게 생각하네."

그의 눈길이 내 앞에 펼쳐진 신문으로 향했다. 다시 그의 얼굴이 일그러졌다. 샐리 클리버. 그제야 생각이 미쳤다. 빌어먹을, 베넷이 오기 전에 신문을 치웠어야 했는데.

사망했을 당시 샐리 클리버가 일한 곳이 다름 아닌 다운스 다이너였다.

그는 커피를 홀짝이면서 족히 3분이 지나도록 아무 말도 하지 않았다. 베넷 패챗 같은 사람들은 만사에 서두르는 법이 없었다. 그렇지 않았다면 나이 들어 건강을 유지하지도 못했을 것이다. 그들은 메인 주의 시간관념에 따라 움직인다. 그런 사람들을 상대하려면 가능한 빨리 거기에 맞춰 시계를 조정해두는 게 좋다.

"우리 식당에서 웨이트리스로 일하는 아이 얘기야." 마침내 그가 입을 열었다. "좋은 애지. 자네도 개 엄마는 알 것 같은데? 왜, 케이티 에모리라고 있잖나."

그다지 얼굴을 마주친 적은 없었지만 케이티 에모리는 나와 스카버러 고등학교 동창이었다. 그녀는 운동선수를 좋아하는 소녀였는데, 나는 운동선수가 별로였고 그런 남자들과 어울리는 여자도 좋아하지 않았다. 아버지가 돌아가신 뒤 스카버러로 돌아온 당시의 나는 누구와도 어울릴 기분이 아니어서 사람들과 거리를 두었다. 지역 학교에는 오래전에 형성된 패거리가 있으므로 끼고 싶었다 해도 쉬운 일이 아니었다. 나중엔 내게도 몇몇 친구가 생겼지만 그래도 너무 많은 아이들과 얽히는 건 피하며 지냈다. 나는 케이티를 기억하고 있었다. 하지만 그 특별한 사건이 없었다면 그녀가 나를 기억하고 있을지는 의문이었다. 그 일로 내 이름이 몇 년 동안 신문에 실렸으므로, 케이티 에모리도 학교교육 과정의 최종 2년을 스카버러에서 보낸 소년, 경찰이었던 아버지에 얽힌 이야기를 꼬리표처럼 달고 다니던 소년을 기억할 것이다. 자살하기 전에 두 젊은이의 목숨을 앗은 경찰을 아버지로 둔 소년을.

"케이티는 어떻게 지냅니까?"

"에어라인 근처 어딘가에 살고 있다네." 브루어와 캘리스 사이를 달리는 9번 도로를 이 지방 사람들은 에어라인이라고 부른다. "세 번째 결혼이야. 음악가와 살고 있어."

"그런가요? 그녀를 잘 알지는 못해서요."

"다행이군. 그렇지 않았다면 지금 자네가 그녀와 동거하고 있을지도 모르지."

"그럴 수도 있겠네요. 예쁜 소녀였거든요."

"지금도 그럭저럭 괜찮은 편에 들 테지. 자네가 기억하는 것보다 허리가 좀 굵어지긴 했겠지만 지금 봐도 알아볼 수 있을 거야. 엄마의 젊은 시절 모습이 딸에게도 남아 있지."

"딸은 이름이 뭡니까?"

"캐런. 캐런 에모리. 그 애 엄마가 첫 결혼에서 얻은 유일한 아이야. 아버지가 도망친 뒤에 태어나서 엄마 성을 따랐지. 우리 식당에서 일한 지는 1년이 좀 넘었고. 아까도 말했지만 좋은 애라네. 지금 캐런한테 문제가 좀 있는데 잘 헤쳐나갈 거라고 생각해. 필요한 도움을 받기만 한다면 말이야. 도움을 요청할 만큼 지각 있는 아이기도 하고."

베넷 패쳇은 유별난 사람이었다. 몇 년 전 세상을 떠난 아내 헤이즐과 그는 자기 식당에서 일하는 사람들을 단순한 직원이 아니라 확대가족의 일원으로 여겼다. 두 사람은 다운스를 거쳐간 여자들에 각별한 애정을 쏟았다. 몇 년을 근무했건 겨우 몇 달 만에 그만두었건 마찬가지였다. 베넷과 헤이즐은 어려움을 겪는 여자들, 혹은 안정감이 필요한 여자들을 한눈에 알아보았다. 캐묻거나 설교를 늘어놓진 않았고, 그런 여자들이 다가오면 그저 귀를 기울여 이야기를 들어주면서 도울 수 있는 한 힘껏 도왔다. 패쳇 부부는 사코와 스카버러 근처에 소유한 건물 몇 채를 저렴한 숙소로 개축해 직원들에게 살 곳을 제공했다. 비슷한 생각을 가진 사람들이 운영하는 사업체의 일부 직원들도 받아들였다. 그 아파트에서는 남녀가 함께 사는 것이 허용되지 않았다. 남자는 남자끼리, 여자는 여자끼리 방을 써야 했다. 눈을 피해 이성을 끌어들이는 일이 전혀 없지는 않았지만 흔히 짐작할 수 있는 것보다는 그런 일이 드물었다. 패쳇의 제안을 받아들여 숙소에 머문 사람들은 대부분의 경우 행복하게 지냈다. 육체적인 의미에서만이 아니라 정신적, 정서적으로도 그랬다. 많은 사람들이 아예 그곳에 터를 잡았고, 그 과정에서 인생의 의미를 되찾았다. 물론 일부는 그러지 못했지만, 어쨌거나 패챗 부부 밑에서 일하는 동안에는 두 사람과 선배 직원들이 보살펴주었다. 샐리 클리버의 죽음으로 심한 타격을 받긴 했으나 오히려 그 뒤 부부는 직원들을 더욱 세심히 보살폈다. 베넷은 아내가 죽자 크게 상심했지만 직원들을 대하는 태도는 조금도 바뀌지 않았다. 이제 그에게 남은 것은 직원들이 전부였고, 그는 식당에서 근무하는 모든 여자들의 얼굴에서 샐리 클리버의 모습을 보았다. 지금은 청년 직원들에게서 데미안을 보고 있는지도 모른다.

"캐런이 어떤 남자를 만났는데 아무래도 그 사람이 마음에 걸려. 그 애는 고햄 로드 위쪽에 있는 직원 숙소에 살고 있었지. 데미안하고 사이가 좋았네. 내가 보기엔 데미안이 그 애한테 반했던 것 같아. 하지만 그녀는 데미안의 친구한테 마음이 있었어. 조엘 토비아스라고, 이라크에 함께 있었던 녀석이야. 데미안의 분대장이었어. 데미안이 죽고 나자, 어쩌면 그 전부터인지도 모르지만, 캐런과 토비아스가 사귀게 되었어. 그런데 토비아스는 이라크에서 겪은 일 탓에 문제가 있다고 하네. 눈앞에서 친구들이 죽었다나봐. 눈앞에서라는 건 문자 그대로의 의미야. 그의 팔에 안겨 피를 흘리며 죽어갔다고 하네. 토비아스는 한밤중에 비명을 지르며 깨어나서 땀을 뻘뻘 흘린다고 해. 캐런은 그런 그를 자기가 도울 수 있다고 생각하고 있고."

"그녀가 당신한테 그런 이야기를 하던가요?"

"아니. 다른 웨이트리스에게 들었어. 캐런은 그런 사적인 얘기를 내게 하지 않아. 그런 얘기라면 아무래도 같은 여자들끼리 통하겠지. 게다가 만난 지 얼마 되지도 않았는데 토비아스한테로 이사하겠다면 내가 찬성하지 않을 거라는 것도 알았을 테고. 내가 너무 구식인지도 모르지만 나는 시간을 갖고 좀 기다려보는 게 좋을 거라고 생각했지. 캐런한테도 그렇게 말했다네. 두 사람이 만난 지 2주일도 채 안되었을 때였거든. 그래서 너무 성급한 게 아니냐고 그 애한테도 말했지. 하지만 아직 어린애야. 자기 마음은 자기가 안다고 생각하니 간섭할 수도 없었네. 그래도 식당에서는 계속 일하고 싶다고 했어. 그건 다행이었지. 다른 곳도 마찬가지지만 우리도 요즘은 상황이 그다지 좋지 않지만, 나야 거기서 생활비 정도만 나오면 되니까. 지금도 그 정도는 되고, 약간씩 저축도 하고 있네. 직원을 더 늘릴 필요는 없어. 아니, 실은 기존에 있는 사람들도 전혀 필요 없을지도 모르지. 하지만 그들에겐 일자리가 필요해. 노인이 되면 젊은 사람들이 주위에 있는 게 좋기도 하고."

커피잔을 비운 그는 카운터 저편에 놓인 포트를 애타게 쳐다보았다. 텔레파시가 통하기라도 했는지 준비실을 청소하던 카일이 고개를 들고 말했다. "원하시면 포트에서 커피를 따라 드세요. 어차피 남으면 버려야 하니까."

베넷은 카운터 반대편으로 돌아 들어가 우리 두 사람의 잔에 커피를 따랐다. 커피를 따른 다음에도 그는 창밖에 보이는 낡은 법원 건물을 쳐다보면서 잠시 그대로 서 있었다. 할 말을 생각하는 것 같았다.

"토비아스는 그 애보다 나이가 많아. 30대 중반이지. 나이도 많고, 너무 엉망이야. 캐런 같은 여자한테는 가당치 않네. 이라크에서 부상을 당해 손가락 몇 개를 잃고 왼쪽 다리를 다쳤어. 지금은 트럭을 몰고 있다네. 독립 계약자야. 자기는 그렇게 부르고 있지. 그런데 일하는 게 너무 드문드문해. 전에는 날마다 데미안과 어울렸고, 지금은 캐런과 그러고 있네. 운전으로 생계를 유지하는 사람치고는 너무 심해. 마치 돈 걱정 같은 건 하지 않듯이 말이야."

베넷은 크리머를 따서 커피에 넣었다. 다시 잠깐 멈춤. 지금 하는 얘기를 두고 장시간 숙고했던 게 분명했지만 모든 걸 드러내놓고 말하는 데는 여전히 조심스러웠다.

"자네도 알겠지만, 나는 군에 대해 존경심을 품고 있네. 그러지 않을 이유가 없지. 아버지도 군인이었으니까. 시력이 그렇게 나쁘지만 않았으면 나도 베트남에 갔을 거야. 그랬으면 지금 자네와 이런 이야기를 나누지 않았을지도 모르지. 여기 이렇게 앉아 있는 게 아니라 어딘가 하얀 묘석 아래 묻혀 있겠지. 누가 알겠나, 전혀 다른 사람이 되었을 수도 있지. 지금보다 훨씬 나은 사람이 되었을지도.

이라크에서 벌어진 전쟁이 옳은지 그른지 나는 모르네. 많은 목숨이 희생되었는데 대의명분도 없고 갈 길이 아주 먼 것 같기는 하지만. 또 모르지, 나보다 현명한 사람들은 내가 모르는 걸 알고 있을지도. 하지만 그보다 더 심각한 건 이라크에서 돌아온 이들이 받아야 할 보살핌을 제대로 받지 못하고 있다는 사실이네. 내 아버지만 해도 그래. 그분은 2차 대전에서 부상을 당했지만 정작 당신은 그 사실을 몰랐지. 전쟁터에서 자신이 한 일과 보았던 일들 때문에 마음이 망가졌던 거야. 당시에는 그런 게 병으로 간주되지 않았어. 그게 얼마나 심각한 일인지 사람들이 몰랐던 탓일 수도 있겠지. 조엘 토비아스가 다운스에 왔

을 때 나는 그자도 망가져 있다는 것을 알아볼 수 있었다네. 손과 다리
뿐 아니라 내면에도 상처를 입은 거야. 분노로 마음이 갈가리 찢겨 있
었어. 그에게서는 분노의 냄새가 풍겼고, 눈동자에도 분노가 담겨 있
었네. 그런 얘기를 다른 사람에게 할 필요는 없었지만 말이야.

그렇다고 내 말을 오해하진 말게. 그도 다른 사람들만큼 행복해질
권리가 있어. 그가 치른 희생을 생각하면 남들보다 더 행복해져야 하
는지도 모르지. 그가 받은 상처가, 정신적이든 육체적이든, 그 상처가
행복해질 권리를 부정하는 건 아니야. 일반적인 경우라면 캐런 같은
여자가 그에게 어울릴지 모르지. 그 애도 상처를 받았으니까. 구체적
인 내용은 모르지만 그 애에게 뭔가 상처가 있는 건 사실이고, 그 때문
에 자기와 같은 부류의 사람을 보면 마음을 잘 헤아려. 선량한 사람이
라면 그 애를 통해 치유되겠지. 그 애를 이용하려 들지 않는다면 말이
야. 하지만 조엘 토비아스는 선량한 사람이 아니야. 요컨대 이런 얘기
라네. 그는 캐런한테 맞지 않아. 분명 뭔가 문제가 있어."

"당신은 어떻게 그걸 알 수 있나요?"

"알지 못해." 그의 목소리에 좌절감이 묻어났다. "확실히는 몰라. 그
냥 육감이야. 그렇긴 해도 단순한 육감은 아니라네. 그자는 자기 소유
의 대형 트럭을 모는데, 그게 간호사의 팔에 안긴 아기처럼 신품이란
말일세. 대형 실버라도도 갖고 있는데 그것도 새 차야. 포틀랜드의 근
사한 집에서 살고 돈도 있어. 그 돈을 흥청망청 뿌려대지. 나는 그런
게 마음에 들지 않아."

나는 기다렸다. 할 말을 신중히 골라야 했다. 베넷의 얘기를 의심한
다는 기미를 풍기고 싶지 않았지만, 자기가 책임진 젊은이들에 관한

문제에서는 그가 지나치게 방어적이게 될 수도 있다는 것을 염두에 두어야 했다. 그는 샐리 클리버를 지켜주지 못한 잘못을 벌충하기 위해 지금도 애쓰고 있다. 샐리에게 벌어진 일을 막을 수 없었다 해도, 그 일이 그의 잘못이 아니었다 해도.

"글쎄요, 전부 대출금일 수도 있어요. 최근까지도 5센트만 현금으로 지불하고 새 트럭을 뽑을 수 있었거든요. 부상에 대한 보상금을 받았을 수도 있습니다. 그저 당신이……"

"그 애가 변했다네." 너무 조용한 어조로 말해서 자칫 놓칠 뻔 했으나 그 속에 배어 있는 격렬한 감정이 그가 하는 말의 중요성을 드러냈다. "그자도 변했고. 그 애를 만나러 올 때 보고 알았네. 밤에 제대로 자지 못하는 것처럼 상태가 좋지 않았어. 전보다 더 나빠졌더군. 최근엔 캐런도 마찬가지야. 며칠 전에는 화상까지 입었다네. 떨어지는 커피포트를 잡으려다 뜨거운 커피에 손을 데었어. 그 애가 부주의했던 거지만 그런 부주의는 피곤에서 온 거였네. 전부터 마른 편이었는데 요즘엔 살이 더 빠졌어. 게다가 아무래도 그자가 캐런한테 손을 대는 것 같아. 얼굴에 멍든 자국이 있었어. 문에 부딪쳐서 그런 거라고 하는데 누가 그런 말을 믿겠나."

"그녀와 얘기하려 해보셨나요?"

"해보긴 했지만 워낙 방어적으로 나와서 말이지. 아까도 말했지만, 그 애는 그런 개인적인 부분을 남자한테 얘기하는 걸 꺼리는 것 같아. 그래서 그때는 강하게 밀어붙이지 않았다네. 그러다 아예 내치는 꼴이 될까봐. 그래도 여전히 그 애가 걱정이 된다네."

"제게 맡기시려는 일은 뭔가요?"

"자넨 아직도 풀치 패거리와 알고 지내지? 그 패거리를 시켜 토비아스를 좀 두들겨 패주면 어떨까? 잠자리를 같이 할 딴 여자를 찾아보라고 말이야."

짐짓 농담처럼 말했으나 풀치 패를 만나고 싶은 게 어느 정도는 진심이라는 사실을 나는 알 수 있었다. 여자한테 손찌검을 하는 자를 풀치 패거리한테 던져주면 좋아라 달려들어 전쟁 무기에 버금가는 위력을 보여주긴 할 것이다.

"그런 방법은 통하지 않을 겁니다. 여자가 문제의 남자를 가엾게 여길 수도 있고, 남자는 여자가 남들에게 입을 놀린 결과라고 생각할 수도 있어요. 그러면 더 나빠질 겁니다."

"그렇군. 제법 괜찮은 생각이라고 여겼는데. 그 방법을 택할 수 없다면 자네한테 토비아스에 대한 조사를 의뢰하고 싶네. 그자에 대해 자네가 파낸 걸 알고 싶어. 그자와 거리를 두는 게 낫다고 캐런을 납득시킬 수 있는 거라면 뭐든 좋네."

"할 수 있을 것 같습니다. 하지만 그런다고 그녀가 당신한테 고마워하지 않을 가능성도 있어요."

"그건 내가 감수하도록 하지."

"제가 받는 비용을 알려드릴까요?"

"내게 바가지를 씌울 작정인가?"

"아니요."

"그렇다면 이 금액에 걸맞은 일을 해줄 걸로 생각하겠네." 그는 봉투 하나를 카운터 위에 올려놓았다. "2천 달러가 들어 있네. 그 금액이면 얼마나 일해줄 수 있나?"

"충분합니다. 혹시 비용이 더 필요해지면 그때 말씀드리죠. 남으면 돌려드리고요."

"조사한 내용은 내게 말해줄 테지?"

"그러지요. 하지만 만약 그가 꿀릴 것 없이 깨끗하다는 게 밝혀지면요?"

"그렇지 않을 거야." 베넷은 단호한 어조로 말했다. "여자를 때리는 놈치고 결백한 사람은 없어."

나는 손가락으로 봉투를 만졌다. 그걸 그대로 돌려주고 싶은 마음이 굴뚝 같았지만 그러는 대신 잰드로의 기사를 가리켰다.

"오래된 유령들이죠."

내 말에 그는 "오래된 유령들이지" 하고 맞장구쳤다. "가끔 거기 가보곤 한다네. 왜 그러는지 알겠나? 시간을 되돌려서 샐리를 구할 수 있었으면 하는 바람 이외에는 달리 설명할 방도가 없군. 그저 지나는 길에 그녀를 위해 기도하러 잠시 들른 거라고 말하긴 하지만. 그곳은 완전히 밀어버려야만 해."

"포스터 잰드로와는 알고 지내셨나요?"

"가끔 우리 식당에 왔었네. 그들은 모두가 그래. 주 경찰들, 지역 경찰들 말이야. 우린 그들의 편의를 좀 봐준다네. 아, 물론 경찰들도 다른 사람들처럼 제대로 계산은 해. 하지만 우리는 그들이 배를 채우지 못한 채 나가는 일이 없도록 신경을 좀 쓰지. 포스터에 대해서는 조금은 자세히 알고 있었어. 사촌인 보비 잰드로가 데미안하고 같이 이라크에 있었거든. 보비는 두 다리를 잃었어. 끔찍한 일이네."

대화를 잇기 전에 나는 잠시 기다렸다. 무언가 빠진 부분이 있었다.

"저를 만난 건 데미안의 죽음과도 연관이 있다고 하셨지요. 유일한 연결점은 캐런 에모리뿐인가요?"

베넷은 당혹스러운 듯 보였다. 아들 이야기가 나오면 당연히 고통스럽겠지만 그 이상의 무언가가 있었다.

"토비아스는 전쟁에서 돌아와 문제를 겪고 있지만 내 아들은 그렇지 않았다네. 물론 그 애도 끔찍한 장면을 목격했고, 그 기억 때문에 괴로워한 날들도 있었어. 하지만 그 애는 내가 알던 아들 그대로였네. 그 애는 나한테 자기가 선한 전쟁에서, 그런 게 있다 치면 말이지만, 어쨌거나 선한 전쟁에서 싸웠다고 거듭 말했다네. 그 애는 자기를 죽이려 하지 않는 상대를 죽인 일도 없고 이라크 사람들을 미워하지도 않았어. 이라크 사람들이 겪는 일들을 안타까워했고 그 사람들 옆에서 최선을 다하려 했어. 거기서 몇몇 동료를 잃었지만 그 기억에 사로잡혀 있진 않았어. 적어도 처음엔 그랬다네. 모든 건 나중에 시작된 거야."

"외상후 스트레스에 관해서 잘 알진 못합니다. 하지만 제가 읽었던 글에서는 시간이 좀 지난 뒤 증세가 나타난다고 하더군요."

"그건 그렇지. 나도 거기에 관한 글을 읽었네. 데미안이 죽기 전에 읽었어. 그 애가 겪는 것을 더 잘 이해하면 도움을 줄 수 있을 거라고 생각했다네. 하지만 이보게, 데미안은 군대를 좋아했어. 그 애가 군을 떠나길 원했다고는 생각하지 않아. 여러 번 파병되었는데 돌아오면 항상 재입대 얘기뿐이었어."

"왜 재입대하지 않았습니까?"

"그 애가 여기 있는 걸 조엘 토비아스가 원했기 때문일세."

"그 사실은 어떻게 아세요?"

"데미안한테 들었네. 그 애는 토비아스와 함께 몇 차례 캐나다에 갔었어. 둘이서 뭔가 꾸미는 모양새였는데 제법 큰돈이 걸린 일 같았지. 데미안이 자기 사업체를 꾸리겠다는 말을 꺼냈으니까. 군으로 복귀하지 않으면 보안 사업을 해보겠다고 했네. 바로 그 즈음부터 데미안의 문제가 시작되었네. 데미안이 변하기 시작한 것도 그 시점이고."

"변하다니 어떻게요?"

"먹지를 않았어. 잠도 못 잤고. 겨우 잠들었나 싶으면 비명을 지르고 고함을 치곤 했네."

"그때 그가 뭐라고 하는지 들으셨나요?"

"가끔. 혼자 내버려두라고 누군가한테 애원했어. 말하지 말아달라고. 아니야, 속삭이지 말아달라고 했어. 그 애는 신경이 곤두서고 공격적이었네. 나한테도 아무것도 아닌 일로 달려들곤 했어. 토비아스와 관련된 일을 하고 있지 않을 때면 늘 어딘가에 혼자 있었어. 담배를 피우며 멍하니 허공을 응시했네. 누군가한테 털어놓고 이야기를 해보라고는 했지만, 내 말대로 했는지 어떤지는 모르네. 그 애가 돌아오고 석 달쯤 뒤부터 이 모든 일이 시작되었는데 그로부터 2주 뒤에는 자기 손으로 목숨을 끊었지." 그러더니 베넷은 내 어깨를 두드렸다. "토비아스란 놈을 조사해주게. 그런 뒤 다시 이야기하지."

그는 카일과 타라에게 작별 인사를 하고 식당을 떠났다. 나는 그가 천천히 자기 차로 걸어가는 모습을 지켜보았다. 후면 펜더를 따라 뱃사람이 그려진 스티커를 붙여둔 낡아빠진 수바루였다. 자동차 문을 연 그는 내가 보고 있다는 걸 깨닫고 고개를 끄덕이며 작별 인사로 한 손을 들어 보였다. 나도 같은 방식으로 인사를 했다.

카일이 주방에서 나왔다.

"이제 문을 닫아야겠어요. 용무는 끝났어요?"

나는 고맙다고 인사하고 계산을 했다. 식사뿐 아니라 카일의 신중함에 감사를 표하는 뜻에서 팁을 두둑하게 놓았다. 남자 둘이 만나서 누군가 엿들을까봐 걱정하지 않고 조금 전 베넷과 내가 나눴던 이야기를 할 만한 식당은 그리 많지 않았다.

주차장을 빠져나가는 베넷의 차를 눈으로 쫓으면서 카일은 "좋은 사람이에요"라고 말했다.

"그래요, 좋은 사람이에요."

스카버러로 돌아오면서 길을 우회해 블루문으로 차를 몰았다. 불탄 술집의 잔해를 배경으로, 경찰이 설치해둔 노란 테이프가 수직 홈통을 통해 나오는 산들바람에 나부끼며 밝게 빛났다. 창문은 판자로 막혔고, 강철 문에는 무거운 빗장이 걸렸다. 지붕에는 몇 년 전의 화재로 불꽃이 폭발하면서 생긴 구멍이 뚫려 있었다. 가까이 가면 축축한 냄새와 함께 여전히 불탄 나무 냄새가 풍겼다. 카일과 베넷이 옳았다. 이곳을 완전히 헐어버렸어야 했다. 블루문의 잔해는 배경에 펼쳐진 붉은 토끼풀 밭에 돋은 시커먼 암세포처럼 보였다.

나는 그 자리를 떠났다. 블루문의 폐허가 뒷거울에서 차츰 멀어지다가 이윽고 완전히 사라졌다. 그러나 더러운 손이 남긴 얼룩처럼 블루문의 무엇인가가, 산 사람들이 죽은 자들에게 갚아야 할 빚이 있다는 것을 상기시켜주는 무엇인가가, 계속 뒷거울에 남아 있는 것 같았다.

2

　스카버러에 있는 집으로 돌아온 나는 책상에 앉아 베넷 패쳇에게서 들은 이야기를 되짚어보며 대화 내용을 기록했다. 조엘 토비아스가 여자친구를 때렸다면 그도 고통을 맛봐야 할 것이다. 하지만 자기가 어떤 일에 머리를 들이민 것인지 베넷이 알고 있는지는 의문이었다. 내가 토비아스에게 불리한 뭔가를 찾아낸다 한들, 너무 끔찍한 내용이라 제정신을 가진 여자라면 누구라도 짐을 챙겨 달아날 그런 일이 아닌 다음에야 두 사람의 관계에 큰 영향을 미치진 못할 것이다. 토비아스가 손찌검을 하는 게 사실이라 해도 캐런 에모리는 개인적인 문제에 끼어드는 걸 고마워하지 않을 거라고 베넷에게 경고하긴 했다. 그렇긴 해도 베넷이 직원의 일에 끼어든 이유가 순수하게 그것뿐이라면 선한 동기에서 나온 행동이었고, 내게는 그를 위해 쓸 시간 여유도 있다. 어쨌든 그는 비용을 지불했다.

　문제는 캐런 에모리의 행복이 그가 내게 접근한 유일한 이유가 아니라는 데 있었다. 별개의 것처럼 보이지만 실은 연결된 조사를 통해 아들 데미안의 죽음을 규명하기 위한 수단이며 일종의 속임수였다. 데미안 패챗이 보인 행동 변화, 결국엔 자기 파괴를 가져온 그 변화가 어느 정도 조엘 토비아스 탓이라고 베넷이 믿고 있는 건 분명했다. 조직과 법 집행기관의 영역 밖에서 개인이 행하는 모든 조사는 결국 사적인 문제지만 어떤 문제는 다른 것보다 더 사적인 성격이 짙다. 베넷은 아들이 죽음을 선택한 이유를 스스로 대답할 수 없어 다른 사람이 답을 주기를 원하는 것이다. 같은 상황에 있는 다른 아버지라면 귀환 병사의 고통을 인식하지 못한 군 당국이나 정신과 의사한테 분노의 화살을 돌릴지도 모른다. 하지만 베넷은 아들이 상대적으로 전쟁의 상처 없이 집으로 돌아왔다고 했다. 그런 의견 자체도 더 조사해볼 필요는 있다. 그러나 지금으로선 조엘 토비아스가 핵심이다. 데미안이 방아쇠를 잡아당길 때 그 손이 떨리지 않도록 토비아스가 잡고 있기라도 했던 것처럼, 베넷은 아들의 죽음과 관련해 토비아스에게 의혹을 품고 있다.

베넷은 묘한 사람이었다. 내면은 부드럽지만 외형은 악어 껍질처럼 단단했다. 지금은 견실하게 살지만 한때는 교도소에 들어간 적도 있었다. 젊은 시절에 그는 오번 출신 갱단 패거리와 어울렸다. 주유소나 잡화점을 털던 그 패거리는 마침내 큰 건으로 손을 뻗쳐 오거스타의 파머스 퍼스트 은행을 습격했다. 은행 강도질을 하면서 무기를 휘둘렀고 공포탄이긴 해도 총알도 발사했다. 그런 셈 치고는 소득이 대단치 않아 약 2천 달러와 잔돈을 손에 넣었을 뿐이고, 경찰은 곧 갱단 소속원 한 명의 신원을 비공식적으로 밝혀냈다. 연행된 조직원은 심한 취조를 당한 끝에 감형을 조건으로 나머지 공범의 이름을 털어놓았다. 도주 차량을 운전했던 베넷은 10년 형을 선고받고 5년을 복역했다. 그는 전문 범죄자는 아니었다. 19세기에 지어진, 토머스턴의 성채 감옥은 땅에 낙인을 찍은 듯 옛 교수대 표지가 그대로 남아 있는 곳이었다. 거기서 보낸 5년 세월 동안 베넷은 잘못된 길로 접어들었다는 걸 분명하게 깨달았다. 그는 꼬리를 내리고 아버지의 사업체로 돌아갔고, 그때 이후에는 어떤 문제에도 휘말리지 않았다. 그렇다고 준법주의자가 된 것은 아니었으며 예전에 밀고당했던 분풀이로 남을 배신할 기회를 엿보는 것도 아니었다. 그가 조엘 토비아스를 좋아하지 않는 것은 사실이었지만, 그렇다고 경찰에 가는 게 아니라 나를 고용한 것은 그야말로 베넷다운 타협이었다. 한 남자를 파헤치다보면 다른 죽음 뒤에 놓인 진실도 드러날 것이라는 희망을 품고 조사를 요청한 것도 마찬가지였다.

요즘 세상에는 비밀이란 것이 존재하지 않는다. 다소 재간이 있고 거기다 약간의 돈만 있다면 사람들이 감추어두었다고 믿는, 혹은 그러길 바라는 비밀을 얼마든지 파헤칠 수 있다. 인가받은 사립 탐정이라면 일은 더 쉽다. 한 시간도 지나지 않아 조엘 토비아스의 신용 기록이 내 책상 위에 놓였다. 그에게 발부된 미집행 체포 영장은 없었으며 기록에 나타난 바로는 경찰과 문제를 일으킨 일이 한 번도 없었다. 딱 1년 전에 의병제대한 이후 열심히 일을 해서 청구서를 지불하는 것처럼 보였고, 모든 면에서 볼 때 블루칼라로서 정상적인 생활을 하고 있었다.

내 할아버지는 '찝찝하다'는 말을 즐겨 썼다. 상하기 직전의 우유에선 약간 찝찝한 맛이 난다고 했고, 자동차 엔진에서 들릴락 말락 미세한 소음이 나면 카뷰레터에 찝찝한 문제가 생긴 거라고 의심했다. 할아버지는 직접적으로 잘못된 문제보다 찝찝한 문제를 더 성가시게 여겼다. 문제의 본질이 명확하지 않다는 게 이유였다. 문제가 거기 있다는 건 아는데 진정한 면모가 아직 드러나지 않았기 때문에 손을 쓸 수가 없다는 것이었다. 잘못된 것은 처리하든지 감수하고 살면 그만이지만 찝찝한 문제는 할아버지와 잠 사이에 끼어들었다.

조엘 토비아스 건이 바로 찝찝한 문제였다. 그는 침대칸이 딸린 대형 트럭을 사는 데 8만5천 달러를 썼다. 베넷이 말한 것처럼 완전 신차는 아니었지만 상태가 신품 못지않은 트럭이었다. 동시에 그는 1만 달러에 '드라이 밴', 그러니까 화물 트레일러도 구매했다. 대금의 5퍼센트를 선금으로 내고 나머지는 매월 갚아나가는 방식이었는데, 이자가 낮은 꽤 좋은 조건이었지만 그래도 매월 지불해야 하는 돈이 2천500달러에 달했다. 게다가 같은 달에 그는 체비 실버라도 신차를 뽑았다. 유리한 조건으로 계약을 맺어 일반 딜러가에서 6천 달러 할인된 1만8천 달러에 샀고, 한 달에 280달러씩 차량 대출금을 갚고 있다. 끝으로 포틀랜드의 집, 포레스트 바로 옆에 있으며 그레이트 로스트 베어에서 그리 멀지 않은 곳에 있는 그 집의 모기지 대금으로 매월 1천 달러가 들어간다. 본래 숙부의 집이었는데 유언에 의해 물려받았을 때에도 대출금 상환이 밀려 있었다. 이 모든 걸 통틀어보면 토비아스가 파산하지 않고 간신히 꾸려나가는 데에만 매달 거의 5천 달러가 든다는 계산이 나온다. 그나마도 보험, 의료보험, 실버라도에 들어가는 연료비, 식비, 난방비, 술값 등 안락한 생활을 위해 필요한 제반 비용은 감안하지 않은 금액이다. 그것까지 포함시키면 아무리 적게 잡아도 한 달에 1천 달러는 더 들어가게 된다. 이는 토비아스의 세후 연수입이 7만 달러는 되어야 한다는 뜻인데, 자기 트럭으로 일하는 화물 기사는 대개 1마일 당 연료비 90센트를 추가로 받으므로 그만한 수입을 올리는 것이 전적으로 불가능한 일은 아니다. 하지만 그러려면 긴 시간 일하고 먼 거리를 달려야 한다. 수입을 따지자면 부상당한 손에 대한 보상금을 생각해볼 수 있고, 다리에도 보상금이 나올지 모른다. 짐작컨대 매달 500달러에서 1천200달러의 비과세 수입이 거기서 나올 것 같은데, 청구서를 지불하는 데 상당한 도움이 되겠지만 그래도 도로에서 벌어야 하는 현금이 만만치 않다. 현재 토비아스의 신용 등급은 안정되어 있고, 모든 대출금을 착착 갚아가고 있으며, 개인연금 적립 계좌에도 착실히 돈을 붓고 있다.

하지만 베넷의 말에 따르자면, 혹은 베넷이 받은 인상에 따르자면, 토비아스는 그다지 열심히 일하는 편이 아니었다. 그런데도 돈 걱정이 전혀 없다면 도로에서 벌어들이는 소득이나 보상금 이외에 다른 돈줄이 있다는 얘기다. 그게 아니라면 어딘가에 돈을 꿍쳐두고 빼서 쓰는지 모른다. 그건 트럭 사업을 오래 굴릴 생각이 없다는 뜻이 될 것이다.

그랬다. 조엘 토비아스는 뭔가 찝찝했다. 어디선가 현금이 그에게로 흘러들어가고 있다. 그건 단순히 추가 수입원을 확보해둔다는 차원이 아니었다. 베넷이 했던 말을 토대로 내 경험에 비춰보면 추측이 가능해진다. 베넷은 토비아스가 메인 주와 캐나다를 오간다고 했다. 캐나다로 간다는 건 국경을 넘는다는 뜻이고, 국경은 밀수를 의미한다.

캐나다와 메인 사이의 국경이라면 밀수품은 마약일 터였다.

뉴욕타임스 보도에 따르면 "메인 주와 캐나다 사이 국경을 통한 밀수를 방지하기 위해서는 군대 주둔이 필요하다. 이 지역 대부분은 지형이 험해 밀수꾼에게 다양하고 엄청난 기회를 제공한다." 이 기사가 실린 것은 1892년의 일인데, 그때는 물론이고 지금도 꼭 들어맞는 내용이다. 19세기 말에 당국에서 가장 우려한 것은 이 지역 국경을 통한 주류, 생선, 가축, 농작물 밀수로 인한 세수 손실이었다. 마약도 문제가 되었다. 캐나다 뉴브런즈윅 보세 창고에 유치된 아편이 메인을 거쳐 미국으로 흘러들어왔다. 메인과 캐나다의 접경 지역은 길이가 대략 650킬로미터에 이르는 데다 대부분이 황무지다. 또 메인 해변의 총 길이는 4800킬로미터이며 약 1400개의 섬이 흩어져 있다. 당시 이곳은 밀수꾼의 낙원이었고 지금도 마찬가지다.

1970년대 들어 마약단속국이 남부 멕시코 접경 지역 쪽을 죄기 시작하자 마약 밀수꾼들은 뉴잉글랜드라는 매력적인 대안에 눈을 돌렸다. 대학이 250개나 있는 그곳엔 이미 시장이 형성되어 있었다. 필요한 것은 보트 한 대 뿐이었다. 자메이카나 콜롬비아에서 물건을 실은 다음 정해진 경로를 따라 달리며 플로리다, 캐럴라이나, 로드아일랜드에 1톤씩 떨어뜨리고 끝으로 메인에 닿았다. 그때 이후 멕시코인들이 메인 주에 자리를 잡았다. 그들과 함께 여타 남미 사람들, 폭주족 갱단 등 마약 시장에 파고들어 제 몫을 챙길 만큼 자신만만한 자들이 줄줄이 들어왔다.

나는 의자에 기대 앉아 창밖의 해수 소택지와 바다 위를 휙 스치는 물새들을 바라보았다. 남쪽 어디선가 검은 연기가 한 줄 피어올라 조용한 대기 속으로 천천히 흩어지면서 저물 무렵의 청명한 하늘에 희미한 매연의 오점을 남겼다. 베넷에게 전화를 걸어보았더니 캐런 에모리는 지금 근무 중이라고 했다. 오후 7시가 근무 교대 시간이고, 아마도 조엘 토비아스가 시간에 맞춰 그녀를 태우러 올 것이라고 베넷은 말했다. 운송 일을 하지 않을 때는 대개 그렇게 하는 모양이었다. 그날 저녁에 좀더 늦게까지 근무할 수 있겠냐고 물었더니 조엘과 저녁 식사 약속이 있어 어렵다고 했단다. 조엘이 앞으로 몇 주간 캐나다로 화물을 운송해야 하기 때문에 함께할 시간이 없다는 것이었다. 달리 할 일도 없었으므로 나는 조엘 토비아스와 그의 여자친구를 한번 봐두기로 마음먹었다.

  다운스는 꽤 규모가 큰 식당이다. 주방의 일손이 달리지 않고 웨이트리스들이 팁을 받기 위해 바쁘게 일한다는 전제 하에서라면 100명 이상의 손님을 받을 수 있다. 널따란 유리창을 통해 1번 도로가 내려다보이고, 도로 저편에 있는 빅20 볼링장의 모습도 보였다. 실내 전체 길이와 거의 맞먹는 카운터가 곡선을 그리며 남북으로 이어져 기다란 U자 형태로 배치되어 있다. 4인석 부스가 벽과 나란히 설치되었고, 식당 중앙에도 비닐과 포마이카로 구분 지은 4인석이 한 줄 놓여 있다. 웨이트리스들은 식당 이름 아래의 결승선을 향해 돌진하는 세 마리의 말이 등판에 그려진 파란 티셔츠를 입고, 왼쪽 가슴에는 천으로 된 명찰을 달고 있다.
  나는 안으로 들어가지 않고 주차장에서 기다렸다. 캐런 에모리가 근무 교대를 앞두고 담당 테이블의 계산을 확인하는 모습이 보였다. 베넷한테서 그녀의 생김새를 듣기도 했지만 그날 근무자 중에 금발은 그녀뿐이었다. 예쁘장한 얼굴에 키는 150센티미터를 약간 넘는 정도였다. 전체적으로 날씬했지만 가슴 부위만큼은 멀리서 보아도 티셔츠가 한 사이즈는 작아 보였다. 그 부푼 가슴을 올려다보기 위해 다운스에 와서 침을 줄줄 흘리는 남자들이 제법 될 듯했다.

저녁 6시 55분에 창에 빛가림 처리를 한 검은 실버라도가 주차장으로 들어왔고, 20분 뒤 검은색 짧은 드레스에 하이힐을 신은 캐런 에모리가 주차장으로 나왔다. 머리를 풀어 어깨까지 늘어뜨리고 화장을 새로 고친 모습이었다. 그녀가 올라타자 실버라도는 왼쪽으로 꺾어 1번 도로를 탄 다음 북쪽으로 향했다. 나는 실버라도가 사우스포틀랜드로 가서 브로드웨이에 있는 비일 스트리트 바비큐 주차장으로 들어갈 때까지 줄곧 뒤를 따랐다. 캐런이 먼저 차에서 내렸고 이어 조엘 토비아스가 내렸다. 여자친구보다 키가 30센티미터는 컸고, 검은색 머리카락에는 때 이른 흰머리가 드문드문 섞였다. 약간 긴 머리카락을 이마에서부터 귀 뒤로 빗어 넘기고, 청바지에 파란색 데님 셔츠를 입고 있었다. 군살 없는 몸매였다. 혹시라도 몸에 지방 덩어리가 조금이라도 있다 치면 깔끔하게 감춘 듯했다. 오른발에 힘을 주면서 약간 절뚝이며 걸었고, 왼손은 계속 청바지 앞주머니에 넣은 채였다.

나는 몇 분 여유를 두고 안으로 들어갔다. 그들이 출입구 근처에 있었으므로 안쪽으로 들어가 카운터에 앉았다. 무알콜 맥주 한 병과 감자튀김을 주문한 뒤, TV를 보는 척하며 두 사람의 모습을 지켜볼 수 있도록 자세를 잡았다. 두 사람은 즐거워보였으며 마르가리타 두 잔과 맥주를 시켜두고 샘플러를 함께 먹었다. 미소와 웃음이 넘쳐흘렀는데 주로 웃는 쪽은 캐런 에모리였다. 그러면서도 그녀에게서는 일종의 긴장이 느껴졌다. 어쩌면 베넷 패쳇에게서 들었던 말이 내 눈을 흐렸는지도 모른다. 나는 그가 한 말을 모조리 잊고 두 사람을 식당에서 우연히 보게 된 낯선 남녀로 생각하려 해보았다. 그래도 역시 캐런은 지나치게 애를 쓰고 있는 걸로 보였고, 토비아스가 화장실에 갔을 때 그가 멀어지는 모습을 지켜보며 얼굴에서 미소가 점점 사그라지는 것을 보자 그런 느낌이 더 분명해졌다. 그녀는 불안한 얼굴로 곰곰 생각에 잠겨 있었다.

마실 생각은 없었지만 맥주를 한 병 더 주문했을 때, 내 자리 바로 옆에서 조엘 토비아스가 불쑥 나타났다. 그는 카운터 쪽으로 비집고 들어와 웨이트리스가 바쁜 것 같다며 바텐더에게 계산을 부탁했다. 그런 뒤 내게로 돌아서며 미소 띤 얼굴로 "실례했습니다"라고 인사하고 여자친구한테로 돌아갔다. 그의 왼손이 눈에 들어왔다. 손가락 두 개가 없고 피부에 상처 자국이 있었다. 조금 뒤 바텐더의 지시로 웨이트리스가 계산서를 집어 들고 두 사람의 테이블로 가져갔다. 곧 그들은 계산을 끝내고 밖으로 나갔다.

나는 두 사람을 따라가지 않았다. 둘이 함께 있는 모습을 본 것으로 충분했고, 토비아스가 내 옆에 불쑥 나타났던 일도 마음에 걸렸다. 나는 그가 화장실에서 돌아오는 모습을 보지 못했다. 그건 그가 옆문을 통해 밖에 나갔다가 정면 출입구로 돌아왔다는 뜻이었다. 밖으로 나가서 잠깐 담배를 피웠을지도 모르지만 그랬다면 한두 모금만 빨고 바로 꺼버렸어야 시간이 맞는다. 단순히 우연의 일치일 수도 있지만 곧장 주차장으로 달려가 급히 뒤를 쫓는 짓을 해서 그가 가졌을지도 모를 의혹을 굳혀줄 필요는 없었다. 나는 마실 생각이 아니었던 맥주를 거의 비우고 TV에서 하는 게임을 조금 더 본 다음 계산을 하고 밖으로 나왔다. 주차장은 텅 비었고, 검은 실버라도의 모습은 보이지 않았다. 아직 10시도 되지 않은 시간이어서 하늘은 여전히 밝았다. 나는 포틀랜드로 차를 몰아 조엘 토비아스의 집 근처로 갔다. 자그마하고 손질이 잘 된 2층 주택이었다. 실버라도는 진입로에 있었지만 토비아스의 대형 트럭은 보이지 않았다. 2층 방에 불이 밝혀져 있어 반쯤 열린 커튼을 통해 안이 들여다보였으나 지켜보고 있으려니 곧 불이 꺼졌고 집 전체가 어둠에 휩싸였다.

바로 자리를 뜨지 않고 그 집을 바라보면서 캐런 에모리의 얼굴에 떠올랐던 표정과 토비아스가 내 옆에 불쑥 나타났던 일을 생각했다. 그런 다음 다시 스카버러에 있는 집으로 돌아왔다. 한때 우리 집에는 여자와 아이가 살았고, 개도 한 마리 있었다. 그들은 지금 버몬트에 산다. 나는 딸아이 샘을 한 달에 한두 번 만나러 간다. 그 애 엄마 레이철이 보스턴에 올 일이 있을 때는 샘이 이곳에서 하룻밤 묵기도 한다. 레이철은 다른 누군가를 만나러 보스턴에 오는 모양인데, 캐물을 입장은 아니지만 때로는 그런 행동에 마음이 상하기도 한다. 하지만 애와 애 엄마에게 해를 입히고 싶지 않아서 나는 거리를 유지한다. 내게는 위험이 따라다닌다.

또 다른 여자와 아이의 흔적이 레이철과 샘의 자리를 채웠었다. 더 이상 반짝임은 없지만, 그럼에도 불구하고 그들의 존재는 꽃잎이 시들어 치워버린 다음에도 아련히 남아 있는 꽃향기와도 같다. 세상을 떠난 아내와 딸은 폭력적인 죽음을 맞았다. 살인자가 내게서 그들을 앗아갔고, 그의 목숨은 내가 빼앗았다. 나의 죄의식과 분노 탓에 두 사람은 적대감과 복수심에 불타는 모습으로 내게 남아 있었다. 하지만 그것도 과거의 일이다. 무슨 일이 닥쳤건 둘은 내 편이었음을 알기에 이제는 죽은 아내와 딸을 생각하면 위로를 얻는다.

　문을 열고 들어가자 집 안 공기는 따뜻했고 해수 소택지의 소금 냄새가 배어 있었다. 공허한 어둠과 무관심한 침묵 속에서 나는 조용히 혼자 잠을 잤다.

3

초인종이 울렸을 때, 제러마이어 웨버는 저녁 식사 준비에 앞서 생기를 돋우는 데 필요한 와인 한 잔을 막 따른 참이었다. 웨버는 정해진 일과가 흐트러지는 것을 좋아하지 않았고, 목요일로 말하자면 수수한 집에서 —코네티컷 주 뉴케이넌의 기준에서 볼 때— 보내는 저녁 시간은 신성불가침한 것이었다. 목요일 저녁에는 휴대폰의 전원을 껐으며 집 전화도 받지 않았고— 몇 안 되는 친구들은 목숨이 걸린 절박한 상황이 아니면 그를 방해하지 않는 게 좋다는 걸 알고 있으므로 전화벨이 울릴 일도 없었다 — 대부분의 경우 초인종이 울려도 나가지 않았다. 주방이 집 안쪽에 있는 데다 음식을 만드는 동안 주방문을 닫아두고 있어 정문 창으로는 주방문 아래로 새어나간 가느다란 빛줄기 하나 정도만 보일 터였다. 거실과 위층 침실에 등이 하나씩 켜져 있지만 그 집에서 불빛은 그것뿐이었다. 소리를 낮춰둔 주방의 사운드 시스템에서 빌 에반스의 연주가 흘러나왔다. 웨버는 저녁을 요리하고 먹는 동안 어떤 음악을 들을지, 식사에 곁들일 와인은 무엇으로 할지, 어떤 요리를 할지 이삼일 전부터 꼼꼼히 계획을 세웠다. 그런 사소한 도락이 분별을 유지하는 데 도움이 되었다.

　따라서 목요일 저녁, 그가 반드시 집에 있다는 것을 아는 사람은 그를 방해하지 않았으며 확실히 모르는 사람은 집에 밝혀진 불빛만으로 그가 집에 있는지 없는지 판단하기 어려웠다. 가장 중요한 고객들, 자기가 필요하면 밤낮을 상관하지 않는 부자들도 목요일 밤만큼은 제러마이어 웨버와 연락이 두절된다는 사실을 납득하기에 이르렀다. 전화 통화가 길어지는 바람에 그날 밤 그의 목요일 일과는 이미 약간 꼬여 버린 상태였다. 집에 돌아왔을 때는 8시가 넘었고, 벌써 9시가 가까워지는데 아직 식사를 하지 못했다. 그러므로 방해받고 싶지 않다는 기분이 유달리 강했다.

　웨버는 40대 초반의 세련된 남자였다. 머리카락은 검은색이었고, 여자 같다는 느낌을 살짝 풍기는 점만 제외하면 외모도 제법 괜찮았다. 물방울무늬 나비넥타이와 화려한 빛깔의 조끼, 딱히 한정된 것은 아니었지만 발레와 오페라, 해석 무용을 좋아하는 예술 취향 탓에 여성적인 인상이 더 두드러졌다. 때문에 동성애자로 오인받기 쉬웠지만 웨버는 게이가 아니었다. 사실은 그런 쪽과는 전혀 관계가 없었다. 머리카락에는 아직 흰머리 한 가닥 섞이지 않았고, 이런 유전적 특성 덕분에 나이보다 10년은 젊어보였으므로 5월과 12월의 밀회를 보는 따가운 시선에 시달리는 일 없이 어떤 기준에서 보더라도 그에게는 너무 어린 여자들과 데이트를 즐겼다. 시선을 받는다 해도 못마땅함이 아니라 선망이 묻은 눈길이었다. 여자들에게 매력을 풍긴다는 점과 마음에 든 사람한테는 관대하다는 점이 결합된 결과가 꼭 좋은 것만은 아니어서 두 번의 결혼이 모두 실패로 돌아갔다. 그가 정말로 상심한 것은 첫 번째 결혼의 실패뿐이었다. 충분하지는 않았지만 나름대로 첫 아내를 사랑했던 것이다. 그 결혼에서 얻은 딸이 유일한 자녀였는데 딸 덕분에 엄마와도 연락이 이어지고 있었고, 그러다보니 첫 아내가 지금도 자기에게 어정쩡한 애정을 갖고 있다고 그는 생각했다. 반면 두 번째 결혼은 두 번 다시 되풀이하고 싶지 않은 명확한 실수였으므로 섹스 문제에 관해서는 임시적인 관계를 선호하게 되었다. 일생의 동반자에 대한 생각은 접었다. 두 번의 결혼 실패로 욕망의 대가를 치렀을 뿐 아니라 그로 인한 금전적 손실도 감내해야 했다. 그 결과 최근 들어 현금 흐름에 심각한 문제가 생겼으며 그런 상황을 타개하기 위해 당장 손을 써야할 형편이었다.

화강암 도마에 놓인 송어의 뼈를 발라내려던 참에 초인종 소리가 귀에 들어왔다. 그는 앞치마로 손을 닦고 리모컨을 집어 스테레오 볼륨을 낮추고는 조심스레 귀를 기울였다. 그런 뒤 주방문으로 걸어가 인터컴에 연결된 작은 비디오 화면을 쳐다보았다.

문간에 어떤 남자가 서 있었다. 짙은 색 중절모를 쓴 남자는 카메라 렌즈에서 얼굴을 돌리고 있었다. 하지만 웨버가 지켜보는 사이, 마치 그 사실을 의식한 것처럼 머리를 약간 움직였다. 계속 고개를 숙이고 있어 눈이 모자챙에 가렸으나 언뜻 본 남자의 얼굴은 전혀 모르는 사람이었다. 윗입술에 상처 자국이 있는 것 같았지만 빛의 속임수일지도 몰랐다.

다시 초인종이 울렸다. 남자가 손가락을 계속 대고 있었으므로 초인종 소리가 연이어 울려 퍼졌다.

"대체 뭐야?" 웨버는 큰 소리로 중얼거리며 인터컴 버튼을 눌렀다.

"네, 누구십니까? 무슨 일이죠?"

"이야기를 좀 하고 싶습니다. 내가 누군지는 문제가 안 됩니다만, 내 의뢰인에 대해서는 당신도 관심이 있을 겁니다." 입에 뭔가를 물고 얘기하는 것처럼 남자는 발음이 다소 명확하지 않았다.

"그 의뢰인이 누굽니까?"

"구트리브 재단입니다."

웨버는 인터컴 버튼에서 손가락을 뗐다. 그는 오른손 검지를 입으로 가져가 손톱을 물어뜯었다. 어릴 때부터 걱정거리가 있으면 나오는 버릇이었다. 구트리브 재단. 웨버는 그 재단과 몇 번밖에 거래하지 않았으며 모든 과정은 제3자인 보스턴의 법률회사를 거쳐 이루어졌다. 구트리브 재단이 어떤 곳인지, 누가 매입 결정을 내리는지 알아보려고 했지만 아무것도 손에 잡히지 않았다. 그럴싸한 이름만 내세운 가공의 단체가 아닐까 싶어 좀더 깊이 뒤를 파보려 하자, 문제의 재단은 프라이버시를 대단히 중시하는 곳이므로 조금이라도 더 파고들면 재단과의 모든 거래가 즉시 중지될 것이라는 변호사들 명의의 편지가 도착했다. 그 편지에는 웨버가 고객들이 바라는 만큼 신중한 인물이 못되는 것 같다는 경고성 암시도 은근히 배어 있었다. 실체가 있는 단체인지 간판 조직인지는 몰라도 구트리브 재단은 웨버를 통해 특이하고 값비싼 물품들을 매입했다. 재단의 이름 아래 모습을 감추고 있는 인물들의 취향은 아주 독특했고, 웨버가 그런 취향을 만족시켜주기만 하면 군말 없이 즉시 값을 지불했다.

그런데 가장 최근에 취급한 물품은…… 거래에 좀더 신중했어야 했고, 출처를 더 세심하게 알아보는 게 옳았다고 그는 혼잣말을 했다. 변명이 필요할 경우 문간에 서 있는 남자에게 할 거짓말은 이미 준비해 두었지만.

그는 와인잔을 향해 왼손을 뻗었다. 그런데 손이 엇나가는 바람에 잔을 그만 바닥에 떨어뜨리고 말았다. 와인이 슬리퍼와 바지 밑단에 튀었다. 욕설을 내뱉으며 웨버는 인터컴으로 돌아갔다. 남자는 계속 거기 서 있었다.

"지금은 좀 바쁩니다. 게다가 이런 문제는 일과시간 중에 얘기하는 게 맞고요."

"그래야겠지요. 하지만 당신이 우리한테 도통 관심을 가져주시지 않아서 말입니다. 댁에도 사무실에도 여러 번 메시지를 남겼습니다. 사정을 모르는 사람이라면 일부러 피한다고 여길지도 모릅니다."

"그래서, 무슨 일입니까?"

"웨버 씨. 당신은 내 인내심을 시험하고 있어요. 재단의 인내심도 말입니다." 웨버는 두 손 들었다. "알겠습니다. 나가지요."

그는 깨진 유리를 밟지 않도록 조심하면서 흑백 타일 바닥에 튄 와인을 쳐다보았다. 한심한 꼴을 보이게 되었다고 앞치마를 벗으며 생각했다. 웨버는 현관으로 나가면서 홀 스탠드에서 권총을 집어 카디건 아래 바지 뒤춤에 찔러 넣었다. 작은 권총이라 쉽게 감출 수 있었지만 혹시라도 총이 드러나지 않는지 거울을 쳐다본 다음 현관문을 열었다.

문간에 선 남자는 생각보다 키가 작았다. 남자가 입은 감청색 양복은 샀을 당시에는 제법 고급이었을 성싶었다. 품위 있게 세월을 견뎌온 옷이지만 이미 구식이었다. 남자는 넥타이에 맞춰 푸른색과 흰색 물방울무늬 손수건을 가슴 주머니에 꽂았다. 여전히 고개를 숙이고 있었으나 그것은 모자를 벗기 위한 동작이었다. 남자가 모자를 벗자 깔끔하게 깨트린 달걀 같은 정수리 부분이 드러났다. 둥그런 두상에 하얀 머리카락이 솜사탕에서 삐져나온 부분처럼 성글게 나 있었다. 남자가 고개를 들자 웨버는 본능적으로 몇 걸음 뒤로 물러섰다.

남자의 얼굴은 몹시 창백했다. 일직선으로 쭉 뻗은 좁은 코에 가느다란 콧구멍이 뚫렸고, 눈 주위에는 주름이 잡혔으며, 멍 자국이 병과 퇴락의 징후를 드러냈다. 불순물이 섞인 초에서 녹아내린 밀랍처럼 이마에서 축 늘어진 살에 파묻혀 눈은 잘 보이지 않았다. 아랫눈시울이 붉게 충혈된 것을 보니 작은 모래와 먼지에 늘 시달리는 모양이었다.

병적인 징후로 치자면 더 뚜렷한 것이 있었다. 확연히 뒤틀린 윗입술을 보고 웨버는 기부금 모금을 위해 일요판 신문에 실리는 입천장갈림증(구개 파열) 어린이들의 사진을 떠올렸다. 물론 남자는 입천장갈림증은 아니었으나 화살표 모양으로 피부를 파고든 상처 탓에 하얀 치아와 변색된 잇몸이 드러났다. 그 부위는 또 심한 감염으로 벌겋게 부어올랐으며 어두운 자주색 반점이 번져 있었다. 말 그대로 박테리아가 생살을 파먹는 모습을 보고 있는 것 같았다. 남자가 통증을 어떻게 견디는지, 어떤 약을 먹어야 잠들 수 있는지 궁금했다. 이 남자는 거울에 비친 자기 모습을 어떻게 참아낼까? 자기 몸의 배신과 임박한 죽음에 관한 명백한 신호를 어떻게 견뎌낼까? 몸 상태 탓에 남자의 나이를 어림하는 것은 불가능했다. 하지만 병으로 인한 파괴의 흔적을 감안해도 예순은 넘지 않았을 것이라고 웨버는 생각했다.

"웨버 씨." 남자가 입을 열었다. 입술의 상처에도 불구하고 목소리는 부드럽고 듣기 좋았다. "내 소개를 하지요. 내 이름은 헤러드입니다."

남자가 미소를 짓자 웨버는 혐오감을 드러내지 않으려 애써 무표정한 얼굴을 유지했다. 남자가 얼굴 근육을 자꾸 움직이면 입술의 상처가 더 벌어질 것 같아 두려웠다. "아이들을 좋아하냐는 질문을 자주 받아요.(헤러드는 그리스도의 탄생이 두려워 베들레헴의 두 살 이하 유아를 모조리 죽였다고 알려진 헤롯 왕의 영어 이름-옮긴이) 나는 그런 질문을 기분 좋게 받아들입니다."

뭐라고 대답해야 좋을지 몰라 웨버는 남자가 들어올 수 있게끔 문을 조금 더 열기만 했다. 그러는 동안 그의 오른손은 거의 무의식적으로 허리춤으로 옮겨가 언제라도 권총을 뽑을 수 있도록 태세를 취했다. 헤러드는 집 안으로 들어오며 예의 바르게 고개를 숙이다가 웨버의 허리 쪽에 시선을 보냈다. 권총을 알아챈 것이 분명했지만 조금도 내색하지 않았다. 헤러드가 열려 있는 주방 쪽을 바라보자 웨버는 그쪽으로 가자는 몸짓을 해보였다. 헤러드는 느릿느릿 걸었는데 병 탓은 아니었다. 본래 심사숙고하면서 움직이는 사람이었던 것이다. 안으로 들어가 모자를 테이블 위에 얹고 주위를 둘러본 헤러드는 주방이 마음에 든다는 듯 미소를 지었다. 음악만은 약간 거슬렸는지 스테레오를 쳐다보며 살짝 이마를 찌푸렸다.

"저 음악은…… 아니, 그렇지. 포레의 '파반느'로군요. 저런 식으로 변형하는 건 좋아하지 않지만 말입니다."

웨버는 거의 눈에 띄지 않도록 살짝 어깨를 움츠려 보였다. "빌 에반스입니다. 누구나 빌 에반스를 좋아하지요."

헤러드는 다시 얼굴을 찌푸렸다. "그런 실험은 좋아하지 않으니까요. 아무래도 나는 대부분의 문제에서 순수주의자인가 봅니다."

"누구에게나 그런 부분이 있겠지요."

"정말, 정말이지 말입니다. 모든 사람의 취향이 똑같다면 이 세상이 얼마나 지루하겠습니까. 그래도 어떤 것들은 아무래도 거슬리거든요. 앉아도 괜찮을까요?"

"좋으실 대로." 웨버는 불쾌감을 슬쩍 내비치며 말했다.

헤러드는 바닥에 쏟아진 와인과 깨진 잔에 눈길을 보내며 자리에 앉았다. "나 때문에 저렇게 된 것이 아니면 좋겠군요."

"어쩌다 실수한 겁니다. 나중에 치우도록 하지요." 웨버는 남자가 주방에 있는 동안 빗자루와 쓰레받기로 양손이 부자유스러워지는 걸 원치 않았다.

"식사 준비하시는 데 방해가 된 모양이군요. 아무쪼록 계속하세요. 식사 준비를 못하게 해선 안 되지요."

"괜찮습니다." 헤러드에게 등을 보이고 싶은 생각도 없었다. "가신 뒤에 하겠습니다."

당장 식사 준비를 계속하라고 말하고 싶은 충동을 누르려는 듯 헤러드는 잠시 입을 다물고 있었다. 그 모습은 나비를 쫓던 고양이가 놀이를 멈추고 앞발을 휘둘러 나비를 부스러뜨리는 것과 비슷했다. 결국 그는 그 문제를 제쳐두고 테이블에 놓인 흰 버건디 병을 살펴보면서 한 손가락으로 병을 부드럽게 돌려 라벨을 읽었다.

"오, 아주 좋은 와인이군요." 그는 웨버에게로 몸을 돌렸다. "내게도 한 잔 주시겠습니까?"

그런 요구를 하는 손님에게 익숙하지 않은 웨버가 식기장에서 잔 두 개를 꺼내는 것을 헤러드는 참을성 있게 기다렸다. 웨버는 그런 상황에 처한 사람치고는 과하다 싶게 넉넉히 한 잔을 따라 헤러드에게 건네고 자기 잔도 채웠다. 헤러드는 잔을 들고 와인 향기를 맡은 다음 바지 주머니에서 손수건을 꺼내 깔끔하게 접어 턱 밑에 받쳐두고 입술의 상처에 닿지 않도록 입 귀퉁이로 와인을 마셨다. 와인 몇 방울이 흘러내려 손수건을 적셨다.

"훌륭하네요, 고맙습니다." 변명하듯 손수건을 흔들며 헤러드가 말했다. "원하는 삶을 살아가기 위해선 어느 정도 품위를 희생할 필요에 익숙해져야만 하지요." 그는 다시 미소를 지었다. "짐작하시겠지만 나는 건강에 문제가 있습니다."

"안타까운 일이군요." 웨버는 어떤 감정도 목소리에 드러내지 않으려 애썼다.

"그런 말씀을 해주시다니 고마운 일입니다." 헤러드는 담담하게 얘기하며 손가락을 들어 윗입술을 가리켰다. "내 몸은 암으로 엉망진창입니다. 하지만 이 상처는 최근에 생겼어요. 페니실린과 반코마이신이 듣지 않는 괴저지요. 괴저 제거 수술을 했지만 전부 없애지는 못했고 추가 수술을 해야 되는 모양입이다. 재미있는 건 말이죠, 유아 살해로 악명 높은 헤롯왕, 나와 이름이 같은 그 사람이 사타구니와 생식기 괴저를 앓았다고 하네요. 신이 내린 벌인 모양입니다."

신에게 벌을 받았다는 게 헤롯왕을 말하는 건지 아니면 당신 자신에 관한 얘긴지 궁금하다고 웨버는 생각했다. 마치 그의 생각이 헤러드의 귀에 들리기라도 한 듯 그 순간 상대방의 표정이 바뀌었다. 그나마 웨버에게 보이던 약간의 온화함이 순식간에 사라졌다.

"웨버 씨, 당신도 앉으세요. 무기도 허리춤에서 치우는 게 낫겠군요.

그런 곳에 무기를 차고 있으면 불편할 겁니다. 게다가 나는 무장을 하고 있지 않아요. 이야기를 하러 왔을 뿐입니다."

웨버는 약간 머쓱해하며 권총을 빼서 테이블 위에 얹어두고 건너편 의자에 앉았다. 그렇지만 총은 필요하면 금방 쓸 수 있을 만큼 가까이에 있었다. 만에 하나를 염두에 두고 그는 왼손으로 와인잔을 쥐었다.

"자, 사업 이야기를 시작합시다. 아까 말했듯이, 나는 구트리브 재단의 이익을 대변하는 사람이에요. 최근까지만 해도 우리는 당신과의 관계가 서로에게 유익하다고 생각하고 있었습니다. 당신은 우리에게 물품을 조달해주었고, 우리는 불평하거나 미루는 일 없이 대가를 지불했지요. 우리 대신 경매에 참가해 물품을 구매해달라고 의뢰한 적도 몇 번 있었지요. 우리가 특정 물품에 관심이 있다는 걸 감추는 게 낫다고 생각될 때 말입니다. 그런 경우에도 당신한테 아주 후한 대가를 지불했을 겁니다. 당신은 우리 돈을 사용해 구매한 다음 대리인의 커미션보다 훨씬 많은 이익을 남기고 우리한테 되팔았으니까요. 내가 하는 얘기가 정확한가요? 혹시 우리 관계의 성격을 과장해서 말하고 있는 건가요?"

웨버는 말없이 고개를 가로저었다.

"몇 달 전, 우리는 당신한테 주술서 입수를 의뢰했습니다. 17세기 프랑스 주술서였지요. 송아지 가죽 장정이라고 묘사된 책이었지만 우리는 그게 불필요한 관심을 피하려는 책략이라는 걸 알고 있었습니다. 인간의 피부와 송아지 가죽은 당신도 알다시피 질감이 전혀 다르니까요. 독특한 품목은 그런 식으로 조심스레 표현하는 법이거든요. 우리는 당신이 성공적으로 물품을 선점할 수 있도록 모든 정보를 제공했습니다. 우리는 그 책이 경매에 나가는 걸 바라지 않았어요. 그런 물건을 대상으로 하는 신중하고 특화된 경매에도 말입니다. 그런데 지금까지와는 달리 당신은 실패하고 말았습니다. 다른 구매자가 당신보다 먼저 손에 넣은 모양이더군요. 당신은 돈을 우리한테 돌려주고 다음번엔 제대로 하겠노라고 했지요. 안타깝게도 '다음번'이라는 게 없는 것이 그런 독특한 물품의 본질이지요."

헤러드는 유감스럽다는 듯 미소를 지었다. 간단한 개념을 이해하지 못하는 학생한테 실망한 교사가 보이는 것과 같은 서글픈 미소였다. 헤러드가 들어온 뒤부터 주방의 공기가 바뀌었다. 웨버에게는 뚜렷이 느껴졌다. 내키지 않는 방향으로 대화가 흐른다는 차원이 아니라 중력이 서서히 강해지면서 공기가 무거워지는 것 같았다. 와인을 입술로 가져가던 그는 잔의 무게에 깜짝 놀랐다. 자리에서 일어나 걸어보려 하면 진흙이나 좁은 틈에서 빠져나갈 때와 같은 감각일 거라고 그는 생각했다. 주방의 공기를 본질적으로 바꿔놓은 것은 헤러드라는 존재였다. 그의 내부에서 모든 원자의 구성을 변화시키는 물질이 방출되고 있었다. 자신이 죽어간다는 사실을 분명하게 인식하고 있는 그 남자는 피와 살로 이루어진 존재가 아니라 미지의 물질, 오염된 복합체, 생경한 덩어리로 변질되어 공기를 빽빽하게 채우는 듯했다. 웨버는 가까스로 잔을 입술에 댔다. 조금 전 헤러드가 겪은 치욕을 불쾌하게 모방이라도 하듯 와인이 턱을 타고 흘러내렸다. 그는 손바닥으로 턱을 훔쳤다.

"내가 할 수 있는 건 아무것도 없었습니다. 희귀한 비전품에는 언제나 경쟁이 있습니다. 그런 품목의 존재를 비밀로 하는 건 어려운 일이에요."

　"하지만, 라 로셸 주술서의 경우는 다르지요. 그 주술서의 존재는 비밀이었어요. 재단은 잊혔거나 유실된 흥미로운 품목을 찾아내는 데 엄청난 시간과 노력을 기울인답니다. 그런 조사를 극히 신중하게 진행하지요. 그 주술서도 몇 년 동안 조사한 끝에 찾아낸 겁니다. 18세기 물품으로 잘못 분류되어 있었거든요. 우리 쪽에서 끈기 있게 비교 검토한 결과 오류를 확인했지요. 그 주술서의 중요성을 알았던 건 재단뿐입니다. 원소유자는 그저 신기한 물건이라고만 생각했지요. 어쩌면 귀중한 책일지도 모른다고 여겼겠지만, 진짜 수집가에게 그게 얼마나 중요한 책인지에 관해서는 조금도 아는 바가 없었어요. 재단은 당신을 구매 대행인으로 지명했어요. 당신이 할 일은 원소유자에게 대금이 정확히 지불되는 것을 확인하고, 그 물건이 안전하게 운반되도록 하는 것뿐이었습니다. 바로 그 일을 위해 우리는 그동안 온갖 노력을 기울였던 겁니다."

　"당신이 암시하려는 게 뭔지 잘 모르겠습니다."

　"나는 아무것도 암시하고 있지 않아요. 어떤 일이 벌어졌는지 있는 그대로 말하고 있는 겁니다. 당신은 탐욕스러워졌어요. 당신은 예전에 그레이든 튤리라는 수집가와 거래를 한 적이 있었고, 튤리가 주술서에 특별한 열정을 갖고 있다는 걸 알고 있었지요. 당신은 라 로셸 주술서의 존재를 그 사람한테 알려주었습니다. 튤리는 중개수수료 외에도 매입 비용으로 재단이 책정한 금액보다 10만 달러를 더 내겠다고 했지요. 당신은 10만 달러를 전부 소유자에게 넘긴 게 아니라 절반을 착복했어요. 중개수수료는 수수료대로 챙기고 말이지요. 그런 다음 당신은 브뤼셀의 에이전트를 고용해 중개 업무를 맡겼고, 주술서는 튤리의 손에 들어갔어요. 세부 사항까지 모두 말했다고 생각하는데 어떻습니까?"

웨버는 항의하려 했다. 헤러드가 말한 진실을 부인하려 했지만 그럴수가 없었다. 그런 사기를 치고도 무사히 넘어갈 걸로 생각했다니 어리석었다. 돌이켜 생각해보면 정말 그랬다. 하지만 당시에는 충분히 가능할 것 같았고 온당한 일로 여겨지기까지 했다. 그는 돈이 필요했다. 경기 하강 여파로 사업이 지지부진해 몇 달째 현금 흐름에 어려움을 겪고 있었다. 게다가 의대 2학년인 딸의 등록금도 엄청난 부담이었다. 대부분의 고객들과 마찬가지로 구트리브 재단도 후하게 지불해주었지만 그런 거래가 자주 있는 게 아니라는 게 문제였고, 웨버는 한동안 궁지에 몰려 있었다. 튤리에게 그 주술서를 안긴 대가로 브뤼셀의 에이전트 비용을 제하고 그는 12만 달러를 손에 넣었다. 상당한 금액이었다. 급한 빚을 갚고 수잰의 내년 등록금을 확보하고도 은행에 약간의 돈을 넣어둘 수 있었다. 웨버는 헤러드라는 인물과 그가 취하는 방식에 대해 점차 분노가 치밀었다. 웨버는 구트리브 재단에 소속되어 일하는 사람이 아니었다. 재단에 대해서는 최소한의 의무만 지키면 된다. 주술서 거래에서 그가 한 행동이 내세울 만한 것은 아니지만 그런일은 일상적으로 행해진다. 헤러드를 적당히 속여 넘기자. 그럭저럭 버틸 정도의 돈은 있고, 튤리는 앞으로도 내게 거래를 맡길 것이다. 구트리브 재단이 나를 자르고 싶다면 그렇게 하라지. 헤러드는 지금 한 말을 아무것도 증명할 수 없다. 자금 조사가 이뤄진다 해도 상관없다. 웨버는 그 돈을 설명할 수 있는 가짜 영수증을 잔뜩 만들어두었다.

"이제 그만 가주십시오." 웨버는 말했다. "식사 준비를 다시 시작하고 싶군요."

"그러셔야죠. 그런데 안타깝게도 그 문제를 그대로 내버려둘 수는 없거든요. 반드시 배상이 필요합니다."

"난 그렇게 생각하지 않아요. 당신이 무슨 말을 하는지도 모르겠고요. 그래요, 과거에 내가 그레이든 튤리의 일을 한 것은 맞습니다. 하지만 그 사람도 나름의 다른 공급처가 있겠지요. 거래에 실패할 때마다 일일이 책임을 질 순 없습니다."

"실패한 거래를 전부 책임지는 게 아니지요. 이 한 건 만입니다. 구트리브 재단은 책임 문제를 몹시 중시합니다. 아무도 당신더러 그렇게 행동하라고 한 사람은 없어요. 자유의지의 즐거움일 테지요. 하지만 동시에 저주이기도 하지요. 당신 행위에 대한 질책을 수용해야만 합니다. 반드시 고쳐져야 할 문제니까요."

웨버가 뭔가 말하려 입을 열었으나 헤러드는 손을 들어올려 그의 말을 막았다.

"거짓말은 그만두세요, 웨버 씨. 그건 나를 모욕하는 것이고, 당신을 어리석어 보이게 할 따름입니다. 남자답게 행동하세요. 당신이 한 짓을 인정해요. 그런 다음 배상 문제를 협의합시다. 잘못을 고백하는 게 영혼에 이롭답니다." 그는 팔을 뻗어 오른손을 웨버의 손 위에 얹었다. 축축하고 차가운 살갗이 닿자 소름이 끼쳤지만 웨버는 움직일 수 없었다. 헤러드의 손이 그를 짓누르는 것 같았다.

"자, 내가 당신에게 요청하는 건 솔직함뿐입니다. 우리는 진실을 알고 있잖아요. 우리 두 사람에겐 그 일을 과거지사로 잊어버릴 수 있는 방법을 찾는 간단한 문제만 남아 있을 따름이에요."

헤러드의 검은 눈이 하얀 눈밭의 흑색 첨정석처럼 번쩍였다. 웨버는 얼어붙었다. 웨버가 간신히 고개를 끄덕이자 헤러드도 똑같이 고개를 끄덕여 보였다.

"최근에는 사정이 몹시 안 좋았습니다." 웨버의 눈에 열기가 치솟았고 울음을 터뜨릴 것처럼 말소리가 목에 걸렸다.

"알고 있어요. 많은 사람들이 어려움을 겪고 있지요."

"전에는 이런 짓을 한 적이 한 번도 없었습니다. 툴리가 다른 건으로 연락을 해왔는데 그만 슬쩍 흘리고 말았습니다. 절박하게 돈이 필요했어요. 내 잘못입니다. 용서를 구합니다. 당신한테, 그리고 재단에."

"당신의 사과를 받아들이지요. 하지만 배상 문제는 그냥 넘어갈 수 없답니다."

"그 돈의 절반은 벌써 써버렸습니다. 당신들이 생각하는 금액이 얼마인지는 몰라도 어쨌든……."

헤러드는 깜짝 놀란 듯 보였다. "오, 돈 문제가 아니에요. 우리는 돈을 요구하는 게 아닙니다."

웨버는 안도의 한숨을 내쉬었다. "그럼 뭔가요? 흥미로운 품목에 대한 정보를 원하신다면 할인된 가격으로 정보를 드릴 수 있습니다. 연줄을 통해 이것저것 알아볼 수도 있습니다. 그 주술서로 인한 손실을 벌충할 만한 물건을 반드시 찾아드리지요. 게다가……."

그는 말을 멈추었다. 어느새 테이블 위에 마닐라 봉투가 얹혀 있었다. 사진틀 뒤에 받치는 마분지 같은 재질의 봉투였다.

"이게 뭡니까?"

"열어보세요."

웨버는 봉투를 집어 들었다. 이름도 주소도 적히지 않았고, 봉해져 있지도 않았다. 손을 집어넣자 칼라사진 한 장이 나왔다. 그는 사진 속의 여자를 알아보았다. 사진 속 여자는 사진이 찍힌다는 것을 전혀 의식하지 못한 듯했다. 오른쪽으로 살짝 고개를 돌려 사진에는 나와 있지 않은 누군가를 혹은 무엇인가를 향해 어깨너머로 웃음 짓고 있었다.

그의 딸 수잰이었다.

"도대체 이게 뭐요? 내 딸한테 해를 가하겠다는 겁니까?"

"그런 게 아니에요. 조금 전에도 말씀드렸지만 재단은 자유의지라는 관념에 깊은 관심을 가지고 있답니다. 주술서 문제에서 당신은 선택권이 있었고, 그것을 행사했지요. 이제 당신한테 또 다른 선택권을 드리라고 하더군요."

웨버는 침을 꿀꺽 삼켰다. "계속해 보시오."

"재단은 따님에 대한 강간 및 살해를 인가했어요. 강간과 살인. 반드시 그 순서로 행해져야 한다고 정해진 건 아니라는 말씀을 드리면 조금은 위안이 될지도 모르겠군요."

본능적으로 웨버는 총으로 시선을 돌리며 손을 뻗으려 했다.

"경고해야겠군요." 헤러드가 말을 이었다. "만약 내게 무슨 일이 생기면 따님은 오늘 밤을 넘기지 못할 것이고 따님이 겪을 고통도 한층 심해질 겁니다. 웨버 씨, 그 총을 쓸 때가 있을 테지만 지금은 아니에요. 우선 내 말을 들어보세요. 그런 다음 생각할 시간을 드리죠."

무엇을 해야 할지 불확실했기 때문에 웨버는 아무것도 하지 않았고, 그 순간 그의 운명은 결정되었다.

"말씀드린 대로, 어떤 행위에 대한 인가가 내려졌지만 반드시 실행되어야만 하는 건 아닙니다. 다른 선택이 가능합니다."

"어떤?"

"당신이 스스로 목숨을 거두는 겁니다. 그게 당신이 가진 선택권이에요. 당신 목숨이냐 아니면 따님의 목숨이냐. 자살은 순식간에 가능하겠지만, 따님의 경우엔 과정이 느리고 고통스럽게 진행되겠지요."

웨버는 말문이 막힌 채 헤러드를 뚫어지게 쳐다보았다.

"당신은 제정신이 아니오." 그렇게 내뱉었지만, 웨버는 그것이 사실이 아니라는 걸 알고 있었다. 헤러드의 눈에서는 완벽한 분별력 이외의 어떤 것도 볼 수 없었다. 고통이 극심하면 멀쩡한 사람이 발광하는 일도 있겠으나 건너편에 앉아 있는 남자에게는 해당사항이 없었다. 오히려 병이 주는 고통으로 말미암아 완벽한 명료성에 도달한 것 같았다. 이 세상이 돌아가는 방식에 어떤 환상도 품지 않았고, 남을 괴롭히는 능력을 발휘하는 데 통찰력을 얻었을 뿐이다.

"나는 미치지 않았어요. 당신이 선택할 수 있도록 5분을 드리지요. 그 이후엔 어떤 일이 벌어지든 그걸 멈출 수는 없습니다."

헤러드는 의자에 편안히 몸을 기댔다. 웨버가 총을 집어 겨냥했지만 눈도 깜짝하지 않았다.

"전화해. 놈들한테 내 딸에게 손대지 말라고 해라."

"벌써 선택을 끝냈나 보지요?"

"아니. 선택 같은 건 없어. 내가 말한 대로 전화를 하지 않으면 네놈을 죽여버릴 거라고 경고하는 거다."

"그럼 따님도 죽게 됩니다."

"네놈을 고문할 수도 있어. 무릎을, 사타구니를 쏘겠다. 내 요구를 받아들일 때까지 계속 고통을 줄 수도 있다."

"그렇다고 해도 따님이 죽는 건 마찬가지에요. 당신도 알고 있어요. 근본적인 차원에서는 당신도 내가 말한 사실을 인정하고 있어요. 당신은 그것을 받아들이고 선택을 해야만 합니다. 이제 4분 30초 남았습니다."

웨버는 엄지로 리볼버의 공이를 당겼다.

"마지막으로 말하는데……."

"웨버 씨, 이런 선택에 직면한 게 당신이 처음이라고 생각하는 건가요? 내가 이런 일을 해본 적이 없다고, 정말로 그렇게 믿는 건가요? 결국 당신은 선택할 수밖에 없습니다. 당신 목숨이냐 아니면 따님의 목숨이냐. 어느 쪽이 당신한테 더 가치 있는 걸까요?"

헤러드는 기다렸다. 그는 흘낏 시계를 보면서 시간을 계산했다.

"그 애가 자라는 걸 보고 싶었어. 그 애가 결혼을 하고, 엄마가 되는 걸 보고 싶었다고. 손자를 안아보고 싶었어. 무슨 뜻인지 알겠어?"

"물론입니다. 따님은 계속 살아갈 테고, 따님의 아이들이 당신 무덤에 꽃을 놓아주겠죠. 4분 남았습니다."

"당신한테는 사랑하는 사람도 없소?"

"없습니다."

무슨 말을 해도 소용없다는 걸 깨달은 웨버의 손에서 권총이 불안하게 흔들렸다.

"만약 당신이 내게 거짓말을 했다면?"

"뭐에 관해서 말인가요? 따님을 강간하고 살해하겠다는 것 말인가요? 내 말뜻을 당신도 알고 있을 텐데요."

"아니. 그것 말고…… 그 애를 내버려두겠다는 것 말이오."

"나는 거짓말을 하지 않습니다. 그럴 필요가 없거든요. 다른 사람들이 거짓말을 하지요. 나는 그런 사람들에게 거짓말의 결과를 보여주는 것뿐입니다. 모든 잘못에는 심판이 따르고, 모든 행위에는 반응이 있기 마련이지요. 질문은 간단합니다. 당신은 어느 쪽을 더 사랑하나요? 따님인가요, 아니면 당신 자신인가요?"

헤러드는 몸을 일으켰다. 한 손에는 휴대폰을, 다른 손에는 와인잔을 들고 있었다. "혼자 있을 시간을 드리지요. 전화를 쓸 생각은 마세요. 전화기에 손을 대면 우리의 거래는 깨지는 겁니다. 그러면 따님이 강간을 당한 끝에 죽게 될 거라고 보증하지요. 게다가 내 동료들은 당신 또한 살아서 새벽을 보지 못하도록 해줄 겁니다."

헤러드가 천천히 주방을 나가는 것을 보면서도 웨버는 그를 붙잡지 않았다. 몸이 굳어서 꼼짝도 할 수 없었다.

복도로 나온 헤러드는 거울에 비친 자기 모습을 점검했다. 넥타이를 바로잡고 재킷의 보푸라기를 털어냈다. 그는 이 낡은 양복이 좋았다. 오늘 같은 일을 처리할 때면 늘 이 양복을 입었다. 그는 마지막으로 시계를 보았다. 주방 쪽에서 웅얼거리는 말소리가 들렸다. 전화를 하려 할 정도로 웨버가 어리석다는 말인가? 하지만 전화를 하는 말투가 아니었다. 잘못을 뉘우치는 말, 아니면 들리지는 않을지라도 딸에게 작별인사를 하는 모양이라고 그는 생각했다. 주방 쪽으로 가까이 다가가자 웨버의 목소리가 또렷이 들렸다.

"너는 누구야?" 웨버는 묻고 있었다. "네가 우리 수잰을 해치려는 놈이야? 그래? 네놈이야?"

헤러드는 주방을 들여다보았다. 웨버는 주방 창문을 쳐다보고 있었다. 헤러드의 눈에 유리에 비친 웨버와 자기의 모습이 보였다. 한순간 제3의 형상을 얼핏 본 것도 같았으나 정원에서 누군가가 안을 들여다본 것 같은 느낌은 공상에 불과하다고 헤러드는 생각했다. 분명히 주방에는 곧 죽을 운명에 놓인 한 사람밖에 없었다.

웨버는 몸을 돌려 헤러드를 쳐다보았다. 흐느끼고 있었다.

"나쁜 자식. 지옥에나 떨어져라."

그는 총을 관자놀이에 대고 방아쇠를 당겼다. 총성이 주방 바닥과 타일을 붙인 벽에 메아리치자 헤러드의 귀가 웅웅거렸다. 웨버는 뒤집힌 의자 옆에 풀썩 쓰러졌다. 웨버는 총을 갖다 대는 방식이 서툴렀다. 하긴 자살 기법에 정통할 수는 없는 일이다. 자살이라는 행위 자체가 익숙함을 배제하는 것이니까. 발사되는 순간 총신이 위를 향하면서 웨버의 두개골 윗부분을 날려버렸으나 완전히 숨이 끊어지지는 않았다. 눈이 크게 열렸고, 입을 발작적으로 뻐끔거렸다. 그가 저녁 식사 준비를 위해 도마에 얹어둔 물고기의 마지막 순간이 그랬을 것이다. 고통을 덜어주기 위해 헤러드는 웨버의 손에 들린 권총으로 그의 숨을 끊어주었다. 그런 다음 잔에 남은 와인을 꿀꺽 마시고 떠날 채비를 했다.

복도로 향하던 그가 문간에서 발걸음을 멈추었다. 주방 창문을 돌아보았다. 무언가 이상했다. 그는 급히 카운터로 되돌아가 웨버가 깔끔하게 손질해둔 정원을 내다보았다. 부드러운 조명이 밝혀진 정원에는 높은 벽이 둘렸고, 양 측면은 문으로 막혀 있었다. 사람의 그림자도 발견할 수 없었으나 헤러드는 꺼림칙한 느낌을 지울 수 없었다.

시계를 보았다. 이미 꽤 지체한 상태였고, 총성이 주목을 끌었을 수
도 있다. 그는 계단 아래 벽장에서 주 배전함을 찾아내 집 안의 불을
모두 끈 다음 안쪽 주머니에서 꺼낸 파란색 수술용 마스크를 썼다. 어
떤 면에서 H1N1 바이러스가 그에게는 축복이기도 했다. 그가 지나가
면 뚫어져라 쳐다보는 사람들도 있긴 하지만, 얼굴에 병의 징후가 분
명히 나타난 그를 보는 이들의 표정엔 호기심만큼이나 이해심도 있었
다. 어둠에 몸을 감추고 밤의 일부가 된 헤러드는 제러마이어 웨버와
그의 딸을 머릿속에서 영영 지워버렸다. 웨버는 선택을 했고, 헤러드
가 보기엔 올바른 선택이었다. 그의 딸에게는 아무 일도 없을 것이다.
헤러드에게 동료는 없었다. 웨버를 위협한 것과는 달리 처음부터 딸한
테 손을 댈 생각은 없었다.

헤러드는 그 나름의 방식으로 명예를 중시하는 사람이었다.

4

웨버의 시체가 엎질러진 와인과 함께 주방 바닥 위에서 굳어가고, 헤러드가 다시 어둠의 일부분으로 돌아갔을 무렵, 멀리 북쪽의 숲 속 작은 공터 주위에는 전화벨 소리가 울리고 있었다.

더러운 시트 위에 웅크리고 있던 남자가 그 소리에 깨어났다. 그들에게서 걸려온 전화라는 걸 그는 즉시 알아챘다. 자기 전에 집 전화 플러그를 뽑았으니 틀림없었다.

그는 침대에 누운 채로 시선만 천천히 수화기 쪽으로 움직였다. 마치 그들이 벌써 옆에 와 있고, 약간이라도 자세를 바꾸면 깨어 있다는 사실을 알리게 될까봐 두려운 듯이.

꺼져. 날 좀 내버려둬.

텔레비전이 켜졌다. 잠깐 동안 60년대 코미디가 화면에 얼핏 비쳤다. 소파에서 어머니와 아버지 사이에 끼어 앉아 함께 웃으며 보았던 코미디였다. 부모님 생각으로 눈물이 흐르는 걸 깨닫고 그는 깜짝 놀랐다. 옆에서 지켜주길 바랐지만 부모님은 이미 오래 전에 세상을 떠났고 그는 혼자 남겨졌다. 텔레비전 화면이 서서히 사라지더니 지지직

잡음만 들렸다. 그러자 그 목소리가 화면을 통해 들려왔다. 어젯밤, 또 그제 밤과 똑같았다. 그 물건들을 받은 이후부터 매일 밤 그랬다. 공기가 따뜻했지만 그는 몸을 떨었다.

그만. 가버려.

저편 주방에서는 라디오 소리가 들렸다. 그가 가장 좋아하는, 아니 예전엔 그랬던 프로그램 '리틀 나이트 뮤직' 이었다. 잠을 청할 때마다 즐겨 듣던 프로그램이었는데, 이제는 아니었다. 라디오를 켜면 음악 뒤에서, 교향곡 선율 사이에서 그들의 목소리가 들렸다. 진행자의 목소리 위로 그들의 소리가 겹쳐졌다. 진행자의 목소리를 완전히 차단하는 것은 아니었지만 방송에 집중하지 못할 정도로 크게 들렸다. 감미롭게 이어지는 그 낯선 언어를 무시하려 해도 어느새 작곡자나 지휘자의 이름을 잊어버리게 되었다. 그는 그들이 쓰는 단어를 이해하진 못했으나 의미는 분명했다.

풀어달라는 것이다.

마침내 더는 참을 수 없게 되었다. 그는 침대에서 뛰쳐나와 옆에 세워두었던 야구방망이를 움켜쥐고 방향을 정확히 가늠해 어린 시절 동경했던 동작으로 힘껏 휘둘렀다. 텔레비전 화면이 둔탁한 소리와 함께 깨지면서 파편이 날렸다. 이어 라디오도 부서져 바닥에 흩어졌고 남은 것은 전화기뿐이었다. 그는 야구방망이를 든 채 전화기를 내려다보았다. 전원 코드는 콘센트에서 아예 멀찍이 떨어져 있었고, 플라스틱 연결 케이블은 본체 가까이 늘어져 있었으나 연결되지 않은 상태였다. 그런데도 전화는 계속 울렸다. 놀라는 게 당연한 일이었지만 그는 아무렇지도 않았다. 이젠 놀라는 능력을 완전히 잃어버리고 말았다.

전화기를 부숴 플라스틱과 회로 파편 더미로 만들어버리는 대신 그는 야구방망이를 내려놓았다. 전원과 커넥터를 연결한 뒤 수화기를 귀가까이로 가져갔다. 그 목소리가 수화기를 통해 머릿속으로 들어와 자리 잡을까봐, 그래서 자신을 미치게 만들까봐 두려워 수화기가 귀에 닿지 않도록 조심했다. 이미 미친 건지도 모르지만 상태가 더 나빠질까 겁이 났다. 그는 한동안 수화기에 귀를 기울였다. 입이 떨렸고 눈물이 계속 흘렀다. 마침내 그는 어느 번호를 눌렀다. 벨이 네 번 울리자 딸깍 응답기가 작동했다. 언제나 응답기가 받았다. 그는 마음을 진정시키려 애쓰면서 말했다.

"뭔가 잘못됐어. 이쪽으로 와서 처리해줘. 다른 사람들한테 나는 빠진다고 말해주고. 내가 받기로 되어 있던 돈만 주면 돼. 나머지는 마음대로 해."

전화를 끊은 그는 외투를 입고 운동화를 신은 다음 손전등을 움켜쥐었다. 잠시 망설이다가 침대 밑으로 손을 뻗어 녹색 M12 표준 군용 권총집을 끄집어냈다. 그는 브라우닝을 빼내 외투 주머니에 밀어넣고, 또 다른 대비책으로 야구방망이를 든 채 오두막을 나섰다.

구름이 잔뜩 끼어 달을 볼 수 없는 밤이었다. 하늘은 캄캄했고, 그에게는 이 세상 전체가 하늘만큼이나 캄캄하게 느껴졌다. 손전등 불빛으로 어둠을 가르면서 한 줄로 늘어선 폐쇄된 방들을 지나쳐 14호실에 닿았다. 다시 아버지 생각이 났다. 바로 이 방 앞에 어린 소년이었던 그가 아버지와 함께 서 있었다. 소년은 아버지에게 왜 13호실은 없냐고, 왜 12호실 다음이 14호실이냐고 물었다. 아버지는 사람들이 미신을 믿기 때문이라고 설명해주었다. 13호실이나 대도시 호텔 13층에

묵는 걸 싫어하는 사람들의 마음을 편하게 해주기 위해서라고 했다. 그렇게 해서 13이 14가 되면 모두들 더 편하게 잠잔다. 아무리 가리려 해봤자 그 14는 결국 13인데 말이다. 도시의 큰 호텔에는 여전히 13층이 있고, 이런 작은 모텔에는 13호실이 존재한다. 바로 그 이유 때문에 14호실도 피하는 사람들이 없는 건 아니지만 대부분의 손님들은 모르고 넘어간다.

지금 그는 14호실 앞에 혼자 서 있었다. 안에서는 아무 소리도 들리지 않았다. 하지만 그는 그들을 느낄 수 있었다. 그들은 그가 행동에 나서기를, 자기들이 원하는 대로 해주기를 기다리고 있다. 라디오와 텔레비전을 통해, 울릴 리 없는 전화를 늦은 밤 울려대며 그들이 요구한 것이 그것이다. 풀어달라는 것.

문에는 볼트가 그대로 걸려 있었고 자물쇠에도 이상은 없었다. 하지만 그가 나무를 뚫고 박아두었던 나사 중 세 개가 헐겁게 풀렸고 한 개는 아예 떨어져나갔다.

"아니야. 그건 불가능해." 그는 땅에 떨어진 나사를 집어 머리 부분을 살펴보았다. 깨진 부분은 물론 다른 자국도 전혀 없었다. 오두막을 비운 사이 누군가 드릴을 사용해 나사를 풀었을 가능성은 있다. 하지만 왜 하나만 풀고 그만두었을까? 나머지 것들은 왜 풀다가 말았을까? 말이 안 된다.

다만……

다만 그들이 안에서 한 짓이 아니라면. 하지만 어떻게?

문을 열어봐야만 한다고 그는 생각했다. 문을 열고 확인하지 않으면 안 된다. 하지만 그러고 싶지 않았다. 무엇을 보게 될지 겁이 났고, 자기 의지에 반해 무슨 짓을 하게 될지 몰라 두려웠다. 남은 인생에서 선한 일을 한 가지만 더 할 수 있다면, 그것은 바로 그들의 목소리를 무시하는 일이라는 것을 그는 알고 있었다. 문 안에서 그들이 내는 소리가 들리는 것만 같았다. 그를 부르는 소리, 그를 도발하는 소리…….

그는 오두막으로 가서 커다란 연장 상자를 가지고 14호실로 돌아왔다. 드릴에 날을 끼우려 할 때 나무문 위에서 나는 금속 소리가 주의를 끌었다. 그는 드릴을 내려놓고 문에 손전등을 비추었다.

남아 있던 나사들 중 한 개가 부드럽게 돌아가면서 나무문 위로 솟아올랐다. 그가 지켜보는 사이 나사의 몸체가 완전히 빠져나오더니 땅에 떨어졌다.

나머지 나사들은 잠잠했다. 더 이상은 움직임이 없었다. 그는 드릴을 옆으로 치워두고 네일건을 들었다. 깊이 숨을 들이쉰 다음 문으로 다가가 네일건의 총구를 나무에 대고 방아쇠를 당겼다. 반동으로 약간 비틀거리긴 했지만 물러나서 살펴보니 15센티미터나 되는 기다란 못이 꼭지까지 완전히 나무에 박혀 있었다. 그는 계속 움직여 문에 스무 개의 못을 박아 넣었다. 나중에 빼려면 골치깨나 아프겠지만 어쨌거나 지금은 못이 박힌 걸 보니 조금은 마음이 놓였다.

그는 축축한 땅 위에 주저앉았다. 나사들은 더 이상 움직이지 않았고, 목소리도 들려오지 않았다.

"네놈들은 이게 마음에 들지 않겠지." 그는 중얼거렸다. "이제 곧 누군가 다른 사람이 네놈들을 떠안게 될 거다. 그럼 나하고는 끝이야. 돈만 받으면 이곳을 뜰 거야. 여기에 너무 오래 머물렀어. 어디 따뜻한 곳으로 가서 한동안 잠수해 있어야지. 그래, 그래야지."

그는 연장 상자를 쳐다보았다. 다시 오두막으로 가져가기엔 너무 무거웠고 아마도 가까운 시간 안에 다시 사용할 필요가 있을 터였다. 15호실은 겨우 합판 한 장으로 막혀 있었다. 그는 드라이버로 합판에 박힌 못 두 개를 비틀어 연 뒤 연장 상자를 캄캄한 방 안에 집어넣었다. 왼편의 낡은 장식장이 어렴풋이 눈에 들어왔다. 스프링이 죄다 녹슬고 다리가 부러진 침대는 프레임만 남아 오래전 죽은 생명체의 뼈대처럼 널브러져 있었다.

고개를 돌려 14호실과 맞닿은 벽을 바라보았다. 페인트가 벗겨지고 군데군데 들뜬 부분도 보였다. 페인트가 들뜬 부위에 손을 얹고 피부로 전해지는 촉감을 느껴보았다. 축축한 느낌이 들 줄 알았는데 아니었다. 오히려 따뜻했다. 정상적인 상태라고 볼 수 없을 정도로 온기가 전해져왔다. 건너편 방에 불이라도 피워진 게 아니라면 이럴 순 없었다. 그는 손에 차가운 감촉이 느껴질 때까지 벽을 이리저리 만져보았다. 차가운 부위에는 페인트가 들뜨지 않고 그대로 있었다.

"이게 대체……?" 큰 소리로 말하던 그는 캄캄한 어둠 속에서 들리는 자기 목소리에 소스라치게 놀랐다. 또 다른 자신이 호기심에 찬 눈으로 그를 지켜보면서 어딘지 다른 곳에서 이야기하고 있는 것 같았다. 제 나이보다 늙어 보이고, 전쟁과 부상으로 망가지고, 한밤중의 전화벨과 낯선 언어로 이야기하는 목소리에 시달리는 남자가.

차가운 부위에 손을 대고 있으려니 그 부분의 벽도 따뜻해지기 시작했다. 아니, 따뜻한 정도가 아니라 뜨거워졌다. 순간적으로 눈을 감자 어떤 이미지가 마음에 번뜩 떠올랐다. 옆방에서 무엇인가가, 비틀리고 구부러진 어떤 형상이, 내부에서부터 타들어가면서 자기와 똑같이 벽에 한 손을 대고 자석에 끌려가는 금속처럼 그의 움직임을 그대로 따라 하는 모습이.

그는 벽에서 손을 떼고 트레이닝복을 걸친 다리에 대고 문질렀다. 입과 목이 깔깔했다. 기침이 터져나오려 했지만 눌러 참았다. 그러면 안 된다는 것을 그는 알고 있었다. 드릴을 켜고 못을 박느라 여러 가지 소리를 낸 건 맞다. 하지만 그런 금속성 소음과 기침처럼 인간의 체취나 약점이 배어 있는 소리는 다르다. 그는 한 손으로 입을 막고 연장 상자를 버려둔 채 뒷걸음질로 그 방에서 나왔다. 합판을 걸쳐두긴 했지만 못으로 다시 고정시키지 않고 내버려 두었다. 밤은 고요했고, 바람이 불어 합판이 쓰러질 염려는 없었다. 그는 오두막에 도착할 때까지 한 번도 모텔 쪽을 돌아보지 않았다.

안으로 들어서자마자 문을 잠그고 물을 마신 뒤 보드카를 한 잔 들이켰다. 잠들기 위해 나이퀼(수면제 성분이 든 감기약)도 삼켰다. 그런 뒤 아까 걸었던 번호로 다시 전화를 해서 두 번째 메시지를 남겼다.

"딱 하룻밤뿐이야." 그는 아까 했던 말을 반복했다. "내 돈을 줘. 그리고 저 물건도 치워줘. 더는 못 견디겠어. 미안하다."

그는 전화기를 박살내버리고 신발과 외투를 벗은 다음 침대에 웅크리고 누웠다.

그는 침묵의 소리에 귀를 기울였고, 침묵은 그에게 귀를 기울였다.

변변찮은 작자들이라고 그는 생각했다. 처음부터 변변찮은 짓거리만 했다. 새 신분증명서를 발급하면서 그의 이름 철자를 틀리기까지 했다. 'Bobby

Jandreau'를 'Bobby Jandrau'라고 써두었다. 잘못된 이름으로 전쟁터에 간다면 얼마나 한심한 노릇인가. 악업이 따로 없었다. 이름이 틀렸다고 지적했을 때는 또 얼마나 난리를 피우던지, 누가 봤으면 그가 꽃가마에 태워 이라크에 보내달라고 요구한 줄 알았을 것이다.

부자들은 언제나 가난한 사람들을 쥐어짠다. 이 전쟁은 가난한 사람들이 부자들을 위해 싸우는 전쟁이었다. 싸움터로 나가기 위해 늘어선 사람들 속에 부자는 한 명도 없었다. 부자처럼 보이는 사람이 있었다면 그는 물어보았을 것이다. 조금이라도 더 나은 대안이 있는 사람이라면 거기 있을 까닭이 없으니까. 거기엔 그와 비슷한 사람들밖에 없었다. 그도 궁색한 삶에는 일가견이 있었지만 한층 더 빈곤한 사람들도 많았다. 가난에 훨씬 익숙한 사람들의 기준에 따르면 그는 오히려 넉넉한 편이었다.

장교들은 곧 파병되어 전투를 치를 것이라고 했지만 그들에게는 방탄복조차 없었다.

"이라크 놈들이 우리한테 총을 쏘지는 않을 거라서 그런 거야"라고 래트너는 말했다. "놈들은 빈정거리기만 할 거야. 우리 엄마를 들먹이며 욕이나 하겠지."

래트너는 마르고 키가 컸다. 그가 만나본 사람 중 제일 컸을 것이다. 그리고 말끝마다 '엄마'와 '아빠'를 들먹였다. 죽어가면서도 엄마를 찾았다. 하지만 몇 천 킬로미터 떨어진 곳에 있는 어머니가 아들에게 해줄 수 있는 건 기도뿐이었고, 그는 자기가 어디 있는지도 몰랐다. 텍사스 주 라레도로 후송된 줄 알았던 그는 어머니가 오는 중이라고 하자 그 말을 믿으며 죽어갔다.

그들은 고철을 뒤지고 깡통을 펴서 식사용 접시를 만들었다. 시간이 지나자 방탄복도 생겼다. 이라크인의 시체에서 벗긴 것이었다. 나중에 이라크에

도착한 쪽은 장비가 훨씬 좋았다. 가슴받이, 눈 보호대, 와일리-X 선글라스에다 기자에게 질문 받을 때를 대비해 모범답안이 적힌 녹색 카드 몇 장까지 챙겨들고 왔다. 그도 그럴 것이 상황이 완전 지옥으로 변해버렸으므로, 아버지가 자주 하던 말마따나 지랄 난장판이 되어버렸으므로, 병사들이 마음대로 입을 놀리도록 내버려둘 순 없었을 것이다.

처음엔 샤워도 못했다. 군모에 물을 담아 씻었다. 폐허가 된 건물에서 살다가 시일이 흐르자 55도의 열기 속에서 에어컨도 없이 다섯 명이 한 방에서 지냈다. 잠도 못자고, 샤워도 못하고, 몇 주씩 옷도 갈아입지 못했다. 시간이 지나면서 에어컨이 설치되고, 조립식 주택에 화장실 설비도 갖추어졌다. 플레이 스테이션과 대형 스크린 TV를 갖춘 위락센터가 들어서고, 부대 매점에서는 '네 바그대디는 누구야?'(바그다드를 빗댄 농담인 듯- 옮긴이)라는 재미도 없는 농담이 들어간 티셔츠와 버거킹을 팔았다. 인터넷 단말기들이 놓이고, 가족들에게 전사 통보를 할 때를 제외하면 전화센터는 스물네 시간 열려 있었다. 운송용 컨테이너 시설 바로 옆에 콘크리트 벙커가 설치돼 박격포 공격에 몸을 드러내지 않아도 되게끔 바뀌었다.

그는 고생을 고생으로 여기지 않았다. 처음에는 그랬다. 고향에 머무르며 미국 본토에서 시간을 보낼 거였으면 애초에 징병서에 서명도 하지 않았을 것이다. 전쟁터에 오고 싶어서 그랬던 게 아니었나? 그러고 보니 럼스펠드 국방장관은 이런 말을 했다. 원하는 대로 잘 갖춰진 병력이 아니라 현재 있는 병력으로 전장에 나가는 거라고. 럼스펠드야 최근에 봤을 때도 팔다리가 멀쩡했으니 그런 말을 쉽게 할 수 있었겠지.

그의 양팔에는 문신이 있었다. 치기로 새긴 것이지 갱단과 관련된 것은 아니었다. 메인 주에 문신으로 새길 만한 갱단이 있는지도 의문이었다. 설사 있다 해도 그런 문신 따위는 블러즈 앤드 크립스(로스앤젤레스의 유명 갱단)의 진짜 냉혹함 앞에서는 무색해질 것이다. 나중에 군에는 자체 문신이 도입되어 인식표의 내용을 병사의 옆구리에 새겨 넣었다. 몸이 산산조각 나서 인식표가 망가지거나 없어지더라도 '생살 표지'인 신분 증명이 몸에 남게 될 터였다. 모병에 나선 어느 하사는 입대하면 몸의 문신을 지워줄 뿐 아니라 사소한 범죄 기록을 없애주겠다는 말까지 했다. 하지만 그에게는 음주운전 전과조차 없었다. 대신 그는 멋진 인생을 보장받았다. 선지급 보너스, 유급 휴가. 그리고 복무가 끝나면 대학 교육도 받게 해주겠다고 했다. 군의 학습능력 시험인 직업적성 시험에서 80퍼센트 이상을 득점해 2년만 복무하면 됐지만 그는 4년 복무를 지원했다. 달리 할 일이 있는 것도 아니었고, 4년 복무를 신청하면 특정 사단을 선택할 수 있었다. 가능하다면 같은 메인 주 출신 병사들과 함께 군 생활을 하고 싶었다. 그는 군인이 되는 게 좋았다. 그건 그가 잘할 수 있는 일이었고 그것이 입대한 이유였다. 그렇지 않았다면 모든 게 전혀 다른 방향으로 흘러갔을 것이다.

처음에 그는 포트 베닝으로 보내져 14주간 훈련을 받았다. 훈련 이틀째, 이러다 죽을지도 모르겠다는 생각이 들었다. 기초 훈련이 끝나자 2주간 휴가를 받았고, 그 다음엔 고향으로 가서 징병을 보조하는 프로그램에 배치되었다. 군복 정장을 쫙 빼입고 친구들을 만나 피라미드 방식으로 모병하는 프로그램이었다. 하지만 친구들은 그가 내민 상품을 사지 않았다. 토비아스를 만난 것은 그때였다. 당시부터 토비아스는 수완이 남달랐다. 동맹을 맺고 거래를 하는 데 능숙했고, 훗날을 내다보고 사소한 호의를 베풀어주기도 했다. 토비아스는 그를 자기 날개 아래 거뒀다.

"넌 세상을 몰라." 토비아스는 그에게 말했다. "나한테 붙어 있어라. 내가 널 가르칠 테니까."

토비아스는 정말로 그렇게 했다. 그가 데미안 패챗을 보살핀 것처럼 토비아스는 그를 돌봐주었다. 그러다 데미안과 그의 입장이 역전되었다. 총알이 날아오는 순간, 그는 생각했다.

나는 미끼다. 위장을 위한 구실이다.

나는 이렇게 죽을 것이다.

5

다음 날 아침, 다시 조엘 토비아스가 있는 곳으로 갔다. 감시할 때 주로 이용하는 새턴 대신 지난밤과는 다른 머스탱을 몰고 움직였다. 머스탱도 눈에 안 띄는 차는 아니었지만, 지난밤 마주친 것이 빌미가 되어 토비아스가 미행을 의심했을 가능성을 염두에 두어야 했다. 디어링 애버뉴 모퉁이에 있는 빅스카이 브레드 컴퍼니의 주차장으로 가 트럭 뒤에 차를 세우고, 리비어의 토비아스 집 정면이 보이도록 자세를 잡았다. 상대방이 특별히 주의를 기울이지만 않는다면 내 모습이 눈에 띄지 않을 터였다. 주차하면서 보니 실버라도는 진입로에 그대로 서 있고, 위층 창의 커튼도 내려진 채였다. 8시 조금 지나자 검은 티셔츠에 검은 면바지를 입은 토비아스가 현관에 나타났다. 왼쪽 팔에 문신이 있었으나 거리가 멀어 어떤 문신인지는 알 수 없었다. 그는 실버라도를 몰고 오른쪽으로 꺾었다. 실버라도가 시야에서 사라지는 것을 기다려 뒤를 쫓기 시작했다.

교통량이 많아 제법 거리를 유지하면서도 목표물을 눈에 잡아둘 수 있었다. 베드퍼드에서 신호등이 갑자기 바뀌었을 땐 놓칠 뻔했지만 몇 블록 뒤에 따라잡았다. 토비아스는 프랭클린 간선도로에서 벗어나 창고 단지 쪽으로 방향을 틀었다. 나는 실버라도를 그대로 지나쳐 옆 건물 주차장으로 들어갔다. 토비아스가 간 곳에는 대형 트럭이 세 대 주차되어 있었는데, 그는 쇠사슬 펜스에서 가장 가까운 쪽의 트럭 옆에 차를 갖다 댔다. 이후 한 시간 동안 트럭을 여기저기 점검하더니 실버라도에 올라타고 집으로 돌아갔다.

머스탱에 연료를 채우고 빅스카이에서 커피를 사서 차로 돌아와 내게 맡겨진 일에 관해 생각해보았다. 지금까지 알게 된 것은 토비아스의 재정 상태가 수상쩍다는 것, 베넷이 말한 대로 여자친구와 문제가 있는 듯 보인다는 것이 전부였다. 그러거나 말거나 나와는 아무 관계 없다는 생각을 떨칠 수 없었다. 이론상으로는 토비아스 근처에 진을 치고 있다가 그가 예정대로 캐나다로 갈 때 뒤를 밟아서 국경을 넘고, 어떤 물품이 거래되는지 확인하는 게 맞다. 하지만 내가 그곳까지 쫓아가는데도 그가 눈치 채지 못할 가능성은 희박했다. 정말로 불법행위에 연루된 거라면 감시가 따라붙는 것에 신경을 곤두세울 것이므로 추적하려면 두 대, 아니 석 대의 차가 필요하다. 재키 가너에게 두 번째 차의 운전을 맡기면 되겠지만 재키는 공짜로 일해주지 않는다. 법적인 문제에 휘말리지 않고 누군가를 패줄 수 있는 신나는 일이라면 모르지만, 퀘벡까지 대형 트럭을 쫓아가는 것은 신나는 일과는 거리가 멀어도 한참 멀다. 게다가, 토비아스가 밀수를 한다 치자. 그래서 어쩌란 말인가? 나는 세관 직원이 아니다.

그가 여자친구를 때리느냐 아니냐는 다른 문제지만, 어떤 방식으로 개입해야 상황이 개선될지 알 수 없었다. 베넷 패챗이 다른 여종업원을 통해 캐런 에모리한테 신중하게 접근하는 게 낫다. 생판 남인 내가 불쑥 다가가서 최근에 남자친구에게 얻어맞지 않았냐고 해봐야 반가워할 리 없다.

나는 베넷의 휴대폰에 전화를 걸었다. 음성 사서함이 나오기에 메시지를 남겼다. 다운스로 전화를 해보았지만 베넷은 거기에도 없었고, 전화를 받은 여자 말로는 오늘 나올지 확실치 않다고 했다. 나는 전화를 끊었다. 어느새 커피는 차갑게 식어 있었다. 차창을 내리고 커피를 밖에 쏟아버린 다음 종이컵을 뒷좌석에 던졌다. 지루했고 실망스러웠다. 글러브 박스에서 제임스 리 버크의 소설을 꺼내 편안히 등을 기대고 읽기 시작했다.

세 시간이 지나자 엉덩이가 아팠고, 책도 모조리 읽어버렸다. 내 몸속을 지나간 커피는 종착역에 다다랐다. 여느 사립 탐정들과 마찬가지로 나도 비상사태에 대비해 차에 플라스틱 병을 갖고 다니지만 그걸 써야할 정도는 아니었다. 다시 베넷의 휴대폰에 전화를 해보았으나 이번에도 음성사서함으로 연결되었다. 20분이 지나자 캐런 에모리의 녹색 수바루가 교차점에 나타났다. 그녀는 이미 파란색 다운스 티셔츠를 챙겨 입은 모습으로 운전하고 있었다. 차에 다른 사람은 없는 것 같았다. 나는 그녀가 지나가는 것을 지켜보기만 했다.

다시 30분이 흐른 뒤 토비아스의 실버라도가 나타나더니 고속도로로 향했고, 나는 그를 쫓아서 포틀랜드의 니켈로디언 극장까지 갔다. 그는 거기서 코미디 영화표를 한 장 샀다. 20분을 기다려도 나오지 않았다. 조엘 토비아스는 당장 캐나다로 가지는 않을 모양이었다. 적어도 오늘은 아닌 듯했고, 설사 밤에 출발한다 해도 쫓아 나서기는 어려웠다. 오늘 밤과 내일 밤은 베어 근무가 예정되어 있다. 데이브 에반스를 실망시킬 수는 없는 일이다. 하루를 낭비했다는 생각이 들었다. 이런 식이라면 베넷은 쓴 돈만큼의 가치를 내게서 뽑지 못할 것이다. 벌써 오후 5시였다. 8시까지는 베어에 가야 했는데 그전에 우선 샤워를 하고 볼일도 보고 싶었다.

나는 스카버러로 되돌아갔다. 후텁지근한 저녁이었고 바람 한줄기 없었다. 샤워를 마치고 옷을 갈아입을 때쯤엔 마음이 정해졌다. 베넷이 강력한 반대 이유를 대지 못하면 지금까지 쓴 시간에 대해서만 비용을 청구하고 나머지 돈을 돌려주기로 하자. 베넷이 원한다면, 캐런 에모리가 가정폭력에 시달리고 있을 경우 그의 중재를 받아 무료로 상담을 해줄 수도 있다. 조엘 토비아스한테도 신경 쓸 것 없다. 내가 모르는 합법적인 수단으로 구멍난 재정을 메우고 있는 게 아니라면 경찰이나 세관에 붙잡힐 때까지 지금 하는 짓을 계속하도록 내버려두면 그만이다. 이상적인 타협안은 아니지만 타협안이란 본래 그런 법이다.

그날 밤 베어는 몹시 붐볐다. 주 경찰 몇 명이 출입문에서 멀찍이 떨어진 안쪽에서 술을 마시고 있었다. 아는 척하지 말아야겠다고 생각했고, 데이브도 그게 낫겠다고 했다. 그들은 나를 조금도 좋아하지 않았다. 그들의 동료인 한센 형사는 올 초 나와 관계된 사건에 휘말려 다친 끝에 아직도 병가 중이었다. 내 잘못은 아니었지만 그의 동료들은 그렇게 생각하지 않았다. 그래서 그날 저녁은 종업원들에게서 받은 주문에만 집중했고, 카운터에 앉은 사람들에 관한 건 두 명의 바텐더에게 맡겨두었다. 밤 시간은 순식간에 지나갔고, 자정이 되자 일도 마무리 되었다. 돌아갈 때는 조엘 토비아스의 집을 지나치는 길을 택했다. 실버라도는 여전히 같은 자리에 있었고, 캐런 에모리의 차가 나란히 주차되어 있었다. 페더럴 근처 창고 단지에 가보니 토비아스의 대형 트럭도 그대로 서 있었다.

집까지 절반쯤 왔을 때 전화벨이 울렸다. 발신자 번호를 보니 베넷 패쳇이었다. 던킨 도넛 앞에 차를 세우고 전화를 받았다.

"패쳇 씨, 꽤 늦은 시간에 전화를 하셨네요."

"나처럼 자네도 올빼미형인 줄 알았지. 아까 건 전화에 너무 늦게 답을 해서 미안하네. 법적인 문제가 있어서 온종일 거기 묶여 있었어. 솔직히 말하면 그 일로 너무 지쳐서 메시지를 확인할 기분도 안 들었네. 자기 전에 마시는 밤술을 한 잔 했더니 이제야 좀 나아졌어. 특별히 얘기할 거리를 발견하기라도 했나?"

나는 그렇지 않다고 대답했다. 조엘 토비아스의 재정 운용이 말이 안 된다는 것을 확인한 것이 성과라면 성과였지만 그건 베넷이 벌써부터 의심해온 그대로였다. 이어서 내가 생각한 것들을 그에게 이야기했다. 추가로 사람이 더 붙지 않으면 토비아스를 추적하는 일이 왜 어려운지 하는 것과 캐런 에모리가 가정폭력의 희생자일 가능성에 대해서는 더 나은 대처법이 있다는 것.

"그럼 내 아들은?" 하고 베넷은 물었다. 그 말을 할 때 그의 목소리가 갈라졌다. 밤술을 한 잔만 마신 게 아닌 것 같았다. "내 아들 문제는 어떻게 하고?"

대답할 말이 없었다. 당신 아들은 세상을 떠났습니다. 이렇게 한다고 돌아오지 않아요. 외상후 스트레스 때문이에요. 조엘 토비아스가 합법적인 트럭사업을 가장해 무슨 짓을 하든 그것 때문이 아니란 말입니다.

"이보게. 자네는 나를 아들의 죽음을 받아들이지 못하는 어리석은 노인이라고 생각할지도 몰라. 아마 그게 사실이겠지. 하지만 나는 사람을 보는 눈이 있어. 조엘 토비아스는 비뚤어진 인간이야. 처음 봤을 때부터 마음에 들지 않았고 데미안이 그와 어울리는 것도 싫었네. 자네가 이 일을 계속 맡아줬으면 하네. 이건 돈 문제가 아니야. 돈이라면 있네. 사람을 더 써야 한다면 그렇게 하게. 그것도 내가 지불하겠네. 어떤가? 말을 해보게."

무슨 말을 하겠는가? 무의미하다고 생각했지만 며칠 더 두고 보겠노라 할 수밖에 없었다. 그는 고맙다고 인사한 뒤 전화를 끊었다. 나는 한동안 휴대폰을 물끄러미 쳐다보다 옆자리에 던져놓았다.

그날 밤 꿈에서 조엘 토비아스의 대형 트럭을 보았다. 트럭은 인적 없는 주차장에 서 있었는데 컨테이너가 열려 있었다. 나는 컨테이너를 들여다보았다. 거기엔 오로지 어둠, 컨테이너를 넘어 계속 이어지는 어둠뿐이어서 무(無)를 들여다보고 있는 것 같았다. 그 어둠 속에서 무엇인가가 빠르게 다가오는 게 느껴졌다. 그 무언가는 심연 속에서 솟아나 나를 덮쳤다.

새벽 첫 햇살에 눈을 떴을 때, 완벽히 혼자 있는 게 아니라는 느낌이 왔다. 방에 죽은 아내의 향수 냄새가 떠돌고 있었다. 그것은 경고였다.

6

캐스코만 터미널에 도착하자 우편선이 아침 출항에 막 나서는 중이었다. 몇 안 되는 승객은 대부분 관광객으로, 어선과 페리로 붐비는 부두가 멀어지는 모습을 물끄러미 바라보고 있었다. 우편선은 만 인근의 삶에 없어서는 안 될 요소였다. 리틀 다이아몬드, 그레이트 다이아몬드, 다이아몬드 코브, 롱 섬, 피크스 섬, 그리고 캐스코만 최대의 섬인 그레이트 체베그, '캘린더 군도' 가운데 가장 멀찍이 위치해 예전엔 '안식처'로 불렸던 더치 섬과 본토를 하루에 두 번 연결한다. 우편선은 바다 인근에 사는 사람들과 바다 위에서 사는 사람을 이어줄 뿐 아니라 캐스코만의 작은 마을에 사는 사람들도 서로 연결해준다.

우편선은 언제나 향수를 불러일으킨다. 마치 다른 시대에 속한 것 같은 우편선을 보면 저절로 눈길이 쏠리면서 섬과 본토 사이의 여행이 쉽지 않았던 시절에 그 배가 얼마나 중요한 역할을 했었는지 생각해보게 된다. 우편선은 편지와 소포, 화물을 운반하면서 뉴스도 나르고 퍼뜨렸다. 어머니와 함께 메인 주로 돌아온 지 얼마 안 되어 외할아버지가 나를 우편선에 태워준 적이 있다. 아버지가 세상을 떠나고, 그 죽음이 남긴 오점을 피해 북쪽으로 도망쳐왔을 때였다. 그때 나는 우리가 본토를 영원히 뒤로 하고 저 섬들 중 어딘가에서 살면 어떨까 생각했다. 아버지가 흘리게 한 피도 해안에 가로막혀 서서히 바다로 스며든 끝에 파도에 휩쓸려 사라져버릴지 몰랐다. 뒤돌아보면 나는 항상 도망치고 있었다. 아버지의 유산으로부터, 아내와 딸의 죽음으로부터, 궁극적으로는 나 자신의 본성으로부터.

하지만 이제 도망치는 것을 멈추었다.

세일메이커는 까놓고 말해 쓰레기장이라 해도 괜찮았다. 포틀랜드에서 가장 오래된 부두 술집 중 하나인 그곳은 바닷가재잡이 업자들과 부두 일꾼 등 험한 항구 작업으로 살아가는 사람들이 배를 채우는 장소였다. 옛날 옛적에는 선창가를 둘러보려는 관광객을 염두에 둔 적도 있었던 모양이지만 관광객들은 세일메이커에 발을 들여놓지 않았다. 그곳은 집 마당에서 깜박 잠들어버린 떠돌이 개와 비슷했다. 싸움의 상처로 털이 여기저기 움푹 꺼지고, 자고 있을 때조차 누런 이를 드러내고, 반쯤 감긴 눈꺼풀 아래 눈에서는 점액이 줄줄 흐르고, 온몸에서 억제된 위협을 발산하는 그런 개. 지나가던 어리석은 사람이 머리라도 쓰다듬어주려 하다간 손가락을 물어뜯기거나 더한 부상을 입게 될 수도 있다. 세일메이커는 밖에 내건 간판 글씨조차 겨우 알아볼 수 있을 정도였고, 페인트칠을 해야 할 때를 몇 년이나 넘긴 상태였다. 그런 곳을 원하는 사람은 어떻게든 찾아오므로 간판 따위가 필요 없는지도 몰랐다. 토박이뿐 아니라 새로 옮겨온 사람들 중에도 그런 치들이 있었다. 괜찮은 식사, 등대와 우편선과 섬들이 불러일으키는 향수 같은 데는 관심이 없는 사람들. 그런 자들은 냄새로 세일메이커를 발견해 그

속에서 자기 자리를 찾아낸다. 다른 개들한테 물리면 덤벼들어 물어뜯어주면 그만이다.

세일메이커는 지금까지도 부두에서 영업하고 있는 유일한 술집이다. 주위 건물들은 창문에 셔터가 내려지고 출입문에 자물쇠가 채워져 있다. 훔쳐갈 만한 것은 아무것도 남아 있지 않았지만, 그래도 굳이 안으로 들어가려 한다면 발 디딘 곳이 꺼져 아래에 흐르는 차가운 바닷물에 빠질 위험을 무릅써야 한다. 그 건물들은 부두 자체와 마찬가지로 서서히 부식되어 바다로 잠기는 중이었다. 진즉에 부두 전체가 내려앉지 않은 게 기적이었다. 세일메이커는 주위 건물들에 비해서는 안정감이 있었지만 믿지 못할 말뚝 위에 자리 잡은 건 마찬가지였다.

따라서 세일메이커에서 술을 마시는 건 아주 다양한 차원에서 위험을 감수하는 일이었다. 하지만 부서진 판자에 발이 걸려 만에 빠질 가능성은 거기 있는 손님들로부터 물리적 폭력을 당하는 보다 심각한 위협과 비교하면 아무것도 아니었다. 이제는 바닷가재잡이 업자들조차 예전처럼 뻔질나게 드나들지 않았고, 간혹 오더라도 물고기 잡이에는 관심이 없고 귀에서 체액이 쏟아질 때까지 술을 마셔야 직성이 풀리는 작자들뿐이었다. 그런 치들은 이름만 어부였다. 세일메이커에 죽치게 된 자들은 힘들게 일해서 정직하게 돈을 벌며 세상에 기여했던 시절은 옛날에 끝났다고 체념하고 있었다. 세일메이커는 더 이상 갈 곳이 없을 때 가는 곳, 예상되는 인생의 마지막 장면이 술집에서 앉았던 자리와 주문한 술로만 자기를 기억하는 사람들이 참석하는 자신의 장례식밖에 없을 때 가는 곳이었다. 장례식 참석자들은 시신이 땅에 묻힐 때 죽은 사람에 대한 것 이상으로 자신의 인생을 애도할 터였다. 예전엔 바닷가 마을 어디에나 세일메이커 같은 술집이 있었다. 하지만 그런 곳은 남은 가족들이 아니라 이미 고인이 된 사람들의 기억 속에 있는 장소다. 그런 뜻에서 세일메이커는 명목상으로나 비유적으로나 인생을 마감하기에 적당한 곳이었다. 항해 중인 배 위에서 사망자가 나왔을 때 해먹에 시신을 싸서 꿰매는 것이 돛 꿰매는 사람, 바로 세일메이커였기 때문이다. 돛 꿰매는 사람의 바늘이 마지막으로 시신의 코를 통과하는 것이 죽음을 공식적으로 확인하는 절차였다. 하지만 세일메이커에서는 그런 신중함이 필요하지 않았다. 죽을 때까지 술을 퍼마시는 단골들에게는 더 이상 술을 주문하지 않는다는 것 자체가 갈 날이 얼마 남지 않았다는 명확한 신호였다.

세일메이커의 소유자는 지미 주얼, 면전에서는 누구에게나 '주얼 씨'로 불리는 인물이다. 세일메이커가 있는 부두 자체도 그의 소유였고 그밖에 다른 건물도 여러 채 갖고 있었다. 법적 요건을 간신히 맞춘 아파트, 키터리에서 캘리스에 이르는 지역의 샛길과 해변에 위치한 버려진 건물 등 하나같이 형편없는 곳이었다. 주얼은 땅도 갖고 있었다. 빗물이 괴어 썩어가고 있을 뿐 상업적 용도가 전혀 없는 공터, 팔려고 내놓은 것은 아니지만 '출입금지' 표지판 이외에는 소유자의 존재가 전혀 드러나지 않는 부지를 여기저기 갖고 있었다. 그 '출입금지' 표지판들만 해도 '출입'이란 단어에 창조적인 변형이 가해지면서 낙서판으로 전락해버린 지 오래였다.

주얼이 소유한 건물과 부지의 공통점은 언젠가는 개발업자에게 비싼 값에 팔릴 가능성이 있다는 점이었다. 세일메이커가 위치한 부두만 해도 메인 주 부두 재개발 사업에 편입된 곳이었다. 새 호텔과 고층 사무실, 유람선 터미널을 세워 해안 지역의 경제를 활성화시킨다는 목표를 내건 1억6천 만 달러 규모의 그 사업은 결국 중단되었고, 실현 가능성이 점점 멀어지고 있었다. 항구는 불경기에 시달리고 있었다. 선박과 바지선에, 혹은 내륙으로 가는 트럭과 열차에 짐을 부리려고 대기 중인 화물 컨테이너로 가득 찼던 국제 해양터미널은 그 어느 때보다 한산했다. 잡은 물고기를 포틀랜드 어업 부두로 가져오는 어선의 수는 15년 새 350척에서 70척으로 줄었다. 게다가 어획 일수 제한까지 강화되어 어부들의 시름이 더욱 깊어졌다. 메인 주와 캐나다의 노바스코샤 사이를 운행하던 고속 페리 운항이 중단되면서 부두의 많은 일자리와 수입도 함께 사라졌다. 해안 지역의 생존은 부두 위에 영업을 허가받은 술집과 식당을 늘리는 데 달렸다고 주장하는 사람들도 있었다. 하지만 그럴 경우엔 항구가 테마파크 같은 곳으로 전락해 바닷가재잡이 업자들이 관광객을 상대로 겨우 입에 풀칠이나 하면서 살게 될 위험이 있었다. 300년 동안 포틀랜드를 규정해온 거대한 심해 항구라는 정체성이 사라질 판이었다.

이 모든 불확실성의 와중에 지미 주얼은 몸을 납작 엎드린 채 바람의 방향을 재고 있었다. 포틀랜드가 어떻게 되든, 항구가 망하든 말든 지미가 전혀 상관하지 않는다고 말하면 그건 좀 심한 얘기다. 단지 그에게는 돈이 더 중요할 따름이었다.

퇴락한 건물들이 재산의 상당 부분을 차지하고는 있었지만 그것이 지미가 손을 뻗친 사업의 전부는 아니었다. 주간(州間) 운행 및 캐나다 운행 트럭 사업의 지분도 일부 있었고, 마약 밀매에 관해서는 북동부 해안 지역에서 가장 밝았다. 지미의 전문 분야는 마리화나였다. 최근 몇 년간 몇 차례 된서리를 맞은 뒤 마약 사업에서 한 발짝 물러나 합법적 사업 혹은 합법성의 외양을 갖춘 사업을 선호한다는 소문이었는데, 그 두 가지가 똑같다고 볼 수는 없을 것이다. 오래된 습관은 쉽게 없어지지 않는 법이다. 돈뿐만 아니라 즐거움을 위해서도 범죄를 저지르곤 하는 인간은 법을 어기게 될 수밖에 없다.

지미를 만나기 위해 굳이 미리 전화를 할 필요는 없었다. 지미가 세운 왕국의 중심지는 세일메이커였다. 그는 술집 뒤편에 작은 사무실을 갖고 있었지만 대개는 창고로 사용했고, 늘 술집 안에 죽치고 있었다. 신문을 읽고, 구식 전화기로 가끔 걸려오는 전화를 받고, 커피를 끝없이 들이켜며 언제나 그곳에 있었다. 그날 아침에 내가 세일메이커로 들어갔을 때에도 그는 거기 앉아 있었다. 저장실에서 맥주 상자들을 끌고나오는, 얼룩진 흰 티셔츠 차림의 바텐더를 빼면 세일메이커에는 지미 한 사람뿐이었다. 그 바텐더의 이름은 얼 핸리, 샐리 클리버가 남자친구한테 맞아죽은 날 블루문에서 바텐더를 했던 바로 그 얼 핸리였다. 세일메이커와 블루문의 소유주는 같은 사람, 지미 주얼이었다.

내가 들어서자 얼이 나를 쳐다보았다. 내 모습을 보고 반가웠다면 그 사실을 감추기 위해 대단히 노력한 모양이었다. 그는 둥글게 뭉쳐서 구긴 종이처럼 얼굴을 잔뜩 찌푸렸다. 얼은 편안히 쉬고 있을 때에도 추수감사절 일주일 뒤에 통에 마지막으로 남은 호두처럼 얼굴을 구기고 있는 사람으로, 바텐더 일 이외에 지미의 비위를 거스르고 화를 돋우는 상대에게 주먹을 날리는 역할도 맡고 있었다. 액체로 속을 채운, 껍질이 얇은 공 여러 개를 쌓아 만든 것 같은 체격인데, 제일 꼭대기 부분 가장자리에는 기름기 흐르는 검은 머리카락이 얹혀 있었다.

허벅지마저도 둥글었고, 움직일 때면 몸을 에워싼 지방이 출렁이는 소리가 들릴 지경이었다.

지미는 오픈칼라의 파란색 셔츠 위에 장의사처럼 새까만 양복을 걸치고 있었다. 마른 편이었고, 희끗희끗해진 머리카락을 희미한 정향 냄새가 풍기는 포마드로 정리했다. 키는 180센티미터가 넘었지만 보이지 않는 괴로운 짐에 짓눌린 것처럼 자세가 구부정했다. 오른쪽 입술 끝을 항상 끌어올리고 있어 아예 그 상태로 굳어버렸는데, 그 탓에 인생이란 즐거운 코미디며 자신은 그것을 보는 관객일 뿐이라는 인상을 풍겼다. 밀수업자에 마약 거래상 치고는 나쁜 사람은 아니었다. 그는 내 할아버지 앞에 몇 번이나 머리를 조아렸다. 주 경찰이었던 할아버지는 옛날부터 지미와 알고 지냈고, 두 사람은 서로를 존중했다. 지미는 할아버지의 장례식에도 참석했으며 그때 그가 보인 슬픔은 진솔한 것이었다. 이후에는 나와 거의 접촉이 없었지만 우연찮게 우리의 행로가 교차하기도 했고, 내가 답을 찾지 못하고 있을 때 한두 번은 그가 올바른 방향을 알려주기도 했다. 아무도 그 일로 다치지 않고 법적인 문제가 개입되지도 않는 경우 나는 그의 충고를 따랐다.

지미가 신문에서 고개를 들었다. 미소 비슷한 것이 잠깐 반짝였다. 순간적으로 전력 공급에 문제가 생긴 전구가 깜박이는 것 같았다.

"복면이라도 써야 하는 것 아닌가?" 하고 그가 물었다.

"왜요? 내가 훔칠만한 거라도 갖고 있습니까?"

"그건 아니지만. 자네 같은 복수자는 모두들 복면을 쓰는 줄 알았거든. 자네가 어둠 속으로 사라지면 사람들이 곧잘 말하지 않나. '저 복면의 복수자는 누구지?' 하고. 그게 아니라면 자네는 나이에 걸맞지 않게 옷을 어리게 입고, 아무 상관없는 일에 코를 디밀고, 그러다 막상 피를 보면 깜짝 놀라는 그런 인종일 뿐인지도 모르지."

나는 그의 맞은편에 놓인 스툴에 자리를 잡았다. 지미는 한숨을 내쉬며 신문을 접었다.

"내가 옷을 너무 젊게 입는다고 생각해요?"

"자네가 물으니까 하는 말인데, 요즘엔 모든 사람들이 옷을 그렇게 입어. 어쨌거나 그것도 옷을 입은 거라고 치면 말이지만. 이런 술집에 창녀들이 앉아 있던 시절이 있었네만, 창녀들도 요즘 길에서 보는 젊은 여자애들처럼 옷을 입지는 않았어. 여름이고 겨울이고 간에 말이야. 요즘 애들을 보면 코트를 사 입혀 따뜻하게 둘둘 감아놓고 싶다네. 하지만 내가 패션에 관해 뭘 알겠나? 검은색 양복이 아니면 리버레이스(미국의 피아니스트. 화려하고 기괴한 무대의상으로 화제를 뿌렸음─옮긴이)나 입을 옷이라고 생각하고 있으니." 여기까지 늘어놓은 다음 그가 손을 내밀었고, 우리는 악수를 했다. "그래, 요즘엔 어떻게 지내나?"

"아주 좋습니다."

"아직도 그 여자와 같이 사나?" 내 딸 샘의 엄마인 레이철 얘기였다. 굳이 놀라움을 표시할 기분조차 들지 않았다. 지미 주얼의 감시망에서 벗어날 수 있는 사람은 아무도 없다.

"아뇨. 헤어졌습니다. 그녀는 버몬트에 살아요."

"엄마가 애를 데리고 갔고?"

"네."

"안타까운 일이군."

언제까지고 이런 이야기만 할 순 없었다. 나는 의심스럽다는 듯 코를 쿵쿵거렸다.

"고약한 냄새가 나요."

"우리 술집서 나는 냄새가 아니야. 악취를 풍기는 건 손님들이지. 악취를 없애려면 냄새나는 손님을 내쫓아야 하는데 그럼 여기 누가 남아나겠나. 아, 얼도 썩 좋은 냄새를 풍기는 건 아니지만 그건 아마 유전일거야."

얼은 얼굴에 주름을 몇 가닥 더 잡았을 뿐 그 말에 대꾸하지 않고 먼지를 재배치하는 일로 되돌아갔다.

"뭐 좀 마시겠나? 무료 서비스야."

"괜찮아요. 여기 술에는 물을 탄다는 소문이 있더군요. 그래야만 술맛이 제대로 난다고 말이에요."

"배짱 한번 좋군. 여기까지 찾아와서 내 영업장을 모욕하다니."

"영업장이 아니겠죠. 세금 대책이지. 만약 이곳에서 돈이 벌리게 되면 당신 제국은 무너지고 말겁니다."

"내게 제국이 있었던가? 그건 까맣게 몰랐군. 정말 그랬다면 지금보다 옷을 더 잘 입고 있겠지. 더 비싼 검은 정장을 샀을 거야."

"당신한테는 시키지 않아도 알아서 커피를 가져오는 자들이 있지요. 커피를 가져오는 대신 누군가의 머리를 부셔놓기도 하고. 그게 중요한 것 아닐까요?"

"그래서, 자네도 커피를 좀 마시고 싶다는 건가?"

"여기는 커피도 다른 것들처럼 형편없을까요?"

"더더욱 나쁘지. 하지만 난 커피는 내가 직접 내려 마셔. 적어도 내 손이 깨끗하다는 건 자네도 알겠지? 비유가 아니라 문자 그대로 말이야."

"커피를 마시도록 하지요. 고맙습니다. 커피 마시기엔 약간 이른 시간이지만요."

"그렇다면 자네는 장소를 잘못 찾아온 거야. 내가 유리 값을 아끼려고 창문을 저렇게 작게 만든 줄 아나?"

세일메이커는 항상 컴컴했다. 여기 손님들은 시간의 흐름을 상기시키는 걸 좋아하지 않았다.

지미가 근처에 서 있던 얼을 향해 몸짓을 해보이자 얼은 어딘가에서 머그를 하나 꺼내더니 너무 더럽지는 않은지 속을 들여다보고 커피를 따랐다. 어쩌면 알맞게 더러운지를 살펴본 건지도 모른다. 얼이 머그를 테이블에 내려놓을 때 커피가 넘치면서 나무판 위에 고였다. 얼은 불만 있냐는 얼굴로 나를 쳐다보았다.

"덩치에 비해서 조신한 편이네요."

내 말에 지미는 "얼은 자네를 좋아하지 않아" 하고 대답했다. "하지만 그걸 개인적인 감정으로 여기진 말게. 그는 아무도 좋아하지 않으니까. 어떤 때는 나조차 싫어하는 게 아닐까 싶기도 해. 내가 급료를 주니까 내게는 어느 정도 접고 들어오는 거지."

지미는 설탕통과 함께 우유가 든 은 주전자를 건네주었다. 커피 크림이 아니라 우유였다. 지미는 초고온처리 우유를 싫어했고 값싼 크리머와 일회용 봉지설탕도 싫어했다. 나는 설탕은 넣지 않고 우유만 따랐다.

"자, 자네가 찾아온 건 사교적인 방문인가? 아니면 내가 뭔가 큰 잘못이라도 저질렀나? 내 솔직히 말하지. 자네가 이곳으로 나를 만나러 온 것을 보니 들어둔 보험을 점검해봐야겠다는 생각이 든다네."

"내가 말썽거리를 달고 다니는 사람처럼 보입니까?"

"이런. 사신(死神)이 자네한테 크리스마스 선물로 과일 바구니를 보내지 않던가? 자네가 해준 일이 고마워서."

"트럭 사업에 대해 궁금한 게 있어서 왔어요."

"거기엔 발을 들이지 말게. 그게 내 충고야. 온종일 일해야 하고 초과근무 수당도 없어. 운전석에서 자고, 형편없는 음식을 먹고, 그러다 마지막 기착지에서 죽게 되겠지. 하지만 자네를 죽이려고 나서는 자가 아무도 없다는 건 좋은 점이군. 지금 자네가 하는 일, 혹은 그 일을 자네가 하는 방식에서는 살해당하는 게 직업적인 위험요인이니까."

나는 직업에 관한 그의 충고를 무시했다. "어떤 남자가 있어요. 독립업자예요. 멋진 대형 트럭 한 대를 굴리면서 모기지도 척척 갚고 생활비도 씁니다. 전체적으로 봐서 한 해 지출이 7만 달러에 근접할 것 같거든요. 아주 사치를 부리는 건 아니지만."

"그 금액에 뭔가 의미가 있을 것 같나?"

"아마도 그렇겠죠. 지금까지 정직한 사람을 한 명이라도 만난 적 있어요?"

"세금 문제에 관해서라면 없었지. 그런 사람을 보게 되면 꼼꼼히 따져서 받아야 할 것을 한 푼도 남김 없이 챙겨주겠어. 국세청처럼 보복을 하는 차원은 아니지만 그 정도로 꼼꼼하게 챙겨주고 싶어. 그런데, 지금 자네가 말한 남자는 장거리를 뛰나?"

"캐나다로 짐을 나르기도 해요. 하지만 내가 알기로는 그게 전부예요."

"캐나다는 넓은 곳이지. 어디까지 가는데?"

"퀘벡이라고 알고 있습니다."

"그리 먼 거리는 아니군. 장시간 일하나?"

"지출 항목에 비하면 충분치 않아요. 내가 보기엔 그래요."

"부업으로 다른 걸 하고 있다고 생각하는 거로군?"

"국경을 넘거든요. 국경이 문제인 거죠. 이건 존경심을 담아 하는 얘기인데, 다람쥐 한 마리도 당신 모르게, 갖고 있는 도토리의 10퍼센트를 당신한테 내놓지 않고는, 국경을 넘을 수 없잖아요."

"15퍼센트야. 그것도 친구들한테 적용하는 비율이지. 한데 지금 말하는 남자는 이름이 뭔가?"

"조엘 토비아스."

지미는 눈길을 돌리더니 혀를 끌끌 찼다.

"내 사람은 아닌데."

"누구 밑에서 일하는지 압니까?"

지미는 내 물음에 대답하지 않았다. 대신 이렇게 물었다. "왜 그자한테 관심을 갖는 건가?"

포틀랜드로 오는 길에, 지미한테 어디까지 얘기해야 할지 계속 망설였다. 결국엔 대부분은 그대로 털어놓기로 마음을 굳혔지만 데미안 패쳇의 죽음에 관한 부분은 묻어두기로 했다.

"토비아스에게 여자친구가 있어요. 그런데 그녀를 함부로 대하는 것 같다고 어떤 사람이 걱정해요. 여자를 그에게서 떼놓고 싶어 하죠."

"그래서 뭔가? 그가 밀수꾼이라는 걸 자네가 입증하면 여자가 남자를 차버리고 대신 목사와 데이트라도 한다는 건가? 자네가 여기까지 찾아와 일부러 거짓말을 할 것 같지는 않지만, 그게 아니라면 그 여자를 걱정한다는 사람은 세상 이치에 어두운 모양이군. 이 동네 여자애들의 절반은 그런 남자의 품으로 뛰어들어. 남자의 주머니에 5달러만 들어 있으면. 남자한테서 마지막 한푼까지 긁어내려는 여자들은 어디서 난 돈인지는 상관치 않아. 그런 여자들한테 그 돈이 불법적인 돈이네 말해봐야 소용없어. 같이 한몫 보자고 자매들까지 불러들이는 판국인걸."

"그럼 나머지 절반은요?"

"조용히 남자의 지갑을 훔칠 따름이지. 눈앞의 이익만 노려." 그가 말을 멈추고 손바닥으로 얼굴을 비비자 까칠하게 자란 수염이 쓸리는 소리가 났다. "자네가 남의 충고를 고맙게 받아들이는 사람이 아니라는 건 알고 있네. 하지만 할아버지를 생각해서라도 내 말에 귀를 기울이는 게 좋을 거야. 그 일엔 손대지 말게. 단순히 가정폭력에 얽힌 상황이라면 어떤 식으로든 저절로 해결되게 되어 있어. 내버려 두게. 그런 귀찮은 일에 얽히지 않고 더 간단히 돈을 벌 수 있는 길은 얼마든지 있으니까."

나는 커피를 마셨다. 썩은 기름 맛이 났다. 커피를 따르는 장면을 눈으로 보지 않았다면 얼이 슬쩍 밖으로 나가서 머그를 바닷물에 담근 다음 내게 건넨 줄 알았을 것이다. 어쩌면 특별한 손님을 위해 형편없는 머그와 유리잔들을 따로 보관하는지도 모른다.

"그렇게 해서 해결될 일이 아니에요, 지미."

"말해야 입만 아프다는 건 알고 있네."

"토비아스를 안다는 겁니까, 모른다는 겁니까?"

"자네가 아는 걸 먼저 털어놔야지. 어떤 여자애가 못된 남자와 데이트하는 차원의 문제가 아니지 않나."

"토비아스를 수상쩍게 여기는 사람이 일을 의뢰했어요. 그가 탐탁지 않은 모양이에요."

"그래서 나한테 온 거구만. 토비아스가 불법적인 화물을 끼워서 나르고 있다고 생각하는 거로군? 그렇다면 내가 그걸 모를 리 없다는 거겠지."

"그런 건에 관해서라면 하느님이 모르는 것도 당신은 알고 있으니까요."

"그야 하느님은 당신 몫에만 관심이 있으니까. 결국엔 우리 모두가 그걸 지불하지 않을 수 없으니 느긋하게 기다릴 여유가 있겠지. 나는 달라. 항상 내 몫을 늘릴 길을 찾고 있지."

"조엘 토비아스도 그렇죠."

지미는 어깨를 으쓱했다. "그자에 대해서는 해줄 얘기가 그리 많지 않아. 어쨌거나 내 얘기의 내용이 자네 마음엔 들지 않을 테지만……."

지미는 국경 지리를 주르륵 꿰고 있었다. 메인 주의 모든 도로, 물길, 작은 만을 샅샅이 알고 있었다. 돈벌이가 되는 불법행위에 직접 개입하는 것을 꺼리는 여러 범죄 조직의 대리인 노릇을 하고 있으므로 어떤 뜻에서는 독립 사업자였는데 술, 마약, 사람, 현금 등 운송이 필요한 것이면 종류가 무엇이든 지미는 방법을 찾아냈다. 장기간 뇌물을 안긴 끝에 못 본 척 눈을 돌려주는 공무원들도 확보해두었다. 지미는 자기가 정부보다 더 많은 사람에게 급료를 주고 있으며 자기 쪽이 일자리의 안정성도 더 높다고 떠벌리곤 했다.

9.11은 지미와 같은 부류의 인간에게도 시련이었다. 국경 보안이 강화되어 전처럼 100퍼센트 확실하게 배달을 장담할 수 없게 되었다. 뇌물 액수가 높아졌으며 더는 위험을 감수할 수 없다며 손을 떼겠다는 사람도 나왔다. 배도 몇 척 압류되었고, 화물 주인들은 당연히 지미에게 화를 냈다. 지미는 돈과 고객을 잃었다. 하지만 경기 하강이 꼭 나쁜 것만은 아니었다. 돈이 귀해지고 일자리가 사라지자 어려운 시기를 견디기 힘든 이들은 밀수 쪽으로 눈을 돌렸다. 지원자가 늘어난 것은 환영할 만한 일이었고 지미는 늘 쓸 만한 사람이 필요했지만 그렇다고 아무나 받지는 않는다. 그는 신뢰할 수 있는 사람을 원했다. 개들이 운반차 주위로 몰려들어 코를 킁킁거려도 얼굴에 두려움을 드러내지 않는 사람, 속이려 들거나 선금만 받고 줄행랑칠 걱정이 없는 사람이어야 했다. 하긴 지미를 상대로 사기를 치려는 자는 초보자들뿐이었다. 업계 형편을 아는 경험자들은 아예 그런 마음을 먹지 않았다. 지미는 부드러운 인상을 풍겼으나 얼은 정반대였다. 얼은 우유를 쏟았다는 이유로 고양이의 다리를 부러뜨리고도 남을 인간이었다.

드물긴 하지만 얼이 해결할 수 없는 상황에 부딪칠 경우에도 지미에게는 곳곳에 친구들이 있었다. 그에게 빚진 게 있는 친구들은 지미에게 대항할 만큼 얼빠진 자가 갈 만한 곳을 꿰고 있었다. 신입한테는 몇만 달러 이상 나가는 값비싼 배송물을 맡기지 않았고 거리가 먼 곳으로 보내지도 않았다. 그들이 '트랩' 곧 비밀 짐칸에 손을 댈 가능성을 염두에 두고 일을 주었다. 화물을 싣고 달아난 자가 있다 해도 결국엔 돌아올 수밖에 없었다. 지미는 친구와 가족이 자기 손이 미치는 가까운 곳에 사는 사람한테만 일거리를 맡겼다. 그러니 딴 마음을 먹었던 자들도 제 발로 돌아오게 되어 있었다. 대개는 사랑하는 사람들이 그리워서였고, 그게 아니면 가까운 사람들에게 해가 미칠까 두려워서였다. 돌아오면 흠씬 두들겨 맞고 재산도 잃었다. 빼앗길 게 아무것도 없는 빈털터리는 속죄를 위해 위험하고 힘든 일을 몇 차례 공짜로 해야 했다. 불필요한 시선을 모을까 두려워 지미는 영구적인 손상을 남기는 체벌에는 반대했다. 그렇다고 지미 주얼을 거슬렀다 목숨을 잃은 사람이 없다는 뜻은 아니어서 그레이트 노스 우드에는 시체가 여럿 묻혀 있었다. 지미가 한 짓은 아니었다. 현금이나 약물을 들고 도망친 자 탓에 사업에 문제가 생겼다고 분개하는 고객이 있을 때 벌어지는 일이었다. 프랑스어를 쓰는 퀘벡의 중개상들이 즐겨 쓰는 표현대로 'pour decourager autres(본보기를 보이기 위한)' 것이었다. 그런 경우에도 지미는 항상 최선을 다해 관대한 처분을 부탁했다. 그래도 고객이 정 고집을 피우면 그 누구도 파묻을 생각은 없음을 분명히 했다. 그런 것은 자기 방식이 아니며 따라서 방아쇠를 당기는 데 자기 사람을 쓸 수 없다고 했다. 지미의 입장에 불쾌감을 표시한 사람은 아무도 없었다. 기분 전환 삼아 불운한 사람의 생명의 불꽃을 꺼트리며 즐기는 자들은 얼마든지 널려 있었다.

지미는 누구도 강제로 끌어들이지 않았다. 그는 섬세한 접근 방식을 좋아했고 때로는 제3자를 통하기도 했다. 상대가 거부 의사를 보이면 바로 다른 사람을 찾았다. 그는 인내심이 강했다. 많은 경우 씨를 뿌려놓고 상황 변화를 기다리기만 하면 되었다. 경제적 형편이 달라지면 상대도 그의 제안을 다시 생각해보게 되는 것이다. 그런 한편 지미는 트럭업자들의 동향을 유심히 관찰하고 있었다. 갑자기 누가 돈을 여기저기 뿌린다든지, 본래 있던 트럭을 유지하기도 빠듯할 텐데 새 트럭을 뽑았다든지 하는 소문에 귀를 세웠다. 지미가 좋아하지 않는 걸 딱 한 가지만 꼽자면 그건 경쟁이었다. 규모가 크든 작든 독자적으로 조직을 운영하려는 영리한 작자가 출현하는 건 질색이었다. 그런 원칙에도 약간의 예외는 있었다. 소문에 따르면 지미는 멕시코인들과는 잘 지내지만 반면에 도미니카인, 콜롬비아인, 폭주족 갱단, 그리고 모호크족 인디언과는 말도 섞지 않는다고 했다. 그가 싫어하는 도미니카인 등이 지미의 서비스를 필요로 한다면 그건 괜찮았다. 하지만 직접 물건을 나르는 건 다른 문제였다. 그런 일이 벌어지면 지미와 얼은 상대의 몸을 조각조각 바닥에 뿌리고, 다리를 ─다리가 붙어 있다면─ 세일메이커의 의자에 묶어둔 채 불을 질러버릴 터였다.

토비아스가 지미의 관심을 끈 것도 그런 연유였다. 토비아스는 대형 트럭과 일반 트럭, 집을 소유하고 있는데 그 모두를 유지할 만한 종류의 운행을 하고 있지 않았다. 앞뒤가 맞지 않았으므로 지미는 은밀히 조사에 착수했다. 토비아스가 마약 밀수에 손대고 있다면 그 마약은 어딘가에서 와서 어딘가로 가는 법이다. 마약이 국경을 넘어 운반된다 치면 생각해볼 수 있는 경로는 미국 쪽이든 캐나다 쪽이든 몇 군데로 한정된다. 한편 술은 다루기 불편할 뿐더러 위험을 감수할 만큼 돈이 되는 것도 아니다. 지미가 알아본 바로는, 토비아스는 감시 구역을 운행하고 있어 정기적인 수색 대상이었다. 또 주류 취급에는 까다로운 서류가 필요하므로 그가 술을 밀수할 가능성은 낮았다. 그렇다면 남은 것은 현금뿐인데, 대량의 현금 뭉치 또한 어딘가에서 와서 어딘가로 옮겨지긴 한다. 지미도 고도의 전문성이 필요한 그 시장에서 한 귀퉁이를 차지하고 있었다. 하지만 현금을 운반하는 일은 그의 사업에서 비중이 미미했다. 현금을 옮기는 데에는 자동차 트렁크나 트럭 운전석을 이용하는 것보다 손쉬운 방법들이 있기 때문이다. 따라서 지미는 조엘 토비아스가 하는 일이 몹시 궁금했다. 커머셜의 창고로 짐을 날라주는 합법적인 일을 마친 뒤 토비아스가 쓰리 달러 듀이에 혼자 앉아서 술을 마시는 것을 보고 직접 말을 걸었던 것도 그 때문이었다. 오후 4시였으므로 듀이는 비교적 한산했다. 지미와 얼은 토비아스의 양옆 빈자리로 가서 한잔 사도 되겠냐고 물었다.

"됐어요." 토비아스는 그렇게만 말하고 보던 잡지로 눈을 돌렸다.

"단순히 친절의 표시인데." 지미가 말했다.

토비아스는 얼을 흘깃거리며 대답했다. "그래요? 당신 친구는 온몸에 친절이라고 써두고 있군요." 얼의 온몸에 쓰여 있다는 친절이라는 단어는 페스트균이 있는 쥐의 털에 '안아줘'라고 새겨진 것과 매한가지였다.

토비아스는 불안해하거나 화가 난 것 같지 않았다. 그는 덩치가 컸다. 얼만큼 큰 건 아니었지만 몸은 더 좋았다. 지미는 토비아스가 군 출신이라는 것을 주위에서 들어 알고 있었다. 부상당한 왼손에는 약지와 새끼손가락이 없었다. 하지만 군에서 익힌 습관을 유지하고 있는 듯 몸 상태는 좋았다. 또한 지미가 알아낸 바에 따르면 군대 동료들과도 계속 연락하고 있었다. 지미는 그 부분이 마음에 걸렸다. 토비아스가 무슨 짓을 하는지는 몰라도 혼자 하지는 않을 터였다. 그런데 전직이든 현역이든 군인들이 손댄 분야라면 총기라는 뜻이다. 지미는 총을 좋아하지 않았다.

"내 친구는 다감한 사람이야. 자네가 걱정해야 할 쪽은 오히려 나지."

"이봐요, 난 맥주 마시면서 잡지를 읽고 싶다고요. 이 프랑켄슈타인을 데리고 애들이나 겁주러 가지 그래요? 나는 당신과 할 얘기가 없으니까."

"내가 누군지 알고 있나?"

지미가 묻자 토비아스는 맥주를 한 모금 마시고 지미 쪽은 쳐다보지도 않은 채 대답했다. "그래요. 알아요."

"그럼 왜 내가 이 자리에 왔는지도 알겠군."

"일거리는 필요 없어요. 지금도 그럭저럭 해나가고 있으니까."

"그럭저럭 정도가 아니던데. 내가 들은 바로는 말이야. 아주 멋진 대형 트럭을 몬다면서? 대출금도 꼬박꼬박 갚고. 하루 일을 마치고 맥주 한잔 할 여유도 있지. 아주 신나게 사는 것 같아."

"열심히 일하고 있으니까."

"요즘처럼 어려운 시기에 자네처럼 벌려면 하루에 서른 시간은 일해야 할 텐데? 독립 운송업자들은 기업과 경쟁을 해야 하잖나. 저런, 잠잘 시간도 없겠는걸."

토비아스는 말없이 남은 맥주를 들이켜고 잡지를 덮더니 팁 1달러를 더해 계산을 치렀다.

"남의 일에 상관하지 말고 내버려둬요."

"자네는 다른 사람에게 존경심을 표하는 걸 배워야겠군."

토비아스는 빙긋 웃으며 지미를 쳐다보았다.

"덕분에 즐거웠습니다."

그가 자리에서 일어나자 얼이 팔을 뻗어 다시 앉히려 했으나 토비아스의 움직임이 더 빨랐다. 몸을 슬쩍 피하더니 얼의 왼쪽 무릎 옆쪽을 힘껏 걷어찼다. 무릎이 꺾이면서 얼이 주저앉자 토비아스는 머리카락을 움켜쥐고 얼의 머리를 카운터에 세게 찍었다. 얼은 바닥에 쓰러져 실신해버렸다.

"당신도 이런 꼴이 되고 싶진 않겠지? 자기 일에나 신경 쓰시죠. 내일은 내가 알아서 할 테니까."

지미는 고개를 끄덕였다. 그것은 상대를 진정시키려는 몸짓이 아니었다. 토비아스에게 품었던 의혹이 사실로 확인되었다는 뜻이었다.

지미는 말했다. "안전 운행하게."

토비아스는 그 자리를 떠났다. 그새 정신을 차린 얼이 무릎을 감싸쥐고 몸을 일으키더니 그에게 덤비려 했지만 지미는 얼의 어깨에 손을 얹어 제지했다.

"가게 놔둬." 토비아스의 뒷모습을 쳐다보면서 지미가 말했다. "이건 단지 시작일 뿐이다."

얼은 우리 이야기가 전혀 들리지 않는다는 듯 시치미를 떼고 있었다.

"토비아스가 그의 전문가적 자부심에 상처를 입혔지."

"흠, 그 말을 들으니 가슴이 찢어지는군요."

"그럴 테지. 얼은 상처를 잊지 않아."

나는 술집을 청소하는 덩치 큰 남자를 바라보았다. 산(酸)이라도 퍼붓지 않는 한 세일메이커는 치운다고 더 깨끗해질 곳이 아니었다. 그런 면에서 이곳은 블루문과 공통점이 많았다.

"샐리 클리버 일로는 털끝 하나 다치지 않았죠. 감방에서 몇 년 보냈다면 약간 무뎌졌을 텐데."

"그때는 철이 없었지. 지금이라면 다르게 대처할 거야."

"그렇다고 그녀가 살아나는 건 아니지요."

"그야 그렇지. 자네는 가혹한 심판관이군. 사람은 실수에서 배우고 변화하는 거야."

지미의 말이 옳았다. 내가 얼을 비난할 입장에 있는 것도 아니었다. 그 사실을 인정하는 게 내키지는 않았지만.

"왜 거길 허물어버리지 않는 겁니까?"

"블루문 말인가? 내가 감상적이기 때문일 테지. 내 첫 번째 술집이었으니까. 거지발싸개 같은 곳이란 건 알아. 그건 다른 곳도 마찬가지겠지. 난 내 술집들이 어떤 곳인지, 손님들이 어떤 인간들인지 알아."

"그래서요?"

"거긴 기억을 상기시켜주는 곳이네. 나와 얼에게는. 거길 없애버리면 우린 옛일을 잊어버리기 시작할 거야."

"잰드로에 대해서는 뭐 아는 것 없습니까? 거기서 죽은 경찰관요."

"없어. 그렇지 않아도 그 일로 경찰에 충분히 시달렸으니 그만하지. 저번에 봤을 때는 자네가 배지를 달고 있지 않았는데? '꼬치꼬치 캐묻는 얼간이' 배지 말이야."

"토비아스에 관해서는요?"

"내가 말을 건 이후 한동안 납작 엎드려 있었던 것 같아. 한 달 동안 주 밖으로 나가는 일은 맡지 않았어. 그러다 슬슬 다시 움직이고 있지."

"캐나다 쪽 목적지가 어딘지는 전혀 모릅니까?"

"모두 통상적인 작업이야. 동물 사료, 제지, 기계 부품 같은 것. 자네한테 목록을 줄 수도 있지만 도움은 안 될 거야. 제법 깔끔한 조직이야. 내가 알아보기 시작한 게 너무 늦었거나 놈들이 보기보다 똑똑한 모양이네."

"놈들? 조직적으로 움직인다는 말인가요?"

"군대 동료들. 토비아스와 함께 움직이고 있어. 자네 정도의 재능이라면 찾아내는 게 그리 어렵지 않을 거야."

지미는 신문을 집어서 읽기 시작했다. 대화가 끝났다는 신호였다. "찰리, 자네와 얘기해서 즐거웠네. 얼이 배웅해줄 필요는 없겠지."

나는 일어서서 재킷을 입었다.

"지미, 그가 운반하는 게 뭡니까?"

그의 입이 비틀리며 왼쪽 입꼬리가 치켜올라가 오른쪽 입꼬리와 대칭을 이뤘다. 악어의 미소가 그의 얼굴에 퍼졌다.

"그 문제라면 지금 알아보고 있지. 놈들이 어떤 식으로 움직이는지 나중에 알려줄 수도 있을 거야……."

7

내가 지미 주얼을 신뢰하고 있었던가? 잘 모르겠다. 할아버지의 평가에 따르면, 지미는 사실을 누락시킴으로써 거짓말을 할지는 모르지만 가능한 한 일체 거짓말을 하지 않으려는 사람이었다. 당연히 세관 및 치안 담당자들은 예외였으나 그런 경우에도 웬만하면 부딪치는 것을 피해 거짓말을 할 필요를 없애려 했다.

어쨌거나 지금까지 들은 말로 미루어 조엘 토비아스가 지미 주얼의 레이더망에 걸려든 것은 분명했다. 그건 무인 군용기에 추적당하는 것과 비슷한 일이다. 대부분의 경우엔 하늘 높이 떠 있지만 언제 머리 위로 쾅 떨어질지 모른다.

토비아스의 대형 트럭이 창고에 얌전히 서 있고, 실버라도 또한 그의 집 앞에 주차된 것을 확인한 뒤 나는 검보를 먹으러 디어링에 있는 바이유 키친으로 갔다. 지미는 조엘 토비아스가 군 출신들의 도움을 받고 있다고 했는데, 그렇다면 완전히 새로운 문제가 생긴 셈이다. 메인 주에는 재향군인들이 득실거린다. 15만 명에 달하는 재향군인이 이곳에 살고 있다. 그나마도 이라크와 아프가니스탄 전쟁에 참전한 사람은 빼고 말하는 것이다. 대개는 도시에서 떨어져 시골에 박혀 있다. 내 경험에 따르면 참전 군인들은 경험담을 외부인에게 털어놓는 것을 그리 좋아하지 않는다. 딱히 불법적인 행위에 대한 얘기가 아니어도 그렇다.

나는 테이블에 앉은 채 재키 가너에게 전화를 걸어 맡길 일이 있다고 했다. 재키는 마흔 줄에 접어들었지만 아직도 어머니와 같이 산다. 어머니는 집에 절대 그런 물건을 들이지 못하게 했지만 수제폭탄과 기타 군수품에 대한 아들의 애정을 너그럽게 감내했다. 화기애애한 이들 오이디푸스 콤플렉스적 모자 사이에는 최근 긴장이 감돌고 있었다. 재키가 리사라는 여자와 만나기 시작하면서부터였다. 재키의 군수 사업에 관해 아는지 모르는지 새 남자친구에게 푹 빠진 리사는 자기 집으로 옮기라고 성화를 부렸고, 새로 등장한 여자친구를 아들의 애정을 놓고 싸우는 경쟁자로 여긴 재키의 어머니는 노쇠한 어머니 역할을 연기하며 압박했다. '네가 떠나면 누가 날 돌봐주겠니?' 하는 식이었다. 혼자 살아도 백상아리처럼 아무것도 겁낼 것 없는 사람인 가너 부인에게는 그 역할이 별로 어울리진 않았다.

애정의 양극 사이에 끼어 빨리 달리라고 채찍질당하는 말 두 마리 사이에 묶인 가련한 신세가 된 재키는 내 전화를 반겼다. 자기 인생에 얽혀든 여자들에게서 벗어나기 위해서라면 지겨운 감시 업무도 맡을 기색이었다. 그에게 조엘 토비아스 감시를 부탁하고, 만약 토비아스가 다른 사람을 만나는 경우에는 상대방을 쫓으라고 했다. 그동안 나는 재향군인들의 움직임에 빠삭한 로널드 스트레이디어와 만날 작정이었다. 페놉스코트족 인디언인 그를 만나면 토비아스에 대해 뭔가 얻어들을 게 있을 터였다.

하지만 당장은 다른 일정이 있었다. 자기 대신 매주 배달되어 오는 맥주를 받아놓고, 그 일이 끝나면 나머지 시간 동안 바 매니저를 맡아달라고 데이브 에반스한테 부탁을 받았다. 그러자면 근무 시간이 꽤 길어져버리지만 데이브가 곤란한 상황인 것 같아 로널드 스트레이디어를 만나는 건 다음날로 미루고 맥주 트럭이 배달오는 시간에 맞춰 베어로 향했다. 베어에서는 어지간히 바빴으므로 오후는 금방 저녁으로, 저녁은 또 밤으로 바뀌었다. 어둑한 실내 조명으로는 시간을 가늠하기 어려웠으나 어느새 자정이 넘었고 졸음이 몰려왔다.

그들은 주차장에서 나를 기다리고 있었다. 모두 셋이었고, 검은 스키 마스크를 쓰고 짙은 색 재킷을 입었다. 자동차 문을 여는 순간 얼핏 한 놈이 눈에 들어오는가 싶었는데 아차 하는 순간 당하고 말았다. 나는 오른팔을 휘둘러 얼굴로 날아오는 주먹을 팔꿈치로 막았다. 내 손에 들려 있던 자동차 열쇠가 상대의 마스크를 찢고 들어가 피부를 베는 것이 느껴졌다. 욕설이 들리더니 뒤통수에 강한 충격이 왔고 나는 그대로 뻗어버렸다. 관자놀이에 총구가 닿는 감촉을 느낀 순간 어떤 남자의 목소리가 들렸다. "그 정도면 됐어."

자동차 한 대가 서 있었다. 놈들은 내 겨드랑이에 손을 집어넣어 질질 끌고 가서 머리에 자루를 씌우고 차 뒷좌석에 밀어 넣어서 바닥에 눕혔다. 부츠를 신은 발 하나가 뒷덜미를 누르는 동안 놈들은 내 팔을 등 뒤로 꺾어 플라스틱 벨트로 결박했다. 금속성 물체가 조금 전 얻어맞은 부분을 다시 가볍게 쳤다. 눈 안쪽에서 불꽃이 튀었다.

"가만히 누워 있어. 입 다물고."

선택의 여지가 없었으므로 나는 그대로 따랐다.

차는 95번 도로를 남쪽을 향해 달려갔다. 달린 거리로 보아 포레스
트를 지나는 중이었고, 아까 꺾었던 방향을 미루어 보아 고속도로를
탄 것도 분명했다. 출발한 지 15분이 채 지나지 않아 차가 속도를 줄이
며 왼쪽으로 붙기 시작했다. 자동차가 멈출 때 타이어 아래에서 자갈
이 버스럭거리는 소리가 들렸다. 나는 자동차 밖으로 끌려나갔다. 손
이 등 위쪽에 고정되어 있어 어깨가 빠질 지경이었고 고개를 숙이고
걸어야 했다. 아무도 입을 열지 않았다. 내 앞에서 문이 열렸다. 얼굴
에 뒤집어쓴 자루 사이로 찌든 연기 냄새와 오줌 냄새가 훅 끼쳐왔다.
부츠 발에 엉덩이를 밀려 나는 문 안으로 쓰러졌다. 웃음소리가 들렸
다. 바닥엔 거친 타일이 깔렸고 똥오줌 냄새가 코를 찔렀다. 나를 잡아
온 자들이 주위를 둘러쌌다. 놈들의 발자국 소리가 실내에 울려 퍼졌
다. 머리 위로 분명히 천장이 느껴졌는데 실내에서 발자국 소리가 메
아리치다니 이상했다. 그제야 어디로 끌려왔는지 감이 잡혔다. 세월이
많이 흘렀지만 불탄 냄새가 배어 있었다. 블루문이다. 그렇다면 지미
주얼과 관련된 일이다. 나를 이 장소로 끌고온 놈들은 우리가 만난 것
을 알고 있고, 내가 지미의 수하에 있다고 잘못 판단한 것이다. 놈들은
나를 통해 지미에게 어떤 메시지를 전달할 셈이었다. 내용이 무엇이건
지미에게 직접 전달하면 좋았으련만.

누군가 내 옆에 무릎을 꿇더니 자루를 코까지만 끌어올렸다.

"해칠 생각은 없다." 주차장에서 들었던 목소리였다.

조용하고 침착한 목소리로 젊은 남자임이 분명했고 적의는 묻어 있지 않았다.

"주차장에서 나를 때려눕히기 전에 그런 생각을 해주었으면 좋았을 텐데."

"당신이 열쇠를 어찌나 빨리 휘두르는지 말이야. 좀 진정시키는 게 좋을 것 같았지. 자, 농담은 그만두고 내 물음에 대답해. 그러면 다친 머리에 진짜 통증이 오기 전에 멋진 고성능 자동차로 돌아갈 수 있다. 내가 무슨 말을 할지는 알고 있을 거야."

"안다고?"

"당신은 알고 있어. 왜 조엘 토비아스를 미행한 거지?"

"조엘 토비아스가 대체 누군데?"

그 목소리가 다시 들리기 전에 잠깐 침묵이 흘렀다. 이번에는 더 가까운 곳에서 들렸다. 상대의 입김에서 박하 냄새가 났다.

"우린 당신에 대해 속속들이 알고 있다. 당신은 거물이지. 총을 휘두르며 뛰어다니고 악당들을 때려눕혀. 내 말을 오해하지 마. 난 당신이, 그리고 당신이 한 일들이 대단하다고 생각해. 당신은 정의의 편에 서 있고, 그건 의미 있는 일이야. 머리에 구멍이 뚫린 채 늪에 가라앉아 있는 게 아니라 지금 이렇게 숨 쉬고 있는 것도 그 덕분이야. 다시 한 번 묻겠다. 왜 조엘 토비아스를 따라다니지? 누가 당신을 고용한 건가? 지미 주얼이 비용을 대나? 말해. 지금 말하지 않으면 앞으로 평생 입을 놀리지 못할 거다."

머리가 쑤셨고 팔이 아팠다. 뭔가 날카로운 것이 손바닥을 파고든 상태였다. 조엘 토비아스가 여자친구를 학대한다고 여긴 베넷 패챗이 나를 고용했다고 말해버리면 된다. 말해버리면 되지만 그러지 않았다. 베넷의 신변이 걱정돼서 입을 다문 것만은 아니었다. 고집 같은 것도 작용했다. 고집과 원칙을 낱낱이 구별하기 어려운 때도 있기 마련이다.

"좀 전에도 말했지만 난 조엘 토비아스라는 사람을 모른다."

"놈을 발가벗겨." 이번엔 다른 목소리였다. "옷을 벗겨서 똥구멍을 박아버려."

그러자 첫 번째 목소리가 다시 말했다. "저 말 들었지? 여기 있는 친구들이 모두 나처럼 우아한 대화를 중시하는 게 아니야. 나가서 담배라도 피면서 저 친구들 손에 당신을 맡겨둘 수도 있어." 엉덩이에 칼날이 닿았다. 칼날이 사타구니를 슬쩍 훑었다. 바지 위로도 날이 얼마나 날카로운지 느껴졌다. "원하는 게 이거야? 장담하는데 그러고 나면 완전히 딴 사람이 될 걸. 계집년이 되고 싶어?"

"뭔가를 잘못 알고 이러는 거다"라고 말하면서 나는 내 목소리가 좀더 용감하게 들리길 바랐다.

"퍼커, 어리석군. 몇 분 안에 아는 걸 모두 털어놓게 될 텐데. 내가 보장하지."

그는 자루를 내려 내 코와 입을 다시 덮었다. 놈들이 내 다리를 움켜쥐었고, 강력 테이프를 뜯는 소리가 나더니 종아리에 테이프를 단단히 둘렀다. 자루도 목 주위를 단단히 묶었다. 그러더니 내 몸을 들어올려 방을 가로질러 갔다. 얼굴은 위로 향해 있었고, 다리가 머리보다 더 높이 들린 상태였다.

조금 전의 목소리가 다시 들렸다.

"이런 게 마음에 들진 않을 테지. 나도 이러는 건 싫지만 어쩔 수 없군."

간신히 숨을 쉴 수는 있었지만 벌써 과호흡 증세가 나타나기 시작했다. 머릿속으로 하나에서 열까지 세면서 호흡을 조절해보려 했지만, 셋까지 세었을 때 썩은 물 냄새가 확 끼쳐왔고 다음 순간 머리가 그 속에 잠겼다.

숨을 멈춰 물을 삼키지 않으려 했다. 하지만 누군가가 손가락을 내 명치에 갖다 대더니 지그시 눌렀다. 물이 코와 입으로 밀려들어왔다. 숨이 막히기 시작했다. 나는 물에 빠져 죽어갔다. 단순히 익사할 것 같다는 느낌이 아니었다. 머릿속에 물이 가득 찼다. 숨을 들이쉬면 자루가 얼굴에 달라붙었고, 물이 입속으로 쿨럭쿨럭 밀려들어왔다. 기침을 해서 물을 토해내려 하면 더 많은 물이 목구멍으로 흘러들었다. 숨을 삼키는지 뱉는지도 알 수 없게 되었다. 놈들이 끌어내 바닥에 눕혔을 때는 실신하기 일보 직전이었다. 그들은 얼굴을 씌운 자루를 벗겨 올리고 나를 옆으로 돌려 눕혀 물과 가래를 토하도록 했다.

"물은 얼마든지 있다, 파커." 나를 심문하는 자가 말했다. 실제로 놈은 나의 심문관이자 고문관이었다. "누가 당신을 고용했나? 지미 주얼과는 왜 만났고?"

"지미 주얼이 일을 맡긴 게 아니야." 나는 헐떡이며 말을 뱉었다.

"그럼 오늘 그곳엔 무슨 용건으로 갔을까?"

"그냥 들렀던 거야. 이봐, 나는……"

다시 얼굴에 자루가 씌워졌고, 들어올려져 머리가 물에 박혔다. 또다시 들어올려지고, 다시 물에 잠겼다. 중간에 심문하는 과정도 없었고, 고문을 멈추도록 할 기회도 주어지지 않았다. 이러다간 죽게 될 거라고 생각했다. 같은 과정이 네 번 반복되자 모든 걸 깡그리 털어놓아야겠다는 생각이 절로 들었다. 누군가 "저러다 죽겠는데"라고 말했다. 그 목소리에 불안감은 전혀 없었고 그저 관찰 소감을 말하는 것일 따름이었다.

내 몸이 물에서 끌어올려져 바닥에 다시 눕혀졌다. 하지만 그때도 계속 물에 빠져 죽어가는 느낌이었다. 자루가 얼굴에 달라붙어 숨을 쉴 수가 없었다. 나는 자루를 벗겨내기 위해 죽어가는 물고기처럼 바닥에서 펄떡거렸다. 얼굴이 긁히는 것쯤은 문제도 아니었다. 마침내 자비로운 손길이 다가와 자루를 벗겨냈다. 억지로 숨을 들이쉬려고 애써야 했다. 호흡을 하면 공기가 아니라 물이 쏟아져 들어올 것이라는 두려움 탓에 몸이 들숨을 받아들이지 않았다. 머리를 숙이자 누군가의 손이 등을 두드려 토하는 걸 도와주었다. 토하는 게 더러운 물이 아니라 산인 것처럼 목구멍과 코가 화끈거렸다.

"세상에." 내가 죽을지도 모른다고 말했던 목소리였다. "통에 있던 물을 절반도 넘게 마셨잖아."

이어 심문관이 나섰다. "파커, 마지막으로 묻겠다. 조엘 토비아스를 미행하라고 한 게 누군가?"

"그만해." 내 목소리에 애원하는 기미가 담겨 있는 것이 스스로도 역겨웠다. 나는 자기 자신을 잃어버렸다. "그만해……."

"솔직하게 말하기만 하면 된다. 하지만 이게 마지막 기회야. 다음번엔 정말로 죽게 될 거다."

"베넷 패쳇." 나는 입을 열고 말했다. 약한 모습이 수치스러웠으나 다시 물에 처박히는 건 정말 싫었다. 그런 식으로 죽는 건 싫었다. 또 한 번 기침을 했다. 아까보다는 물이 적게 나왔다.

"데미안의 아버지야." 제3의 목소리였다. 나머지 둘보다 성량이 풍부한 것이 흑인의 목소리였고 피곤한 기색이 느껴졌다. "데미안의 아버지 애길 하는 거야."

"왜?" 첫 번째 목소리가 물었다. "그가 왜 당신을 고용한 거지?"

"조엘 토비아스의 여자친구가 그 사람 직원이야. 그 여자를 걱정하는 거야. 토비아스한테 얻어맞는다고 생각하고 있거든."

"거짓말하지 마."

그가 자루 쪽으로 손을 뻗는 것 같아 나는 몸을 뒤로 뺐다.

"아니야. 거짓말이 아냐. 베넷은 좋은 사람이라서 그냥 그 여자를 걱정하고 있는 거야."

"빌어먹을." 흑인이 말했다. "이 모든 게 조엘이 자기 여자를 관리하지 못해서라는 거야?"

"조용히 해! 그 여자가 패쳇한테 뭐라고 지껄였나? 뭔가 조치를 취해달라고?"

"아니. 패쳇이 혼자 의심을 품은 거야. 그게 전부다."

"뭔가 더 있겠지, 그렇지 않나? 말해. 벌써 이만큼 왔어. 거의 다 끝나간다고."

내게는 더 이상 품위가 남아 있지 않았다. "패쳇은 아들이 왜 죽었는지도 알고 싶어해."

"데미안은 자살했어. '왜'라고 물어봤자 살아나는 게 아닌데."

"패칫은 그 사실을 받아들이기가 어려운 거야. 아들을, 단 하나뿐인 아들을 잃었으니까. 아주 비참한 일이지."

한동안 아무도 입을 열지 않았다. 살아서 여길 나갈 수 있을지도 모른다는 가냘픈 희망의 빛이 처음으로 느껴졌다. 베넷에게도 뒤탈이 미치지 않을지도 모른다.

심문자가 내 쪽으로 몸을 기울였다. 그의 따뜻한 입김이 내 뺨에 닿았고, 고문하는 자와 당하는 자 사이에서 형성되는 소름끼치는 친밀감을 나는 느꼈다. "그렇다면 당신은 왜 토비아스의 뒤를 밟아 그의 트럭이 있는 곳까지 갔을까?"

나는 욕설을 내뱉었다. 토비아스가 그 미행을 눈치챘다면 내 실력은 생각보다 형편없는 셈이다. "패칫은 그를 싫어해. 여자친구가 그를 떠나게 하는 데 필요한 증거를 손에 넣길 원해. 운행 사업 쪽을 파보면 뭔가 나오지 않을까 싶어 뒤를 쫓았던 거야."

"그럼 지미 주얼은 왜?"

"토비아스는 트럭을 몰지. 지미 주얼은 트럭 사업에 빠삭하고."

"지미 주얼은 밀수에 대해서도 훤하지."

"토비아스를 자기 사람으로 만들려고 했는데 미끼를 물지 않았다고 하더군. 내가 들은 건 그게 전부다."

상대는 내 말을 곰곰 씹었다. "그럴듯하게 들리는군. 엉성하지만 꽤 그럴듯해. 당신 말을 믿어주고 싶어지는군. 하지만 나는 당신이 영리한 사람이라는 것도 알고 있단 말이야. 당신은 호기심이 많지. 조엘 토비아스의 여자 문제만으로 조사에 착수했을 리 없다는 건 분명해."

눈을 가리고 있던 자루의 아랫부분 틈으로 그의 부츠가 보였다. 윤이 나는 검은색 부츠였다. 나는 그 부츠가 내게서 멀어지는 것을 지켜보았다. 놈들은 내게 들리지 않도록 목소리를 낮춰 이야기를 나누었다. 알아들으려는 노력을 포기하고 나는 호흡에 신경을 집중했다. 몸이 떨렸고 목이 따가웠다. 조금 뒤 발자국 소리가 들리더니 검은 부츠가 다시 시야에 들어왔다.

"잘 들어라, 파커. 당신이 그 여자 문제에 관여할 필요는 없다. 그녀가 위험에 처해 있지 않다는 건 내가 보장하지. 당신과 패쳇이 여기서 얌전히 물러난다면 그 두 사람한테도 손대지 않겠다. 그 부분은 분명히 약속한다. 여기서 다친 사람은 아무도 없다. 내 말 알아들었지? 아무도 다치지 않았다. 당신이 무얼 의심하든, 무얼 안다고 생각하든, 그건 모두 틀린 거다."

"군인으로서의 약속인가?" 내 말에 그가 반응하는 것이 느껴졌다. 나는 주먹이 날아올 것에 대비해 몸에 힘을 주었다. 하지만 아무 일도 일어나지 않았다.

"당신도 멍청이는 아니니 알 거라 믿는다. 쓸데없는 생각은 금물이다. 이런 상황이 몹시 화가 나겠지. 지금은 몰라도 우리한테서 풀려나면 새삼 화가 치밀 거다. 빚진 걸 갚아주고 싶을 테지만 내가 당신이라면 그러지 않을 거야. 이 일로 우리를 찾아다니면 그때는 죽여 버릴 거다. 이 문제는 당신이 상관할 일이 아니야. 다시 한 번 말해주지. 당신이 상관할 일이 전혀 아니야. 오늘밤 여기서 있었던 일은 유감이다. 정말로 그렇다. 우린 짐승이 아니야. 처음부터 당신이 협조했더라면 이런 짓을 할 필요가 없었지. 어렵사리 교훈을 얻었다고 생각해라." 그는 내 머리에 씌운 자루를 아래로 끌어내렸다. "볼일이 끝났으니 자기 차로 데려다줘. 정중하게 대하도록 해."

발에 묶였던 테이프가 끊겨 나갔다. 놈들은 나를 부축해 일으키고 자동차로 데려갔다. 나는 방향감각을 상실했고 힘도 없었다. 가던 길에 멈춰 서서 토를 했다. 놈들이 내 팔꿈치를 억세게 잡고 있었지만, 더 이상 등 뒤로 손을 치켜올리고 구부정하게 몸을 굽힌 채 걷지 않아도 되었다. 이번엔 차 뒷자리가 아니라 트렁크였다. 베어에 도착하자 그들은 나를 주차장에 엎드리게 하고 손목을 결박한 플라스틱을 풀었다. 내 자동차 열쇠가 쨍그랑 소리를 내면서 옆에 떨어졌다.

조엘 토비아스의 여자 문제로 이런 일이 벌어졌냐고 했던 목소리가 열을 센 다음에 얼굴의 자루를 벗으라고 말했다. 나는 차가 떠날 때까지 그대로 엎드려 있었다. 그런 다음 천천히 몸을 일으켜 비틀거리며 주차장 구석으로 걸어갔다. 멀어지는 자동차의 미등이 눈에 들어왔다. 빨간색이었다. 포드 차종인 모양이다. 너무 멀어서 번호판은 알아볼 수 없었다.

베어는 불이 꺼져 있었고, 주차장에는 내 차뿐이었다. 나는 경찰을 부르지 않았다. 다른 누구도 부르지 않았다. 그때는. 대신 집으로 차를 몰았다. 가는 내내 구역질을 했다. 셔츠와 바지가 엉망으로 더러워지고 찢겼다. 집에 들어서자마자 옷을 벗어 쓰레기통에 던져넣었다. 샤워를 하고 싶었다. 블루문의 흔적을 씻어내고 싶었지만 샤워 대신 개수대에 서서 대충 씻었다. 물이 얼굴로 쏟아지는 감각을 견디지 못할 것 같았다.

그날 밤, 시트가 상처 부위에 닿는 바람에 두 번 잠에서 깼다. 나는 미친 듯이 시트를 걷어냈다. 결국엔 시트 위에 드러누웠지만 잠이 달아나버렸다. 카드를 섞듯 여러 이름이 번갈아 떠올랐다. 데미안 패쳇, 지미 주얼, 조엘 토비아스. 나는 놈들의 목소리를, 강간하겠다고 위협당했을 때 느꼈던 굴욕을 상기했다. 다시 그 목소리를 들으면 놈들을 알아챌 수 있도록 머릿속으로 필름을 되감았다. 분노가 전류처럼 내 몸 전체를 타고 흘렀다.

네놈들은 나를 죽였어야 했다. 그 더러운 물속에서 익사하도록 내버려두었어야 했다. 이제 내가 네놈들을 쫓을 테니까. 그리고 이번엔 혼자가 아닐 테니까. 내가 부를 사람들은 네놈들 열에 맞먹는다. 군사훈련 따위는 중요하지 않다. 네놈들이 무슨 일을 하건, 어떤 조직을 움직이건, 그 모든 걸 산산조각 내고 그 잔해 속에서 네놈들이 죽어가도록 해주마.

네놈들이 내게 한 짓 때문에 너희는 이제 죽은 목숨이다.

8

제러마이어 웨버의 시체는 점심 약속에 나타나지 않은 것을 이상하게 여긴 딸에 의해 발견되었다. 그 약속은 아버지에 대한 자연스러운 애정 표현인 동시에 맛있는 음식을 먹으며 약간의 용돈을 받아내기 위한 것이기도 했다. 수잰 웨버는 아버지를 사랑했다. 하지만 아버지에게는 약간 수수께끼 같은 면이 있었다. 엄밀한 조사를 받으면 아버지의 재정적인 부분이 버텨내지 못할 거란 말을 어머니한테 들은 적이 있었다. 남편으로서의 결점은 웨버의 성격 문제 중 일면에 지나지 않았다. 첫 번째 아내의 말을 믿는다면, 웨버는 딸의 행복과 결부된 문제를 제외하면 어떤 상황에서도 적절하게 행동할 거라 신뢰할 수 없는 사람이었다. 하지만 딸에 관해서 만큼은 좋은 사람이라고 해도 무방했다. 첫 아내는 제러마이어 웨버를 좋아했다. 두 번째 아내는 전남편에 대한 미련이 전혀 없었으며 그를 파충류와 매한가지로 여겼다.

주방 바닥에 쓰러져 있는 웨버의 시신을 발견한 딸은 처음에는 강도나 폭행인줄 알았다. 하지만 손 옆에 놓인 총을 보고는 아버지의 재정 상태가 불안정했다는 것을 떠올리며 자살일지도 모른다고 생각했다.

그녀는 심한 충격을 받은 상태에서도 자제력을 발휘해 휴대폰으로 경찰에 전화를 걸고, 주방에 있는 것은 아무것도 만지지 않았다. 그녀는 경찰이 도착하기를 기다리면서 어머니에게 그의 죽음을 알렸다. 그녀는 집 밖에 나와 앉아 있었다. 집 안에 감도는 냄새를 견딜 수가 없었다. 아버지의 죽음에는 악취 이외에도 뚜렷하게 말할 수 없는 다른 무언가가 더 있었다. 화장실의 악취를 지우기 위해 태운 성냥 냄새 같은 게 배어 있었다. 그녀는 담배를 피우며 눈물을 흘리면서 어머니의 얘기를 들었다. 어머니는 아버지가 자살했을 가능성은 없다고 했다.

"이기적인 사람이야." 어머니는 말했다. "하지만 자살할 정도로 이기적이진 않아."

현장을 조사한 형사들은 엄밀한 뜻에서 제러마이어 웨버가 스스로 목숨을 끊은 것이 아니라는 사실을 금방 눈치 챘다. 첫 번째 총알이 빗나간 것이 마음에 들지 않아 일을 깔끔하게 마무리하기 위해 의지와 힘을 짜내 다시 머리에 총을 발사하는 완벽주의자가 아닌 한 그럴 수는 없었다. 총알의 각도로 봐도 그랬다. 첫 총알로 인한 심한 상처를 감안할 때 두 번째 총알도 그의 손에서 발사되었다면 웨버는 곡예사 아니면 슈퍼맨이어야 했다. 따라서 제러마이어 웨버는 살해당한 것으로 보였다.

그렇다 하더라도…….

웨버의 손에서 화약 잔류물이 검출되었다. 물론 살인자가 그의 머리에 총을 겨눈 다음 웨버의 손가락을 방아쇠에 걸고 억지로 당기게 했을 가능성도 있었다. 하지만 그런 장면은 영화에나 등장하는 것으로 막상 해보면 말처럼 쉽지 않다. 전문가라면 죽고 싶은 마음이 없는 상대의 손에 총을 쥐어주는 위험을 무릅쓰지 않는다. 머리에 총알을 박아 넣도록 충분히 유도하기 전에 상대가 천장이나 바닥을 쏠 위험이 있으며 오히려 다른 사람의 머리를 쏘아버릴 수도 있다. 게다가 현장에는 격투 흔적이 전혀 없었고, 웨버의 몸에도 억지로 짓누른 자국이 없었다.

그렇다면…… 하고 한 형사가 의견을 냈다. 일단 그가 자살하려 총을 쏘았는데 빗나갔고, 다른 누군가가 일종의 자비심에서 일을 마무리한 것은 아닐까? 하지만 자살하려는 장면을 눈앞에서 보면서 팔짱 끼고 구경만 할 사람이 과연 있을까? 웨버에게 심각한 돈 문제나 건강 문제가 있어 자살 이외에는 빠져나올 방도가 없었나? 그래서 옆에서 지켜보고 있다가 자기가 자살에 실패할 경우 온정의 일격을 가해줄 충실한 사람을 어딘가에서 찾아냈던 것일까? 그럴 것 같지는 않았다. 웨버가 자살을 선택하도록 강요당했다고 보는 게 맞을 것이다. 다른 누군가의 손이 웨버의 손가락을 방아쇠에 걸고 첫 총알이 발사되어 뇌가 뚫리도록 그의 손가락에 압력을 가했을 것이다. 그리고는 웨버가 주방 바닥에서 극도의 고통 속에서 죽어가는 걸 외면하지 않고 같은 손이 숨통을 끊어주었을 것이다.

그렇다 하더라도…….

기껏 자살로 위장한 다음 두 번째 총알로 모든 걸 망쳐버리는 자가 있을까?

아마추어의 짓이다. 아마추어가 아니면 결과가 어떻게 보이든 개의치 않는 자의 짓이다. 와인잔도 문제였다. 주방에는 와인잔이 모두 세 개 나와 있었다. 하나는 깨진 채 바닥에 흩어졌고, 다른 두 개는 주방

테이블에 놓여 있었다. 둘 다 마신 자국이 있으며 지문도 찍혔다. 아니, 엄밀하게 말하면 꼭 그렇지는 않았다. 웨버의 지문은 두 개의 잔 모두 곳곳에 찍혔다. 두 번째 잔에는 그밖에도 지문 비슷한 흔적도 나왔다. 하지만 검사해보니 그 자국에는 지문에 있기 마련인 소용돌이무늬나 고리무늬, 활무늬가 전혀 없었다. 말 그대로 텅 빈 자국이었다. 웨버와 함께 주방에 있었던 인물은 장갑을 끼었거나 지문을 가리는 작은 패치를 손가락 끝에 붙였던 것 같았다. 그자가 와인을 마신 것은 웨버를 안심시키기 위해서였을 것이다. 그렇지 않다면 어떤 살인자가 현장에 있었다는 증거를 와인잔에 남기겠는가? DNA 추적을 위해 그 와인잔은 실험실로 보내졌다. 그 결과 타액이 검출되었는데 분석해보니 특이한 화합물이 발견되었다. 약품 종류였다. 직감적으로 뭔가 있다고 느낀 실험실의 영리한 분석가들은 유리 모세관을 사용한 금속 함유 졸-겔 고정법을 이용해 타액에서 약과 대사 물질을 분리해냈다. 그 물질은 5-플루러유러실, 곧 고형종양 치료에 사용되는 물질인 5-FU로 밝혀졌다.

그날 밤 제러마이어 웨버와 함께 주방에 있었던 인물은 화학요법을 받는 남자였다. 그러자 지문에 대해서도 설명이 가능해졌다. 카베시타빈 등 암 치료에 쓰이는 특정 약물은 손바닥과 발바닥에 염증을 일으키므로 피부가 벗겨져 물집이 잡히고, 그러다보면 지문이 없어져버린다. 안타깝게도 이런 사실이 밝혀진 것은 웨버의 시체가 발견되고 몇 주가 지난 뒤였으므로, 연이어 벌어진 사건에는 영향을 미치지 못했다.

시체가 발견된 이튿날, 경찰은 웨버의 전처들과 딸, 사업 관계자들을 조사하기 시작했다. 수사는 돌파구를 찾지 못하고 지지부진했다. 그중에서도 가장 묘한 것은 웨버의 서류에서 발견된, 대개는 '재단'이라고만 언급된 '구트리브 재단' 관련 서류였다. 그 재단은 실제로는 존재하지 않는 것 같았고, 문제의 재단을 대행한다는 변호사들은 구멍 난 구두를 신은 사기꾼들로 밝혀졌다. 그 변호사들은 재단과 관련된 인물은 단 한명도 직접 만난 적이 없다고 주장했다. 금전 계산은 전부 우편환으로, 연락은 모두 야후를 통해 이루어졌다. 재단 측으로 오는 메시지를 받아 처리한 여자는 나티크의 쇼핑몰 안에 있는 부스에서 일하고 있었다. 그곳에는 자동차나 집, 커피점을 사무실로 사용하는 사업자들의 비서업무를 대행하는 여성이 그녀 외에도 다섯 명 더 있었다. 비서업무 대행 서비스업체인 섹서브 측은 — 웨버의 죽음을 조사하던 형사들은 이 업체의 이름이 전혀 다른 업종으로 오해받을 여지가 있다고 생각했다. 특히 큰 소리로 발음할 경우에는 — 마찬가지로 재단이 모든 경비를 우편환으로 지불했다고 경찰에 밝혔다. 섹서브는 우편환을 통한 지불에 이의를 제기한 적이 없었다. 어쨌거나 우편환은 전적으로 합법적인 지불수단이었다. 이 업체를 이용하는 고객 중에는 25센트짜리 동전 자루로 지불하는 사람도 있었다. 섹서브의 대표 오브래드는 경기를 감안하면 방법이야 어떻든 지불해주는 것만도 다행이라고 생각했다.

"오브래드라니, 이름이 특이하네요."

어느 형사가 물어보자 오브래드는 "세르비아계 이름입니다. '행복한을 만든다'는 뜻이에요"라고 말했다.

그는 '오브래드는 행복한을 만듭니다'라는 문구를 명함에도 새겨두었다. 형사들은 오브래드의 문법적 오류를 교정해주는 한편, 특히 명함의 그 문구는 오해의 여지가 많은 업체 이름과 결부되어 문제를 일으킬 수도 있다고 지적해줄까 하다가 그만두었다. 오브래드가 수사에 기꺼이 협력하려는 열의를 보였으므로 그의 감정을 다치게 하고 싶지 않았다.

"그러니까 이 재단과 관련된 사람과 직접 이야기를 해본 적이 없다는 말이지요?"

오브래드는 고개를 가로저었다. "요즘엔 모든 것을 인터넷으로 하고 있으니까요. 고객이 양식에 기입하고 선금을 보내면 나는 행복함을 만드는 거지요." 오브래드는 인터넷에서 작성된 계약서의 사본을 뽑아주었다. 경찰은 문서 작성이 이루어진 곳을 추적해 로드아일랜드의 프로비던스에 있는 사이버카페까지 도달했으나 거기서부터는 오리무중이었다. 우편환은 뉴잉글랜드 전역의 여러 우체국에서 보낸 것이었다. 같은 우체국을 이용한 적은 한 번도 없었고, 체신청에서 우편환 지불에 신용카드 사용을 금한 탓에 거래 내역을 추적하는 것도 불가능했다. 경찰은 관련된 우체국의 보안 영상을 살펴보기 위해 법원 명령을 신청하기로 했다. 재단이 과연 실재하는 곳인지의 여부가 경찰을 괴롭히는 문제였는데, 그나마 뒤져볼 만한 실마리는 우체국과 인터넷 카페밖에 없었다.

실은 그 재단이 곧 헤러드였다. 구트리브 재단은 그가 정체를 감추기 위해 사용했을 많은 이름 가운데 하나일 따름이고, 웨버의 죽음 이후 재단은 사실상 소멸되었다. 헤러드는 얼마간 시간이 흐른 뒤 재단을 다른 형태로 재가동할 생각이었다. 웨버는 처벌을 받았고, 웨버와

140 무언의 속삭임

자신이 연결되었던 좁은 세계에서는 누구나 그 이유를 알 것이다. 혹시라도 누가 경찰에 접근할 걱정은 없었다. 그들에게는 무언가 숨겨야 할 것이 있었다. 한 사람도 빠짐없이 모두가.

웨버가 죽고 이틀째 밤이 되자 범죄 현장을 알리는 황색 테이프는 둘러져 있었지만 그 집에 경찰의 모습은 보이지 않았다. 집의 보안 시스템이 다시 가동되었고, 구경꾼을 해산시키기 위해 순찰차가 정기적으로 들르는 정도였다.

오전 12시 50분. 그 집의 보안 시스템에 경고음이 울렸다. 경찰은 정확히 오전 1시 10분에 문 앞에 도착했다. 정문은 닫혀 있었고 창문에도 이상은 없어 보였다. 경찰은 집 뒤편에서 목이 부러진 채 죽어 있는 까마귀 한 마리를 발견했다. 아무래도 까마귀가 주방 창문으로 날아 들어가려다 보안 시스템을 가동시킨 듯했다. 한밤중에 까마귀를 본 적이 있는 경관은 아무도 없었지만 그렇게밖에 설명할 수 없었다.

오전 1시 30분에 다시 경고음이 울렸고, 1시 50분에 같은 일이 반복되었다. 보안 회사의 감시 장치에는 매번 경고음의 발원지가 죽은 까마귀가 발견된 지점 위에 있는 주방 창문인 것으로 나타났다. 보안 회사는 고장을 의심하고 다음 날 아침에 점검하기로 했다. 경찰의 요청으로 그 집의 보안 시스템은 가동이 중지되었다.

오전 2시 10분. 주방 창문이 밖에서 열렸다. 중심부에서 직각을 이루는 가느다란 금속 물체가 창의 걸쇠를 풀었다. 열린 창문을 통해 한 남자가 들어와 주방 바닥에 사뿐히 내려섰다. 남자는 미심쩍은 듯 공기의 냄새를 맡아보더니 담배에 불을 붙였다. 담뱃불이 조금 더 밝았더라면, 그리고 때마침 누군가 근처에 있었더라면, 낡은 검정 재킷에다 재킷과 거의 비슷한 검정 바지를 입은 부스스한 모습을 볼 수 있었을 것이다. 본래 흰색이었을 셔츠는 누런 회색으로 바랬고 칼라가 닳아서 나달거렸다. 긴 머리카락은 매끈하게 뒤로 넘겨져 이마의 V선을 선명하게 드러냈으며 오랜 흡연으로 이와 손톱이 누렇게 변색되었다. 남자의 움직임은 우아했다. 사마귀나 거미에게서 볼 수 있는 포식자의 우아함이었다.

그는 재킷 주머니에서 맥라이트 손전등을 꺼냈다. 주방 창문의 커튼을 닫은 뒤 손전등 머리를 이리저리 움직여 테이블과 의자들, 바닥의 마른 핏자국을 비추었다. 불빛이 닿는 곳을 눈으로 따라가면서 보이는 광경을 머릿속에 담았을 뿐 아무것도 만지지 않았다. 주방 점검을 마친 뒤에는 다른 방도 차례로 훑었다. 역시 보기만 했으며 어디에도 손을 대지 않았다. 다시 주방으로 되돌아와 물고 있던 담배로 새 담배에 불을 붙인 그는 첫 번째 담배를 개수대에 버렸다. 그런 뒤 복도로 이어지는 주방 문으로 가서, 기대어 선 채 불편한 느낌의 근원을 집어내려고 신경을 집중했다.

웨버의 죽음 자체는 충격적인 것이 아니었다. 지금 주방에 있는 남자는 웨버와 같은 부류의 사람들을 주시해왔다. 그들이 때때로 양심 따위는 나 몰라라 하는 것은 놀랄 일도 아니었다. 수집가들은 모두가 그렇다. 욕망이 선한 본성을 덮어버리는 일이 일어나기 마련이다. 한데 웨버는 진정한 수집가가 아니었다. 마음에 든다는 이유로 몇 년째 간직한 물품도 몇 점 있기는 했지만 실제로 돈을 번 것은 중개상, 교섭인, 거래 대행인 역할을 통해서였다. 그런 일을 하려면 어느 정도의 신뢰를 얻어야 한다. 때때로 구매자들 간의 경쟁을 조장해 이익을 챙기는 일은 있지만 작정하고 속이는 경우는 드물다. 그런 행동을 하면 결국엔 손해였다. 부정직한 거래를 통해 단기적으로는 이익을 보지만 평판은 나빠진다. 웨버의 경우, 피와 뇌수 범벅으로 발견됐듯 치명적인 결과로 이어졌다. 방문자는 담배를 길게 빨아들였다. 그의 콧구멍이 씰룩거렸다. 웨버의 딸을 불안하게 만들었던 냄새, 아버지가 죽은 뒤 나타난 근육 이완과 그녀가 잘못 결부시켰던 그 냄새는 많이 옅어졌지만 남자의 감각은 몹시 날카로웠다. 담배에 대한 애착에도 불구하고 그런 감각은 그다지 손상되지 않았다. 그 냄새가 그의 신경에 거슬렸다. 이곳에 속한 냄새가 아니었다. 이질적인 냄새였다.

그의 등 뒤에 놓인 것은 복도의 어둠이었다. 하지만 어둠은 비어 있는 게 아니었다. 어떤 형체들이 어른거렸다. 시든 과일처럼 피부가 쭈글쭈글한 회색 형태들, 실체는 없고 윤곽만 있는 것들.

공허한 존재들.

그는 그들이 모여드는 것을 느꼈지만 돌아보지 않았다. 그들은 그를 증오했으나 실은 그의 창조물이었다.

주방에 서 있는 남자는 자신을 '콜렉터'라고 불렀다. 때로는 블랙 유머를 발휘해 지옥의 수문장 '쿠쉬엘'이라는 이름을 쓰기도 했다. 그는 웨버가 거래했던 그런 류의 수집가가 아니었다. 콜렉터는 자신이 빚을 청산하는 인물이라고 생각했다. 그를 두고 킬러라고 하는 사람도 있을 것이다. 결국 그가 하는 일이 그것이긴 했지만 콜렉터가 개입한 일의 성격을 알지 못해 하는 소리였다. 그의 손에 죽은 사람들은 자신들의 죄로 인해 삶의 권리를 박탈당한 것이다. 보다 정확히 말하면 박탈당한 것은 그들의 영혼이었다. 영혼이 없는 육체는 빈 그릇에 불과해 깨지고 버려진다. 그는 자기가 살해한 사람들에게서 기념품을 하나씩 취했다. 주로 희생자가 특별히 감상적인 애착을 갖고 있는 물품이었다. 그런 수집품들에서 상당한 즐거움을 느끼긴 했으나 본질적으로 그것은 그가 기억을 새기는 방식이었다.

몇 년 새 수집품이 얼마나 많이 늘어났는지.

때로 저 영혼 없는 존재들이 주위에 얼씬거리면 콜렉터는 그들에게 과제를 주기도 했다. 과제라고 해야 결국엔 그들의 숫자를 늘리는 것이었지만. 그런데 지금, 그는 자기 뒤에서 슬금슬금 돌아다니는 저들의 분위기가 바뀌었다는 것을 감지했다. 버려지고 절망적인 껍데기 인간들에게도 분노 이외에 진짜 인간들과 유사한 감정이 있다 친다면 저들은 공포에 질린 듯했다. 그런데 두려움이 점차 옅어지면서 다른 감정이……

기대?

저들은 놀이터의 불량배들처럼, 힘센 자 앞에서 기가 죽었다가 대장 자리를 찬탈한 녀석을 제 위치로 돌려놓을 진짜 우두머리가 다가오는 것을 기다리는 듯했다.

콜렉터가 불확실성을 느끼는 경우는 드물었다. 그는 이 벌집 같은 세상이 돌아가는 방식을 너무도 잘 알았고, 그 세상의 그늘 속에서 사냥을 했다. 그는 공포를 느끼게 하는 존재, 포식자, 가차 없는 심판관이었다.

그런데 이곳, 부유한 교외 저택의 고급 주방에 선 콜렉터는 초조했다. 그는 다시 공기 냄새를 맡아보았다. 아직 감도는 어떤 흔적이 느껴졌다. 창문으로 걸어가 커튼에 손을 대었지만 창문 저편에 나타날 무언가가 두려운 듯 잠시 그대로 움직이지 않았다. 마침내 그는 커튼을 걷으면서 동시에 뒤로 한 발짝 물러나 오른손을 조금 들어올려 방어 자세를 취했다.

창에 비친 것은 그의 모습뿐이었다.

하지만, 분명 무엇인가가 여기 있었다. 웨버를 죽인 사람은 아니다. 콜렉터는 그를 알고 있었다. 헤러드. 늘 찾고 있지만 한 번도 발견하지 못한 자다. 가명 뒤에서, 간판만 있는 회사 뒤에서 살아가는 자. 은폐에 능하고 너무 영리해서 콜렉터조차 찾아내지 못한 자. 하지만 언젠가는 그의 순서가 오리라. 콜렉터가 관여하고 있는 것은 신의 일이었으니까. 그는 신이 쓰는 킬러였다. 누가 신의 손에서 도망쳐 숨을 수 있겠는가?

아니다. 이건 헤러드가 아니다. 다른 존재의 흔적이다. 콜렉터는 코로 그 냄새를 맡을 수 있었고, 혀로 그 맛을 느낄 수 있었으며, 유리 위에 응결된 숨결처럼 그 모습까지도 희미하게 그려볼 수 있었다. 분명히 여기 있었다. 웨버가 죽는 것을 지켜보면서. 잠깐! 사실들이 연결되면서 콜렉터의 눈이 커졌고 추측은 확신으로 굳어졌다.

그는 죽어가는 웨버를 지켜본 것이 아니다. 웨버가 죽어가는 동안 헤러드를 지켜보고 있었던 것이다.

그 순간 콜렉터는 왜 자신이 이 장소로 이끌려왔는지, 헤러드가 왜 불가해한 물품들을 수집하고 있는지 깨달았다. 헤러드 자신은 스스로의 행동 뒤에 놓인 최종 목적을 아직 완전히 이해하지 못하고 있겠지만.

그가 여기 있었던 것이다. 마침내 그가 왔다. '웃는 자', '고대의 유혹
자' 가.

바로 저 '유리 뒤에서 기다리는 자' 가.

9

제대로 잔 것 같지 않은 잠에서 깨어났다. 목과 코, 폐에서 심한 통증이 느껴졌다. 커피를 끓이다가 오른손에 계속 경련이 일어나 뜨거운 물을 셔츠에 쏟고 말았다. 커피 따위는 어찌되어도 상관없었다. 어차피 구정물 같은 맛이 났으니까. 나는 의자에 앉아 소택지를 내려다보았다. 지난 밤 치밀었던 분노는 사라지고 대신 무력감이 그 자리를 차지했다. 그렇다고 공포마저 차단할 만큼 깊은 무기력도 아니었다. 나는 베넷 패쳇과 그의 죽은 아들, 조엘 토비아스, 왈칵 밀려오는 어둠으로 채워져 있던 화물차 컨테이너를 생각하기 싫었다. 전에도 지연성 쇼크를 경험한 적이 있으나 이런 식은 아니었다. 고통과 공포 위에 베넷 패쳇의 이름을 입 밖에 냈다는 수치심이 더해졌다. 사람들은 타인을 보호하기 위해서라면, 자기 자신의 무언가를 지키기 위해서라면, 고문에 버틸 수 있다고 생각한다. 하지만 그건 사실이 아니다. 누구나 결국엔 꺾이고 만다. 그 더러운 물에 빠져 죽지 않을 수만 있다면 나는 그들이 원하는 것이 무엇이든 깡그리 털어놓았을 것이다. 내가 저지르지도 않은 범죄를 고백했을 것이며 본성에 어긋나는 범죄를 저지르겠

다는 약속도 했을 것이다. 심지어 딸까지도 배반했을 것이다. 그것을
알게 되자 나 자신이 경멸스러웠다. 그들은 블루문의 폐허에서 나를
무기력하게 만들었다.

얼마간 시간이 지난 뒤 베넷 패쳇에게 전화를 했다. 내가 말을 꺼내
기도 전에, 그는 캐런 에모리가 그날 식당에 출근하지 않았다는 이야
기를 늘어놓았다. 집에 전화를 해도 받지 않는다면서 무슨 일이 생긴
건 아닌지 걱정이라고 했다. 나는 그의 말을 막았다. 전날 밤 무슨 일
이 있었는지 이야기하고 내가 한 짓을 고백했다. 베넷은 난처하다는
기색을 비치지 않았고 놀란 기미조차 없었다.

"군인들이었다고?"

"군 출신이었습니다. 내 생각에는요. 게다가 놈들은 데미안도 알고
있었어요. 그렇기 때문에 놈들이 당신을 괴롭히지는 않을 거라고 믿고
싶습니다. 뒤로 물러서서 조용히 아들을 애도한다면 그러지 않을 겁니
다."

"파커, 자네는 그렇게 할 건가? 자네는 내가 그렇게 하길 원하나?
자네는 이 모든 것에서 물러설 작정인가?"

"모르겠습니다. 지금 당장은 시간이 좀 필요해요."

"뭘 위해서 말인가?" 하지만 그의 목소리에는 체념이 서려 있었다.
내가 어떤 대답을 해도 마음에 들지 않을 것이란 듯이.

"분노를 되찾기 위해서요."

얼마간은 만족스러운 대답이었던 모양이다.

"그렇게 되면 연락주게." 그는 전화를 끊었다.

의자에 얼마나 오래 앉아 있었는지는 모르겠다. 어쨌든 나는 마침내

의자에서 몸을 일으켰다. 뭔가를 해야 했다. 그렇지 않으면 블루문에서 놈들이 손을 놓아버려 더러운 물통에 처박힌 듯이, 그렇게 가라앉아버릴 것이다. 나는 전화기를 집어 뉴욕에 전화를 걸었다. 진짜 도움이 필요한 때였다. 통화를 마친 뒤 샤워를 했다. 떨어지는 물줄기를 얼굴에 정면으로 맞았다.

한 시간 뒤, 재키 가너에게서 연락이 왔다.

"토비아스가 움직일 것 같아. 짐을 꾸렸고, 대형 트럭을 몰면서 상태를 점검하고 있어."

말이 되는 얘기였다. 나를 충분히 겁주었으므로 계획대로 진행해도 된다고 여기는 모양이었다. 거의 정확한 판단이었다.

"가능한 토비아스한테 오래 달라붙어 있어줘. 캐나다로 갈 텐데 여권은 있어?"

"집에. 엄마한테 전화하면 갖다줄 거야. 토비아스가 출발하면 그대로 뒤를 쫓을게. 엄마는 날 따라잡을 수 있어. 악마처럼 운전하거든."

그 어머니라면 그럴 만했다.

재키가 물었다. "별일 없는 거야? 목소리가 아픈 사람 같은데."

나는 어젯밤 일을 간추려서 말해주고 토비아스와는 일정한 거리를 유지하라고 경고했다. "토비아스가 어느 길을 탈 건지 짐작되면 먼저 가서 국경 근처에서 기다려. 조금이라도 이상한 기미가 있으면 뒤쫓는 건 포기해. 놈들도 팔짱 끼고 구경만 하진 않을 테니까."

"이번 건에서 손을 떼지 않겠다는 얘기네."

"아마도. 실은 손님들이 오고 있어."

"뉴욕에서?" 재키의 목소리에서 기대가 묻어나왔다.

"그래. 뉴욕에서."

"이봐, 풀치 패거리한텐 잠자코 있어. 내가 말할 테니까." 크리스마스를 맞은 아이처럼 들뜬 목소리였다. "벌집 쑤셔놓은 꼴이 되겠군."

1~2분씩 간격을 두고 세 번을 노크한 뒤에야 캐런 에모리가 나왔다. 로브에 슬리퍼 차림이었고 머리카락은 헝클어져 있었다. 잠을 제대로 못 잔 것 같은 모습이었다. 어떤 감정 상태인지 한눈에 알 수 있었다. 울고 있었던 듯했다.

"네? 무슨 일로……"

그녀는 말을 멈추고 눈을 가늘게 떴다. "그 사람이군요. 그때 식당에 있었던 사람."

"맞습니다. 내 이름은 찰리 파커입니다. 사립 탐정이죠."

"꺼져."

그녀는 문을 쾅 닫았다. 나는 닫히는 문 사이로 발을 끼워 넣지 않았다. 그런 짓을 하다가는 발가락 부러지기 딱 좋다. 게다가 그건 불법 침입에 해당한다. 불법 침입에 관해서라면 이미 경찰 쪽에 내 명성이 파다하다. 성가신 일을 자초해서 좋을 건 없다.

나는 다시 문을 두드렸다. 캐런이 문간에 나올 때까지 계속 두드렸다.

"계속 이러면 경찰을 부를 거예요. 그냥 하는 말이 아니에요."

"당신이 경찰을 부를 거라고는 생각하지 않습니다. 남자친구가 좋아하지 않을 테니까요."

비열한 방식이었지만 대부분의 비열한 짓이 그렇듯 효과가 있었다. 그녀는 입술을 깨물었다. "부탁이에요. 그냥 가주세요."

"잠깐 이야기를 나누려는 것뿐입니다. 믿어줘요, 위험 부담이 큰 것은 당신이 아니라 내 쪽입니다. 폐를 끼치는 일은 절대 없을 겁니다. 그저 몇 분만 시간을 내주면 돼요. 그러고 나면 당신 말대로 할게요."

그녀는 내 어깨너머로 거리에 아무도 없는지 확인한 다음 내가 들어갈 수 있도록 옆으로 비켜섰다. 현관문은 바로 거실로 통해 있었고 안쪽으로 주방이 보였다. 오른 편엔 계단이 있고, 아래 지하실로 통하는 입구처럼 보이는 문이 있었다. 그녀는 현관문을 닫고 팔짱을 낀 채 내가 입을 열기를 기다렸다.

나는 "앉아서 얘기할 수 있을까요?" 하고 물었다.

싫다는 대답이 바로 튀어나오려는 듯 보였지만 억지로 누르며 나를 주방으로 안내했다. 흰색과 노란색으로 꾸민 주방은 밝고 쾌활한 분위기였다. 새로 칠한 페인트 냄새가 났다. 나는 식탁 의자에 앉았다.

"집이 멋지네요."

내 말에 그녀는 고개를 끄덕였다. "조엘 집이에요. 자기 손으로 직접 꾸몄죠." 그녀는 개수대에 기대선 채 가능한 나와 거리를 유지하고 있었다. "사립 탐정이라고 했죠? 집에 들이기 전에 신분증을 보여달라고 하는 게 맞았겠네요."

"그러는 게 좋지요." 나는 지갑을 펼쳐 사립 탐정 허가증을 내보였다. 그녀는 흘깃 보기만 했다.

"어머니를 조금 압니다. 같은 고등학교를 나왔거든요."

"아. 엄마는 지금 웨슬리에 살아요."

"잘됐군요." 그 말밖엔 특별히 할 말이 없었다.

"그렇진 않아요. 엄마의 새 남편이 또라이라서." 그녀는 주머니를 더듬어 라이터와 담뱃갑을 꺼냈다. 담배에 불을 붙이더니 내게는 권하지도 않고 담뱃갑과 라이터를 주머니에 넣었다. 나는 담배를 피우지 않지만 일단 물어보는 게 예의바른 행동이다.

"조엘 말로는 베넷 패쳇이 당신을 고용했다더군요." 이제와 부인할 수도 없는 노릇이었다. 한편 그녀의 말은 블루문의 일당이 어젯밤 이후 토비아스와 이야기를 나누었다는 사실을 확인해주었다. 토비아스는 그걸 여자친구한테 말했고.

"맞습니다."

그녀는 화가 나서 눈동자를 굴렸다.

"그분은 좋은 뜻으로 그러는 거예요. 당신을 걱정하는 겁니다."

"조엘은 날더러 거기서 일하지 말라고 했어요. 거기 일을 그만두고 다른 일자리를 찾으라고요. 우린 그것 때문에 싸웠어요."

그녀는 나를 노려보았다. 내 탓이라는 뜻이 담긴 시선이었다.

"무슨 말이 하고 싶은 겁니까?"

"난 그를 사랑해요. 이 집을 사랑해요. 굳이 일자리를 찾자면 다른 곳이 없는 건 아니겠죠. 하지만 패쳇 씨와 계속 일하고 싶다고요." 그녀의 눈이 축축해지더니 오른쪽 눈에서 눈물이 한 방울 떨어졌다. 그녀는 급히 눈물을 닦았다.

모든 게 엉망진창이었다. 때로는 일이 그런 식으로 되어버리기도 한다. 내가 왜 여기 왔는지도 알 수 없었다. 예전에 클리퍼 안드레아스가 샐리 클리버에게 한 짓을 조엘 토비아스가 캐런 에모리에게 하지 않았 다는 사실을 확인하는 걸 제외하면 명확한 의도가 없는 방문이었다.

"에모리 씨. 조엘이 당신을 때리거나 어떤 식으로든 학대합니까?"

오랜 침묵이 흘렀다.

"아뇨. 당신이나 패칫 씨가 생각하는 그런 방식은 아니에요. 요전엔 대판 싸웠고, 그러다 걷잡을 수 없이 되어버린 거예요. 그게 전부예 요."

나는 그녀를 찬찬히 뜯어보았다. 남자친구한테 얻어맞은 게 처음이 아닐 거라는 생각이 들었다. 그녀가 말하는 방식으로 미루어 가끔 얻 어맞는 것을 일종의 직업적 위험, 특정 유형의 남자를 사귈 때 겪어야 할 부담쯤으로 여기는 것 같았다. 자주 얻어맞게 되면 여자는 잘못이 자기한테 있다고 생각하게 된다. 자신의 내부에 무언가 문제가 있어 남자가 그런 방식으로 반응한다고 믿게 된다. 캐런 에모리는 이미 그 런 식으로 생각하고 있거나 그 선에 근접한 상태였다.

"그때 처음으로 당신한테 손을 댔나요?"

그녀는 고개를 끄덕였다. "그건, 그러니까 그런 걸 뭐라고 하더라, '그 사람답지 않은' 일이었어요. 조엘은 좋은 사람이에요." 마지막 세 마디는 약간 더듬거렸다. 나만이 아니라 자기 자신도 납득시키려는 듯 이. "그는 그때 너무 많은 스트레스에 시달리고 있었던 거예요."

"그래요? 무엇 때문에 그렇게 힘들어 했습니까?"

캐런은 어깨를 으쓱하며 눈길을 피했다. "힘든 일이잖아요. 독립 운 송업이라는 게."

"그가 자기 일에 관해서 얘기하는 편입니까?"

대답이 없었다.

"그것 때문에 싸운 건가요?"

여전히 묵묵부답.

"그가 당신을 겁줬나요?"

그녀는 입술을 핥았다.

"아뇨." 거짓말이다.

"그의 친구들, 군대 동료들 말입니다. 그 사람들은요?"

그녀는 반쯤 피운 담배를 재떨이에 눌러 껐다.

"그만 가보세요. 패챗 씨한테 난 괜찮다고 전해줘요. 이번 주 중에 연락드리겠다고."

"캐런, 당신은 혼자가 아닙니다. 도움이 필요하면 적당한 사람들을 연결시켜 줄 수 있어요. 신중한 사람들이고, 당신 자신을 보호하기 위해 뭘 해야 할지 조언해 줄 거예요. 원한다면 조엘의 이름은 거론하지 않아도 좋아요."

그녀가 귓등으로 듣는다는 걸 알 수 있었다. 캐런 에모리는 조엘 토비아스라는 별에 운을 걸었다. 그와 헤어지면 베넷 패챗의 기숙사로 돌아가야 하고, 시간이 지나면 다른 남자를 만나겠지만 어쩌면 토비아스보다 더 질 나쁜 자일지도 모른다. 그래도 그녀는 단지 출구를 찾기 위해 그 남자에게로 달려갈 것이다. 조금 더 기다렸지만 그녀에게서 더 알아낼 게 없다는 것이 분명했다. 캐런은 몸짓으로 현관문을 가리켰다. 내가 복도로 향하자 뒤를 따라와 문을 열어주었다. 현관을 나서려 할 때 그녀가 입을 열었다.

"당신이 여기 왔다는 걸 알면 조엘이 어떻게 나올까요?" 장난꾸러기 같은 말투였지만 허세에 불과했다. 눈에는 눈물이 그렁그렁 맺혀 있었다.

"글쎄요. 아마도 그의 친구들이 나를 죽이려 들겠지요. 그 사람들은 무슨 일을 하고 있습니까? 뭐가 탄로날까봐 그렇게 신경을 곤두세우고 있는 겁니까?"

그녀는 힘겹게 침을 삼켰다. 얼굴이 일그러졌다.

"죽어가고 있기 때문이에요. 그 사람들 모두 죽어가고 있어요."

문이 내 얼굴 앞에서 닫혔다.

유리문으로 들여다보니 세일메이커는 여전히 파리를 날리고 있었고, 지미 주얼도 전과 똑같은 자리에 앉아 있었다. 서류 뭉치를 앞에 흩어놓고 계산기를 두드리는 중이었다.

실내의 밝기는 시시각각 변하고 있었다. 컴컴한 실내로 햇살이 비쳤나 싶으면 금세 구름이 빛을 삼켜버렸다. 은빛 물고기 떼가 캄캄한 바다 속으로 휙 사라지는 모습을 연상시켰다. 영업 시작 시간이 지났지만 지미는 얼에게 문을 열지 못하도록 했다. 세일메이커는 블루문의 전통을 이어가고 있었다. 대개는 정오 전에 문을 열지만, 개점 시간은 오후 5시가 될 수도 있고 아예 영업을 하지 않는 날도 있었다. 단골들은 들어가려고 문을 두드리는 바보짓은 하지 않았다. 그곳은 지미와 얼의 준비가 끝나야 들어갈 수 있는 곳이었고, 일단 들어가서 자리를 잡으면 바닥에 쓰러져 소동을 피우지 않는 한 아무에게도 방해받지 않는 곳이었다.

하지만 나는 단골이 아니었으므로 문을 두드렸다. 지미가 고개를 들더니, 나를 쫓아버릴 방도는 없는지 잠깐 가늠해본 뒤에 얼에게 들이라는 몸짓을 했다. 얼은 문을 열어주고 음료수용 냉장고를 채우는 일로 되돌아갔다. 그 술집에서 내놓는 맥주에 색다른 것이라고는 없었으므로 대단한 작업도 아니었다. 세일메이커에서는 아직도 밀러 하이라이프를 주문할 수 있고, 야유를 받지 않으면서 PBR을 마실 수 있다.

내가 카운터에 자리를 잡자 얼은 커피포트를 가지러 자리를 떴다. 내가 지미처럼 매일같이 커피를 그렇게 마셔댔다면 손이 떨려서 이름도 제대로 못 쓸 것이다. 지미에게는 커피가 전혀 영향을 미치지 않는 것 같았다. 차분함을 남달리 많이 보유하고 있는 모양이었다.

"지난번에 다녀간 지 얼마 지나지 않은 것 같은데. 시간이 유달리 빨리 흐르는 건가, 그리워할 만한 여유를 자네가 내게 주지 않는 건가?"

"토비아스가 다시 움직였어요. 예상대로."

지미는 서류만 쳐다보면서 숫자를 더하더니 여백에 메모를 했다. "그래서 뭐가 불만인가? 자네 요즘 정부 쪽에서 일하나?"

"아뇨, 난 개인연금 쪽이 좋습니다. 불만이랄 건 없지만 어젯밤에 새 친구들을 몇 명 사귀었거든요."

"그랬나? 즐거웠겠군. 새 친구들을 잘 이용할 수 있을 테지."

"어제 사귄 친구들은 자기들이 알고 싶은 걸 토해낼 때까지 날 익사시키려 했어요. 그런 친구라면 없는 게 속 편하지요."

지미는 메모를 멈추었다.

"그래서, 뭘 알고 싶어 하던가?"

"왜 조엘 토비아스를 파고 다니는지에 관심이 있더군요."

"뭐라고 했나?"

"사실대로 말했지요."

"둘러댈 생각은 못했고?"

"죽지 않으려 발버둥 치느라 그럴 여유가 없었습니다."

"그럼 이미 경고를 한 번 받은 셈인데. 그것도 꽤 거칠게 말이야. 그러고도 계속 파고들 생각인가?"

"그게 핵심이죠. 날 정중하게 대하지 않았거든요."

"정중함이라. 자네가 공작부인이라도 되나?"

"그자들이 날 심문한 장소도 문젭니다."

"어딘데?"

"블루문. 블루문의 잔해라고 해야 할까요?"

지미는 계산기를 치웠다. "자네가 불운을 몰고온다는 걸 알고 있었어. 처음 이리로 걸어 들어올 때부터 알았어."

"당신이 듀이에서 조엘 토비아스한테 얼굴을 보인 것도 한몫한 것 같은데요? 놈들은 나를 당신과 연결시켰어요. 아니면 당신을 나한테 연결시킨 건지도. 나를 블루문으로 데려간 건 우리 둘에 대한 일종의 경고예요. 거기에 다른 사업 제안이 담긴 게 아니라면 말입니다."

얼이 몸을 돌려 우리를 바라보았다. 이야기의 주제가 블루문으로 돌아가는 게 마음에 들지 않는 모양이었다. 항상 불쾌한 문신을 연상시키는 얼굴을 하고 있으므로 무슨 생각을 하는지 정확히 알아채기는 힘들었다. 지미는 잠시 딴생각에 잠겨 있었다. 그가 다시 이야기를 시작했을 때는 피곤하고 늙어보였다.

"아무래도 나는 이 일에서 손을 떼는 게 낫겠네."

그가 말하는 것이 술집에 관한 것인지, 밀수에 관한 것인지, 혹은 삶 자체에 관한 것인지 알 수 없었다. 이런 말이 위안이 될지는 몰라도 결국 언젠가는 그 모든 것에서 손을 떼게 될 터인 것을. 나는 그런 생각을 입 밖에 내지 않고 잠자코 듣기만 했다.

"알다시피 내 돈은 모두 이 부두에 묶여 있어. 개발이 시작되면 배당금이 들어올 거라 생각했지만, 지금으로선 부두가 캐스코 만으로 가라앉을 때 나오는 보험금 외에는 기대할 게 없네. 그때는 부두가 나도 데려갈 테니 돈을 써볼 수도 없겠지."

그는 성질 고약한 늙은 개의 머리를 사랑스럽게 두드리듯, 애정을 담아 카운터를 부드럽게 톡톡 쳤다.

"나는 항상 내가 신사적으로 거래한다고 생각해왔네. 일종의 게임이었지. 국경 너머로 화물을 옮기고 미국 정부한테서 한두 푼 훔쳐내는 게임. 가끔 다치는 사람도 있었지만 그런 일이 일어나지 않도록 나는 최선을 다했어. 자네한테 말해봤자 의미가 없을지 몰라도 마약 쪽엔 좋아서 손을 댄 게 아니야. 어쨌거나 나는 나름대로 양심의 가책을 덜 수 있는 방식을 찾아냈지. 맞아. 솔직히 말하면 나는 마약에 관해 깊이 생각하지 않네. 그 일로 크게 괴로운 것도 아니고. 사람에 대해서도 마찬가지야. 보스턴 식당의 일자리를 찾는 중국인이든 동유럽에서 온 매춘부든 상관치 않아. 난 단순히 중개인일 따름이네." 그는 내 반응을 가늠하며 말을 이었다. "자네는 나를 위선자로 여길 테지. 아니면 내가 나 자신을 기만하고 있다고 생각하든지."

"당신이 어떤 사람인지는 당신 자신이 알고 있겠지요. 내가 여기 온 건 당신의 결백을 선언해주기 위해서가 아닙니다. 정보가 필요해서죠."

"본론으로 들어가자, 이 얘긴가?"

"그렇습니다."

얼은 퍼뜩 정신이 든 듯, 보스의 기어에 기름칠을 해주어야 한다는 걸 알아채고 지미의 잔에 커피를 채웠다. 그러면서 머그를 하나 가져와 내 옆에 내려놓았다. 나는 커피가 필요 없다는 뜻으로 머그 입구를 손으로 덮었다. 내가 커피를 원하든 말든 상관치 않는다는 걸 보여주려고 얼이 뜨거운 커피를 손등에 부어버릴지도 모른다는 생각이 순간적으로 머리를 스쳤다. 하지만 얼은 내게서 등을 돌리는 것으로 만족하고 저편으로 걸어가 카운터 아래에서 책을 꺼내 읽기 시작했다. 읽는 시늉만 하는 건지도 모르지만. 펭귄 페이퍼북으로 오래 전에 나온 검은색 표지 판본이었는데 멀어서 제목은 보이지 않았다. 놀라지 않았다고 말할 수 있으면 좋으련만 실은 놀라고 말았다. 얼이 자아 향상에 관심이 있을 줄은 생각도 못했다.

지미는 내 시선을 따라 얼 쪽을 바라보았다.

"난 늙어가고 있네. 우리 모두가 그렇지. 얼이 전화번호부 이외에는 책에 손도 대지 않던 시절이 있었지. 누군가를 두들겨 패지 않으려 애써 조심해야 했었고. 하지만 세월은 우리를 성숙하게 만들었어. 좋은 뜻으로든 나쁜 뜻으로든. 예전엔 조엘 토비아스 같은 놈한테 그렇게 쉽게 당하지 않았는데. 토비아스는 눈도 깜짝 않고 얼을 어린애처럼 다뤘네. 마음만 먹었다면 떡으로 만들어놨을 수도 있어. 토비아스한테서 나는 그런 걸 볼 수 있었어."

"하지만 그러지 않았잖아요."

"그랬지. 내버려두라는 게 정말로 그가 원한 거였으니까. 하지만 그건 그쪽 생각이고, 나는 그가 무슨 짓을 하는지 알아야 했네. 내 사업에 중요한 일이었으니까. 지금의 균형을 유지하는 게 필수적이기도 하고. 멕시코인, 콜롬비아인, 도미니카인, 러시아인, 경찰, 나 등등 국경을 넘나드는 상품의 움직임에 관심이 있는 우리 모두는 평형상태를 유지하고 있어. 아주 예민한 구조라네. 규칙을 알지 못하는 자가 주위에서 들쑤시기 시작하면 모든 게 붕괴해버려. 모든 사람들에게 엄청난 피해가 돌아가지. 나는 토비아스의 의중을 알 수 없었네. 그가 우리 그룹 안으로 들어오지 않고 밖에서 맴도는 것도 신경에 거슬리고. 그래서……"

"그래서요?"

"세관에 경고 신호를 줄 수도 있었지. 하지만 법에 얽힌 문제는 말이야. 답을 미리 알고 있는 문제가 아니면 질문하지 말아야 해. 그게 편했다면 토비아스를 먹잇감으로 던져줬을 거야. 하지만 그건 그가 국경 너머로 뭘 운반하는지 알고 난 다음 얘기야. 일단은 편의를 좀 봐달라고 부탁했네. 조엘 토비아스가 일거리를 맡을 때마다 관련 서류 복사본이 내게 오지. 최근에 그는 뉴잉글랜드에서 다른 주로 화물을 옮겼는데 합법적인 일인 것 같아. 이번 주에는 캐나다에서 사료를 날라 오는 일이 잡혀 있네. 국경을 넘는다는 뜻이지."

"토비아스한테 사람을 붙여놨겠군요."

지미는 슬쩍 웃음을 머금었다. "내 친구들이 조엘 토비아스를 예의 주시하고 있다고만 말해두도록 하지."

퀘벡의 사료 공급처와 메인 주의 매입처 이름을 빼면 지미 주얼에게서 얻은 건 별다른 게 없었다. 지미는 조엘 토비아스에 관해 알고 있는 것을 대부분 털어놓은 듯했다. 그도 나와 마찬가지로 오리무중이었다.

나는 자동차로 돌아갔다. 썩은 물의 악취가 코를 찔렀다. 옷에서도 냄새가 났다. 블루문의 악취가 머스탱에 배었다는 걸 깨달았다. 어쩌면 상상에 불과한지도 몰랐다. 어제 일에 대한 반응이 이런 식으로 나타나는지도.

나는 블루문으로 차를 몰았다. 계속 마음만 먹고 있다가 실행에 옮긴 셈이었다. 까맣게 타버린 지붕 아래, 바닥 중앙에 기름통이 놓여 있었다. 그 속에 담긴 더러운 물 위에서 벌레들이 윙윙거렸다. 그 광경이 눈에 들어오자 나도 모르게 움찔 놀랐고, 그곳의 냄새와 결부된 기억이 되살아나서 숨이 가빠졌다. 나는 마음을 다잡고 주머니에서 손전등을 꺼내 폐허를 수색했다. 나를 그곳으로 끌고왔던 자들의 흔적은 아무것도 발견할 수 없었다.

밖으로 나와 베넷 패쳇한테 전화를 걸었다. 그의 아들과 함께 이라크에서 복무한 뒤 귀환한 사람들의 명단을 부탁하고 특히 장례식에 참석한 사람들을 빠트리지 말라고 했다. 그는 바로 착수하겠다고 했다.

"분노를 되찾은 걸로 봐도 되겠나?" 그가 물었다.

"미개발 자원이 많았던 모양입니다." 그렇게만 대답하고 전화를 끊었다.

심리적인 요인이든 아니든 머스탱에서는 계속 악취가 풍겼다. 나는 사우스포틀랜드에 있는 필스 원스톱으로 갔다. 손세차를 해주는 곳이었다. 호스를 쓰면 접합 부위로 스며든 물이 창 덮개를 적셔 유리창이 뿌옇게 되어버리는데 거기는 손으로 꼼꼼하게 작업해준다. 내가 소다를 마시는 동안 몇 사람이 달라붙어 머스탱의 안팎을 깨끗이 청소하면서 펜더 뒤쪽의 먼지까지 닦아냈다.

그 장치가 발견된 것은 그때였다.

필 듀카스는 어느 모로 보나 원스톱 주차 대행 및 자동차 수리점을 운영하는 사람다웠다. 기름얼룩이 묻지 않은 옷은 한 벌도 없을 성싶었고, 정오쯤이면 하루 종일 일한 듯 작업복이 엉망이 되어버렸으며, 방금 씻고 나와도 손이 더러워 보였다. 햄버거로 찐 살 몇 킬로그램이 배 주위에 붙었고, 엔진 문제라면 빠삭하다고 떠들거나 할 줄도 모르면서 시간만 있으면 당장이라도 제 손으로 고칠 수 있다고 큰소리치는 사람을 보면 눈빛에 신경질적인 초조함이 감돌았다. 그런 그가 길이 30센티미터쯤 되는 어떤 물건에 휴대용 램프를 비췄다. 검은색 강력 테이프로 감싸서 자석 두 개로 펜더 안쪽에 부착시켜둔 물건이었다.

"에르네스토 말로는 폭탄 같대요." 머스탱을 청소하던 중에 문제의 장치를 발견한 장본인 에르네스토는 수리점에서 멀찍이 떨어져 있었다. 다른 직원들 대부분도 그와 함께 있었지만 아직 아무도 경찰을 부르지는 않았다.

"당신 생각엔 어때요?"

내가 묻자 필은 어깨를 으쓱했다. "폭탄일 수도 있겠죠."

"그럼 이렇게 코를 바싹 들이대고 여기 있으면 안 되는 거잖아요?"

"아마 아닐 수도 있으니까요."

"'아마'라는 말을 들으니 꽤 마음이 놓이네요."

"왜 그래요? 정말로 폭탄이라고 생각해요?"

나는 장치를 좀더 자세히 살펴보았다. "생김새로 봐서는 전자부품 같은데. 폭탄 같은 느낌은 전혀 없는데요."

"내 생각을 말해볼까요? 당신은 추적당하는 것 같아요. 저건 도청기에요."

말이 되는 소리였다. 블루문에서 고문을 당하는 동안 차에 설치되었을 가능성이 있었다.

"너무 커요." 내가 말했다. "저래선 눈에 안 띌 수가 없는데."

"누가 일부러 들여다보지 않는 이상은 눈에 안 띄어요. 확실한 것을 알고 싶다면 내가 전화를 해볼게요."

"누구한테?"

"아는 애에요. 천재죠."

"신중한 성격이겠죠?"

"지갑 가지고 왔나요?"

"그래요."

"그럼 녀석도 신중해질 거예요."

20분 뒤, 밝은 노란색 레게머리에 앙상한 수염을 기른 청년이 도착했다. 러스틱 오버톤스 록밴드 티셔츠를 입고, 빨간색 야마하 스트리트 바이크를 타고 왔다.

"세븐티 세븐이에요." 필은 졸업식에 참석한 학부모처럼 자부심을 드러내며 활짝 웃었다. "XS650, 완전 복원. 작업은 대부분 내가 했지요. 쟤가 약간 도와주긴 했지만 피땀 흘려 만든 내 작품이죠."

젊은이의 이름은 마이크였다. 그야말로 예의바른 청년이어서 나를 부를 때 꼭꼭 '선생님'이라고 경칭을 붙였다. 전국퇴직자협회에서 나온 사람이라도 된 것처럼 갑자기 나이를 먹어버린 기분이었다.

"우와, 멋진데." 내 차에 붙어 있는 장치를 본 마이크의 첫마디였다. 그는 조심스럽게 장치를 떼어내 옆에 있는 작업대 위에 놓았다. 손가락 끝만 사용해 테이프에 싸인 장치의 윤곽을 매만지더니 칼날을 써서 테이프를 약간 잘라내고 들여다보았다. 조사가 끝나자 만족스럽게 고개를 끄덕였다.

"뭔가?"

"추적 장치네요. 테이프로 말아놔서 엉성하게 보이지만 아주 정교한 장치에요. 부품 일부는 군사 등급일 것 같은데요. 아무래도 정부가 선생님을 좋아하지 않는 모양입니다."

그가 동의를 구하는 눈빛으로 쳐다보았지만 나는 반응을 보이지 않았다.

"어쨌거나 이걸 장치한 사람은 시간에 쫓겼나봐요. 그렇지 않았다면 쉽게 숨길 수 있도록 더 작은 걸 사용했을 테고, 자동차 배터리에 연결시켜 자체 전원이 없어도 작동하게 했을 테니까. 하지만 그러려면 적어도 15분, 20분은 집중해서 작업할 시간이 필요하거든요."

마이크는 장치 중앙에 툭 튀어나온 부분을 드라이버로 가리켰다. "이게 GPS 수신기에요. 일반적인 위성항법 장치에 사용되는 것과 똑같아요. 자동차의 위치를 정확히 찾아내줘서 PC 화면으로 확인할 수 있죠. 여기에 12볼트 건전지 여덟 개가 들어 있어요. 정기적으로 건전지를 갈아줘야 하니까, 만약 장기적으로 감시할 목적이었다면 기회를 틈타 좀더 작은 장치를 자동차 배터리에 연결하는 게 합리적일 거예요. 뭐, 이것도 나름대로 괜찮긴 하네요. 자석이 위치 정보를 교란시키는 것도 아니고 일이 끝나면 쉽게 제거할 수 있으니까."

"그걸 붙여둔 쪽에서는 지금 이렇게 떼어낸 것을 알까?"

"그렇진 않을 걸요. 신경 써서 차에서 가까운 곳으로 옮겼으니까요. 그 정도로 성능이 좋지는 않을 거예요."

나는 작업대에 몸을 기대고 욕설을 내뱉었다. 더 조심했어야 했는데. 캐런 에모리와 지미 주얼을 찾아갈 때 뒷거울로 계속 후방을 살폈고, 우회해서 막다른 길로 가보고 만약을 위해 유턴도 했지만 뒤를 밟히는 기미는 없었다. 이제야 이유를 알았다. 뿐만 아니다. 블루문에서 심문했던 자들이 내가 캐런과 지미를 만난 일을 안다는 것은 물러나라는 경고가 씨알도 먹히지 않았다는 것 또한 안다는 뜻이다.

"이걸 본래 있던 자리로 되돌려 놓을까요?" 마이크가 물었다.

"무슨 소리야?" 필이 끼어들었다. "차라리 가슴에 동여매고 다니라고 하지. 집에 있을 때도 추적이 가능하게 말이다."

"이 분이 그런 걸 바라지는 않을 것 같은데요." 비꼬는 말도 그에게는 먹히지 않는 모양이었다. 나는 마이크가 더욱 마음에 들었다.

주차장 쪽으로 대형 트럭 한 대가 진입하며 라이트를 번쩍여 도움을 청하는 모습이 보였다. 나는 조엘 토비아스를 떠올렸다. 그가 지금 어디에 있을지, 국경을 넘어 무얼 운반하고 있을지 궁금했다. 들어오는 대형 트럭에는 뉴저지 번호판이 붙어 있었다. 흠, 뉴저지라 이거지.

필이 내 눈길을 알아챘다. "뭐, 내가 모르는 사람이니까. 좋을 대로 해도 상관없어요."

추적 장치를 뉴저지로 보내려던 생각을 접고 원위치로 돌려놓으라고 마이크에게 말했다. 마이크는 내가 자신의 사고 과정을 겨우 따라 잡은 것이 만족스러운 모양이었다. 장치가 붙어 있다는 것을 아는 이 상 역으로 이쪽의 무기가 될 수도 있다. 제대로 기회를 포착하기만 한 다면.

나는 마이크의 시간에 후하게 값을 쳐주었다. 혹시 또 도움이 필요 할지도 몰라 휴대폰 번호도 받아두었다.

"착한 녀석이군." 그가 떠나는 뒷모습을 바라보면서 필에게 말했다. "똑똑하기도 하고."

"누나 아들이에요."

"당신을 '필 삼촌'이라고 부르지 않던데요."

"신중한 녀석이라고 했잖아요."

나는 에르네스토에게도 팁을 주었다. 말로는 고맙다고 했지만 자기 가 받은 충격을 보상하려면 팁이 더 후해야 한다고 여기는 눈치였다. 실제로 폭발로 몸이 날아간 것이 아니므로 나는 그의 짜증스런 표정을 무시했다.

"누가 저런 걸 붙였는지 짐작이 가요?" 필이 물었다.

"그래요."

"그놈들이 당신한테 올 거라 생각해요?"

"아마도."

"도움은 청했나요?"

"이쪽으로 오는 중이에요."

"만약 나였다면, 누군가가 내 차에 군사 등급의 감시 장치를 붙였다 면, 총을 한 자루 지닌 사람의 도움이 필요할 것 같은데. 그런 도움이 맞나요?"

"틀렸어요." 나는 말했다. "한 자루가 아니라 총 무더기를 갖고 올 테
니까."

10

그들은 27번 도로의 무스호른 몇 킬로미터 남쪽 지점에서 그를 납치했다. 국경을 건넜을 때부터 차 한 대가 따라붙었으나 토비아스는 주의를 기울이지 않았다. 여러 차례 다녔던 길이라 마음이 느슨해져 있었다. 코번 고어의 미국 세관이 주된 관심사여서 그 지점을 안전하게 통과하자 긴장이 완전히 풀려버렸다. 게다가 좋지 않은 기분까지 겹쳤다. 이번 운행이 주는 부담 자체만으로도 피곤했던 데다 기대했던 것만큼 성과를 올리지도 못했다. 사망자가 늘어나면서 조직이 축소되어 핵심부만 남게 되었다. 모든 사람들에게 감당할 작업과 위험이 커졌다는 뜻이었다. 하지만 그에 비례해 종국적인 보상 또한 커질 터였다.

그날은 창고에서 문제가 생겼다. 마약 단속에 나선 캐나다 경찰이 근처에 쫙 깔려 있었고, 그런 상황이 며칠은 이어질 듯싶었다. 법의 코 앞에서 물품을 옮긴다는 것은 어리석은 일이었다. 며칠 어슬렁대며 기다리든지 잠잠해졌을 때 다시 와봤어야 했는데 토비아스는 후자를 선택했다. 나중에 그는 미국으로 돌아가면서 더 조심하지 않았던 자신을 질책하게 될 터였다. 하지만 토비아스는 찰리 파커 문제가 잘 처리되었다고 믿었다. 이번 운행에 나선 지 한 시간 뒤에도 그 탐정은 여전히 포틀랜드에 있다는 사실을 추적 장치를 통해 확인했던 것이다.

탐정도 토비아스의 신경에 거슬렸지만 지미 주얼만큼은 아니었다. 듀이에서 주얼이 어설픈 접근을 시도한 직후에 그는 그 일을 동료들에게 알리고 상대가 자기 사업의 수입 출처를 미심쩍게 여기는 것 같다고 했다. 하지만 그들은 상황을 지켜보되 일은 그대로 추진하자고 했다. 토비아스가 할 수 있었던 건 당분간 움직임을 보이지 말자고 설득하는 정도였다. 별다른 일 없이 며칠이 지나자 그들은 점점 안달했고, 결국 토비아스는 국경을 넘는 운행에 나서게 되었다. 물론 지미와 그의 보디가드인 커다란 코끼리의 움직임을 주시하긴 했다. 지미는 토비아스한테 크게 신경 쓸 것 없다는 결론을 내린 듯했다. 토비아스는 확신이 서진 않았지만 다른 사람들의 설득에 고개를 끄덕이고 말았다. 지미는 자기 사업에 전념하는 것 같았고, 그밖에 다른 누군가가 기웃거리는 징후도 없었으므로 토비아스도 마음을 놓게 되었다.

게다가 그는 피곤했다. 물품에 대한 수요가 늘면서 점점 더 자주 운행에 나서야 했다. 그들 얘기로는 물건의 품질과 희소성에 대한 말이 서서히 돌기 시작한 것이라 했다. 최근까지는 계약이 체결된 물품만 운반했으나 이제 토비아스는 최후의 대량 판매, 그들의 표현대로라면 '재고처분 특가판매'를 염두에 두고 물건을 옮기기 시작했다. 그들은 초기에 '찔끔찔끔' 내다 파는 것이 의혹을 불러일으킬 가능성을 항상 염두에 두고 있었다. 하지만 필요 자금을 마련하고 물건의 품질을 확인시키는 한편 어느 정도의 양까지 공급이 가능한지 보여주려면 그 방법밖에 없었다. 엄청난 보상이 눈앞에 있었다. 그런 만큼 선두에 선 척

후병인 토비아스 주위를 지미나 사립 탐정이 파고 다닌다는 것은 대단히 불안한 일이었다. 토비아스가 받는 선금은 이미 상당히 늘어났지만 모든 위험을 혼자 감수한다는 점을 감안하면 만족할 정도는 아니었다. 이런 이유로 이런저런 말이 오갔다. 게다가 지미 주얼에 대한 그들의 느슨한 대처 탓에 토비아스는 더욱 화가 났다. 대결 국면이 조성되고 있었다. 입을 다물고 있어야 했는지도 모르지만 토비아스는 마음 깊은 곳에서 자기가 옳다고 느꼈다. 그렇지 않았다면 애초에 말을 꺼내지도 않았을 것이다. 토비아스는 냄비처럼 쉽게 끓어오르는 성격이 아니었다. 아직은 꾹 눌러 참고 있었지만 막상 그가 터지면 폭발에 휘말린 사람은 하늘의 도움을 바랄 수밖에 없을 것이다.

또한 그는 점점 더 자주 악몽에 시달렸다. 잠을 제대로 자지 못하자 캐런에게 짜증을 내게 되었고, 그는 그런 자신이 싫었다. 그녀는 특별한 여자였다. 그녀와 함께 있다는 건 행운이었다. 하지만 캐런은 언제 질문을 멈추고 조용히 있어야 하는지를 모르는 때가 있었다. 데미안 패첫과 다른 사람들이 죽자 그녀는 변했다. 같은 운명이 그를 덮치지 않을까 하는 두려움 탓이겠지만 토비아스는 자기 목숨을 위험에 처하게 할 생각이 전혀 없었다. 하지만 그도 데미안의 죽음은 확실히 견디기 힘들었다. 지금까지 그들 가운데 셋이 죽었다. 모두가 그의 분대원이었고, 모두 스스로 목숨을 끊었다. 하지만 데미안은 그들 가운데 가장 특출했다. 언제나 그랬었다.

데미안과 다른 두 사람이 피투성이가 되어 그의 꿈에 나타나기 시작했다. 그들은 그에게 뭔가 말했지만 영어가 아니었다. 그들이 하는 말을 알아들을 수 없었다. 무덤 저편에서 새로운 언어를 배우기라도 한 듯 이상한 말을 썼다. 꿈속에서조차 그는 자기가 보고 있는 것이 정말로 옛 동료들이 맞는지 의심스러웠다. 그들은 그를 겁에 질리게 했다. 눈이 이상했다. 그들의 눈은 검은색이었고, 기름 같은 액체로 가득 차 있었다. 손발은 비틀어졌고, 등은 굽었고, 팔은 너무 길었다. 손가락은 가늘었고, 그 가느다란 손가락으로 그를 움켜쥐었다…….

빌어먹을. 신경이 곤두서 있는 게 분명했다.

어쨌거나 조금만 더 달리면 국경 지대를 벗어난다. 그는 세관 사람들 및 국토안전부에서 나온 멍청이들과 조심스레 관계를 쌓아왔다. 자동차 번호판 테두리에는 퇴역 군인이라는 표시가 있었고, 운전석에도 그런 사실을 알려주는 스티커와 전사 도안을 붙여두었다. 그는 군용 야구모자를 썼고, 국경 지역에서 일하는 나이든 퇴역 군인들이 옛이야기를 늘어놓을 때면 성의 있게 들어주었다. 그런 사람들에게 담배 한 갑을 슬쩍 찔러주기도 하고 필요할 경우엔 부상당한 상처도 보여주었다. 그러면 상대는 순순히 길을 열어주기 마련이었다. 조직의 다른 사람들은 그가 그런 이미지를 쌓기 위해 얼마나 애썼는지, 자신들의 성공이 그에게 얼마나 의존하고 있는지 전혀 몰랐.

이 모든 일들이 머릿속을 꽉 채우고 있었던 탓에 토비아스는 뒤따라오는 차에 별다른 주의를 기울이지 않았다. 그 차가 자기를 추월하자 내심 반겼으나 지나치게 접근한 자동차에 대해 트럭 기사가 보이는 자연스런 반응 이상의 것은 아니었다. 뒤에로 바싹 붙은 자동차는 결국엔 트럭을 앞질러 가려고 하고, 그럴 때면 그저 안전하게 추월해주길 바랄 뿐이다. 물론 트럭 기사 중에는 참을성 없는 운전자들을 약 올리며 데리고 노는 사람도 있고, 도로 위에서 자기가 가장 덩치가 크고 성질 더럽다는 걸 과시하는 사람도 있다. 그런 자들과 한판 벌이려 했다간 그날이 제삿날이 된다. 토비아스는 절대 트럭을 그런 식으로 몰지 않았다. 부주의한 운전으로 경찰의 시선을 끌었다간 긴 시간 감옥에 처박히게 될 게 분명했고, 이런 국경 운행을 시작하기 전부터 조심했다. 도로 폭에 그다지 여유가 없어 길가의 나무들이 운전석에 닿을 정도였지만 그는 뒤에 있는 자동차를 앞세우려 옆으로 비켜주었다. 추월을 시도하기에 적당한 지점은 아니었다. 전방의 도로가 휘어져 있어 반대 방향에서 고속으로 달려오는 차라도 있다면 꼼짝없이 대형 사고가 날 판이었다. 다행히 그런 일은 없었다. 그는 자기를 추월한 자동차의 붉은 미등이 멀리 사라지면서 텅 빈 도로가 다시 캄캄해지는 것을 지켜보았다.

800미터쯤 더 갔을까, 섬광등이 번쩍이는 게 보였다. 누군가가 네온봉 두 개를 흔들고 있었다. 앞서 그를 추월해간 노란 플리머스의 차체가 전조등 불빛에 드러나는 걸 보면서 그는 브레이크를 밟았다. 플리머스는 차선 한 가운데 걸쳐져 길을 가로막듯 가로로 서 있었다. 옆에는 다른 차가 한 대 더 있었다. 그 차는 경광등을 번쩍이고 있었으나 이상하게도 차체에 아무런 표지가 없었다.

머리 모양이 약간 기형인 듯 보이는 제복 차림의 남자가 다가왔다. 토비아스는 차창을 내렸다.

"문제가 생긴 모양이지요?" 손전등 불빛이 얼굴로 쏟아지는 바람에 손을 들어 눈을 가리면서 그는 물었다. 그 순간 상대가 권총을 빼들었고, 반자동 화기로 무장한 다른 두 명이 가로수 쪽에서 모습을 드러냈다. 두 사람의 얼굴은 괴상한 마스크로 가려져 있었고, 제복을 입은 남자도 마스크를 꺼내 얼굴에 썼다. 하지만 짧은 순간 토비아스는 그의 얼굴을 흘낏 보았다. 멕시코인이었다. 상대가 입을 열자 더욱 확실해졌다.

"손을 보이는 곳에 둬라, 부에이(놈, 녀석). 누구도 다치는 걸 원하지 않는다. 좋지?"

토비아스는 고개를 끄덕였다. 마스크를 썼다는 것은 죽일 생각이 없다는 말을 뒷받침했다. 인적 없는 도로의 살인자들은 희생자에게 얼굴을 보이는 걸 두려워하지 않는다.

"여기 내 친구들이 트럭에 타서 어디로 갈지 지시한다. 그들이 시키는 대로 해라. 그러면 모든 게 잘 끝나고 너는 네 노비아(여자친구)한테로 돌아갈 수 있다. 알았나?" 토비아스는 다시 고개를 끄덕였다. 놈들은 그에게 여자친구가 있다는 걸 알고 있다. 그들과 아주 가까운 누군가가 또는 그들 자신이 포틀랜드에서 그를 감시해왔다는 뜻이 된다. 토비아스는 그런 정보들을 머리에 새겨 넣었다.

운전석 문은 잠겨 있지 않았다. 토비아스는 두 남자가 올라타는 동안 양손을 운전대 위에 얌전히 얹고 있었다. 한 명은 토비아스 옆에 앉았고, 다른 한 명은 좌석 뒤의 공간에 자리를 잡았다. 옆자리를 차지한 자는 차 문에 기대어 약간 몸을 튼 상태였고, 권총이 그의 허벅지에 태평스레 놓여 있었다. 오늘 밤에는 여기저기서 태평스러움이 흘러넘치는 것 같다고 토비아스는 생각했다. 하지만 바깥에 선 제복 입은 자가 들고 있던 무전기가 치직 소리를 내면서 상대방의 방심 상태는 깨졌다.

"안달레!(어서)" 제복은 다른 차량들을 향해 손을 흔들어 보인 다음 토비아스 쪽으로 돌아섰다. 그는 앞유리를 통해 권총을 겨눠 토비아스가 딴 생각을 못하도록 했다. "아푸라테!(빨리 빨리)" 플리머스가 몇 미터 후진한 다음 남쪽을 향했다. 제복이 올라타자 두 번째 차는 경광등을 끄고 옆으로 비켜 토비아스가 지나갈 자리를 만들어주었다. 토비아스는 자동차 두 대 사이에 낀 꼴이 되었다.

"어디로 가라는 건가?" 그가 물었다.

"도로를 살펴봐, 부에이."

조엘은 시키는 대로 하면서 침묵을 지켰다. 누구를 상대로 수작을 부리는 건지 알고는 있냐고 물어볼 수도 있었다. 가던 길로 보내주지 않으면 뒷일을 감당하기 힘들 거라고 으를 수도 있었다. 하지만 그러지 않았다. 그가 원하는 것은 딱 한 가지였다. 다치지 않고 이 상황에서 무사히, 가능하면 트럭도 온전한 상태로 빠져나가는 것이었다. 무사히 포틀랜드로 돌아간다면 즉시 동료들에게 연락을 취해야겠다는 생각을 하면서도 한편으로는 여러 가능성을 따져보았다. 이것이 통상적인 차량 납치라면 납치범들은 대상을 고르는 데 운이 없었거나 잘못된 정보를 받았던 것이다. 그들이 손에 넣을 수 있는 건 기껏해야 몇천 달러어치의 동물 건사료뿐이다. 통상적인 납치가 아닐 경우도 생각해볼 수 있다. 제대로 된 정보에 기초해서 행동한 것이라면 심각한 문제로 이어질 것이며 그에게도 고통이 따를 것이다.

앞서 가던 플리머스의 우회전 깜빡이에 불이 들어왔다.

"따라가라." 뒤에서 목소리가 들려왔다. 토비아스는 우회전을 하기 위해 속도를 늦췄다. 도로는 폭이 좁았고 약간 기울어져 있었다.

"이걸 몰고 저런 바늘구멍을 빠져나가란 소린가?"

자동 화기가 그의 뺨을 슬쩍 스쳤다. 총구가 얼음처럼 차가웠다.

"나도 트럭을 몰 줄 안다." 목소리가 귀 바로 뒤에서 들려왔다. 상대의 입김이 그의 살갗에 닿을 정도였다. "네가 운전하기 싫다면 내가 하지. 그럴 경우에 너는 쓸모가 없어진다. 미 이호(애야)."

허세를 부리는 것 같았지만 검증할 도리는 없었다. 그는 안전하게 트럭을 오른쪽으로 꺾은 뒤 다시 플리머스의 미등을 따라갔다.

"조금만 다독거리면 잘할 수 있잖아." 권총을 든 남자가 말했다.

폐가 앞의 공터로 접어들면서 플리머스가 경고등을 깜박거렸다. 지붕이 무너진 집이었으나 석재 굴뚝은 멀쩡하게 서 있었다. 검은 SUV를 세워두고 두 남자가 그들을 기다리고 있었다. 역시 마스크를 썼으나 가죽 재킷이 아니라 정장 차림이라는 점은 달랐다. 싸구려 양복이었지만 어쨌거나 정장이었다. 토비아스는 브레이크를 밟았다.

"내려." 권총을 든 쪽이 말했다.

토비아스는 그대로 따랐다. 경광등을 달았던 자동차가 합류했고, 그와 그의 대형 트럭은 석 대의 차량에서 나오는 불빛에 둘러싸였다. 정장 차림의 남자 가운데 한 명이 다가왔다. 토비아스보다 30센티미터는 작았고, 다부진 체격이었으나 뚱뚱하지는 않았다. 그 남자가 한 손을 내밀었다. 토비아스는 잠깐 주저하다 악수에 응했다. 키 작은 남자는 억양이 거의 없는 영어로 말했다.

"내 이름은 라울이다. 가능한 빨리 이 일을 마무리하자. 트럭에 싣고 있는 건 뭔가?"

"동물 사료."

"열어. 좀 봐야겠다."

총 두 자루가 그를 겨누고 있는 가운데 토비아스는 커다란 이중문을 열었다. 여섯 개의 목재 화물 운반대 위에 쌓아둔 사료 자루들이 손전등 불빛에 드러났다. 라울이 손가락 두 개로 트레일러를 가리키자 두 명이 나이프를 들고 올라가 자루를 솜씨 있게 찢어서 내용물을 트럭 안에 쏟아냈다.

"용무가 끝나면 깨끗이 치워줬으면 좋겠는데." 토비아스는 말했다.

"그런 걸 걱정할 필요는 없다. 찾고 있는 걸 발견하지 못하면 당연히 그렇게 해주지. 그보다는 다른 걸 걱정해야 할 텐데?"

"도대체 찾는 게 뭐요? 단백질 영양소가 부족하기라도 한가? 저건 동물 사료요. 트럭을 잘못 짚었네, 친구들."

라울은 아무 말도 하지 않고 담배에 불을 붙이더니 토비아스에게도 권했다. 토비아스는 거절했다. 두 사람은 나란히 서서 수색자들이 자루를 찢으며 뒤지는 모습을 지켜보았다. 사료 더미가 수색자들의 정강이 높이까지 차올랐다.

"멋진 트럭이야." 라울이 말했다. "망가뜨리기엔 아까운걸."

"이봐요, 말했잖아. 번지수를 잘못 찾은 거라고."

라울은 어깨를 으쓱했다. 등 뒤에서 뭔가 움직이는 소리가 나더니 억센 손이 양쪽 팔을 움켜쥐고 토비아스를 억지로 꿇어 앉혔다. 라울은 새 담배에 불을 붙이더니 쪼그리고 앉아 토비아스의 얼굴을 마주보았다. 그는 토비아스의 머리카락을 한줌 움켜쥐고 담뱃불을 그의 오른쪽 뺨, 광대뼈 바로 아랫부분에 대고 사정없이 지졌다. 위협도 경고도 없었다. 곧바로 격렬한 고통이 밀어닥치며 살 타는 냄새가 진동했다. 치직거리는 소리는 토비아스의 비명에 묻혔다. 몇 초 뒤, 라울은 담배를 뗐다. 담뱃불은 여전히 희미하게 빛나고 있었다. 라울은 불이 완전히 되살아날 때까지 입김을 훅훅 불었다.

"들어봐. 우린 네 트럭을 한 조각 한 조각 분해해서 네 눈앞에서 불살라버릴 수 있다. 널 죽여서 숲에 파묻어버릴 수도 있다. 굳이 죽이는 수고를 하지 않고 그냥 묻을 수도 있다. 이 모든 선택이 가능하지만 그렇게 하고 싶지는 않아. 너한테 개인적인 유감은 없으니까. 자, 이렇게 하지. 나는 네가 밀수를 한다는 걸 알고 있다. 내가 알고 싶은 건 품목이 뭐냐 하는 거다. 넌 트랩(비밀 짐칸)만 열어주면 돼. 입을 열 때까지 불맛을 보여줄 테니까. 어서 말해라."

토비아스는 세 번 만에 입을 열었다.

그들은 토비아스를 공터에 버려두고 떠났다. 가기 전에 라울은 상처를 치료할 연고를 던져주었다. 얼굴에 난 화상도 심했고 손의 두 군데 상처는 더욱 지독했다. 라울은 양손의 엄지와 검지 중간을 담뱃불로 지졌다. 그래도 입을 열지 않자 다음엔 오른쪽 눈 차례라고 위협했고, 토비아스는 그가 정말로 그렇게 할 것이라고 생각했다. 결국 트랩의 위치를 말해주었지만 말을 듣고도 그들은 찾아내지 못했다. 전문가가 장치한 트랩은 샅샅이 공들여 뒤지기 전에는 도저히 찾을 수 없도록 되어 있었다. 결국 토비아스가 직접 보여줄 수밖에 없었다. 먼저 좌석을 분리해야 운전석 폭에 맞춰 숨겨둔 공간을 찾을 수 있다고 설명한 뒤 조심스레 힘을 조절해 아래쪽 모서리 두 곳을 눌러 좌석을 열었다.

숨겨진 짐칸은 운송되는 물품의 크기에 맞춰 작은 구획으로 조절할 수 있게 되어 있었다. 이번에 거기 든 것은 작은 원통형 물체가 열 개 남짓 든 플라스틱 공구 상자였다. 분필 크기의 운송품은 충격으로부터 보호하기 위해 천과 비닐로 여러 겹 싸여 있었다. 운전석에 올라와 있던 자가 그중 하나를 꺼내 천과 비닐을 벗긴 다음 라울에게 건넸다. 정교하게 조각된 그 물품에는 보석이 박혔고 양 끝에 금이 입혀져 있었다. 라울은 그것을 손바닥에 얹고 무게를 가늠해보더니 토비아스한테 물었다. "이게 뭐지?"

"모른다. 난 그저 운반만 맡고 있다. 질문을 한 적은 없다."

"아주 오래되고 귀중한 물건 같은데." 라울이 손을 내밀자 누군가 손전등을 건네주었다. 그는 손전등 불빛으로 몸통에 박힌 보석을 세밀하게 살펴보았다. "에메랄드와 루비군. 끝에 박힌 건 다이아몬드고."

라울의 손에 들린 인장은 기원전 2100년에 만들어진 것이었다. 고대의 관리들이 점토판에 새겨진 문서에 찍어서 거래 및 법적 행위의 유효성을 보장하는 데 사용한 인장이었다. 그런 물건들을 제법 보아온 토비아스는 그 사실을 알고 있었으나 침묵을 지켰다.

라울은 조심스럽게 인장을 다시 감싼 다음 부하에게 넘겼다.

"모두 가져와. 조심해서 다루고."

그는 다시 담배에 불을 붙였다. 그 모습에 토비아스가 저도 모르게 움찔 놀라는 것을 보고 라울은 미소를 지었다.

"자, 너는 그냥 운전만 할 뿐이고 운반하는 물건이 뭔지는 전혀 모른다고 했지. 그 말을 믿는 건 아니지만 어쨌거나 그런 건 상관없다. 저 조그만 원통들에 관해 좀 알아볼 생각이야. 생긴 것만큼이나 가치 있는 물건이라면 몇 개는 내 손에 고이 모셔둬야겠지. 네 고용주한테는,

정말 그런 관계인지는 모르겠지만 말이야, 적절한 인가를 받지 않고 마음대로 작업한 벌금이라고 말하면 될 거야. 물론 내가 미국 세관을 말하는 게 아니라는 건 알 거다. 이런 물건을 계속 나르고 싶다면 나한 테 와서 얘기를 하라고 해. 그럼 같이 답을 찾을 수 있을 거다."

"그 사람들이 왜 당신하고 얘기를 해야 하지? 도미니카인들이나 지 미 주얼이 아니라 왜 당신하고?" 라울의 눈 속에서 뭔가가 번쩍였다. 토비아스는 자기가 아픈 곳을 찔렀다는 것을 알았다.

"왜냐면 그 원통들이 우리 손에 있으니까."

그런 다음 연고를 던져주고 뚜벅뚜벅 걸어갔다. 그들은 떠나기 전에 토비아스의 휴대폰을 박살내고, 간신히 유스티스 외곽의 모텔까지 갈 만큼만 남겨놓고 연료통을 비워버렸다. 모텔 로비로 들어서자 토비아 스의 얼굴에 난 덴 자국이 몇몇 사람의 시선을 끌었으나 모두들 모른 체했다. 그는 제빙기를 찾아내 방에서 가져온 수건으로 얼음을 감싸 손과 얼굴의 고통을 눅여가면서 모텔방에서 전화를 걸었다.

"문제가 생겼어." 상대방이 수화기들 들자 그가 말했다. 그는 일의 전말을 하나도 남김없이 상세히 설명했다.

"그걸 되돌려 받아야만 해." 상대가 대답했다. "그 라울이란 작자가 일종의 벌금으로 인장 몇 개를 갖겠다고 했다는 거지?"

"그렇게 말했어."

"빌어먹을. 그 자가 그걸로 뭘 할 거라고 생각해? 마약 봉지에 표시 하는 데라도 쓸 것 같아?"

"팔려고 하겠지."

"지금까지 우리가 성공을 거둔 건 신중하게 일했기 때문이야. 그 인장들이 공개시장에 모습을 나타내면 안 돼."

토비아스는 분노를 드러내지 않으려 최선을 다했다. 내가 트럭을 몬다는 이유만으로 날 바보 천치로 보는 건가? 그는 이번 일의 출발점에서부터 모든 단계에 관여해왔다. 그가 없었더라면 진즉에 깨졌을 일이었다.

"그건 나도 알고 있어." 목소리에 날이 서는 걸 숨길 수가 없었다.

"잘난 척하지 마. 물건을 잃어버린 건 내가 아니야."

"그야 그렇지. 하지만 나도 한쪽 눈알을 보상해줄 만큼 많은 현금을 본 적은 없거든."

"누구보다 선금을 두둑하게 받았잖아. 그런 방식이 마음에 들지 않는다면 빠져."

토비아스는 손에 난 상처들을 응시했다.

"그런 뜻으로 말한 건 아냐. 우선 이 문제를 해결하자."

"라울이 자기 손에 들어온 물건의 정체를 깨닫는 데는 시간이 그리 오래 걸리지 않을 거야. 그러고 나면 어린애라도 조각을 꿰맞춰 무슨 일이 벌어지고 있는 건지 눈치채겠지. 일단 여기저기 알아봐야겠어. 그자가 도대체 누군지."

"지미 주얼이 알 거야."

"확실해?"

"확실하고도 남아. 내 생각엔 우리를 치라는 지시를 내린 게 지미 주얼인 것 같아."

"좋아. 그 지점에서 시작해보지. 놈들이 하나도 남김 없이 가져갔다고 했지?"

"그래. 깡그리 빼앗아갔어."

"집으로 돌아가. 잠도 좀 자고 상처도 치료해야지. 좀 쉬고 나서 내일 바로 전화해. 이 문제만 해결해야 되는 게 아니라 다른 일도 있으니까."

토비아스는 상대의 마지막 말이 무슨 뜻인지 묻지 않았다. 너무 피곤했고 아팠다. 그는 전화를 끊고 길 건너편 주유소로 가서 여섯 개들이 병맥주를 사서 방으로 가져왔다. 차가운 병맥주 하나를 얼굴에 대고 창가에 서서 도로의 자동차 불빛과 플래그스태프 호수의 어둠을 내려다보았다. 맥주를 두 병 비우고 나자 메스꺼움이 치밀었다. 그런 식의 충격을 받은 게 워낙 오래 전 일이라 그때의 감각을 거의 잊고 있었는데, 공터에서 겪었던 일로 다른 기억과 순간들이 되살아났다. 무심코 왼쪽 정강이를 긁다가 상처 자국과 근육이 움푹 들어간 곳에 손가락이 닿았다. 캐런에게 전화를 했지만 그녀는 집에 없었다. 너무 피곤해서 오늘 밤은 여기서 묵겠다고 응답기에 메시지를 남기면서 캐런에게 사랑한다고 말하고 아침에 다툰 일을 사과했다. 그들이 싸운 이유는 전부 그 탐정과 참견하기 좋아하는 늙은이 패챗 탓이었다. 그 탐정을 과소평가하면 안 된다는 것을 토비아스는 알고 있었고, 위협이 제대로 먹힐지 확신이 없었다. 하지만 탐정이 사업이 아니라 여자친구와의 관계를 조사하기 위해 고용되었다는 말을 들었을 때는 안도감을 느낀 한편 화가 나기도 했다.

그는 잠을 자고 싶었다. 진통제를 몇 알 삼키고 침대에 걸터앉아서 재킷 주머니를 뒤져 정교하게 조각된 금귀고리 한 쌍을 꺼냈다. 멕시코인들이 모조리 가져갔다고 한 건 거짓말이었다. 자신이 당한 고통을 생각하면 뭔가 따로 챙길 자격이 있었다. 지금까지 나른 물품들만 해도 한 재산 될 만했지만 그의 몫으로 실제 돌아온 것은 몇 푼 되지 않았다. 또한 싸움으로 마음이 상한 캐런을 달랠 필요도 있었다.

그는 귀고리를 들고 빛에 비춰보았다. 상처의 고통으로 신음하는 와중에도 그는 귀고리의 아름다움에 매혹되었다.

2부

나는 꿈을 꾼다. 연기가 피어오르는 언덕 위의 기병들, 말 위에 앉은 그림자들,
갈대로 만든 흉갑, 가죽 승마 채찍, 혼혈의 달. 다른 전쟁, 아득한 옛날
여기서 벌어진 다른 전쟁에 관한 꿈을…….
—리처드 커리, 《크로싱 오버: 베트남 이야기》

전쟁에는 냄새가 있다. 전쟁에는 하수구와 배설물 냄새가 난다. 쓰레기와 썩은 음식, 괴어 있는 물 냄새가 난다. 죽은 개와 인간의 시체 냄새가 난다. 집을 잃은 사람들, 죽어가는 사람들, 그리고 죽은 사람들의 냄새가 난다.

그들은 매코드 공군기지에서 독일 라인-마인 공군기지를 거쳐 쿠웨이트로 갔다. 완전군장을 갖추고, 조립식 무기의 볼트를 주머니에 넣은 채 이동했다. 쿠웨이트에서는 폭탄 파편을 막기 위해 차량 바닥에 모래주머니를 대었다. 쿠웨이트에 도착하고 불과 며칠 뒤 현지로 가라는 얘기를 들었다. 구멍난 병력으로 고민하던 장교들은 환호성을 질렀다. 밤새 사막을 건너 북쪽으로 향하는 동안 냉기가 엄습해왔다. 그는 한 번도 사막에 가본 일이 없었다. 메인 사막은 예외였지만 그건 사막이라기보다 모래가 약간 깔린 들판이었다. 사막이 그처럼 추울 줄은 몰랐다. 하지만 당시에 그가 사막에 관해 아는 거라곤 이라크에 대해 아는 것과 비슷한 수준이었다. 그곳으로 파견되기 전에는 지도 위에서 이라크를 찾지 못할 정도였다. 가볼 생각도 전혀 없는데 무엇 하러 그런 곳을 지도에서 찾아보겠는가? 하지만 지금은 알게 되었다⋯⋯.

이 사람들은 무엇을 했나? 어떻게 먹고살았나? 그의 눈에는 자라나는 것이 아무것도 보이지 않았다. 맨발의 아이들은 진흙과 벽돌로 만든 집에서 살았다. 아무도 믿지 말라는 말을 들었지만 그는 아이들에게 사탕과 물을 나누어주었다. 거의 모든 병사들이 처음에는 그렇게 했다. 내전이 벌어져 강물에 시체가 둥둥 떠다니기 전까지는, 하지(haji 메카 순례를 마친 남자 이슬람교도를 일컫는 말—옮긴이)가 아이들을 망보기에 이용하고 인간 방패나 병사로 쓰기 전에는. 그런 일을 겪은 뒤에는 아이들을 아이들로 대하지 않았다. 그때쯤 되자 그는 내내 겁에 질려 있었다. 하지만 공포라는 감정은 구체적인 의미를 상실한 뒤였다. 중얼거림이든 비명이든 언제나 공포가 현존해 있는 상황에서는 그럴 수밖에 없었다.

먼지도 문제였다. 모든 곳에 먼지가 풀썩였다. M4를 잘 손질하고 기름칠을 했지만 그것으로는 역부족이어서 때로는 총이 막혀버리기도 했다. 군에서 지급한 무기 손질 도구는 아무 소용이 없다는 말이 돌았고, 병사들은 위문품에 상업용 윤활유를 넣어달라고 가족들에게 부탁했다. 나중에 읽은 것이지만, 이라크의 먼지는 미국 내의 무기 시험장에 있는 먼지와 다르다고 했다. 입자가 더 작고 염분과 탄산염이 많이 함유되어 부식성이 높았다. 마치 그곳의 땅 자체가 침입자에 대해 음모를 꾸미는 것 같았다.

그곳은 오래된 땅이었다. 병사들은 그 의미를 이해하지 못했다. 당시에는 그도 마찬가지였다. 이라크의 역사를 공부한 다음에야 그는 그곳이 인류 문명의 요람이었다는 사실을 깨달았다. 진흙집에서 두려움에 떨며 그를 쳐다보는 저 사람들의 선조는 문자와 철학, 종교를 만들어낸 사람들이었다. 지금 미군의 탱크와 로켓, 전투기가 지나가는 길은 예전에 아시리아인, 바빌로니아인, 몽고인, 알렉산더, 줄리어스 시저, 나폴레옹이 갔던 길이었다. 그곳은 한때 세계 최대의 제국이었다. 그곳이 얼마나 오랜 역사를 갖고 있는지 파악하기는 쉽지 않았다. 길가메시, 메소포타미아, 아카드 왕조, 수메르인에 관해 읽어도 그랬다.

그러다 그는 엔릴과 그의 아내 닌릴이라는 이름과 만나게 되었다. 엔릴이 세 가지 모습을 취해 그의 아내를 세 번 임신시키는 이야기였다. 그 세 번의 결합을 통해 네르갈, 닌아주, 그리고 이름을 알 수 없는 아이까지 셋이 태어났다. 세 번째 아이의 이름은 이야기가 기록된 석판이 훼손되어 알아볼 수 없게 되었다. 세 번의 결합, 세 개의 실체. 그것은 지하 세계에 관한 이야기였다.

악마들.

그 순간, 그는 이해하게 되었다.

11

다음날 아침 전화를 걸어온 재키 가너는 미안해 어쩔 줄 모르는 기색이었다. 퀘벡 주의 블랭빌까지 조엘 토비아스를 따라붙어 그가 동물 사료를 싣는 모습을 지켜보았다고 했다. 그때까지는 별다른 일이 없었다. 그런 뒤 국경까지 토비아스를 미행했는데, 거기서 재키는 수상쩍은 모습을 보이고 말았다. 아니, 모습이 아니라 냄새가 원인이었을 것이다. 국경 지역에서 실시하는 화학 검사에서 폭약의 흔적이 가방에서 발견되었다. 재키 가너가 군수품의 왕이라는 점을 감안하면 그런 흔적이 나오지 않는 게 오히려 기적이었을 텐데, 그 탓에 차량 수색을 당하고 한동안 잡혀서 취미와 관련된 곤란한 질문에 답해야 했다. 풀려났을 때는 이미 조엘 토비아스의 모습이 사라진 뒤였다.

"걱정 마, 재키." 나는 말했다. "다른 방법을 찾으면 돼."

"토비아스의 집으로 가서 그를 기다릴까?"

"좋아. 그렇게 하자."

재키는 내 말을 자기가 문제를 일으킨 건 아니라는 뜻으로 새기고 안도했다.

"뉴욕에서는 소식이 있어?"

"오늘밤 그들이 도착할 거야."

"내가 일을 망쳤다고 그들에게 말하진 않겠지?"

"재키, 넌 일을 망치지 않았어. 운이 없었을 뿐이야."

"더 조심해야 했는데." 재키는 후회하며 말했다. "하지만 폭약이 너무 좋으니까……." 잠시 후, 베닛 패쳇이 이메일을 보내 아들의 장례식에 참석한 병사들의 이름을 알려주었다. 버넌과 프리처드의 이름이 명단의 제일 위에 있었는데, 철자가 정확한지 확신할 수 없다는 메모가 달려 있었다. 베닛은 장례식에 왔던 병사들을 모두 기억하지는 못한다고 했다. 참석자 전원이 방명록에 기록을 한 것도 아니고, 한 사람도 빠짐없이 인사를 나눈 것도 아니었다. 하지만 열 명 남짓한 전직 군인들이 장례식장에 왔었다고 했다. 그가 기억하는 사람 가운데 캐리 손더스라는 여자가 있었다. 퇴역 군인들을 위한 상담인가 뭔가를 한다고 했는데, 베닛이 알기로는 데미안이 죽기 전에 만난 적은 없었다. 이라크전에서 부상을 당해 휠체어 신세가 된 보비 잰드로의 이름도 있었다. 뉴욕에서 도움의 손길이 도착하면 잰드로와 이야기를 나누어봐야겠다고 생각했다.

"장례식에 참석한 사람들 중에 흑인이 있습니까?"

"버넌이 흑인이네. 그게 중요한가?"

"그냥 궁금해서요."

나는 메모를 했다. 캐리 손더스에게 전화를 하고, 보비 잰드로에 대해 더 알아볼 것. 하지만 우선은 스카버러 다운스로 가서 로널드 스트레이디어를 만나야 했다. 로널드의 집은 그곳 경마장에서 소리치면 들릴 만큼 가까운 곳에 있었다. 베트남 전쟁 때 K9 군단에서 복무한 로널드는 거기서 개를 잃은 슬픔에 아직도 사로잡혀 있다. 사이공 함락때 '필수품이 아닌 여분'이어서 개를 버려야 했던 일을 두고 동료를 잃은 것만큼이나 안타까워했다. 이즈음 그의 집은 마을을 지나는 퇴역 군인들이 어리석은 질문에 시달리는 일 없이 마음 편히 맥주 한잔에 담배 한 모금을 즐길 수 있는 일종의 휴게소 역할을 하고 있었다. 로널드가 무엇으로 먹고사는지는 확실치 않았지만, 즉시 공급 가능한 태세를 갖추고 손닿는 곳에 쟁여둔 마리화나와 관계가 있을 것이다.

요즘 들어 로널드는 참전 군인의 권리 운동에도 관여하고 있었다. 그는 베트남에서 귀환한 군인들에게 닥친 문제를 몸으로 겪은 사람으로, 그런 추한 현실이 자기 세대에서 막을 내릴 것이라 믿었을 터였다. 하지만 참전 군인들은 특히 9.11 이후, 전혀 새로운 추한 국면에 맞닥뜨렸다. 오히려 베트남전 참전 군인들이 겪었던 문제보다 심각했다. 당시 귀환 병사들은 인기 없는 전쟁의 수행자라는 비난 때문에 괴로워했다. 그들에 대한 반감은 대학 교정에서 죽어가는 아이들, 다리를 건너다 네이팜탄을 맞고 불길에 휩싸인 베트남 아이들의 사진으로 인해 더욱 격화되었다. 요즈음 전쟁에 참전한 군인들은 전투로 인한 육체적, 정신적 부상이 무시된다는 점에 분노를 느낀다. 자신들을 전쟁으로 내몬 당사자들이 막상 귀환하자 전투로 인한 상처를, 보이는 것이든 보이지 않는 것이든, 그런 상처를 치유하는 데는 인색하다고 분개한다. 나는 로널드가 지역방송에 출연한 것을 몇 번 본 적 있다. 부상당한 참전 군인들의 문제가 제기될 때마다 신문기자들이 그의 한 마디를 따는 일도 잦았다. 그는 '의식 있는 참전 군인 모임'이라는 비공식

단체를 만들었고, 내가 그를 안 이후 처음으로 진정한 목표 의식을 갖게 된 듯 보였다. 예전의 적을 대신한 새로운 전투 대상을 찾아낸 셈이었다.

그의 집에 도착하자 창문의 커튼이 홱 젖혀지는 게 보였다. 로널드는 집으로 이어지는 사유 도로가 끝나는 지점에 센서를 설치해두었다. 조그만 포유류보다 덩치가 큰 것은 일단 거기에 걸리게 되어 있다. 그는 집에 대량으로 그 물건을 숨겨두지 않을 만큼 영리했다. 경찰이 덮치면 마리화나가 얼마쯤 나올 테지만 그건 공급용은 아니었다. 지역 경찰 관계자들은 로널드가 마리화나를 취급한다는 것을 공공연한 비밀로 해두고 못 본 척 했다. 로널드가 마리화나를 아이들에게 팔지 않았고, 폭력을 쓰지도 않았으며, 필요할 경우에는 순순히 경찰에 협력했기 때문이었다. 어쨌거나 로널드가 마약 제국을 움직이고 있는 건 아니었다. 그 정도의 거물이었다면 스카버러 다운스 외곽의 작은 통나무집에 살지는 않을 것이다.

로널드가 그런 사람이었다면 스카버러 다운스 외곽의 으리으리한 통나무집에 살았을 것이다.

차에서 내리자 로널드가 문간으로 나왔다. 덩치가 큰 사람인데, 짧게 자른 검은 머리카락에 백발이 무성하게 섞였다. 꽉 끼는 청바지 위에 체크무늬 셔츠를 벨트 위로 느슨하게 늘어뜨렸고, 목에는 가죽 파우치를 걸고 있었다.

"그게 뭡니까? 상비약인가요?"

"아니야. 잔돈을 넣어두고 있네."

근육과 혈관이 불거지고 햇볕에 그을린 손이 꽉 움켜쥐자 내 손은 완전히 감싸져버렸다. 굵은 메기가 피라미를 꿀꺽 삼키는 형상이었다.

"당신은 내가 아는 유일한 아메리카 원주민인데 말입니다. 제대로 된 아메리카 원주민이 하는 행동은 전혀 안 하는군요."

"실망했나?"

"약간은요. 노력도 하지 않는 것 같은 인상을 풍기거든요."

"나는 아메리카 원주민이라 불리는 것도 내키지 않아. 인디언이면 충분하지."

"카우보이 차림으로 올까도 생각했는데 그래봤자 당신은 눈도 깜짝하지 않겠지요."

"그건 아니네. 아마 자네를 쐈을 거야. 눈은 깜짝하지 않았겠지만."

우리는 마당에 놓인 테이블에 앉았다. 로널드가 냉장고에서 탄산음료 두 병을 가져왔다. 주방의 휴대용 카세트 라디오에서 슬라이딩 클라이드 룰렛, 키스 세콜라, 부치 머드본의 노래가 부드럽게 흘러나왔다. 아메리칸 원주민 블루스와 포크, 아메리카나(포크, 컨트리, 리듬 앤드 블루스 등 미국 음악의 다양한 전통이 혼합된 장르─옮긴이)가 뒤섞인 음악이었다.

"사적인 일로 왔나?" 그가 물었다.

"사교적인 방문입니다. 데미안 패챗을 아시죠? 여기 출신이고, 이라크 보병대에 있었는데."

로널드는 고개를 끄덕였다. "장례식에 갔었지."

그 정도는 듣기 전에 알았어야 했는데. 사정이 허락하는 한 로널드는 이 지역 참전 군인의 장례식에 빼놓지 않고 발걸음을 했다. 한 사람을 존중하는 것이 모두를 존중하는 것이라는 게 그의 생각이었다. 장례식 참석은 죽은 자들에 대한 그의 개인적인 의무였다.

"그를 개인적으로 압니까?"

"아니. 한 번도 만난 적이 없네."

"자살이라고 하더군요."

"누가 그러든가?"

"그의 아버지가요."

로널드는 팔목에 감은 가죽 팔찌에 달린 자그마한 은 십자가를 만지작거렸다. 베넷 패쳇의 슬픔을 애도하는 작은 몸짓이었다. "계속 그런 일이 벌어지고 있어. 고위층과 정치가들이 거기서 뭔가를 배워야 할 텐데 절대 그러질 않지. 전쟁은 사람들을 변화시킨다네. 개중엔 너무 많이 변해서 자기가 누군지도 모르게 된 사람들도 있어. 그들은 그렇게 변해버린 자신을 혐오하지. 자살한 사람들에 대해서는 이제 막 신경을 쓰게 되었을 따름이야. 베트남 전쟁터에서 죽은 군인들 숫자보다 자살한 참전 군인의 수가 더 많네. 이라크 참전 군인들도 마찬가지가 될 거야. 자살자 추세를 보면 그래. 똑같은 말이 두 전쟁에 공히 적용될 수 있네. 저곳에서의 열악한 처우, 집으로 돌아온 다음에도 역시 열악한 처우."

"데미안에 대해서는 뭐라고들 하나요?"

"점차 고립되었다고 하네. 잠도 못 잤다 하고. 귀환해서 불면증으로 고생하는 사람들이 아주 많아. 어려운 일이 그것만은 아니지만, 무엇보다 잠을 못 자면 머리가 뒤죽박죽 되어버리고 점점 풀 죽고 우울해지지 않나. 잠들기 어려우면 아무래도 술을 퍼마시거나 약 같은 걸 먹게 되지. 양은 점점 더 늘어나고. 데미안은 트라조돈(우울증 치료제)을 복용했는데 중간에 중단했네."

"왜요?"

"그런 건 나보다 그를 더 잘 아는 사람한테 물어봐. 수면제 복용을 좋아하지 않는 사람들도 있어. 일어났을 때 약에 취한 것 같아서 싫다고 하네. 렘(REM)수면에도 방해가 되고. 하지만 내가 데미안에 관해서 들은 얘기는 모두 한팔 건넌 것이니까. 아들의 죽음을 조사하라고 그의 아버지한테 의뢰를 받았나?"

"어떤 면에서는 그래요."

"그가 어떻게 죽었나 하는 문제에는 의혹이 없는 걸로 알고 있네만."

"그렇습니다. 적어도 최후의 순간에 관해서는요. 그의 아버지가 알고 싶은 건 무엇이 아들을 그렇게 몰아갔냐 하는 겁니다."

"그럼 자네는 외상후 스트레스 증후군에 관해 조사하는 건가?"

"어떤 면에서는요."

"자네는 직접적인 물음에 대답하는 걸 여전히 잘 못하는군."

"우회하는 거라고 해주세요."

"흠, 급습하기 전에 하듯 말이지. 역시 자네는 카우보이모자를 쓰는 게 맞겠어."

그는 음료를 한 모금 마시고 내게서 시선을 돌렸다. 발끈하는 것과는 달랐다. 아메리카 원주민 방식으로 품위 있게 분노를 표시하는 방식이었다.

"알았어요. 내가 졌습니다. 이름 하나를 말해드리죠. 조엘 토비아스예요."

　로널드는 훌륭한 포커페이스를 갖고 있었다. 토비아스의 이름을 듣자 눈꺼풀을 살짝 깜박였을 뿐이었다. 하지만 그것만으로도 토비아스를 좋아하지 않는다는 걸 충분히 알 수 있었다.

　"그도 장례식에 왔었지. 데미안과 같이 복무했던 친구들이 조의를 표하러 왔었네. 멀리서 온 친구들도 몇 있었고. 그날 묘지에서 말썽이 있었다네. 패쳇이 그 장면을 보는 건 그럭저럭 그들이 막았지만."

　"말썽이요?"

　"센티널-이글이라는 작은 신문사에서 나온 사진기자가 얼쩡대고 있었거든. 작업 중인 포토에세이에 쓸 사진이라고 했네. 그는 그걸 뉴욕타임스에 팔았으면 했지. 그런 것 있지 않나, 죽은 전사의 장례식, 슬픔, 해방감, 그런 것들. 가족한테 허락을 받았다고 했어. 아마 베닛이었겠지. 그런데 그게 문제가 됐네. 데미안의 옛 동료 가운데 몇몇이 사진기자와 언쟁을 벌였고, 기자는 가버렸지. 그중 한 명이 토비아스야. 그때는 이름을 몰랐는데 나중에 술집에서 알게 됐지. 그때 우리는 영업시간을 넘겼는데도 버티고 있었거든."

　"토비아스가 당신 레이더에 걸렸습니까?"

　"왜 그래야 하나?"

　"그가 밀수를 한다고 의심하는 사람도 있거든요."

　"그런가? 하지만 마리화나는 아니야. 그건 확실해. 지미 주얼하고 얘기해봤나?"

　"그도 모르던 걸요."

　"지미가 모르는 일을 내가 알 턱이 없지. 지미야말로 계산대에서 누가 1달러를 내면 잔돈 받는 소리까지 듣는 사람인데."

"말은 그렇게 해도 토비아스에 대해 뭔가 알고 있는 거지요?"

로널드는 앉음새를 고쳤다. "소문뿐이야. 그게 전부네."

"어떤 소문요?"

"뭔가 음모를 꾸민다고 하더군. 그는 그런 친구야."

"토비아스도 사진 찍히는 걸 싫어한 사람 중 한 명입니까?"

"내 기억으로 사진기자하고 말다툼을 한 건 네댓 명이네. 토비아스도 거기 끼어 있었어. 일주일 정도 뒤에 결국 기삿거리가 된 친구도 그랬고."

"무슨 일로?"

"브렛 할란이란 친구야. 카라턴크에 살았던."

기억에 있는 이름이었다. 할란. 브렛 할란.

"강제 동반자살 얘기군요. 아내를 살해하고 자살했죠."

"M9 총검이었지. 고통스러운 죽음이네. 브렛 할란은 제3 보병대 제2 기병여단 스트라이커 C 소속 기술하사관이었어. 172 군정보 대대에 근무했던 그의 아내는 휴가 중이었고."

"데미안 패쳇도 제2 기병여단에서 복무했습니다."

"버니 크레이머도 그랬지."

"누굽니까, 버니 크레이머는?"

"버니 크레이머 상병. 석 달 전 퀘벡의 호텔방에서 목을 매고 죽었네."

캐런 에모리에게서 들은 말이 떠올랐다. '그들은 모두 죽어가고 있어요.'

"일종의 집단이네요. 자살자 집단."

"그런 것 같네."

"뭔가 이유가 있을까요?"

"일반적인 설명이라면 해줄 수 있네만 특정한 상황에 맞는 건 아닐 걸세. 토거스에서 온 여자가 있네. 군 출신인데 이름은 캐리 손더스야. 그녀가 할란과 크레이머 두 사람을 모두 만난 것 같아. 뭔가 조사한다면서 나한테도 정보를 얻으러 왔었네. 베트남전 참전자든 이라크전 참전자든 상관없다며 인터뷰에 응해줄 만한 사람을 찾더군. 내가 알고 있는 걸 말해주었지."

"베넷 말로는 캐리 손더스가 데미안의 장례식에도 참석했답니다."

"교회에 있었나보군. 나는 못 봤으니까."

"뭘 조사하고 있었습니까?"

로널드는 남은 음료를 꿀꺽 마시고 깡통을 구겨 재활용품 모으는 곳에 던졌다.

"외상후 스트레스 장애. 전문 분야는 자살이라고 하더군."

해가 하늘 높이 떠올랐다. 아름다운 여름날이었다. 하늘은 청명했고, 느껴질락 말락 가벼운 미풍이 불었다. 하지만 로널드와 나는 계속 밖에 앉아 있진 않았다. 그는 나를 작은 사무실로 안내했다. 의식 있는 참전 군인 모임의 본부격인 곳이었다. 오려낸 신문기사와 사망자 수집계표, 사진 등이 벽을 뒤덮고 있었다. 로널드가 컴퓨터 바로 위에 붙여둔 사진 한 장이 눈에 띄었다. 침대에 누운 부상당한 아들을 돌보는

어머니의 모습이었는데 뒤에서 찍어 어머니의 얼굴밖에 보이지 않았
다. 처음에는 잘못 찍은 사진인줄 알았다. 아들 얼굴이 반밖에 나오지
않았고, 그나마도 상처 자국으로 뒤덮인 것이 달 표면을 연상시켰다.
어머니의 얼굴에는 해석이 불가능한 복잡 미묘한 표정이 떠올라 있었
다.

"수류탄에 맞았어. 뇌의 40퍼센트가 날아갔네. 평생 동안 지속적인
보살핌을 받아야 하지. 저 사람 어머니 말인데, 그리 젊어 보이진 않지?"
날마다 사진을 보고 있을 터인데도 마치 그 어머니의 얼굴을 처음 보
는 사람처럼 그는 말했다.

"그러네요."

대답을 하면서 나는 잠시 생각에 잠겼다. 어머니보다 아들이 먼저
죽는 게 나을까? 어머니의 슬픔은 여전하겠지만 아들의 고통이 끝났
기에 조금은 덜 괴롭지 않을까? 아니면 어머니가 먼저 세상을 떠나는
편이, 그래서 남은 평생을 끝까지 아들 곁에서 보내는 게 나을까? 아
기였을 때처럼 언제나 아들을 보살펴주는 어머니로 사는 것이? 아이
가 어렸을 때는 이런 삶은 악몽 속에서나 만나는 것이었을 테지만. 나
는 첫 번째가 낫겠다고 생각했다. 어머니가 먼저 죽으면 그는 방구석
에 갇혀 그림자 같은 존재가 되어버릴 것이다. 과거가 없는 사람, 남들
한테 잊히고 자기 자신의 기억마저 잃어버린 사람이 될 것이다.

로널드는 그런 사진과 기사들에 둘러싸여 내게 자살한 사람들, 집
없는 떠돌이 신세가 된 사람들, 술이나 약물에 중독된 사람들, 악몽에
시달리는 사람들에 대해 이야기했다. 팔다리를 잃고 군으로부터 전면
장애 판정을 받으려 애쓰는 사람들이 많지만 밀려 있는 청구 건수가

40만 건이라고 했다. 로널드는 또 몸은 멀쩡하지만 마음을 다친 사람들, 드러난 부상이 아니어서 정부로부터 희생을 인정받지 못해 퍼플하트 훈장(전투 중 부상을 당한 군인에게 주는 훈장 – 옮긴이)도 받지 못한 사람들에 대한 이야기도 했다. 말을 하면서 그의 분노는 점차 커졌다. 목소리를 높이지도 않았고 주먹을 불끈 쥐지도 않았지만, 라디에이터에서 발산되는 열기처럼 그에게서 분노가 뿜어져 나오는 게 느껴졌다.

"그건 숨겨진 비용일세. 방탄복은 몸을 보호해주고, 헬멧도 안 쓰는 것보다는 낫지. 의료 처치도 점점 좋아지고 있네. 대응이 빨라지기도 했고. 하지만 사제폭탄이 바로 옆에서, 타고 있던 차량 밑에서 터지면 팔다리를 잃거나 목 뒤에 파편이 박혀 평생 마비 상태로 지내야 해. 심한 부상을 입지 않고 살아남았다 해도 차라리 죽는 게 낫다는 생각을 하게 될지도 모르네. 뉴욕타임스나 USA투데이 같은 신문을 보면 어떤가? 이라크와 아프가니스탄 사망자 수가 집계되지만 전보다는 증가 속도가 떨어졌어. 조금씩 상황이 좋아지고 있다고 느끼겠지? 사망자 수만 따지면 그럴지도 모르네. 하지만 부상자까지 합하면 숫자가 열 배로 증가할 거야. 그것도 단순한 합계일 뿐 얼마나 많은 군인들이 얼마나 심각한 부상을 입었는지는 알 길이 없지. 이라크와 아프가니스탄에서 귀환한 사람들 네 명 중 한 명은 의료적, 정신과적 치료가 필요하네. 그렇다고 충분한 치료를 받을 수 있나? 필요한 것에는 못 미치지만 운 좋게 조금이나마 혜택을 받았다 쳐도 정부는 틈만 나면 그걸 줄이려 든다네. 전면 장애 판정을 받는 게 얼마나 어려운지 자네는 짐작도 못 할 거야. 군인들을 전쟁터로 보낸 바로 그 작자들이 이제는 돈이 아까워 월터리드를 폐쇄하려 하고 있네. 월터리드 육군의료센터 말이야. 전쟁을 두 번이나 해놓고, 비용이 너무 많이 든다는 이유로 대표적인 군 의료기관을 없애버리려는 거야. 그건 진보냐 보수냐 하는 문제가 아니네. 어떤 정치 이념과도 상관없어. 전쟁터에서 싸운 사람들을 공정하게 대우하는 문제라네. 그들은 공정한 대우를 받지 못하고 있어. 언제나 그랬지. 한 번도 합당한 대우를 받은 일이 없지…….”

그는 말을 맺지 못했다. 하지만 다시 이야기를 시작했을 때는 목소리가 달라져 있었다.

“당연히 해야 할 일을 정부가 나 몰라라 하고, 군이 부상당한 병사들을 책임지지 않는다면 누군가 나서야만 하네. 조엘 토비아스는 분노에 찬 사람이야. 그가 자기와 비슷한 사람들을 자기 명분에 끌어들였을 수도 있겠지.”

“명분요?”

“토비아스가 무슨 일을 벌이고 있든, 그건 좋은 의도에서 나온 거야. 그는 고통에 시달리는 사람들을 많이 알고 있네. 실은 우리 모두가 그렇지. 그래서 약속을 한 거야. 그들을 돕겠다고.”

“그들이 국경 너머로 운반하는 게 뭔지는 몰라도, 거기서 나온 돈이 부상당한 군인들을 위해 쓰인다는 얘깁니까?”

“그중의 얼마는. 처음에는 그중 대부분이 그랬겠지.”

“지금은 뭔가 변했다는 뜻인가요?”

“막대한 돈이거든. 그렇게 들었네. 액수가 커질수록 탐욕도 커지는 법이지.”

로널드가 자리에서 일어났다. 우리의 대화는 막바지에 이르렀다.

“다른 사람들 이야기도 들어봐야 할 거야.”

"누굴 만나야 할지 알려주세요."

"설리스에서 싸움이 벌어진 적이 있네. 설리스는 포틀랜드에서 악명 높은 싸구려 술집이야. 패쳇의 아들을 묻고 난 뒤였지. 우리 몇 명은 구석에 자리 잡았고, 토비아스 일행은 카운터에 있었네. 그들 중 한 명은 휠체어에 앉아 있었는데, 허벅지쯤에서 바지가 핀으로 고정되어 있더군. 술을 엄청 마시더니 그 사람이 토비아스한테 시비를 걸었어. 토비아스가 약속을 저버렸다는 거야. 말하는 도중에 데미안과 크레이머의 이름이 나왔네. 다른 한 명도 거론되었는데 알아들을 수 없었어. R로 시작하는 이름이었는데. 록햄이었나? 아무튼 그 비슷한 이름이었어. 휠체어에 앉은 사람은 토비아스가 거짓말쟁이라며 죽은 사람들의 돈을 훔친다고 비난하더군."

"토비아스는 어쨌습니까?"

로널드의 얼굴이 혐오감으로 일그러졌다.

"휠체어를 출입문 쪽으로 밀고 갔어. 휠체어에 앉은 채로 그런 행동을 제지하려면 브레이크를 잡는 방법밖에 없지 않나. 토비아스가 받쳐주지 않았더라면 바닥에 굴러떨어졌을 거야. 일행이 손을 브레이크에서 떼놓으려 하자 몸으로 막으며 브레이크를 올리지 못하게 하더군. 그러자 그들은 휠체어 채로 그 사람을 답삭 들어올려 문 밖에 내놓았다네. 그의 자존심은 산산조각 났지. 자기가 얼마나 무력한지 그들이 상기시켜준 거야. 놈들은 그런 짓을 한 거야. 그래도 웃진 않더군. 한두 명은 자기들 행동이 역겹다는 듯한 얼굴이었고. 그렇다고 변하는 건 없지. 휠체어에 앉은 사람한테 최악의 짓거리를 한 거라네."

"그가 보비 잰드로였습니까?"

"맞아. 데미안 패쳇과 함께 복무한 것 같았어. 그때 듣기로는 데미안이 그의 목숨을 구해주었다고 하네. 그 사람이 괜찮은지 걱정이 되어서 밖으로 나가 보았는데 도움을 거절하더군. 충분히 굴욕을 당했으니까. 그때 이미 내리막길로 접어든 거겠지. 어떤가, 여기 와서 좀 건진 게 있겠지?"

"그래요. 고맙습니다."

그는 고개를 끄덕였다. "그들이 성공했으면 하는 마음도 없었던 건 아니라네. 토비아스와, 누군지는 모르지만 그를 돕는 사람들 말이야. 잘 해냈으면 했지, 그 일이 뭐든."

"지금은요?"

"상황이 나빠졌네. 찰리, 자네도 조심해야 해. 그들은 자네가 자기들 일에 코를 들이미는 걸 좋아하지 않을 걸세."

"벌써 경고를 받았습니다. 기름통에 빠져서 익사할 뻔했지요."

"그래? 그럼 그게 먹혀들지 않은 건가?"

"잘 되진 않은 셈이죠. 그때 한 명이 나서서 계속 얘기를 했는데 목소리가 부드러웠어요. 남부 어느 쪽 출신인 성싶었습니다. 짐작되는 사람이 있다면 누군지 꼭 듣고 싶네요."

그날 오후, 캐리 손더스와 연락하려고 토거스의 재향군인국 사무실로 전화를 했더니 바로 자동응답기로 연결되었다. 그래서 오로노에서 발행되는 주간지 센티널-이글로 전화를 걸어 편집장한테서 사진기자 조지 이벌리의 휴대폰 번호를 알아냈다. 정식직원은 아니었고 프리랜 서로 뛰면서 그 주간지 일도 하는 사람이었다. 이벌리는 벨이 두 번 울리자 전화를 받았다. 용건을 듣더니 그 일에 관해 하소연할 사람이 생겨 기쁜 모양이었다.

"베넷 패쳇한테서 동의를 받았거든요. 그 사람이 가족들한테도 내가 하려는 일의 내용을 이야기했고요. 그의 아들을 기리는 작업이라고 패쳇한테 말했습니다. 한편으로는 아들과 딸, 아버지와 어머니를 전쟁으로 잃은 다른 가족들과 연관된 작업이기도 했는데, 패쳇은 그것도 이해해주었지요. 난 뒤쪽에 서 있었습니다. 대부분의 사람들이 내가 거기 있다는 걸 알아채지도 못했지요. 그런데 갑자기 깡패 같은 놈들한테 둘러싸이고 말았어요."

"뭐가 불만인지 그들이 얘기하던가요?"

"그 장례식이 사적인 의식이라고 하더군요. 가족들한테 허락을 받았다고 하니까 한 명이 내 카메라를 빼앗으려 했어요. 다른 사람들이 말려서 빼앗기진 않았지만. 내가 뒷걸음질을 치니까 손가락이 몇 개 없는 덩치가 나서더니 내 팔을 움켜쥐고 가족사진이 아닌 건 모두 지우라는 거예요. 말을 듣지 않으면 카메라를 부수겠다나요. 그리고 나중에 친구들과 같이 나를 찾아내서 다른 것도 손봐주겠다고요. 렌즈가 달린 것 말고, 다른 것과 바꿀 수 없는 걸 부러뜨린다고 말입니다."

"그래서 사진을 지웠습니까?"

"그럴 수야 없죠. 나는 신형 니콘을 들고 있었어요. 잘 모르는 사람한테는 엄청 복잡한 기계죠. 버튼 몇 개를 누른 다음 화면을 닫고 지웠다고 했어요. 그러자 덩치가 날 보내주더군요. 그게 전부예요."

"그 사진들을 내가 좀 볼 수 있을까요?"

"물론입니다. 안 될 이유가 없지요."

나는 이메일 주소를 알려주었다. 그는 컴퓨터 앞으로 돌아가는 즉시 사진을 보내주겠다고 약속했다.

"그런데 말입니다." 이벌리가 다른 얘기를 꺼냈다. "데미안 패쳇과 버니 크레이머라는 상병 사이에는 연결점이 있어요. 캐나다에서 자살한 사람 있잖아요."

"나도 압니다. 같이 복무했지요."

"크레이머는 오로노 출신이죠. 그가 죽은 다음 그 사람이 쓴 글을 우리가 기사로 내보냈어요. 그의 누이가 실어달라고 했거든요. 솔직히 말하면 그 일을 계기로 이번 사진 작업에 흥미를 갖게 된 거예요. 기사가 이 동네에서 큰 반향을 일으켰고, 편집장은 군대와 마찰을 빚었지요."

"크레이머가 쓴 내용이 뭔데요?"

"PTSD에 관한 거예요. 외상후 스트레스 말입니다. 그 기사도 사진과 함께 보내드리죠."

이벌리가 보낸 자료는 두 시간쯤 뒤, 저녁으로 먹을 스테이크를 굽고 있을 때 도착했다. 나는 프라이팬을 불에서 내려 옆에 치워 두었다.

버니 크레이머의 글은 짧지만 강렬했다. 그가 외상후 스트레스 장애라고 생각한 것들, 그러니까 망상과 타인에 대한 불신, 공포와 두려움에 시달리는 순간에 관한 내용이었다. 그의 글에는 군이 외상후 스트레스 장애를 전투 부상으로 인정하지 않는 것에 대한 분노가 두드러졌다. 그 글은 본래 편집자에게 보내는 편지였다. 결국 보내지 않았지만 사후에 누이의 부탁으로 그 글을 읽은 편집장은 그 속에 뭔가 있다고 생각해 칼럼난에 게재했다. 가장 호소력이 강한 부분은 포트 브래그의 전사 이전 부대(Warrior Transition Unit. 부상당한 병사들이 복귀나 전역을 앞두고 치료 및 재활 훈련을 받는 부대-옮긴이)에 있던 시절에 관한 내용이었다. 크레이머는 포트 브래그가 약물 남용 문제가 있는 병사들을 쏟아놓는 쓰레기 하치장으로 이용되었다는 뜻을 풍겼다. 게다가 스태프가 자주 바뀌어 포상과 기록 회복, 제대식이 제대로 이루어지지 않았다고 비판했다. "집으로 돌아갈 즈음이면 우리는 벌써 잊힌 존재가되었다"고 그는 썼다.

병사들의 블로그 등에는 더 심한 내용도 많지만 퇴역 군인이 이런 기록을 남긴 게 군 입장에서 달가웠을 리 없다. 작은 지역 신문은 군 홍보장교가 상관들에게 점수를 따기 좋은 손쉬운 먹잇감이었을 것이다.

그 기사를 인쇄해서 브렛 할란과 그의 아내 마거릿의 죽음에 관해 모아둔 자료에 합해두고, 외상후 스트레스 장애와 군인 자살에 대해 아는 대로 내용을 정리해 써두었다. 그런 뒤 이벌리가 데미안의 장례식에서 찍은 사진으로 눈을 돌렸다. 언쟁을 벌였던 사람들의 얼굴에 그가 동그라미를 쳐둔 덕분에 꽤 도움이 되었다. 그들 중에 조엘 토비아스도 있었다. 다른 얼굴도 찬찬히 살펴보았다. 흑인은 한 명뿐이었는데 아마 버넌인 모양이었다. 사진 인쇄기에 용지가 들어 있는지 확인한 뒤 문제의 인물들이 가장 잘 나온 사진을 골라 사본을 만들었다. 토비아스를 제외한 나머지 사람들의 이름을 알아야 했다. 로널드 스트레이디어가 얼마쯤 도움을 줄 수 있을 것 같아 알고 있던 이메일 주소로 사진 중 일부를 보냈다. 이벌리는 내게 버니 크레이머의 누이 로런

패년의 연락처도 알려주었다. 그녀에게 전화를 걸어 한참동안 이야기를 나누었다. 그녀는 버니가 이라크에서 '병들어' 돌아왔으며 이후 몇 달간 상태가 더욱 나빠졌다고 말했다. 버니가 자기 문제를 발설하지 말라는 압력을 받았다는 느낌이었지만 그런 압력이 군으로부터 온 것인지 아니면 전우들로부터 온 것인지는 알 수 없었다고 했다.

"왜 군대 동료들 얘기가 나오는 겁니까?"

"버니의 친구, 조엘 토비아스라는 사람이 있어요. 이라크에서 버니와 같이 복무한 병장인데, 버니가 퀘벡으로 간 게 그 사람 때문이었거든요. 버니는 프랑스 말을 유창하게 잘해 거기서 토비아스를 위해 무슨 일인가를 했어요. 선박이랑 트럭과 관련된 일인 것 같았어요. 버니가 잠을 잘 못자서 약을 복용하자 토비아스가 못 먹게 했어요. 약 탓에 일하는 데 문제가 생긴다면서."

조엘 토비아스가 과업에 방해가 된다는 이유로 버니 크레이머의 약 복용을 막았다면, 데미안 패챗이 트라조돈을 먹다 중단한 것도 같은 이유가 아닐까?

"버니가 전문가에게 도움을 청한 적은 있습니까?"

"그런 느낌을 받긴 했어요. 자기 상태에 관해 이야기하기 시작했거든요. 하지만 누구한테 도움을 받았는지는 몰라요. 버니가 죽은 뒤에난 토비아스에게 전화를 해서 장례식에 와도 환영받지 못할 거라고 말해주었어요. 그래서 그 사람은 안 왔죠. 그 이후로 그를 본 적은 없어요. 그러다 버니의 개인 서류에서 외상후 스트레스에 관해 써둔 글을 발견하고 신문에 내야겠다고 결심했어요. 그런 사람들이 자기 정부로부터 어떤 대접을 받는지 모두가 알아야 하니까요. 버니는 좋은 사람이었어요. 온화한 성격이었고요. 그런 식으로 삶을 마쳐야할 이유가 없어요."

"방금 버니의 개인 서류라고 하셨는데요. 패넌 부인, 아직도 그걸 가지고 있습니까?"

"일부만. 나머지는 불태웠어요."

여기엔 뭔가 있다. "왜 불태운 겁니까?"

수화기 저편에서 그녀가 울음을 터뜨렸다. 그 탓에 다음 말을 알아듣기가 힘들었다. "버니가 줄곧 쓴 것은 단지…… 광기에 관한 것이었어요. 뭔가가 자꾸 들리고 또 보인다고요. 그게 병 탓이라고 생각은 했지만 너무 충격적이고 이상한 내용이었어요. 남들에게 보여주기 싫었어요. 사람들의 관심이 그쪽으로만 쏠릴 테니까. 버니는 악마 얘기를 써두었고 잔뜩 겁에 질려 있었어요. 그중 어떤 것도 의미를 알 만한 게 없었어요. 어떤 것도."

나는 고맙다는 인사를 하고 전화를 끊었다. 메일함에 메시지 도착 표시가 들어왔다. 로널드 스트레이디어가 보낸 메시지였다. 그는 내가 보낸 사진 중 하나를 인쇄해 거기에 표시를 하고 그걸 다시 스캔해서 보냈다. 이미지 위쪽 여백에 짤막한 메모가 있었다.

자네가 떠난 뒤 장례식과 관련된 이상한 일이 또 하나 기억났네. 1차 이라크 전쟁에 참전했던 사람 한 명이 설리스에서 토비아스 일행과 같이 있었어. 해럴드 프록토란 사람이네. 내가 아는 한, 그는 남의 일에는 손톱만큼도 관심이 없는 사람이네. 지금 벌어지고 있는 일에 관여하는 게 아니라면 토비아스와 가까이 지낼 이유가 없지. 레인절리 북서쪽 랭던 근방에 있는 다 쓰러져가는 모텔이 그 사람 소유라네. 거기가 캐나다 국경과 얼마나 가까운지는 새삼 말하지 않아도 될 테지.

어떤 사진에도 프록터의 모습은 보이지 않았다. 예전 전쟁에 참전했던 군인들이 귀환하는 병사들과 만나는 시스템이 있다는 얘기는 들었다. 프록터가 그런 모임에 참여하고 있는지, 데미안 패쳇이 집에 돌아왔을 때 만났는지 알아볼 방도가 없었다. 하지만 프록터에 대한 로널드의 평가가 옳다면 찾아봐야 할 후보가 새롭게 등장한 셈이다. 나로선 로널드의 판단을 의심할 이유가 없었다.

로널드는 두 사람의 이름을 더 가르쳐주었다. 맬락과 바치였다. 그는 맬락의 이름 옆에는 '유니언빌―하지만 성장지는 애틀랜타'라고 적어놓았다. 또 사진 속의 흑인이 버넌이라고 확인해주었고, 버넌 옆에 서 있는 수염을 기른 땅딸막한 남자가 프리처드라고 알려주었다. 안경을 쓴 키 큰 남자의 얼굴에는 X표를 치고 '할란, 사망'이라고 써놓았다. 끝으로, 멀리서 측면만 찍혀 간신히 알아볼 수 있는 사람이 있었는데, 휠체어에 앉은 근육질의 그 남자가 보비 잰드로였다. 내가 신문에서 포스터 잰드로의 사진을 보고 있을 때 카일 퀸이 했던 말이 떠올랐다.

'더러운 짓거리야.'

나는 펜을 들어 포스터 잰드로의 이름을 사망자 명단에 정식으로 적어 넣었다.

12

토비아스는 이튿날 아침 일찍 해럴드 프록터의 모텔로 달려갔다. 그는 그 일이 일종의 운명이라고 생각했다. 멕시코인들에게 붙잡혔을 때 그가 향했던 곳이 바로 프록터의 모텔이었다. 그러므로 맡길 화물이 없더라도 그리 가라는 얘기를 들었을 때도 당황하지는 않았다. 목적지가 아니라 가는 이유가 뜻밖이었다. 나중에 곰곰 생각해봤을 때는 결국 그런 일이 일어날 줄 예상했었다는 걸 깨닫게 되었지만 말이다.

"프록터가 우리와의 약속을 어기려 해." 그날 아침 수화기 저편에서는 그렇게 말했다. "손을 떼겠다는 거야. 가서 남아 있는 걸 모조리 챙겨와. 남은 거라고 해야 얼마 안 되겠지만."

"그가 비밀을 누설하지 않을 거라는 게 확실해?"

"그 정도로 어리석지는 않아."

토비아스는 그렇게 확신할 수 없었다. 그는 그 문제를 확실히 못박아 두기 위해 프록터를 만나면 몇 마디 해두어야겠다고 생각했다.

얼굴과 손의 상태는 엉망이었다. 이부프로펜 덕분에 통증은 약간 가셨으나 잠을 푹 잘 정도로 효력이 강한 것은 아니었다. 하지만 요즘 들어 수면 부족에는 익숙해져 있었다. 이라크에서는 박격포가 발사되는 와중에도 쓰러져 잤다. 그만큼 피곤에 절어 있었던 것이다. 하지만 집에 돌아온 이후부터는 밤에 제대로 잠을 잘 수 없었고, 잠이 들면 악몽을 꾸었다. 게다가 악몽의 내용이 점점 더 끔찍하게 변해갔다. 그는 한달 전쯤 프록터에게 갔던 때부터 문제가 생기기 시작했다고 생각했다. 그 이후 모든 게 꼬이고 있었다.

토비아스는 독한 술을 그리 좋아하지 않았지만 지금 상태로는 한잔 필요할 것 같았다. 달라고 하면 프록터는 술을 내놓을 것이다. 하지만 프록터의 환대를 길게 즐길 생각은 없었다. 토비아스가 가장 바라지 않는 일은 술 냄새를 풍기며 대형 트럭을 몰다가 경찰의 음주 단속에 걸리는 것이었다. 단순한 대형 트럭이 아니었다. 프록터가 맡아둔 물건을 찾게 되면 그간 미국 내에서 운행된 어떤 트럭보다 막대한 잠재적 부를 싣게 될 트럭이었다.

술에 대한 갈증 해소를 포틀랜드로 돌아갈 때까지 미루기로 한 결심이 얼마나 현명한 것이었는지 증명해주기라도 하려는 듯 국경 순찰 차량이 그를 스치며 동쪽으로 달려갔다. 토비아스가 태연히 손을 들어 인사를 보내자 순찰차에서도 같은 몸짓을 해보였다. 뒷거울에서 순찰차의 모습이 완전히 사라지자 그는 안도의 한숨을 내쉬었다. 전날 밤 그런 일을 겪었는데 이번엔 경찰과 엇갈리다니 악운이 따라다니는 것 같았다. 프록터는 그런 악운으로 만든 케이크 위에 얹힌 최악의 장식품인 셈이었다.

토비아스는 그 늙은이가 마음에 들지 않았다. 주정뱅이인데다 군에 복무한 공통점이 있다는 것만으로 그들이 형제라고 마음 깊이 믿는 사람이었다. 토비아스는 이 세상을 그런 식으로 바라보지 않았다. 그와 프록터는 가는 길이 달랐다. 프록터가 술을 퍼마시며 명을 재촉할 때 토비아스는 미래를 바라보면서 돈을 벌어 삶을 향상시킬 방법을 찾았다. 그는 캐런에게 청혼할 생각도 해보았다. 캐런과 결혼하면 지긋지긋한 메인의 추위를 피해 남쪽으로 가야지. 여름에는 플로리다나 루이지애나처럼 눅눅하지 않아 남부보다 낫고 가을 며칠은 날씨가 좋았지만, 그래도 혹독한 겨울을 벌충하기엔 충분치 않았다. 절대 아니었다.

다시 술 생각이 났다. 포틀랜드에 돌아가면 맥주를 두 병만 마셔야지. 그는 술 취한 자기 모습을 싫어했고, 다른 사람들이 취해서 주정을 부리는 것도 싫었다. 설리스에서의 보비 잰드로 모습이 떠올랐다. 보비가 입을 잘못 놀리는 바람에 쓸데없이 사람들의 주의를 끌고 말았다. 설리스 같은 곳에서는 다들 술 마시기에 바빠 주위에 무슨 일이 일어나든 신경 쓰는 법이 없는데도 말이다. 그는 보비를 가엾게 여겼다. 보비처럼 심한 부상을 당했다면 계속 살아갈 수 있을지 자신이 없었다. 이미 입은 부상만으로 충분했다. 걸을 때마다 다리를 절뚝거렸고, 잃어버린 손가락이 있던 자리에는 아직도 환상통이 있었다. 그렇다고 보비가 소란을 피우며 그런 말을 해도 되는 건 아니었다. 그들은 보비에게 배당을 약속했고, 설리스 일이 있은 후에도 거기엔 변함이 없었다. 하지만 이제 보비는 그런 것을 원하지 않았고 그들과 관계된 일은 뭐든지 싫다고 했다. 토비아스는 그 점이 걱정스러웠다. 다른 사람들도 마찬가지였다. 보비를 논리적으로 설득해보려 했으나 아무 성과도 없었다. 그날 설리스에서 그들이 한 행동으로 보비가 자존심에 상처를 입어서 그럴 거라고 토비아스는 짐작했다. 하지만 그때는 다른 대안이 없었다.

아무도 다치는 사람은 없다. 그들이 일하는 방식의 핵심이 그것이었다. 누구에게도 해를 끼치지 않는다는 것. 안타깝게도 그런 원칙이 현실 세계에 항상 통하는 것은 아니어서 결국엔 '우리 자신에게 해를 끼치지 않는다'는 것으로 미묘하게 조정되었다. 그 파커라는 탐정은 자기에 관해 캐물었다. 그리고 포스터 잰드로도 그랬다. 직접 잰드로에게 방아쇠를 당긴 것은 아니었지만 그럴 필요가 있다는 점에는 토비아스도 동의했다.

커브를 돌면 프록터 모텔의 간판이 보일 거라 생각하며 토비아스는 마음을 다잡았다. 그는 초조했다. 버려진 호텔로 대형 트럭이 들어서는 장면은 국경 근처인 이곳에서는 시선을 끌기 딱 좋았다. 그래서 소형 물품을 운반할 때는 주유소나 간이식당에서 물건을 인도했다. 대형 물품인 경우에는 어쩔 수 없이 프록터 모텔로 가야 했는데 그럴 때마다 진땀을 흘렸다. 하지만 이제 그런 일도 한두 번이면 끝날 것 같았고, 포틀랜드 인근에 보관 장소를 마련할 계획이었다. 크레이머가 죽은 뒤, 수송에 따르는 갖가지 어려움을 감안하면 대형 물품의 견본을 제시하는 위험을 전처럼 감수할 수 없다고 결정을 내렸었다. 이익이 좀 줄더라도 물건을 처분할 다른 방법을 찾아야 했다. 하지만 채석장에 내다 버리거나 땅에 파묻어버리지 않는 이상 결국엔 멀리 캐나다까지 옮기는 수밖에 없었다. 그러는 동안 조각상을 원하는 구매자들이 나타나 그 물건들을 국경 너머로 운송하는 일이 토비아스에게 떨어졌다. 그때는 취향이 저속한 부자들이 주문한 값싼 석조 정원 장식물 운송으로 위장해 펜실베이니아에 있는 창고로 달려갔다. 두 번째 운송품은 프록터에게 몇 주간 맡겨야 했는데, 그 작업에 네 명이 꼬박 다섯 시간을 매달렸다. 그동안 내내 토비아스는 경찰이나 세관 직원이 덮치는 장면을 떠올렸고, 무사히 일을 마치고 집과 캐런을 향해 돌아올 때 얼마나 안도감이 컸는지 지금도 생생히 기억하고 있었다. 그는 프록터와는 이번이 마지막이기를 바랐고, 아마 그렇게 될 터였다. 프록터가 빠지기를 원하는 게 사실이라면 더 이상 좋을 수 없다. 그를 그리워할 일은 없을 것이다. 프록터는 물론이고 그가 사는 오두막집의 악취, 형편없는 그의 모텔이 서서히 땅속으로 꺼져가는 장면을 그리워할 일도 없을 것이다.

술을 자제하지 못하는 사람은 신뢰하기 어렵다. 그건 나약하다는 증거다. 토비아스는 프록터가 이라크에서 돌아올 당시 외상후 스트레스 장애 카운슬링을 받아야 할 첫 번째 후보였으리란 점에 10대 1로 내기를 걸어도 좋다고 생각했다. 그 당시에는 외상후 스트레스 장애가 아니라 다른 이름으로 불렸는지 모르지만. 하지만 프록터는 카운슬링이 아니라 숲 가장자리에 있는 쓰러져가는 모텔로 도피해, 전자레인지 가열 시간이 적힌 일회용 음식과 술병의 도움만으로 자신의 악마와 혼자 싸우고 있다.

토비아스는 자기가 외상후 스트레스에 시달린다는 생각을 한 번도 해본 적이 없었다. 물론 마음을 느긋하게 먹는 게 어렵고, 폭죽이 터지거나 자동차 엔진이 역화하는 소리를 들으면 지금도 움찔 놀라곤 한다. 아침이면 침대에서 나오기 싫고 밤에는 침대로 들어가기 싫었던 날들도 있었다. 데미안이 나오는 악몽에 시달리게 된 것은 최근 일이지만 뭐가 나타날지 몰라 눈 감기가 무서웠던 건 전부터 그랬다. 하지만 외상후 스트레스는 아니다. 그것은 아니었다. 분명히 그런 심한 증세는 없었다. 하루하루를 버티기 위해 땀구멍으로 약물이 흘러나올 정도로 마약에 빠진 것도 아니었고, 아무 이유 없이 흐느끼는 것도 아니었으며, 베이컨을 태웠거나 맥주를 흘렸다고 자기 여자를 후려갈기는 것도 아니었다.

아니다. 그런 식은 아니었다.

아직은 그렇겠지. 하지만 시작되었어. 넌 캐런을 때렸잖아.

그는 운전석 주위를 둘러보았다. 분명히 어떤 목소리가 들렸다. 묘하게 친숙한 목소리였다. 시선을 돌리는 바람에 트럭 바퀴가 약간 미끄러졌고, 가슴이 쿵 내려앉은 그는 얼른 방향을 바로잡았다. 트럭이 도로에서 벗어나 경사면으로 미끄러지면 그대로 추락한다. 낡은 모텔을 바로 눈앞에 두고 운전석에 갇힌 채 끝장날 수도 있다는 두려움이 치밀었다.

아직은 아니지만.

이 목소리는 어디서 나오는 것인가? 불현듯 어떤 장면이 떠올랐다. 어느 창고였다. 벽에는 금이 갔고 지붕이 군데군데 뚫려 있었다. 폭격을 당한 뒤 제대로 수리하지 못해 뼈대가 드러난 창고였다. 거기 한 남자가 있었다. 피범벅이 된 옷 뭉치로 변해버린 남자. 그의 눈에서는 이미 생명의 빛이 사라지고 있었다. 토비아스는 그를 내려다보며 서 있었다. 남자를 박살낸 그의 M4 카빈 총구는 피투성이 헝겊 인형도 위협이 될 수 있다는 듯 그대로 상대의 머리를 겨누고 있었다.

"가져가. 모두 가져가. 네 것이다." 피 묻은 손가락이 창고에 가득찬 상자들과 천에 싸인 조각상들을 가리켰다. 남자가 여전히 말을 할 수 있는 걸 보고 토비아스는 놀랐다. 분명 네댓 발을 명중시켰는데. 그런데도 남자는 창고의 물건들이 자기가 가질 수도 있고 남에게 줄 수도 있는 것인 양 손전등 불빛 속에서 손가락을 들고 있는 것이다.

"고맙군." 토비아스는 자신의 말투에 경멸이, 목소리에 비꼬임이 묻어 있다는 것을 깨닫고 수치심을 느꼈다. 죽어가는 사람 앞에서 스스로 자신을 하찮은 존재로 만든 것이다. 토비아스는 그 남자를 증오했다. 그 남자와 같은 부류의 인간들을 증오하듯 죽어가는 남자도 증오했다. 그들은 이슬람 테러리스트들이었다. 수니파건 시아파건, 외국인이건 이라크인이건 결국엔 똑같은 자들이었다. 그들이 스스로 뭐라고 칭하든 상관없었다. 알카에다건, 아무 단어나 조합해 편의적으로 만든 엿 같은 이름, 냉장고에 붙여둔 자석 글씨로 되는대로 만든 듯한 이름이건 똑같았다. 지하드 여단 승리의 순교자, 이맘 저항운동 암살 전선, 아무렇게나 바꿔 불러도 되고, 모두 똑같다. 결국엔 하지에 테러리스트다.

그러나 이 경우엔 죽음으로 인한 친밀감이 있었다. 죽음을 주는 자와 받는 자 사이의 친밀감. 그 때문에 그는 규칙을 깨트리고 사내가 아니라 성질 더러운 10대처럼 대답을 하고 말았다.

하지는 미소를 지었다. 입안에 가득 찬 핏물 속에서 뭔가 하얀 것이 언뜻 보였다.

"고마워할 필요 없다. 아직은……."

아직은. 그때 토비아스가 들었던 목소리였다. 약속된 처녀들이 다음 세상에서 기다리는 남자, 그 창고에 있던 물품을 지키기 위해 싸웠던 남자의 목소리였다.

싸웠다? 하지만 맹렬히 싸우지는 않았다. 데미안도 그렇게 말했었다. 그들이 분명 싸우긴 했는데 전력을 다하진 않았다고.

왜?

모텔이 눈에 들어왔다. 판자로 막아놓은 방들이 왼쪽에 나타나자 그는 몸을 떨었다. 그 모텔을 보면 언제나 소름이 끼쳤다. 프록터가 지금 같은 상태가 된 것도 무리가 아니었다. 뒤에는 나무들밖에 없고, 눈앞에는 자신의 유물인 쓰레기 모텔밖에 없는 곳에 박혀 있으면 누구라도 그럴 것이다. 저 모텔 방들을 보면 보이지 않는 손님들, 반갑지 않은 손님들이 벽 너머에서 움직이는 모습을 절로 떠올리게 된다. 눅눅한 습기와 곰팡이, 침대에 휘감긴 담쟁이덩굴을 좋아하는 손님들. 이미 부패 과정에 접어든 손님들. 나뭇잎으로 덮인 침대에 드리운 악의적인 어둠, 낡고 피폐한 몸들이 리드미컬하게, 무미건조하게, 열정 없이 움직이고, 그들의 머리에는 뿔이 돋아 있다…….

토비아스는 힘껏 눈을 깜박였다. 이미지가 너무 생생하고 강렬했다. 그 이미지는 그가 꾸었던 꿈들을 떠올리게 했다. 모텔에서 연상되는 이미지는 그림자의 움직임, 숨겨진 존재라는 점이 달랐지만. 그런데 이제 그들이 형체, 모양을 갖게 되었다.

이런, 뿔이라니.

전날 저녁의 사건에 대한 지연 반응이 오는 것이라고 그는 해석했다. 토비아스는 프록터의 오두막이 보이는 곳에 트럭을 세우고 그의 모습이 나타나길 기다렸다. 하지만 인기척이 느껴지지 않았다. 프록터의 트럭은 오른편에 세워져 있었다. 상황이 달랐다면 경적을 울려 늙은 개자식을 끌어냈을 것이다. 하지만 이런 곳에서는 경적 소리가 숲을 뒤흔들 것이고, 특히나 무슨 소린지 궁금해서 내다볼 이웃이 있다는 걸 생각하면 그럴 순 없었다.

토비아스는 엔진을 끄고 운전석에서 내려왔다. 화상 입은 손의 붕대 아래에서 축축한 느낌이 전해져왔다. 상처에서 진물이 흘렀다. 그 고통과 굴욕감을 위로해줄 수 있는 건 머지않아 두둑하게 보상을 받게 될 것이라는 기대밖에 없었다. 그 멕시코 놈들은 상대를 잘못 고른 것이다.

오두막으로 걸어가 프록터의 이름을 불렀으나 대답이 없었다. 그는 문을 두드렸다.

"이봐요, 해럴드. 일어나요. 조엘입니다."

그는 슬며시 문을 밀어보았다. 조심스럽게, 천천히 열었다. 프록터는 총을 가까이 두고 잠을 자기 때문에 자칫하면 술이 덜 깬 상태에서 침입자로 잘못 알고 총을 쏠 수도 있었다.

오두막은 비어 있었다. 집 안과 어울리지 않는 커튼 탓에 실내가 침침했으나 아무도 없다는 것은 알 수 있었다. 전등을 켜자 흐트러진 침대, 부서진 텔레비전과 전화기, 구석에 놓인 바구니에서 흘러넘친 세탁물이 눈에 들어왔다. 모든 것이 방치의 흔적, 자신을 팽개쳐버린 남자의 흔적을 보여주었다. 오른편이 주방 겸 거실이었다. 거기 있는 물건들을 보고 그는 욕설을 내뱉었다. 프록터가 미친 모양이다. 멍청이 늙다리.

11, 12, 14, 15호실에 숨겨져 있어야 할 상자들이 천장에 닿을 듯 거기 쌓여 있었다. 우연히 누가 찾아오기라도 하면 금방 눈에 띄고 말 것이다. 내가 가지러 올 때까지 기다려야 했는데 그 미친 늙은이가 저것

들을 혼자서 이리로 옮겨놨다고 토비아스는 생각했다. 게다가 제대로 닫아두지도 않았다. 한 상자에서는 석조로 된 여인의 얼굴이 보였고, 인장이 든 상자에는 몸체에 박힌 보석이 반짝였다.

그중에서도 최악은 포장도 없이 주방 탁자 위에 얹힌 금궤였다. 가로세로가 각각 약 60센티미터에 높이 30센티미터쯤 되는 궤는 뚜껑의 작은 못을 중심으로 동심원이 새겨져 있을 뿐 특별한 장식은 없었다. 가장자리를 따라 아라비아 문자가 있고, 양쪽 측면에는 서로 얽혀 있는 인간의 형상이 새겨졌는데 뒤틀리고 과장된 그 형체들의 머리에는 뿔이 달려 있었다.

좀전에 모텔방 안에 있을 것으로 상상했던 형체들과 아주 비슷하군. 토비아스는 생각했다. 그는 이라크의 창고에서 물건을 옮기던 날 이 궤를 보았다. 동료들이 납 상자를 열어 안에 든 금궤에 불빛을 비춰보던 일이 떠올랐다. 금이 희미하게 빛났었다. 나중에, 보석상 집안 출신인 버니 크레이머는 금궤가 최근에 세척된 것이라고 했다. 궤의 진정한 가치를 숨기려는 것이었던지 페인트를 칠했던 흔적이 조금 남아 있었다. 그때는 궤를 흘낏 보기만 했었다. 옮겨야 할 유물이 그밖에도 많았고, 전투 직후의 몸에 아드레날린이 마구 돌아다니고 있었다. 측면을 보는 것도 오늘이 처음이었다. 그때는 윗부분만 잠깐 보았을 뿐이었다. 그러므로 거기 새겨진 형상을 알고 있을 리 없는데 마음속에서 그처럼 생생히 그릴 수 있었다는 건 묘한 일이었다.

그는 금궤 쪽으로 조심스럽게 다가갔다. 상자의 삼면은 거미 형상의 이중 자물쇠로 봉해졌고, 정면에도 역시 거미 형상의 커다란 자물쇠가 달려 있었다. 자물쇠는 총 일곱 개였다. 크레이머가 궤를 열려고 해보았지만 자물쇠의 작동 원리를 몰라 열지 못했다는 얘기를 들은 적이 있었다. 궤를 부수고 내용물이 무엇인지 보자는 의견도 있었으나 더 현명한 제안이 나와서 뇌물을 쥐어주고 X-선 촬영을 했다. 궤는 단일한 것이 아니라 여러 개의 궤가 연결된 형태였다. 내부에 든 궤들은 삼면 밖에 없었으며, 바깥의 큰 궤의 한 면이 이어진 작은 궤들의 네 번째 면을 이루고 있었다. 내부에 든 궤에도 각각 일곱 개의 자물쇠가 달렸는데, 위치가 조금씩 달랐고 자물쇠 크기가 점점 작아졌다. 일곱 개의 궤에 일곱 개의 자물쇠, 모두 마흔아홉 개의 자물쇠가 있는 셈이었다. 수수께끼 같은 장치였다. 또한 방사선 촬영기사가 뼛조각들이라고 한 것을 제외하면 안은 비어 있었다. 뼛조각들은 철사처럼 보이는 것에 싸였고, 각각의 철사는 궤의 자물쇠에 연결되어 있었다. X-선 사진에 나타난 모습은 폭탄처럼 보였으나 크레이머 말로는 일종의 성유물함이라고 했다. 크레이머는 또 뚜껑에 있는 아랍 문자를 번역해 알려주었다. Ashrab min Damhum. '내가 저들의 피를 마시리라'라는 뜻이었다. 그들은 결국 자물쇠를 부수지 않고 궤를 그대로 두기로 했다.

그 물건이 지금 눈앞에 있다. 프록터가 그들을 대신해 자물쇠를 거의 부숴놓았다. 잘됐군. 프록터 따위는 여기 퍼질러 앉아 죽을 때까지 술이나 퍼마시면 된다. 최종 분배에서 자기가 받기로 했던 몫은 필요 없으니 그저 이 물건들을 치워달라고 했다지. 얼마든지 원하는 대로 해주지.

모든 걸 트럭에 옮겨 싣는 데 한 시간 이상 걸렸다. 조각상 두 개가 특히 무거웠다. 짐수레를 사용했지만 그래도 쉽지 않은 작업이었다.

그는 금으로 만든 그 궤를 마지막으로 옮겼다. 궤를 탁자에서 들어올리자 안쪽에서 무언가 움직이는 것 같은 느낌이 들었다. 귀를 기울이며 살며시 상자를 기울여보았다. 아무 기척도 느껴지지 않았다. 뼛조각들은 금속에 뚫린 구멍에 끼워져 있으며 철사로 고정되어 있다. 그가 받았던 느낌도 뼛조각이 한쪽으로 쏠리는 것과는 달랐다. 무게중심이 오른쪽에서 왼쪽으로 서서히 옮겨가는 느낌이었다. 안쪽에서 동물이 기어가기라도 하듯.

하지만 그런 느낌은 일순간이었고, 궤는 평상시 모습 그대로였다. 정확히는 텅 비어 있는 게 아니었지만 그렇다고 뭔가가 풀려난 것 같지도 않았다. 그는 금궤를 트럭으로 가져가 무늬가 새겨진 벽 조각 두 개와 나란히 놓았다. 트럭 적재함은 동물 사료와 찢어진 자루로 엉망이었지만 그나마 되는 대로 정리를 해둔 상태였다. 대부분의 사료 자루는 수습이 가능했고 이제는 유물들을 보호하는 완충재 역할을 하게될 터였다. 사우스포틀랜드의 고객한테는 배상도 하고 사정도 꾸며내야 했지만 그럭저럭 넘길 수 있을 것이다. 그는 적재함을 잠그고 운전석에 탔다. 도로에 올라서기 위해 숲 쪽으로 조심스럽게 후진하자 모텔이 정면으로 보였다. 프록터는 모텔에 박혀 있는지도 몰랐다. 트럭이 제자리에 있는 걸 보면 근처에 있다는 뜻이었다. 무슨 일이 생긴 모양이다. 어디 쓰러져 있을 가능성도 있었다.

하지만 토비아스는 유물들이 프록터의 오두막에 보란 듯 방치되어 있었던 걸 떠올렸다. 그걸 혼자 옮기느라 끙끙거려야 했다. 손과 얼굴의 통증이 되살아났고, 게다가 캐런이 그를 기다리고 있었다. 캐런의 매끄럽고 깨끗한 피부, 단단한 가슴, 부드러운 붉은 입술. 그녀를 껴안고 싶은 충동이 너무 강렬해 몸이 떨릴 지경이었다.

프록터 따위 어떻게 되든 무슨 상관이람. 썩어 나가도록 내버려두자.

남쪽으로 길을 잡은 그에게는 프록터를 찾아보지 않았다는 죄책감, 다쳤을지도 모를 사람을 죽도록 내버려뒀다는 죄의식은 전혀 없었다. 자신과 마찬가지로 조국을 위해 싸운 퇴역 군인이었는데도. 그는 그런 행동이 자기 본성과 맞지 않는다는 생각을 하지 않았다. 생각과 욕망이 다른 곳을 향해 있었기 때문이었다. 그의 본성은 이미 변하고 있었다. 기실 그런 변화는 그 궤에 처음으로 눈길을 주었을 때부터 시작되었다. 포스터 잰드로를 죽이는 것과 탐정을 고문하는 것에 쉽사리 동의한 것도 변화의 단면이었다. 그런데 이제 변화의 속도에 엄청난 가속이 붙었다. 딱 한 번, 오거스타를 지날 무렵 약간 불편한 느낌이 들었다. 해변으로 밀려오는 파도처럼, 어떤 파동이 머릿속에서 울렸다. 하지만 몇 킬로미터를 달리는 사이 파동은 잦아들었고 오히려 마취 효과까지 주는 듯했다. 이제 술도 필요 없었다. 그에게 필요한 것은 캐런뿐이었다. 캐런을 갖고, 그런 뒤 잠에 곯아떨어질 것이다.

도로가 그의 눈앞에 펼쳐져 있고 머릿속에서는 바다가 부드럽게 노래를 불렀다. 파도가 부서지며 쉬익 소리를 냈다.

속삭였다.

13

로하스의 창고는 루이스턴 북쪽 외곽 지역에 있었다. 본래는 어느 일가가 50년 동안 운영해온 제빵회사 건물로, 전면에 '번더'라는 빛바랜 흰색 페인트 글씨가 아직도 남아 있었다. 그 회사의 슬로건인 '번더-굉장한 빵'이 TV 시리즈물 '굉장한 말-챔피언'의 주제곡과 흡사한 선율에 실려 지역 라디오 방송을 타곤 했었다. 모든 면에서 경영자의 전형이라 할 만한 프란츠 번더가 광고에 사용할 음악을 직접 정했는데, 그 자신이나 광고 제작자들이나 저작권 같은 문제에는 개의치 않았다. 광고가 나가는 곳은 메인 동부에 한정되었고 얼룩말 드라마의 팬들이 불평을 제기한 적도 없었으므로, 그 광고 음악은 번더 제빵회사가 대형사의 등쌀을 이겨내지 못해 결국 마지막 빵을 굽던 순간까지 계속 사용되었다. 80년대 초, 가족 경영 소기업이 지역에 갖는 의미를 사람들이 깨닫기 이전의 일이었다.

주위 사람들에게 가명 '라울'로 알려져 있는 안토니오 로하스는 절대 그런 잘못을 저지르지 않았다. 그의 사업은 철저히 일가친척에 의존했고, 그는 지역과의 연계가 아주 중요하다는 점을 분명히 인식하고 있었다. 그럴 만한 것이 마리화나, 코카인, 헤로인 판매에서는 지역적 연계가 결정적이었고, 최근 들어서는 고맙게도 메탐페타민 가루도 잘 나가는 중이었다. 메탐페타민은 결정체나 분말 모두 메인 주에서 가장 광범위하게 오용되는 각성제로, 로하스는 거기에 막대한 이익이 잠재되어 있음을 재빨리 깨달았다. 중독자들은 이 탐욕스런 시장의 지속적인 확대를 보장해주었다. 멕시코에서 온 약물의 인기도 큰 도움이 되었다. 겨우 두 명이 일하는 그 지역 메탐페타민 실험실에 전적으로 의존하지 않고 남쪽 국경을 활용할 수 있다는 뜻이었다. 실험실에서 에페드린, 프소이드에페드린 등 원료를 추출하고 있었지만 로하스 조직에게 필요한 공급의 장기적 안정성을 보장받기엔 턱없이 부족했다. 로하스는 약물을 멕시코에서 수송해와서 메인뿐 아니라 인근의 다른 뉴잉글랜드 주들에도 공급했다. 공급 확대를 위해 작은 조직들과 손을 잡을 때도 있었다. 그는 자기를 위협하지 않는 한 작은 조직들을 용인했으며 그들로부터 착실히 세금도 받아냈다.

로하스는 또 경쟁자들과 거리가 소원해지지 않도록 주의를 기울였다. 메인 주에서는 도미니카계 카르텔이 헤로인 시장을 장악했고 조직도 전문적인 면모를 갖추고 있었다. 로하스는 그들을 완전히 배제해 보복을 부르는 우를 범하지 않고 신중하게 도매 거래를 했다. 도미니카인들도 메탐페타민 사업을 벌이고 있었으나 로하스가 몇 년 앞서 거점을 확보해둔 상태였으므로 서로 세력권 협정을 맺어 지금까지는 그럭저럭 지켜지고 있었다. 코카인 시장은 상대적으로 열린 상태였는데, 로하스는 사용하기 편해 중독자들이 선호하는 농축 코카인(크랙)을 주로 취급했다. 또한 캐나다에서 들어오는 불법 의약품도 손쉬운 돈벌이를 보장해주었다. 비아그라, 퍼코셋, 바이코딘, '키커'로 불리는 옥시콘틴 시장이 이미 형성되어 있었다. 결론적으로 코카인과 의약품 시장엔 누구나 참여하고, 도미니카인들은 헤로인 시장을 갖고, 로하스는 메탐페타민과 마리화나 시장을 손에 쥐고 있었으며 모두가 행복한 상태였다.

정확히는 거의 모두라고 해야 할 것이다. 폭주족 갱단은 또 다른 문제였다. 로하스는 그들을 내버려두고 있었다. 하지만 만약 그들이 메탐페타민 같은 걸 팔려고 들었다간 신의 가호를 빌어야 할 것이다. 바야 콘 디오스, 아미고스(신과 함께 가라, 친구들). 메인 주에서는 폭주족이 마리화나 시장의 큰 부분을 쥐고 있었으므로 로하스는 자기 상품을 주로 인근 뉴잉글랜드 주에 팔았다. 폭주족을 상대하는 건 시간이 많이 들고 위험하며 결국엔 비생산적인 일이었다. 로하스가 보기에 폭주족은 미친놈들이었다. 미친놈과 입씨름을 벌이는 건 미친놈뿐이다.

하지만 폭주족은 알려진 변수였고, 전체적인 틀 속에 그 변수가 반영되어 있기 때문에 균형이 유지되었다. 균형은 중요한 문제였다. 그런 면에서 오랜 연계를 맺어왔으며 자기 사업에도 약간 지분을 갖고 있는 지미 주얼과 그는 한마음이었다. 균형이 깨지면 유혈 사태가 벌어질 가능성이 생기고 당국의 시선을 끌게 된다.

최근 로하스에게는 걱정거리가 생겼다. 사업에 영향을 주면서도 자기가 통제할 수 없는 움직임이 모습을 드러내고 있었다. 로하스는 규모는 작지만 야심만만한 라 파밀리아 카르텔과 피로 맺어진 관계였는데, 그 카르텔이 최근 격화되는 전쟁에 휘말렸다. 단순히 라이벌 조직과의 전쟁이 아니라 멕시코의 펠리페 칼데론 정권과의 전쟁이었다. 이는 상품의 움직임에 영향을 주지 않는 한 서로 행동을 자제하기로 정부와 카르텔 간에 맺어진 신사협정, 이른바 '팍스 마피오사(Pax Mafiosa)'의 확실한 종말을 뜻하는 것이었다.

　로하스는 누군가에게 대항해 봉기를 일으키려고 마약상이 된 것이 아니었다. 그는 부자가 되고자 마약 거래에 손을 대었고, 결혼을 통해 맺어진 파밀리아와의 인척 관계 및 귀화한 기술자인 돌아가신 아버지 덕에 얻은 미국 시민권이 편리한 도구가 되어주었다. 로하스가 보기에 라 파밀리아의 가장 큰 문제는 조직의 정신적 지도자인 나자리오 모레노 곤잘레스였다. 그가 엘 마스 로코, 곧 미치광이로 알려진 것도 무리는 아니었다. 멕시코 본국 안에서의 약물 판매를 금하는 조치 같은 건 기쁘게 받아들일 수 있었다. 어차피 엘 마스 로코 자신의 조직에는 아무 영향도 주지 않는 조치였다. 하지만 로하스는 마약 카르텔 안에는 정신적 지도자가 있을 자리가 없다고 생각했다. 엘 마스 로코는 마약상과 살인 청부업자들에게 술을 금했다. 알코올 중독 치료센터의 네트워크를 만들 정도였고, 라 파밀리아는 금주 규칙을 준수할 수 있는 조직원을 거기서 충원했다. 그들은 그런 개종자 가운데 몇몇을 로하스에게도 넘겼다. 로하스는 그런 자들을 브리티시 콜롬비아로 보내 캐나다 마리화나 재배자들과의 연락책 역할을 맡김으로써 일선에서 배제했다. 캐나다인들과의 관계는 그들에게 맡겨두자. 혹시라도 젊은 청부업자들이 불운한 사고를 당한다면 맥주 몇 병으로 마음을 달래줄 용의도 있었다. 로하스 자신이 맥주를 좋아했기 때문이었다.

　엘 마스 로코는 또한 로하스가 보기에 유감스러운 연극적 취향에 빠져들기 시작했으며 조직원들을 부추기기까지 했다. 2006년에는 라 파밀리아의 한 조직원이 멕시코 우루아판의 나이트클럽에 나타나 댄스 플로어에 절단된 머리 다섯 개를 던진 일도 있었다. 로하스는 연극적인 과시에 찬성하지 않았다. 미국에서 얻은 다년간의 경험에 의해 주목을 덜 받을수록 사업이 순조롭다는 것을 알고 있었다. 그는 남쪽의 사촌들을 정상적으로 행동하는 법을 잊은 야만인으로 간주했다. 신중하게 행동하는 것을 애초에 알았는지도 의문이었다. 그래서 반드시 필요한 경우가 아니면 절대 멕시코로 가지 않았고, 웬만한 일은 신뢰하는 부하를 통해 해결했다. 이제는 커다란 모자를 쓰고 부츠에 타조 깃털을 꽂은 로스 나르코스(마약 상인들)가 바보스럽게, 심지어는 우스꽝스럽게 보였고, 목 베기와 고문을 즐기는 취향은 시대착오로 느껴졌다. 게다가 그들이 텍사스와 애리조나의 총포상에서 쉽게 손에 넣은 무기들을 국경 너머로 운반하는 것에 자신의 트럭 사업이 관련되어 있다는 사실도 점점 부담스럽게 생각되었다. 라 파밀리아가 경쟁 조직이나 마약단속국의 표적이 되는 건 시간문제였다. 어느 쪽이든 좋을 게 없었다.

세계적인 금융 침체도 문제였다. 그는 대량의 현금을 숨겨두고 있었다. 일부는 라 파밀리아를 대행해 빼돌린 돈이었고 일부는 개인적으로 취한 돈이었는데, 사업 초창기부터 몬세라트의 위장 은행들에 자금을 넣었다. 전적인 사기 조직으로 국제적으로 악명이 높은 그 은행들은 돈세탁에도 적극적이었다. 본래 그의 '은행가들'은 플리머스의 어느 술집을 영업장으로 삼았는데, FBI가 몬세라트 정부에 압력을 가하자 할 수 없이 서인도 제도의 안티과로 옮겨갔다. 이후 미국 정부에서 다시 압력을 가하기 전까지는 아버지와 아들 2대에 걸친 버드 정권 하에서 그곳에서 평온하게 영업을 계속했다. 불운하게도 로하스는 사기 은행에 투자할 때 따르는 위험을 너무 늦게 알아 챘다. 위장 은행들은 기회만 있으면 사기 행각을 벌였고 피해는 고스란히 고객들에게 돌아갔다. 로하스가 가장 대규모로 거래했던 은행가는 지금 철통 같은 감옥 속에서 썩는 중이었고, 그가 20년에 걸쳐 주의 깊게 해외로 빼돌렸던 돈의 75퍼센트가 날아가 버렸다. 그는 살해당하거나 감옥 신세가 되기 전에 손을 떼고 싶었다. 목숨을 부지한 채 감옥에 간다 해도 출소하는 순간부터 기대 수명은 시간 단위가 될 것이므로 결국엔 같은 얘기였다. 적이 나서서 그를 죽이지 않으면 입을 봉하기 위해 자기 쪽 사람이 손을 쓸 터였다.

달아나고 싶었지만 그러려면 큰 건을 올려야했다. 마침 지미 주얼이 그에게 그런 기회를 준 것 같았다. 그날도 지미 주얼을 두 차례나 만났다. 처음엔 토비아스의 트럭에서 발견된 게 무엇인지 알려주기 위해서였고, 두 번째는 문제의 물품을 찍은 사진을 주얼에게 보낸 다음이었다. 로하스와 지미는 이메일을 불신했다. 당국이 감시의 손길을 뻗칠 수 있다는 걸 알고 있었으므로 자신들만 아는 암호로 프리 이메일 계정을 만들었다. 거기서는 이메일을 쓰기만 하고 보내는 일은 없었다. 작성된 내용을 저장한 다음 다른 사람이 들어가서 읽으면 당국의 주의를 끌지 않았다. 토비아스가 운반한 물건들을 살펴본 지미는 가치가 확실히 파악될 때까지 신중하게 행동하라고 했다. 조사를 해볼 터이니 안전하게 보관하고 있으라는 것이었다.

지미의 말은 믿을 만했다. 도처에 끈을 갖고 있었으므로 그 물건들이 고대 메소포타미아의 원통형 인장이라는 사실이 확인되는 데 그리

오랜 시간이 걸리지 않았다. 대개는 세세한 내용에 관심이 없는 로하스였지만 자기가 갖고 있는 인장들이 기원전 2500년, 초기 수메르 왕조 시대의 것이라는 지미의 말에는 매혹되고 말았다. 그 인장들은 소유권 증명 등 서류의 진본 확인에 사용되었으며 행운과 치유와 힘의 부적이기도 했다. 로하스는 뒷부분이 특히 마음에 들었다. 지미는 인장의 끝부분에 씌워진 것이 금인 것 같으며 박혀 있는 보석은 루비와 다이아몬드라고 했는데, 그런 것쯤은 지미의 설명 없이도 알 수 있었다.

지금 막 끝난 두 번째 만남에서, 지미는 그 인장들이 부유한 수집가들 사이에 엄청난 관심을 불러일으킬 것이며 서로 손에 넣겠다고 소동이 일어날 것이라는 말을 전문가한테 들었다고 전해주었다. 그 전문가는 또한 유물의 출처도 짐작이 간다고 했다. 비슷한 인장들이 침공 직후 바그다드의 이라크박물관에서 약탈당한 유물 속에 있었다는 것이다. 트럭 기사가 된 퇴역 군인의 손에서 발견되었다는 정황과도 부합하는 설명이었다. 문제는 로하스가 작전을 벌인 대가로 거둔 '세금'에 해당하는 인장들을 처리하는 거였다. 로하스는 당국이 눈치 채고 덮치기 전에 그것들을 팔고 싶었다.

로하스는 지미 주얼을 좋아했지만 그렇다고 전적으로 믿는 건 아니었다. 트럭을 납치하는 위험한 일을 한 것은 그, 로하스였다. 그는 적절한 보상을 원했고, 인장들의 가치를 따로 알아보고 싶었다. 그는 벌써 두 개의 인장에 박힌 금과 보석을 파내 팔아치웠다. 중개상 몫을 제하고, 거기다 공개적으로 처분할 수 없다는 약점이 있었는데도 트럭 운전수로부터 거둔 이익이 20만 달러였다. 인장에 손대지 않고 그대로 둘 때의 가치가 훨씬 높다는 얘기를 지미 주얼에게서 들었을 때는 잠깐 후회하기도 했다. 보석을 파낸 탓에 최소한 네댓 배는 더 벌 수 있는 기회를 놓친 셈이었다. 하지만 고대 유물을 파괴했다는 사실이 로하스를 오래 괴롭히지는 않았다. 금과 보석을 돈으로 바꾸는 방법은 알고 있었지만, 고대 인장은 아무리 가치가 높다 해도 훨씬 규모가 작고 전문화된 시장이라 접근하기 어려웠다. 로하스는 토비아스라는 그 운전수와 그의 동료들이 그런 귀중품을 얼마나 많이 갖고 있을지 궁금해졌다. 지미 주얼이 개입하기 전까지, 자기 영역 안에서 그런 물건들이 아무 의혹도 불러일으키지 않고 운반되고 있었다는 사실이 마음에 들지 않았다.

로하스는 번더 창고의 위층을 아파트로 개조해 살고 있었다. 벽돌로 벽을 쌓고, 가죽과 어두운 색감의 나무, 손으로 짠 러그로 철저히 남성적인 스타일로 꾸몄다. 구석에는 대형 플라스마 스크린 TV가 놓여 있었지만 로하스가 TV를 보는 일은 거의 없었다. 여자를 데려와 놀지도 않았다. 욕실을 쓸 때는 대개 자기네 일가가 소유한 인근 집들의 욕실을 사용했다. 사람을 만날 때도 아파트를 이용하지 않았다. 그곳은 그 자신만의 공간이었고, 그는 그 공간이 주는 고독을 좋아했다.

아래층에는 침대와 소파, 의자들이 놓였고, 멕시코 연속극 아니면 축구 경기만 나오는 TV가 한 대 있었다. 주방도 따로 있었으며, 최소한 네 명이 무장을 하고 항상 아래층에 대기 중이었다. 위층 로하스의 아파트는 방음 시설이 되어 있어 그들의 움직임을 느낄 일은 없었다. 그래도 부하들은 그를 방해하지 않으려 목소리를 낮춰 얘기하고 TV 소리를 줄여두었다.

탁자에 앉은 로하스는 빛이 바로 어깨너머에서 비치도록 전등을 조절하고 남은 인장들 중 하나를 살펴보았다. 표면에 새겨진 글씨들을 더듬어보고, 몸체에 박힌 루비와 에메랄드의 붉고 푸른빛을 피부에 비춰보며 만지작거렸다. 손상되지 않은 인장들을 토비아스나 그의 동료들에게 내어줄 생각은 손톱만큼도 없었다. 절대 그럴 생각이 없을 뿐더러, 이 보석들을 어떻게 할 것인지도 이미 계획을 세워두었다. 그런데 훼손되지 않은 인장들 중 몇 개를 그대로 간직하고 싶다는 생각이 처음으로 들었다. 그의 아파트에 있는 모든 것은 신품이었고, 아름답긴 했으나 개성이 없었다. 거기엔 특별함이 없었다. 어느 정도의 돈과 심미안만 있으면 누구라도 손에 넣을 수 있는 것뿐이었다. 하지만 이 인장들, 이것들은 달랐다. 그는 왼쪽을 바라보았다. 거기 벽난로 위의 석조 선반 위, 화강암 위에 인장들이 놓인 모습을 상상해보았다. 인장을 올려둘 장식대를 사도 좋으리라. 아니, 직접 만드는 게 낫겠다. 손재주에는 자신이 있었다.

벽난로 위 선반에는 마약상들이 멕시코판 로빈후드로 떠받드는 성자 헤수스 말베르데의 성물함이 안치되어 있었다. 하얀 셔츠에 콧수염을 기른 말베르데의 조각상은 멕시코의 마티니 아이돌인 페드로 인판테와 어딘지 비슷한 구석이 있었다. 말베르데는 페드로가 태어나기 30년 전인 1909년에 경찰의 손에 목숨을 잃긴 했지만. 로하스는 인장들을 성물함과 나란히 두어도 헤수스 말베르데가 괜찮다고 할 것이라고 생각했다. 어쩌면 답례로 로하스의 사업에 축복의 미소를 던져줄지도 모른다.

'해볼까'라는 생각은 '한다'가 되었고, 로하스는 인장 몇 개를 간직하기로 마음을 굳혔다.

14

그 방은 마치 탑 속에 있는 것처럼 거의 원형이었고, 바닥에서 천장까지 들어찬 책이 벽을 이루었다. 지름은 12미터쯤 되었고, 녹색이 감도는 램프로 밝혀진 오래된 책상이 공간을 압도하듯 놓여 있었다. 책상 위에는 현대적인 스테인리스 경첩식 조명도 있었는데 초점을 조정할 수 있는 물건이었다. 그 옆에는 확대경과 함께 아주 작은 칼날, 캘리퍼스(둥근 물체의 직경을 재는 기구), 집게, 솔 등 갖가지 도구가 놓여 있었다. 색색의 리본으로 페이지를 표시해둔 자료들이 어지럽게 쌓였고, 사진과 도면들이 파일에서 삐져나왔다. 바닥은 바닥대로 책과 신문이 되는 대로 쌓여 있었다. 금방이라도 쓰러질 듯 위태로운 책 더미들이 미로를 이루었으며 오직 한 사람만이 그 미로를 통해 신비로운 지식에 도달하는 길을 알고 있었다.

책 무게로 가운데가 약간 휜 책장 선반은 다른 용도로도 사용되고 있었다. 가죽 장정의 고서들과 새 책들이 뒤섞여 꽂힌 부분 앞에, 표면에 흠집이 난 고대 조각상들과 도자기 파편들이 놓여 있었다. 대부분 에르투리아 도자기들이었는데 흥미롭게도 파손되지 않은 것은 한 점도 없었다. 또 철기시대 도구들과 청동기시대 보석들이 있었고, 다른 유물들 사이에 아무렇게나 놓여 신기한 벌레처럼 보이는 이집트 스카라브(갑충 모양을 본뜬 호부)들도 있었다.

그 방에 있는 물건들에는 먼지 한 점 없었고, 방에는 예스러운 매사추세츠 마을을 굽어볼 창문 하나 나 있지 않았다. 빛이라곤 전등 불빛이 전부였으며 소음은 벽이 완벽하게 흡수했다. 사이드 테이블에 랩톱 컴퓨터가 조심스럽게 놓인 것을 비롯해 현대적 기구들이 전혀 없는 것은 아니었으나 전반적으로 시간을 초월한 장소 같았다. 그 서재에서 어딘가로 통하는 단 하나의 문인 오크재 문을 열면 암흑의 공간과 마주칠 것 같은 느낌이었다. 우주 속에 놓여 있기라도 하듯 문을 열면 별들이 위아래에서 빛나고 있을 것 같았다.

헤러드는 점토판 조각 하나를 앞에 놓고 대형 책상에 앉아 있었다. 그는 한쪽 눈을 보석 감정용 렌즈에 갖다 대고 점토판에 새겨진 쐐기문자를 찬찬히 들여다보았다. 쐐기문자 체계를 발명한 것은 수메르인이었고, 곧 인근 부족들로 퍼져나갔는데 특히 수메르 북부에 거주한 셈어족인 아카드인이 쐐기문자를 활발하게 사용했다. 기원전 2300년경 아카드 왕조의 세력이 커지면서 수메르어는 몰락해 문헌연구에나 사용되는 사어(死語)가 되었다. 반면 아카드어는 2천 년간 번성하면서 바빌로니아어와 아시리아어로 발전했다.

세월에 의한 점토판의 훼손을 젖혀두고 보면, 어표(語標 한 단어나 구를 나타내는 상징)의 정확한 의미를 읽어내려는 헤러드가 직면한 어려움은 수메르어와 아카드어의 차이 탓이었다. 수메르어는 교착성이어서 음성학적 변화가 없는 단어와 소사(小辭 동사와 함께 구동사를 이루는 부사나 전치사)들이 합해져 구를 이룬다. 한편 굴절어인 아카드어는 근본 어형에 모음, 접미사, 접두사가 더해져 뜻이 다른 단어들을 만들어 낸다. 그러므로 아카드인들이 사용한 수메르의 어표 기호는 수메르어와 정확히 같은 의미가 아니게 된다. 같은 부호가 문맥에 따라 다른 단어를 의미할 수도 있어 다의성이라는 언어적 특성이 나타난다. 이런 혼란을 피하기 위해 아카드인들은 의미가 아니라 음가를 사용해 단어의 어형 변화를 정확히 표현하려 했다. 아카드들인은 또한 수메르어의 동음성을 채용했으므로 다른 기호들이 동일한 음을 나타내기도 한다. 이런 아카드 문서는 한 본이 700~800개의 기호로 이루어져 해독하기가 지극히 까다롭다. 지금 보는 문서가 지하 세계의 신과 관련된 내용이라는 건 분명했다. 하지만 대체 어느 신인지?

헤러드는 그런 어려운 과제를 즐겼다. 그는 색다른 인물이었다. 어렸을 때부터 고대의 것들에 매혹되었고, 특히 죽은 문명과 잊힌 언어를 좋아했다. 스스로 공부해가며 여러 해 동안 아무 목적도 없이 그런 것들에 빠져 있었다. 죽음이 그를 바꿔놓을 때까지 재능 있는 아마추어로서의 탐색을 즐길 터였다.

죽음.

오른쪽에서 컴퓨터가 삐삐 소리를 냈다. 헤러드는 컴퓨터를 책상 위에 올려두는 걸 좋아하지 않았다. 컴퓨터 덕분에 작업이 한결 쉬워지긴 했지만 고대와 현대를 섞어두는 것이 마땅치 않았다. 종이와 펜으로, 책과 필사본으로 일하는 게 좋았다. 그가 필요로 하는 지식은 이 방 안에 있는 수많은 책들 중 어딘가에, 혹은 그의 머릿속 어딘가에 저장되어 있었다. 헤러드가 일하는 서재는 그의 정신세계가 물질적으로 발현된 것일 따름이었다.

　보통 때 같았으면 이메일에 답을 하기 위해 그런 섬세한 작업을 중도에 그만두는 일은 없었을 것이다. 하지만 접근을 주의 깊게 통제하는 헤러드는 특정 인물들에게서 메시지가 오면 컴퓨터가 신호를 보내도록 해두었다. 방금 도착한 메일은 그중에서도 가장 신뢰할 만한 정보원이 보낸 것이어서 중요 편지함으로 들어왔다. 헤러드는 감정용 안경을 눈에서 떼고 손끝으로 렌즈를 가볍게 톡톡 쳤다. 결정적인 국면에서 체스판을 떠나게 된 선수가 '아직 안 끝났다. 결국 넌 내게 무릎을 꿇게 될 거야'라고 말하는 것 같은 품새였다. 그는 자리에서 일어나 서류와 책 더미 사이를 조심스레 헤치고 컴퓨터 쪽으로 걸어갔다.

　메시지에는 머리 부분에 보석이 박힌 원통형 인장 한 개를 찍은 고해상도 이미지가 들어 있었다. 검은 펠트 천 위에 놓고 각 부분이 정확히 드러나도록 조금씩 움직여가며 찍은 사진이었다. 옥좌에 앉은 왕의 모습을 완벽하게 표현한 조각이며 보석 등 세세한 부분을 근접 촬영했다.

　헤러드는 가슴이 뛰는 걸 느꼈다. 그는 화면에 가까이 다가가 눈을 가늘게 뜨고 살펴본 다음 모든 이미지를 출력해 책상으로 가지고 가서 확대경으로 다시 들여다보았다. 작업이 끝나자 그는 전화를 걸었다. 예상대로 그 여자는 전화벨이 울리자마자 받았다. 갈라지고 늙은 목소리가 그 쭈그렁 할망구에게 딱 어울렸다. 할망구는 그래 봬도 오랫동안 고대 유물 사업을 해온 전문가로 헤러드에게 언제나 길을 제시해주었다. 그들은 천성도 비슷했다. 상대의 악의는 단순히 헤러드의 악의를 그대로 되비춘 것일 따름이었지만.

"어디서 난 거요?" 헤러드는 물었다.

"내 물건이 아니야. 누가 가져와서 가치를 말해달라고 하더군."

"누가 가져온 겁니까?"

"멕시코인이야. 라울이라고 이름을 댔지만 진짜 이름은 안토니오 로하스지. 얄궂게도 지미 주얼과 가까이서 일하는 자야. 메인 주 포틀랜드에 있는 지미 주얼 말이야. 로하스 말로는 인장들이 더 있다고 해. 몇 개는 부서졌지만. 유감이지."

"부서졌다고?"

"금과 보석을 떼어내려고 그랬다는군. 부서진 조각도 나한테 보여줬어. 울음이 터지려는 걸 억지로 참았네."

평상시라면 헤러드 역시 그처럼 아름다운 물품이 망가진 것을 애석해 했을 것이다. 하지만 다른 인장들이 더 있다고 하지 않는가. 그렇다면 유일무이한 보물은 아닌 셈이다. 그가 바라는 것은 훨씬 더 가치 있는 물품이었다.

"그러니까 당신 생각엔 이 물건들이 내가 찾는 것과 연결돼 있다는 거요?"

"카탈로그를 보면 그 인장은 5번 로커에 있던 거야. 그 로커에 있던, 가치가 좀 떨어지는 다른 인장들은 그 창고에서 발견되었지. 납 상자의 자물쇠와 함께 말이야."

"라울은 어디서 인장들을 손에 넣었답니까?"

"말을 안 해. 하지만 그는 수집가가 아니야. 범죄자, 마약상이지. 예전에 그가 어떤 물품들을 팔려고 할 때 도와준 적이 있거든. 그래서 이번에도 나한테 온 거야. 정말로 다른 인장들도 가지고 있다면 훔쳤거나 빚 대신 받은 걸 테지. 어쨌든 간에 그는 그 물건들의 진짜 가치를 전혀 몰라."

"그래서 뭐라고 했습니까?"

"조사해보고 돌려주겠다고 했어. 이틀 여유를 주더군. 그 시간을 넘기면 나머지 인장들에서도 보석을 파내서 팔겠다고 위협했어."

그가 바라던 물건은 아니었지만 헤러드는 말도 안 된다는 듯 신음했다. 그런 협박을 입 밖에 낸 자에 대한 경멸을 느끼지 않을 수 없었다. 경멸감이 심할수록 좋다. 그가 해야 할 일이 더 쉬워질 테니까.

"잘했소. 두둑한 보상을 받게 될 거요."

"고맙네. 라울에 대해 좀더 알아볼까?"

"당연히. 하지만 신중하게 해요."

헤러드는 전화를 끊었다. 피로감은 사라졌다. 이건 중요한 일이다. 그렇게 오랫동안 찾아온 것, 형체를 가진 신화에 가까이 다가선 느낌이 들었다.

나이 탓에 금방 오줌이 마려워진 터라 고독의 거품에 둘러싸인 서재를 떠나 거실을 통해 침실로 갔다. 그는 중앙 욕실이 아니라 항상 침실에 딸린 욕실을 썼다. 그 편이 청소하기 쉬웠다. 변기 위에 선 그는 눈을 감고 방출의 편안함에 잠겼다. 이런 작은 쾌감을 과소평가하면 안 된다. 육체에 잦은 배신을 당한 그는 제 기능을 하는 기관이 거둔 작은 승리에도 기분이 좋아졌다.

마지막 한 방울이 떨어지는 소리가 잦아들자 헤러드는 눈을 뜨고 욕실 벽의 거울에 비친 자기 모습을 바라보았다. 입에 난 상처 자국을 보는 게 괴로웠다. 외과 의사들은 괴저성 조직을 다시 한 번 제거하자고 했는데 잠자코 따를 수밖에 없을 것이다. 하지만 전에도 실패하지 않았던가. 화학요법으로 암 전이를 막지 못했던 것과 마찬가지가 아니었나. 그는 산 채로 암세포에 먹히는 중이었다. 그것도 안팎으로 모두. 약한 사람이라면 이미 무릎을 꿇고 모든 걸 끝장내버리는 걸 택했을 것이다. 하지만 헤러드에게는 이뤄야 할 목표가 있었다. 그에게는 보상이 약속되어 있었다. 자신의 고통이 끝나고, 이번에는 다른 사람들에게 더 큰 고통이 덮치는 것. 그가 죽음을 맞을 때 이루어진 약속이었다. 그는 이번 생에 돌아오자마자 위대한 탐색에 나섰고 수집품이 점점 늘어나는 중이었다.

헤러드는 한숨을 내쉬며 단추를 잠갔다. 그의 옷에는 지퍼가 없었다. 그는 옛날 방식을 선호하는 사람이었다. 단추 하나가 말썽을 부려 구멍에 제대로 끼워 넣으려고 그가 고개를 숙였다.

다시 욕실 거울로 시선을 돌렸을 때, 그의 얼굴에서는 눈이 사라지고 없었다.

헤러드는 2003년 9월 14일에 죽었다. 병든 신장을 제거하는 수술 도중에 심장이 멈췄다. 암의 확산을 막기 위한 무용한 시도로 시행된 수술이었다. 나중에 외과의들은 매우 이례적이고 설명할 수 없는 일이었다고 말했다. 그 시점에서 헤러드의 심장이 멈출 이유가 없었던 것이다. 그런데도 심장 박동이 정지했다. 의사들은 그를 되살리기 위해 분투했고 결국 성공을 거뒀다. 수술이 끝난 뒤 집중치료실에 누운 헤러드에게 신부가 찾아왔다. 신부는 이야기나 기도가 하고 싶은지 물었다. 헤러드는 고개를 가로저었다.

"수술대 위에서 심장이 멈췄다고 들었습니다."

과체중에 얼굴빛이 붉은 50대의 신부는 다정한 눈을 빛내며 말했다. "한 번 죽었다가 돌아온 겁니다. 그런 일을 경험한 사람이 많지는 않지요."

신부가 웃음을 지었지만 헤러드는 미소로 답하지 않았다. 그의 목소리는 약했고, 말을 하자니 가슴에 통증이 왔다.

"신부님, 무덤 저편에 무엇이 있는지 알고 싶으신가요?"

극도로 쇠약한 상태였지만 신부는 그의 목소리에 적의가 스민 것을 감지했다.

"탁한 물이 머리 위로 차오르는 것 같았어요. 베개에 질식당하는 것 같은. 죽음이 다가오는 걸 느꼈습니다. 나는 알게 되었어요. 삶의 저편엔 아무것도 없습니다. 아무것도. 이 말을 들으니 만족스러우십니까?"

신부는 몸을 일으켰다.

"쉬실 수 있도록 그만 가볼게요." 신부는 그의 독기에 영향을 받지 않았다. 더 심한 말을 들은 적도 있었고, 그의 신앙은 강건했다. 묘한 것은 신부도 그 환자 헤러드가 ─대체 이 이름은 어디서 유래한 것일까? 음침한 농담이라도 되는 줄 알고 고른 이름일까?─ 거짓말을 했다는 사실을 감지했다는 점이다. 아주 이상한 느낌이었는데, 신부는 그런 감각과 함께 다른 사실도 깨달았다. 헤러드가 거짓말을 하는 거라면 진실이 무엇인지 알고 싶지 않았다. 그런 진실은 알고 싶지 않았다. 헤러드의 진실은.

신부가 떠나자 헤러드는 눈을 감았다. 그는 죽음의 순간을 다시 체험할 준비를 했다.

조명이 비치고 있었다. 빛이 그의 눈꺼풀을 붉게 물들였다. 그는 눈을 떴다.

그는 수술대 위에 누워 있었다. 옆구리 살이 벌어져 있었지만 고통은 느껴지지 않았다. 손으로 상처를 더듬자 손가락이 피로 물들었다. 그는 주위를 둘러보았다. 수술실은 비어 있었다. 아니, 단순히 비어 있는 게 아니었다. 그곳은 버려진 장소였고, 그것도 한동안 그런 상태였던 것처럼 보였다. 누운 상태에서도 기구에 녹이 슨 것이 보였다. 타일과 스틸 트레이에도 먼지와 때가 끼어 있었다. 오른편에서 딸깍거리는 소리가 들려 쳐다보았더니 바퀴벌레 한 마리가 잽싸게 달아나 모습을 감췄다. 그는 빛의 웅덩이에 누워 있었다. 빛줄기는 테이블 위에 놓인 램프에서 나오고 있었다. 한편으로 부드러운 조명이 수술실 벽을 비추고 있었는데 그것이 어디에서 나오는지는 알 수 없었다.

그는 몸을 일으켜 앉은 다음 발을 바닥에 디뎠다. 악취, 부패의 악취가 풍겼다. 발가락 사이에서 먼지가 느껴져 아래를 내려다보았다. 다른 발자국은 전혀 보이지 않았다. 오른쪽에 있는 개수대는 피가 말라붙어 갈색으로 변색되어 있었다. 그는 수도꼭지를 돌려보았다. 물은 나오지 않았지만 파이프에서 꾸르륵 소리가 들렸다. 그 소리가 수술실 전체에 울려 퍼져 마음이 불안했다. 수도꼭지를 원래 위치로 돌려놓자 소리가 멈췄다.

파이프에서 울린 소리가 고요함을 휘젓고 나서야 수술실이 깊은 정적에 싸여 있다는 걸 깨달았다. 그는 문을 밀고 잠깐 머뭇거리다 황량한 준비실로 들어섰다. 준비실의 개수대 역시 피로 얼룩져 있었다. 바닥과 벽에도 온통 피가 튀어 있었다. 개수대 자체가 거대한 분출구로 변해 그간 파이프로 흘려보냈던 액체들을 죄다 토해놓은 것 같았다. 개수대 위의 거울은 거의 전면이 말라붙은 핏자국으로 덮였지만 피가 튀지 않은 작은 여백에 그의 모습이 비쳤다. 얼굴이 창백했다. 입 주위에 노란 얼룩이 묻었고 옆구리엔 구멍이 뚫려 있다. 그런데도 괜찮아 보였다. 왜 통증이 없는지 여전히 이해되지 않았다.

통증이 있어야 마땅하다. 통증이 필요하다. 통증이 있으면 살아 있다는 걸 확인할 수 있다. 그렇지 않으면…….

죽음인가? 이것이 죽음?

그는 계속 걸어갔다. 수술실 밖의 복도에는 휠체어 두 대만 놓여 있을 뿐 텅 비어 있었다. 간호사 근무대에도 사람의 흔적이 없었다. 지나치는 병실마다 흐트러진 침대가 보였다. 더러운 시트가 한쪽으로 말려 있거나 바닥에 떨어져 있었다. 삐져나온 시트들이 깔려 있는 매트리스는 바로…….

환자들이 끌려가지 않으려 발버둥 치던 곳이라고 그는 생각했다. 자기에게 닥칠 일을 막아보려 마지막 힘을 쥐어짜 시트를 붙잡고 늘어졌으리라. 병원은 전시에 대피한 뒤 버려진 모습을 연상시켰다. 적군이 밀어닥쳐 학살이 시작된 순간에 급히 환자들을 옮겨간 것 같은 정경이었다. 하지만 그렇다면, 왜 시체가 하나도 없는가? 헤러드는 2차 대전 때의 오래된 뉴스 화면을 떠올렸다. 나치에 학살당한 마을이었다. 따뜻하고 고요한 날, 조각난 시신들이 목이 부러진 까마귀처럼 고속도로에 점점이 버려져 있었다. 그리고 수용소의 구덩이. 화가 보스의 악몽과 같은 세계에서처럼 겹겹이 포개진 시체들.

시체들. 시체들은 어디 있나?

모퉁이를 돌았다. 엘리베이터는 양쪽 문이 열린 채 방치돼 있었고, 텅 빈 수직 통로가 들여다보였다. 그는 벽을 짚어 몸을 지탱하고 엘리베이터 통로 아래쪽을 조심스레 내려다보았다. 캄캄한 암흑뿐, 처음에는 아무것도 보이지 않았다. 하지만 뒤로 물러서려 할 때 저 아래쪽에서 움직임이 있었다. 확실했다. 무언가 긁히는 소리가 희미하게 들렸고, 검은 캔버스에 붓질을 한 듯 어둠 속에서 회색 얼룩 같은 것이 보였다. 입을 열어 도움을 청하려 했지만 입술에서는 어떤 소리도 새어나오지 않았다. 그는 말문이 막힌 채 얼어붙었다. 엘리베이터 통로 저 아래에 있는 무언가는 기척을 죽였지만 그는 그것의 시선을 느끼고 얼굴이 근질근질했다.

살며시, 조용히, 그는 뒤로 물러섰다. 그 순간 등 뒤 복도의 조명이 꺼지고 그가 지나온 길이 어둠 속에 묻혔다. 대체 무슨 일이지? 저기엔 또 뭐가 있는 거지? 하지만 그는 탐색을 계속해야 했다. 그렇게 마음을 다지는 순간에도 등 뒤의 조명들이 연이어 꺼졌다. 어둠 속에 갇히지 않으려면 앞으로 나가는 수밖에 없었다. 앞으로 걸어가자 어둠은 그의 등을 떠밀며 압박해왔다. 등 뒤에서 무언가 움직이는 기척이 느껴진 것 같았으나 그는 돌아보지 않았다. 회색 얼룩이 이빨과 발톱을 드러낸 구체적인 어떤 형체로 바뀌어 있을까봐 겁이 났다.

걸어가는 동안 병원의 모습은 시간을 거슬러 올라가기 시작했다. 획일적으로 칠해진 페인트가 퇴색하면서 벗겨지더니 발가벗은 벽이 모습을 드러냈다. 타일은 목재로 변했다. 문에 달린 창문도 모두 없어졌다. 언뜻 들여다본 처치실의 기구들은 조악하고 원시적인 형태로 바뀌어 있었다. 수술대는 울퉁불퉁한 목재를 쌓아올린 것으로 변했고, 피를 씻어낸 더러운 물이 발치에 고여 있었다. 그의 눈에 들어온 모든 것들이 먼 옛날부터 계속되었고 영원히 이어질 고통을 말했으며, 육체의 허약함과 생명의 한계를 증언했다.

마침내 그를 맞이하려는 듯 열려 있는 조악한 목재 문 앞에 도착했다. 안에는 불이 밝혀져 있었다. 약한 불빛이 깜박였다. 그의 뒤에는 잠식해온 어둠이 모든 것을 삼켜버렸다.

그는 문을 통해 안으로 들어갔다.

그 방에는 가구가 전혀 없었다. 그가 보는 한도 안에서는 그랬다. 벽과 천장은 어둠에 묻혀 보이지 않았는데, 무한히 높고 헤아릴 길 없이 넓은 듯했다. 그럼에도 그는 밀실 공포를 느끼고 위축되었다. 돌아가고 싶었다. 거기서 나가고 싶었지만 돌아갈 곳이 없었다. 등 뒤의 문은 닫혔고, 이제는 아예 보이지도 않았다. 있는 것은 오직 불빛뿐이었다. 먼지 낀 바닥에 놓인 허리케인 램프에서 불꽃이 약하게 타오르고 있었다.

그 불빛. 그리고 그 불빛에 비친 것은……

처음에 그는 그것이 정확한 형체가 없는 덩어리라고 생각했다. 빗자루로 쓸어 모아둔 채 방치한 쓰레기 더미 같은 느낌이었다. 좀더 가까이 가보니 덩어리 위에 거미줄이 뒤덮여 있었다. 얼마나 세월이 흘렀는지 거미줄 위에 먼지 더께가 끼어 아래에 있는 것이 거의 보이지 않았다. 사람보다 훨씬 컸지만 사람의 형체였다. 다리의 근육, 척추의 만곡을 알아볼 수 있었다. 얼굴은 가슴으로 깊숙이 꺾여 그의 눈에는 보이지 않았다. 다가오는 고통을 막아보려는 듯 양팔로 얼굴을 감싼 자세였다.

그때였다. 헤러드의 존재를 서서히 인식하기라도 한 듯 그 형체가 움직이기 시작했다. 번데기 고치 속의 벌레처럼 느린 움직임이었다. 팔이 내려가고 고개가 돌아가기 시작했다. 헤러드의 감각 속으로 단어와 이미지들이 갑자기 홍수처럼 밀려들었다.

책들, 조각상들, 삽화들.

(한 개의 궤)

…… 바로 그 순간 그의 목표가 명확해졌다.

갑자기, 옆구리의 상처에 심한 자극이 오면서 헤러드의 몸이 활처럼 휘었다. 뒤이어 격렬한 경련이 일어났다. 그는 보았다.

빛을.

그리고 들었다.

목소리를.

그의 눈앞에서 거미줄 막이 찢어지고, 먼지에 찌든 날카로운 손톱이 달린 가느다란 손가락이 모습을 나타냈다.

쇼크가 다시 헤러드를 덮쳤다. 이번엔 좀더 길었고 더 고통스러웠다. 그의 눈이 크게 열렸다. 입속에 무언가 플라스틱 물질이 들어왔다. 마스크를 쓴 얼굴들이 헤러드를 내려다보고 있었다. 보이는 것은 그들의 눈밖에 없었다. 그들의 손이 헤러드의 가슴을 눌러댔다.

그러는 동안에 어떤 목소리가 들려왔다. 그 목소리는 무덤의 비밀에 관해, 반드시 행해져야 할 일들에 대해, 부드럽고도 집요하게 이야기했다. 목소리는 헤러드의 이름을 부르면서 그를 다시 찾아낼 것이라고, 그때가 되면 헤러드도 그 사실을 알 것이라고 했었다.

지금, 헤러드가 욕실 거울에서 한 발짝 물러섰는데도 거울에 비친 상은 움직이지 않고 그대로 남아 있었다. 거울 뒷면에 있던 눈 없는 얼굴이 거울 위로 점차 뚜렷하게 나타나면서 박람회장의 은행가를 연상시키는 헤러드의 고색창연한 체크무늬 정장 칼라 위, 풍선이 그려진 노란 셔츠에 나비넥타이를 깔끔하게 맨 그의 목 부분 위에 자리를 잡았다. 헤러드는 그 모습을 응시했다. 그는 알았다. 그는 두렵지 않았다.

"오, 캡틴!" 그는 속삭이듯 말했다. "오, 캡틴. 나의 캡틴……."

15

포틀랜드는 변하고 있다. 하지만 변화는 도시 자체의 속성이므로 단순히 내가 나이를 먹어간다는 것을 반영한 느낌인지도 모른다. 전에 알던 식당과 상점들이 문을 닫는 것을 마음 편히 바라보기에는 너무 많은 쇠락을 목격해온 탓일 수도 있다. 포틀랜드는 캐스코 만에 가라앉지 않으려고 가까스로 버티던 상태에서 번창하고 예술적이며 안전한 도시로 변모했다. 이 흐름은 1970년대 초에 본격적으로 시작되어, 직접적 수혜자 이외의 모든 사람들이 눈살을 찌푸린 지역개발 예산이란 형태로 연방정부 자금을 끌어들여 진행되었다. 콩그레스 가의 보도에는 벽돌이 놓였고, 올드포트는 젊음을 되찾았다. 시립공항은 국제공항으로 변신했다. 초현대적으로 들리는 이름이지만 최근까지도 그 공항을 통해 바다 건너에 있는 땅은 물론이고 캐나다에도 갈 수 없었다는 것을 생각하면 '국제'라는 수식어는 아무래도 황송했다.

최근 몇 년에 걸쳐 올드포트의 멋진 장소들이 차츰 사라지고 말았다. 올드포트에서 가장 근사한 거리인 익스체인지 가는 변화의 와중에 놓여 있다. 북스 Etc.가 문을 닫았고, 소유주의 은퇴를 계기로 에머슨

북스도 폐점을 준비 중이다. 이러다간 서점이라고는 롱펠로우 북스만 남게 될 판이다. 세상을 떠난 아내 수전과, 그리고 두 번째 아이의 엄마인 레이철과 함께 식사를 했던 월터스 식당도 유니언 가로 이전한다며 문을 닫았다.

그렇긴 해도 콩그레스 가에는 텍사스 주 오스틴의 일부를 북동쪽으로 옮겨놓은 듯 기이함과 괴벽의 깃발이 여전히 휘날리고 있다. 근사한 피자점 오토는 밤늦게까지 영업한다. 다양한 화랑과 중고서점, 음반 아울렛, 화석 상점들이 있고, 대형 만화전문 서점과 그린 핸드라는 새 서점도 들어섰다. 그린 핸드는 안쪽에 따로 미확인생물 박물관까지 차려둬 기이한 것을 좋아하는 사람들에게 즐거움을 선사한다.

다시 말해 거의 모든 사람에게 그렇다는 뜻이다.

"빌어먹을 미확인생물학이라는 게 대체 뭐지?" 모뉴먼트 광장에 앉아 와인을 마시면서 세상 돌아가는 모습을 구경하고 있을 때 루이스가 물었다. 오늘 루이스는 돌체&가바나를 입었다. 검은색 쓰리버튼 정장에 하얀 셔츠 차림인데 넥타이는 매지 않았다. 그리 큰 목소리도 아니었는데 식당 바깥 자리, 우리 왼쪽에 앉아 수프를 먹던 나이든 여자가 못마땅한 시선으로 루이스를 쳐다보았다. 나는 그 여자의 용기에 감탄했다. 대개 루이스를 쳐다보는 사람들의 시선에 실린 감정은 두려움 아니면 선망이다. 루이스는 장신의 흑인이며 극히 치명적인 인간이다.

"실례했습니다." 루이스는 그 여자에게 고개를 끄덕여 보이며 말했다. "부적절한 단어를 쓰려던 건 아니었습니다." 그러더니 내게로 몸을 돌리고 물었다. "네가 말했던 그 빌어먹을 게 뭐였지?"

"미확인생물학. 실존 여부가 확실치 않은 생물을 연구하는 거야. 빅

푸트(미국 북서부에 산다는 원인猿人)나 네스 호 괴물 같은 것."

"네스 호 괴물은 죽었어." 앙헬이 끼어들었다.

앙헬은 찢어진 청바지, 빨강색과 은색이 섞인 상표 없는 운동화, 케네디 시대에 문을 닫은 어느 술집을 선전하는 현란한 녹색 티셔츠 차림이었다. 애인과는 달리 앙헬이 이끌어내는 반응은 곤혹스러움과 색맹이 아닐까 하는 의혹 사이의 어느 지점이었다. 루이스만큼은 아니어도 앙헬 역시 치명적이다. 그러나 대부분의 독사가 그렇듯 대부분의 사람들이 치명적이지 않던가.

"어디선가 읽었어." 앙헬이 말을 이었다. "몇 십 년 동안 네스 호 괴물을 발견하려 애쓴 전문가가 있는데, 결국 죽었다고 결론을 내렸대."

"그렇겠지. 2억5천 만 년 전에 말이야. 당연히 죽었겠지. 달리 어쨌겠어?" 루이스가 말했다.

앙헬은 단순한 개념도 파악하지 못하는 아이를 대하듯 머리를 절레절레 흔들었다. "아니야. 최근에 죽었다니까. 그전에는 살아 있었던 거라고."

루이스는 파트너를 한참 쳐다본 다음 입을 열었다. "아무래도 네가 참여할 수 있는 대화가 어떤 것인지 선을 정해야겠어."

"슈하스카리아(브라질식 바비큐 식당. 신호등처럼 색깔이 칠해진 작은 도구를 이용해 계속 고기를 가져오라거나 그만 먹겠다는 뜻을 표시한다-옮긴이)처럼 말이지" 하고 나는 제안했다. "네가 말해도 괜찮을 때는 녹색을, 가만히 앉아서 들은 이야기를 곱씹어야 할 순간에는 빨간색을 드는 거야."

"니들이 정말 싫다." 앙헬이 삐죽거렸다.

"아니야, 넌 우리를 싫어하지 않을걸."

"싫어. 니들은 날 존중하지 않아."

"그럴지도 모르지." 나는 일단 시인했다. "하지만 우리에겐 널 존중하지 않을 까닭이 조금도 없는데."

앙헬은 잠깐 생각한 다음 내가 핵심을 짚었다고 수긍했다. 우리의 화제는 내 섹스 문제로 옮겨갔다. 앙헬에게는 그 화제가 몹시 즐거운 듯 했지만 얘깃거리는 금방 떨어졌다.

"그 경찰하고는 어때? 베어였나, 캐그니였나?"

"메이시."

"그래, 그 여자 말이야."

샤론 메이시는 예쁘고 가무잡잡한 여자였다. 분명히 내게 관심이 있다는 신호를 보내긴 했는데, 나는 레이철과 딸이 버몬트에 따로 살고 있으며 나와 레이철의 관계가 끝났다는 현실을 여태 순순히 인정하지 못하고 있었다.

"너무 빨라."

내 말에 루이스는 "그런 일에 '너무 빠르다'는 건 없어"라고 했다. "'너무 늦었다'와 '식었다'가 있을 뿐이지."

헐렁한 청바지에 헐렁한 티셔츠, 상자에서 방금 꺼낸 새 운동화 차림의 청년 셋이 포어 가의 술집들을 향해 콩그레스를 따라 연못 위의 조류처럼 흐느적거리며 걸어왔다. 셋 다 머리에서 발끝까지 '타지에서 왔음'이라고 쓰여 있었다. 정확히 말하면 상표명이나 래퍼 이름이 자리를 차지한 곳은 제외하고 말이다. 게다가 한 명은 복고풍 흑인 인권 운동 티셔츠를 입고 주먹마저 불끈 쥐었다. 셋 다 완벽한 백인이어서 그들 옆에 서면 피 위 허먼(미국 코미디언 폴 루벤스가 연기한 코믹 캐릭터. 참을성 없고 장난을 즐기는 어린아이 같은 성격이 특징임-옮긴이)도 말콤 X처럼 보일 정도인데도 말이다.

우리 옆에서는 남자 둘이 주위에 신경 쓰지 않고 햄버거를 먹는 데만 열중해 있었다. 그중 한 명은 재킷 칼라에 무지개 삼각형 표지(동성애자의 상징-옮긴이)를 붙이고, 그 아래 '반대에 투표하자'는 배지를 달았다. 메인 주의 동성결혼 허용 가능성을 뒤집으려는 주민발의안에 대해 의견을 표시한 배지였다.

"저 새끼는 옆에 있는 놈과 결혼하려나 보지?" 세 청년 중 하나가 이렇게 말하자 친구들이 와 웃음을 터뜨렸다.

두 남자는 상대하지 않고 식사를 계속하려 애썼다.

"게이 새끼들." 시비를 건 상대는 그쯤에서 멈출 생각이 없어 보였다. 키는 작았지만 근육이 도드라진 몸이었다. 그가 몸을 기울여 배지를 단 남자의 접시에서 감자튀김 하나를 집자 남자는 화가 나서 "이봐!" 하고 소리쳤다.

"먹으려는 게 아니야." 시비를 건 쪽은 유들유들 말했다. "뭐가 옳을지 모르는데 어떻게 먹겠나."

"해치워, 로드!" 친구 하나가 소리치며 자기들끼리 하이파이브를 했다.

로드는 감자튀김 조각을 땅에 내던졌다. 그러더니 아무 내색도 하지 않은 채 지켜보고 있던 앙헬과 루이스 쪽으로 관심을 돌렸다.

"뭘 보는 거야, 엉? 니들도 게이냐?"

"아니. 난 은밀한 양성애자다." 앙헬이 말했다.

"그리고 난 백인이지." 이번에는 루이스였다.

"정말로 백인이란다." 나도 거들었다. "집을 나오기 전에 몇 시간이나 들여 분장을 하는 거야."

로드는 혼란스러운 것 같았다. 하지만 곧바로 상황에 맞는 표정을 되찾는 걸 보니 이런 일이 처음이 아닌 듯했다.

"그러니 너하고 똑같은 셈이다." 루이스가 말했다. "너도 진짜로 흑인은 아니니까. 넌 이 문제를 좀 생각해봐야 할 거야. 셔츠에 이름이 새겨진 그 밴드들 말인데, 네가 주머니에 돈을 찔러주니까 너 같은 놈을 꾹 참고 있는 거다. 그 밴드들은 하드코어야. 흑인들을 향해, 흑인들에 대해 말하는 밴드라고. 이상적인 세상에서라면 그들은 너 같은 걸 필요로 하지 않아. 넌 브래드나 콜드플레이 같은 것, 백인들이 요즘 홍얼거리는 그런 넋두리나 들으면 그만이야. 하지만 지금은 흑인 밴드들이 네 돈을 가져가고 있지. 하지만 네가 그 밴드들의 출신지 같은 곳에 발을 들여놓으면 바로 묵사발이 될 거다. 남은 돈도 빼앗기고 운동화도 빼앗기겠지. 바란다면 지도를 그려줄 테니 가서 흑인과의 연대감을 맘껏 표현해봐라, 어떤 대접이 돌아오는지. 그게 싫으면 쟤들 데리고 저리 가서 놀아라. 당장 가라. 꺼져. 아니면 제 발로 걷지 못하고 친구들의 부축을 받아야 할 거다."

"브래드라고?" 내가 말했다. "대중문화에 좀 처져 있는 것 아니야?"

"그 따위 음악은 다 똑같이 들려. 난 애들하고 친하다고."

"19세기에서 온 아이들인가 보지."

그때 대화에 끼겠다는 충동을 이기지 못한 로드가 입을 놀렸다. "손 좀 봐줄까보다." 로드는 자기가 정말로 그렇게 할 수 있다고 믿을 만큼 멍청한지 몰라도 뒤에 선 녀석 둘은 약간 더 영리했다. 명함을 들이밀 자리가 아니라는 걸 깨닫고 로드에게서 떨어지려 했다.

"그래, 넌 그럴 수 있어." 루이스가 말했다. "이제 기분이 좀 나아졌나?"

"그건 그렇고, 내가 거짓말을 하고 말았네." 앙헬이었다. "정말은 양성애자가 아니거든. 이 사람은 흑인이 아닌 게 맞지만."

나는 놀란 표정으로 앙헬을 쳐다보았다. "이봐, 네가 게이란 말은 한번도 한 적 없었잖아. 알고는 있었지만. 하여간 애들을 입양하는 건 절대 안 돼."

"그러기엔 너무 늦었지. 여자애들은 죄다 편한 신발만 신고, 남자애들은 유행가나 흥얼거리고 있으니."

앙헬의 말에 로드가 토를 달았다. "아, 대단하신 게이들이군. 예쁘게 단장하느라 바쁘지만 않다면 세계를 지배할 수도 있을 거야."

뭔가 더 떠들려고 했던 것 같은데 그 순간 루이스가 몸을 움직였다. 그렇다고 의자에서 몸을 일으킨 것은 아니고 명확한 위협의 조짐을 내보이지도 않았다. 하지만 그건 졸던 방울뱀이 공격에 앞서 똬리를 푸는 것이나 파리가 내려앉는 걸 보면서 거미줄 구석에서 거미가 몸을 팽팽히 긴장시키는 것과 같았다. 알코올과 우둔함의 안개에 싸인 상태에서도 로드는 루이스의 움직임에서 조만간 심각한 고통을 겪게 될 가능성을 설핏 보았다. 지금 여기, 경찰차가 순찰을 도는 붐비는 거리에서는 아니었다. 하지만 나중에, 아마도 술집이나 식당, 주차장에서 일을 당해 평생 남을 흔적이 새겨질 것이다.

세 청년은 입을 꾹 다물고 꽁무니를 뺐다. 한 번도 뒤돌아보지 않았다.

"멋진 솜씨군." 나는 루이스에게 말했다. "앙코르 공연으로는 뭘 할 건가? 강아지한테 인상 쓰기?"

"새끼 고양이한테서 장난감을 빼앗을 거야. 그걸 높은 선반에 올려두는 거지."

"그런데 네가 뭘 위해 나선 건지 잘 모르겠는데."

"삶의 질을 위해서."

"그런 거였군."

옆자리의 두 남자는 식사를 포기하고 음식값을 테이블 위에 놓고는 아무 말 없이 서둘러 자리를 떴다. "네가 동족한테도 겁을 준 모양이야. 아까 그 남자는 네가 이리로 이사 올까 무서워서 주민발의안에 찬성표를 던질 거야."

"그런 점은 마음에 새겨두고, 이젠 우리가 왜 여기 다시 왔는지 그 얘기로 돌아가자." 앙헬이 말했다. 그들이 도착한 것은 불과 한 시간 전이었고, 짐도 자동차 트렁크에 그대로 들어 있었다. 루이스와 앙헬은 절대적으로 필요한 경우가 아니면 비행기를 타지 않았다. 그들의 장사 도구에 항공사들이 눈살을 찌푸리기 때문이었다. 나는 모든 것을 낱낱이 이야기했다. 베닛 패쳇과의 첫 만남, 내 차에서 추적 장치를 발견한 일, 로널드 스트레이디어와 나눈 대화, 데미안 패쳇의 장례식 사진에 이르기까지.

"그럼 그자들도 네가 아직 손을 떼지 않았다는 걸 아는 거네?" 앙헬이 물었다.

"GPS 장치가 제대로 작동한다면 그렇지. 놈들은 내가 캐런 에모리를 찾아갔던 것도 알아. 그녀한테 안 좋은 일이 생길 수도 있어."

"그 여자한테 경고는 해주었고?"

"휴대폰에 메시지를 남겼어. 자꾸 개인적으로 전화하면 문제가 더 복잡해질 뿐이야."

"놈들이 다시 너를 찾아올 거라고 생각해?" 루이스가 물었다.

"그렇지 않을까?"

"나라면 처음에 너를 죽여버렸을 거야." 루이스가 말했다. "아마추어 물고문 정도로 물러날 거라고 생각했다니 널 잘못 본 거지."

"스트레이디어 말로는 처음에는 부상당한 군인들을 도울 의도로 일을 시작했을 거라더군. 그러니 최후의 수단이 아니면 사람을 죽이거나 하진 않겠지. 나를 심문한 녀석은 자기들이 하는 일은 아무한테도 해를 끼치지 않는다고 했어."

"당장 너만 해도 해를 입었잖아. 사람들이 자기와 관계된 일을 그런 식으로 말하는 걸 보면 웃긴다니까."

"왜 너희가 여기 왔는지 하는 문제로 돌아가게 되는군."

"왜 우리가 훤한 여름 대낮에 공공연히 만나고 있는지 하는 문제로도 말이야. 감시당하고 있다면 혼자가 아니라는 걸 놈들한테 보여주고 싶은 거지?"

"며칠쯤 시간이 필요해. 그동안 놈들을 떼놓을 수 있다면 일이 한결 수월하겠지."

"놈들이 떨어지지 않는다면?"

"그럼 너희가 놈들을 손봐주면 되지."

루이스는 잔을 들고 쭉 들이켰다.

"그럼, 놈들이 떨어지지 않기를 바라면서 건배!"

우리는 계산을 하고 익스체인지에 있는 그릴룸으로 스테이크를 먹으러 갔다. 누군가를 손봐준다는 생각을 하면 루이스는 늘 배가 고파졌다.

16

얼이 폐점 정리를 마무리할 무렵, 지미 주얼은 늘 앉는 자리를 차지하고 있었다. 자정이 가까운 시간이었다. 세일메이커는 저녁 내내 조용했다. 지난 밤 진탕 퍼마신 술꾼 몇이서 해장술을 마시러 왔지만 흥청거릴 체력도 자금도 없었다. 길을 잘못 든 김에 맥주나 한잔하기로 작정한 매사추세츠에서 온 머저리 관광객 둘도 있었다. 술집의 불결함에 대해 떠들어댄 그들에게는 불운한 일이었지만, 얼은 자기 일터에 대해 불쾌한 말을 하는 사람을 친절하게 대하는 사람이 아니었다. 그 옛날 좋았던 시절에는 입을 함부로 놀리는 철없는 부잣집 아이들을 뒷골목으로 끌고가 쓰레기통에 얼굴을 처박기도 했다. 두 번째 잔을 주문하려 한 매사추세츠 머저리들은 그만 다른 곳으로 꺼지라는 싸늘한 시선과 마주쳤다. 메인 주 밖 어딘가로, 가능하다면 몇 개 주 건너편으로 꺼지라는 시선이었다.

"자넨 참 사람들을 잘 다룬단 말이야." 지미는 얼에게 말했다. "유엔에서 일해야 했어. 분쟁이 일어난 곳으로 가서."

"그 사람들을 내쫓지 않는 편이 좋았다면 그렇게 말씀하시지 그랬어요." 얼은 다른 뜻이 담기지 않은 솔직한 얼굴로 대답했다. 얼이 진지한 건지 농담을 하는 건지 지미조차도 구별하기 힘든 때가 있었다. 대단하다, 정말이지 잔잔한 물 같다고 지미는 생각했다. 그러므로 드물게 얼이 의견을 내놓을 때면 지미는 하던 일을 즉각 중단했는데, 그런 때 그의 뇌는 방금 귀로 들은 정보를 처리하느라 혼란을 겪곤 했다. 잘 알고 있다고 생각하던 얼을 새삼 다시 보게 되는 일이 가끔씩 있었다. 요즘 들어 독서의 영향을 드러내는 것도 그런 일에 속했다. 고전문학을 따라잡으려는 듯했는데 그 범위가 톰 소여나 허클베리 핀에 한정되지 않았다. 바로 그날 저녁, 얼은 톨스토이 단편집 〈주인과 하인〉을 읽고 있었다. 지미가 물어보자 표제작의 줄거리를 말해주었는데, 겨울 폭풍우에 길을 잃은 어느 갑부가 자기 농노를 지켜주는 이야기로 결국 농노는 살고 갑부는 죽는다고 했다. 하지만 갑부는 선행에 대한 보답으로 천국에 가게 되므로 결국은 모두가 행복해진다는 결말이었다.

"그 이야기에 뭔가 메시지가 담겨 있는 건가?" 지미는 물어보았다.

"누구를 향한 메시지요?"

"그렇게 말하면 나야 모르지. 양심 없는 갑부에게 주는 메시지일까."

"저는 갑부가 아닌걸요."

"그럼 자네는 농노 쪽이 마음에 드나?"

"글쎄요. 그런 식으로 받아들이진 않았으니까. 꼭 이거냐 저거냐 선택해야 할 필요는 없겠지요. 그냥 이야기니까요."

"우리가 눈보라 속에 갇혔다고 쳐. 내가 자네를 담요로 사용해 체온을 유지하려 들지 않을 거라고 생각하나? 내 몸에 눈보라를 덮어쓰면서 자네를 보호하겠냐고?"

얼은 잠깐 생각해보더니 대답했다. "예. 그러실 거라고 생각해요. 전에도 비슷한 일이 있었으니까요."

얼이 말하는 것은 샐리 클리버의 일이었다. 탐정이 다녀간 뒤로 그 일이 얼의 의식에 달라붙어 있다는 것을 지미는 눈치 챘다. 샐리 클리버의 유령이 얼의 귓가에 속삭이는 때가 언제인지 감지할 수 있을 만큼 지미는 얼을 잘 알았다.

"제 정신이 아니군."

"그럴지도 모르지요. 중요한 건요, 당신이 눈보라에 당하도록 내버려두지는 않을 거라는 점입니다. 당신 목숨을 지킬 겁니다. 그러다 질식시켜버릴지도 모르지만."

지미에게는 그 말이 모순적으로 들렸다. 자기의 마른 몸이 얼의 살집에 파묻힌 장면이 떠올라 약간 심란했다. 앞으로 이런 대화는 되풀이하지 말아야겠다는 생각이 들었다. 더 이상 올 손님도 없는 듯했고, 다른 급박한 문제에 신경이 쏠려 있었으므로 지미는 얼에게 그만 문을 닫으라고 말했다.

얼은 이미 바닥에 비질을 하고 컵들을 깨끗하게 씻어두었다. 그날 밤의 보잘것없는 수입은 지미의 사무실 금고에 안전하게 넣었다. 절반쯤 읽은 신문 한 부가 지미의 왼손 옆에 놓여 있는 걸 보고 보통 때와는 다르다고 얼은 생각했다. 이 시간쯤이면 지미가 신문을 모두 읽고 십자말 풀이까지 마쳤어야 했다. 오늘 지미는 생각이 딴 데 가 있는 것 같았고, 지금은 자기 앞의 카운터에 놓인 연필을 물끄러미 쳐다보고 있었다. 연필이 자기 의지로 움직여 그가 찾는 답을 보여주기를 기대하는 사람처럼.

얼의 성격에 대해서는 지미가 옳았다. 덩치가 산만큼 큰 데다 일가
친척들이 아직도 나무에 매달려 원숭이 소리를 낼 것 같은 인상을 주
긴 해도 얼은 둔감한 사람이 아니었다. 세일메이커의 일상은 원치 않
는 복잡함에 휘말리는 걸 최소화하면서 지낼 수 있도록 그의 삶에 질
서를 부여해주었으며 거기에 더해 생각할 시간도 주었다. 그가 맡은
역할은 들어올리고, 나르고, 위협하고, 지키는 것이었고 그는 그 모든
일을 기꺼이, 아무 불평 없이 해왔다. 하는 일에 비해서는 보수가 많았
으나 지미한테 유달리 충성스럽다는 점이 감안되어야 할 것이다. 지미
는 그를 보살펴주었고, 그도 또한 지미를 보살폈다.

하지만 지미가 짐작한 대로, 얼은 요즘 들어 우울한 상태였다. 그는
샐리 클리버를 떠올리는 게 싫었다. 그녀에게 일어난 일은 유감이었
다. 그런 일이 벌어지지 않도록 막았어야 했다. 하지만 블루문에서 집
안 문제로 소란이 일어난 것은 그때가 처음이 아니었고, 그런 경우엔
끼어들지 않는 게 상책이었다. 문제를 일으킨 사람들을 밖으로 내보내
자기 집에서 해결을 보도록 하는 게 최선이었다. 클리퍼 안드레아스가
주먹과 얼굴에 피를 묻힌 채 돌아온 뒤에야 얼은 자기가 한 행동이 '책
임 방기'에 해당한다는 것을 깨달았다. 나중에 형사 하나가 그 '책임
방기'란 말을 쓰면서 세상이 공정하다면 얼도 클리퍼와 같이 감옥에서
한동안 썩어야 한다는 뜻을 풍겼다. 마음속으로는, 지미가 허용하는
경계를 넘어 더 깊은 곳에서는, 얼은 그 형사의 말이 옳다는 것을 알고
있었다. 그래서 해마다 샐리 클리버의 기일이 되면 얼은 쓰레기가 흩
어지고 잡초가 무성한 블루문의 주차장에 꽃다발을 갖다두면서 미안
하다고 죽은 여자한테 사과했다.

그 사건으로 블루문을 폐쇄해야 했지만 지미는 얼을 조금도 비난하지 않았다. 얼을 종범으로 기소한다는 얘기가 나왔을 때는 즉시 뛰어난 변호사들을 대기시켰다. 벌써 옛날 일이 되었지만, 그런 일련의 사태에 휘말렸을 당시에 얼은 지미에게 감정을 털어놓은 적이 있었다. 블루문을 다시 열 계획이 없다고 지미가 얼에게 말한 날이었다. 얼은 그 말을 다른 일자리를 찾아보라는 뜻으로, 지미가 자기한테서 손을 떼겠다는 의미로 받아들였다. 인근에서 얼의 평판이 워낙 나빴기 때문에 실제로 많은 사람들이 지미한테 얼과의 관계를 끊으라고 했다. 얼은 샐리 클리버가 죽도록 내버려둔 것을 지미한테 다시 사과했다. 말을 하는 도중 자기 목소리가 갈라지는 것을 느꼈다. 제대로 말을 이어가고 싶었으나 문장이 입 밖으로 나오지 않았다. 지미는 얼을 앉히고 그의 말에 귀를 기울였다. 얼은 밖으로 나가 샐리 클리버의 엉망이 된 얼굴을 보았다는 것, 그녀의 입술이 움직이는 것을 보고 무릎을 꿇고 이 세상에서 그녀가 마지막으로 하는 말을 들었다는 것을 이야기했다.

"미안해요."

달리 뭘 해야 할지 몰랐던 얼이 커다란 손을 그녀의 이마에 얹고 피에 젖은 머리카락을 눈에서 떼어내 부드럽게 쓸어 넘기자 그녀는 그렇게 중얼거렸다.

밤이면 샐리 클리버의 얼굴을 본다고, 그러면 자기 손이 자동적으로 그녀의 머리카락을 눈에서 쓸어낸다고 얼은 지미에게 말했다. 하루도 빠짐없이 매일 밤 말입니다. 막 잠이 들려고 할 때면 어김없이 그녀의 얼굴이 나타납니다. 지미는 그런 환상을 보는 건 부끄러운 일이라면서, 지난 일을 보상하기 위해 얼이 해야 하는 건 같은 일을 다른 여자가 겪지 않도록 하는 것이라고 다독거렸다. 그의 구역 안에서든 밖에서든 최선을 다해 막으려 한다면 다시는 그런 일이 없을 것이라고 했다. 다음날부터 얼은 세일메이커에서 일하기 시작했다. 늙은 번 서클리프 혼자서도 충분히 손님들을 감당할 수 있었지만 지미는 얼에게 일을 맡겼다. 1년 뒤 번이 죽자 얼은 세일메이커의 유일한 바텐더가 되어 지금까지 일하고 있었다.

몇 시간 동안이나 그 문제를 어떻게 꺼낼까 곰곰 생각한 끝에 얼은 마침내 결심을 굳혔다. 그는 마지막 맥주병을 냉장고에 챙겨두고 종이 상자를 찌그러뜨린 다음 머뭇머뭇 지미가 앉은 자리로 다가가 주먹을 카운터 위에 얹었다. "무슨 문제라도 있습니까?"

지미는 몽상에서 깨어났다. 약간 충격을 받은 것 같았다.

"뭐라고 했나?"

"'무슨 문제라도 있습니까?' 라고 했습니다."

지미는 미소를 지었다. 지금까지 알고 지낸 세월 동안, 얼이 자기 천성에 어긋나는 질문을 던진 적은 두세 번이 고작이었다. 그런 얼이 지금 내 앞에 서 있다. 얼굴 가득 걱정스런 표정을 띠고, 그것도 고용주를 위해 목숨을 내던지겠다고 말한 지 겨우 몇 분 뒤에. 이런 식으로 계속 나가다간 결혼식을 올릴 교회를 예약해야 할지도 모를 일이다. 그리곤 차창으로 무지개 깃발을 휘날리면서 오건쾃이나 할로웰 같은 휴양지로 이사를 가게 될지도.

"그렇게 물어주니 고맙네, 얼. 모든 게 잘 돌아가고 있어. 그저 어떤 문제를 어떻게 처리할까 생각하던 중이었네. 방법을 결정하면 자네 도움이 필요할지도 모르지만."

얼은 안도감을 느꼈다. 지미에 대한 애정을 어느 때보다 확실히 드러내고 말았으므로 그 이상의 친밀감을 감당할 수 있을지 자신이 없었던 것이다. 그는 찌그러진 상자를 재활용 무더기에 갖다두기 위해 느릿느릿 밖으로 나갔다. 혼자가 된 지미는 신문 밑에서 사진 무더기를 꺼내 보석이 박힌 인장의 모습을 다시 들여다보았다. 보석 자체만으로도 한 재산이 될 만했다. 귀한 유물에 보석까지 박혔으니 그런 물건의 가치를 아는 사람이라면 얼마나 엄청난 돈을 내놓을지 짐작도 가지 않았다.

이제 지미는 토비아스 무리가 마약을 밀수하고 있는 게 아니라는 걸 알게 되었다. 그들은 골동품을 밀수하고 있다. 비슷한 물건을 얼마나 더 갖고 있을까? 지미는 이번 건을 여러 각도에서 고찰하고 거기서 어떤 이득을 취할 수 있을지 계산하면서 며칠을 보냈다. 그러는 와중에 지식도 늘어났다. 로하스를 끌어들인 것이 유감천만이었다. 로하스는 보석과 금을 팔 작정이라고 무심결에 입을 놀렸다. 그러면서 지미에게는 중개수수료로 20퍼센트를 떼 주겠다고 했다. 그 정도의 몫으로 속여 넘길 수 있는 멍청이 취급을 한 셈이다. 하지만 로하스는 큰 그림을 보지 못했다. 그 그림은 아직 지미에게도 명확하지 않았으나 로하스가 윤곽이 드러나길 참고 기다리지 못한다는 건 분명 문제였다.

종이 잔받침을 손가락으로 구부리자 식어버린 커피가 약간 출렁거렸다. 돈에 쪼들리는 것은 아니었으나 많아서 문제될 건 없었다. 경기 침체와 부두 개발 중단으로 그의 자금은 날이 갈수록 가치가 저하되는 건물에 묶여버렸다. 늘 그랬듯 경기야 언제고 되살아날 테지만 지미는 옛날만큼 젊지 않았다. 경기가 반등해도 기껏 더 큰 묘비를 장만하는 보람뿐이라면 의미가 없었다.

그는 몸을 떨었다. 바다 쪽에서 이상하리만치 서늘한 바람이 불어왔다. 지미는 추위에 민감해 한여름에도 재킷을 입고 지냈다. 어렸을 때부터 늘 그랬다. 뼈에 붙은 살이 너무 없어서 그런지도 몰랐다.

"이봐, 얼! 빌어먹을 문 좀 닫아."

대답이 없었다. 지미는 욕설을 내뱉었다. 그는 사무실과 저장실을 지나, 열려 있는 문을 통해 주차장을 내다보았다. 얼의 모습은 보이지 않았다. 지미는 다시 얼의 이름을 소리쳐 불렀다. 갑자기 불안감이 엄습해왔다.

주차장으로 걸음을 내딛는 순간 발이 미끄러졌다. 아래를 내려다보니 검은 얼룩이 여기저기 흩어져 있었다. 왼쪽에 얼의 트럭이 보였다. 핏물은 그 트럭 아래서 흘러나왔다. 트럭 밑을 들여다보기 위해 쪼그리고 앉던 지미의 눈길이 얼의 죽은 눈과 마주쳤다. 얼은 트럭 저쪽편, 조수석 문과 벽 옆의 깡통 쓰레기 사이에 엎드려 있었다. 입을 벌린 채 얼굴이 고통으로 구겨져 있었다.

지미는 몸을 일으켰다. 그 순간 머리에 총구가 느껴졌다. 시험 삼아 건드려보는 죽음의 첫 손길처럼.

"안으로." 목소리가 들렸다. 그 소리에 움찔 놀라면서도 지미는 시키는 대로 했다. 안으로 걸음을 옮기면서 트럭 쪽을 슬쩍 쳐다보자 복면을 쓴 형체가 차창에 얼핏 비쳤다. 곧바로, 그런 만용에 대한 대가로 주먹이 연달아 날아왔다. 지미는 발길질에 쫓겨 복도를 따라 저장실로 내몰렸다. 겨우 주류 선반까지 기어갔을 때 공격이 멈추었다. 지미는 몸을 일으키려 손을 디딜 곳을 더듬었다. 입에서 피 맛이 느껴졌고 왼쪽 눈은 보이지 않았다. 뭔가 말을 하려 했지만 잠긴 목에서 나오는 건 웅얼거리는 소리뿐이었다. 하지만 애원하고 있는 것만은 분명했다. 정신을 차릴 시간을 달라고, 때리는 걸 멈춰달라고.

죽이지 말아달라고.

좀전의 발길질에 부러진 갈비뼈가 몸을 움직일 때마다 삐걱거리는 게 느껴졌다. 그는 선반 위에 고꾸라져서 숨을 헐떡이며 공격자를 진정시키려는 듯 오른손을 들어보였다.

"150달러와 잔돈 몇 푼 때문에 사람을 죽인 셈이다." 지미가 말했다. "내 말 듣고 있나?"

"아니, 그 이상의 것 때문에 죽인 거다."

지미는 공격자가 노린 것이 금고 속의 돈이 아니라는 사실을 깨달았다. 로하스, 그리고 그 인장들에 관련된 일이다. 복면을 쓴 입이 벌어지는 걸 보고 자기가 떨어질 허공을 연상하면서 지미는 곧 죽게 될 것임을 알았다.

첫 번째 총알을 맞은 뒤 지미는 모든 것을 털어놓았다. 하지만 심문자는 그 뒤에도 총알을 두 번 더 발사했다. 숨기는 것이 정말로 아무것도 없는지 확인하기 위해서였다.

"그만, 그만해." 바닥에 피를 쏟으면서 지미는 말했다. 그것은 애원이면서 동시에 승인이었다. 더 이상의 고통을 거부한다는 것과 종말을 받아들이겠다는 것.

심문자는 고개를 끄덕였다.

"이럴 수가." 지미가 중얼거렸다. "정말로 이럴 수……."

최후의 총알이 발사되었다. 지미는 총 소리를 듣지 못했고 그저 고

마음을 느꼈을 따름이었다.

　지미와 얼의 시체는 며칠 뒤에야 발견되었다. 그날 밤 내린 여름비에 씻긴 얼의 피는 주차장의 경사진 바닥을 거쳐 낡은 부두를 떠받친 나무 말뚝들을 타고 흘러가 바닷물에 소금기를 더했다. 얼의 트럭이 연이틀 쇼핑센터에 세워져 있었으므로 경비원의 관심을 끌게 되었고 이어 경찰이 도착했다. 그때쯤엔 지미 주얼의 모습이 사라졌다는 사실도 분명해진 상황이었다. 전화를 해도 받지 않았고, 세일메이커로의 맥주 배달도 불가능했으며, 단골 주당들은 아지트를 그리워했다.
　지미는 저장실에서 발견되었다. 아는 걸 모두 털어놓게 만든 총알이 한쪽 무릎에 박혀 있었고, 양쪽 발에도 총상이 있었다. 그리고 네 번째 총알은 심장을 뚫고 나갔다. 얼은 사후 세계에서 주인을 지키기 위해 곁에 온 사냥개처럼, 엉망이 된 지미의 발치에 누워 있었다. 한참 시간이 흐른 뒤, 누군가가 날짜가 일치한다는 점을 알아차렸다. 얼과 지미가 죽은 6월 2일은 10년 전 샐리 클리버가 블루문 뒷마당에서 숨을 거둔 날이었다.
　나이든 사람들은 그저 어깨만 으쓱했을 뿐, 놀랄 일도 아니라고 말했다.

17

    캐런 에모리가 잠에서 깨어보니 조엘은 침대에 없었다. 잠시 귀를 기울여보았지만 아무 소리도 들리지 않았다. 침대 협탁에 놓인 시계에 표시된 시각은 오전 4시 3분이었다.

    자면서는 꿈을 꾸었다. 그리고 지금, 그의 기척이 나는지 귀를 기울이며 누워 있는 지금, 그녀는 잠에서 깬 것이 차라리 고마웠다. 바보 같은 감정이긴 했다. 출근 시간에 맞추려면 세 시간 뒤에는 자리에서 일어나 옷을 챙겨 입어야 했다. 그녀는 당분간 패쳇 밑에서 더 일할 생각이었다. 어제 퇴근했을 때 조엘이 캐나다에서 돌아와 있는 것을 보고 그렇게 말했다. 조엘은 얼굴에 반창고를 붙이고 있었는데 왜 다쳤는지 이유를 도통 말하려 하지 않았다. 어쨌거나 계속 패쳇의 식당에서 일하겠다고 해도 반대하지 않았으므로 그녀는 좀 놀랐다. 그런 일자리는 좀처럼 구하기 힘드니까, 집 안에 가만히 틀어박혀 있으면 미쳐버릴 테니까, 내 사생활이나 당신에 대해 조사할 구실을 패쳇 씨한테 주고 싶지 않으니까, 라는 그녀의 말을 납득한 모양이었다.

    잠을 자야 했다. 일하다 보면 다리와 발에 통증이 올 터였다. 하긴

발은 쉬고 있을 때도 아팠다. 세상에서 가장 편한 구두를 신는다 해도 여덟 시간 내내 서서 일하다보면 발꿈치와 발바닥 앞부분이 아픈 건 어쩔 수 없다. 물론 그녀의 급료로는 그런 신을 살 수도 없겠지만. 패 쳇 씨는 대부분의 경영주들에 비해 좋은 사람이었다. 적어도 그녀가 예전에 겪었던 사람들에 비해서는 그랬다. 그녀가 다운스 다이너에서 계속 일하려는 건 그 때문이기도 했다. 선량한 영혼을 만났을 때 그 사 람을 알아볼 수 있을 만큼 그녀는 비열한 인간을 많이 겪었다. 패쳇이 일할 기회를 준 것도 고마웠다. 웨이트리스가 한 명쯤 없어도 식당엔 아무 문제가 없었다. 그녀는 최근에 들어간 직원이었으므로 해고 순번 으로 치면 1번이었다. 하지만 패쳇은 정규 업무를 맡기고 그녀를 보살 펴주었다. 자기가 고용한 사람에게는 누구에게라도 그렇게 하는 게 패 쳇의 방식이었다. 경기가 나빠져 종업원을 추려야 할 시점에도 이익 감소를 감수하면서 한 사람이라도 더 살리려 애썼다.

하지만 자신에 대한 패쳇의 관심은 골칫거리였다. 조엘 말대로 사립 탐정이 '냄새를 맡고 다닌' 이후엔 특히 그랬다. 탐정이 집에 찾아왔을 때에도, 그 전에 패쳇 씨와 이야기할 때에도 말을 조심했어야 했는데. 결국엔 그 탐정한테 안 해도 될 말까지 하고 말았다.

탐정의 존재를 처음 눈치 챈 것은 조엘이었다. 조엘은 그런 일에 일 종의 육감을 갖고 있었다. 남자지만 대단히 예민했다. 그녀가 슬픔을 느끼거나 속을 끓일 때 얼굴만 보고도 알아차렸다. 그런 남자는 처음 이었다. 어쩌면 조엘을 만나기 전까지 남자 운이 없어서 그렇지 대다 수 남자들은 사귀는 여자의 기분에 자기를 맞추는지도 모른다. 하지만 그녀는 그렇게 생각하지 않았다. 조엘은 그런 면에서 특별한 남자였다. 다른 면에서도.

하지만 캐런은 탐정이 찾아왔던 일은 조엘에게 이야기하고 싶지 않았다. 왜 그런지 정확한 이유는 그녀 자신도 몰랐다. 단지 조엘도 어떤 부분은 그녀에게 솔직히 털어놓지 않는다는 것, 그의 안전이 걱정스럽다는 것만 모호하게 감지하고 있었다. 그래서 그 탐정이 찾아왔을 때 몇 가지 사실을 흘렸는지도 몰랐다. 그녀는 친구들의 죽음이 조엘에게 어떤 영향을 미쳤는지 놓치지 않았다. 그는 두려움에 떨었다. 겉으로 드러내지 않으려 했지만 분명했다. 그러더니 어제 저녁엔 얼굴에 반창고를 붙이고 손에도 상처가 난 채 돌아왔고, 왜 다쳤는지 묻자 입을 다물어버렸다. 트럭에서 짐을 꺼내 지하실로 옮길 때 보니 상자가 손의 상처에 닿을 때면 아파서 펄쩍 뛰는 모습이었다.

그가 마침내 침대에 왔을 때는…….

흠, 그다지 좋지 않았다.

그녀는 한숨을 내쉬며 몸을 쭉 뻗었다. 시계의 분 단위가 두 자리 숫자로 바뀌었다. 여전히 아무 소리도 들리지 않았다. 변기 물 내리는 소리도, 냉장고 문을 닫는 소리도 나지 않았다. 조엘이 무얼 하는지 궁금했지만 어젯밤 그런 일이 있었던 만큼 일어나서 찾아보는 것도 두려웠다. 그가 그런 일면을 계속 숨기고 있었던 건 아닐까, 그를 잘못 판단한 것은 아닐까. 아니, 잘못 판단한 것이 아니고 속은 건지도 모른다. 바보 취급을 당한 건지도. 실제로는 그에 관해 아무것도 모르면서 조종당하고 학대받는 것인지도.

그녀는 어떻게든 패챗의 기숙사에서 벗어나고 싶었다. 물론 그런 방이 주어진 것은 고마운 일이었고, 친구처럼 지낼 여자들이 있다는 것도 좋았다. 하지만 기숙사란 결국엔 임시로 머무는 곳일 따름이라고 그녀는 생각했다. 아일린처럼 15년째 거기서 사는 사람도 없는 건 아니었지만, 캐런은 남자를 기숙사에 들이지 말라는 패쳇의 옛날식 규칙을 따르면서 노처녀처럼 살고 싶지는 않았다. 처음엔 데미안이 탈출구가 될 것 같았는데 그는 그녀에게 관심이 없었다. 데미안이 혹시 동성애자가 아닌가 하는 생각까지 했지만 아일린은 그렇지 않다고 했다. 파병 중간에 귀국해 있을 무렵 예전에 있던 웨이트리스와 사귀었고 결혼까지 할 것 같았다고 했다. 하지만 그 여자는 군인의 아내, 혹은 군인의 미망인이 되고 싶은 마음이 없었고 결국 관계가 깨졌다. 만약 캐런과 데미안이 엮였다면 패쳇은 기꺼워했을 것이다. 데미안이 완전히 귀환하자 패쳇은 캐런을 저녁 식사에 초대하기도 하고, 그녀와 데미안이 함께 장을 보도록 하기도 하면서 둘을 묶으려 애를 썼다. 그러나 그때 이미 그녀는 데미안을 통해 알게 된 조엘을 만나고 있었다. 조엘이 근무를 마친 그녀를 데리러 온 첫날, 그녀는 패쳇의 얼굴에 실망한 기색이 떠오르는 것을 보았다. 패쳇은 거기에 관해 아무 말도 하지 않았지만 실망한 것은 분명했으며 그때 이후로는 그녀를 대하는 게 약간 어색해졌다. 데미안이 죽었을 때는 패쳇이 그 일과 관련해 자기를 비난할 수도 있겠다는 생각이 떠올랐다. 데미안에게 사랑하는 사람이 있었다면, 그를 사랑해주는 사람이 있었다면 스스로 목숨을 끊지 않았을지도 모르므로. 패쳇이 탐정을 고용한 데에는 그런 이유도 있을 것이다. 패쳇은 그녀가 조엘과 만나는 것 때문에 화가 났고, 그 화풀이를 그녀가 아니라 조엘에게 하고 있는 것이다.

조엘은 트럭 운전으로 돈을 잘 벌었다. 독립 운송업자의 수입으로 그녀가 어림하는 것보다 훨씬 잘 벌었다. 그가 하는 작업 대부분은 국경 너머 캐나다로 오가는 일이었다. 그 일에 관해 자세히 알아보려 한 적도 있었다. 그는 일이 들어오는 대로 뭐든지 할 뿐이라고 대답했는데, 그런 질문을 환영하지 않을 뿐더러 길게 얘기할 의사도 없다는 것이 어투에서 뚜렷하게 느껴졌다. 그래도 그녀는 알고 싶었다⋯⋯.

그녀는 조엘을 사랑했다. 만난 지 몇 주일 만에 자기감정에 확신이 들었다. 그냥 그랬다. 그는 강하면서 다정했고, 연상이라 세상일에 밝아서 그녀에게 안정감을 주었다. 게다가 그에게는 자기 집이 있었다. 그가 함께 살자고 했을 때 그녀는 말이 떨어지기가 무섭게 좋다고 했다. 조금만 움직이면 벽에 부딪힐 정도로 좁아터져 신경이 곤두서는 아파트가 아니라 버젓한 주택이었다. 침실 두 개와 짐을 넣어두는 골방이 2층에 있고, 널찍한 거실과 근사한 주방, 도구를 간수하는 지하실이 있는 넓은 집이었다. 또한 조엘은 깔끔했다. 그녀가 알았던 다른 어떤 남자보다 깔끔했다. 물론 욕실과 주방은 박박 문질러 닦아야 할 필요가 있었지만 그렇다고 더러운 것은 아니고 약간 어수선한 정도였다. 그녀는 즐겁게 청소를 했고 자기들의 집을 자랑스럽게 여겼다. 그녀는 그렇게 생각했다. 그의 집이 아니라 '우리 집'이라고. 그녀는 집에 차츰 자신만의 개성을 더했고, 조엘은 그런 그녀를 흐뭇하게 바라보는 것 같았다. 꽃병에 꽃이 꽂히고, 전보다 책이 늘어났다. 벽에 그림도 몇 점 걸렸다. 조엘에게 그림이 마음에 드냐고 물어보자 그는 "당연하지"라고 했다. 그러면서 훗날 되팔 때 값을 얼마나 받을 수 있을지 가늠하듯 그림을 꼼꼼히 뜯어보았다. 그녀는 그가 자기를 기쁘게 해주기 위해 그런다는 것을 알고 있었다. 조엘은 장식에 관심이 없는 사람이라 그녀가 말하지 않았다면 그림의 존재조차 눈치 채지 못했을 것이지만, 관심 있는 척 해주는 것이 그녀는 고마웠다.

그는 좋은 사람인가? 그녀는 알 수 없었다. 처음 만날 때는 그렇게 생각했는데 최근 몇 주일 동안에 그는 너무 많이 변했다. 하지만 원하는 것을 손에 넣고 나면 모든 남자가 그럴 것이라고 그녀는 생각했다. 다정함과 세심함이 아무래도 덜해진다. 남자들은 여자를 유혹하기 위해 그럴듯한 간판을 세워놓고 있다가 뜻한 대로 되면 천천히 간판을 내려버린다. 간판 내리는 속도가 유달리 빠른 남자들도 있어, 손바닥 뒤집듯 순식간에 양에서 늑대로 변하는 남자들을 만난 적도 있다. 하지만 조엘의 변화는 훨씬 느리게 일어났으며 어떤 면에서는 그게 더 신경 쓰이기도 했다. 처음엔 단순히 마음이 좀 어지러운 줄로만 알았다. 전보다 말수가 줄었고, 그녀가 억지로 대화를 이어나가려 하면 날카롭게 반응할 때도 있었다. 그녀는 그것이 전쟁터에서 입은 부상 탓이라고 여겼다. 때때로 그는 손이 아프다고 했다. 그는 이라크에서 왼손 손가락 두 개를 잃었고 왼쪽 귀의 청력도 좋지 않았다. 그래도 사제 폭탄에 당한 것 치고는 운이 좋은 편이었다. 그가 전쟁터에서의 일을 화제에 올리는 경우는 거의 없었으나 그녀는 충분히 알고 있었다. 그런데 변화가 감지될 무렵부터 그는 자주 트럭을 몰고 멀리 나갔고, 집으로 찾아오던 군대 동료들의 발길이 끊겼다. 그런 동료 중에 폴 바치라는 사람이 있었다. 그가 가슴과 사타구니에 시선을 주면서 눈길로 몸을 더듬을 때면 소름이 끼쳤다. 그들이 집에 오면 조엘은 거실 문을 닫았다. 목소리를 낮춘 대화는 벽 너머에서 들으면 구멍에 갇힌 곤충이 붕붕거리는 소리 같았다.

"조엘?"

대답이 없었다. 일어나서 그를 찾아보고 싶었지만 두려웠다. 어젯밤 다시 그가 주먹을 휘둘렀기 때문에 그녀는 겁을 집어먹고 있었다. 욕실 문을 열었다가 조엘이 손과 얼굴의 화상에 연고를 바르는 모습을 보고 왜 다쳤냐고 물었던 게 화근이었다. 그는 대답 대신 질문을 던졌다.

"방문객이 있었다는 말을 왜 안 했지?" 그 파커라는 탐정 이야기임을 깨닫는 데 약간 시간이 걸렸다. 어째서 조엘이 그 일을 알고 있는 거지? 그가 오른손을 들어 그녀를 쳤을 때에도 그녀는 대답을 궁리하고 있었다. 세게 때린 것은 아니었다. 그도 그녀만큼이나 자기 행동에 충격을 받은 것 같았다. 하지만 분명히 폭력이었고, 왼뺨을 얻어맞은 그녀는 휘청거리며 벽에 기댔다. 처음 조엘이 그녀에게 손을 댔을 때와는 다른 상황이었다. 그때는 사고였다. 그녀는 분명히 그렇게 생각하고 있었다. 하지만 이번엔 힘과 앙심이 실린 폭력이었다. 그가 곧바로 미안하다고 했지만 그녀는 침실로 도망쳤다. 그는 몇 분 뒤 침실로 왔다. 그가 계속 이야기를 하려 했으나 그녀는 듣지 않았다. 들을 수가 없었다. 그녀는 엉엉 소리 내어 울었다. 결국 그는 대화를 포기하고 그녀를 가만히 껴안았다. 그러다 그녀한테 기댄 채 잠이 들어버렸다. 얼마 뒤 그녀도 잠들었다. 그것이 방금 벌어진 일에 대한 생각을 피하는 방법이었다. 밤중에 그는 그녀를 깨워 다시 미안하다고 말했다. 그의 입술이 그녀의 입술에 닿았고, 그의 손이 그녀의 몸을 더듬었다. 그리고 그들은 화해했다.

아니, 사실은 그렇지 않았다. 그녀가 화해를 한 것은 그의 감정을 생각해서였다. 그의 기분을 상하게 해서 그가 또…… 자기를 때리게 될까 두려워서였다.

그랬다, 그것이었다. 그것은 두려움이었다.

어둠 속에 누워 있자니 그가 변한 것처럼 자기가 그를 보는 시선 또한 변했다는 생각이 들었다. 그녀는 그가 좋은 사람이길 바랐다. 적어도 전에 만났던 남자들보다는 좋은 사람이었으면 했다. 하지만 지금, 그녀는 마음속 깊은 곳에서 그가 그런 좋은 사람이 아니라고 생각하고 있었다. 그녀를 때리는 남자라면, 이토록 심하게 변해버리는 남자라면 좋은 사람이 아니었다. 이제는 섹스도 거칠어졌다. 아까 그녀를 깨웠을 때 그는 실제로 그녀를 아프게 했다. 좀더 부드럽게 해달라고 요청했지만 그는 자기 욕망만 채우고는 그녀에게서 떨어졌고, 그녀로 하여금 벌거벗은 등만 멍하니 바라보게 만들었다.

"지금 당신한테 말하는 거잖아." 그녀는 조엘의 어깨를 잡아당겨 자기 쪽으로 얼굴을 돌리려 했다. 순간 그의 몸이 뻣뻣해지는 게 느껴졌다. 그가 돌아누웠지만 어둠 속에서 희미하게 떠오른 표정이 너무도 무서워 그녀는 손을 떼고 최대한 멀찍이 떨어져서 침대 가장자리에 누웠다. 한 순간 그가 또 자기를 때릴 것이라고 그녀는 생각했다. 그렇지는 않았다.

"날 혼자 내버려 둬." 그 말을 할 때 그의 눈에는 공포라고 부를 만한 것이 떠올라 있었다. 조엘은 그녀뿐 아니라 누군가 다른 사람, 그의 눈에만 보이는 어떤 실체를 향해서 동시에 말하고 있었다. 그러다 다시 잠이 들었는데 그 꿈을 꾸었다. 악몽이라 할 만한 꿈은 아니었지만 깨고 나서도 꿈 때문에 마음이 편치 않았다. 꿈속에서 그녀는 작은 공간에 갇혀 있었다. 꼭 관 같은 곳이었는데 관보다 넓으면서도 동시에 좁아서 어떻게 그럴 수 있는지 이해가 되지 않았다. 호흡이 가빠 숨을 몰아쉬자 입과 콧구멍이 먼지로 가득 찼다.

무엇보다 끔찍했던 것은 그녀 혼자가 아니라는 점이었다. 거기엔 뭔가 다른 존재가 있어 계속 속삭이고 있었다. 그녀는 그것이 하는 말이 이해되지 않았고, 그 말이 자기와 무슨 관계가 있는지도 알 수 없었다. 하지만 그것은 멈추지 않고 끊임없이 뭔가를 이야기했다.

아래층에서 묘한 소리가 들려왔다. 어둠에 휩싸인 집에서 전에는 들어본 적이 없는 소리였다. 킬킬거리는 웃음소리였는데 곧 잦아들었다. 아이의 웃음소리 같기도 했지만 불쾌한 느낌을 주었다. 즐거워서가 아니라 충격적인 말을 듣거나 행동을 보았을 때 저절로 나오는 그런 웃음, 웃어서는 안 될 것을 보고 웃는 소리였다.

그녀는 조심스럽게 담요를 걷어내고 바닥으로 내려섰다. 바닥 판자에서는 삐걱거리는 소리가 나지 않았다. 조엘은 집수리를 대부분 도맡아했고 집이 견고하다는 걸 자랑스러워했다. 그녀는 발소리를 죽이고 카펫을 지나서 열린 방문을 조금 더 밀어보았다. 속삭이는 소리가 들려왔다. 조엘의 목소리였다. 다른 것들, 그러니까 그녀가 꿈속에서 들었던 목소리가 아니었다. 다른 것들. 그녀는 그 사실을 방금 깨달았다. 그것은 하나가 아니었던 것이었다. 여럿이었다. 꿈에서 캐런은 여러 목소리를 들었다. 그 목소리들은 똑같은 언어를 사용했지만 하는 이야기는 각각 달랐다.

그녀는 계단 쪽으로 가서 무릎을 꿇고 난간 사이로 아래층을 살펴보았다. 조엘이 지하실로 통하는 문 옆 바닥에 책상다리를 하고 앉아 있었다. 손을 무릎에 얹고 손가락을 잡아당기는 모습이 어린아이처럼 보여 그녀는 저도 모르게 미소를 머금었다.

하지만 미소는 중간에 얼어붙었다.

그는 지하실 문 저편에 있는 누군가와 이야기를 나누고 있었다. 지하실 문은 항상 잠겨 있었는데 그녀는 거기에 별로 신경을 쓰지 않았다. 처음에는 그랬다. 이 집으로 옮겨온 첫 주에 페인트를 가지고 나오는 걸 도우러 그와 함께 지하실로 내려간 적이 있었다. 상자들이 어수선하게 놓였고 폐물과 낡은 기계들뿐이었다. 그날 이후 그녀가 지하실로 내려간 적은 거의 없었고, 가더라도 언제나 조엘과 함께였다. 지하실로 들어가면 안 된다고 그가 말한 적은 없었다. 그는 보다 교묘한 방식으로 지하실 출입을 막았고, 그녀로서도 굳이 지하실에 가야 할 이유가 없었다. 본래 그녀는 어두운 공간이 질색이었다. 그 꿈이 그토록 불안하게 느껴진 것도 그 때문이었다.

그녀는 숨죽인 채 아래층을 엿보며 조엘의 말에 귀를 세웠다. 그는 뭔가를 중얼거리고 있었는데 상대방이 하는 말은 그녀에게 들리지 않았다. 그는 말을 한 뒤에 잠깐 귀를 기울인 다음 대답을 했다. 가끔씩 조용히 고개를 끄덕이는 게 자기만 들을 수 있는 대화의 흐름을 따라가고 있는 듯 보였다.

그는 다시 킬킬대며 웃었다. 그러다 손으로 입을 막고 웃음소리를 죽였다. 그러면서 본능적으로 위층으로 시선을 주었으나 어둠이 그녀의 모습을 감춰주었다.

"그건 나쁜 짓이야." 조엘이 말했다. "못된 소릴 하는군."

그는 상대의 말을 듣고 있다가 다시 입을 열었다. "시도는 해봤어.

하지만 할 수가 없어. 어떻게 하는지를 몰라."

그런 뒤 다시 침묵했는데 표정이 심각해졌다. 그녀는 그가 침을 꿀꺽 삼키는 소리를 들었고, 떨어져 있음에도 불구하고 그의 두려움을 감지했다.

"안 돼." 그는 단호하게 말했다. "안 돼, 그러진 않을 거야." 그는 머리를 가로저었다. "못해. 제발, 난 안 할 거야. 나한테 그러라고 시킬 순 없어. 그럴 순 없어."

오직 자기한테만 들리는 목소리를 막으려는 듯 두 손으로 귀를 막은 채 벌떡 일어섰다.

"날 내버려두라고." 그의 목소리가 높아졌다. "그만해. 속삭이지 마. 속삭이지 말라고."

계단을 오르려던 그는 벽에 몸을 쾅 부딪쳤다.

"그만해." 그녀는 그의 목소리에 울음이 섞이고 있음을 알아챘다. "그만, 그만, 그만!"

급히 침실로 되돌아간 그녀는 그가 문을 열고 들어오기 몇 초 전에 시트를 끌어당겨 몸을 덮었다. 워낙 요란스럽게 들어왔기 때문에 반응을 보이지 않을 수 없어 최선을 다해 졸린 척, 놀란 척했다.

"자기야." 그녀는 베개에서 머리를 들며 말했다. "당신 괜찮아?"

그는 대답하지 않았다.

"조엘? 무슨 일이야?"

그가 가까이 다가오는 걸 보고 그녀는 겁을 먹었다. 그는 침대 가장자리에 앉아 그녀의 머리카락을 매만졌다.

"때려서 미안해. 하지만 절대로 당신을 심하게 아프게 하진 않을 거야. 진짜로 심하게는." 욕실로 도망쳐야 한다는 생각이 들면서 위가 꽉 조여들었다. 더럽혀지고 타락하지 않으려면 도망쳐야 한다. 그가 마지막에 덧붙인 '진짜로 심하게는'이라는 두 마디가 그녀에게 알려주었다. 약간 때리는 것쯤은 괜찮다는 말. 하지만 그럴 필요가 있을 때에만, 시끄러운 암컷이 묻지 말아야 할 것을 물을 때에만, 집 안을 기웃거리며 염탐할 때에만 손을 대겠다는 말. 그런 경우에만. 그럴 때에는 지은 죄에 맞는 벌이 내려질 것이다. 그런 뒤 그녀는 그의 감정을 생각해 마음을 추스를 것이고, 그들은 화해할 것이다. 그래도 아무 문제없다. 그가 그녀를 사랑하므로, 그것이 서로 사랑하는 사람들이 하는 방식이므로.

"당신을 때릴 때 그건 내가 아니야. 다른 무엇이 그런 짓을 하는 거야. 나는 꼭두각시고, 다른 누군가가 실을 잡아당기는 것처럼. 나는 당신을 아프게 하고 싶지 않아. 당신을 사랑해."

"알아." 그녀는 목소리의 떨림을 억제하려 했지만 완전히 감추지는 못했다. "자기야, 무슨 일 있어?"

그가 그녀에게로 몸을 기대왔다. 그녀의 볼에 그의 볼이 닿자 흐르는 눈물이 느껴졌다. 그녀는 그의 몸에 팔을 둘렀다.

"나쁜 꿈을 꾸었어." 조엘이 그렇게 말했을 때 그녀는 그에게서 어린아이의 모습을 보았다. 그러면서도 캐런은 자기를 올려다보는 눈에서 순간적으로 냉정함과 의심을 읽었다. 심지어 즐기는 기색도 서려 있었다. 지금 우리 두 사람은 여기서 게임을 하고 있다는 듯, 그리고 게임의 규칙은 자기만 알고 있다는 듯. 하지만 그건 일순간의 일이었고, 그는 그녀의 가슴에 코를 비비며 눈을 감았다. 그녀는 그를 밀어내고 싶은 충동, 그 집에서 도망쳐 절대로 다시 돌아오고 싶지 않다는 충동을 느끼면서도 그를 꽉 껴안았다.

스트레스는 마음을 망가뜨린다. 귀환한 이들도, 그렇지 않은 이들도 그것을 알지 못했다. 군 역시 마찬가지였고 깨달았을 때는 너무 늦었다. 취미를 가져보라고 사람들은 말했다. 가족들과 어울려 시간을 보내라. 여자친구에게 애정을 보여라. 무언가에 몰두하라. 일자리를 구하고, 생활의 리듬을 찾고, 정상적인 생활에 적응하라.

그는 그러지 못했다. 허벅지 아래가 잘려나가지 않았더라도 마찬가지였을 것이다. 스트레스라는 것은 독과 같아서 고유한 작용 기제가 있다. 스트레스가 독과 다른 점은 인체의 필수 기관 한곳에만 작용한다는 것이다. 그 대상은 바로 뇌다. 그는 열세 살 때 1번 고속도로에서 자동차 사고를 당해 아버지가 돌아가시기 직전의 일을 기억하고 있었다. 심한 충돌은 아니었다. 신호 위반 트럭이 그들이 탄 차의 조수석을 들이받았는데, 그는 운전석 뒷자리에 앉아 있었다. 그건 정말로 행운이었다. 사고 지점 부근에는 날씨만 좋으면 멋진 중고차들을 밖에 줄지어 세워두는 자동차 대리점이 있었다. 그는 그 광경을 보면서 그중 가장 근사한 차를 운전하는 자기 모습을 상상하는 걸 좋아했다. 여느 때 같았으면 아버지와 이야기를 나누기 위해 조수석에 앉아 있었을 것이다. 그랬다면 어떻게 되었을지 아무도 모른다. 그날은 두 사람 모두 신경이 극도로 날카로워 그는 창밖을 바라보는 것으로 아버지와의 대화를 피하고 있었다. 나중에, 견인 트럭이 떠나고 스카버러 경찰이 그들을 집으로 데려다준 뒤에야 안색이 창백해지면서 몸이 떨리기 시작했고 아침으로 먹은 걸 토했다.

스트레스는 그런 식으로 작용한다. 육체적으로 또한 정신적으로 사람을 병들게 한다. 날마다 스트레스가 심한 상황에 노출되어 있다고 해보자. 지겨워하고, 어슬렁거리다 게임을 좀 하고, 먹고, 기합을 받고, 가장 가까운 사람한테 아직 살아 있다는 것을 알리는 카드를 매달 강제로 쓰는 시간들로 채워진 파병 기간이 계속 연장되어 언제 끝날 지 기약도 없다. 이렇게 되면 신경세포가 너무 심하게 오염되어 회복하지 못하고, 뇌는 스스로 배선 방식을 바꾸어 작동 방식을 개조한다. 학습 및 장기기억 처리와 관계된 하마의 신경세포 연결 부위가 부식되기 시작한다. 사회적 행위 및 정서기억을 관장하는 소뇌 편도체의 반응 능력이 변화된다. 공포 및 후회의 감정과 관계되어 있으며 현실과 가공을 구별하는 대뇌피질 또한 변화된다. 이처럼 배선이 너널너덜 닳아버린 현상은 정신분열증 환자, 반사회적 이상성격자, 약물중독자, 장기수들에게서도 발견된다. 그 결과 사람이 자신의 잔재처럼 변해버리지만 그건 네 잘못이 아니다. 너는 나쁜 짓을 하지 않았다. 그저 의무를 다했을 따름이다.

독립전쟁 때는 군인들한테 나타난 이런 증세를 '과민 심장'이라고 했고, 1차 세계대전 때는 '탄환 충격'이라고 불렀다. 2차 대전 때는 '전쟁 피로증' '전쟁 신경증'이라고 했다. 그러다 '베트남 후(後) 증후군'을 거쳐 지금은 외상후 스트레스 장애가 되었다. 그는 로마어나 그리스어에도 같은 현상을 지칭하는 단어가 있지 않았을까 궁금했다. 귀환한 뒤 그는 일리아드를 읽었다. 문학을 통해 전쟁을 이해해보고 싶었다. 그는 친구 파트로클로스의 죽음에 대한 아킬레스의 슬픔과 뒤이은 분노 속에서 동료를 잃은 자신의 슬픔을 보았다. 특히 데미안을 잃은 슬픔을.

그들은 네가 이렇게 되도록 내버려두었다. 더 이상 감정을 통제할 수 없다. 너는 네 감정을 더는 통제할 수 없다. 우울해지고 편집증에 사로잡혀 너를 사랑하는 사람들로부터 멀어진다. 너는 네가 아직도 전장에 있다고 생각한다. 밤이면 이부자리를 붙들고 싸운다. 사랑하는 사람들과 소원해지고 그들은 결국 너를 떠난다.

어쩌면 너는, 그야말로 가정이지만, 궤 속에 들어앉아 네게 말을 거는 악마에 홀렸다고 믿게 될 수도 있다. 네가 그들을 실망시키면, 그들이 원하는 대로 해주지 못하면, 그들은 너를 자신으로부터 등 돌리게 만들고 실패에 벌을 준다.

그리고 어쩌면, 이 또한 그야말로 가정이지만, 자신을 망각하는 그 순간에 너는 안도감을 느낄지도 모른다.

18

헤러드는 11시 30분에 기차로 포틀랜드에 도착했다. 짐은 검은 옷 가방 하나뿐이었다. 오래되었지만 흠집 없이 멀쩡한 가죽이 고급품임을 보여주는 가방이었다. 그가 비행을 싫어하는 것은 아니었으며 공항에서 수색을 받으면 난처한 짐을 운반하는 경우도 거의 없었다. 그러나 가능하다면 기차로 움직이는 편이 좋았다. 기차는 삶의 속도가 더 느리고 사람들이 사소한 예의를 차리는 데 더 많은 시간을 쏟았던 고상한 시대를 떠올리게 했다. 몸 상태가 나빠서 장시간 운전하는 것이 불편하고 귀찮을 뿐더러 진통제를 먹으면 졸음이 몰려와 위험하다는 것도 기차를 타는 이유였다. 불행히도 지금은 졸음이 문제가 아니라는 게 문제였다. 머리를 맑게 유지하려 진통제 복용량을 줄인 결과 통증과 씨름하고 있었다. 기차에서라면 자리에서 일어나 객실을 돌아다니거나 식당차에서 커피를 홀짝이면서 잠깐이라도 몸의 고통에서 정신을 분산시킬 수 있다. 그는 펜 역에서 조용한 객차에 자리를 잡았다. 기차가 지하에서 빠져나와 흐릿한 햇살 속으로 달려나가자 그의 얼굴엔 만족스런 웃음이 떠올랐다. 그는 파란색 수술용 마스크로 입을 가리고 있었는데, 한두 사람이 흘낏 쳐다보았을 뿐 통로를 지나치는 사람들의 시선을 끌지 않았다.

그가 캡틴의 존재를 의식한 것은 마침 맨해튼의 스카이라인이 사라질 즈음이었다. 캡틴은 통로 바로 건너편에 앉아 있었다. 창문에만 모습이 비쳤고, 그것도 일부분만 비쳤다. 캡틴의 모습은 모든 것이 정지된 상태에서 카메라 렌즈에 잡힌 움직이는 흐릿한 얼룩 같았다. 헤러드는 캡틴이 이쪽을 똑바로 쳐다보지 않을 때 그의 모습이 더 잘 보인다는 것을 알게 되었다.

캡틴은 어릿광대 옷을 입고 있었다. 캡틴에게 뭘 바라겠냐마는 고풍스러운 정장을 선호하는 그의 취향과는 거리가 멀었다. 캡틴은 하얀색과 빨간색 줄무늬가 있는 재킷을 입고, 후줄근한 빨간 가발 위에 자그마한 중산모를 썼다. 가발 위에 거미줄이 엉긴 것을 보고 헤러드는 거미들이 머리카락 위를 돌아다니는 모습을 떠올렸다. 팔은 팔걸이에 걸쳤는데, 지저분한 흰색 장갑으로 손을 감추고 있었지만 검게 변색된 날카로운 손톱이 장갑을 뚫고 삐죽 튀어나왔다. 캡틴은 오른손 검지를 천천히 들어올렸다 내리면서 팔걸이를 리드미컬하게 톡톡 쳤다. 풀렸다 감겼다 하는 기계장치 같았다. 얼굴은 하얀 파운데이션으로 덮였고, 입은 붉은색으로 커다랗게, 찡그린 모양으로 그려져 있었다. 양쪽 뺨에 연지가 찍혀 있었으나 눈이 있어야 할 자리는 검게 뻥 뚫렸다. 캡틴은 앞쪽에 시선을 고정한 채 손가락만 일정한 동작으로 움직였다.

객차의 모든 자리가 차 있었지만 겉보기에 빈자리인 캡틴의 자리는 비었고, 그의 영기가 통로 건너편까지 뻗친 듯 헤러드의 옆자리도 비어 있었다. 캡틴의 옆에는 나이든 여자가 앉아 있었는데 시간이 갈수록 불안해하는 모습이 역력해졌다. 그 여자는 앉음새를 고치며 좌석 중간의 팔걸이에 팔을 걸쳤다가 불과 몇 초 만에 팔을 떼더니 살갗을 문질렀다. 때때로 불쾌한 듯 코를 찡긋거리고 얼굴을 찌푸리기도 했다. 머리카락과 얼굴을 쓸어내리기에 보니까 캡틴한테 붙어 있던 거미 몇 마리가 그녀의 백발로 옮겨가 있었다. 결국 나이든 여자는 외투와 가방을 집어 들고 다른 자리를 찾아가버렸다. 기차가 역에 정차할 때마다 새로운 승객들이 타서 몇 명이 두 개의 빈자리 앞에 잠깐 멈춰서기도 했지만, 인간 본연의 본능으로 그들은 그 자리를 피했다.

캡틴은 자리에 앉아서 줄곧 손가락을 같은 리듬으로 움직였다. 톡-톡-톡…….

헤러드는 포틀랜드의 신 수송터미널에서 내렸다. 그는 보스턴과의 열차 연결이 예전에 종료된 옛날 유니언 역을 아직도 기억하고 있었다. 마지막으로 그 열차를 이용한 게…… 언제였더라? 아, 1964년이었다. 맞다. 확실히 1964년이었다. 파란색 B와 흰색 M 문자가 연결된 로고가 새겨진 커다란 은색 열차의 모습이 떠올랐다. 보스턴이 환승역으로 격하되긴 했지만 보스턴과 메인 사이에 다시 열차가 운행된다는 사실이 헤러드는 기뻤다.

그는 예약해둔 렌터카가 있는 공항까지 택시를 탔다. 기차표와 마찬가지로 렌터카 예약도 가명으로 해두었다. 이번 여행에서 그가 쓰는 이름은 우첼로였다. 헤러드는 신분증명서가 필요한 경우 항상 르네상스 시대 화가의 이름을 사용했다. 뒤레, 브뤼헐, 벨리니의 이름으로 된 운전면허증과 여권을 갖고 있었지만, 관점이라는 개념을 도입해 원근법을 최초로 적용한 화가 중 한 명인 우첼로를 각별히 좋아했다. 헤러드는 자기 또한 관점을 인식하고 있다고 생각하길 즐겼다.

이제 캡틴은 그와 함께 있지 않았다. 캡틴은…… 어디에나 있었다. 헤러드는 포틀랜드로 차를 몰고가 지미 주얼이란 남자가 운영하는 술집을 찾아냈다. 그는 건너편 건물에 차를 세우고, 외투 주머니에 총을 찔러넣은 다음 부두 반대쪽으로 걸어갔다. 술집은 문이 닫힌 것 같았고 안에서는 아무 기척도 느껴지지 않았다. 그가 창문으로 들여다보고 있으려니 캡틴이 돌아왔다. 밝게 반사된 형상이었다. 캡틴은 빨간 입술을 찌그러트린 채 그대로 잠시 서 있더니 술집 뒤쪽으로 걸어갔다. 헤러드는 느린 속도로 영사되는 필름처럼 창의 판유리에 비치는 캡틴의 모습을 따라갔다. 뒷문에 다다른 헤러드는 무릎을 꿇고 계단을 조사했다. 그는 핏자국을 손가락으로 만져본 뒤 한동안 문을 쳐다보고 있다가 고개를 끄덕이며 몸을 돌렸다.

차로 돌아가 막 시동을 걸려는 순간 팔뚝에 선뜻한 기운이 느껴졌다. 오른쪽으로 고개를 돌리자 캡틴의 모습이 조수석 유리창에 비쳤다. 캡틴의 왼손이 그의 팔뚝을 거머쥐었는데 손톱이 곤충의 침처럼 따가웠다. 캡틴은 술집에 주의를 집중하고 있었다. 술집 정문에 한 남자가 있었는데, 조금 전 헤러드가 그랬던 것처럼 안을 들여다보려 애쓰는 중이었다. 키 178센티미터쯤에 관자놀이 근처가 희끗희끗한 남자였다. 헤러드는 호기심을 품고 그 남자를 관찰했다. 남자에게서는 어딘지 위협적인 느낌이 감지되었다. 본래 그런 위협감은 헤러드 자신이 가진 일종의 음울한 소유물이었다. 하지만 그 남자에게는 그것과는 다른 '특이함'도 있었다. 헤러드는 캡틴의 도움으로 남자가 자기와 마찬가지로 두 세계에 걸쳐진 존재라는 것을 인식했다. 무엇이 두 세계의 틈을 열었는지, 남자가 자기처럼 그 틈을 보게 된 이유는 무엇인지 헤러드는 궁금했다. 고통? 분명 그럴 것이다. 하지만 그 남자에게 있어서는 단순히 육체적인 고통이 아니었다. 헤러드는 비탄, 분노, 죄의식을 꼽아보았다. 캡틴은 마치 전송기처럼 그런 감정의 파동을 발산하고 있었다.

헤러드의 관심에 답이라도 하듯 남자가 이쪽으로 돌아섰다. 남자는 헤러드를 응시하며 얼굴을 찌푸렸다. 헤러드의 팔을 쥔 손에 힘이 들어갔다. 헤러드는 캡틴이 이곳을 뜨고 싶어 한다는 것을 알아차렸다. 그는 시동을 걸고 차를 움직였다. 우회전을 하면서 다른 남자 둘을 지나쳤는데, 옷을 쫙 빼입은 흑인과 세탁물 바구니에서 급히 아무거나 걸치고 나온 것 같은 백인이었다. 그 둘이 자기를 쳐다보는 모습이 뒷거울에 비쳤다. 조금 뒤 그들의 모습이 뒷거울에서 없어졌고, 캡틴 또한 사라졌다.

"차에 탄 남자 봤어?" 나는 루이스한테 물었다.

"봤어. 마스크를 했던데. 자세히 보지는 못했지만 병을 앓고 있는 것 같더군."

"혼자였어?"

"혼자?"

"옆의 조수석에 다른 누가 있지 않았나?"

루이스는 영문을 모르겠다는 얼굴이었다. "아니, 그 남자밖에 없었는데. 왜?"

"아무것도 아냐. 차창에 햇살이 비쳐 그렇게 보인 모양이지. 그런데 지미 주얼이 보이질 않아. 나중에 다시 와봐야겠어……."

헤러드는 왈도버러로 차를 몰았다. 골동품점을 운영하는 노파가 거기 살고 있었다. 그는 식당으로 들어가 커피와 샌드위치를 주문하고, 음식이 나오길 기다리는 동안 공중전화로 노파에게 전화를 걸었다. 식당은 한산했고, 공중전화 가까이 있는 손님도 없어 우연히 누가 엿들을 염려는 없었다.

"어디로 가면 되는 거요?" 상대가 수화기를 들자 그는 말했다.

"루이스턴에 있는 창고에서 살아. 예전엔 제빵회사였지."

상대는 그곳 위치를 상세하게 알려주었다.

"동료들이 같이 있는 건가?"

"몇 명."

"그 물건은 어떻소?"

"벌써부터 관심을 보이는 사람들이 나타나고 있어. 하지만 아직 그의 손에 있지."

헤러드는 얼굴을 찡그렸다. "그 사람들은 어디서 그 물건에 대한 이야기를 들은 거요?"

"그는 조심성이 없지. 소문이 퍼지고 있어."

"지금 그쪽으로 가는 중이요. 그 사람한테 연락해서 내가 만나고 싶어 한다고 해요."

"로하스한테 구매자가 나설 것 같다고, 우리와 만날 때까지 아무 행동도 취하지 말라고 얘기하겠네. 알겠지만, 그도 그 물건의 가치를 모르지 않아. 거금이 들 거야."

"합리적인 선에서 판매자를 납득시킬 수 있을 거요. 나는 그 물건 자체가 아니라 출처에 관심이 있으니까 더더욱."

"글쎄, 그는 합리적인 것과는 거리가 머니까."

"그래요? 운이 없군."

"그렇다고 우둔한 것도 아니지."

"영리하면서 동시에 비합리적이라. 그런 자질은 서로 모순되는 것일 텐데."

"그 사람 사진이 있으니 필요하면 주지. 우리 가게의 감시카메라에 찍힌 사진이야." 헤러드는 빌린 자동차의 차종과 주차된 장소를 알려주었다. 차 문이 열려 있으니 조수석 아래에 자료를 넣어두라고 했다. 직접 만나지 않는 편이 좋다고 헤러드는 생각했다. 그 말에 상대는 실망감을 드러내지 않으려고 무진 애를 썼다.

그는 전화를 끊었다. 음식이 와 있었다. 그는 다른 손님들과 뚝 떨어진 구석 자리에서 식사를 했다. 자기 모습이 다른 사람들의 식욕을 떨어트린다는 것을 알기 때문이었지만 남들의 시선을 받으면서 먹는 것은 그로서도 불쾌하긴 매한가지였다. 늘 그랬듯 먹는 일이 힘에 부쳤다. 식욕이 전혀 없었지만 체력을 유지하려면 먹어야 했다. 샌드위치를 씹으며 그는 술집 창문을 기웃거리던 남자와 그 남자를 본 캡틴의 반응을 생각했다.

그의 자리 건너편 벽에 붙은 거울에 도로 풍경이 비쳤다. 너덜너덜한 파란 치마를 입은 여자아이의 모습이 보였다. 빨간 풍선을 손에 든 아이는 식당을 등지고 서서 지나가는 자동차들을 보고 있었다. 커다란 대형 트럭이 아이 쪽으로 향하고 있었는데 아이는 모르고 그대로 서 있었고, 높은 운전석에 앉은 기사는 아이를 보지 못한 모양이었다. 그대로 똑바로 달려온 트럭이 아이를 덮치는 순간 헤러드는 거울에서 황급히 눈길을 돌리며 비명을 억눌렀다. 창밖을 보자 그 트럭이 막 지나치는 중이었고 아이는 없었다. 아이가 거기 있었던 흔적도 남아 있지 않았다.

헤러드는 천천히 고개를 돌려 다시 거울을 보았다. 여자아이는 그 자리에 그대로 서 있었다. 조금 전과는 달리 식당 쪽을, 헤러드를 쳐다보고 있었다. 아이는 헤러드를 향해 웃음을 짓는 것 같았다. 눈이 있을 자리에 뚫린 컴컴한 구멍은 웃음기를 담을 수 없었지만 헤러드는 그렇게 느꼈다. 서서히 아이의 모습이 시야에서, 반사된 세계에서 사라졌다. 손에 들렸던 풍선이 검은 구름 쪽으로 떠오르며 하늘에 난 상처처럼 자주색과 붉은색 자취를 남겼다. 그러더니 하늘이 맑아졌고, 거울은 다른 세상으로 통하는 창문이 아니라 이 단조로운 세상을 비추는 물건으로 변했다.

헤러드는 먹을 수 있는 만큼 샌드위치를 먹은 뒤에도 커피 잔에는 손을 뻗지 않았다. 그에게는 시간이 많이 있었다. 아직은 해가 지기 전이었다. 편하게 작업하려면 어두운 편이 나았다. 어두워진 다음 로하스를 방문하기로 하자. 협상을 위해 내일까지 기다릴 생각은 전혀 없었다. 따지고 보면 애초부터 협상을 할 생각이 아니었다.

19

저 멀리 프랑스 파리의 생 거리, 저명한 고미술품 딜러 로슈망 부자 (父子) 상회의 매장 바로 위에 있는 한 아파트에서는 계약이 막 마무리 될 참이었다. 희귀한 골동품 판매로 안락한 삶을 영위해온 로슈망가의 후손인 에마뉘엘 로슈망은 마주 앉은 이란 기업가가 사설은 그쯤 해두 고 결정을 내려주길 기다리고 있었다. 기업가가 이미 마음을 정했다는 사실은 두 사람 모두 알고 있었다. 물품을 앞에 두고 직접 이렇게 얼굴 을 맞댄 것은 벌써 몇 주 전에 시작된 긴 협상의 마지막 단계일 따름이 었다. 지금 눈앞에 있는 것처럼 희귀하고 아름다운 물건들을 손에 넣 을 기회는 기업가에게 좀처럼 없을 터였다. 아시리아 니므루드 여왕의 고분에서 나온 섬세한 상아 두 점, 정교한 청금석 원통형 인장 한 쌍이 었다. 5천5백 년 전의 것으로 그런 품목 중에서 로슈망이 조달한 것 중 가장 역사가 오래된 물건이었다.

이란 기업가는 한숨을 내쉬며 앉음새를 고쳤다. 로슈망은 이란인과 거래하는 걸 좋아했다. 이란인들은 요르단인들과 마찬가지로 일단 수 중에 넣었던 약탈품 대부분을 억지로 양도했었기 때문에 이라크박물관에서 도난당한 뒤 시장에 나도는 물건들에 유달리 집착했다. 행방이 묘연한 이라크 유물이 아직도 수천 점에 달했지만 그중에서도 가장 가치 있는 것들은 대부분 박물관에 회수된 상태였다. 이라크 보물을 손에 넣을 기회가 점차 희귀해짐에 따라 수집가들이 지불하려는 금액도 점점 커졌다. 이 이란 기업가는 로슈망과 거래하는 게 처음이었지만, 출처나 서류를 과하게 따지지 않는 무슈 로슈망과 거액 거래를 한 적이 있는 고객 두 사람의 강력한 권유가 있었다.

"이런 물건이 더 있습니까?" 이란인이 물었다. 그는 압바스, 곧 '사자(Lion)'라고 이름을 밝혔는데 보나마나 가명이었다. 2백만 달러라는 예치금을 건만큼 그런 사소한 일은 문제가 아니었다. 게다가 보증인들에 따르면 2백만 달러는 압바스의 하루 수입 정도에 불과하다고 했다. 그렇긴 해도 로슈망은 이 사자 사냥에 슬슬 조바심이 일기 시작했다. 자, 어서. 당신이 살 거란 걸 알고 있다니까. 예스라고 한 마디만 하면 끝날 일인데.

"이런 물건은 없습니다." 로슈망은 대답하면서 다시 생각해보았다. 조금 더 인내심을 발휘하면 추가 수입이 생길지도 모른다. "이런 상아는, 아니 이 반만큼만 아름다운 상아도 다시 나올 것 같진 않군요. 당신이 거절하면 금방 모습을 감추겠지요. 그리고 인장들은……." 그는 오른손을 앞뒤로 까닥이며 부정적인 가능성을 강조하는 보편적인 몸짓을 해보였다. "하지만 이번 특별한 구매에 만족하신다면 비슷한 수준의 유물들을 알아봐드릴 수 있을지도 모릅니다."

"출처는 확실한가요?"

"로슈망가는 판매한 물품을 보증합니다. 당연히, 예상되는 법적인 문제가 있으면 구매자에게 먼저 알려드립니다. 이번 경우엔 그런 어려움이 전혀 없을 것으로 자신합니다만."

로슈망이 합법성의 영역을 드러나게 침범하는 경우는 드물었으나 그럴 때 사용하는 것이 이런 표현이었다. 고대 유물이니만큼 회색지대가 종종 있는 법이지만 이번엔 그런 경우가 아니었다. 그와 압바스 둘 다 상아와 인장의 출처를 알고 있었다. 큰소리로 떠들 일은 아니었고, 이런 특별한 거래는 영수증 없이 이뤄지는 법이다.

압바스는 분명한 만족감을 드러내며 고개를 끄덕였다. "좋습니다. 얘기를 진척시켜 봅시다."

그는 주머니에서 금 펜을 꺼내 꼭지를 눌렀다.

"펜은 필요 없습니다, 무슈 압바스." 로슈망이 막 이렇게 말하는 순간 문이 벌컥 열리며 무장 경찰들이 모습을 나타냈다.

"무슈 로슈망, 사실 내 이름은 알ㅡ다이니랍니다. 동료들과 내가 당신한테 몇 가지 물어볼 게 있어요……"

20

앙헬과 루이스는 그날 밤 우리 집에서 묵었다. 둘은 불시의 습격에
대비해 교대로 잠을 잔 성싶었다. 다음날 아침, 조엘 토비아스에 관해
내가 아는 모든 것을 그들과 함께 한 시간에 걸쳐 되짚어보았다. 토비
아스가 핵심 연결고리였으므로 이야기를 정리해보는 것이 꽤 도움이
되었다. 그에게 군 복무 경험이 있다는 것이 우리에겐 행운이었다. 그
건 그의 삶 대부분에 관해 두터운 공식 자료가 존재한다는 뜻이었다.
자료로 보기엔 불투명한 부분이 없는 것 같았다. 1990년, 토비아스는
뱅거에서 고등학교를 마치고 곧바로 입대한 뒤 트럭 운전병으로 훈련
받았다. 2007년 초, 그린존(2003년 미국이 이라크 바그다드를 점령한 뒤
바그다드 궁전을 주이라크 미군 사령부와 이라크 임시정부청사로 개조한 특
별경계구역 – 옮긴이)으로 의약품을 호송하던 도중 사제폭탄이 터져 왼
쪽 종아리를 다치고 왼손 손가락 두 개를 잃고 의병제대했다. 그 해에
메인 주로 돌아온 그는 운전면허 필기시험, 시력검사, 도로주행 시험
에 통과해 상업용 차량 운전자격증을 땄다. 또한 교통안전청의 신원
조회를 통과하고 지문을 등록한 다음 위험물질 취급 자격도 취득했다.

이후 지금까지 자격 요건에 문제가 될 만한 일은 아무것도 없었다.

나는 1998년 7월 19일자 뱅거 데일리 뉴스에서 토비아스 어머니의 부고기사를 찾아냈다. 2007년 4월 같은 신문에는 베트남에서 복무했던 아버지의 부고기사도 나와 있었다. 그 기사에는 아들 조엘 또한 군인이었으며 복무 중 부상을 당했지만 회복되는 중이라는 점이 언급되었고, 무덤 옆에서 찍은 토비아스의 사진도 실려 있었다. 군복 정장 차림으로 목발을 짚은 모습이었다. 형제자매는 없었다. 조엘 토비아스는 외아들이었다.

꺼림칙한 가책이 느껴졌다. 조국을 위해 희생한 적이 없는 사람이 그런 사람과 대면했을 때 드는 죄책감이었다. 표면적으로 토비아스는 명예롭게 복무했고 그로 인해 고통받고 있는 듯 보였다. 나는 학교를 졸업할 무렵 군 입대를 한 번도 생각해본 적이 없었지만 그런 사람들을 존경했다. 토비아스가 왜 입대했는지 궁금했다. 가족의 전통이나 아버지의 뒤를 따라야 한다는 믿음 때문이었을까? 하지만 그의 아버지는 직업군인이 아니었다. 부고에는 아버지가 징집되었다는 사실이 분명하게 나와 있었다. 베트남전 참전 군인들은 자기 아이들에게는 같은 경험을 시키지 않겠다는 분명한 의지를 갖고 돌아왔다. 그러므로 토비아스는 자원입대했을 거라고 나는 짐작했다. 아버지에게 반항하기 위한 것이었거나 아버지의 인정이 필요했으리라.

토비아스에 관한 이야기가 끝난 뒤 보비 잰드로의 파일을 펼쳤다. 10년 이상 간격이 있긴 했지만 토비아스와 같은 고등학교를 나왔다. 잰드로는 이라크에서의 마지막 복무 기간 중에 가잘리야의 총격전에서 심한 부상을 입었다. 그가 허벅지 위쪽에 총알을 맞고 쓰러지자 잰드로가 소속된 호송대를 공격한 시아파 민병대원들은 동료들을 구조에 나서게 해 더 큰 전과를 올릴 요량으로 그의 다리에 총알을 더 쏘아 댔다. 결국 안전지대로 구출되긴 했으나 잰드로의 다리는 완전히 망가 졌다. 절단이 유일한 선택이었다.

나는 신문기사를 통해 이런 사실을 알고 있었다. 군대 밖에서의 삶에 적응하기 위해 애쓰는 부상당한 참전 군인들을 다룬 기사에 그의 이름이 나와 있었다. 데미안 패쳇의 이름도 잰드로의 생명을 구한 동료로 언급되어 있었다. 하지만 데미안이 취재를 거부한 것인지 그의 코멘트는 실리지 않았다. 기사에서 잰드로는 고통스럽게 지낸다는 사실을 시인했다. 그는 처방약 중독에 대해 이야기하면서 여자친구의 도움으로 그것을 극복했다고 말했다. 기자는 이렇게 전했다. '잰드로는 뱅거의 집 창문으로 밖을 물끄러미 쳐다보았다. 그의 손은 휠체어 팔걸이를 움켜쥐고 있었다. "내가 이런 꼴이 될 줄은 정말로 몰랐습니다"라고 그는 말했다. "다른 사람들도 그랬겠지만, 나도 그런 일이 벌어질 가능성이 있다는 건 알았습니다. 하지만 다치는 사람이 생겨도 다른 사람일 거라고 항상 믿었어요. 그게 내가 될 줄은 몰랐습니다. 긍정적인 면을 보려고 애쓰고 있습니다. 하지만 그런 건 존재하지 않아요. 내겐 그런 게 보이지 않습니다. 그저 괴로울 뿐입니다." 여자친구인 멜 넬슨이 그의 머리를 가볍게 두드렸다. 그녀의 눈에는 눈물이 고였으나 잰드로의 눈은 말라 있었다. 아직도 충격에서 벗어나지 못한 것처럼, 혹은 더 이상 흘릴 눈물이 남아 있지 않은 것처럼.'

"더럽게 운이 없군." 앙헬이 말했다. 같은 기사를 읽고 있던 루이스는 아무 말도 하지 않았다.

뱅거에 있는 보비 잰드로의 집 주소는 찾을 수 없었지만, 신문 기사에는 멜 넬슨이 베아지에 있는 아버지의 목재회사 사무실에서 일한다고 나왔다. 내가 전화를 걸었을 때 그녀는 마침 자리에 있었다. 우리는 긴 대화를 나누었다. 때때로 사람들은 바로 그런 전화가 걸려오길 기다리는 법이다. 통화를 해보니 그녀는 이제 보비 잰드로의 여자친구가 아니었고, 그런 상황을 슬퍼하고 있었다. 그녀는 그를 걱정하고 사랑했지만 잰드로는 그녀를 내몰았다. 그녀는 이유를 알지 못했다. 나는 잰드로의 주소와 전화번호를 알아내고, 그녀에게 일종의 존경심을 품은 채 전화를 끊었다.

우리가 아침을 먹고 있을 때 캐리 손더스에게서 전화가 왔다. 그녀의 목소리에는 나를 만날 기대로 들뜬 기미 같은 건 전혀 없었지만, 그런 식의 반응을 개인적인 차원에서 받아들이면 안 된다는 건 진즉에 배웠다. 데미안의 아버지인 베넷 패쳇이 나를 고용했다고 밝혔더니 오거스타 북부 지역에 있는 토거스 VA 의료센터의 자기 사무실에서 정오에 만나자고 약속을 정해주고는 전화를 끊었다. 북쪽으로 가는 동안에 뭔가 나타나지 않을까 관심이 갔으나 루이스와 앙헬은 추적자의 기미는 없다고 했다.

21

　캐리 손더스의 사무실은 정신과와 인접해 있었다. 사무실 문 옆에 '손더스 박사'라고만 쓰인 플라스틱 명패가 붙어 있었고, 문을 두드렸더니 30대 중반의 여자가 맞아주었다. 짧은 금발에 라이트급 권투 선수 같은 체격이었다. 검은 정장 바지 위에 어두운 색 티셔츠를 입었는데 팔뚝과 어깨의 근육이 뚜렷이 드러나 보였다. 키는 170센티미터쯤 되어 보였고 혈색이 좋지 않았다. 넓다고 할 수 없는 사무실은 공간을 최대한 활용해 정리되어 있었다. 내 오른쪽으로 서류 캐비닛 세 개가 놓였고, 왼쪽에는 의학 자료와 종이파일 박스가 나란히 꽂힌 책꽂이가 줄지어 있었다. 벽에는 메릴랜드 주 베데스타 군의관 양성 의과대학 및 월터리드 육군 의료센터에서 받은 자격증 액자들이 걸려 있었다. 그중에서도 재해 정신의학 전문임을 보여주는 자격증이 유독 눈에 띄었다. 바닥에는 질긴 회색 카펫이 깔려 있었다. 책상은 깔끔하면서도 기능적이었는데, 전화기 옆에 일회용 커피잔과 먹다 남긴 베이글이 놓여 있었다.

　"시간이 날 때 먹어야 하거든요." 그녀는 남은 점심식사를 치우면서 말했다. "혹시 시장하시면 매점에서 뭘 좀 사올 수 있어요."

나는 그녀에게 괜찮다고 했다. 그녀는 책상 맞은편에 있는 플라스틱 의자를 몸짓으로 가리킨 다음 내가 앉기를 기다려 자리에 앉았다.

"무엇을 도와드리면 될까요, 파커 씨?"

"외상후 스트레스 장애에 대한 조사 작업을 한다고 들었습니다."

"그렇습니다."

"특히 자살 쪽에 중점을 두고 있다고 하더군요."

"자살 방지겠죠." 그녀가 정정했다. "누구한테 그런 얘기를 들었는지 물어봐도 괜찮을까요?"

권위에 대해, 특히 군 당국에 천성적으로 반감을 가진 탓도 있었지만 그 시점에서는 로널드 스트레이디어의 이름을 밝히지 않는 게 좋을 듯했다.

"굳이 그 얘기를 하고 싶지는 않은데요. 그게 중요한 일입니까?"

"아뇨. 단순한 호기심이에요. 사립 탐정한테서 만나자는 요청을 받는 일은 좀처럼 없거든요."

"통화했을 때 당신은 내가 왜 만나자고 하는지 묻지 않았지요."

"당신에 관해 좀 알아보았거든요. 아주 평판이 자자하더군요. 그런 사람을 만날 기회를 거부할 순 없지요."

"과장된 평판입니다. 신문에 난 걸 죄다 믿을 수는 없는 노릇이지요."

그녀는 미소를 지었다. "신문에서 읽은 게 아니에요. 나는 사람들한테서 직접 얘기를 듣는 걸 좋아하니까요."

"그럼 우리에게 공통점이 있는 셈이네요."

"아마도 공통점은 그게 전부겠죠. 파커 씨, 얘기해보세요. 심리 치료를 받은 적이 있나요?"

"없습니다."

"비애 카운슬링(사랑하는 사람의 죽음 등으로 인한 깊은 슬픔을 극복하도록 돕는 카운슬링 – 옮긴이)은요?"

"없습니다. 지금 일거리를 찾고 있는 겁니까?"

"아시다시피, 내가 관심을 가진 건 외상후 스트레스예요."

"내가 후보자처럼 보이나 보군요."

"글쎄요. 당신 생각은 다른가요? 부인과 아이한테 무슨 일이 있었는지 나도 알고 있습니다. 끔찍한 사건이었지요. 어떤 요법도 거의 도움이 되지 않을 정도로. 지금 나는 '거의'라고 했어요. 왜냐하면 이라크에서 복무했으니까요. 거기서 내가 본 것, 견뎌야 했던 것들이 나를 바꿔놓았어요. 나는 날마다 폭력의 결과에 대처하고 있습니다. 당신이 견뎌온 것들, 지금도 고통스럽게 견디고 있는 문제 역시 그 틀에 적용할 수 있을 겁니다."

"그게 지금 관계있는 얘기일까요?"

"외상후 스트레스에 관해 얘기하러 오신 거라면 그렇지요. 여기서 당신이 무얼 배우냐 하는 건 당신이 그 개념을 어떻게 이해하는지에 달려 있거든요. 당신의 개인적인 문제를 거기 관련시키면 이해하기가 훨씬 쉬워집니다. 여기까진 잘 아시겠죠?"

그녀는 여전히 미소를 머금고 있었다. 선심을 베풀 때의 양면에서 가까스로 밝은 쪽에 있긴 했으나 아슬아슬하게 경계에 걸친 미소였다.

"아주 잘 알겠습니다."

"좋아요. 내 연구는 전투의 심리적 영향에 대처하려는 노력의 일환으로 군에서 진행하는 것입니다. 전장에 나갔던 사람들과 의병제대한 사람들을 모두 포괄하고 있어요. 부상과 관계없는 이유로 군을 떠난 사람들도요. 여기까지가 연구의 한 부분이죠. 다른 부분은 트라우마를 미연에 방지하는 작업과 관련된 것입니다. 전투 수행 능력을 높이고 정신과적 문제를 최소화하기 위해 설계된 정서적 유연성 프로그램을 도입하는 단계에 있어요. 정신과적 문제엔 외상후 스트레스 장애 그러니까 PTSD, 분노, 우울, 그리고 자살 등이 포함되는데 여러 번 파병되었던 군인들에게서 이런 증상이 점차 확연해지고 있습니다.

트라우마를 겪은 병사 모두가 외상후 스트레스 증세를 보이진 않아요. 민간인들이 폭행이나 강간, 자연재해, 사랑하는 사람의 죽음에 제각각 반응하는 것과 같은 거죠. 스트레스라는 반응이 일어나긴 하지만 그렇다고 자동적으로 PTSD로 연결되는 건 아닙니다. 심리 상태, 유전, 신체적 조건, 사회적 요인들이 모두 작용합니다. 가족, 친구, 전문가의 도움 같은 든든한 지원 구조가 갖춰진 병사는 PTSD를 앓게 될 가능성이 덜해요. 그러니까 처지가 외로운 사람보다 말이에요. 한편으로, PTSD가 발현되기까지 시간이 길면 길수록 거의 틀림없이 더 심각한 증상이 나타납니다. 즉각적으로 나타난 PTSD는 대개 서너 달 후면 완화되기 시작해요. 지연성 PTSD는 훨씬 뒤에, 때에 따라서는 10년 이상 뒤에 나타나기도 하는데 그래서 치료하기가 더 어렵지요." 그녀는 잠깐 말을 멈추었다. "자, 강의 부분은 우선 여기까집니다. 질문 있나요?"

"아니요. 아직은."

"좋아요. 이제 당신이 참여해야 할 순서군요."

"거절하면요?"

"그럼 여기를 나가셔야죠. 파커 씨, 이건 일종의 거래입니다. 당신은 내 도움이 필요해요. 나는 협력하려고 해요. 하지만 나도 뭔가 받는 게 있을 때에만 그렇지요. 이번 경우엔 내가 상세하게 묘사할 증세가 당신한테 익숙한 것인지, 언제부터 그랬는지 당신이 자발적으로 알려주는 게 내가 받는 대가가 되겠지요. 당신은 극히 일반적인 용어로 답해주면 됩니다. 이 대화가 기록으로 남지도 않을 거고요. 혹시, 나중에라도 말이죠, 당신이 자신의 경험에 대해 더 깊은 내용을 제공해준다면 아주 감사한 일일 테지만요. 당신은 여기서 나한테 털어놓고 얘기하는 게 유익하다는 걸 깨닫게 될 겁니다. 어쩌면 치료 효과가 있을지도 모르지요. 결국 이 문제는 내가 처음에 얘기했던 걸로 돌아가네요. 당신은 PTSD에 관한 걸 알려고 여기 왔잖아요. 이건 당신한테 기회입니다."

그녀한테 감탄하지 않을 수 없었다. 벌떡 일어나 떠나버릴 수도 있었지만 그러면 권투 선수처럼 보이는 여자를 과소평가하지 말라는 교훈만 배우고 빈손으로 돌아가게 된다. 그런 교훈은 캐리 손더스를 만나기 훨씬 전부터 알고 있었다.

"계속하십시오." 나는 목소리에 체념의 빛이 드러나지 않게 하려 애썼다. 성공한 것 같진 않았다.

"PTSD에는 크게 세 가지 범주가 있습니다. 첫 번째 범주는 플래시백입니다. 스트레스 장애의 계기가 된 사건을 다시 체험하는 형태죠. 이보다 약간 강도가 약한 형태는 원하지 않는데도 불쑥불쑥 그런 생각에 시달리는 것인데, 플래시백처럼 느껴지지만 실제로 그렇진 않아요. 이쪽이 보다 보편적으로 나타납니다. 악몽이나 나쁜 기억이 계기가 되어, 혹은 무관한 상황에서 그 사건을 떠올리는 형태입니다. 얼마나 많은 병사들이 불꽃놀이를 싫어하는지 알면 놀라실 겁니다. 트라우마가 있는 남자가 문이 쾅 닫히는 소리에 바닥에 납작 엎드리는 걸 본 적도 있어요. 아이가 장난감 총을 쏘는 소리에도요. 그런데 이와는 차원이 다른 것도 있습니다. 예전 사건을 실제로 다시 체험하는 겁니다. 평범한 일상생활에 지장을 받을 정도로 당사자에게는 그게 실제처럼 느껴지지요. 내 동료는 그걸 고스팅(기기 결함으로 TV · 컴퓨터 화면 등에 희미한 이중 상이 나타나는 것—옮긴이)이라고 부릅니다. 개인적으로 나는 그 용어를 좋아하지 않습니다만, 문제를 겪는 사람들한테 얘기해보았더니 대번에 무슨 말인지 알아듣더군요."

그녀가 말을 마치자 사무실은 침묵에 휩싸였다. 창가에 새 한 마리가 날고 있는지 햇살에 비친 새의 그림자가 사무실 안을 이리저리 돌아다녔다. 유리와 벽돌에 가려 보이지 않으면서도 새는 탄탄한 실재성에 의해 자신의 존재감을 사무실에 드리웠다.

"플래시백, 불쑥 드는 생각. 그런 게 있었습니다." 마침내 내가 입을 열었다.

"심했나요?"

"그렇습니다."

"자주 그랬나요?"

"예."

"무엇이 계기가 되었습니까?"

"피. 길에서 여자아이를 볼 때. 엄마와 같이 있거나 혼자 있는 여자아이요. 그저 단순한 것들입니다. 의자. 칼날. 주방 광고. 특정한 형태, 그러니까 모난 형태. 왜 그런지는 모릅니다. 시간이 가면서 나를 괴롭힌 이미지들은 차츰 줄었습니다."

"지금은 어떤가요?"

"그런 일은 드문 편입니다. 아직도 악몽을 꾸지만 그리 자주는 아닙니다."

"왜 그렇게 되었다고 생각하세요?"

대답하기 전에 너무 시간을 들이지 않으려고, 탐색해볼 만한 흥미로운 점을 발견했다는 인상을 손더스에게 주지 않으려고 나는 의식적으로 노력했다. 아내와 아이의 유령, 처음엔 무시무시한 모습이었다가 시간이 흐르면서 덜 무서운 형태로 바뀌긴 했으나 여전히 내게는 낯선 아내와 아이의 유령에 사로잡힌 것이라고 스스로 생각했을 가능성이 문제였다. 그걸 손더스가 눈치 채면 히틀러, 나폴레옹, 짐 존스와 같은 치료 그룹에 들어 있어도 내게 유독 흥미를 보일 것이다. 그러므로 그녀의 마지막 질문이 떨어지기 무섭게 대답을 할 수 있었던 것이 나는 만족스러웠다.

"모릅니다. 시간 탓일까요?"

"시간이 모든 상처를 치유해주진 않습니다. 근거 없는 얘기죠."

"그저 고통에 익숙해진 것일 뿐인지도 모르지요."

그녀는 고개를 끄덕였다. "그런 증세가 완전히 사라지면 오히려 아쉬울 수도 있습니다."

"그렇게 생각하십니까?"

"그게 당신한테 삶의 목적을 주었다면요."

다른 반응을 내게서 이끌어내고자 했던 것이라면 뜻대로 되지 않았다. 그녀도 그 사실을 깨달은 듯 다음 이야기로 옮겨갔다.

"두 번째 범주는 회피 증세입니다. 무감각, 무심함, 사회적 고립."

"집에 틀어박혀 있는 것 말입니까?"

"문자 그대로 그런 건 아니에요. 사건과 관련된 사람들과 거리를 두는 형태일 수도 있습니다. 가족과 친구, 옛 동료들과. 이런 사람들은 어디에도 관심을 두지 못해요. 모든 게 의미 없다, 미래가 없다고 느낍니다."

"무심함이 나타났었습니다." 나는 인정했다. "일상생활을 제대로 의식하지 못했습니다. 일상이라는 게 없었지요. 혼란뿐이었고 돌파구만 찾고 있었습니다."

"동료들과는?"

"동료들을 피했습니다. 그들도 나를 피했죠."

"친구들은 어땠나요?"

나는 차에서 기다리고 있는 앙헬과 루이스를 생각했다. "몇몇 친구는 내가 그런 태도를 보이는 걸 좋아하지 않았습니다."

"그 때문에 친구들에게 화가 났습니까?"

"아니요."

"왜 아닌가요?"

"나하고 같은 사람들이니까요. 내 목표를 공유하는 친구들이었으니까."

"어떤 목적입니까?"

"내 아내와 아이를 죽인 놈을 찾아내는 것. 놈을 찾아서 갈기갈기 찢어버리는 것."

그 대답은 빠르게 튀어나왔다. 스스로도 놀랐다. 낯선 사람한테 속마음을 보여준 나 자신한테 화가 나면서 즐거움도 함께 느꼈다. 방출하는 즐거움. 아무래도 나는 자기애가 지나치게 강하든지, 스스로를 상처 낸다 해도 장기간에 걸쳐 만성적으로 그러는 사람은 아닌 모양이다.

"당신에게 미래가 있다고 느껴졌었나요?"

"눈앞의 미래는요."

"그 남자를 죽이는 것 말인가요?"

"그렇습니다."

그녀는 살짝 앞으로 몸을 기울였다. 눈 속에서 하얀 빛이 보였다. 처음엔 그게 무엇인지 몰랐는데 알고 보니 그녀의 눈동자 깊숙이 반사된 내 모습이었다.

"각성 증상은요? 집중하기 힘들다든지."

"아니요."

"깜짝 놀라게 하는 자극에 반응이 과장되게 나타나는 건요?"

"발포 같은 것 말입니까?"

"아마도."

"아뇨. 총이 발사되는 걸 보고 내가 나타낸 반응은 과장된 것이 아니었습니다."

"분노. 쉽게 화를 냈습니까?"

"예."

"수면 문제는요?"

"있었습니다."

"지나친 경계심은요"

"그럴 만한 이유가 있었습니다. 내가 죽기를 바라는 사람이 많은 것 같았으니까."

"신체 증상은 없었습니까? 발열, 두통, 졸음 등등."

"아뇨. 있어도 그리 심하지 않았습니다."

그녀는 의자에 편하게 기댔다. 거의 끝난 모양이었다.

"생존자의 죄의식은요?" 그녀가 부드럽게 물었다.

"있었습니다."

그랬다. 지금까지 줄곧.

캐리 손더스는 사무실에서 나가 커피 두 잔을 들고 돌아왔다. 설탕과 크리머 봉지들도 주머니에서 꺼내 책상 위에 내려놓았다.

"내가 당신한테 이래라저래라 할 필요는 없겠지요?" 그녀는 자기 잔에 설탕을 듬뿍, 손으로 잡고 있지 않아도 스푼이 똑바로 설 정도로 많이 넣었다.

"그래요. 시도를 한 사람이 당신이 처음도 아니고요."

나는 커피를 한 모금 마셨다. 짙은 커피였고 몹시 썼다. 그녀가 왜 그렇게 설탕을 많이 넣었는지 이해가 갔다.

"요즘은 어떤가요?"

"잘 지내고 있습니다."

"치료는 받지 않고요?"

"분노의 배출구를 찾았으니까요. 계속 진행 중이고 효과도 좋습니다."

"당신은 사람들을 추적하죠. 때로는 죽이는 일도 있고요."

나는 그 말에 대답하지 않았다. 대신 그녀에게 물었다. "어디서 복무했습니까?"

"바그다드에서요. 소령이었습니다. 처음엔 바쿠바 캠프 붐의 아이언 호스 기동부대에 배속되었어요."

"캠프 붐?"

"폭발이 굉장히 많았거든요. 지금은 캠프 게이브라고 불러요. 2003 년 바쿠바에서 목숨을 잃은 댄 게이브리얼 공병의 이름을 따서. 내가 거기 갔을 때는 필수품밖에 없었죠. 배관도 에어컨도 없었어요. 아무 것도. 떠나올 무렵엔 CHEWS, 샤워 및 변기용 물 중앙 공급 장치, 고 압전력 공급 장치가 들어왔죠. 이라크 민방위군도 거기서 훈련시키기 시작했고요."

"CHEWS?" 피진잉글리시(토착어와 혼합되어 단순화된 영어. 한정된 단어, 간략한 문법이 특징임—옮긴이)를 듣는 기분이었다.

"컨테이너 하우스예요."

"여성이 거기서 군 생활을 하는 건 아주 힘든 일이었겠네요."

"힘들었어요. 이건 새로운 전쟁입니다. 예전에는 여성 병사들이 남자들과 함께 지내거나 나란히 전투에 나가지 않았어요. 지금은 달라졌지요. 그 때문에 새로운 문제가 생겨났죠. 기술적으로는 여성 병사들의 전투부대 참가가 금지되어 있어요. 대신에 전투부대에 '부속'되는 거죠. 결국 여자들도 전투에 나가서 죽습니다. 남자들처럼. 남자들만큼 사망자가 많은 건 아니지만 이라크와 아프가니스탄에서 사망한 여군이 100명 이상이에요. 수백 명이 부상을 입었고요. 그러면서도 여전히 암캐, 레즈비언, 화냥년 따위로 불리지요. 희롱과 공격에 무방비로 노출되어 있어요. 그것도 같은 미국 남자들한테. 아직까지도 여성 병사들한테는 부대를 돌아다닐 때 꼭 짝을 지어 다니라고 한답니다. 강간을 피하기 위해서요. 하지만 군 생활을 후회하진 않습니다. 단 일 초도 그런 생각은 안 해요. 그래서 지금 이 일을 하는 거죠. 보상을 받아야 할 병사들이 많이 있으니까요."

"처음에 캠프 붐에 배속되었다고 했는데, 다음엔 어디로 옮겼습니까?"

"두 번째는 캠프 워하우스였고, 다음엔 아부그라이브로 가서 교도소 재건 작업을 했어요."

"거기서 어떤 직책을 맡았는지 물어봐도 될까요?"

"처음엔 죄수들을 담당했어요. 우리에겐 정보가 필요했지만 당연히 그들은 적대적이었죠. 초창기에 교도소에서 여러 가지 일이 있었으니까요. 입을 열게 하는 다른 방법을 찾아야 했습니다."

"'다른 방법'이라는 건?"

"그런 사진을 봤을 겁니다. 굴욕, 고문, 그 비슷한 것들. 그런 건 우리의 대의명분에 도움이 안 돼요. 라디오의 전화 토론 프로그램에 나와 웃으며 떠드는 멍청이들은 그런 행위가 어떤 영향을 미치는지 모르는 겁니다. 이라크인들이 우리를 증오할 또 다른 이유를 제공하는 거예요. 그것이 고스란히 군에 되돌아옵니다. 미국 병사들이 아부그라이브 탓에 죽음을 당합니다."

"방침에 반하는 썩은 사과 몇 개가 문제군요."

"아부그라이브에서 벌어진 모든 일은 상부에서 승인된 것이었어요. 세세한 부분은 몰라도 전반적으로 그랬습니다."

"거기에 당신이 새로운 접근법을 시도한 거로군요?"

"저 혼자는 아니었지요. 우리의 원칙은 단순했어요. 고문하지 않는다는 것. 장기간 고문을 당한 사람들은 결국 정확히 고문자가 듣고 싶어 하는 내용을 말하게 됩니다. 그들이 바라는 건 고문을 멈추는 일뿐이니까요."

말을 멈추고 커피잔 너머로 나를 유심히 살피는 걸 보니 내 얼굴에서 무언가를 읽은 모양이었다. "그런 식으로 상처 입은 적이 있습니까?"

나는 대답하지 않았다.

"'그렇다'는 답을 들은 걸로 하지요. 그다지 심한 압박을 받지 않아도, 그러니까 목숨을 잃을 것 같다는 공포를 느낄 정도로 육체적 고통이 심하지 않아도 말이에요, 고문은 상처를 남깁니다. 고문을 당하면 사람이 변해버린다는 게 내 생각이에요. 고문은 자아의 한 부분을 제거해요. 완전히 삭제해버립니다. 그 부분이 무엇인지는 여러 가지로 부를 수 있겠지요. 마음의 평화나 존엄성 등으로. 정확히 무엇이라고 지칭할 수 있는지도 의문이지만 어쨌거나 고문은 단기적으로 인격의 안정성을 심각하게 해칩니다."

"장기적으로는요?"

"흠, 당신 경우엔 어떨까요. 얼마나 시간이 흘렀지요?"

"마지막으로 그런 일을 당한 뒤 말입니까?"

"한 번이 아니었나 보군요."

"그렇습니다."

"세상에. 만약에 내가 당신 같은 병사를 담당했다면 집중치료를 받아야 한다는 점을 분명히 했을 겁니다."

"그 말을 들으니 안심이 되는군요. 당신 이야기로 다시 돌아가면……."

"아부그라이브 근무를 마친 뒤 카운슬링과 심리치료 분야로 옮겼습니다. 스트레스 레벨에 문제가 있다는 건 아주 초기부터 분명했거든요. 거듭된 파병, 스톱로스(전역 중단. 지원병이 절대적으로 부족해져 계약대로 복무를 마친 병사들을 강제로 재복무시키는 것-옮긴이)에 예비병까지 동원되자 스트레스 레벨은 더 상승했습니다. 나는 그린존에서 일하는 정신건강팀에 합류했는데, 특히 두 곳을 전담했어요. 애로헤드와 워호스."

"애로헤드라면 제3 보병연대가 주둔한 곳이지요? 그렇죠?"

"몇몇 여단이 거기에 있죠."

"거기 있을 때 스트라이커 부대에 소속된 사람을 만난 적 있습니까?"

그녀는 커피잔을 옆으로 치웠다. 표정이 바뀌어 있었다.

"그래서 날 찾아온 겁니까? 스트라이커 C 부대원들에 대해 얘기하려고?"

"스트라이커 C란 이름을 말한 적은 없는데요."

"그럴 필요가 없었겠죠."

그녀는 내 설명을 기다렸다.

"내가 알기로는 스트라이커 C 부대에 있던 세 사람이, 셋은 서로 알고 지냈는데요, 스스로 목숨을 끊었습니다. 한 명은 아내를 저승길 동무로 삼았지요. 내게는 마치 자살자 집단처럼 보이는데 당신도 거기엔 아마 관심이 있을 테지요."

"그래요."

"그들이 죽기 전에 세 사람 중 누군가와 이야기를 나눈 적 있습니까?"

"셋 모두. 하지만 데미안 패쳇과는 비공식적으로 만났어요. 처음 만난 건 브렛 할란이었어요. 그는 뱅거에 있는 재향군인 봉사센터에 다니고 있었어요. 그 사람은 약물에 중독되어 있었죠. 재향군인센터 바로 옆 건물에서 주삿바늘 교체 프로그램(간염과 에이즈 확산 방지를 위해 사용한 주삿바늘을 수거하고 무료로 교체해주는 프로그램-옮긴이)이 실시되고 있었으니까 꽤 편리했을 거예요."

농담을 하는 건지 진지하게 말하는지 구분이 되지 않았다.

"할란은 무슨 말을 했습니까?"

"그건 기밀 사항이에요."

"그 사람은 죽었습니다. 그런 일엔 신경 쓰지 않을 겁니다."

"그래도 그와 나눈 대화 내용을 밝힐 생각은 없어요. 하지만 그가 PTSD를 앓고 있었다는 것만은 분명히 말해두죠. 또한……."

그녀는 중간에 말을 멈추었다. 나는 잠자코 기다렸다.

"그는 청각에도 문제가 있었어요." 그녀는 약간 망설이면서 덧붙였다.

"환청이 들렸다는 거로군요."

"PTSD의 진단 기준과는 맞지 않습니다. 정신분열증에 더 가깝지요."

"더 자세히 조사해봤습니까?"

"그는 치료를 중단했어요. 그리고 얼마 안 있어 죽었습니다."

"그가 문제를 겪게 된 건 특정한 사건 때문인가요?"

그녀는 시선을 돌렸다. "그건…… 특정한 계기는 아니었어요. 내가 알아낸 바로는."

"무슨 뜻입니까?"

"그는 악몽을 꾸었고 제대로 자지도 못했죠. 하지만 그런 것들을 특정한 사건과 연관시켜 얘기하지는 못했어요. 내가 말할 수 있는 건 이게 전부입니다."

"할란이 아내를 살해할 것이란 점을 암시할 만한 건 아무것도 없었습니까?"

"전혀. 우리가 그런 위험을 눈치 채고도 개입하지 않았을 거라고 생각하는 건 아니겠지요? 말도 안 됩니다."

"똑같은 자극이 그들 셋 모두에게 같은 행동을 하도록 작용했을 가능성은 있나요?"

"무슨 말인지 모르겠군요."

"이라크에서 어떤 일이 있었고, 그것이 일종의…… 집단적 트라우마 같은 게 될 수도 있었을까요?"

재미있다는 듯 그녀의 입술이 살짝 비틀렸다. "파커 씨, 정신의학 용어를 만들어내는 건가요?"

"그럴듯한 표현 아닌가요? 내 생각을 달리 어떻게 표현해야 할지 모르겠군요."

"그래요, 시도는 나쁘지 않네요. 나는 버니 크레이머와도 두 번 심리 치료를 진행했어요. 그 사람이 귀환한 직후에. 당시에 그는 약한 스트레스 증후군을 보였는데, 브렛 할란의 증세와 비슷했죠. 하지만 둘 중 누구도 이라크에서의 공통적인 경험에 관해서는 언급하지 않았어요. 크레이머도 치료를 계속받기를 거부했죠. 데미안 패쳇과는 버니 크레이머가 사망하고 얼마 안 되어 만났어요. 하지만 그도 당신이 말하는 것에 해당하는 내용은 한 마디도 하지 않았습니다."

"데미안의 아버지한테 그가 카운슬링을 받았다는 얘기는 듣지 못했는데요."

"카운슬링을 받은 게 아니었으니까요. 크레이머의 장례식에서 잠깐 얘기를 나누었을 뿐이에요. 그 이후에 한 번 더 만났지만 공식 치료는 아니었습니다. 실은 데미안에게 아주 잘 적응하는 것 같다는 말까지 한 걸요. 불면증이 좀 있긴 했지만요."

"그 세 사람 중 누구한테라도 약을 처방해준 적이 있습니까?"

"필요할 경우엔 그렇게 하는 게 내 일입니다. 어려움을 겪는 사람들에게 약을 잔뜩 안기는 데 찬성하지는 않지만요. 약은 고통을 가릴 뿐입니다. 근원적인 문제는 내버려둔 채."

"하지만 약을 처방했군요."

"트라조돈이요."

"데미안 패쳇에게도요?"

"아뇨. 크레이머와 할란에게만. 데미안에게는 불면증 문제가 있으면

주치의한테 상의하라고 했어요."

"그가 겪었던 문제가 불면증만은 아니었을 텐데요."

"분명 아니었지요. 크레이머의 죽음이 데미안 자신의 문제가 표면화되는 데 촉매 역할을 했을 수도 있습니다. 솔직히 데미안이 자살했을 때는 몹시 놀랐어요. 하지만 크레이머의 장례식에서 만난 게 데미안 한 사람은 아니었어요. 그의 전우들을 여럿 만났죠. 그들에게 카운슬링 서비스를 원하면 알아봐주겠다고 제안했지요."

"당신에게 받으라고요?"

"네."

"당신이 하는 조사에 도움이 되기 때문이었겠군요."

처음으로 그녀는 성난 기색을 내비쳤다. "그렇지 않습니다. 카운슬링이 그들에게 도움이 될 것이기 때문이었어요. 파커 씨, 이건 단순히 학문적인 과제가 아닙니다. 생명을 구하는 문제예요."

"그런데 스트라이커 C에는 그게 제대로 먹히지 않았군요." 나는 스스로도 알 수 없는 이유로 손더스를 몰아붙였다. 잊으려 애쓰는 기억을 그녀에게 열어 보인 자신에 대한 분노 탓인지도 몰랐다. 이유가 뭐든 이쯤에서 그만해야 했다. 그녀는 몸을 벌떡 일으켜 대화 시간이 끝났다는 사실을 암시해 내 말을 막았다. 나도 일어났다. 그녀에게 고맙다고 인사하고 문 쪽으로 몸을 돌렸다.

"아, 끝으로 한 가지만 더요." 내가 말했을 때 그녀는 책상 위의 서류철을 펴고 자기 일로 돌아가려던 참이었다.

"뭔가요?" 그녀는 얼굴을 들지 않고 말했다.

"데미안 패쳇의 장례식에도 참석했습니까?"

"예. 교회에 갔었습니다. 묘지에도 갈 생각이었지만 그러지 않았죠."

"이유를 물어봐도 될까요?"

"환영받지 못할 것이란 전갈이 있었거든요."

"누구한테서요?"

"당신과는 상관없는 일입니다."

"조엘 토비아스였나요?"

순간 그녀의 손이 얼어붙었나 싶었는데 잠시 후 계속 서류를 넘겼다.

"안녕히 가세요, 파커 씨." 그녀가 말했다. "전문가 입장에서 조언하자면 당신에게는 해결해야 할 문제가 아직 많아요. 내가 당신이라면 누군가에게 그런 문제들을 털어놓겠어요. 나 말고 다른 사람 말입니다."

"나를 당신의 연구 자료로 쓰지 않겠다는 뜻인가요?"

그러자 그녀가 고개를 들었다. "당신에 관해서는 충분히 알게 되었다고 생각합니다. 나가는 길에 문은 닫아주세요."

22

　보비 잰드로는 여태 뱅거에 살고 있었다. 오거스타에서 북쪽으로 한 시간 거리, 스틸워터 애버뉴 근처 팜 스트리트 끝머리에 있는 집이었다. 이번에도 앙헬과 루이스가 동행했는데 잰드로의 집에 도착할 때까지 아무 일도 없었다. 밖에서 보기에 집 상태는 썩 좋아 보이지 않았다. 단층 주택이었는데 흉한 피부처럼 페인트칠이 벗겨졌고, 잔디밭은 곧 잡초로 뒤덮일 것이란 사실을 가리는 데 급급했다. 그 집의 외관에서 가장 괜찮은 점을 꼽자면 내부가 기대에 부응하지 못하리란 예상을 불러일으키지 않는 점이었다. 잰드로는 휠체어를 타고 나왔다. 허벅지 부위가 핀으로 고정된 회색 운동복 바지를 입고 거기 어울리는 티셔츠를 걸쳤는데 둘 다 꼬질꼬질했다. 배가 툭 튀어나와서 셔츠로 가리는 건 어림없었다. 머리는 단정히 빗어 넘긴 반면 수염은 마구잡이로 기르고 있었다. 안에서는 퀴퀴한 냄새가 풍겨왔다. 그의 뒤로 보이는 주방 개수대에 그릇이 쌓였고 쓰레기통 옆 바닥엔 피자 상자가 여러 개 흩어져 있었다.

　"무슨 일입니까?" 그가 물었다.

나는 그에게 신분증을 보여주었다. 그는 신분증을 받아들어 무릎 위에 놓고 한참을 들여다보았다. 경찰에게 행방불명된 아이의 사진을 받아든 사람이 계속 쳐다보면 그 아이를 어디서 보았는지 기억이라도 난다는 듯이 시간을 끌 때처럼. 꼼꼼히 살펴본 다음 신분증을 돌려준 그는 양 손을 허벅지 사이에 내려놓았다. 그의 두 손은 싸움을 하는 작은 동물들처럼 맞물린 채 흔들렸다.

"그녀가 당신을 보냈습니까?"

"나를 보내다니?"

"멜 말입니다."

"아닌데." 왜 전 여자친구가 사립 탐정을 자기 집에 보냈다고 생각한 건지 물어보고 싶었다. 그녀가 나와 이야기를 나눌 때 그런 종류의 문제에 관해서는 조금도 비추지 않았기 때문이다. 하지만 지금은 적당한 때가 아니었다. 아직은. 그래서 대신에 나는 이렇게 말했다. "자네의 군 생활에 관해 이야기를 좀 나누고 싶은데."

나는 그가 이유를 물어오길 기다렸다. 하지만 그는 묻지 않았다. 말없이 휠체어를 뒤로 밀어 내가 안으로 들어갈 공간을 만들어주었는데 태도에서 경계심이 묻어났다. 자신의 신체적 약점, 죽을 때까지 항상 남들을 올려다보아야 한다는 사실을 의식한 탓일 것이다. 하지만 팔은 강건하고 근육질이었다. 거실로 들어가보니 창가에 덤벨 선반이 있었다. 그는 내 시선을 알아채고 "다리를 움직일 수 없다고 해서 나머지 부분도 모두 포기해야 하는 건 아니니까요"라고 말했다. 그의 말에는 악의도 방어적인 기미도 없었다. 그저 사실을 말하고 있었다.

"팔은 쉽습니다. 하지만 다른 부분은……." 그는 배를 두들겼다. "휠씬 힘드네요."

무슨 말을 해야 할지 몰라 나는 잠자코 있었다.

"소다 드시겠어요? 그보다 자극이 더 강한 건 없습니다. 유혹이 될 만한 건 가까이 두지 않는 게 좋을 것 같아서요."

"마실 건 괜찮네. 앉아도 되겠나?"

그는 의자를 가리켰다. 집 안에 대한 첫인상은 잘못된 것이었으며 공정하지 못했다. 먼지가 약간 있긴 했지만 청결했다. 책이 눈에 띄었는데 대부분은 베트남전 및 2차 대전과 관련된 공상과학 소설과 역사서였다. 수메르와 바빌로니아 신화에 관한 책도 몇 권 섞여 있었다. 현재에 관한 것으로는 뱅거 데일리 뉴스와 보스턴 글로브 신문이 있었다. 카펫에는 최근에 뭔가 튄 자국이 있었는데 깔끔하게 지워내지 못한 것 같았다. 벽 위에도, 거실과 주방 사이 바닥에도 같은 자국이 보였다. 잰드로는 집 안을 깨끗하게 유지하려 애쓰는 것 같았지만 휠체어에 앉은 남자가 카펫의 얼룩을 제대로 처리하는 것은 아무래도 무리인 듯했다.

잰드로는 자기 집에 대한 반응을 가늠하면서 나를 유심히 관찰했다.

"어머니가 일주일에 두 번씩 오십니다. 나 혼자서는 할 수 없는 부분이 있으니까요. 내가 좋다고만 하면 매일이라도 오시겠지만 워낙 호들갑스러워서요. 어머니들이란 다들 그렇지 않습니까."

나는 고개를 끄덕였다.

"멜과는 무슨 일이 있었나?"

"그녀를 알아요?"

적당한 때가 될 때까지 그녀와 이야기를 나누었다는 것은 밝히고 싶지 않았다. "지난해 신문에 실린 인터뷰를 읽었네. 거기서 사진을 봤지."

"그녀는 떠났습니다."

"이유를 물어봐도 괜찮을까?"

"내가 머저리였기 때문이죠. 그녀는 이걸 견딜 수 없었던 겁니다." 그는 자기 다리를 두드렸다. 그러더니 말을 바꾸었다. "아닙니다. 그녀가 아니라 내가 이걸 견딜 수 없었던 겁니다."

"그녀가 탐정을 고용해야 할 까닭이라도 있을까?"

"뭐라고요?"

"멜이 나를 보냈느냐고 물었잖나. 왜 그런 생각을 했는지 궁금하군."

"헤어지기 전에 싸움을 좀 했거든요. 돈 문제였어요. 몇몇 물건들을 누가 가질 건지로도 다퉜고요. 그녀가 자기 몫을 더 요구하기 위해 당신을 고용했나보다 생각했습니다."

멜도 나와 이야기하던 중에 그 문제를 언급하긴 했다. 그 집은 두 사람의 공동명의였다. 하지만 그녀가 권리 주장을 위해 법적인 조언을 받으려고 시도한 적은 없었다. 헤어진 것은 비교적 최근의 일이었고, 그녀는 화해 가능성을 염두에 두고 있었다. 그런데 여자친구 문제보다 더 큰 관심사가 있는 듯 잰드로의 어투에는 방금 그 자신이 말한 내용과 모순되는 무언가가 있었다.

"그녀가 나를 보낸 게 아니라고 했을 때 내 말을 믿었나?"

"그런 것 같습니다. 당신은 불구자를 두들겨 패는 그런 사람으로 보이진 않아요. 만약 당신이 그런 사람이라면······."

그의 오른손이 재빨리 움직였다. 베레타 총이었다. 휠체어 아래 만

들어 붙인 권총집에 숨겨둔 물건이었다. 그는 천장을 겨냥한 채 몇 초간 총을 들고 있더니 다시 권총집에 집어넣었다.

"염려되는 일이라도 있나?" 묻긴 했지만 총을 든 남자한테는 불필요한 질문이었다.

"걱정할 게 한두 가지가 아니지요. 화장실에서 엎어진다든지, 겨울철이 되면 어떻게 지낼까 하는 거라든지. 그걸 걱정거리라고 부른다면 걱정거리죠. 하지만 누군가 나를 손쉬운 표적으로 여기는 건 싫습니다. 적어도 그런 문제에는 나도 뭔가 대처할 수 있습니다. 자, 파커 씨, 이제 당신이 왜 내게 관심을 가지는지 이야기해보시죠."

"자네가 아냐. 조엘 토비아스라네."

"내가 조엘 토비아스란 사람을 모른다면요?"

"그럼 거짓말을 하는 걸로 여길 수밖에 없겠지. 자네들 두 사람은 이라크에서 같이 복무했고, 스트라이커 C 부대에서 그가 자네 분대장이었으니까. 자네들은 데미안 패쳇의 장례식에 참석했고, 나중에 설리스에서 자네는 토비아스와 싸움을 벌였지. 이런데도 조엘 토비아스란 사람을 모른다고 할 건가?"

잰드로는 눈길을 돌렸다. 나와 대화를 계속할지 나가라고 말할지 저울질하는 모양이었다. 그가 억눌렀던 분노에 휩싸여 있다는 것도 느껴졌다. 그 분노의 물결이 내게, 집 안의 가구들에, 얼룩진 벽에 부딪쳤고, 분노의 포말은 불구가 된 그 자신의 몸을 향해 흩날렸다. 분노와 비탄, 상실감. 그의 손가락들이 얽혔다 풀렸다 하면서 오직 자신만이 뜻을 알 수 있는 복잡한 모양들을 만들어내고 있었다.

"그래요. 난 조엘 토비아스를 알고 있습니다." 마침내 그가 입을 열었다. "하지만 가까운 사이는 아닙니다. 전에도 그랬고요."

"왜?"

"조엘의 아버지는 군인이었어요. 조엘은 그런 피를 타고 났습니다. 규율을 좋아했고 우두머리 노릇을 즐겼지요. 군이 그 사람 천성에 딱 맞았던 겁니다."

"자네는 달랐나?"

그는 눈을 가늘게 뜨고 나를 쳐다보았다. "몇 살이시죠?"

"마흔."

"당국에서 징집하려 한 적이 있었습니까?"

"나만 특별히 그런 것은 아니었지. 고등학교에 징병관들이 왔었는데 난 미끼를 물지 않았네. 하지만 그때는 상황이 지금과 달랐지. 전쟁 중이 아니었으니까."

"그래요, 지금은 전쟁 중이고 난 미끼를 물었어요. 그들은 돈을 주겠다고 했습니다. 대학에 갈 돈을. 태양과 달과 별을 모두 약속했지요." 그는 서글프게 웃었다. "태양 부분은 진실이었군요. 엄청 많이 보았으니까. 태양, 그리고 먼지도. 지금 나는 평화를 위한 재향군인 모임에서 일하고 있어요. 역(逆)징병관 역할입니다."

역징병관이 무언지 몰라서 물어보았다.

"군의 징병관은 원칙에 맞는 질문에만 대답하도록 훈련받습니다. 다른 질문을 하면 올바른 답을 얻지 못하게 되지요. 기껏 열일곱, 열여덟에 불과하고 앞날의 전망도 밝지 못한 아이가 그 위에서 스케이트를 지쳐도 될 것 같은 매끈한 군복을 차려입은 작자와 대면하면 들은 말 그대로 믿어버리게 됩니다. 계약서에서 놓치기 쉬운 작은 글자들은 살펴볼 생각도 안 하지요. 우리는 그런 작은 글씨 부분을 알려줍니다."

"예를 들면?"

"대학등록금이 확실히 보장되는 게 아니라는 것, 받지 못해도 군을 상대로 청구할 수 없다는 것, 약속한 수당이나 보너스를 전부 받는 사람은 10퍼센트도 안 된다는 것. 그렇다고 내 말을 오해하진 말아요. 조국을 위해 복무하는 건 명예스러운 일입니다. 군대를 택한 아이들 중 많은 수가 군인이 아니면 제대로 된 직업을 얻지 못했을 그런 애들이기도 하고요. 나도 그랬으니까요. 우리 가족은 가난했고, 나는 지금도 가난합니다. 그래도 조국을 위해 싸웠다는 자부심이 있어요. 휠체어 신세가 되지 않았더라면 좋았겠지만 그런 가능성을 몰랐던 건 아닙니다. 다만 징병관들이 앞으로 어떤 일을 겪을 건지 더 솔직하게 말해줬어야 한다는 겁니다. 이름만 아니지 실제로는 강제징집인 셈입니다. 가난한 애들, 직업이 없는 애들, 전망이 없는 애들, 세상 물정 모르는 애들을 끌고가는 겁니다. 럼스펠드가 아동낙오방지법에 징병 조항을 끼워넣었을 때 그런 사실을 몰랐을 것 같습니까? 모든 공립학교가 학생들의 세부 신상명세를 군에 의무적으로 제출하도록 한 것이 아이들의 읽기 능력 향상을 위해서일까요? 할당이 정해지고 그걸 채워넣어야 하죠. 어떻게든 복무자 숫자를 맞춰야 합니다."

"그렇지만 징병관이 완벽하게 정직하다면 누가 지원하겠나?"

"빌어먹을, 지금도 나는 지원서에 서명할 겁니다. 가족들한테서, 이 집에서 빠져나갈 수 있다면 뭐든 했을 겁니다. 여기서 나를 기다리고 있었던 건 최저임금 일자리와 금요일 근무를 끝낸 뒤 마시는 맥주뿐이었으니까. 그리고 멜이 있었겠죠." 그는 거기서 잠시 멈췄다 말을 이었다. "지금도 최저임금은 받고 있는 셈이지요. 한 달에 400달러. 게다가 의료보험은 그쪽에서 부담을 해주니까 보너스도 제대로 받는 걸 테죠." 그는 얼굴을 찡그렸다. "모순투성이에요."

"조엘 토비아스와 다툰 이유는 무엇이었나? 평화를 위한 재향군인 모임과 관계된 것이었나?"

잰드로는 눈길을 돌렸다. "아뇨. 그건 아닙니다. 나를 진정시키려고 맥주를 한잔 사겠다고 했지요. 하지만 난 그의 돈으로 마시기 싫었습니다."

"다시 같은 질문이 되는군. 왜?"

잰드로는 내 물음을 피했다. 자신이 말한 대로 그는 모순적인 사람이었다. 이야기를 하고 싶어 했지만 범위는 자기가 관심 있는 것에 한정되었다. 예의바른 듯 보였으나 이면에는 흉포함이 감춰져 있었다. 잰드로가 내리막길에 접어든 사람처럼 보인다던 로널드 스트레이디어의 말뜻을 알 것 같았다. 숨겨둔 총을 다른 사람에게 쓰지 않는다면 자기 자신을 쏠 가능성도 있으리라. 전우들과 마찬가지로.

"도대체 조엘 토비아스한테 왜 관심이 있는 겁니까?"

"데미안 패쳇이 자살한 이유를 밝혀달라는 의뢰를 받았네. 장례식에서 벌어진 언쟁에 관해 들었어. 혹시 거기에 뭔가 실마리가 있는 건 아닌지 알고 싶어."

"술집에서의 싸움과 자살 사이에? 터무니없는 소리로군요."

"그럴 수도. 아니면 내가 형편없는 탐정이거나."

잠시 침묵이 흘렀다. 그러더니 처음으로 잰드로가 소리 내어 웃었다.

"최소한 당신은 정직하긴 하네요." 웃음이 그치고 그 뒤를 이은 미소는 쓸쓸했다. "데미안이 자살했을 리가 없습니다. 종교적인, 도덕적인 뜻이 아니에요. 자살은 삶을 낭비하는 것이라든가 하는 얘기도 아니에요. 데미안은 자살할 사람이 아니었다는 의미입니다. 그는 비통함을 이라크에 두고 왔어요. 대부분은 말입니다. 정신적 외상을 입지도 않았고 그런 일에 시달리지도 않았습니다."

"정신과 의사 한 명도 똑같은 얘기를 하더군."

"그래요? 누군데요?"

"캐리 손더스."

"손더스? 잠깐만요. 해답은 하나도 주지 않으면서 알렉스 트레벡(게임쇼 사회자)보다 더 꼬치꼬치 캐묻던 사람 말이군요."

"손더스를 만났나?"

"자기 연구 때문에 나와 인터뷰했죠. 특별한 인상을 받진 않았습니다. 데미안에 관해 얘기하던 중이었죠? 나하고 같이 복무했지요. 나는 그를 아주 좋아했습니다. 좋은 애였어요. 데미안은 항상 애처럼 생각이 돼요. 지적이지만 영리하지는 않았어요. 내가 그 친구를 보살펴줘야겠다고 생각했는데 결국엔 그가 나를 돌봐주었죠. 내 생명을 구해주었으니까." 휠체어 팔걸이에 놓인 그의 팔에 힘이 들어갔다. "개새끼, 조엘 토비아스." 중얼거림이었지만 외치는 것처럼 들렸다.

"얘기해보게."

"토비아스를 생각하면 화가 납니다. 그렇다고 그자나 다른 사람들을 배신할 생각은 없지만요."

"토비아스가 조직을 만든 걸 알고 있네. 밀수를 하고 있지. 내 생각엔 그가 거기서 나오는 수입 일부분을 자네한테 약속했을 것 같은데. 자네, 그리고 자네 같은 사람들한테."

젠드로는 몸을 돌려 휠체어를 창가로 밀고 갔다.

"밖에 있는 사람들은 누굽니까?"

"친구들."

"당신 친구들은 우호적인 사람들 같지 않군요."

"나를 보호할 필요가 있는 것 같아서. 저 친구들이 너무 튄다면 목적에 꼭 맞는 셈이지."

"보호? 누구한테서?"

"자네가 권총을 소지하게끔 한 자들과 같은 무리일 테지. 자네의 옛 동료들. 조엘 토비아스 무리 말이야." 그는 나를 등지고 있었지만 창문에 비친 표정을 읽을 수 있었다.

"내가 왜 조엘 토비아스를 겁내야 합니까?"

겁낸다고? 흥미로운 어휘 선택이었다. 인정할 때 쓰는 단어였다.

"그 사람들이 자네를 약한 고리로 여길까봐 걱정하는 거겠지."

"나를? 난 성격 좋고 솔직한 사람인데요." 그가 다시 소리 내어 웃었다. 끔찍한 웃음소리였다.

"자네는 데미안 패쳇을 걱정했을 거야. 데미안에게 빚진 게 있었고, 그에게 무슨 일이 생기길 바라진 않았겠지. 아마 그는 너무 깊이 발을 디뎠을지도 모르지. 자네 말을 귀담아듣지 않았거나. 그가 죽자 자네는 행동을 취해야겠다고 결심했어. 아니면 브렛 할란과 그 아내의 경우를 보고 나서야 일종의 패턴을 인식하게 되었을지도 모르고."

"무슨 얘긴지 도통 모르겠습니다."

"자네가 그 얘기를 사촌한테 했을 거라고 생각하네. 자네는 포스터 잰드로한테 털어놓았어. 그가 경찰이었기 때문이겠지. 경찰이긴 하지만 친척이니까 믿을 수 있었을 거야. 아마도 그에게는 약간의 정보만 주었겠지. 나머지는 스스로 밝혀내길 바라면서. 그런데 조사에 착수한 포스터 잰드로는 놈들 손에 죽임을 당했어. 그걸 본 자네는 그들이 자네한테 손을 뻗치는 것도 시간문제라고 생각하게 되었고. 그럴듯하게 들리나?"

그는 재빨리 휠체어를 내 쪽으로 돌렸다. 손에 총이 들려 있었다.

"당신은 그 일을 몰라. 아무것도 몰라."

"보비, 이 일을 막 내려야 해. 무슨 일인지는 몰라도 사람들이 죽어 나가고 있네. 아무리 큰돈이라도 그만큼의 가치는 없어. 자네가 양심을 팔아넘겼다면 모르지만."

"내 집에서 나가!" 그가 고함을 질렀다. "나가!"

그의 뒤쪽으로, 집에서 나는 소리를 듣고 앙헬과 루이스가 달려오는 모습이 보였다. 내가 진정시키지 않았다면 보비 잰드로의 문이 바닥으로 쓰러지고 그의 총이 불을 뿜게 되었을지도 모른다. 그가 그 정도로 재빠르다면 말이지만.

나는 출입구 쪽으로 가서 문을 열어 앙헬과 루이스에게 내가 괜찮다는 것을 보여주었다. 보비 잰드로도 한 손으로 휠체어 바퀴를 굴려 복도로 내달아왔다. 한순간 나는 세 자루의 총에 둘러싸였다.

"진정해! 모두들! 진정하라고!" 나는 손가락 두 개를 천천히 주머니에 집어넣어 명함을 한 장 꺼냈다. 그것을 문 옆의 탁자에 놓았다.

"보비, 자네는 데미안 패챗한테 빚이 있어. 그가 죽었다고 빚이 없어지는 건 아니야. 지금은 그의 아버지가 빚에 대한 권리를 갖고 있네.
잘 생각해보길 바래."

"꺼져." 말은 그렇게 했지만 분노는 사그라지고 없었으며 그저 지친
듯 보였다. '꺼져'라고 말하는 목소리가 떨리면서, 다른 사람들에게서
밀려나 어두운 미지의 바다를 떠도는 쪽은 자신이라는 사실을 드러냈
다.

"한 가지 더 있네." 나는 장애인이 된 퇴역 군인보다 우위에 선 입장
을 이용해 덧붙였다. "여자친구와 화해하도록 해. 자네는 어떤 일이 닥
칠지 몰라 겁이 나서 그녀를 밀어낸 거야. 일이 닥쳤을 때 그녀가 다치
는 게 싫어서. 그녀는 아직도 자네를 사랑하네. 또한 자네한테는 그런
여자가 필요하고. 자네도 알고 그녀도 알아. 여기 명함을 놓고 갈 테니
상담할 일이 있으면 언제든 연락해."

나는 밖으로 걸어 나갔다. 앙헬과 루이스는 그대로 내 뒤쪽을 쳐다
보고 있었다. 그러다 문 닫히는 소리가 나더니 두 사람이 내 곁으로 왔
다.

"자, 정리 좀 하자." 차로 걸어가면서 루이스가 말했다. "어떤 놈이
너한테 총을 빼들었는데 너는 그자를 상대로 여자친구와의 관계를 조
언해준 거 맞지?"

"누군가는 그 말을 해줘야 해."

"그렇겠지. 그런데 왜 너냐고? 도도새들도 너보다는 최근에 섹스를
했겠다."

나는 루이스의 말을 무시했다. 차에 오르면서 보니 보비 잰드로는
창가에서 나를 지켜보고 있었다.

"그가 생각을 바꿀 거라고 봐?" 앙헬이 물었다.

"여자친구에 관해서, 아니면 토비아스에 관해서?"

"둘 다."

"그래야만 해. 두 가지 문제 모두. 그러지 않으면 죽게 될 거야. 그녀가 없어서 벌써 죽어가고 있는 걸. 아직 인정하지 않을 뿐이야. 이대로 가면 이미 시작된 일을 토비아스와 그 일당들이 마무리 짓게 될 테지."

"와우. 이런 문구가 인쇄된 카드를 팔려나? '태도를 바꿔라, 안 그러면 죽는다.'"

앙헬과 루이스를 뒤에 두고 차를 몰았다. 하지만 바로 다음 거리까지였다. 내가 길 옆에 차를 대고 그들 쪽으로 걸어가자 두 사람은 의아한 표정으로 쳐다봤다.

"너희들은 여기 있어줬으면 해."

"왜?" 앙헬이 물었다.

"놈들이 보비 잰드로한테 올 테니까."

"반드시 그럴 거라고 확신하는 모양이네."

나는 머스탱 쪽으로 가서 뒤 범퍼에 붙어 있는 GPS 추적 장치를 가리켰다.

"이게 놈들을 데려올 거야. 그러니 나한테 그 차를 빌려주고 너희는 여기 있어줘."

"네 차가 여기 있으면." 루이스가 말했다. "놈들은 잰드로가 네게 미주알고주알 털어놨다고 생각할 거야. 그러면 잰드로와 너, 둘 다 해치우려 하겠지."

"마지막 부분은 틀렸어. 놈들이 잰드로에게 손대려 하면 너희가 놈들을 죽여버릴 테니까."

"그러면 잰드로가 입을 열 테고."

"그게 내 계획이야."

"그런데 넌 어디로 가려는 거야?" 앙헬이 물었다.

"레인즐리 쪽에."

"레인즐리에 뭐가 있는데?"

"모텔."

"네가 모텔에서 편히 쉬는 동안 우리더러 여기 덤불 속에서 잠복하라고?"

"그 비슷한 얘기야."

"좋아. 멋지군."

루이스와 앙헬의 차 트렁크에 들어 있던 장난감을 모두 비운 다음 우리는 차를 바꿔 탔다. 짐을 옮기면서 보니 두 사람치고는 짐이 단출한 여행이었다. 글록 두 정, 나이프 몇 자루, 반자동 권총 두 정, 여분의 탄창. 루이스가 잰드로의 집이 잘 보이는 숲 속 자리를 찾아냈다. 둘은 거기에 자리를 잡았다.

"우리가 놈들을 죽이기 전에 놈들한테 묻고 싶은 건 없어?" 루이스가 물었다. "죽인다 치고 말이야."

나는 블루문의 더러운 물과 자루가 코와 입에 달라붙던 감촉을 떠올렸다. "죽일 필요가 없다면 죽이지 마. 하지만 어느 쪽이든 난 별로 상관없어. 내키는 대로 해."

모두가 움직이는 중이었다. 말들이 빠짐없이 장기판 위에 놓였고,

그날 밤 게임은 종말에 도달할 터였다.

캐런 에모리는 침실 창문으로 조엘 토비아스가 떠나는 것을 지켜보았다. 그는 서둘러 작별인사를 하고 그녀의 볼에 마른 입술을 갖다댔다. 그가 몸을 떼려 한다는 것을 느끼면서도 그녀는 그를 꼭 껴안았다. 등을 더듬던 그녀의 손가락 끝에 총의 감촉이 느껴졌다.

토비아스는 실버라도를 타고 북쪽으로 향했다. 밴 한 대와 오토바이 두 대에 나눠 탄 일행이 팰머스에서 기다리고 있었다. 해병대 출신인 버넌과 프리처드가 저격팀의 핵심이었다. 그들 옆에 맬락과 바치가 서 있었다. 버넌과 프리처드는 둘 다 몸집이 컸다. 버넌은 흑인, 프리처드는 백인이었지만 피부 색깔 이외에는 같은 종자였다. 토비아스는 그들을 좋아하지 않았다. 육군과 해병대 사이의 통상적인 반감보다 싫어하는 정도가 더 심했다. 특히 버넌은 입만 열면 끝없이 질문을 해대는 게 거슬렸고 질문을 하는 태도도 마음에 들지 않았다.

"트위젤과 그린햄은 어디 있지?" 제2 저격팀에 관해 버넌이 물었다.

"나중에 합류할 거야." 토비아스가 말했다. "그들에게는 우선 처리할 일이 있어."

"빌어먹을." 버넌이 날카롭게 대꾸했다. "넌 상세한 내용을 다른 사람과 공유할 필요를 못 느끼냐?"

"그렇다." 토비아스는 상대가 눈길을 돌릴 때까지 똑바로 쳐다보았다.

이라크에서 토비아스와 같은 분대에 있었던 맬락과 바치는 말없이 서로 눈길을 교환했을 뿐 끼어들지 않았다. 버넌과 토비아스 병장 사이의 말다툼에서 어느 한쪽을 편들어 좋을 일이 없다는 것을 터득한

지 오래였다. 상병으로 제대한 맬락은 명령에 일체 이의를 달지 않았다. 지금에 와서는 토비아스와 사이가 멀어졌다는 걸 의식하고 있었으나 무조건 복종하는 태도는 변하지 않았다. 토비아스는 요즘 점점 이상해졌으며 잔인하다 싶을 만치 독단적이었다. 파커가 뭘 알고 있는지 심문하는 대신 그의 숨통을 완전히 끊어놓아야 한다고 주장한 것도 토비아스였다. 맬락은 신중하게 행동하자는 쪽이었고, 결국 그가 탐정을 심문하는 일을 맡게 되었다. 그는 같은 미국인을 조국 땅 위에서, 아니다른 어디에서든, 죽일 생각이 없었다. 파커 문제에서 양보를 얻어낸 건 작은 승리였지만 그 이상은 아니었다. 맬락은 포스터 잰드로의 죽음이나 다른 것들에 대해 아무것도 모르는 척하기로 마음먹었다.

바치는 그저 돈을 노리고 가담한 뻔뻔스러운 폭력배였다. 그가 캐런 에모리를 쳐다보는 눈길을 토비아스가 아직 눈치 채지 못한 건 바치에게 행운이었다.

행복한 대가족이로군. 맬락은 생각했다. 이 모든 일은 빨리 끝날수록 좋다.

"좋아. 가자." 토비아스가 말했다.

특징 없는 갈색 세단에 탄 두 남자가 루이스턴, 오거스타, 워터빌을 지나 북쪽으로 움직이며 점차 뱅거로 다가갔다. 둘 중 한 명은 무릎에 놓인 컴퓨터를 들여다보는 중이었다. 가끔씩 그가 '새로 고침' 키를 눌렀으나 깜박이는 점은 지도 화면에서 움직이지 않았다.

"그 물건이 아직 제대로 작동하는 게 맞아?" 트위젤이 물었다.

"그런 것 같은데." 깜박거리는 점에 시선을 고정한 채 그린햄은 대답했다. 그 점은 팜과 스틸워터의 교차로 근처에 못 박혀 있었다. 보비 잰드로의 집에서 멀지 않은 곳이었다. "날 잡아 잡수 하고 기다리고 있군." 그린햄의 말에 트위젤이 만족스러운 신음 소리를 냈다.

그린햄과 트위젤이 루이스턴을 지나칠 무렵, 조금 전 치과 치료를 받은 로하스는 마취제 탓에 약간 멍한 상태에서 치료 부위의 통증이 되살아나는 걸 의식하며 책상 위의 붉은 오크제 판에서 작업을 하고 있었다. 오크판은 인장들의 장식대 역할을 하게 될 터였다. 일하는 동안 인장들은 검은 천에 눕혀 옆에 놓아두었다. 인장의 존재가 그의 마음을 편안하게 해주었고, 이 세상에도 아름다움이 존재한다는 사실을 일깨워주었다.

헤러드도 북쪽으로 달리며 점차 로하스와 가까워졌다. 캡틴이 옆에 없는 것이, 통증이 견딜 만한 것이 고마웠다. 한편 그가 달려가는 동안 또 다른 존재도 그와 가까이에 있었다.

콜렉터 또한 움직이고 있었던 것이다.

3부

질문: 무엇을 불태웠습니까?
대답: 적입니다.
질문: 사람들을?
대답: 적입니다.
질문: 그들은 인간조차 아니었습니까?
대답: 그렇습니다.
질문: 남자들이었습니까?
대답: 잘 모르겠습니다······.

—1970년 미라이 군법재판 윌리엄 캘리 중위의 증언

* 1968년 미군이 주민을 대량 학살한 베트남 남부 마을

2.3

포틀랜드 북서부, 뉴햄프셔 주 경계선의 동쪽이자 캐나다 국경 바로 아래 있는 레인즐리 호수 일대는 내게 익숙한 지역이 아니었다. 스포츠맨의 낙원으로 유명한 그 지역은 19세기부터 명성을 떨쳐왔다. 내게는 그곳에 갈 만한 이유가 별로 없었다. 어렸을 때 아버지가 아끼던 차르사브레에서 부모님 뒷자리에 앉아 다른 곳으로 가는 길에 지나친 어렴풋한 기억은 있다. 아마 캐나다로 향하던 길이었을 것이다. 아버지가 동부 뉴햄프셔를 방문하기 위해 그 먼 길을 갔을 리는 없었다. 이유는 모르지만 아버지는 뉴햄프셔를 수상쩍은 곳으로 여겼다. 너무 오래전의 일이고, 이제와 이유를 물어보려 해도 부모님은 안 계신다.

레인즐리에 관한 기억이 하나 더 있다. 할아버지의 친구였던 피니어스 아보개스트에 관한 기억이다. 그분은 레인즐리호 근처 숲 속에서 가끔 사냥을 했고, 근처에 오두막도 한 채 가지고 있었다. 아마 대물려 내려오는 오두막이었을 것이다. 피니어스 아보개스트는 대대로 메인 주에서 살아온 토박이로, 가계를 거슬러 올라가면 1만1천 년 전에 오늘날 베링 섬이라 불리는 곳을 건너 아시아에서 북미로 이주해온 유목

민에 가닿을 것이다. 그 정도는 아니라 해도 청교도주의의 엄혹함을 피해 북쪽으로 향했던 완고한 필그림 정도까지는 거슬러 올라갈 터였다. 어렸을 때 나는 피니어스의 말을 알아들을 수가 없었다. 모음을 워낙 길게 빼어 발음했기 때문인데, 심지어는 모음이 전혀 없는 단어마저도 길게 늘여 말하는 판이었다. 폴란드어라도 길게 빼서 발음할 수 있는 사람이었다.

할아버지는 피니어스를 좋아했다. 일단 피니어스를 찾아내는 데 성공하고 그의 말을 알아들을 수만 있다면, 그 사람은 역사와 지리적 정보의 광맥이었다. 늙어가면서 그런 지식들이 어쩔 수 없이 두뇌에서 빠져나가자 피니어스는 모든 걸 잊어버리기 전에 책을 써두려 했으나 도저히 그런 과업을 감당할 인내심이 없었다. 그는 옛 시대의 구전 전승에 속한 사람이었다. 그가 큰 소리로 이야기를 해주면 그걸 들은 사람들이 다른 사람들에게 전해주는 식이었다. 결국엔 그의 말에 귀를 기울이는 사람들은 그와 엇비슷하게 나이든 이들만 남았고, 젊은이들은 피니어스의 이야기를 듣고 싶어 하지 않았다. 당시엔 그랬지만 시간이 흐른 뒤에는 그런 이야기를 수집하러 녹음기를 들고 대학 같은 데서 사람들이 왔고, 피니어스는 교회 경내에서 밤이 이슥하도록 이웃들한테 자신의 이야기를 들려주었다.

내가 가진 피니어스와 할아버지에 대한 기억도, 난로 가에 앉아 피니어스가 말하고 할아버지가 듣는 모습이었다. 그때 이미 아버지는 세상을 떠났고, 어머니는 그날 밤 어디 다른 곳에 있었다. 장작을 지펴 난방을 한 집에는 우리 세 사람뿐이었다. 할아버지가 요즘엔 왜 오두막에 통 가지 않는지 묻자 피니어스는 대답하기 전에 잠깐 뜸을 들였다. 그건 두서없는 일화의 경로를 따라가기 전에 생각을 가다듬으며 숨을 고르는 그의 통상적인 뜸들임과는 달랐다. 확실치 않은 이야기라 — 정말 그랬을까? — 말을 꺼리는 기색이었다. 할아버지는 궁금증을 누르며 기다렸고 나도 그랬다. 마침내 피니어스 아보개스트는 그가 왜 레인즐리 호 근처 숲에 있는 오두막에 가지 않게 되었는지 털어놓았다.

그는 혈통이 왕족처럼 복잡한 잡종개 미스티를 공주 견공으로 대접하며 키웠는데, 그 개를 데리고 사냥을 간 날이었다. 딱히 소용이 있어 다람쥐들을 쏜 것은 아니었다. 그저 다람쥐들이 그다지 마음에 들지 않아서였다. 미스티는 늘 그랬듯 앞서 뛰어갔는데 어느새 모습이 보이지 않았고 소리도 들리지 않았다. 휘파람을 불어도 개는 돌아오지 않았다. 거만하게 굴긴 해도 말 잘 듣는 개였는데 이상한 일이었다. 피니어스는 개를 찾아 점점 더 숲 속 깊이 들어갔고 오두막에서 점점 더 멀어졌다. 어둠이 내리기 시작했으나 그는 수색을 멈추지 않았다. 미스티를 홀로 숲 속에 내버려두고 갈 수는 없는 노릇이었다. 계속해 미스티의 이름을 불렀지만 응답이 없었다. 곰한테, 아니면 스라소니나 보브캣한테 당한 건 아닌지 걱정이 되었다. 한참을 더듬다보니 마침내 미스티가 낑낑거리는 소리가 들려왔다. 일흔셋의 나이에도 귀와 눈이 비교적 멀쩡해 다행이라고 생각하면서 그는 소리를 따라갔다.

공터에 다다랐다. 하늘에 돋은 달 덕분에 미스티의 모습을 가까스로 알아볼 수 있었다. 들장미 덤불이 개의 다리와 주둥이에 엉켜 있었다. 벗어나려 발버둥 칠수록 더 꽉 죄어와 개는 힘없이 울고만 있었다. 미스티를 풀어주려고 칼을 꺼냈는데 오른편에서 뭔가 움직이는 기척이 느껴졌다. 그는 손전등 불빛으로 그쪽을 비췄다.

예닐곱 살 된 여자아이가 공터 구석에 서 있었다. 검은 머리카락에 안색이 몹시 창백한 아이였다. 올이 거친 검은 원피스를 입고 발에는 투박한 검은 구두를 신고 있었다. 아이는 손전등의 강한 불빛을 받으면서도 눈을 깜박거리지 않았고, 손을 들어올려 눈을 가리려고도 하지 않았다. 빛줄기가 아이한테는 아무 영향도 미치지 못하는 것 같다고 피니어스는 생각했다. 오히려 빛줄기를 피부로 흡수해버리는 듯 보였다. 아이의 내부로부터 하얀빛이 뿜어져 나왔던 것이다.

"얘야, 이런 곳에서 무얼 하고 있는 거냐?"

"길을 잃었어요. 도와주세요."

아이의 목소리는 동굴 속이나 텅 빈 나무 몸통에서 울려나오는 것처럼 기묘하게 들렸다. 그럴 리가 없는 데도 소리가 울렸다.

피니어스는 아이 쪽으로 다가가려고 했다. 아이의 어깨에 걸쳐주려 이미 외투를 벗어 든 참이었다. 그때 미스티가 들장미 덩굴에서 빠져나오려 다시금 애쓰는 모습이 눈에 들어왔다. 개는 꼬리를 뒷다리 사이에 말아 넣은 채 끙끙거렸다. 빠져나오려다 또 가시에 찔린 듯 괴로워했지만 자유로워지려고 안간힘을 썼다. 그런 시도가 계속 무위로 돌아가자 미스티는 여자아이를 쳐다보며 으르렁거렸다. 달빛 속에서 개가 몸을 떨면서 목의 털을 곤두세우는 것을 피니어스는 보았다. 여자아이 쪽을 쳐다보자 아이는 몇 미터 뒤로 물러서 숲으로 더 가까이 다가섰다.

"도와주세요. 길을 잃었어요. 무서워요."

경계심이 일었다. 왜 그런지는 알 수 없었다. 아이의 창백한 안색,

아이의 존재가 미스티에게 미친 영향 때문만은 아니었다. 그러면서도 그는 아이 쪽으로 걸어갔다. 그런데 그가 다가가면 여자아이는 그만큼 멀어졌다. 마침내 그는 공터를 등 뒤에 두게 되었고, 눈앞에 보이는 것은 숲밖에 없었다. 숲, 그리고 나무 사이에 선 여자아이의 흐릿한 형체뿐이었다. 피니어스는 손전등의 불빛을 낮춰보았다. 하지만 여자아이의 모습은 숲의 어둠 속에 묻히지 않았다. 계속해 어렴풋한 빛을 내뿜고 있었다. 그의 입김은 두터운 구름처럼 엉겨 있었지만 아이의 입 주위에는 그런 게 없었고, 아이가 말을 할 때에도 입김이 보이지 않았다.

"제발요. 외롭고 무서워요. 함께 가주세요."

여자아이가 팔을 들어 그에게 손짓을 해보였다. 그는 아이의 손톱 밑에 흙이 채워져 있는 걸 보았다. 마치 캄캄한 땅속 어디, 꿈틀거리는 벌레들의 은신처에서 손톱으로 길을 파내 빠져나온 듯이.

"안 된다, 애야. 너와 같이 갈 순 없단다."

눈길을 여자아이한테 고정시킨 채 그는 뒷걸음질로 미스티 옆으로 돌아가 쪼그리고 앉아 들장미 줄기를 베어내기 시작했다. 끈끈하게 달라붙는 들장미는 마지못한 듯 떨려나갔다. 들장미를 베어내는 와중에도 다른 들장미들이 신발에 달라붙는 것을 느꼈다. 하지만 나중에 생각해보니 그런 느낌은 그의 마음이 만들어낸 속임수였다. 깊은 숲 속에서 빛을 내뿜으며 컴컴한 나무 그늘로 함께 가자고 청하는 소녀라는 더 엄청난 속임수에 대처하기 위해 자신의 마음이 고안한 작은 장치. 그는 아이의 분노와 좌절감을 감지했다. 그랬다. 그는 아이의 슬픔을 느꼈다. 아이가 외롭고 겁에 질린 건 사실이었다. 하지만 아이는 구조되길 바라는 게 아니었다. 자기의 외로움과 공포를 다른 사람에게 맞보게 하고 싶은 것이었다. 숲 속에서 여자아이의 길동무가 되어 죽는 것, 그래서 온 세상이 암흑으로 변해버리는 것과 죽음 이후에 다시 깨어나 아이처럼 숲 속을 방황하며 비참한 심정을 나눌 다른 사람을 찾아다니는 것, 어느 쪽이 더 나쁠지 그는 알 수 없었다.

마침내 미스티가 들장미에서 풀려났다. 자유로워진 개는 총알처럼 달려 나가다가 문득 멈추더니 주인이 뒤를 따라오는지 확인했다. 자유를 되찾은 안도감에도 불구하고 미스티는 그를 숲 속에 버려두지 않았다. 그가 개를 버리지 않은 것과 마찬가지로. 피니어스는 개를 따라가면서도 여자아이를 계속 쳐다보았다. 아이의 모습이 시야에서 사라질 때까지 그는 시선을 놓지 않았다. 더 이상 아이가 보이지 않는다 싶더니 어느새 익숙한 곳에 도달해 있었다.

피니어스 아보개스트가 레인즐리 숲의 오두막에 발길을 끊은 연유는 이랬다. 지금도 레인즐리와 랭던 사이 어디쯤에 가면 폐허가 된 그 오두막이 보일지도 모른다. 끈적거리는 들장미 덤불이 오두막을 에워싸고 자연의 지배권을 주장하고 있을 것이다.

자연, 그리고 창백한 여자아이. 피부로 빛을 발하면서 자기의 게임에 참가할 놀이동무를 헛되이 찾는 여자아이.

나는 〈메인 주가 당신을 초대합니다〉라는 옛날 브로셔를 아직도 간직하고 있다. 피니어스가 준 것으로, 메인 홍보청에서 1930년대 말에서 1940년대 초 사이에 펴낸 브로셔였다. 표지 뒷장에 1937년부터 1941년 초까지 재임한 루이스 O. 배로즈 주지사가 쓴 인사말이 실린 것으로 발행 시기를 어림할 수 있었다. 배로즈는 구식 공화당원으로, 요즘의 과격한 공화당원이라면 마주치지 않으려 길을 돌아갈 그럴 인물이었다. 배로즈 주지사는 재정 균형을 맞추었고, 공립학교의 예산 지원을 늘렸으며, 옛날 방식의 사회보장 지원 제도를 재도입했는데 이 모든 것을 재정 적자를 줄이면서 추진했다. 러시 림보프(보수 성향의 뉴스쇼 진행자)라면 배로즈를 사회주의자라고 불렀을 것이다.

그 브로셔는 가버린 시대에 바치는 감동적인 찬사였다. 일주일에 30달러면 고급 통나무집을 빌릴 수 있고, 1달러에 닭고기 정식을 먹을 수 있었던 시대. 포틀랜드의 라피엣 호텔, 프라우츠 넥의 윌로우스와 치클리 등 브로셔에 나온 곳들은 오래 전에 없어졌다. 브로셔에는 그밖에도 거의 모든 곳에 대한 설명이 실려 있었다. 그곳 거주자들조차 왜 거기서 사는지 스스로 의아하게 여길 뿐더러 휴가를 올 사람이 있을 거라고는 생각도 않는 곳까지 소개해두었다.

레인즐리와 스트래턴 사이에 있는 랭던 마을은 한 페이지 전부를 차지하고 있는데, 광고에 프록터라는 이름이 계속 등장해 눈길을 끌었다. 프록터 캠프, E. 프록터와 A. 프록터가 운영하는 볼드마운틴 다이너, R. H. 프록터의 레이크뷰 파인 다이닝 레스토랑. 아무래도 예전엔 프록터 일가가 랭던을 쥐고 흔든 모양이었다. 프록터 일가는 랭던이 관광객을 끌 만한 곳이라고 여겨 값비싼 광고를 실었을 것이다. 그 광고들은 언제 찍은 건지 알 수 없는 사진으로 아름답게 장식되어 있었다.

예전에 랭던이 가졌던 매력이 무엇이었든 그런 것은 더 이상 보이지 않았다. 애초부터 프록터 일가의 야망에서 비롯된 허구였는지도 모를 일이다. 캐나다보다는 뉴햄프셔와의 경계와 더 가깝긴 하지만 어느 쪽에서든 쉽게 갈 수 있는 그곳에는 이제 노후한 주택단지와 침체된 상점들뿐이었다. 볼드마운틴 다이너는 아직 있지만 척 보기엔 10년 동안 영업을 하지 않은 곳 같았다. 마을의 유일한 잡화점에는 상을 당해 일시적으로 영업을 정지하며 일주일 뒤 문을 연다고 쓴 표지판이 걸렸는데, 거기 적힌 날짜는 2005년 10월 10일이었다. 그 정도로 애도 기간이 긴 것을 보면 왕의 죽음이었나 싶었다. 그 잡화점을 제외하면 미용실, 박제점, 그리고 벨 댐이라는 술집이 전부였다. 벨 댐이란 이름이 레인즐리 댐에 빗댄 재치 있는 말장난인줄 알았는데 간판을 자세히 들여다보니 끝의 'e'가 떨어져나가고 없었다.(본래 이름인 Belle Dame은 아름다운 귀부인이라는 뜻—옮긴이) 거리를 따라 차가 몇 대 서 있긴 했지만 오가는 사람의 모습은 찾아볼 수 없었다. 박제점만이 살아 있는 징후를 나타내고 있는 게 아이러니였다. 내가 랭던의 밝은 햇살 속으로 한걸음을 내디뎠을 때 박제점의 문이 열리더니 아래위가 붙은 작업복을 입은 남자가 밖으로 나와 내 쪽을 유심히 쳐다보았다. 60대로 보였으나 편안히 나이를 먹어 세월의 발톱이 느껴지지 않는 사람이었다. 어쩌면 그가 작업할 때 쓰는 보존제와 관계가 있을지도 모를 일이었다.

"조용하네요."

"그러네요." 과연 그런지 확신이 가지 않는다는 말투로 그가 대답했다. 확실한 사실을 두고도 늘 그런 식으로 표현하는 사람인 듯했다.

나는 다시 주위를 둘러보았다. 조용하다는 사실에는 논쟁의 여지가 없는 것처럼 보였으나 그는 저 많은 닫힌 문 뒤에서 벌어지는 뭔가를 알고 있을지도 몰랐다.

"감리교도의 지옥보다 더 뜨겁군요"라고 그가 덧붙였다. 그 말이 맞았다. 차에 있을 때는 몰랐는데 한 발짝 밖으로 나오니 벌써부터 땀이 흐르기 시작했다. 박제사는 그다지 땀을 흘리지 않았다. 모기 같은 날벌레들이 우리 사이에서 맴돌고 있었다.

"혹시라도 성함이 프록터는 아니겠지요?"

"아니, 스툰덴이오."

"몇 가지 물어봐도 괜찮을까요, 스툰덴 씨?"

"벌써 그러고 있잖소. 내가 보기엔 그렇구먼."

그는 비틀린 웃음을 지어보였지만 악의는 없었다. 그저 랭던의 단조로운 일상을 깨트리는 즐거움을 맛보고 있을 따름이었다. 스툰덴은 문에서 떨어지며 자기를 따라 안으로 들어오라는 고갯짓을 해보였다. 박제점 안은 어두웠다. 숫자가 매겨진 꼬리표가 달린 사슴뿔들이 바닥에 놓여 있거나 낡은 서까래에 매달려 있었다. 최근에 속을 채워 박제로 만든 입이 큰 송어가 내 왼쪽에 자리한 냉동고 위에 버티고 있고, 오른쪽으로는 화학약품이 담긴 항아리, 페인트, 여러 종류의 유리 눈알이 줄지어 놓인 선반이 있었다. 냉동고는 옆면을 따라 흐른 핏줄기가 굳으면서 금속이 부식되어 있었다. 가장 눈에 띄는 것은 강철 작업대였는데 사슴 가죽과 둥근 칼날 면도기가 놓였고, 버려진 살코기는 작업대 바닥에 쌓여 있었다. 그가 솜씨 있는 박제사라는 건 한눈에 알아볼 수 있었다. 가죽에서 살점을 신중하게 긁어내 지방을 한 점도 남겨놓지 않았다. 지방이 산화하면 가죽에서 냄새가 나고 털이 빠진다. 작업대 바로 옆에 사슴 머리 모양의 발포 고무가 놓여 가죽이 씌워지길 기다리고 있었다. 살 썩는 악취가 실내 전체에 배어 있었다. 나도 모르게 코를 찡그리고 말았다.

"냄새가 역겹지요?" 그가 말했다. "나는 이제 그 냄새를 의식하지 않는답니다. 밖에서 얘기하면 좋았겠지만 이 사슴 가죽 손질을 끝내야 해서. 같은 사람이 주문한 오리 두 마리도 작업해야 하고."

그는 옥수수 속대 간 것으로 채운 깔끔한 용기 두 개를 손으로 가리켰다. 죽은 오리의 살갗 표면에서 기름을 빼는 중이었다. "이러지 않으면 오리는 털을 깎을 수가 없어요. 칼날이 밀려버려서."

오리털 깎기에 흥미가 동한 적은 한 번도 없었으므로 아직 사냥철이 아니라는 사실에 안심이 되었다.

"이 사슴은 자연사한 거요. 발을 헛디뎌 총알 위로 넘어졌지요."

"오리들은요?"

"익사했지."

털 깎기 작업을 재개하자 그는 땀범벅이 되었다.

"고된 일이네요."

스툰덴은 어깨를 으쓱해 보였다. "사슴은 힘들어요. 물새는 좀 낫지요. 오리 한 마리는 몇 시간이면 끝나고. 그런 뒤엔 예술적인 작업이지. 색깔에 특히 주의해야 해요. 잘못하면 영 이상하게 보이거든. 이번 작업으로 500달러를 받게 돼요. 이번 일을 맡긴 사람은 돈을 제대로 내겠지만 항상 그렇진 않아요. 모두들 어려운 시기니까. 이번엔 착수금까지 받았지 뭐요. 지금껏 그렇게까지 한 적은 없었는데."

그는 계속해서 사슴 털을 밀었다. 귀에 거슬리는 소리가 났다. "그건 그렇고, 랭던엔 무슨 볼일이요?"

"해럴드 프록터란 사람을 찾고 있습니다."

"그 사람한테 뭔가 문제라도?"

"왜 그런 말씀을 하시죠?"

"결례를 범할 뜻은 없소이다. 하지만 왠지 당신은 문제를 조사하러 온 사람 같거든."

"제 이름은 찰리 파커입니다. 사립 탐정이지요."

"아직 내 물음에 답을 안 했어요. 해럴드에게 문제가 있소?"

"아마 그럴 겁니다. 하지만 저 때문은 아닙니다."

"돈 문제요?"

"그럴 겁니다. 역시 제 돈은 아닙니다만."

스툰덴은 하던 일에서 눈을 뗐다. "그 사람은 가족 모텔 옆에 살지. 여기서부터 서쪽으로 1.5킬로미터쯤 가면 돼요. 하지만 길을 모르면 찾기 어렵소."

"영업하는 모텔인가요?"

"이곳에서 영업을 하고 있는 건 나 하나뿐이오. 내가 이런 말을 할 수 있는 것도 얼마나 남았는지 모르지만. 그 모텔은 10년쯤 전에 문을 닫았소. 예전엔 캠프장이었는데 모텔 쪽이 승산이 있어 보였던 모양이지. 해럴드의 부모가 운영하다가 두 사람이 죽자 모텔은 문을 닫았소. 어쨌거나 돈이 썩 잘 벌리는 곳은 아니었어요. 모텔로는 위치가 나빴거든. 해럴드는 프록터가의 마지막 자손이에요. 정말 믿기 어려운 일이지. 옛날엔 이 마을의 절반을 그들이 경영했고 나머지 절반은 빌려줘 세를 받았는데. 하지만 손이 귀한 집안이었소. 여자들이 그리 매력적인 편이 아니었어요. 생각해보면 그것도 자손이 번창하지 못한 요인이 될 것 같군. 프록터가 여자들은 대개 못생긴 편이었지."

"남자들은요?"

"글쎄, 남자들 얼굴을 눈여겨보진 않으니까. 그러니 이러니저러니 말할 입장이 아니구려."

그의 눈이 음울하게 번쩍였다. 왕년의 스툰덴 씨가 못생긴 프록터 여자가 아닌 어떤 여자한테 자신의 매력을 시험해봤는지는 몰라도 꽤나 무정한 사람이었을 것이라는 생각이 들었다. "그 사람들이 죽어가자 마을도 그들과 함께 죽었어요. 지금은 레인즐리 호 덕에 그럭저럭 먹고살지만 충분하다고는 할 수 없지."

나는 그가 가죽 손질을 마치기를 기다렸다. 스툰덴은 면도기를 끄고, 손에 묻는 기름기를 주방세제로 씻어냈다.

"해럴드가 썩 사교적인 사람은 아니라는 걸 말해둬야겠소. 본래도 외향적인 사람은 아니었지만, 이라크에서 돌아온 뒤 — 첫 번째 전쟁이오, 이번 전쟁이 아니라 — 성격이 이상해졌지요. 대부분의 시간을 혼자 지내요. 길에서 가끔 마주치기도 하고, 일요일에는 오쿠오소크의 성당에서 보기도 하지만 그게 전부요. 나를 봐도 그저 고개만 까딱해 보일 뿐이지요. 아까도 말했지만 원래부터 사람들과 잘 어울리는 성격은 아니었소. 그래도 얼마 전까지는 인사 한두 마디는 나누고 날씨 얘기 같은 걸 하기도 했었는데. 전에는 벨 댐에 가끔 들르곤 했지요. 그럴 때 기분이 괜찮으면 사람들과 이야기를 나누기도 했고." 그는 벨 댐을 '벨 다임'처럼 발음했다. "궁금해할까봐 하는 얘긴데 거긴 내 소유요. 사냥철에는 그나마 돈이 좀 들어오지만 나머지 기간은 저녁나절 소일거리지."

"이라크에서 어떻게 지냈는지 얘기해본 적 있으세요?"

"그 사람은 대개 혼자 마시는 걸 좋아해요. 뉴햄프셔나 캐나다에서 술을 사와서 자기 집에 두고 마셨지. 그래도 일주일에 한 번은 숲에서 나와 약간 기분풀이를 했었는데. 그는 이라크를 증오해요. 거기선 지루하게 지내거나 미칠 듯 겁에 질려 있거나 둘 중 하나였다더군. 하지만 당신도 알겠지만⋯⋯."

그는 말을 멈추었다. 손을 말리는 동작을 계속하면서 가늠하듯 나를 바라보았다. "내가 더 떠들기 전에 당신이 왜 해럴드에게 관심을 갖고 있는지 들어두는 게 좋겠군."

"그 사람을 보호해주려는 듯 보이네요."

"여긴 작은 마을이요. 마을이라 하기도 뭣한 곳이지. 우리가 서로를 챙기지 않는다면 누가 그렇게 해주겠소?"

"그리고 당신은 낯선 사람과 이런 얘기를 나눌 만큼 해럴드를 걱정하고 있고요."

"걱정한다니, 누가 그래요?"

"그렇지 않다면 굳이 나하고 이야기를 하지 않았겠지요. 당신 눈을 봐도 압니다. 아까도 말했지만 그 사람한테 해를 끼칠 생각은 전혀 없습니다. 판단을 내리시는 데 도움이 될지 모르겠지만, 나는 이번 전쟁에서 이라크에서 복무했던 병사의 아버지를 위해 일하고 있습니다. 집에 돌아온 뒤 자살한 병사예요. 죽기 몇 주 전부터 아들의 행동이 이상해졌다고 아버지는 생각하고 있습니다. 왜 그랬는지 알고 싶은 거죠. 해럴드는 죽은 병사를 알고 있어요. 그의 장례식에 참석했으니까. 나는 그 사람한테 몇 가지 질문을 하려는 것뿐입니다."

스툰덴은 서글프게 고개를 내저었다. "정말 견디기 힘든 일이겠군. 당신은 아이가 있소?"

그 질문에는 항상 바로 대답할 수가 없다. 그래, 내겐 딸이 하나 있다. 그리고 예전엔 다른 딸도 하나 있었다.

"한 명. 딸입니다."

"난 아들 둘이오. 열네 살, 열일곱 살이지." 내 표정에서 무언가 읽었는지 그는 이렇게 말했다. "난 늦게 결혼했소. 너무 늦었지. 내 방식이 이미 굳어져 있었고 내 머리로는 여자들을 절대 이해할 수 없었어요. 아이들은 저 아래 스코우헤건에서 엄마와 같이 삽니다. 나는 아이들이 군대에 가는 것에 반대해요. 만약 내 아들이 입대하려 하면 억지로 막지는 않겠지만 내 의견을 분명히 밝힐 거요. 아들이 이라크나 아프가니스탄에 있다면 온종일 안전을 기원하는 기도만 하게 되겠지. 아마 수명이 몇 년은 단축될 거요."

그는 작업대에 몸을 기대며 말을 이었다.

"아까도 말했지만 해럴드는 변했어요. 전쟁이나 부상 탓만은 아니라고 봐요. 마음이 병든 것 같아." 해럴드의 문제를 내가 잘못 짐작하기라도 할까봐 그러는지 그는 자기 머리를 툭툭 쳤다. "그가 마지막으로 우리 술집에 왔던 건, 그러니까 2주 전이군. 영 다른 사람 같았소. 제대로 잠을 못 잔 것 같았지. 겁에 질린 모습이었어. 그런 게 너무 뚜렷이 드러나 무슨 일이냐고 묻지 않을 수 없었어요."

"뭐라고 하던가요?"

"글쎄. 벌써 고주망태가 되어 있었으니까. 벨 댐에 오기 전부터 말이요. 귀신에 홀렸다고 합디다." 그의 말은 그대로 허공에 걸려 있었다.

죽은 짐승의 살과 가죽이 그 말을 덮어써 형체를 부여하기를 기다리듯이. "목소리가 들린다고 했지. 그래서 잠을 잘 수가 없다고. 나는 군 병원에 가보라고, 스트레스 탓일 거라고 했어요. 외상후 뭐라는 것 있잖소."

"그 목소리가 뭐라고 한답니까?"

"알아들을 수 없다고 했소. 영어로 말하는 게 아니라고. 그래서 내가 이라크에서 있었던 일과 관련이 있다는 생각을 하게 된 거요. 그러고도 그 얘기를 조금 더 했는데, 누군가한테 전화를 해야겠다고 하더군."

"했나요?"

"몰라요. 우리 술집에 온 건 그때가 마지막이었소. 하지만 걱정이 되어서 일주일 뒤에 차를 몰고 그 사람 집에 가보았소. 그런데 오두막 근처에 차가 한 대 서 있기에 손님이 왔나보다 생각하고 방해하지 않았지요. 내가 언덕으로 돌아 나오는데 오두막 문이 열리면서 남자 넷이 안에서 나왔소. 해럴드도 끼어 있었지. 나머지 셋은 모르는 사람이었어요. 내가 돌아가는 모습을 멀거니 바라보더군. 그런데 나중에 그 세 사람이 날 찾아왔소. 바로 지금 당신이 선 그 자리에 서 있었지. 날더러 해럴드의 집 근처에서 무얼 했느냐 묻더군. 주로 말을 한 건 흑인이었는데 딱 부러지게 예의를 갖추었소. 하지만 내가 거기 간 게 마음에 들지 않는다는 기색이 분명히 느껴졌어요. 나는 그 사람들한테 사실대로 말했지. 해럴드와는 친구 사이인데 요즘 들어 사람이 이상해진 것 같아 걱정이 되어서 그랬다고. 그 사람들도 내 말을 납득하는 눈치였어요. 자기들은 해럴드의 전우라면서 그 사람한테는 아무 문제가 없다고 하더군."

"그 사람들 얘기를 믿지 못할 이유는 없었나요?"

"군 출신이라는 건 확실했으니까. 몸가짐에 배어 있었지. 한 사람은 다리를 절었고, 여기 손가락이 없었어." 스툰덴은 왼손을 들어올려 보였다. "당연히 전쟁 중 부상이라고 생각했소."

조엘 토비아스다.

"세 번째 남자는요?"

"말을 거의 안 하더군. 덩치가 크고 대머리였소. 마음에 들지 않는 사람이었어."

그건 바치다. 로널드 스트레이디어가 주석을 달아준 사진이 떠올랐다. 캐런 에모리도 그가 싫다고 했었지. 블루문에서 나를 두고 강간 운운한 것도 바치가 아닐까 싶었다.

"그 대머리는 나한테 사람도 박제로 만들 수 있느냐고 했어요. 그러면서 자기 벽에 걸어둘 전리품이라나 뭐라나 농담을 하더군. 그래 '하지'란 말을 썼어. 하지를 전리품으로 벽에 걸겠다고. 테러리스트를 두고 하는 말이려니 짐작했소. 손을 다친 친구가 입 다물라고 주의를 주더군."

"그럼 그날 밤 술집에서 본 이후에 해럴드와 얘기를 한 적은 없는 거네요?"

"없소. 지나치면서 한두 번 보긴 했지만 그 이후로는 벨 댐에 온 적이 없었소."

스툰덴은 더 해줄 말이 없어 보였다. 나는 시간을 내줘서 고맙다고 인사했다. 해럴드 프록터를 보거든 자기와 얘기했다는 걸 밝히지 말라고 부탁하기에 그러겠다고 약속했다. 함께 출입문 쪽으로 걸어가면서 스툰덴이 말했다. "그 사람, 자살했다는 청년 말인데. 아버지 말이 죽기 전에 사람이 변했다고 했지요?"

"그렇습니다."

"어떻게 변했다는 거요? 물어봐도 괜찮다면."

"친구들을 멀리했어요. 피해망상에 시달렸고요. 불면증도 있었습니다."

"해럴드하고 비슷하군."

"예, 비슷합니다."

"당신이 볼일을 본 뒤에 가서 해럴드를 살펴봐야겠소. 누군가를 찾아가서 도움을 구하라고 설득할 수 있으면 좋겠는데. 막상……."

그는 말끝을 흐렸다. 나는 악수를 청했다.

"그렇게 하시면 좋을 거라고 생각합니다, 스툰덴 씨. 떠나기 전에 전화로 상황을 알려드리도록 하겠습니다."

"그래주면 고맙지."

그는 내게 프록터의 집으로 가는 길을 가르쳐주고, 내가 차를 몰고 떠나는 모습을 보면서 손을 흔들었다. 나도 손을 흔들었다. 스툰덴이 쓴 비누 냄새가 그의 손에서 내게로 옮겨와 차 안에 떠다녔다. 향이 강한 비누였지만 동물의 살 냄새와 불탄 털 냄새를 완전히 가리기엔 모자랐다. 뜨거운 햇볕과 웅웅거리는 벌레들에도 불구하는 나는 차창을 열었다. 하지만 냄새는 사라지지 않았다. 살갗에 달라붙은 냄새는 프록터의 모텔로 가는 길 내내 없어지지 않았다.

24

  스툰덴이 길을 알려주었는데도 모텔로 접어드는 길목을 그냥 지나치고 말았다. 진입로에서 대각선 방향으로 커다란 간판의 잔해가 보인다고 했는데, 주위에 숲이 무성한 탓에 되짚어오는 길에도 순전히 운이 좋아 나뭇잎 사이로 간판을 흘깃 볼 수 있었다. 썩은 목재 위에 쓰인 빛바랜 붉은 글씨는 간신히 읽을 수 있는 정도였고, 사슴뿔이었을 것으로 짐작되는 그림도 마찬가지였다. 하얀 바탕색 위에서 두드러졌을 녹색 활 그림도 여름이 풀어놓은 색채에 가려 지금은 눈에 띄지 않았다.

  무성한 숲으로 통한 굽이진 산길 꼭대기에 앉은 모습으로 미루어 모텔이 예전엔 캠프장이었다는 전력이 분명히 드러났다. 울퉁불퉁한 산길은 곳곳에 구멍이 패었고, 한참 전부터 베지 않은 덤불이 차 옆구리를 긁어댔다. 하지만 여기저기 가지가 부러지고 작은 식물들이 짓눌린 흔적을 구별할 수는 있었다. 서서히 화석화하는 공룡의 발자국처럼, 무거운 차량이 지나간 자취가 뚜렷이 남아 있었다.

  마침내 빈터로 들어섰다. 오른쪽에 작은 오두막이 있었는데, 무더운 날씨에도 문과 창문들이 굳게 닫혀 있었다. 오두막은 캠프장 시절의 유물인 듯했다. 꽤나 오래된 것이 분명했지만 뒤쪽은 현대식으로 증축한 것 같았다. 장기 거주를 염두에 두고 공간을 넓힌 모양이었다. 오두막과 내가 주차한 곳 사이에 빨간색 닷지 트럭이 서 있었다.

또 다른 흙길이 오두막에서 모텔로 나 있었다. 길은 정확한 'L'자를 이루고 있어, 꺾이는 부분에 사무실과 '모텔'이라고 쓰인 수직 네온사인이 서 있었다. 오랫동안 사용되지 않은 네온사인은 하늘을 가리키고 있었다. 모텔이 움푹 들어간 곳에 위치하고 있어 그 네온사인이 과연 도로에서 보였을지 의문이었다. 캠프장의 오두막들을 관리하는 게 힘에 부쳤던 프록터 가족은 세월이 변하고 모텔로 개조해도 손님들이 그대로 찾아줄 줄 알았던 모양이었다. 하지만 스툰덴의 평가가 옳았다. 프록터 모텔을 세운 것이 괜찮은 생각이었다는 증거는 어디에도 없었다. 모텔은 출입문과 창 모두 판자로 막혀 있었다. 주차장엔 돌 틈으로 자라난 잡초가 무성했고, 담쟁이덩굴이 벽과 납작한 지붕을 뒤덮고 있었다. 이대로 무너지지 않고 버텨낸다면 메인 주에서 흔히 볼 수 있는 유령마을이나 폐가촌의 일원이 될 터였다.

나는 경적을 울리고 기다렸다. 오두막에서도 주위의 숲에서도 나오는 사람은 없었다. 스툰덴이 했던 말이 생각났다. 이런 황량한 환경에서 살고 있는 퇴역 군인은 총을 가지고 있을 공산이 컸다. 스툰덴이 넌지시 비춘 것처럼 프록터가 혼란스러운 상태라면 위협하는 것으로 간주되어선 곤란했다. 트럭이 주차되어 있는 걸로 보아 멀리 간 것은 아니었다. 나는 다시 경적을 울렸다. 그러면서 트럭 운전석 쪽을 흘깃 보았더니 도넛 상자가 열린 채로 조수석에 얹혀 있었다. 개미떼가 바글거렸다.

　오두막으로 가서 문을 두드리며 프록터의 이름을 불러보았지만 아무 대답이 없었다. 창문으로 안을 들여다보았더니 부서진 텔레비전이 바닥에 누워 있고, 옆에는 박살난 전화기 파편이 보였다. 정돈되지 않은 침대에서 흘러내린 노란색 시트는 녹은 아이스크림처럼 꼬리가 말려 있었다.

　다시 문으로 돌아가, 프록터가 총을 휘두르면서 귀신이 어쩌고저쩌고 하면서 성난 모습으로 숲에서 뛰쳐나오는 모습을 반쯤은 기대하는 심정으로 손잡이를 돌려보았다. 문은 쉽게 열렸다. 파리들이 윙윙거리고 개미떼가 리놀륨 바닥을 가로질러 행진하고 있었다. 실내는 담배 냄새에 찌들어 있었다. 나는 냉장고를 살펴보았다. 우유는 유통기한이 아직 남아 있었는데, 프록터가 건강에 신경을 쓴다는 증거는 그게 전부였다. 우유를 제외하면 냉장고는 싸구려 간편식, 렌지에 데워 먹는 햄버거, 가공육 등 영양사의 직업적 의욕을 꺾기에 충분한 음식으로 채워져 있었다. 과일이나 채소는 구경도 할 수 없었고, 다이어트 콜라도 아닌 일반 콜라가 냉장고의 절반을 차지했다. 구석에 놓인 쓰레기통에는 감자튀김 봉지, 치킨 포장용기, 패스트푸드점의 햄버거 포장지, 찌그러진 레드불(강장음료) 깡통, 빅스 나이퀼(감기약) 빈 병들로 넘쳐났다. 통조림 스프와 콩을 제외하면 주방 선반에 있는 것은 사탕과 쿠키뿐이었다. 주방에는 커다란 커피 단지 두 개, 싸구려 진과 보드카 술병 여섯 개도 있었다. 침대 근처에 나이퀼이 더 있었고, 항히스타민제 한 무더기, 소미넥스(수면제)가 널려 있었다. 프록터는 흥분제—설탕, 에너지 드링크, 카페인, 니코틴—의 힘으로 살고 있었고, 그런 다음엔 잠을 청하려 처방전 없이 살 수 있는 약품을 사용했다. 최근에 동네 내과의사한테 처방받은 클로조핀 빈 통이 보이는 걸로 미루어 전문가의 도움을 청할 정도로 힘들었던 모양이었다. 클로조핀은 진정작용을 하는 정신병 약으로 정신분열증 치료제로도 사용된다. 버니 크레이머의 누이가 했던 말, 그러니까 자살하기 전에 크레이머의 귀에 이상한 목소리가 들렸다는 얘기가 떠올랐다. 해럴드 프록터의 귀에 들리는 목소리는 어떤 것인지 궁금했다.

침대 위에 트럭 열쇠와 빈 권총집이 내던져져 있었다.

방 수색을 계속하다 보니 현금이 든 봉투가 나왔다. 매트리스 밑에 든 봉투는 봉해져 있지 않았고, 인물 도안 쪽이 위로 오도록 깔끔하게 정리한 20달러와 50달러 지폐로 2천500달러가 들어 있었다. 돈을 그런 식으로 매트리스 밑에 내버려둔다는 것은 이치에 맞지 않았다. 그러고보니 온통 이해되지 않는 일 투성이였다. 프록터가 오두막과 트럭을 비워둔 지 어느 정도 시간이 지난 것이 분명했다. 하지만 다른 곳으로 뜰 작정이었다면 돈과 트럭을 가져갔을 것이다. 트럭이 고장나서 버려두었다 쳐도 돈은 가져갔을 것이다. 나는 돈 봉투를 다시 살펴보았다. 깨끗한 새 봉투였다. 매트리스 밑에 들어 있었던 시간은 얼마 되지 않았다.

봉투를 있던 자리에 돌려두고 모텔로 걸어갔다. 판자로 막혀 있지 않은 건 사무실뿐이었다. 문이 잠겨 있지 않아 안을 둘러보았다. 프록터는 그곳을 창고로 사용한 것 같았다. 한쪽 구석에 음식 깡통들이 — 대부분은 콩, 칠리, 스튜였다 — 쌓였고, 화장지 대형팩과 창살 망 몇 개가 나란히 놓여 있었다. '윙' 하는 기계음이 희미하게 들려왔다. 접수대 뒤로 닫힌 문이 보였는데 다른 사무실로 통하는 곳 같았다. 나는 카운터 위의 해치를 들어올리고 안으로 들어갔다. 소리가 더 크게 들렸다. 발로 문을 밀어서 열었다.

목재 콘솔이 보였다. 거기엔 숫자가 표시된 열여섯 개의 전구가 네 줄로 배열되어 있었다. 윙윙거리는 소리는 콘솔 옆에 놓인 스피커에서 나왔다. 전화를 쓰지 않고 손님들과 안내 데스크를 연결하는 구형 인터컴 같았는데 전에는 한 번도 본 적이 없는 물건이었다. 프록터 가족은 모텔을 개업할 때 방마다 전화를 놓을 필요가 없다고 생각했던 모양이다. 아니면 예스러운 물건이 마음에 들어 갖고 있다가 그걸 통신 장치로 활용했는지도 모른다. 콘솔에 제작자의 이름이 따로 보이지 않는 걸로 미루어 프록터 가족이 직접 만든 듯했다. 어쨌거나 이 모텔에는 아직 전력 공급이 끊기지 않은 셈이다.

윙윙거리는 소리가 귀에 거슬렸다. 단순한 고장인지도 모르지만 하필 왜 지금이란 말인가? 전력이 있든 없든 몇 년 동안 작동하지 않았을 장치였다. 아니 잠깐만, 옛날엔 요즘 사람들이 보면 깜짝 놀랄 정도로 물건을 튼튼하게 만들었다. 나는 다가서서 전구를 툭툭 건드리며 콘솔을 살펴보았다.

15호실의 전구를 건드리자 붉은색으로 깜박이기 시작했다.

나는 총을 빼들고 밖으로 나와 오른쪽으로 줄지어 선 문들을 따라갔다. 14호실에 도착하자 문을 막아둔 판자에서 나사들이 빠져 판자가 그저 틀에 걸쳐진 모습이 보였다. 하지만 15호실 문의 판자는 굳게 막혀 있었다. 그럼에도 불구하고 15호실 안에서 인터컴의 부저 소리가 울렸다.

나는 두 방 사이의 벽 쪽으로 몸을 기울이고 소리쳐 불렀다.

"프록터 씨, 거기 있습니까?"

대답이 없었다. 나는 14호실의 판자를 재빨리 치웠다. 판자 뒤의 문은 닫혀 있었다. 손잡이를 돌려봤더니 쉽게 열렸다. 뼈대만 남은 채 벽에 기대어 똑바로 세워진 침대가 햇살에 모습을 드러냈다. 바닥은 휑했다. 침대 옆에 두는 사물함 두 개가 구석에 포개져 있었는데 가구는 그게 전부였다. 곰팡내 나는 카펫 위에 흰색 실 같은 게 몇 개 떨어져 있기에 하나를 주워 햇빛에 비춰보았다. 대팻밥이었다. 보관함 옆에는 발포 고무 조각 두 개가 떨어져 있었다. 카펫 위를 손으로 쓸어보았더니 상자 자국이 느껴졌다. 조심스럽게 안쪽의 욕실로 가보았지만 거기는 텅 비어 있었다. 14호실과 15호실을 연결하는 문은 없었다.

벽에 난 자국에 눈길이 닿은 것은 막 방을 나서려던 참이었다. 자국을 자세히 보기 위해 손전등을 켰다. 손바닥 자국 같았는데 페인트가 타들어간 흔적처럼 보이기도 했다. 손가락을 대어보자 부풀어오른 페인트와 재가 떨어졌다. 방을 더럽힌다는 생각이 들어 마음이 편치 않았다. 침대는 뼈대만 남았고 공기도 눅눅했지만 최근까지도 누군가 여기 있었다는 느낌을 지울 수 있었다. 그 느낌이 너무 생생해서 말소리의 희미한 메아리가 귀에 울리는 것만 같았다.

다시 밖으로 나가 15호실 문을 가로막은 판자를 꼼꼼히 살펴보았다. 앞서 지나쳐온 다른 방들과 마찬가지로 나사로 고정되어 있어야 했는데 나사 머리가 하나도 보이지 않았다. 성공할 거라는 생각은 들지 않았지만 손가락을 판자와 문틀 사이의 틈으로 집어넣어 판자를 앞으로 당겨보았다.

판자가 손쉽게 떨어져 나왔다. 예상치 못한 일이라 판자에 밀려 뒤로 넘어질 뻔했다. 문틀과 판자를 연결한 기다란 나사 한 개로 헐겁게 지지됐던 모양이다. 그런데 그 나사는 바깥에서 박아 넣은 것이 아니라 안에서 박은 것이었다. 문손잡이를 돌려보았지만 이번에는 열리지 않았다. 발로 걷어차도 꿈쩍도 하지 않았다. 나는 차로 가서 쇠 지렛대를 가지고 왔다. 그래도 소용없었다. 문은 안쪽에서 굳게 잠겨 있었다. 창문을 막고 있는 판자 쪽을 시도해보았다. 창의 판자는 나사가 아니라 못으로 고정되어 있어 좀 수월했다. 판자를 떼어내자 더럽고 두꺼운 유리가 드러났다. 총알 구멍 두 개가 나 있어 금이 갔지만 깨지진 않은 상태였다. 창문 안쪽에는 커튼이 드리워져 있었다.

쉽지는 않았지만 쇠 지렛대로 두꺼운 유리를 박살냈다. 혹시 안에서 총알이 날아올지 모른다는 생각에 벽으로 몸을 가리고 유리를 부쉈지만 안에서는 아무 소리도 나지 않았다. 안쪽에서 풍겨오는 냄새를 맡고서야 왜 그런지 이유를 알았다. 나는 커튼을 옆으로 젖히고 창문을 넘어 방으로 들어갔다.

침대는 부서져 있고, 침대의 판자가 문틀에 못으로 박혀 문을 틀어막고 있었다. 기다란 못 여러 개가 문을 뚫고 들어가 비스듬히 박혔다. 그런데 그중 몇 개가 떨어져나간 것이 못을 박은 사람이 생각을 바꿔 뽑아낸 것처럼도 보였다. 못이 워낙 길어서 문 밖으로 삐져나갔기 때문에 밖에서 누군가가 망치질을 해 안으로 밀어넣었을 수도 있었지만 그런 식으로 문이 손상된 흔적은 없었다.

이 방에는 14호실보다 가구가 많았다. 트윈 베드와 침대 옆 사물함 두 개 이외에 기다란 상자와 TV대가 있었다. 그것들이 모두 구석에 쌓여 있어 아이가 집 안에 만든 요새를 연상시켰다. 나는 안쪽으로 다가갔다. 가구가 쌓인 곳 뒤에 한 남자가 벌러덩 쓰러져 있었다. 머리가 벽에 붙은 인터컴 버튼을 누른 형국이었다. 머리 뒤에 뼛조각과 피가 엉겼고, 오른손은 브라우닝 권총을 헐겁게 쥐고 있었다. 부풀어오른 시체에 구더기와 벌레들이 득실대고 있어 어찌 보면 살아 움직이는 것 같은 인상을 주었다. 벌레들은 이미 그의 눈을 파먹고 빈 구멍만 남겨두었다. 손으로 입을 가렸지만 악취가 너무 강했다. 나는 창가에 몸을 기대고 숨을 헐떡이며 욕지기를 억눌렀다. 메스꺼운 느낌이 조금 가라앉기에 재킷을 벗어 머리에 뒤집어 쓴 다음 서둘러 방을 살펴보았다. 시체 옆에는 공구 상자가 있었고, 네일건이 상자와 나란히 놓여 있었다. 음식이나 물은 보이지 않았다. 손가락으로 문 뒤의 금속판을 더듬어보니 총알 구멍 몇 개가 더 있었다. 손전등 빛에 벽에서도 총알 자국이 더 드러났다. 세어보니 모두 열두 개였다. 브라우닝의 탄창에는 총알이 열세 발 들어간다. 그는 마지막 한 발을 자기를 위해 남겨두었던 것이다.

내가 타고온 렉서스에 물 한 병이 있었다. 그 물로 입안의 썩은 맛을 헹궈냈지만 냄새는 옷에도 배어 있었다. 이제 내 몸에서는 비누, 죽은 사슴 그리고 죽은 사람의 냄새가 풍겼다.

911에 전화를 걸고 경찰이 도착하기를 기다렸다.

그 이름들은 여전히 그를 사로잡고 있었다. 바그다드 인근에 있는 가장 위험한 지역 가잘리야. 거기에 간 사람은 모두 목숨을 잃었다. 그리고 도라, 사디야. 그들이 쓰레기 뒤지는 자들을 죽여버렸기 때문에 거리에 오물이 넘쳐 아무도 살 수 없는 곳이 되었다. 그리고 바그다드 서부의 움 알-쿠라 사원. 그곳은 수니파의 본거지였다. 이상적인 세상이었다면 그곳 사람들은 지구의 얼굴이나 닦고 있었을 텐데. 아미리야 경마장. 납치된 사람들을 사고파는 곳이었다. 그 경마장에서 가르마라는 곳까지 일직선으로 뻗은 도로는 반란군이 장악하고 있었다. 가르마로 끌려가면 그걸로 끝이었다.

티그리스 강에 인접한, 바그다드 내 수니파의 거점인 알-아드하미야에는 시아파 암살단이 수니파를 색출하기 위해 경찰로 위장해 가짜 검문소를 세워 두었다. 시아파는 우리 편으로 알려져 있지만 사실 우리 편은 아무도 없었다. 그가 알고 있기로는 수니파와 시아파 사이의 유일한 차이점은 살해 방법이었다. 수니파는 목을 벤다. 어느 날 저녁, 그를 포함한 몇몇은 통역관에게서 받은 참수 DVD를 보았다. 모두들 기대했던 장면이지만 DVD가 돌아가자마자 그는 보여달라고 했던 걸 후회했다. 화면에는 겁을 먹고 움츠린 한 남자가 있었다. 미국인은 아니었다. 동족이 죽는 걸 볼 마음은 없었다. 화면에 등장한 건 불쌍한 멍청이 시아파였다. 더럽게 운이 없었든지, 총알을 받을 기회를 단호히 움켜잡지 못하고 머뭇거렸던 모양이었다. 그에게 충격을 준 것은 처형 집행자가 몹시 사무적이며 눈앞의 일에 무심했다는 점이었다. 참수는 제물로 쓸 짐승의 목숨을 끊는 것처럼 질서정연하게, 냉혹하게, 실제적으로 행해졌다. 끔찍한 죽음이었으나 사디즘과는 달리 죽이는 행위 그 이상의 것은 전혀 없었다. DVD를 본 뒤 그들의 감상은 한결같았다. 놈들이 나를 잡아가도록 내버려두지 마. 만약 그럴 것 같으면, 그런 일이 벌어질 가능성이 보이면 나를 죽여줘. 우리 모두를 죽여줘.한편 시아파의 살해 방법은 고문이었다. 그들은 전기드릴을 특별히 선호했다. 그걸로 무릎과 팔꿈치, 사타구니, 눈을 고문했다.

차이는 그것뿐이었다. 수니파는 목을 베고, 시아파는 고문한다. 그들은 같은 신을 숭배했다. 예언자 모하메드의 죽음 이후 누가 그 지역을 지배할 것인지를 누고 다툼을 벌였지만 모시는 신은 같았다. 그들이 목을 자르고 뼈에 구멍을 뚫는 것도 그래서다. 모든 것이 '키사스', 곧 복수로 귀결된다. 이슬람력에 따르면 그가 이라크에 도착한 때가 1424년, 그러니까 15세기라는 말을 통역관에게 들었을 때도 전혀 놀랍지 않았다. 그 사람들은 여전히 중세시대의 행동방식을 고수하고 있었으므로 절로 납득이 되었다.

그러면서도 그들은 야간 식별 렌즈와 중무기가 동원된 현대적 전쟁에 휘말려 있다. 그들은 휴대용 로켓포(RPG)와 박격포, 죽은 개들의 몸에 숨겨둔 폭탄으로 응전했다. 그런 것들조차 없으면 돌과 칼을 썼다. 그들은 새로운 것에 옛것으로 대응했다. 옛 무기와 옛 이름들로. 네르갈, 닌아주, 그리고 지금은 사라진 이름들로. 그들은 덫을 설치해두고 우리가 오기를 기다렸다.

25

　프록터가 있는 곳으로 가장 먼저 달려온 것은 스코웨건에서 온 주 경찰관 두 명이었다. 둘 다 처음 보는 얼굴이었지만 그중 한 명이 내 이름을 알고 있었다. 대략적인 질문이 끝나자 형사들이 도착할 때까지 렉서스에서 기다리라고 했다. 꼬박 한 시간을 멍하니 앉아 있어야 했 다. 해가 질 무렵에 도착한 형사들은 손전등을 들고 현장을 점검했다.

　형사들 중에는 전에 만났던 인물이 한 명 섞여 있었다. 차에서 내리 는 고든 월시 형사는 딱 성격 더러운 덩치처럼 보였고, 커다란 선글라 스를 낀 모습은 정장을 입는 단계까지 진화한 커다란 벌레를 연상시켰 다. 대학 때 축구선수로 뛰었던 왕년의 체격이 지금도 남아 있어 나보 다 키가 10센티미터쯤 컸으며 몸무게는 족히 20킬로그램은 더 나갔 다. 턱을 가로질러 난 상처 자국은 그가 경관이었던 시절에 누군가 만 용을 부려 병으로 그은 흔적이었다. 가해자가 어떻게 되었을지는 생각 하기도 두려웠다. 월시가 내려친 병 조각이 온몸에 박혀 아직도 후속 수술을 받고 있을 가능성이 높았다.

　월시 옆에 있는 형사는 내가 모르는 사람이었다. 파트너보다 작고

362　물의 속삭임

나이도 젊었다. 종마 아버지를 따라잡으려 애쓰는 어린 수망아지처럼 월시에게 의지하는 신참 형사는 딱딱한 표정을 짓고 있었으나 불안감을 숨기지 못했다. 월시는 나를 흘낏 쳐다보았지만 아무 말도 걸지 않고 경찰관들을 따라 프록터의 시체가 있는 방으로 향했다. 안으로 들어서기 전에 그는 빅스 베이퍼럽(코막힘 연고)을 코 밑에 문질러 발랐다. 거기서 오래오래 꾸물거리지는 않았고 크게 심호흡을 하면서 금방 나오더니 파트너와 함께 오두막으로 가서 안을 뒤졌다. 다음엔 트럭을 조사했는데 그러는 동안 줄곧 의도적으로 신중하게 나를 무시했다. 오두막에서 발견한 열쇠로 트럭의 시동을 건 월시는 제대로 시동이 걸리자 바로 엔진을 끄더니 파트너와 뭔가 이야기를 나누었다. 그런 다음에야 내게로 시선을 돌렸다.

월시는 선글라스 한쪽 다리를 물고 혀를 쯧쯧 차면서 다가왔다.

"찰리 파커. 자네 이름을 듣자마자 일이 흥미진진해질 거라는 걸 알았지."

"월시 형사. 악인들이 벌벌 떠는 소리가 들려 자네가 근처에 있다는 걸 알았네. 아직도 날고기를 먹나 보군."

"멘스 사나 인 코르포레 사노(건강한 신체에 건전한 정신이 깃든다). 그 반대도 맞는 말이지. 라틴어야. 가톨릭 교육에서 받은 혜택이지. 여긴 내 파트너, 솜스 형사네."

솜스는 말없이 고개만 끄덕였다. 입매가 딱딱한 데다 턱이 툭 튀어나온 것이 밤에는 분명히 이를 갈 것이다.

"자네가 한 짓인가?" 월시가 물었다.

"아니. 내가 죽인 게 아냐."

"제기랄. 자네한테 자백만 받으면 자정 전에 일이 모두 마무리되는 건데. 드디어 자네를 감옥에 처넣은 공로로 훈장도 받을 테고."

"자네가 날 좋아한다는 걸 알고 있어, 윌시 형사."

"나야 물론 좋아하지. 하지만 자넬 좋아하지 않는 사람들이 자네에 관해 떠드는 말은 어떨지. 자, 포기하고 자백할 마음이 없다면 유용한 정보라도 주지 그래?"

"이름은 해럴드 프록터. 아마 그럴 거라고 생각해. 한 번도 만난 적이 없었으니까 확실하진 않네."

"뭘 하러 이런 숲 속까지 온 거지?"

"포틀랜드에서 죽은 청년의 자살 사건을 조사하고 있어. 퇴역 군인이야."

"누구 요청으로?"

"청년의 아버지."

"이름이 뭔가?"

"아버지의 이름은 베넷 패쳇이야. 스카버러에 있는 다운스 다이너 주인이지."

"프록터가 그 건과 무슨 관계가 있기에?"

"데미안 패쳇 아들 말이야, 그가 프록터와 만났을 가능성이 있거든. 프록터는 패쳇의 장례식에 참석했어. 데미안이 스스로 목숨을 끊기 전에 그의 정신세계에 어떤 통찰력을 주었을 수도 있다고 생각했어."

"통찰력이라고? 말도 잘하는군. 나도 자네한테 통찰력을 주도록 하지. 패쳇이 죽은 정황에 의심스러운 거라도 있나?"

"이렇다 할 건 없어. 케이프 엘리자베스 근처 숲에서 총으로 자살했네."

"그럼 그 아버지는 왜 조사하느라 쓸데없이 큰돈을 쓰는 건가?"

"아들이 자살한 이유를 알고 싶다는 거지. 그게 그렇게 이해하기 어려운 이유인가?"

우리 뒤에서 법의학팀이 모습을 나타내더니 발밑을 조심하며 천천히 걸어갔다. 월시가 파트너의 팔을 툭 쳤다.

"엘리엇, 가서 저 사람들한테 주의를 줘. 수사 방향도 알려주고."

어른들의 대화에서 내쫓겼다는 불쾌감으로 이마에 살짝 주름을 잡으면서 솜스는 시키는 대로 움직였다.

"신참인가?"

"괜찮은 녀석이야. 야심도 있고. 범죄를 끝장내겠다는 거지."

"저만한 때 자네가 어땠는지 기억나나?"

"난 괜찮은 녀석이 아니었지. 야심이 있었다면 지금쯤은 다른 곳에 있을 거고. 하지만 범죄를 해결하는 건 지금도 좋아. 그건 내게 목적의식을 주지. 그렇지 않다면 밥벌이를 제대로 못한다는 생각이 들 거야. 남자라면 모름지기 제 밥벌이를 해야 하는 법이지. 밥벌이 얘기가 나온 김에 패킷 건으로 돌아가지." 그는 솜스가 흰색 방호복을 입은 남자와 이야기하는 모습을 어깨너머로 쳐다보았다. "내 파트너는 공식적인 걸 좋아한단 말이야. 수사를 진행하면서 늘 보고서를 쓴다네. 타이핑 솜씨도 좋지." 그러더니 내게로 고개를 돌렸다. "나하곤 정반대야. 나는 원숭이처럼 타이핑이 형편없지. 그리고 보고서는 수사를 끝낸 다음에 쓰는 게 좋아. 시작하면서 말고. 자, 물론 비공식적인 거지만 이번 일은 이렇게 되겠군. 자네는 참전 군인의 자살 사건을 조사하다가 이리로 와서 또 다른 참전 군인이 스스로 쏜 총에 희생된 것을 발견했다, 그런데 그는 탄창에 든 총알 대부분을 바깥에 있는 누군가에게 발사한 뒤 마지막 한 발을 자기 머리에 박아 넣었다. 어떤가, 내가 바로 읽었나?"

바깥이라. 그 단어의 의미를 생각해보았다. 위협이 바깥에서 가해진 것이라면 프록터는 왜 벽에 대고 총을 쐈는가? 군 출신인 만큼 사격이 서투르다는 건 이유가 안 된다. 하지만 그 방은 안에서 봉해져 있었다. 그 얘기는 위협이 방 안에 있었던 게 아니라는 뜻이다.

이게 말이 되는가?

나는 그 생각을 입 밖에 내지 않으면서 은밀한 만족감을 느꼈다. "거기까지는 맞아."

"패챗네 아들은 몇 살이었지?"

"스물일곱."

"프록터는?"

"내가 보기엔 50대. 50대 초반. 첫 번째 이라크 전쟁에 나갔어."

"사교적인 사람이었나? 자네가 보기엔?"

"그걸 알 만한 즐거움을 누릴 기회가 없었네."

"하지만 그는 여기서 살고, 패챗은 포틀랜드에 살지?"

"스카버러에."

"여기서는 꽤 먼 곳이군."

"그렇겠지. 그런데 이건 심문인가, 형사?"

"심문에는 밝은 전구와 땀에 젖은 셔츠, 그리고 변호사를 부를 권리가 어쩌고저쩌고 하는 것들이 있어야지. 이건 대화야. 내가 묻는 건,

프록터와 패챗이 어떻게 서로 알게 되었냐는 거야."

"그게 그렇게 중요한 문제일까?"

"중요해. 자네가 여기 있으니까. 그리고 두 사람 모두 죽었으니까. 이봐, 파커, 좀 봐주게."

내가 아는 것 전부를 숨기는 건 별다른 의미가 없었다. 하지만 몇 가지는 행운의 부적삼아 혼자 간직하기로 했다.

"처음엔 프록터가 귀환한 병사들과 만나 현실 적응을 돕는 그런 일을 한 게 아닐까 했어. 그러다 패챗과 만났을 것이라고. 하지만 지금은 두 사람이 어떤 사업에 같이 얽혀 있었다고 생각해."

"패챗 앤드 프록터. 꼭 법률회사 이름 같군. 어떤 사업이었지?"

"확실히는 몰라. 하지만 이곳은 국경에서 가깝고 최근엔 물품 저장소로 사용되었지. 시체 옆에 톱밥과 발포 고무 조각이 있었어. 바닥엔 화물 상자가 남긴 것으로 보이는 자국이 있고. 마약 탐지견을 데려와도 괜찮을 것 같은데."

"마약이라고 생각하나?"

"가능한 일이지."

"오두막 안도 봤나?"

"프록터가 거기 있는지 보려고 잠깐 둘러봤어."

"오두막을 뒤졌나?"

"그건 불법이잖수."

"질문에 대한 답은 아닌데. 뭐, 뒤졌겠지. 나라면 그랬을 테니까. 자네도 나처럼 그런 짓쯤은 예사로 하지. 게다가 자넨 그런 일에 솜씨가 있는 편이니 분명 현금이 든 봉투를 매트리스 밑에서 찾아냈을 테지."

"내가? 재미있는 얘기군."

월시는 내 차에 기댄 채 오두막에서 트럭으로, 다시 모텔로 시선을 차례로 돌린 다음 나를 쳐다보았다. 그의 표정이 심각해졌다.

"그에게는 수중에 현금이 있었어. 냉장고엔 음식이 들어 있고. 편의점을 차려도 될 정도의 사탕과 술도 비축해두었지. 트럭에도 문제가 없었어. 그런데 웬일인지 모텔방에다 바리케이드를 치고 창문과 문에 대고 총알을 퍼부은 뒤 마지막에는 총구를 입에 물고 방아쇠를 당겼거든."

"그의 전화기와 TV, 라디오가 모두 부서져 있었어."

"나도 봤네. 자기 손으로 한 건가? 아니면 다른 사람이?"

"오두막 전체가 엉망이 된 것은 아니었지. 책은 책장에 제대로 꽂혀 있고 옷도 옷장에 걸려 있었어. 매트리스 역시 침대에 얹혀 있었고. 누군가 그곳을 절단 내려 했다면 돈도 발견했을 거야."

"그럴 작정이었는데 도중에 사정이 생겼을 수도 있지."

"랭던에서 스툰덴이라는 사람과 얘기를 해봤어. 박제사인데 술집도 경영하고 있는 사람이야."

"자넨 작은 마을들을 유달리 좋아하는군. 그 사람이 직업 목록에 장의사를 덧붙여주면 큰 도움이 될 텐데."

"스툰덴 말로는 프록터가 불안한 상태였다고 해. 귀신 들린 사람 같았다더군."

"귀신 들렸다고?"

"그 말은 프록터 자신이 스툰덴한테 한 거야. 스툰덴은 그게 이라크 파병 생활에서 온 외상후 스트레스 장애가 아닐까 하더군. 신체적 부상뿐 아니라 정신적 상해를 입고 귀환한 군인이 프록터가 처음은 아니니까."

"자네 고객의 아들처럼 말인가? 자살자 두 명, 그리고 두 명은 서로 아는 사이였고. 그게 묘하다고 생각되나?"

나는 대답하지 않았다. 월시가 프록터와 데미안의 죽음을 퀘벡에서 앞서 일어난 버니 크레이머 자살 사건, 브렛 할란의 강제 동반자살 사건과 연결시키는 데 시간이 얼마나 걸릴지 궁금했다. 그렇게 되면 월시는 조엘 토비아스의 존재도 찾아낼 것이다. 주 경찰관들과 얘기하는 중에 토비아스의 이름을 입 밖에 내지 말라고 베넷 패쳇의 입단속을 시켜야겠다고 머릿속에 메모해두었다.

네 명의 군인. 셋은 같은 분대원이었고, 한 명은 외곽에서 그들과 연결돼 있었다. 그 네 사람이 모두 자살로 여겨지는 죽음을 맞았다. 그중한 건에는 마침 남편의 손에 총검이 들려 있을 때 운 없이 가까이 있었던 아내도 포함되어 있었다. 신문기사에서는 브렛과 마거릿 할란이 끔찍한 최후를 맞았다는 것을 행간에서 어렵지 않게 읽을 수 있었다.

무언가 아주 나쁜 일이 이라크에서 벌어졌으며, 그 경험을 공유한 스트라이커 C 대원들이 그것을 마음에 품고 귀환했을 것이라는 느낌이 점점 강해졌다. 캐리 손더스는 그런 생각을 받아들이지 않았지만. 그것이 조엘 토비아스가 트럭 사업을 이용해 밀수를 한다는, 지미 주얼이 품은 의혹과 어떻게 연결되는지는 윤곽이 잡히지 않았다. 하지만 프록터의 모텔 14호실 바닥에 난 자국, 그 옆에 있던 포장재의 흔적은 그냥 넘길 수 없는 문제였다. 또 스툰덴 말대로라면, 스트라이커 C 대원 몇 명이 프록터가 죽기 전 그를 찾아왔다. 게다가 매트리스 밑에서 발견된 현금 문제도 있다. 최근에 어떤 일의 대가를 받았다는 얘기다. 아마도 보관 시설을 제공한 대가일 텐데 그럼 보관된 물품이 무엇이냐는 의문이 생긴다. 마약이 가장 유력한 후보긴 하지만 지미 주얼이 그쪽은 아니라고 했고, 카펫에 자국이 남을 정도면 양이 엄청나야 하므로 그것도 걸린다. 어쨌거나 내가 알기로는 국제 마약 거래에서 대량으로 도매 물품을 공급하는 곳으로는 이라크가 아니라 아프가니스탄 쪽이 가능성이 더 높다. 토비아스 분대는 아프가니스탄에서 복무한 적이 없었다.

솜스가 월시를 불렀다. 그는 생각에 잠긴 나를 버려두고 가버렸다. 뱅거에서 무슨 일이 벌어지고 있는 것일까? 보비 잰드로가 현명한 선택을 해서 빨리 입을 열지 않는다면 이제는 조엘 토비아스에게 직접 압력을 가해야 할 시점이다.

밤이 다가왔지만 공기는 시원하지 않았다. 벌레들이 달려들어 물었고, 숲의 덤불 속에서는 야행성 동물들이 사냥하고 먹이를 먹는 소리가 들려왔다. 검시관이 도착했다. 그들이 해럴드 프록터의 시체를 실어 나가는 동안 아크등 불빛이 모텔을 비추고 있었다. 프록터의 시신은 오거스타에 있는 메인 주 검시소로 옮겨질 것이다. 그는 거기 혼자 누워 있겠지만 외로운 시간은 길지 않으리라. 머지않아 동료들이 많이 생길 것이다.

26

그들은 해질녘에 왔다. 부드러운 미풍이 숲의 잎사귀들을 흔들며 그들의 접근을 가려주었으나 앙헬과 루이스는 그들이 올 거란 걸 알고 있었다. 두 사람은 한 시간마다 위치를 바꿔가며 경계를 섰는데, 놈들이 모습을 드러냈을 때 흔들리는 나뭇잎 그늘에 미세한 변화가 생겼다는 것을 날카로운 눈으로 포착해낸 것은 머스탱 쪽을 감시하던 앙헬이었다. 그가 파트너의 팔을 슬쩍 건드리자 루이스도 시선을 집에서 차 쪽으로 돌렸다. 그들은 두 남자가 머스탱에 접근하는 것을 말없이 지켜보았다. 손에 들린 총 탓에 팔이 부자연스럽게 늘어나 피부조직이 터질 듯 부풀어오른 것처럼 보였다.

제법이라고 루이스는 생각했다. 근처까지 차를 타고 왔을 텐데 아무 소리도 듣지 못했다. 앙헬만 해도 놈들이 차에 바짝 다가선 뒤에야 알아챘다. 머스탱에 누가 타고 있었더라면 무슨 일인지 깨닫기도 전에 순식간에 목숨을 잃었을 것이다. 두 남자는 머스탱이 비었다는 걸 확인하자 다시 나무 그늘 속으로 사라졌다. 루이스는 바로 뒤쫓고 싶은 마음을 억눌렀다. 그들은 마스크를 쓰지 않았다. 목격자를 개의치 않는다는 뜻이었다. 그들의 모습을 볼 수 있는 건 집에 있는 사람뿐일 테고, 그 목격자는 곧 희생자로 바뀔 것이기에.

희생자. 그것도 문제였다. 헤어진 여자친구 멜 넬슨이 두 시간 전에 찾아왔기 때문에 보비 잰드로의 집을 둘러싼 상황이 복잡해졌다. 믿기 어려운 일이었지만 그날 오후에 건네진 즉흥적인 조언이 깊은 인상을 주었나 보았다. 루이스는 두 사람이 거실에서 이야기를 나누는 모습을 냉정하게 지켜보았다. 멜이 천천히 다가가더니 무릎을 꿇고 보비를 껴안았다. 조금 뒤 두 사람은 침실인 듯싶은 곳으로 사라졌고 아직까지 모습을 드러내지 않고 있었다.

다시 그늘 속에서 뭔가가 움직였다. 이제 총잡이들은 그 집의 뒤쪽에 있었다. 이웃이 창으로 내다보더라도 보이지 않는 곳, 잠자기 전 개를 끌고 산책에 나선 사람의 눈에도 띄지 않는 곳이었다. 놈들은 문의 양쪽에 붙어 서서 고갯짓을 교환하더니 유리를 깨트렸다. 한 명이 총을 치켜든 채 엄호하는 자세를 취하는 사이 다른 쪽은 자물쇠를 풀기 위해 유리 구멍으로 손을 집어넣었다. 집 안에서도 침입을 눈치 챈 움직임이 있었다. 비명 소리와 함께 침실 문이 쾅 닫히는 소리가 났다.

루이스는 한 놈을 겨냥해 등에 두 발을 쏘고 세 번째 총알을 머리 아랫부분에 명중시켜 숨을 끊어놓았다. 경고도 없었고, 손을 높이 들고 돌아서라는 말도 없었고, 항복할 기회도 없었다. 서부영화에 나오는 선한 주인공들이나 그런 제스처를 취하는 법이다. 하얀 모자를 즐겨 쓰고, 끝에 가서는 결국 여자를 손에 넣는 그런 녀석들이나. 현실 세계에서는 킬러에게 기회를 주는 선한 사람이 되레 목숨을 잃게 된다. 루이스는 자기가 선인인지 악인인지 알지 못했고 관심도 없었으므로 낭만적인 이상을 위해 죽고 싶은 생각은 조금도 없었다. 첫 번째 표적이 쓰러지자 루이스의 총은 지체 없이 오른쪽으로 움직였다. 킬러의 임무를 띠고 온 두 번째 남자는 부서진 판유리에서 손을 빼내려 안간힘을 쓰고 있었다. 소매가 들쭉날쭉한 유리에 걸려버려 다가오는 위협을 뻔히 보면서도 아무것도 하지 못했다. 이제 그의 눈앞에는 총구 두 개가 있었고, 살아날 가망이 전혀 없다는 것을 깨달은 킬러는 그대로 얼어버렸다. 총성과 함께 급격한 고통이 덮쳤고, 그는 문에 기댄 모습으로 쓰러졌다. 재킷 소매를 꿰뚫은 유리에 꽂힌 왼팔이 여전히 머리 위에서 대롱거렸다. 겨우 총을 치켜들 힘은 남아 있었으나 총구는 아무것도 겨냥하고 있지 않았다. 곧 그의 눈은 아무것도 보지 못하게 되었다.

침실 문은 여전히 닫혀 있었다. 루이스가 문에 꽂힌 형국으로 쓰러진 남자를 치우는 동안 앙헬은 그들을 소리쳐 불렀다.

"보비 잰드로, 내 말 들리나? 내 이름은 앙헬이고, 나와 내 파트너는 아까 찰리 파커와 같이 왔었어."

"듣고 있어요." 잰드로의 목소리였다. "난 총을 갖고 있다고요."

"잘 됐군. 그런데 여기 시체가 두 구 있어. 당신과 당신 여자친구는 우리 덕분에 목숨을 건진 거야. 그러니 하던 일이 있으면 후딱 해치워요. 곧 우리가 들어갈 테니까."

목소리를 낮춰 대화를 나누는 소리가 들려왔다. 잠시 후 문이 열리더니 보비 잰드로가 모습을 나타냈다. 달랑 사각팬티 한 장만 걸치고 휠체어에 앉은 채 엉거주춤한 모습으로 베레타를 들고 있었다. 그는 앙헬이 망을 보고 있는 가운데 시체 한 구를 끌고 들어오는 루이스에게로 눈길을 돌렸다. 바닥의 소나무 재목에 핏물이 기다란 자국을 남졌다.

"쓰레기봉투와 강력테이프가 필요해." 루이스가 말했다. "자루걸레와 물도. 붉은색이 벽과 잘 어울린다고 생각하면 상관없지만."

멜이 문틈으로 내다보았다. 대충 수건으로 가린 것을 제외하면 벌거벗은 것 같았다.

"아가씨." 앙헬이 그녀를 알아보았다는 표시로 고개를 끄덕이며 말했다. "옷을 입는 게 좋겠습니다. 놀이 시간은 끝났으니까……."

잰드로와 여자친구가 옷을 갖춰 입고는 화장품과 옷가지를 챙긴 가방을 들고 나왔다. 앙헬과 루이스는 시체들을 검은 쓰레기봉투에 넣고 테이프를 감았다. 잰드로는 휠체어에 앉아 그 모습을 지켜보았다. 죽음의 손길이 일으킨 변화에도 불구하고 그는 침입자들을 바로 알아보았다. 트위젤과 그린햄. 둘 다 해병대 출신이었다.

"그들은 STA였어요. 감시 및 표적 획득, 군사 주특기 8451."

앙헬은 보비를 멍하니 쳐다보았다.

"정찰 저격병이야." 루이스가 설명했다. "오늘밤도 임무에 나섰던 거지."

"알―아드하미야에 파견된 해병대 저격팀 둘 가운데 하나예요." 잰드로가 보충했다. "그건 바로……."

흠, 그런 것이었다. 그렇게 된 얘기였다. 보비 잰드로는 입을 열려고 하는 것이다. 동료들이 자기를 배신했기 때문에 남김 없이 털어놓겠다는 것이다. 하지만 앙헬은 이야기는 나중에 하자고 했다.

캐빈이 딸린 낡은 대형 트럭을 몰고온 멜 넬슨이 트럭을 집 뒤편에 대자 그들은 시체를 거기 실었다. 그런 뒤 앙헬은 잰드로와 멜을 머스탱에 태우고 GPS를 떼어내 망가트린 다음 벅스포트 외곽의 모텔로 차를 몰았다. 루이스는 잰드로가 길을 알려준 대로 프랑크포트 근처의 화강암 채석장으로 트럭을 몰고 갔다. 거기서 잰드로의 차고에서 가져온 로프와 체인을 시체들에 매달아 무게를 늘려서는 컴컴한 물속으로 던져 넣었다. 루이스는 GPS 추적 장치도 함께 페놉스코트 강에 던져 넣으려다 마지막에 마음을 바꿨다. 아주 교묘한 장치라 그가 직접 조립한다 해도 더 나은 걸 만들기 어려웠다. 그는 멜의 트럭 뒤편에 추적 장치를 던져두고 다른 사람들과 합류하러 모텔로 향했다.

모텔에서는 달리 할 일이 없었으므로 그들은 보비 잰드로가 이야기를 시작하는 걸 막지 않았다.

27

프록터의 시체가 이송된 후에도 월시는 나를 붙잡고 늘어졌다. 깡그리 털어놓지 않은 것에 대한 보복이라는 생각이 들었다. 하지만 내게 말을 걸긴 했으며, 모호한 법률적 근거를 끌어와 하룻밤 유치장에 집어넣으려 하지는 않았다. 포틀랜드로 돌아가려면 족히 세 시간은 걸릴 테고 피곤한 데다 샤워를 하고 싶어서 근처에 숙소를 잡기로 결심했다. 전적으로 내 의지에 따른 결심은 아니었다. 법의학팀이 아침에 다시 전면적인 현장검증을 하겠다고 했고 마약 탐지견도 그 뒤 곧 도착할 예정이었다. 월시는 선의와 협조정신을 내세우며 그날 밤이나 다음날 혹시 물어볼 것이 있을지도 모르니 근처에 머물러달라고 했다.

"바로 이런 경우를 대비해 항상 침대 옆에 메모 용지를 놔두고 있지." 그는 커다란 덩치를 자동차에 기대며 말했다.

"정말로? 나한테 귀찮은 질문을 할 때를 위해서 말인가?"

"맞아. 얼마나 많은 경찰들이 그렇게 하는지를 알면 아마 놀랄 걸."

"그 정도로 놀라기야 할까."

공을 포기하지 않으려는 고집스러운 개를 보는 조련사처럼, 그는 진

절머리가 난다는 듯 고개를 절레절레 흔들었다. 솜스는 조금 떨어진 곳에서 불편한 기색으로 우리를 보고 있었다. 우리의 대화에 끼고 싶은 게 분명했지만 월시는 고의적으로 그를 떼놓았다. 흥미로웠다. 저러다 사이가 틀어지고 말지. 둘이 커플이라 치면 그날 밤은 각방을 쓸 분위기였다.

"우리 저임 경찰관들이 자네한테 불평할 정당한 이유가 있다고 말하는 사람들도 있을 거야. 한센 일도 있으니까." 그의 말에 나는 즉시 한센을 떠올렸다. 메인 경찰국의 형사, 내 아내와 딸이 살해된 브루클린의 버려진 집에 서 있던 형사. 그는 방향이 잘못된 의욕에 충만해서 거기까지 나를 쫓아왔고 그 때문에 대가를 치렀다. 내가 한 짓은 아니었다. 그 킬러에게 한센은 무의미한 존재였고 내가 진짜 전리품이었다.

"한센은 다시 일하게 될 것 같지 않아." 월시가 말했다. "그런데 그가 다친 그날 밤, 자네 집에서 대체 무엇을 하고 있었는지는 아직도 분명치 않거든."

"그날 밤 이야기를 해달라는 건가?"

"아니. 어차피 말하지 않을 테니까. 나도 공식 보고서는 읽어봤네. 거지 속바지보다 더 구멍이 숭숭 뚫려 있더군. 자네가 내게 뭔가를 얘기한다 해도 거짓말 아니면 부분적 진실이겠지. 오늘 저녁에 한 얘기처럼 말이야."

"그럼에도 불구하고 지금 우리는 이렇게 함께 있는 거군. 밤공기를 마시며, 서로 깍듯이 예의를 지키면서 말이야."

"그렇지. 그 이유가 분명 궁금할 테지."

"좋아, 계속해봐."

월시는 내 차에서 몸을 떼더니 담배에 불을 붙였다.

"자네는 바보천치이면서도 자기가 남들보다 똑똑하다고 생각하지. 반대되는 증거가 압도적인데도 말이야. 그렇긴 해도 나는 자네가 꽤 선전한다고 봐. 오늘밤 내가 뭔가 재치 있고 예리한 내용을 메모지에 갈겨쓰게 되든지, 아니면 자네가 더럽힌 범죄 현장에 관해 법의학팀에서 질문할 게 생기면 내일 좀더 이야기를 나누도록 하지. 그런 다음엔 자네 볼일을 보러가도 돼. 그 대신 내가 바라는 건, 조만간에 자네가 전화를 걸어와 알고 있는 사실 혹은 알게 된 사실의 부담을 벗어버리고 싶다고 말해주는 거야. 그렇게 해주면, 시체나 쳐다보는 것 말고 다른 일을 하기에 너무 늦지 않았을 때 얘기지만, 나도 여기서 무슨 일이 있었는지 알려주지. 그러면 모든 걸 잘 마무리 지은 대가로 나도 승진이란 걸 하게 될지 몰라. 어떤가?"

"이치에 맞는 얘기로 들리는군."

"나도 그렇게 생각하고 싶네. 이제 자네는 이 멋진 렉서스를 타고 여기서 나가도 좋아. 우리 몇몇은 초과근무를 해야겠지. 말이 나온 김에 덧붙이자면, 자네가 렉서스를 타는 인종일 줄은 몰랐어. 예전에 들었을 때는 스티브 매퀸이라도 되는 양 머스탱을 몬다고 했는데."

"머스탱은 수리점에 들어가 있어." 나는 둘러댔다. "이건 빌린 차야."

"뉴욕에서 빌린 차라고? 됐어, 번호판에 대한 설명일랑 필요 없어. 어쨌든 레인즐리에 방이 없으면 그냥 차에서 자도 되겠군. 제법 큰 차니까. 안전 운전하게나."

나는 레인즐리로 돌아가 레인즐리 인이라는 곳에 방을 잡았다. 로비에 사슴 머리와 박제한 곰이 장식된 본관은 개방하는 시기가 아니어서 뒤쪽 산장의 방을 빌렸다. 근처에 자동차가 몇 대 주차되어 있었다. 그 중 한 차의 조수석에는 근처 지도가 놓였고, 대시보드에는 뱅거 TV 방송국 도안이 붙어 있었는데 누군가 거기에 '견인하지 마시오!' 라고 덧붙여 써놓았다. 나는 샤워를 하고 주유소에서 산 티셔츠로 갈아입었다. 샤워를 해도 프록터의 시체 썩는 냄새가 몸에 남아 있었지만 기분 탓이었지 실제로 그런 건 아니었다. 오히려 신경이 쓰이는 건 시체가 있던 방의 옆방에서 느꼈던 불안감이었다. 말다툼을 벌이다 막판에 돌아서버려 상대의 마지막 말이 등 뒤에서 아련하게 울려올 때처럼 독기와 악의가 풍기는 방이었다. 해럴드 프록터가 죽기 전에 들었던 말도 그런 말이었을까?

뭘 좀 먹으려고 선술집 사지스로 걸어갔다. 가까운 곳에 영업 중인 곳은 거기밖에 없어서 고르고 말고 할 것도 없었다. 사지스에는 기다란 카운터가 곡선을 이루며 놓였고, TV 넉 대가 각각 다른 스포츠 채널에 맞춰져 있었다. 카운터 뒤편에 걸린 케이스 안의 TV에서는 지역 뉴스가 방송되고 있었다. 스포츠 중계방송들은 소리를 한껏 낮춰두었고, 남자 몇몇이 말없이 뉴스를 보는 중이었다. 프록터의 사망 사실이 머리 뉴스로 나왔다. 뉴스거리가 없는 밤이기도 했지만 기묘한 정황 탓이기도 했다. 자살 사건은 대개 큰 기사로 취급되지 않으며 지역 방송국들은 고인의 유족들이 느끼는 슬픔에 초점을 맞춘다. 하지만 프록터의 죽음에 얽힌 묘한 사실들이 방송국의 관심을 끈 모양이었다. 폐쇄된 모텔방을 안에서 밀폐하고 자살이 분명해보이는 방식으로 죽음을 맞은 남자. 기자는 그가 자살하기 전에 방 밖에 있는 누군가를 향해 총을 쏘았다는 것은 언급하지 않았다.

내가 카운터에서 떨어진 곳에 자리를 잡자 웅얼거리는 소리가 들렸고 몇몇이 내 쪽을 쳐다보았다. 그 속엔 박제사 스툰덴도 끼어 있었다. 나는 웨이트리스에게 햄버거와 와인 한 잔을 주문했다. 와인이 나오자 스툰덴이 기다렸다는 듯 내 자리로 왔다. 나는 자신에게 나지막이 욕설을 내뱉었다. 스툰덴에게 했던 약속을 깡그리 잊어버렸던 것이다. 그가 제공해준 정보와 해럴드 프록터를 걱정하던 마음을 생각했더라면 따로 찾아가 사정을 설명했어야 했는데.

자리에 앉은 사람들이 일제히 내 쪽을 쳐다보았다. 스툰덴은 양해를 구하는 미소를 머금고 등 뒤의 사람들을 흘낏 쳐다보았다. 작은 동네가 어떤지 알잖소, 라고 말하는 듯했다. 공정하게 말하자면 술집에 있는 사람들은 난처함과 호기심 사이에서 균형을 잡으려고 무던히 애를 쓰고 있었다. 하지만 호기심이 약간 더 강했다.

"파커 씨, 번거롭게 해서 미안해요. 해럴드를 발견한 게 당신이라고 해서."

맞은편 좌석을 가리키는 내 몸짓을 보고 그는 자리에 앉았다. "사과하실 필요 없습니다, 스툰덴 씨. 경찰한테서 풀려난 뒤 바로 찾아뵀어야 했는데 하도 여러 가지 일이 있어서 그만 깜박 잊었습니다. 죄송합니다."

스툰덴의 눈은 붉게 충혈되어 있었다. 술을 마신 탓도 있겠지만 울기도 한 것 같았다.

"이해해요. 우리한테도 충격이었으니까. 그런 일이 있은 다음이라 우리 술집을 열지도 못했다오. 그래서 여기 있는 거요. 누군가 상황을 좀 알고 있는 사람이 없을까 해서. 그랬는데 당신이 들어왔고, 그리고……."

"말씀드릴 수 있는 게 많지 않습니다." 내가 이렇게 말하자 그는 내 말에 담긴 이중적 의미를 알아챘다.

"얘기할 수 있는 것만으로 충분해요. 사람들 얘기가 사실이오?"

"사람들이라니 누구 말입니까?"

스툰덴은 어깨를 으쓱했다. "TV에서 하는 얘기 말이오. 형사들한테 공식적인 얘기를 들은 사람은 아무도 없거든. 여기서 제일 가까운 곳에 있는 건 국경 순찰대고. 그러니까, 해럴드가 자살했다고 하던데?"

"그런 것 같습니다."

만약 스툰덴이 모자를 쓰고 있었다면 그 모자는 형편없이 찌그러지고 말았을 것이다.

"국경 경찰이 저기 벤한테 말했는데……." 그는 엄지를 내밀어 위장용 군복 같은 셔츠를 입은 뚱뚱한 남자를 가리켰다. 열쇠, 나이프, 핸드폰, 손전등을 벨트에 주렁주렁 매달아 바지가 허벅지 근처에 걸쳐진 남자였다. "…… 해럴드의 죽음에 찝찝한 점이 있다고 말이오. 구체적으로 뭔지는 말해주지 않았지만."

다시 그 단어가 등장했다. 찝찝함. 조엘 토비아스는 찝찝하다. 해럴드 프록터의 죽음은 찝찝하다. 온통 찝찝한 것 투성이다.

벤과 다른 두 남자도 정보를 얻을 것 같은 전망에 이끌려 우리 자리로 다가왔다. 입을 열기 전에 잠시 가늠해보았으나 그들에게 뭔가 감추어서 얻을 게 없다는 결론에 도달했다. 결국엔 모두가 알게 될 일이었다. 오늘밤 늦게라도 근무를 끝낸 국경 경찰이 한잔하러 들를 수 있고, 늦어도 내일이면 마을의 자체 정보 수집 기구가 가동되기 시작할 터였다. 게다가 헤럴드 프록터가 죽은 정황에 대해 그들이 모르는 부분이 있는 것처럼, 프록터의 삶에 대해서 그들은 알지만 나는 모르는 부분이 있었다. 스툰덴이 도움을 주었듯 이 사람들도 도움이 될지 모른다.

"죽기 전에 총에 든 총알을 모두 발사했습니다." 나는 이야기를 시작했다. "마지막 한 발만 자기한테 쓰려고 남겨두었죠."

모든 사람이 똑같은 물음을 떠올렸겠지만 가장 먼저 입을 연 것은 스툰덴이었다.

"어디에 대고 총을 쏜 거요?"

"바깥의 무언가를 향해서요." 나는 방 안에 널린 총탄 자국을 마음 한 구석으로 밀어내며 대답했다.

"헤럴드가 쫓겨서 방으로 들어간 거요?" 스툰덴이 다시 물었다.

"추적자한테 쫓긴 거라면 방에서 못질을 할 시간이 있었다고 보기 어렵겠지요."

"헤럴드는 제정신이 아니었던 거야." 벤이 말했다. "이라크에서 돌아온 다음부터 사람이 달라졌어."

모두들 동의한다는 듯 고개를 끄덕였다. 그들이 그런 식으로 생각한다면 묘비에 새겨 넣어도 좋으리라. '헤럴드 프록터. 약간 맛이 가서 제정신이 아니었다.'

"자, 이제 내가 아는 건 모두 이야기했습니다."

내 말에 사람들은 제자리로 돌아갔다. 스툰덴만 남아 있었다. 헤럴드의 죽음을 진심으로 애통해하는 듯 보이는 사람은 스툰덴 한 사람뿐이었다.

"괜찮으십니까?"

"아니, 괜찮지 않소. 요즘엔 옛날만큼 가까이 지내지 않았지만 그래도 나는 그의 친구였어요. 마음에 걸리는 건 그 사람이 그런 식으로······."

그는 적당한 말을 찾지 못했다.

"겁에 질려서요?"

"맞아. 겁에 질려서. 그리고 혼자서. 그런 식으로 죽음을 맞는 건 옳지 않아요."

웨이트리스가 햄버거를 가지고 왔다. 앞에 놓인 술잔에 거의 손도 대지 않았지만 나는 와인을 한 잔 더 주문했다. 그러면서 스툰덴의 잔을 가리켰다.

"부시밀로 줘." 그가 말했다. "물은 넣지 말고. 고마워요."

웨이트리스가 술을 가져올 때까지 우리는 말없이 기다렸다. 술이 오자 스툰덴은 쭉 들이켰고, 나는 햄버거를 먹었다.

"죄책감도 느껴요. 도대체 이게 무슨 일이오? 자주 연락하고, 집구석에 처박혀 있지 않도록 끌어내고, 문제가 뭐냐고 물어보고 했더라면, 내가 더 애를 썼더라면 이런 일은 일어나지 않았겠지."

스툰덴에게 거짓말을 할 수도 있었다. 프록터의 죽음은 당신과 전혀 관계가 없다, 프록터가 다른 길을 갔을 뿐이며 그 길이 밀폐된 방에서의 외롭고 잔혹한 죽음으로 이어진 것이다. 나는 그렇게 하지 않았다. 그런 말은 내 앞에 앉은 사람을 얕보는 말이다. 스툰덴은 점잖고 고결한 사람이었다.

"그게 사실인지 아닌지 저는 모르겠습니다. 하지만 해럴드가 기묘한 일에 휘말린 건 당신 잘못이 아닙니다. 결국엔 그 일 탓에 목숨을 잃게 됐겠지요."

"기묘한 일? 기묘하다니 무슨 뜻이오?"

"해럴드의 집으로 트럭이 들어가거나 나오는 걸 보신 적 없나요? 대형 트럭입니다. 아마 캐나다 쪽에서 내려온 트럭이었을 겁니다."

"이런, 나는 몰라요. 포틀랜드나 오거스타 쪽에서 온 트럭이라면 혹시 모르지만. 하지만 코번고어를 거쳐 왔다면 랭던을 통하지 않고 헤럴드의 집에 갈 수 있어요."

"그 일을 알 만한 사람은 누구 없습니까?"

"주위에 물어보겠소."

"그럴 만한 시간이 내게는 없습니다. 스툰덴 씨, 나는 경찰이 아닙니다. 그러니 나한테 정보를 제공해야 할 의무도 없지요. 하지만 내가 오늘 했던 얘기는 기억하고 계시겠지요?"

스툰덴은 고개를 끄덕였다. "자살한 젊은 참전 군인 말이군."

"그렇습니다. 그런데 이제 해럴드 프록터가 죽었어요. 다른 자살 사건과 비슷하단 말입니다."

필요한 정보를 얻기 위해 퀘벡의 크레이머나 브렛 할란의 일을 꺼낼 수도 있었으나 그렇게 하면 술집 전체에 화젯거리가 될 테고 결국엔 경찰의 귀에도 들어갈 것이다. 그런 일이 벌어지길 원하지 않는 이유라면 얼마든지 댈 수 있다. 사립 탐정 허가증을 되찾은 지 얼마 되지 않았고, 다시 인가를 취소당하는 일은 없을 거라는 애매한 보장을 받긴 했으나 주 경찰한테 나를 뒤쫓을 빌미를 줄 필요는 없었다. 다른 건 몰라도 월시가 유쾌하게 여기지 않을 건 분명했다. 월시를 좋아한다고도 할 수 있지만, 같이 감옥에 가는 일이 있다면 한방을 쓰고 싶지는 않은 상대였다.

그 모든 합당한 이유에도 불구하고 익숙한 갈망이 치미는 건 어쩔 수 없었다. 나는 무슨 일이 벌어지고 있는 건지 캐내고 싶었다. 해럴드 프록터와 데미안 패쳇, 그밖에 다른 사람들의 죽음 아래 파묻혀 있는 연결고리를 파헤치고 싶었다. 사립 탐정이란 게 허울 좋은 이름에 지나지 않는다는 건 알고 있다. 보험 사기, 배우자 부정, 직원의 도둑질 등 평범한 일로도 먹고살기엔 충분하지만 단지 그뿐이다. 내가 경찰에 들어갔던 것이나 뉴욕경찰청에서 보낸 짧고 내세울 것 없는 시간이 아버지의 실패를 보상하기 위한 것만은 아니었음을 이제는 알고 있다. 아버지는 스스로 목숨을 끊기 전 두 젊은이를 살해했고, 그로써 자기 이름을 더럽혔으며 내게 낙인을 찍었다. 나는 나쁜 경찰이었다. 부패한 것도, 폭력적인 것도, 무능력한 것도 아니었으나 그래도 나쁜 경찰이었다. 자제심과 인내가 결여됐었고 그 직업에 필수적인 자아도 없었다. 사립 탐정 면허를 딴 것은 먹고살 방편이 필요했다는 것과, 합법적인 장신구를 손에 넣으면 모호한 목적의식을 충족시키는 데 도움이 될 것이라는 생각이 타협한 결과였다. 경찰로 되돌아갈 수 없다는 것은 알지만 아직도 내게는 그 직업에 필수적인 직감과 목적의식, 소명의식이 남아 있었다. 그것은 단순히 이익을 쫓거나 동료의식 때문에, 혹은 20년간 돈을 벌어 보카 라톤에 술집을 열 계획으로 경찰 직무를 수행하는 것이 아닌 사람들에게서 뚜렷이 드러나는 특징이다.

내가 알고 있는 것, 의혹을 품고 있는 것을 모조리 윌시에게 넘겨주고 이 문제를 외면할 수도 있다. 아무래도 그가 이용할 수 있는 자원이 더 풍부하고, 그의 목적의식이 나보다 열등하리라고 여길 이유도 없다. 하지만 나는 이것을 원했다. 그게 없다면 나는 대체 누구란 말인가? 그러므로 운에 맡기고 밀고 나가기로 했다. 거래가 필요하다면 거래를 하고, 최대한 정보를 모을 것이다. 살다보면 자신의 직감을, 자기 자신을 믿어야 할 때가 있는 법이다. 아내와 아이를 빼앗긴 뒤 몇 년에 걸쳐 나는 무언가를 배웠으며 살인자를 끝까지 추적했다. 나는 그 일을 제대로 해냈다.

왜?

그밖엔 달리 할 일이 아무것도 없었으니까.

나는 스툰덴이 두 개의 자살 사건을 두고 숙고하는 모습을 잠자코 지켜보았다. 두 사건의 연관 가능성이 화려하게 채색된 미끼가 되어 그의 눈앞에서 달랑거리도록 내버려둔 채 나는 그가 미끼를 물기를 기다렸다.

"기건, 에드워드 기건이라는 사람이 있소." 마침내 스툰덴이 말문을 열었다. "해럴드의 집 뒤편에서 살아요. 일부러 찾으려 들지 않으면 그 사람이 거기 있다는 걸 알기 어렵지요. 하지만 거기 살아요. 여기서는 많은 사람들이 그렇지만, 해럴드처럼 그 사람도 교류 없이 혼자서 지내요. 그렇다고 이상한 사람은 아니고 그냥 조용한 사람일 따름이지. 누군가 트럭 건을 알고 있다면 그건 에드워드일 거요."

"경찰한테 선수를 뺏기기 전에 그 사람과 얘기해보고 싶습니다. 그 사람한테 전화가 있습니까?"

"에드워드한테? 조용한 사람이라고 했지 원시적으로 산다고는 말 안 했어요. 인터넷으로 일하는 걸. 마케팅일 거요. 나야 '마케팅'이 무슨 뜻인지도 모르지만 그 사람 집에는 나사(NASA)보다 컴퓨터가 많소. 당연히 전화기도 있고."

"그에게 전화하세요."

"당신이 술 한잔 사겠다고 말해도 되겠소?"

"옛날 서부영화를 보셨죠? 주인공은 바텐더한테 자기 술병을 챙겨
두라고 하잖아요."

스툰덴은 눈을 깜박거렸다.

"에드워드한테 전화하지요."

에드워드 기건은 전형적인 괴짜였다. 나이는 30대 중반. 키가 크고
비쩍 말랐으며 안색이 창백했다. 엷은 갈색 머리카락을 길게 기르고,
무테안경을 쓰고, 갈색 폴리에스터 바지와 밝은 황갈색 셔츠를 입고,
싸구려 갈색 신발을 신었다. 기린한테 가발을 씌우고 할인점을 돌며
옷을 걸쳐준 것 같았다.

"이 분이 내가 말한 파커 씨라네." 스툰덴이 소개했다. "물어볼 게
있다고 해." 마치 아이를 상대하는 것 같은 말투였다. 기건은 그를 쳐
다보면서 눈썹을 치켜올렸다.

"스툰즈, 왜 내가 백치라도 되는 양 늘 그런 말투를 쓰세요?" 말은
그렇게 했지만 목소리에 불쾌한 빛은 조금도 없었고 오히려 약간 초조
한 기색이 깃든 막연한 즐거움을 내비쳤다. "왜냐면 자네는 꼭 MIT 사
람 같으니까. 프랭클린 카운티의 숲에 사는 사람 같지가 않고. 자네를
보면 왠지 보살펴줘야 할 것 같은 기분이 든다니까."

기건이 활짝 웃어보이자 그날 밤 처음으로 스툰덴도 밝게 웃었다.

"멍청이."

"촌뜨기."

바텐더는 우리에게 술을 병째 넘기는 건 거절했으나 대신 스툰덴과 기건이 혀가 꼬이지 않은 상태에서 주문하는 한 술잔을 계속 채워주겠다고 했다. 내게는 불운이었지만 두 사람의 알코올에 대한 내성은 그들이 서로를 견뎌내는 내성만큼이나 대단했다. 카운터 뒤쪽에 술병이 쌓이는 것과 비례해 자리를 뜨는 사람들이 늘어났고 결국 우리만 남았다. 잡담을 하며 시간을 보내던 중에 기건은 보스턴에서의 도시 생활에 염증을 느낀 나머지 프랭클린 카운티에 자리를 잡게 된 사연을 내게 얘기해주었다.

"첫 겨울은 혹독했지요. 눈이 올 때면 보스턴도 엉망이라고 생각했는데, 웬걸요, 여기서는 아예 눈사태에 폭삭 파묻히는 꼴이지요." 기건은 얼굴을 찡그렸다. "게다가 여자도 그리웠어요. 그러니까 여성과의 교제 말입니다. 이 작은 마을엔 남자들밖에 없어요. 결혼하지 않은 여자는 모두 떠나고 없고. 꼭 외인부대에 있는 것 같다니까요."

"관광객들이 오면 좀 나아지잖나." 스툰덴이 말했다. "썩 나아지는 건 아니지만 그래도 조금은."

"빌어먹을, 그때까지 기다리다간 좌절감에 죽어버릴 걸요."

두 사람은 술잔 밑바닥 쪽을 물끄러미 쳐다보았다. 술 속에서 인어가 머리를 내밀고 반갑게 꼬리를 쳐주길 기다리는 것처럼.

"해럴드 프록터 말인데요." 대화를 진척시키기 위해 내가 끼어들었다.

"소식을 듣고 놀랐습니다." 기건이 말했다. "그럴 사람이 아니었거든요."

같은 말을 너무 자주 듣는 것 같았다. 베넷 패챗은 아들에 대해 그렇게 말했고, 캐리 손더스도 데미안 패챗과 브렛 할란을 두고 거의 같은 표현을 썼다. 그들의 말이 옳다면 죽을 이유가 없는 사람들의 시체로 넘쳐나는 셈이다.

"왜 그렇게 얘기하는 거죠?"

"그는 강한 사람이었어요. 이라크에서 한 일에 대해 전혀 후회하지 않았습니다. 꽤 심한 짓을 했던 모양이던데, 그 사람이 자기 입으로 그랬거든요. 심한 짓이라고 말은 해도, 나야 사람을 죽여 본 경험이 없으니 모르지요. 앞으로도 그럴 일은 없었으면 좋겠고요."

"그 사람과는 잘 지냈습니까?"

"겨울 동안 몇 번 같이 술을 마셨지요. 발전기에 문제가 생겼을 때 도움을 받기도 했고. 썩 친하지는 않았지만 이웃 간의 교제 정도는 있었지요. 여기선 대개들 그렇게 지내거든요. 그랬는데 해럴드가 점차 변했어요. 여기 있는 스툰즈한테도 그 얘길 한 적이 있는데, 나랑 똑같은 말을 하더군요. 해럴드는 점점 더 비밀스럽게 변했어요. 본래도 수다쟁이라고는 할 수 없는 사람이었는데. 묘한 시간대에 그가 트럭에 시동을 거는 소리를 듣기도 했죠. 어두워진 뒤나 한밤중에요. 그러더니 대형 트럭이 찾아오기 시작했어요. 트레일러를 실은 커다란 트럭, 아마 빨간색이었을 겁니다."

빨간 트럭. 조엘 토비아스의 트럭과 같은 색깔이다.

"번호판을 봤습니까?"

기건은 기억을 되살려냈다. 틀림없이 토비아스였다. "나는 사진을 찍는 것처럼 정확한 기억력을 갖고 있어요. 내 일에 도움이 되지요."

"트럭이 온 건 언제였습니까?"

"내 기억으로는 너덧 번인데요. 지난달에 두 번, 이달에 한 번. 마지막으로 본 건 바로 어제였어요."

나는 몸을 앞으로 기울였다. "그 트럭이 온 게 어제였다고요?"

실수를 할까봐 겁이 났는지 기건은 당황한 모습을 보였다. 그는 다시 날짜를 되짚어보더니 말했다. "맞아요, 어제 아침. 마을에 내려갔다가 집으로 돌아가던 길에 봤으니까. 그래서 트럭이 도착한 시간은 모르지만요."

윌시가 내게 말해준 몇 안 되는 사실 중에는 프록터가 죽은 지 이삼일 지났다는 것도 있었다. 모텔 방의 열기로 부패 속도가 빨랐기 때문에 정확한 시점은 가리기 어려웠지만 어쨌거나 토비아스는 프록터가죽은 뒤 모텔에 갔었다는 얘기다. 그는 프록터의 모습이 보이지 않는데도 찾아볼 수고를 하지 않았다. 프록터가 죽은 것을 알았던 것일까? 그런데도 잠자코 돌아갔다? 프록터가 총을 발사한 상대가 누구건 토비아스는 아니었다.

"확실히 전에도 왔던 그 트럭이었습니까?"

"그렇다니까요. 몇 번이나 봤다고 했잖아요. 해럴드가 다른 사람, 그러니까 트럭 기사와 같이 ─ 아, 잠깐만. 한 번은 세 명이 있구나 생각한 적도 있었는데 ─ 트럭 뒤에 실린 짐을 내렸고, 그런 다음 트럭은 가버리곤 했지요"

"그 일을 해럴드에게 말한 적은요?"

"없어요."

"왜 안 물어봤습니까?"

"트럭이 몇 번 오간다고 성가신 일도 아니었고, 물어본들 해럴드가 반길 것도 아니었으니까요. 아마도 내게 들리거나 보인다는 건 알고 있었을 거예요. 하지만 여기서는 다른 사람 일에 공연히 끼어들거나 하지 않거든요."

"해럴드가 무얼 하는 건지 궁금하지는 않았습니까?"

기건은 불편한 기색을 보였다. "모텔 재개장을 생각하는 게 아닐까 싶었습니다. 가끔 그런 얘길 했었거든요. 하지만 거기에 필요한 돈이 없었죠."

기건은 내 얼굴을 마주보지 않았다.

"그리고요?"

"해럴드는 가끔 마리화나를 피웠어요. 나도 그랬고요. 어디서 구할 수 있는지 그가 알고 있었고, 나는 돈을 지불했어요. 많이는 아니에요. 긴 겨울을 나는 데 필요한 정도였지요."

"해럴드는 중개상이었나요?"

"아뇨, 그런 것 같지는 않았어요. 공급자와 선이 닿아 있을 뿐이었겠죠."

"하지만 당신은 그가 모텔에 마약을 비축하는 중일지 모른다고 생각했지요, 그렇죠?"

"그러면 설명이 되지요. 특히 모텔 재개장 비용을 마련하려 했다면요."

"한번 살펴봐야겠다는 생각은 안 했습니까?"

기건은 편치 않은 표정이었다. "그랬어요. 한 번. 해럴드가 근처에 없을 때."

"뭘 봤습니까?"

"모텔방들은 모두 막혀 있었습니다. 하지만 그중 몇 개는 최근에 열었던 흔적이 있더군요. 목재 조각이 바닥에 떨어졌고 먼지가 쓸려 나갔더군요. 무거운 걸 안으로 끌고간 것처럼 땅에 홈이 패어 있었고요."

"창으로 내다볼 때 그들이 뭘 옮기는지는 전혀 보지 못했나요?"

"트럭은 항상 내 쪽을 향해 세워져 있었어요. 트럭에서 물건을 내리려면 뒤가 모텔 쪽을 향하게 하는 게 편리하죠. 그러니 옮기는 물건이 뭔지 확실히 본 적은 한 번도 없습니다."

'확실히' 본 적은 없다고?

"하지만 어느 정도 짐작은 했을 테죠?"

"얘기가 이상한 데로 흐르는군요."

"괜히 해보는 말이 아닙니다."

"음, 그래요. 조각상이었어요. 그리스 조각상 같은 것 있잖아요. 박물관에 있는 하얀 조각상. 처음엔 몸통인줄 알았는데 팔이 없더라고요. 밀로의 비너스처럼. 하지만 남자 조각상이었어요."

"빌어먹을." 나는 낮게 중얼거렸다. 마약이 아니었다. 골동품이었던 것이다. 조엘 토비아스는 계속 나를 놀라게 한다. "오늘 일로 경찰과 얘기한 적은요?"

"없어요. 내가 거기 산다는 것도 아마 모를걸요."

"내일 아침에 경찰에 얘기해요. 하지만 서두를 필요는 없어요. 지금 내게 말한 대로 경찰에 얘기하면 돼요. 마지막으로 한 가지만 더 묻겠습니다. 경찰은 해럴드가 자살한 게 얼추 사흘 전이라고 생각해요. 그

때쯤 총성을 들었나요?"

"아뇨. 그제까지 가족들을 만나러 보스턴에 있었거든요. 내가 나가 있는 동안 해럴드가 자살했나 봐요. 그 사람, 자살한 것 맞지요?"

"그랬을 걸로 생각합니다."

"자살할 거였다면 뭣 하러 그 방으로 들어갔을까요? 죽기 전에 어디 다 대고 총을 쏘았을까요?"

"모릅니다." 계산서를 가져오라고 바텐더에게 손짓을 보냈다. 그때 등 뒤에서 문 열리는 소리가 들렸다. 나는 돌아보지 않았지만 소리 나는 쪽으로 고개를 든 스툰덴과 기건의 표정이 변했다. 대화를 나누면서 어두워졌던 두 사람의 얼굴이 환히 밝아졌다.

"누군가의 운이 바뀌려나 보네." 기건이 머리카락을 정돈하며 말했다. "그게 나였으면 정말 좋겠는데."

태연한 척 뒤를 돌아보려 했더니 여자는 벌써 내 오른팔 옆에 와 있었다.

"술 한잔 사주시겠어요, 파커 씨?" 캐리 손더스가 물었다.

28

기건과 스툰덴은 일어나서 자리를 뜰 채비를 했다.

"보다시피 더럽게 재수가 없다니까요. 이번에도 역시." 그러더니 기건은 "험한 말을 해서 미안합니다, 아가씨"라고 덧붙였다.

"사과하실 필요 없어요." 손더스가 말했다. "그리고 직업상의 만남이에요. 개인적인 게 아니라."

"그 말은 내게 아직 기회가 있다는 뜻입니까?"

"아뇨."

기건은 과장되게 한숨을 내쉬었다. 스툰덴이 그의 등을 가볍게 두드렸다.

"자자, 두 사람이 이야기하도록 해주자고. 우리 집에 가면 내가 짱박아둔 병이 있어. 자네 마음을 위로해줄 거야."

"위스키인가요?"

"아니. 에틸알코올이네. 다른 걸 좀 섞어서 묽게 해야겠지만⋯⋯."

두 사람은 먼저 일어나겠다고 인사를 하고 자리를 떴다. 그러면서도 기건은 손더스 쪽으로 미련이 남은 눈길을 던지는 걸 잊지 않았다. 아무래도 기건은 숲에서 너무 오래 산 것 같았다. 빨리 조치를 취하지 않으면 큰사슴을 덮치게 될 지도 모를 일이다.

"당신 팬클럽인가요?" 웨이트리스가 미켈롭 울트라(저칼로리 맥주)를 놓고 가자 손더스가 물었다.

"그중 일부지요."

"내 생각보다는 규모가 크네요."

"당신의 환자 군단과는 달리 규모는 작지만 안정적이죠. 당신 환자들은 날마다 줄어드는 것 같으니까. 다른 직업을 생각해보든지 아예 시체안치소를 여는 게 어떻겠습니까?"

그녀는 나를 쏘아보았다. 싸움을 걸려고 작정한 듯 구는 상대를 매섭게 비난하는 눈길이었다.

"해럴드 프록터는 내 환자가 아니에요. 이 지역 의사가 약을 처방해준 모양이더군요. 내 연구에 참여시키려고 그 사람과 만나긴 했지만 협조해주진 않았어요. 나한테 전문적인 도움을 구하지도 않았고. 내 일에 대한, 혹은 죽은 군인에 대한 당신의 무례한 태도에 감사드린다고는 말할 순 없군요."

"연설은 집어치워요, 손더스 박사. 저번에 만났을 때 당신은 내게 도움주는 걸 그리 내켜하지 않았습니다. 우리가 같은 것을 원하고 있다고 그때 내가 잘못 생각했던 거겠지요."

"뭘 말인가요?"

"어떤 집단을 찾아내는 거였죠. 서로가 서로를 알고 있고, 연이어 자살하고 있는 집단. 그런데 내가 얻은 것은 빤한 기본 방침과 싸구려 분석에 지나지 않았습니다."

"당신이 찾고자 한 건 그게 아니었어요."

"아니라고요? 정신과에서는 텔레파시도 가르치나 보지요? 아니면 거만하게 구는데도 지쳤을 때 혼자서 텔레파시 수련이라도 합니까?"

그녀는 냉정한 눈길로 나를 응시했다. "또 있나요?"

"있습니다. 왜 진짜 술을 주문하지 않는 겁니까? 당신은 날 난처하게 만드는군요."

그녀의 표정이 바뀌었다. 근사한 미소였는데, 그녀는 그런 습관을 잊어버렸던 것이다.

"진짜 술이라. 붉은 와인 한잔 같은 걸 말하는 건가요? 지금 우리는 교회 친목회에 있는 게 아니잖아요. 바텐더가 당신을 밖으로 끌고나가 막대기로 때리지 않는 게 놀랍군요."

나는 뒤로 편히 기대앉으며 항복했다는 표시로 손을 들어보였다. 그녀는 저칼로리 맥주를 옆으로 치우고 웨이트리스에게 신호를 보냈다. "이 사람과 같은 걸로 주세요."

"이러면 완전히 데이트하는 걸로 보이겠는데요." 내가 말했다.

"장님에게는 그렇겠죠. 거기다 귀까지 먹어야 그렇게 생각할 테죠."

손더스는 분명 미인이었다. 하지만 그녀와 친숙한 관계가 되려고 진지하게 고려하는 사람에게는 가시를 막을 방탄복이 필요할 것이다. 와인이 왔다. 그녀는 한 모금 마시더니 그럭저럭 괜찮다는 얼굴로 한 모금 더 마셨다.

"어떻게 나를 찾아냈습니까?"

"당신이 레인즐리에 있다고 경찰들이 그러더군요. 특히 월시 형사는 당신 차의 생김새까지 설명해주었고요. 당신을 찾으면 자동차 타이어를 펑크내버리라고 하더군요. 그래야 어디 딴 데로 새지 못할 거라고."

"여기 머문다는 결정은 강제적인 것이었어요."

"경찰이 그랬나요? 당신을 정말 좋아하나 보군요."

"일단은 그렇지요. 게다가 나도 경찰을 좋아하고요. 그런데 해럴드 프록터 건은 어떻게 알게 되었습니까?"

"경찰이 그 사람 오두막에서 내 명함을 발견했어요. 그에게 약을 처방해준 의사는 바하마로 휴가를 간 것 같고요."

"잘 알지도 못하는 사람을 위해 운전을 해서 달려오기엔 먼 길인데요."

"그 사람은 군인이었어요. 그리고 자살했고요. 그러니 내 일이죠. 경찰은 내가 그의 죽음에 얽힌 정황에 빛을 비춰줄 거라고 생각했겠죠."

"그랬나요?"

"전에 한 번 왔을 때 알아낸 내용은 말해주었어요. 혼자 살고, 술을 너무 많이 마시고, 마리화나를 피운다는 것. 그건 오두막에 밴 냄새로 알 수 있었지요. 그리고 그 사람한테는 지원 구조가 전무하거나 거의 없다는 것."

"자살을 감행할 유력한 후보였습니까?"

"그럴 위험이 있었죠. 그게 전부예요."

"하지만 왜 시점이 지금인가요? 군에서 제대한 지 15년이나 지났습니다. 외상후 스트레스가 길면 10년쯤 잠복해 있다 나타난다는 얘기를 당신한테 듣기는 했지만, 15년 뒤에야 첫 증세가 나타나는 건 너무 길지 않습니까?"

"나로선 설명할 수 없네요."

"어떻게 해서 그 사람과 만나게 되었습니까?"

"퇴역 군인들과 인터뷰를 하면서 내 연구에 참여할 만한 사람, 위험한 상태에 놓여 있으면서도 공식적인 치료를 받지 않는 사람을 알려달라고 했어요. 누군가 해럴드 얘기를 해주더군요."

"그게 누구였는지 기억합니까?"

"아뇨. 기록을 들춰봐야 해요. 데미안 패쳇이었던 것 같기도 하지만 확실하진 않아요."

"조엘 토비아스는 아니었겠지요?"

그녀는 얼굴을 찌푸렸다. "조엘 토비아스는 정신과 의사의 개입에 부정적이에요."

"시도는 해보았던 거군요?"

"그가 마지막으로 신체적 치료를 받은 곳이 토거스예요. 그 치료엔 정신과 과정도 포함되어 있었거든요. 내가 맡게 되었는데 그다지 진전을 보지 못했죠." 그녀는 술잔을 입에 대고 나를 지그시 쳐다보았다. "당신은 그 사람을 좋아하지 않죠, 그렇죠?"

"제대로 만난 적도 없지만 지금까지 발견한 내용은 맘에 들지 않습니다. 조엘 토비아스는 대형 트레일러가 적재된 트럭을 몰아요. 뭔가를 상자에 넣어 숨길 공간이 충분하지요."

그녀는 눈도 깜박거리지 않았다.

"숨긴 물건이 있다고 확신하는군요."

"조엘 토비아스의 조사에 착수한 다음날, 아주 전문적인 솜씨를 가진 자들한테 당했습니다. 뼈를 부러트린 것도 아니고 눈에 보이는 흔적은 아무것도 남기지 않았지요."

"토비아스와 관계된 일 탓이 아닐 수도 있잖아요."

"나를 좋아하지 않는 사람들이 있다는 건 나도 알고 있어요. 하지만 그런 작자들은 아주 영리한 편은 아니거든요. 만약 그들이 나를 두들겨 패기로 작정했다면 분명히 그 일을 떠벌렸을 겁니다. 익명의 기부자 같은 치들이 아니니까. 그런데 이번에 만난 놈들은 물과 자루를 사용했어요. 조엘 토비아스 주위에서, 나아가 자기들 주위에서 얼쩡거리지 말라는 메시지를 분명하게 전달했습니다."

"내가 들은 바로는, 당신한테 정말로 원한을 가진 사람들 대부분은 패주기 작전 같은 건 하지 못할 입장이라고 하더군요. 그러려면 무덤에서 나와 일을 꾸며야 하니까."

나는 시선을 돌렸다. "그런 말을 들었다면 꽤 놀랐겠군요"라고 했지만 그녀는 듣고 있지 않았다. 자기만의 생각에 빠져 있었다.

"처음 만났을 때 내가 당신의 요청을 거절한 이유는 당신과 내가 같은 걸 원한다는 사실을 믿지 않았기 때문이에요. 내 일은 어려움을 겪는 사람들을 힘껏 돕는 거예요. 해럴드 프록터나 조엘 토비아스처럼 내 도움을 원치 않는 사람들도 있지요. 도움이 필요하면서도 두렵다는 감정을 정신과 의사한테 털어놓는 것은 약하다는 증거라고 여겨요. 자기들과 함께 사막에서 지낸 군 출신 정신과 의사라 해도 말입니다. 신문을 보면 군인 자살률이 올라간다는 것, 정부가 육체적 정신적으로 상처를 입은 사람들을 방기하고 있다는 것, 그런 사람들이 국가 안보에 위협이 될 수도 있다는 것에 관한 기사가 무수히 많아요. 그래요, 그들은 인기 없는 전쟁에서 싸웠어요. 비단 베트남만이 아니죠. 사상자 수나 귀환 장병에 대한 적대감이란 관점에서 보면요. 어쨌거나 그런 일을 두고 방어적이라는 이유로 군을 비난할 수는 없을 거예요. 당신이 날 찾아왔을 때, 나는 당신 또한 군을 비판하려는 멍청이 중 하나라고 생각했어요."

"지금은요?"

"지금도 당신이 멍청이라는 생각에는 변함이 없어요. 프록터 자살 사건 현장에서 만난 그 형사도 틀림없이 동의할 걸요. 하지만 우리의 궁극적인 목적은 그렇게 다르지 않을지도 모르겠군요. 우리 두 사람은 그 사람들이 왜 계속 자살하는지 알고 싶은 거니까요."

그녀는 다시 와인을 한 모금 마셨다. 와인 빛깔이 물들어 막 날고기를 먹어치운 짐승처럼 이가 붉게 변했다. "나는 이 일을 심각하게 생각하고 있어요. 그래서 이런 연구를 하고 있는 거고요. 내 연구는 해답과 해결책을 찾아내려고 국립정신건강연구소와 공동으로 진행하는 작업의 일부분이에요. 우리는 전투, 여러 번에 걸친 파병이 자살에 어떤 역할을 하는지 밝혀내려 해요. 자살의 3분의 2는 복무 중에, 혹은 후에 일어납니다. 전쟁 지역에서는 배치 기간이 15개월이고, 지친 사람들이 그 뒤 다시 전장으로 되돌아가기 전까지 충분한 시간이 주어진다고도 할 수 없어요.

우리 병사들에게 도움이 필요하다는 건 분명해요. 하지만 그들은 도움을 요청했다가 그 기록이 평생 따라다닐까봐 두려워하죠. 군대도 태도를 바꿔야만 해요. 정신 건강 검사가 제대로 이뤄지지도 않고, 지휘관들은 장병들이 민간 치료사와 접촉하는 걸 꺼려요. 일반 개업의들이나 정신 건강 전문가들을 전보다는 많이 고용하고 있으니 이제 시작 단계로 볼 순 있지만. 하지만 초점은 전투에 맞춰져 있거든요. 그들이 귀환하면 무슨 일이 벌어지죠? 2008년 1월부터 8월까지 자살한 병사 육십 명 중에서 서른아홉 명이 조국에 돌아온 뒤에 목숨을 끊었어요. 우리는 그 사람들의 자살을 수수방관하고 있는 겁니다. 그들은 상처를 입었지만 어떤 경우엔 너무 늦어버린 다음에야 그 상처가 드러나요. 그런 사람들을 위해 뭔가를 해야만 돼요. 누군가 책임을 져야 한다고요."

그녀는 의자에 기대앉았다. 온몸을 감싸고 있던 견고함이 일부 떨어져나가고 그저 지친 모습이었다. 피곤해 보이면서도 실제보다 어려 보였다. 그녀가 죽음에서 느끼는 비통함이 전문가적인 것인 동시에 아이처럼 순수하기 때문일지도 몰랐다.

"사립 탐정, 그것도 폭력적이라고 명성이 자자한 탐정이 참전 군인들의 자살 사건에 대해 캐물었을 때 왜 내가 경계했는지 이젠 당신도 이해하겠죠?"

그건 수사적 질문이었다. 아니었다 해도 그런 셈 치기로 했다. 나는 새 술을 달라는 신호를 보냈다. 우리는 잠자코 술이 오길 기다렸고, 그녀는 남은 술을 새 술잔에 부었다.

"당신은 어때요?" 나는 물었다. "그 일이 당신한테는 어떤 영향을 주었습니까?"

"질문의 의미를 모르겠네요."

"분명 힘든 일일 텐데요. 부상당한 사람들을 매주 만나면서 고통과 상처, 죽음의 이야기를 줄곧 들어야 하니까. 당신도 분명히 타격을 입을 겁니다."

그녀는 테이블 위로 잔을 이리저리 밀면서 그것이 남기는 자국을 물끄러미 쳐다보았다. 벤다이어그램처럼 원 위에 원이 겹쳐졌다.

"내가 군을 떠나서 민간 컨설턴트가 된 것도 그 때문이에요. 아직도 그 생각을 하면 죄책감이 들지만, 군에 있을 때는 때로 크누트 왕(바닷물의 흐름을 되돌릴 수 있다고 생각한 것으로 전해지는 잉글랜드 왕. 어떤 일을 막으려고 애쓰지만 결코 성공하지 못할 사람을 뜻함 – 옮긴이)이 된 것 같은 기분이 들었어요. 혼자서 바닷물의 흐름을 되돌리려 애쓰는 것 같은. 이라크에서는 전장에 내보낼 병사들을 필요로 하는 사령관 탓에 내 뜻은 꺾이고 말았어요. 다수의 필요가 소수의 필요보다 더 중요하니까요. 대부분의 경우 내가 할 수 있는 거라곤 대처법을 알려주는 것뿐이었어요. 이미 대처 능력이 없는 병사들에게 그게 도움이 될 거라는 듯이. 토거스에서는 내가 어떤 전략, 큰 그림을 파악하려는 시도의 일부분처럼 느껴졌어요. 큰 그림이란 게 이미 3만5천 명의 병사가 PTSD 진단을 받았고, 앞으로 수가 더 늘어날 것이라고 해도 말이죠."

"그건 내 질문에 대한 대답이 되지 않습니다."

"그래요, 안 되지요. 당신이 말하는 내용은 2차 트라우마, '고통 전이'라고 합니다. 치료자가 환자와 더 깊숙이 연결될수록 환자의 트라우마 일부가 전이될 가능성이 더 커지죠. 지금으로선 치료자의 정신 건강을 평가하는 방법은 사실상 존재하지 않아요. 자가 진단 이상은 없어요. 내부의 무언가가 깨졌을 때에야 깨졌다는 사실을 알게 되는 거죠."

그녀는 와인의 반을 쭉 들이켰다.

"자, 이제 해럴드 프록터 얘기를 해주세요. 거기서 무엇을 보았는지도."

나는 대부분의 사실을 말해주었다. 감춘 것은 아주 약간, 에드워드 기건이 말해준 내용과 프록터의 오두막에서 발견된 현금에 관한 부분 정도였다. 내가 설명을 마쳐도 그녀는 입을 열지 않았다. 다만 눈만은 계속 나를 마주보고 있었다. 그게 나를 압박해서 어린아이 때부터 숨겨온 모든 것들을 털어놓게 하려는 정신과적 술책이었다면 그 시도는 성공을 거두지 못했다. 이미 원하는 것 이상으로 자신에 대한 이야기를 밝힌 터라 같은 일을 반복하고 싶지 않았다. 나는 달아난 말이 지평선 너머로 사라지는 것을 보면서 마구간 문을 닫고 있는 내 모습을 떠올렸다.

"현금 얘기는 왜 안 하나요?" 그녀가 물었다. "그저 깜박 잊은 건가요?"

경찰들은 그녀의 술책에 나보다 더 쉽게 넘어간 게 분명했다. 다음에 월시를 만나면 예쁜 여자가 팔을 톡톡 치면서 무기를 칭찬할 때 흐물흐물 녹아서 히죽거리지 말라고 한 마디 해줘야겠다.

"그 부분의 의미를 아직 파악하지 못해서요."

"당신은 바보가 아니에요, 파커 씨. 그러니 나를 바보로 여기지 말아요. 거기서 당신이 어떤 결론을 내렸을지 내가 얘기해보죠. 틀렸으면 틀렸다고 하세요. 당신은 프록터가 모텔에 어떤 물품들을 보관했다고 생각해요. 마약일 가능성이 있겠죠. 당신은 그의 오두막에서 나온 현금이 그 대가로 받은 거라고 생각해요. 당신은 또, 이미 죽은 사람들 중 일부 혹은 전부가 같은 일에 연루되어 있다고 생각해요. 조엘 토비아스가 캐나다 국경을 넘나들고 있으니까, 그가 운반책을 맡고 있을 거라고 생각하고요. 틀렸나요?"

내가 대답하지 않자 그녀는 말을 계속했다.

"당신이 경찰한테 이 모든 걸 털어놨을 것 같지는 않군요. 왜 그럴까요? 베넷 패쳇에 대한 신의 때문인가요? 반드시 필요한 경우가 아니라면 그 사람 아들의 평판을 더럽히고 싶지 않은 건가요? 그것도 이유의 일부분일 거라고 나는 생각해요. 파커 씨, 당신은 낭만적인 사람이에요. 그런데 낭만적인 사람들이 흔히 그러듯 당신은 낭만과 감상을 혼동해요. 다른 사람들의 동기에 대해 당신이 냉소적인 이유도 거기에 있죠.

한편 당신은 십자군이기도 해요. 그건 당신의 낭만적인 성격과 잘 들어맞죠. 그런데 그 십자군의 충동이란 본질적으로 이기적인 거거든요. 당신이 십자군을 자처하는 건 그게 당신한테 목적의식을 주기 때문이지 사회나 정의라는 더 큰 요구에 부합하기 때문은 아니에요. 당신의 필요와 더 큰 집단적 필요가 충돌할 경우 당신은 항상 전자를 택할 거라고 봐요. 그렇다고 당신이 나쁜 사람이 되는 건 아니지만 믿을 수 없는 사람이 되는 거죠. 그러니 내가 어쩌면 좋을까요?"

"프록터와 토비아스한테 집중해요. 당신이 한바탕 늘어놓은 공짜 분석에는 뭐라 할 말이 없군요."

"공짜가 아니에요. 술값은 당신이 낼 테니까. 프록터와 토비아스에 관해 내가 놓친 게 뭐죠?"

"마약이 아니라고 봅니다."

"왜 아니죠?"

"지역에 마약 공급을 늘리려 한다거나 메인 주를 거점으로 삼으려 하는 일이 생기면 그걸 알 만한 사람하고 얘기를 해봤어요. 마약이라면 도미니카인들과의 대립을 피할 수 없어요. 아마 멕시코인들과도. 나한테 이야기를 해준 사람도 자기 몫을 챙기려 들었을 테고."

"새로 등장한 선수들이 그런 세심한 절차를 생략해버리려 했다면요?"

"그랬다면 총잡이들이 나서서 그 선수들을 없애버렸을 겁니다. 게다가 공급 문제도 있어요. 국경 너머에서 제 손으로 마리화나를 재배하거나 아시아에서 직접 수입원을 확보한 게 아니라면 기존의 공급선과 거래를 할 수밖에 없거든요. 그런 종류의 협상을 소리 소문 없이 하기는 어렵죠. 특히 현재의 균형 상태를 위협하는 경우에는."

"마약이 아니면 뭐죠?"

"그들의 군대 기록에 뭔가 있을 겁니다." 나는 대답을 회피했다.

"사망자들의 기록을 검토했어요. 아무것도 없었어요."

"더 자세히 살펴봐요."

"다시 묻겠어요. 그 사람들은 뭘 밀수하고 있나요? 당신은 알 거라고 생각해요."

"확신이 서면 그때 얘기하지요. 기록을 다시 면밀하게 살펴봐요. 분명히 뭔가 있을 겁니다. 당신이 군의 명예를 염려한다면 퇴역 군인들이 관련된 밀수 조직을 경찰 손으로 적발하게 해서 좋을 건 없겠지요. 군이 먼저 손을 써서 그들을 막는 편이 낫겠죠."

"그동안에 당신은 뭘 할 건가요?"

"어디나 약한 고리가 있기 마련이죠. 난 그걸 찾아볼 겁니다."

나는 계산서를 지불했다. 즐기기 위한 자리가 아니었다고 주장하며 국세청에 정당한 경비로 처리할 수 있을 것이다. 즐겁지 않았다는 건 대부분 사실이었으므로.

"오늘 밤에 오거스타로 돌아갈 겁니까?"

"아뇨. 당신과 같은 곳에 머무를 거예요."

나는 모텔을 향해 그녀와 함께 길을 건넜다.

"차는 어디에 세워두었습니까?"

"길에요. 자기 전에 방에서 술 한잔 하자고 청해야겠지만 술을 안 가지고 왔네요. 더 마시고 싶지도 않고요. 뭐, 같은 뜻이 되겠지만요."

"개인적인 차원의 얘기로 생각하지 않겠습니다."

"나는 당신이 개인적인 차원에서 받아들였으면 좋겠는데요." 그녀는 그렇게 말하고 가버렸다.

방으로 돌아와 핸드폰을 살펴보았다. 메시지가 한 건 있었다. 루이스가 호텔 이름과 방 번호를 남겨두었다. 나는 모텔방의 전화기로 그에게 전화를 걸었다. 본관은 밤에 잠겨있으므로 누가 엿들을 염려는 없었다. 하지만 늘 그랬듯 우리는 최대한 신중하게 말을 고르며 대화를 나누었다.

"손님이 있었어." 앙헬로부터 전화기를 건네받은 루이스가 말했다. "저녁 때 두 사람."

"메인 코스까지 갔나?"

"에피타이저까지도 못 버티더군."

"그래서?"

"손님들은 수영하러 갔어."

"흠, 적어도 속을 비워두고 수영한 거군."

"맞아. 너무 조심스레 굴 필요는 없어. 지금은 우리 넷뿐이니까."

"넷?"

"넌 관계 카운슬링 쪽으로 나가도 좋을 것 같아."

"너희 둘의 관계 개선을 돕는 건 역부족일 텐데."

"그 정도로 문제가 많다고 생각되면 우린 동반자살 협정을 맺을 거야. 그건 그렇고, 네가 이쪽으로 와야겠어. 우리 친구가 갑자기 수다쟁이가 됐거든."

"아침까지는 여기 있기로 경찰과 약속했는데."

"경찰이 아쉬워하겠군. 하지만 이 이야기를 듣는 게 더 중요할 거야."

거기 도착하려면 몇 시간 걸릴 거라고 했더니 루이스는 다른 곳으로 움직일 계획은 없다고 말했다. 주차장을 빠져나가면서 보니 캐리 손더스의 방에는 아직 불이 켜져 있었다. 그녀가 나를 위해 불을 밝혀둔 거라는 생각은 들지 않았다.

4부

메넬라우스: 우리는 신들에게 속았네. 구름의 우상을 붙들고 있었던 거라네.
사자(使者) : 그 모든 것들이 헛된 구름을, 무(無)를 위해서였다는 말씀입니까?
　　　　　　　　　　　 ─ 에우리피데스, 〈헬레네〉 ‖ 704-707

* 스파르타의 왕, 헬레나의 남편

모든 군용 차량에 탑승해본 그는 그 차량들의 강점과 약점을 알고 있었다. 그러다 토비아스의 스트라이커 분대에 빈자리가 생기자 그쪽에 배치되었다.

스트라이커에는 많은 쓰레기들이 들어왔다. 총기 잡지를 구독하고, 잡지에 '전사 양성 과정'에 대해 문의 편지를 보내는 그런 얼간이들이 대부분이었다. 어쨌거나 병사들은 스트라이커 장갑차를 좋아했다. 차량 쿠션은 푹 꺼져 있고, 에어컨에서는 새가 요란하게 날갯짓을 하는 소리가 났고, DVD 플레이어나 아이팟을 꽂을 콘센트도 부족했다. 하지만 스트라이커는 상급 기갑 차량인 험비보다 오히려 나았다. 하지가 쏘아대는 14.5밀리미터 기관포에 대한 방호가 가능하며, 차체에 45센티미터 두께 방탄판을 둘러 로켓 추진형 유탄(휴대용 대기갑 화기)도 방호한다. 후미에는 M240 기관총과 50구경 브라우닝 기관총이 장착되어 있다. 여기에 비하면 험비는 휴짓조각이나 다름없으며 장착된 무기도 22구경 브라우닝 기관총이다.

이런 장치들이 문제가 되는 게, 그가 도시 지역 전쟁에 관해 배운 규칙과는 정반대로 매일 같은 시간대에 정찰에 나서라는 명령이 내려왔기 때문이다. 하지가 정찰 차량을 보고 시계를 맞출 지경이었으니 폭발물을 설치하는 건 말할 것도 없었다. 그런 식이다 보니 하지가 공격해오냐 아니냐의 여부가 아니라 언제 공격해오느냐가 문제였다. 거기에도 좋은 점은 있었다. 공격당한 차량은 수리를 위해 무조건 본부로 귀환하므로 분대원들은 그날 나머지 시간 동안 쉴 수 있었다.

그를 스트라이커 분대로 이동시킨 것은 토비아스였다. 토비아스와 또 한 사람, 로댐이었다. 분대장인 토비아스 병장은 세상 물정 모르는 멍청이가 아니었다. 그는 어디선가 맥주를 조달해와서 분대원들에게 돌리기도 했다. 그럴 때 마시기를 거부하는 것은 심각하게 공격적인 태도로 간주되었다. 주먹다짐이나 차량 무단 사용을 두고 군법 15조(장교가 군기 위반자를 재판 없이 처벌할 수 있게 한 조항—옮긴이)를 끌어대는 경우도 있겠지만, 알코올과 약물은 군법회의에 회부되는 중대 사안이었다. 그러므로 토비아스의 목이 맥주에 걸려 있는 셈이었지만 그는 대원들을 신뢰했다. 토비아스의 방식에 익숙해지고보니 맥주는 대원들을 구워삶는 방편이었다. 토비아스는 뉴턴의 운동 제3법칙을 자기 식으로 가공해 '모든 작용에는 그와 동등하거나 더 큰 반작용이 있다'는 법칙을 만들었다. 어떤 식으로든 분대원들은 맥주값을 치르게 되어 있었고, 로댐이 그 비용을 뽑아내는 역할을 맡았다.

로댐은 일종의 스파이였다. 바그다드에는 진실한 사람과 사기꾼이 뒤섞여 있었는데 로댐은 양쪽 모두에 해당했다. CIA 소속이 아니라 민간인이었으나 유능한 스파이답게 자기가 무슨 일을 하는지에 관해서는 말을 아꼈다. 정보검색 및 해석 서비스(IRIS)라는 작은 조직에서 일한다고 했지만 토비아스가 흘린 말에 따르면 그건 1인 조직이었다. IRIS의 로고는 예상할 수 있듯 눈이었고, 눈동자에 지구가 새겨져 있었다. 로댐은 뉴햄프셔 주 콩코드, 캐나다의 퐁루지에 사무실이 있다고 보란 듯 명함에 새겨두었지만, 비행장 근처에 있는 퐁루지 사무실은 탈세 방편에 지나지 않았고 콩코드 사무실에 있는 건 전화와 자동응답기뿐이었다.

하지만 로댐은 정부기관 출신이었다. 연줄이 있었고 영향력도 있었다. 바그다드에서 그가 한 일 가운데 하나는 군과 소규모 공급자 사이의 중개상 역할이었다. 자체 운송망을 갖고 있진 않지만 비용을 낮춰 미국 정부에 바가지를 씌우는 거래에서 한몫 보려는 소규모 공급업체들이 그의 고객이었다. 로댐은 나사 나부랭이에서 무기에 이르기까지, 할리버튼 같은 대기업들이 아직 손대지 않은 물품의 운송을 주선했다. 꼭 필요한 데도 무슨 까닭인지 정규 운송망에서 빠져 있는 물품들이었다.

로댐은 그런 일로 돈을 벌었으나 그것이 그의 전문 분야는 아니었다. 로댐은 심문 및 정보 분석 전문가였고, IRIS란 미심쩍은 기관명도 그걸로 설명이 되었다. 감금된 이라크인이 워낙 많아 정규 정보관들이 모두 처리하기엔 역부족이었으므로 송사리들은 로댐에게 떨어졌다. 수북한 송사리들한테서 끌어낸 얘기의 앞뒤를 맞춰보면 단편적인 정보에서 큰 그림을 그려낼 수 있었다. 로댐은 죄수들에게서 알아낸 정보를 분석하는 데는 일종의 천재였다. 죄수들은 자신이 결정적인 사실을 누설한다는 것도 의식하지 못한 채 그에게 정보를 주곤 했다. 때로 로댐은 핵심을 명확히 하기 위해, 겉보기엔 무관한 듯 보이는 두 조각의 정보를 확실히 연결시키기 위해 죄수들과 직접 거래를 하기도 했다. 그는 손가락을 비틀고 물고문을 하는 그런 사람이 아니었다. 끈기 있고, 말투가 부드러우며, 신중한 사람이었다. 그는 알아낸 모든 정보를 컴퓨터 프로그램에 집어넣었다. 이라크는 그가 직접 짠 그 프로그램의 적합성을 시험하는 장소로 적지였다. 그 프로그램은 핵심 어구들, 사소한 세부 내용, 심지어 말 바꿈까지 대조해 패턴을 찾아내도록 고안된 것이었다. 군 정보원들과 기관에서도 단편적인 정보를 얻을 수 있었으므로 로댐은 반란군의 일상적인 움직임을 현장의 누구보다 더 잘 알게 되었다. 그는 쓸모 있는 인물이었으며 그가 내놓는 정보는 신탁처럼 신뢰를 받았다. 그리고 그 대가로 로댐은 자기가 원하는 것을 얻었다.

로댐과 토비아스가 어떻게 알게 되었는지 그는 듣지 못했다. 그런 사람들은 필연적으로 서로의 존재를 발견하게 되는 모양이라고 짐작했을 뿐이다. 토비아스가 맥주를 돌리는 자리에는 늘 로댐이 같이 있었다. 애당초 맥주를 공급해준 게 로댐일 가능성도 있었다.

그 무렵, 토비아스의 분대는 적에게 공격을 받았다. 래트너와 코울이 죽었다. 부상을 당한 에드워즈와 마르티네즈를 대신해 할란과 크레이머가 왔다. 저격수에게 당한 헤일은 아무래도 회복될 것 같지 않았다. 머리에 총알이 박혔는데 차라리 죽는 편이 나았을 것이다. 토비아스의 분대는 전력이 완전히 회복될 때까지 부대 경비를 맡으라는 임무를 받았다. 정찰 임무가 면제되고 요새의 경비 교대만 하면 된다는 뜻이었는데, 그건 결국 프런트라인 양키의 무선을 점검하고, '리마 찰리―잘 들린다'라고 보내며 시간을 때운다는 의미였다. 어둠 속에서 박격포나 휴대용 로켓포가 날아오면 가끔 웅크리기도 하고, 지루함에서 벗어나기 위해 응사하는 일도 포함되었다.

그날 밤, 토비아스가 ―혹은 로댐이― 손을 써서 그들은 근무에서 빠졌고, 여덟 명 모두 토비아스의 컨테이너 숙소에 모였다. 그와 토비아스, 로댐, 크레이머, 할란, 맬락, 패쳇, 바치였다. 맥주잔이 몇 차례 돌고 분대원들의 기분이 풀어지자 토비아스가 입을 열었다. 그는 머리에 총알이 박힌 헤일을 들먹이며 앞으로 그의 삶이 얼마나 힘들지 얘기했다. 분대원들이 아는 다른 경우도 거론했다. 주택보조법안, 복지당국, 재향군인국을 통해 자금을 타내는 게 얼마나 힘든지 강조하면서 패쳇 전에 있던 보조 사수인 키스가 재향군인국에 다리 부상 배상금을 청구했지만 겨우 60퍼센트 장애 통보만을 받았을 뿐이며 그가 언론에 호소하자 입을 다물게 하기 위해 장애 등급이 상향 조정되었고 했다. 키스는 운이 좋은 편이었지만 부상 장병 모두가 키스처럼 운이 좋을 수도 없고, 모든 신문이 동정적인 논조로 그들의 이야기를 게재해주는 것도 아니었다. 토비아스는 로댐이 제안을 한 가지 가지고 있는데, 그들이 동조해주면 부상당한 형제자매를 도울 수 있으며 그들 자신도 귀환했을 때 풍족하게 살아갈 수 있다면서 귀 기울여 들어보자고 했다. 그들은 고개를 주억거렸다.

50세인 로댐은 대머리에 뚱뚱했다. 항상 반소매 셔츠에 넥타이를 맨 차림이었고 검은 테 안경을 썼다. 꼭 과학 교사처럼 보이는 외모였다. 로댐은 어떤 정보를 갖고 왔다고 했다. 그는 2003년 바그다드에 있는 이라크박물관의 약탈에 관해 얘기를 꺼냈는데, 패쳇이 끼어들어 사건 직후에 거기 있었다고 하자 관심을 보였다. 나중에 패쳇을 따로 데려가 이야기를 나누었지만 그때는 우선 하던 말을 이어나갔다. 그가 금과 조각상, 고대 인장들에 대해 얘기하자 크레이머는 코웃음을 쳤다. 군대 내 온갖 소문의 출처인 조 라디오만 해도 사담이 숨겨놓은 보물이라든지 정원에 묻힌 금괴에 대한 이야기를 늘어놓곤 했다. 그런 얘기는 대개 정체불명의 이라크인들에게서 나왔는데, 뇌물로 써야 한다며 돈을 요구하기 마련이었고 어떤 바보가 거기에 넘어가 돈을 쥐어주면 어둠 속으로 사라져 다시는 나타나지 않았다. 크레이머는 입 닥치고 듣기나 하라고 토비아스한테 면박을 당하고 입을 다물었다.

로댐이 이야기를 마쳤을 때는 그들 모두 납득하게 되었다. 크레이머도 마찬가지였다. 로댐은 조용하면서도 진지한 특유의 방식으로 그들을 설득해냈다. 그들이 모두 가담하겠다고 하자 로댐은 세부 내용을 조정하겠다며 자리를 떴다. 그렇게 그들은 로댐의 수하가 되었다.

술에 취한다는 게 어떤 것인지 잊고 있었던 모양이었다. 집에서는 여섯 개들이 맥주로 취한다는 건 있을 수 없는 일이었다. 하지만 이곳, 알코올을 금지당한 채 몇 달을 보내고 늘 목이 마르고 몸이 뜨거운 이곳에서는, 그 정도 양이면 쿠어스 맥주 일주일치 생산량을 퍼마신 것과 같았다. 이튿날까지도 두통이 이어졌으나 그는 약속을 기억했다. 자신들이 하려는 일에 대한 의구심이 일기는 했지만 스트라이커에서 빠져나간다는 것이, 대충 급조한 영구차에 실리지 않아도 된다는 것이 그저 반가웠다. 전날 밤, 빈속에 맥주를 들이부은 그는 동료들과 마찬가지로 그 계획을 듣고 열의에 들떴다. 하지만 이제 냉엄한 현실이 눈앞에 있었다. '수색 섬멸'을 부드럽게 고친 새 이름인 통상적인 '접적이동'(接敵移動 적과의 접촉이 단절된 상태에서, 적과 접촉을 유지하거나 단절된 접촉을 회복하기 위해 실시하는 공격 작전–옮긴이)에서는 탱크 해치 뒤쪽에 작은 FBCB2 통신 장치 스크린이 펼쳐져 적의 위치에 붉은 삼각형이 표시되고, 귀엽고 호소력 있는 여자 목소리로 적이 있는 지역이라는 걸 알려준다. 하지만 이번엔 스크린의 안내 없이 더듬어가야 하는 것이다.

토비아스는 이번 일을 정규 정찰과 똑같이 취급했다. 부대원 한 사람 한 사람의 어깨를 두드려주며 물통, 장갑, 가슴받이, 잘 손질된 무기, 새 배터리, 야간용 고글을 갖추고 있는지 확인했다. 이미 모두들 전투 전 검사를 마쳤고 작전명령을 머릿속에 새겨두고 있었지만 꼼꼼하게 재확인했다. 결점도 있었으나 토비아스는 분대원들이 할당된 과업을 숙지하고 적합한 무기를 갖추고 있는지 살피는 데는 엄격했다. 케블라 방탄복이 편치 않아 보이는 로댐은 그 장면을 말없이 지켜보았다. 신경이 곤두선 그는 끊임없이 시계를 흘깃거렸다. 토비아스는 스트라이커 장갑차 오른편에 장착된 50구경 브라우닝 기관총을 점검했다. 막상 총격전이 벌어지면 집어 들기 힘들지만 거기밖에는 둘 곳이 없었고, 아예 없는 것보다는 바깥에라도 매달아 두는 편이 나았다. 점검이 끝나자 부대원들은 메달, 십자가, 가족사진을 만지며 짧은 의식을 행했다. 과거에 목숨을 지켜준 것으로 여겨지는 사소한 행동이 있다면 이번에도 그대로 유지해야 했다. 군인들은 모두 미신을 믿는다. 군대에서는 그것이 일상이다.

일요일 저녁 무렵이었다. 그들이 출발할 때는 해가 뉘엿뉘엿 이울고 있었다. 일요일에는 최고급 식단이 제공되기 때문에 배가 든든했다. 하지만 모두들 커피는 건너뛰었다. 습격을 앞두고 충분한 아드레날린이 배출되고 있었다. 그는 흙먼지를 밟는 자신의 부츠 소리, 발바닥 아래 모래 알갱이의 질감, 땅바닥의 견고함과 자기 다리의 힘, 정해진 위치로 들어갈 때 스트라이커의 바닥에서 울린 공허한 메아리를 느꼈다. 그렇게 단순한 행위다. 한 발을 다른 발 앞에 내딛는 것 뿐. 이제 출발이다. 모든 것이 시작되었다.

그 창고는 알-아드하미야에 있었다. 바그다드의 구시가지, 수니파가 장악한 지역이었다. 그들은 매복을 위해 조성해둔 좁은 길을 따라 달려갔다. 지나치는 집들의 창으로 석유등 불빛이 비쳤지만 거리에는 인적이 없었다. 목표지점을 두 블록 앞둔 곳에 이르자 불빛이 사라졌다. 머리 위에 걸린 반달만이 은빛으로 빛나며 어둠에 잠긴 건물들의 윤곽을 드러냈다.

최후의 30미터는 도보로 나아갔다. 창고 입구는 두 곳이었다. 주위 건물에 비해 현대적으로 보이는 창고 내부는 완전히 캄캄했다. 입구 하나는 남쪽, 그러니까 후면에 있었고 다른 하나는 서쪽 벽에 나 있었다. 지면과 같은 높이로 작은 창이 두 개 있었지만 쇠창살이 박힌 창문에 먼지와 때로 더께가 앉아 안이 보이지 않았다. 출입문은 강화 강철 재질이었는데, 그들은 C4 폭약으로 자물쇠를 깨트리고 사나운 기세로 재빨리 돌입했다. 동료들과 고갯짓을 교환하던 그의 눈에 움직이는 형체가 들어왔다. 그는 무기를 조준했다. 총알을 발사하는 순간 그는 생각했다. 무언가 이상하다. 어째서 기습에 성공한 거지? 파리 한 마리가 알-아드하미야에 내려앉아도 누군가 거미한테 알려주려 달려가기 마련일 텐데.

한 명이 쓰러졌다. 또 한 명이 쓰러졌다. 왼쪽에서 "해치워!" 하는 외침이 들렸다. 아는 목소리이면서 동시에 모르는 목소리였다. 전투의 혼란과 분노로 변해버린 목소리. 거기 있던 텔레비전 한 대가 쾅쾅 울렸고 화면은 고글을 통해서 봐도 눈이 멀 것처럼 번쩍였다. 다음 순간 화면이 터지더니 나가버렸다. 토비아스가 "사격 중지!"라고 소리치는 게 들렸다. 그리고 모든 게 끝났다. 시작과 거의 동시에 끝났다.

그들은 건물을 수색했다. 다른 하지는 발견되지 않았다. 셋이 죽었고 하나는 죽어가고 있었다. 분대원들이 주변의 안전을 확보하는 사이, 토비아스는 죽어가는 하지를 내려다보며 서 있었다. 그는 토비아스와 하지가 말을 나누는 소리를 들은 것 같았다. 분대원들은 고글을 벗고 손전등을 비쳤다. 손전등 불빛 속에 여러 개의 상자와 리넨 천에 감싸둔 기묘한 형상들이 드러났다. 죽어가는 하지의 눈동자가 팽창했다. 그는 미소를 머금고 조용히 노래를 부르고 있었다.

"흥분 상태야." 토비아스가 말했다. "아마 아르테인이겠지."

아르테인은 파킨슨병 치료에 쓰이는 정신병 약으로 젊은 반란군들이 애용했다. 바그다드에서는 바브 알-샤라크 같은 곳에서 구할 수 있었다. 그걸 복용한 사람은 행복감에 휩싸이고 불사의 몸이 된 것 같은 감각을 느낀다. 기도하는 하지의 목소리가 높아졌다. 토비아스는 마지막 총알 한 발을 쏴서 그의 목숨을 거뒀다. 오늘 밤엔 사망자 신고도, 가까운 경찰서에 떨어트리기 위한 시체 수습도 없을 터였다. 그들은 쓰러진 장소에 이대로 누워 있을 것이다.

죽은 하지들은 전원 검은 머리띠를 하고 있었다. 샤히드, 순교자의 표지였다. 그가 토비아스에게 그 점을 지적했지만 토비아스는 관심을 보이지 않았다.

"그래서? 순교자가 되려고 했다면 소원을 이룬 셈이군."

토비아스는 이해하지 못했다. 그들은 우리를 기다리고 있었던 것이라고 그는 말하고 싶었다. 그런데도 저항하는 시늉만 했다. 하려고만 했으면 우리가 노출되었던 길거리에서 공격할 수도 있었는데 그러지 않았다. 그들은 우리를 자신들이 있는 곳으로 들이고, 우리로 하여금 자기들을 죽이도록 했다.

로댐이 그들에게로 왔다. 그가 위성전화에 대고 뭐라 이야기하자 몇 분 뒤에 우르릉거리는 소리가 나고 불빛이 보이더니 버펄로 장갑차가 바깥에 모습을 드러냈다. 장갑차를 어떻게 그 거리로 끌고 왔는지 모를 일이지만 어떻게든 해낸 모양이었다. 험비 한 대도 바로 뒤를 따랐다. 버펄로와 험비를 모는 네 사람이 누구인지 그는 몰랐다. 나중에 들으니 방위군 소속으로 둘은 메인주 칼레에서, 나머지 둘은 칼레 인근 어느 시골에서 왔다고 했다. 토비아스한테 신세를 진 메인 출신자들이었다. 그중 셋은 결국 집으로 돌아가지 못했고, 한 명은 의수 작동법을 익히느라 고생할 운명이었다.

그들은 버펄로에서 압축 공기 리프터를 꺼내 창고에서 무거운 상자들을 옮기기 시작했다. 토비아스는 분대원을 네 명씩 한 줄로 세워 작은 물건은 험비에, 큰 물건은 버펄로에 쌓도록 했다. 짐을 모두 옮기는 데 한 시간이 걸렸다. 그동안 창고로 접근해오는 사람은 아무도 없었고, 그들은 아무런 방해도 받지 않고 알−아드하미야를 떠났다. 돌아오는 길에는 저격팀 사수 둘을 태웠다. 이례적인 일은 아니었다. 늘 하던 식이었다. 경계선 수색작전에서는 델타, 블랙워터, SEALS, 해병대 등의 저격팀이 보병대에 배속된다. 저격수들은 작전팀이 떠난 뒤 은신해 있다가 나중에 돌아오는 작전팀 차량에 합류한다. 토비아스 분대가 주 초에 둘을 떨어트려두었던 것으로 보아 이번 경우엔 로댐이 저격수들을 배치하고 창고 습격을 엄호하는 임무를 맡긴 모양이라고 그는 생각했다.

총격전이 벌어졌어야 했다. 그는 나지막이 혼잣말을 했다. 놈들이 응사했어야 했다. 이건 말이 되지 않는다. 이치에 맞지 않는 일투성이다.

하지만 말이 되고 안 되고는 중요하지 않았다. 그들은 부자가 되었다.

지금에 와서 돌이켜봐도, 로댐이 끌어댄 자원의 규모는 놀랍게 여겨진다. 게다가 로댐은 영리한 사람이기도 했다. 그는 전쟁의 혼란 속에서 이득을 취하는 방법에 정통했고, 이라크는 혼란 그 자체였다. 그 나라로 무엇을 보내느냐 하는 것이 문제였지 무엇을 빼내느냐는 일도 아니었다. 그들이 창고에서 입수한 물품의 절반은 캐나다로 옮겨졌다. 전쟁 물자를 공급하고 돌아가는 빈 항공기를 이용해 미국을 거쳐 캐나다로 보내지기도 했다. 커다란 물품들은 요르단을 거쳐 뱃길로 운송되었다. 필요한 경우엔 뇌물이 건네졌지만 미국이나 캐나다에서는 아니었다. 로댐의 CIA 연줄 덕분에 일이 쉬워지긴 했어도 어차피 이라크는 업자들에겐 금광이었다. 필요한 장비는 가격을 막론하고 공급되어야 했고, 서류를 놓고 옥신각신하느라 군수물자 공급에 차질을 빚었다는 비난을 듣고 싶어 하는 사람은 아무도 없었다.

이후 몇 달에 걸쳐, 누구는 다치고 누구는 멀쩡한 상태로 그들은 차례로 귀환했다. 그들은 무기를 반환하고 포켓용 컴퓨터로 의료 질문지의 칸을 메웠다. 그 당시에는 아무도 정신적 문제가 있다고 고백하지 않았고 군도 그걸로 만족했다. 그들은 대대장으로부터 똑같은 연설을 들었다. 귀환하면 아내나 여자친구를 때리지 말라는 취지의 이야기였다. 또한 돌아가면 군이 두 팔을 벌려 그들을 환영할 것이며, 꽃다발이 나부끼고, 남부 주에서 온 마흔 명의 처녀들이 기다리고 있을 거라고 했다.

아무튼 그런 취지의 말이었다.

그들은 쿠웨이트, 프랑크푸르트를 거쳐 메인 주 뱅거를 넘어 맥코드 공군
기지로 갔고, 그런 다음 다시 뱅거로 갔다가 집으로 돌아왔다.

그를 제외한 모두가. 그는 다리에 부상을 입었으므로 다른 경로로 이송되
었다. 그는 블랙호크 구급헬기에서 그린존으로 보내져 안정을 취한 다음 프랑
크푸르트 근처 란트슈툴 의료센터 외상치료실로 옮겨져 다리 절단수술을 받
았다. 란트슈툴에서 람슈타인으로, 람슈타인에서 앤드루 공군기지로 옮겨졌
다. 공군기지로 향하는 C-141 스타리프너에서는 병사들이 장작처럼 포개져
있었다. 노예선에 실린 포로들과 다를 바 없었다. 바로 위에 누운 사람과의 간
격이 불과 15센티미터였다. 약품을 무수히 뿌려댔으나 역겨운 피 냄새와 오줌
냄새를 가리진 못했고, 귀가 떨어져나갈 것 같은 항공기 소음 앞에서 귀마개
는 무용지물이었다. 그는 앤드루에서 다시 월터리드로 갔다. 빌어먹을 작업요
법을 받기 위해서였다. 의족을 끼려고 했지만 그로 인한 통증이 너무 심해 결
국 포기하고 말았다. 통증이라면 치가 떨렸다.

그리고 메인으로 돌아왔고, 토비아스와 언쟁을 벌였다. 토비아스는 보살펴
줄 거라고 그에게 말했다. 그가 할 일은 입을 다물고 있는 것뿐이라고 했다.
하지만 그가 자기 문제만 염두에 두었던 건 아니었다. 모두가 합의하지 않았
던가. 그 일에서 나오는 돈은 전우들을 돕는데 사용한다고, 부상을 당해 너무
나 많은 것을 잃어버린 사람들을 위해 쓴다고. 토비아스는 그런 방침이 변했
다고 했다. 그는 다른 사람들의 양심을 두고 왈가왈부하지는 않겠다고 했다.
원한다면 받은 돈을 내놓으면 된다. 누구나 그렇게 할 수 있다. 복잡한 문제이
므로 신중하게 결정해야 한다고 했다. 잰드로는 그들의 변화를 받아들일 수
없었다.

그러다 갑자기 그들이 연달아 죽음을 맞았다. 그 상자들에 대해 그에게 말

해준 것은 크레이머였다. 악몽을 꾼다고 얘기한 것도, 그로 하여금 수메르 신화의 어두운 일면을 파헤치도록 이끈 것도 크레이머였다. 하지만 그가 로댐 일을 알게 된 것은 데미안 패쳇이 죽은 뒤였다. 로댐도 죽었던 것이다. 로댐은 토비아스와 바치가 귀환하고 일주일 뒤 콩코드의 IRIS 사무실에서 시체로 발견되었다. 따지고 보면 알-아드하미야 습격과 관련된 첫 번째 죽음이었다. 그들은 그 일을 모르고 지나쳤다. 로댐이란 이름이 가명이었기 때문이었다. 그의 진짜 이름은 네일런, 잭 네일런이었다. 그는 사무실 소파 위에서 잠자다가 죽었다. 소파 팔걸이 위의 재떨이에 불붙은 담배가 놓여 있었고, 체내에는 물론 옷에도 알코올이 흠뻑 스며 있었다. 결국 화재로 죽은 것으로 매듭지어졌다.

로댐이, 아니면 네일런이, 진짜 이름이 뭐든 간에 그가 술을 마시지 않는다는 사실만 빼면 아무 문제가 없었다. 기지에서 맥주판을 벌였던 밤에 그는 로댐과 몇 마디 말을 나누다가 맥주를 권했다. 로댐은 당뇨에 고혈압이었다. 술을 마실 수 없었고 담배도 피우지 않았다. 로댐의 죽음을 조사하는 과정에서 왜 그런 사실이 밝혀지지 않았는지 그는 알지 못했다. 로댐에 관한 다른 일들과 마찬가지로 병력 또한 불확실하거나 감춰져 있었을지도 몰랐다. 그러다 그는 토비아스가 귀환 전 로댐에 관해 한 말을 떠올렸다. 로댐은 믿을 수 없다, 로댐은 우리의 일원이 아니라는 말이었다. 로댐이 몫을 늘려달라며 퀘벡에서 문제를 일으켰다고 토비아스는 말했었다. 마치 로댐을 제거하기 위한 방법을 준비 중이라는 듯.

그는 데미안의 장례식 뒤에 로댐의 죽음 문제를 꺼냈다. 그밖에도 여러 가지 문제를 건드렸다. 슬펐기 때문에, 취했기 때문에, 멜이 보고 싶었기 때문에, 데미안이 그리워질 게 분명했기 때문에. 로댐이 그 일 전반을 지휘한 것이 아니라면 누구란 말인가? 토비아스는 전형적인 하사관 타입으로 아이디어를 내는 쪽이 아니라 행동에 옮기는 인물이었다. 토비아스의 머리에서 나왔다고 보기엔 너무 복잡한 일이었다.

토비아스는 그에게 입 다물고 있으라고, 자기 일에나 신경 쓰라고 했다. 휠체어에 앉은 사람은 무슨 일을 당할지 모르며 장애인에게는 늘 사고가 일어난다고 했다.

그날 이후 그는 휠체어 아래에 권총을 넣고 다녔다.

29

콜렉터는 헤러드의 바로 몇 발자국 뒤에 있었다. 그는 자신이 헤러드에게 바싹 다가갔다는 것을 감지했으며 그로 인한 두려움도 커졌다.

헤러드는 이례적인 경우였다. 그의 궁극적인 목적, 그것을 이루기 위한 절박함을 염려하지 않았다면, 콜렉터는 뒤쫓던 사냥감이 뜻밖에 교활하게 행동하는 것을 본 사냥꾼처럼 헤러드를 흥미로운 도전쯤으로 여겼을 것이다. 헤러드가 워낙 능숙하게 모습을 숨겼기 때문에 콜렉터조차 그의 흔적을 겨우 발견할 수 있었다. 헤러드가 행한 거래와 협박, 그의 손에 죽어 넘어진 시체, 그가 구매하거나 죽은 자에게서 취한 품목을 통해. 처음에 콜렉터의 관심을 끈 것은 바로 그 유물들의 성격—신비롭고 불가사의한—이었다. 콜렉터는 신중하게 패턴을 가려내려 애썼다. 헤러드가 관심을 갖는 유물은 특정 연대에 한정되지 않는 듯했다. 종류도 가치도 제각각이어서 당황스러웠다. 그것이 헤러드의 의식을 반영한 것이라는 점만 감지할 수 있을 뿐이었다. 헤러드는 고귀한 손님의 방문에 맞춰 손님이 관심을 가질 만한 혹은 그에게 친숙한 보물과 수집품으로 집을 장식하려는 사람 같았다. 주 전시품이 마침내 입수될 경우 오기로 예정된 특정한 관람객을 위해 부수적인 박물관 전시품을 이것저것 준비하는 것처럼 느껴지기도 했다.

헤러드와 맞닥뜨릴 기회도 몇 번 있었다. 그때마다 헤러드는 콜렉터가 접근한다는 사전 경고를 받기라도 한 것처럼, 콜렉터를 피하는 방법을 알고 있는 것처럼 자취를 감추었다. 함정에 확실한 미끼를 매달아 두었기에 콜렉터를 피하려면 탐내던 물품을 포기해야 했는데도 그랬다. 콜렉터는 벌써 몇 년 전에 헤러드를 제거하기로 마음을 굳혔다. 헤러드는 계약을 어긴 남자한테 보복하기 위해 그의 어린 아들을 죽였다. 그 행동으로 헤러드는 스스로를 저주한 것이나 다름없었다. 헤러드는 자신은 물론이고 거래자들도 왜곡된 명예, 오직 그 자신에 의해 수립된 규칙에 따라야 한다고 여기는 듯했다.

헤러드를 죽이는 것이 과연 정당한지를 두고 콜렉터의 마음에 일말의 의심이 남아 있었다 해도, 그가 이라크박물관에서 약탈된 유물을 조사한다는 사실을 알게 되자 망설임은 깨끗이 날아가 버렸다. 헤러드가 찾는 게 무엇인지 콜렉터는 처음으로 분명하게 인식하게 되었다. 콜렉터도 궤에 얽힌 소문을 들었지만 터무니없는 얘기로 치부했다. 판도라의 상자 전설을 연상시키는 그런 이야기는 너무 많았다. 하지만 이번엔 달랐다. 헤러드가 관심을 보인 것이 증거였다. 그가 무익한 조사에 착수할 리 없었다. 헤러드의 시야에는 분명한 목적이 있었고, 그가 하는 모든 행동은 그 목적을 이루기 위한 것이었다.

헤러드는 파리에서 로슈망과 접촉해 그가 손에 넣은 인장들의 출처를 알아내려 안달했다. 로슈망은 협조적이지 않았다. 실제로 구매할 의사도 없었지만 헤러드에게는 진지하게 협상을 진행할 만한 자금이

없었기 때문이었다. 한편 헤러드는 필요한 정보를 얻어내기 위해 로슈
망을 위협하는 일에 이상하리 만치 망설이는 기색을 보였다. 콜렉터는
그가 놀이터의 불량배처럼 약자를 상대로만 폭력을 사용한다는 것을
알고 있었다. 로슈망 가문은 이름 높은 곳이었고 영향력도 있었다. 헤
러드가 그 선을 넘으면 파렴치하고 부유한 거래자들로부터 배척당하
고, 심하면 그들과 적대적인 입장에 놓일 위험이 있었다. 헤러드와 맞
선 인물은 누구든 그 탓에 암운이 드리울 것이라는 점을 콜렉터는 의
심하지 않았다. 하지만 도난당한 골동품의 비밀스런 움직임에 의존한
수십억 달러 규모의 산업을 보호하려는 이들과 대립했다가는 헤러드
자신이 끝장날 수도 있었다.

헤러드는 다음 기회를 기약하며 뒤로 물러섰다. 그런데 이제 상당수
의 인장이 메인 주에서 모습을 드러냈다. 로하스가 금과 보석을 현금
화하려 시도하면서 소문도 함께 퍼졌다. 그 소문에 끌려온 것은 거래
상들만이 아니었다. 헤러드도 있었다. 한편 로슈망이 자기 입장과 사
업을 구하기 위해 입을 열었기 때문에 미국 정부에서도 관심을 보이기
시작했다. 로슈망 소유의 인장들은 메인 주에 나도는 인장들과 마찬가
지로 이라크박물관 지하의 5번 로커에서 나온 것이었다. 로슈망은 인
장의 가치를 평가해주는 한편 구매자를 찾아주는 대가로 그 인장들을
손에 넣었다. 조만간 그는 알고 있는 사실을 모두 수사관들에게 털어
놓을 테고, 수사관들이 그 내용을 기초로 관련자들에게 바짝 접근하는
데는 며칠이면 충분할 터였다.

콜렉터는 알-다이니 박사를 알고 있었고, 박사가 2003년 사라진 다
른 보물들을 회수하는 동시에 궁극적으로는 그 궤를 찾고 있는 것이라

고 생각했다. 콜렉터가 조사해본 결과 알-다이니는 현재 미국으로 향하는 중이었다. 비행기를 타고 보스턴으로 가서 곧바로 메인 주 랭던에 있는 폐쇄된 모텔로 갈 계획이었다.

그 모텔에서 도난당한 골동품을 옮겨간 자들은 조심성이 부족했다. 풀숲에서 자그마한 설화석고 인물상 두 개가 발견되었다. 1964년에 티그리스 강 서안의 텔 에스 소완에서 발굴된 뒤 이라크박물관에 보관되어 있다가 약탈된 유물이라는 사실이 곧 확인되었다. 그 모텔에서는 시체도 나왔다. 밀폐된 방 안에서 총으로 자살한 남자는 죽기 전에 정체불명의 위협을 향해 총을 발사한 것처럼 보였다.

시체를 발견한 것은 그 탐정, 찰리 파커였다.

파커가 연관된 일에 우연이란 있을 수 없다는 것을 콜렉터는 알고 있었다. 파커 스스로는 알지 못했지만 그는 어떤 것의 일부였다. 솔직히 말해 콜렉터 또한 그것이 무엇인지는 완전히 이해하지 못하고 있었다. 또 다시, 콜렉터와 파커는 같은 사냥감의 주위를 돌고 있었다. 어두운 미지의 행성 주위를 도는 쌍둥이 달처럼.

콜렉터는 변호사에게 전화를 했다. 그는 파커가 어디 있는지 알고 싶었다. 컴퓨터와 휴대폰, 대부분의 최신 기술을 경멸하는 그의 변호사는 삼각측량 전문가에게 연락을 했다. 그 결과 파커의 휴대폰이 벅스포트 인근의 한 모텔에서 추적되었다.

벅스포트라면 한 시간 거리였다.

콜렉터는 운전을 시작했다.

30

헤러드는 타고온 차 옆에 서서 로하스의 창고를 올려다보았다. 두
개 층 모두 불이 밝혀져 있었고, 1층에 있는 사람들의 움직임이 창 너
머로 보였다. 정면 주차장에는 여러 대의 차량이 서 있었다. 로하스 브
라더스 트럭들, 승용차 두 대, 그리고 흰색 SUV 한 대였다.

헤러드는 약이 몹시 필요했다. 시간이 지날수록 통증이 심해져 한시
라도 빨리 일을 마무리 짓고 쉬고 싶은 마음뿐이었다.

목 아래 부분이 따끔거렸다. 처음에는 다른 부위의 통증이 워낙 심
해 거의 느끼지 못했다. 비유하자면 오케스트라가 악기를 조율하는 불
협화음 속에서 선율 하나를 집어내는 것과 비슷했다. 따뜻한 밤공기
속에 서 있자니 입에 난 상처가 욱신거렸고, 벌레들이 몰려들었다.

내게서 부패의 악취가 풍긴다. 헤러드는 생각했다. 드러누운 채 죽
음이 내 숨결을 거둬가길 기다린다면, 벌레들은 내가 죽기 전에 내 살
에다 알을 깔 것이다. 그런 생각에는 왠지 모를 안도감도 깃들어 있었
다. 그는 구더기들이 알에서 깨어나 자신의 종양으로 잔치를 벌이는
장면을 그려보았다. 구더기들은 썩은 살을 먹어치우면서 숙주의 재생

을 위해 나머지를 남겨둔다. 하지만 그에게는 멀쩡한 부위가 없기 때문에 결국 구더기들은 그를 몽땅 먹어치우고 말 것이다. 그는 그런 종말을 받아들일 수 있었다. 예전에는 그랬다. 그의 몸이 스스로를 먹어치우는 것보다는 더 빠르고 자연스런 죽음이 될 터였다. 하지만 지금은 고통을 발산할 다른 길을 찾아냈다. 이것이 천벌이라면, 그가 지은 죄에 내려진 벌이라면 ― 헤러드는 죄악을 범했고 그 과정에서 즐거움을 느꼈으므로― 이제는 그가 다른 사람들의 죄를 벌할 차례였다. 캡틴이 그에게 수단을 주었고, 그 자신의 고통에 대한 보복으로 단순히 남들에게 상처를 가하는 것을 넘어선 어떤 목적을 그에게 부여했다. 캡틴은 온 세계가 헤러드를 애도하게 될 것이라고 약속했다. 그가 암흑에서 빠져나오기 직전 ―이후 그의 몸 자체가 지옥으로 변하긴 했으나 어쨌든 일종의 지옥에서 빠져나온 셈이다― 캡틴은 그의 마음에 생생한 이미지를 펼쳐 보여주었다. 벽 뒤에 감춰진 흑천사, 벽에 갇힌 어떤 존재의 이미지. 형상들은 서서히 사라지지만 결코 죽는 것은 아니며, 각각의 형상에는 캡틴의 일부분이 깃들어 있다……

그리고 궤가 있었다. 캡틴은 그에게 그 궤를 보여주었다. 하지만 그 시점에서 이미 궤가 도난당한 상황이었으므로 수색이 시작되었다.

목 아래 부분이 계속 따끔거렸다. 피가 들어찬 돌기 같은 것이 만져질 걸로 예상하면서 손으로 목을 비볐으나 아무것도 없었다. 헤러드와 창고 사이에는 노지가 놓여 있었다. 노지의 이쪽 경계는 물이 괸 웅덩이였고 벌레로 뒤덮여 있었다. 헤러드는 웅덩이로 다가갔다. 괴인 물에 그의 모습이 비쳤다. 그 자신의 모습과 함께 다른 모습도 비쳤다. 그의 뒤에 검은 양복을 입은 키 큰 허수아비가 서 있었다. 허수아비의 머리에는 부서진 왕관이, 그 위에 검은 실크햇이 얹혀 있었다. 자루로 만들어진 얼굴에는 눈구멍이 두 개 조잡하게 뚫렸고 입은 없었다. 허수아비를 지지하는 물체는 없었다. 허수아비가 몸을 기댈 만한 나무 십자가는 보이지 않았다.

캡틴이 돌아온 것이다.

버넌과 프리처드는 야트막한 둔덕에 엎드려 있었다. 들장미 덤불과 낮게 드리워진 나뭇가지들이 그들의 모습을 가려주었다. 그 지점에서는 로하스의 창고 및 인접한 집들이 한눈에 들어왔다. 둘은 전혀 움직이지 않았다. 바로 가까이에서 봐도 숨을 쉬고 있는지조차 알 수 없을 정도였다. 프리처드는 오른쪽 눈을 M40 라이플 총의 야간 조준기에 바싹 붙였다. M40은 900미터 이상 떨어진 곳까지 정확히 맞출 수 있는 총인데 지금 프리처드와 표적 간의 거리는 730미터 정도였다. 옆에서는 버넌이 ATN 나이트 스피리트 외알 망원경으로 문과 창문들을 지켜보고 있었다.

버넌과 프리처드는 해병대의 엘리트 정찰 저격수, 그들 용어로는 HOGs 곧 총잡이 사냥꾼이었다. 그들은 바그다드에서 벌어진 저격수 전투에 가담했다. 표면화되지는 않았지만 해병대 저격팀 둘을 포함해 총 열 명을 하지에게 잃은 뒤 저격수들의 전투가 격화된 상태였다. 그들은 신화에 가까운 존재인 '주바'와 고양이와 쥐 게임을 벌였다. 정체불명의 주바는 체첸인이라는 소문도 있었고 저격수 조직의 집단적 이름이라는 설도 있었다. 주바는 칼라슈니코프 자동 소총의 변종인 이라크제 타부크 라이플 총을 썼다. 노련한 주바는 병사들이 차량에 탑승하거나 내릴 때를 노려 방탄복의 틈을 겨냥했고, 딱 한 발만 쏘고 모습을 감췄다. 버넌과 프리처드는 주바의 정체에 관해 의견이 달랐다. 둘 중 사격 솜씨가 위인 프리처드는 주바가 여러 명이 아니라 한 명이라고 생각했다. 주바가 275미터 정도 거리에서의 총격을 선호하고 이쪽에서 미끼를 놓았을 때조차 한 발 이상은 쏘지 않는다는 게 근거였다. 버넌은 생각이 달랐다. 타부크의 사정거리가 약 820미터이긴 하지만 275미터 거리에서 가장 정확도가 높기 때문에 타부크를 쓰는 주바 저격팀이 장비의 한계 탓에 그 거리를 택하는 것으로 봤다. 버넌은 또한 프리처드가 보기엔 격이 떨어지는, 드라구노프와 이즈마시 22구경을 사용한 살해도 주바의 짓이라면서 그것이 주바가 한 명이 아님을 보여준다고 했다. 주바가 한 명이든 여럿이든, 결국에 버넌과 프리처드는 주바의 표적이 되었다. 그 탓에 둘은 지그재그로 움직이기, 몸을 휙 숙이기, 앞뒤로 움직이기, 조준을 어렵게 만들기 위해 머리 까닥이기 등 좁은 공간 속에서 몸을 비트는 데 달인이 되었다. 프리처드는 그것을 '전쟁터 부기'라고 불렀고, 버넌은 '지하드 지르박'이라고 했다. 둘 다 무도장에서라면 목숨이 걸려도 춤을 출 줄 모르는 위인들이었으나 전문 킬러의 위협 앞에서는 진 켈리나 프레드 아스테어처럼 나긋나긋 움직였다.

버넌과 프리처드는 2004년 라마디에서 죽은 네 사람과 같은 중대 소속이었다. 셋은 머리에 총알이 박혔고, 나머지 하나는 말 그대로 벌집이 되었다. 게다가 한 명은 목이 잘렸다. 네 사람은 사령부에서 700미터 정도밖에 떨어져 있지 않은 곳에서 대낮에 습격당했다. 나중에 듣기로는 4인 저격팀이 주의를 게을리했을 가능성이 있으며 이전부터 해병대가 표적이 되어 있었다고 했다. 그 사건은 버넌과 프리처드가 이라크에서 벌어진 전쟁의 본질을 두고 회의하는 계기가 되었다. 사망자 가운데 단 한 명만이 훈련된 저격수였고 나머지는 단순한 해병대원이었다. 그렇게 해서는 일이 제대로 돌아갈 리 없었다. 훈련된 저격수가 적어도 팀당 두 명 이상 배치되어야 한다는 것이 황금률이었다. 1년 뒤, 제3 동원보병사단 소속의 6인 저격팀이 하디타에서 전멸한 사건을 계기로 저격수들은 전투에서 더욱 제한적인 역할만 맡게 되었다. 버넌과 프리처드는 해병대가 자신들을 쫓아낼지도 모른다는 생각을 했다. 그러던 차에 폭발로 버넌의 오른쪽 눈 망막이 떨어져나갔고, 영구히 오른쪽 시력을 상실한 버넌은 집으로 돌아가게 되었다.

그 무렵에 두 사람은 이미 토비아스와 접촉 중이었고 창고 습격에도 가담했다. 그들은 남쪽으로의 접근을 엄호하는 1팀이었고, 트위젤과 그린햄은 북쪽을 맡은 2팀이었다. 누구도 그 임무의 목적을 묻는 사람은 없었다. 저격팀은 스스로 계획을 세우고 실행하며 침투하기 며칠 전에 내용을 알려 정찰부대가 주위에서 작업하도록 한다. 당시 그들이 있는 위치를 정확하게 안 것은 토비아스와 로댐뿐이었다. 결국 그날 밤 습격에서 그들은 총알 한 발 발사할 필요가 없었다. 두 사람으로서는 실망스러운 일이었다.

버넌이 귀환하고 얼마 지나지 않아 프리처드도 군을 떠났다. 그렇게 해서 지금 두 사람은 덤불에 몸을 숨기고 하지 대신 멕시코인들을 죽일 태세를 갖추고 있는 것이다. 둘 다 조용하고 끈기 있고 사람들과의 교제를 싫어해서 저격수로는 적격이었다. 그들에게는 양심의 가책이 없었다. 누군가 프리처드에게 목숨을 빼앗은 사람들에 대한 회한은 없느냐고 물어보았다면 느낀 것이라고는 총기의 반동뿐이었다는 대답이 돌아왔을 것이다. 전적으로 사실은 아니었다. 사람을 죽일 때 프리처드는 섹스보다 더한 격렬한 흥분을 느꼈다. 그는 자신의 소명이 고결한 것이라고 믿는 도덕적이고 용감한 사람이었으며, 또한 살상 욕구에 내재된 긴장을 윤리적 방식으로 인식할 만큼 지적인 사람이었다. 그러나 목표를 수행하면서 즐거움을 느끼는 것도 사실이었다.

그와 버넌은 통풍을 위해 등에 구멍을 뚫어둔 수제 위장복을 입고 있었다. 가까운 개울에서 진흙과 물을 몸에 잔뜩 발라두었고, 달빛을 고려해 모자에 망사를 늘어뜨려 얼굴을 가렸다. 그들은 거리 측정기를 사용하지 않았다. 사정거리, 표적과의 각도, 공기 밀도, 풍속과 풍향 등 필요한 계산은 머릿속에서 자동적으로 해냈다. 탄창 추진체의 온도라는 변수까지 감안했다. 탄창의 온도가 20도 높아지면 1000미터 거리에서는 50센티미터 위쪽을 맞히게 된다. 그들도 예전에는 자료집과 탄도학 프로그램이 내장된 계산기를 썼으며 총신에 데이터 분석표를 붙여두었지만 지금은 그런 세세한 내용을 모두 암기하고 있었다.

둔덕 비탈은 완만했다. 프리처드는 탄도 낙차를 고려해 표적의 약 4.5미터 위 좌측을 겨냥했다. 모든 준비가 끝났다. 유일한 문제는 트위젤과 그린햄이었다. 그들이 제 위치에 없었다. 프리처드는 그들의 행방을 몰랐다. 그와 버넌은 토비아스가 다른 사람들을 사전에 어딘가에 보내두는 것 때문에 줄곧 곤란을 겪고 있었다. 토비아스는 그들에게 굳이 알려주려 하지 않았다. 버넌은 네 명이 한 팀을 이룬 저격팀 중에 가장 계급이 높은 E-6, 그러니까 하사였기 때문에 작전 문제를 두고 토비아스와 충돌이 끊이지 않았다. 버넌은 토비아스가 당연히 자신과 프리처드에게 의논해야 한다고 생각했다. 그런데 이제 그들은 팀으로 격하되어 있었다. 기분 좋은 일은 아니었다.

로하스 창고 뒤쪽으로 120미터쯤 떨어진 잡목림 속에 밴이 서 있었다. 운전석 문이 열렸다. 검은 스키 마스크를 쓰고 검은색 군대 작업복을 입은 토비아스는 야간용 쌍안경으로 창고와 주위 건물들을 훑어보았다. 근처에서 부스럭대는 소리가 나더니 나직한 휘파람 소리와 함께 누군가 덤불에서 튀어나왔다.

"넷. 로하스까지 다섯이야." 맬락이었다. "셋은 MP5를 갖고 있고 하나는 대형 펌프 연사식 산탄총. 모스버그 로드블로커인 것 같아. 산탄총을 든 놈과 문에서 가장 가까운 곳에 있는 놈은 어깨 총집에 글록 나인이 있어. 술은 눈에 띄지 않았고. TV가 켜져 있긴 한데 그리 시끄럽진 않아. 먹다 남은 음식이 식탁에 있고."

토비아스는 고개를 끄덕였다. 좋은 소식이다. 식사 후에는 움직임이 둔해지기 마련이기 때문이다.

"로하스는?"

"2층에. 서쪽 벽에 면한 계단이 있어. 직선으로 뻗은 피난 계단. 양쪽 끝에 강철 문이 있는데 약간 열려 있어. 문제가 생길 것 같으면 제일 먼저 그 문을 닫아 봉쇄해버리는 것 같아. 1층 유리는 강화유리인데 로하스가 있는 곳도 마찬가지겠지. 외부 계단은 없어. 하지만 남쪽 외벽에 줄사다리가 하나 있어서 바로 위에 난 창문을 통하면 사다리를 탈 수 있어."

"주변 집들은?"

"A와 B에 두 가족이 있어." 맬락은 손가락으로 그 집들을 가리키며 말했다. "A에는 사춘기 여자애 둘, 성인 여자 하나, 성인 남자 둘. 한 명이 글록을 허리에 차고 있음. B에는 성인 여자 둘, 사춘기 남자애 하나, 성인 남자 둘. 역시 한 명이 글록을 허리에 찼음. C에는 성인 남자만 셋. 둘은 AK47을 갖고 있고 하나는 글록을 어깨에 차고 있음. 버닌과 프리처드도 이 정보를 알고 있어. 하지만 한 팀은 아직 안 왔어."

토비아스는 다시 한 번 표적을 살펴본 뒤 쌍안경을 운전석에 던져두었다. 그랜햄과 트위젤을 좀더 기다려보든지 아니면 그냥 진행해야 한다. 한 위치를 오래 고수할수록 발각될 위험도 높아진다. 토비아스는 좌석에 기대어 밴 내부를 둘러보았다. 바치가 그의 눈길을 받았다. 밴의 열기 탓에 바치는 복면을 이마까지 끌어올린 상태였고 얼굴이 땀으로 번들거렸다.

"좋아." 토비아스의 말에 맬락이 밴 옆으로 와서 몸을 숙였다. "잘 들어……."

헤러드는 무기를 지니지 않았다. 총은 차에 두었다. 그가 손에 든 것은 마닐라 봉투 두 개가 전부였다. 첫 번째 봉투에는 숫자가 타이핑된 종이 한 장이 들었다. 누구한테서 어떻게 인장을 손에 넣었는지, 정보를 제공받는 대가로 로하스 명의의 계좌에 넣어줄 금액이 적힌 종이였다. 로하스가 정보 제공을 거부한다면? 헤러드는 로하스의 정부인 미국 여자와 다섯 살 난 그의 아들이 사는 곳을 알고 있었다. 헤러드는 그 둘을 이용할 것이다. 진심이라는 걸 보여주기 위해 필요하다면 여자를 먼저 죽일 수도 있다. 하지만 그런 행동까지 필요할 것 같지는 않았다. 로하스가 두 번째 봉투의 내용물을 본다면 더욱 그럴 것이다. 거기에는 과거 헤러드에게 저항한 사람들의 사진이 들었는데, 특히 여자들을 다루는 독특한 방식이 고스란히 드러나 있었다. 헤러드는 여자의 몸을 누구보다 잘 이해하고 있었다. 성적인 면에서 그런 기교를 펼칠 수도 있었겠지만 그는 무성적인 존재였다. 또한 그는 잔인한 사람이 아니었다. 고통과 괴로움은 목적 달성을 위한 수단에 지나지 않았고, 고통을 가하면서 특별한 즐거움을 느끼는 것도 아니었다. 헤러드는 동정심이 없는 사람이 아니었다. 고통을 너무나 잘 알기에 다른 사람에게 가하는 고통을 연장시키는 것도 좋아하지 않았다. 그러므로 그는 로하스가 돈을 받는 쪽을 택해주기를 바랐다.

그는 다시 웅덩이에 비친 캡틴의 모습을 쳐다보았다. 거북하다는 생각은 들지 않았다. 캡틴의 존재감에 휩싸여 있는 게 좋았다. 캡틴이 로하스의 창고까지 동행할 작정인지 궁금했다. 그는 웅덩이의 표면을 주시하면서 캡틴의 움직임을 기다렸다. 캡틴이 물에 비친 헤러드의 어깨에 손을 올려놓자 잔가지로 만들어진 손가락들이 바스락거리는 소리가 들렸다. 헤러드는 그 무게와 한기에 저도 모르게 몸을 떨었다. 밤공기의 따뜻함이나 벌레들의 따끔거림과 마찬가지로 분명하게 느낌이 전해졌다. 하지만 그는 움직이지 않고 그대로 서 있었고, 그와 캡틴은 앞에 있는 건물을 계속 함께 지켜보았다.

로하스 창고의 1층 한 벽면에는 로하스 브라더스 푸에고 사그라도 상표의 핫소스 상자들이 바닥에서 천장까지 쌓여 있었다. 창고의 존재에 대해 귀찮게 묻는 사람이 있다면 그 핫소스의 수입 및 유통에 필요하다는 것으로 설명할 수 있었고, 실제로 핫소스는 로하스의 수입원 중 하나였다. 소스를 운반하던 트럭이 지역 및 연방정부의 수색을 받은 횟수는 헤아리다 지칠 지경이었으나 로하스는 개의치 않았다. 핫소스 운반 트럭들은 훨씬 더 귀중한 물품을 옮기는 트럭과 차량들을 주시하는 당국의 시선을 분산시켜주었으며, 남부끄럽지 않은 정정당당한 돈벌이였다. 국경 너머에는 그 핫소스 상표와 포장재를 신성모독쯤으로 간주하는 사람들도 있긴 했다. 새까만 바탕에 불타는 붉은색 십자가로 이루어진 상표는 눈에 확 띄었고, 그 상표를 단 핫소스는 뉴잉글랜드 전역의 고급 식료품점 및 멕시코 식당을 겨냥한 고가 제품으로 판매되었다. 거기서 남는 이윤은 마리화나나 코카인 못지않게 높았고, 로하스는 수입의 모두를 국세청에 빠짐없이 신고하면서 신중하게 행동했다. 창의적인 회계사의 재능에 힘입어 안토니오 로하스는 고급 핫소스 공급업자로서 그리 과하지 않은 합리적인 이익을 내는 듯 비쳐지게 되었다.

로하스에게 경보를 발한 것은 그 핫소스 병들 중 하나가 깨지는 소리였다. 그는 책상 위의 서류에서 눈을 떼고 늘 가까이 두는 권총을 향해 손을 뻗었다. 그가 거주하는 구역의 문은 살짝 열려 있었다. 그렇지 않았다면 바닥에 깔린 방음재 탓에 아래층의 소리가 들리지 않았을 것이다. 유리가 깨지고 의자가 부서지며, 무언가 무거우면서도 부드러운 것이 바닥에 떨어지는 그런 소리들이.

로하스는 벌떡 일어나 문을 향해 달려갔다. 그러나 몇 초 늦었다. 열린 문틈으로 총구가 불쑥 들어오더니 소음기로 소리를 죽인 총성과 함께 그의 양쪽 허벅지로 쏟아진 총알들이 두 다리를 몸통에서 거의 잘라놓았다. 문이 완전히 열리는 순간 그가 쓰러졌다. 그 와중에도 로하스는 검은 옷을 입은 형체의 가슴에 총알 두 발을 쏘았다. 방탄조끼가 충격을 흡수했지만 총알을 맞은 남자의 몸이 휘청거렸다. 로하스가 쏜 세 번째 총알은 약간 더 위로 향했다. 붉은 웅덩이에 돌멩이를 던져 물이 튀는 것처럼 남자의 뒤통수에서 피가 뿜어져 나왔다. 상대의 숨통이 끊겼다는 것을 미처 인식할 틈도 없이 곧바로 총알이 그의 등에 날아와 박히면서 일격을 가했다. 로하스는 그대로 쓰러진 채 움직이지 않았으나 죽은 것은 아니었다. 그의 눈에 자기를 둘러싼 번쩍이는 검은 부츠들이 비쳤다. 귀에 들리는 단어 몇 개도 알아들었다. "발사" "문제" "선택의 여지가 없어" 그리고 "죽었어. 그가 죽었어"라는 말. 로하스는 빙긋이 웃었다.

다시 발자국 소리들. 물러나는가 싶더니 가까워졌다. 검은 무릎이 그의 얼굴 옆에 있었다. 누군가 그의 머리카락을 움켜쥐고 머리를 들어올렸다. 장갑 낀 손에 인장들이 든 주머니가 들렸고, 그가 만들고 있던 진열대는 깨어져 타일 바닥에 뒹굴고 있었다. 하얀 이, 깨끗하고 고른 치아들이 보였다.

"나머지는 어디 있나?"

"노 콤프렌도(무슨 말인지 모르겠다)."

나이프가 눈앞에 나타났다. "아직 널 더 괴롭혀줄 수 있다."

"아니, 그러진 못해." 로하스는 마지막 숨을 내쉬며 미소를 지었다.

최근에 치아에 박아 넣은 고대의 금과 보석 두 줄이 입속에서 드러났다.

로하스 창고에서 은신처를 향해 한바탕 총알이 날아왔다. 하지만 그걸로 끝이었다. 이어지는 총격은 없었다.

"제기랄." 버넌이 중얼거렸다. 아무런 곤란도 겪지 않고 창고로 들어갔다 나오기 힘들다는 것은 알고 있었지만 그래도 최선의 결과를 기대하고 있었는데. "좋아, 준비됐어."

그는 컬리, 래리, 모라고 이름 붙인 세 채의 집을 망원경으로 한 차례 훑었다. "모. 복도. 오른쪽에 붙어 있어." 그는 AK 47을 든 남자의 모습을 쳐다보며 말했다.

"보고 있어."

들숨. 날숨. 방아쇠를 가볍게 쥔다. 날숨.

당긴다.

발사.

버넌은 표적이 허공에 손을 내젓는 모습을 지켜보았다. 최후의 움직임. 표적은 쓰러졌다.

"명중." 그가 말했다. "컬리. 문. 거리 685미터. 풍속 제로. 보정치 없음." 총을 든 자는 문틀을 엄폐물 삼아 안쪽에 몸을 숨기고 총알이 날아온 방향을 살피고 있었다.

"사격 준비 완료."

"관측 끝. 날려버려."

프리처드가 다시 총알을 쏘았다. 문이 박살나면서 나뭇조각들이 튀어올랐고, 표적은 안으로 급히 몸을 숨겼다.

"이런, 빗나갔는데. 하지만 놈은 이제 거기서 움직이지 못할 거야."

그러면서 버넌은 시선을 로하스 창고 쪽으로 돌렸다. 동료 둘이 한 명을 부축해서 창고에서 나오는 중이었다.

"오케이, 오는군. 하지만 부상자가 생겼어. 자…….'"

컬리의 오른쪽 창, 은신처에 가장 근접한 창에서 하얀 불꽃이 터졌다. "컬리. 창."

피츠제럴드가 총을 쏘았다. 버넌은 화기를 발사한 자가 허공으로 뛰어내리는 것을 지켜보았다. 머리에 총알을 맞아 다리에 경련이 일어난 것이다. "명중."

모에서도 화기가 발사되었다. 때맞춰 망원경을 그쪽으로 돌린 버넌은 동료가 땅에 쓰러지는 걸 보았다.

"이런, 두 명째 당했어."

프리처드는 재빨리 자세를 바꾸어 모를 향해 총알을 연이어 퍼부었다. 부상자가 안전한 곳으로 옮겨질 때까지 엄호하려는 것이었다. 그러자 여기저기서 외침 소리가 나면서 인근의 다른 집들에도 불이 켜졌다. 버넌은 누군가가 — 토비아스라고 그는 생각했다 — 쓰러진 팀원을 둘러메고 밴으로 옮겨 조심스레 바닥에 눕히는 모습을 보았다. 그러더니 두 번째 부상자 쪽으로 움직였다.

"가자." 프리처드가 말했다.

그들은 바큇자국이 팬 흙길 옆에 세워둔 할리 두 대가 있는 곳으로 달려갔다. 출발하기에 앞서, 캐나다의 폭주족한테 빼앗은 진흙투성이 데님 재킷을 땅에 던져두었다. 버넌과 프리처드의 표적이 되어 랙-베이커에서 죽은 마약 운반책의 재킷이었다. 조잡한 술책이긴 했지만 멕시코인들은 공식 조사 결과가 나올 때까지 손 놓고 기다리진 않을 것이다. 즉각 복수에 나선 그들은 남겨둔 재킷과 현장을 급히 떠나는 오토바이 소리에 이끌려 며칠 동안 엉뚱한 곳을 들쑤시게 될 것이다.

토비아스는 밴에 올라타 출발했다. 사이드미러에는 로하스 창고가 밤하늘을 배경으로 시커먼 덩어리처럼 떠올랐고, 양쪽에서 달려오는 사람들의 어지러운 그림자도 보였다. 살아남은 사람은 그 혼자뿐이었다. 맬락은 창고에서 죽었고, 바치는 둘이서 맬락의 시체를 옮기던 중에 목 아랫부분에 총알을 맞았다. 그린햄과 트위젤이 거기 있었더라면 이런 일은 벌어지지 않았을 것이다. 하지만 결정을 내린 것은 그였고, 평생 그 결과와 더불어 살아가야만 할 것이다. 혹시라도 빌어먹을 프리처드가 좀더 빨리 손을 썼더라면……

폭발은 그리 요란하지 않았고 오래된 건물의 두꺼운 벽돌벽도 폭발음을 어느 정도 흡수했다. 알루미늄 25퍼센트와 산화철 75퍼센트를 혼합한 소이탄의 목적은 창고 자체를 폭파하는 것이 아니라 내부에 있는 모든 것을 불살라 증거를 최소화하는 것이었다. 또한 추적자들의 주의를 분산시키는 역할도 해줄 터였다. 맬락과 바치가 죽고 없는 지금, 엄호 사격을 해줄 사람이 아무도 없었으므로 재빨리 고속도로를 타고 전속력으로 빠져나가야 했다. 버넌과 프리처드는 다른 경로를 택해 만나기로 한 장소로 올 것이다. 토비아스는 그 저격수들이 보일 분노를 먼저 제압하기 위해서라도 다음에 그들을 만나면 몇 마디 해줄 작정이었다.

핸드폰에 메시지가 하나 들어와 있었다. 달리면서 메시지를 들어보고 뱅거에서 뭔가 문제가 생겼다는 걸 알았다. 그린햄과 트위젤에게서 답이 없는 것으로 보아 잰드로 문제가 해결되지 않은 것으로 생각해야 했다. 탐정의 차에 설치한 GPS 추적 장치는 먹통이 되었고, 그 탐정도 아직 살아 있다. 엉망진창이었다. 하지만 잃어버린 인장들을 되찾기는 했다. 그의 주머니에는 또한 자리를 뜨기 전 로하스의 입을 깨부수어 뽑아온 치아들이 들어 있었다. 이제 가진 것을 모두 처리하고 가능한 빨리 돈을 만들어서 사라져야 할 시점이었다.

토비아스는 라이트를 끈 채 샛길에 서 있던 헤러드의 차를 눈치 채지 못했다. 잠시 후, 헤러드가 밴을 쫓기 시작했다.

31

모텔방 안은 고요했다. 멜과 보비는 한 침대에 나란히 앉아 있었는데, 보비가 아는 것을 모두 털어놓고 짐을 내려놓은 것을 보상이라도 해주려는 듯 멜은 그를 안고 얼굴을 쓰다듬었다. 앙헬은 창가에 서서 주차장을 지켜보고 있었다. 나는 다른 침대에 앉아 지금 들은 내용을 머릿속으로 정리하려 애썼다. 토비아스 일당은 골동품을 밀수하고 있다. 그런데 보비의 말을 신용할 수 있다 치면, 그들은 다른 무엇을 골동품과 함께 들여왔다. 결코 발견되어서는 안 되었던, 결코 공개되어서는 안 되는 어떤 것을. 그것은 고기 속에 든 독약처럼 미끼의 일부분이었다. 잰드로가 틀렸다고 믿고 싶었다. 그들이 브렛 할란의 아내를 포함한 다른 사람의 목숨과 그들 스스로의 목숨을 빼앗게 된 것이 죄의식과 스트레스 탓이라는 말이 틀렸으면 했다. 거기에 휘말려 죽은 사람 중에는 포스터 잰드로도 있었다. 보비는 사촌한테 걱정을 털어놓았다고 했으며, 그 말을 들은 포스터가 비공식적인 조사를 벌이다 살해되었다고 믿고 있었다. 문제는 누가 방아쇠를 당겼냐 하는 것이다. 나는 토비아스한테 혐의를 걸었으나 보비는 미심쩍다고 했다. 사촌에게 조엘 토비아스에 관해 경고했기 때문에 포스터가 증인도 없이 폐허가 된 술집의 캄캄한 주차장에서 그와 만났을 리 없다는 것이었다. 보비가 캐리 손더스와의 만남에서 자신의 걱정거리를 얼마간 털어놓았다는 사실을 언급한 것은 그 얘기를 한 직후였다.

캐리 손더스. 관련자들 모두와 연결된 것은 토비아스 한 사람이 아니었다. 손더스도 그랬다. 그녀는 의문의 인물 로댐 혹은 네일런과 마찬가지로 아부그라이브에 있었다. 그녀는 죽은 사람들 모두와 접촉했고, 그들 사이에서 움직일 명분도 갖고 있었다. 포스터 잰드로도 토비아스 같은 군 출신의 잠재적 위험인물과는 버려진 주차장에서 만날 약속을 잡지 않았겠지만 여자라면 경계하지 않았을 것이다. 나는 고든 월시에게 전화를 걸어 내가 아는 모든 것을 털어놓았다. 딱 하나 토비아스에 관한 것만 남겨두었다. 토비아스는 내 차지다. 월시는 직접 손더스를 체포해 무슨 말이 나오는지 보겠다고 했다.

렉서스에서 몸을 낮추고 앉아 모텔방으로 접근하는 움직임을 감시하던 루이스가 그를 발견했다. 그 초라한 형체는 주차장을 가로질러 왔다. 오른손에는 담배가 들렸고, 왼손은 비어 있었다. 검은 양복 위에 검은 코트를 걸치고 꾸깃꾸깃한 셔츠의 목 단추를 열고 있었다. 재킷과 바지는 싸구려인 데다 함부로 굴린 흔적이 뚜렷했다. 머리카락은 기름을 발라 뒤로 넘겼는데 뒷머리가 너무 길어 번들거리는 머리카락이 칼라 위로 늘어졌다. 그는 허공에서 갑자기 툭 튀어나온 듯 보였다. 마치 공기 중의 원자들을 끄집어내 즉석에서 자신의 모습을 만들어내기라도 한 듯이. 루이스는 앞유리를 통해 모텔을 보면서 동시에 사이드미러와 뒷거울에도 주의를 기울이던 중이었다. 그러므로 그가 오는 것이 눈에 띄었어야만 했다. 하지만 루이스는 그가 다가오는 것을 보지 못했다.

루이스는 그가 누구이며 무엇을 하는 자인지 알았다. 콜렉터였다. 중고용품점에서 산 옷을 걸치고, 삶에 배신당한 끝에 그 삶에 보복하기로 작정한 것 같은 모습을 하고 있지만 그런 건 죄다 위장이었다. 루이스는 예전에도 위험한 인물들을 만났으며 몇몇은 그의 손으로 숨을 끊었다. 그런데 지금 112호실 문을 향해 걸어가는 남자는 다른 사람들이 땀구멍으로 땀을 흘리듯 온몸에서 위협감을 발산하고 있었다. 차에서 내려 움직이던 루이스는 실제로 위협감의 냄새를 맡을 수 있었다. 아니, 뭔가가 더 있었다. 불탄 제물, 피와 납골당의 냄새도 났다. 기척을 죽이고 접근했지만 콜렉터는 몸을 돌리지도 않은 채 두 손을 위로 들었다. 루이스와의 거리가 4~5미터 떨어져 있었는데도 접근하는 기미를 알아차린 모양이었다. 손에 들린 담배가 끝까지 타들어가 콜렉터의 누런 손가락에 닿았다. 데었을지도 모르지만 콜렉터는 내색하지 않았다.

"담배가 신경 쓰인다면 내던져도 좋다." 루이스가 말했다.

콜렉터는 손가락 사이로 담배를 미끄러트렸다. "아깝군. 아직 한 모금은 더 빨 수 있는데."

"그들이 널 죽일 거다."

"나도 그렇게 들었지."

"먼저 내가 널 죽일지도 모르지."

"그러고 보니 아직 정식으로 서로 소개도 안 했군. 나야 자네를 아는
듯 느껴지지만. 멀리서 자네를 지켜보고 있었네. 자네와 자네 파트너
를. 자네 솜씨엔 감탄했지. 특히 자네가 양심을 깨우친 것처럼 보인 뒤
부터 말이야."

"아첨하는 걸로 들리는데?"

"아닐세. 내게 자네를 뒤쫓을 이유가 없다는 것에 감사하면 그만이
지. 자네는 지옥 가장자리에 있었어. 지금은 지은 죄를 씻고 있는 중이
지. 계속 그 길로 가면 구원받을 수 있을 거야."

"너는 구원받았나? 네가 구원받았다면, 너와 같은 그런 길로 계속
가기는 싫은데."

콜렉터는 코로 숨을 내뿜었다. 영겁의 세월 속에 사는 그로서는 웃
음에 가장 가까운 표현이었다.

"아니. 나는 구원과 저주 사이에 존재하네. 말하자면 보류된 상태,
중간에 매달린 존재야."

"무릎을 꿇어라. 양손을 머리 위에 얹고."

콜렉터는 순순히 말을 따랐다. 루이스는 재빨리 다가가 머리에 총을
겨눈 채 힘껏 문을 두들겼다. 담배 냄새 탓에 눈이 쓰라렸지만 그나마
그 냄새가 다른 악취를 가려주었다.

"나야." 루이스가 말했다. "손님이 있어. 너의 옛 친구야."

문이 열리자 콜렉터가 나를 올려다보았다.

그는 문 옆의 의자에 앉았다. 루이스가 몸수색을 했지만 콜렉터는

무기를 갖고 있지 않았다. 텔레비전 옆에 '금연' 표지판이 있는 것을 보더니 배 위에 얹은 양 손가락을 얽으며 얼굴을 찌푸렸다. 보비 잰드로는 잠에서 깼더니 얼굴 위에 거미가 대롱대롱 매달려 있는 것을 발견한 사람과 같은 눈길로 콜렉터를 쳐다보았다. 멜은 뒤로 물러나 앙헬 뒤에 몸을 숨기듯 구석에 앉았다. 낯선 사람이 갑자기 덮치기라도 할 것처럼 그녀의 시선은 콜렉터에게 고정되어 있었다.

"여긴 왜 왔나?" 내가 물었다.

"자넬 찾아서 왔네. 우리가 같은 목적지를 향해 가고 있는 것 같아서."

"어떤 목적지?"

곰팡이 색깔의 손톱이 달린 가느다란 손가락이 잰드로를 가리켰다.

"지금까지 진행된 이야기를 내가 맞춰보지. 병사들. 보물들. 도둑들 사이의 다툼."

잰드로는 '도둑'이라는 말에 이의를 달려는 얼굴이었지만, 콜렉터가 조롱하는 시선을 손가락이 가리키는 방향으로 돌리자 입을 다물어버렸다.

"하지만 그들은 자기들이 훔친 것이 무엇인지 몰라 그들은 지각이 없어. 손에 집히는 대로 모두 취했지. 왜 그리 쉽게 자기들 손에 들어왔는지 생각해보지도 않고. 하지만 자네는 비싼 대가를 치렀지. 그렇지 않나, 잰드로? 자네들 모두 자신의 죗값을 비싸게 치르고 있지."

잰드로가 마침내 입을 열었다. "어떻게 내 이름을 아는 거요?"

"이름이 내 소관이라네. 궤가 하나 있었을 거야. 그렇지? 금궤. 그들은 자네들이 그걸 발견하게끔 내버려두었어. 아마 납 상자에 들어 있었을 거야. 조심스레 숨긴 듯 보여야 했지만 그렇다고 못 보고 지나치면 안 되니까. 말해보게, 잰드로. 내 말이 맞나, 틀리나?"

잰드로는 고개만 끄덕였다.

"나는 그 궤를 원하네. 여기 온 것도 그 때문이야."

"수집품에 넣으려고?" 내가 물었다. "당신이 누군가의 소유물을 취할 때면 그 전에 그 사람이 죽는 걸로 알고 있는데."

"아, 내 뜻대로 되면 누군가 죽겠지. 그 결과 내 수집품은 크게 늘어나고. 하지만 그 궤는 그런 수집품의 일부가 아니네. 그건 내게 속한 물품이 아니야. 누구에게도 속해 있지 않아. 위험한 물건이지. 지금 누가 그걸 찾고 있어. 헤러드라는 자인데, 그가 궤를 찾아내지 못하도록 해야 해. 만약 궤를 발견하면 그는 그걸 열 테지. 헤러드는 끈기도 있고 기술도 있어. 그와 함께 있는 존재는 궤에 관한 지식을 갖고 있고."

"안에 뭐가 들어 있나?" 앙헬이 물었다.

"세 개의 실체." 콜렉터는 간단히 말했다. "고대의 악령들이라고 해도 좋겠지. 그 궤는 그것들을 봉인하려는 일련의 시도 중에서 가장 최근에 행해진 거라네. 그런데 궤의 구조에 결함이 있어. 만든 인물의 허영심 탓이지. 자기가 감옥을 만든다는 것을 잊어버렸던 거야. 금은 너무 약한 금속이어서 세월이 흐르면 틈이 벌어지지. 안에 봉인된 무언가가 궤와 접촉한 사람의 마음에 독을 뿌리는 길을 찾아낸 거라네. 납 상자는 그런 위협을 중화시키기 위한 거였어. 조잡하지만 효과적이지. 금에 입혀진 우중충한 페인트와 마찬가지로 납 상자에도 안에 든 것을 봉인하는 힘이 있어."

"왜 그 궤를 바다에 빠트려버리거나 어딘가에 묻어버리지 않은 건가?"

"그게 어디 있는지를 아는 것보다 유일하게 더 나쁜 경우는 어디 있는지를 모르는 경우니까. 그 궤는 감시되고 있었네. 항상 그랬어. 궤에 관한 지식은 한 세대에서 다음 세대로 전해졌지. 결국에는 그것을 바그다드박물관 지하의 무가치한 골동품 더미 속에 숨겨 두었는데, 전쟁이 터졌고 박물관은 약탈당했지. 궤는 사라졌네. 많은 귀중한 물품들과 함께. 그런데 그것을 손에 넣은 자들은, 불완전한 형태이긴 해도 어쨌든 궤의 본질을 알게 되었지. 어쩌면 궤를 발견한 순간 그것이 무엇인지 정확히 알았을 가능성도 있어. 약탈이란 건 상대적 개념 아닌가. 이라크박물관에서 없어진 물품들은 대부분 신중하게 선택된 것들이네. 그때 4월 며칠간 박물관에서 도난당한 품목은 1만7천 점이었네. 진열장 451개 중에 450개가 털렸는데 그중 28개만 부서졌지. 나머지는 그냥 연 거였네. 박물관을 턴 자들이 열쇠를 가지고 있었다는 얘기지. 놀라운 일 아닌가? 역사상 최대 규모의 박물관 절도, 몽골족 침입 이래 최악의 약탈이야. 내부자가 관련돼 있었을 테지.

하지만 그런 건 문제가 아니네. 젠드로 일당이 보물을 털어가려 왔을 때 궤는 그들의 손에 있었어. 아마도 뭔가 의도가 있었을 테고, 젠드로 일당은 궤를 넘겨준 쪽에서 바랐던 그대로 정확히 행동했지. 궤를 이 나라, 적들의 나라로 옮기는 것. 이 나라에서 그것이 열리도록 하는 것. 이쯤 했으니 줄거리는 알 테지. 이제 다시 하던 이야기로 돌아가서, 어디서 궤를 발견했는지 말해주게."

콜렉터의 눈길은 방에 있는 사람들을 차례로 훑었다. 찾고 있는 정보가 우리의 얼굴에 씌어져 있기라도 한 것처럼. 그러다 그 눈길이 내게 멈추었다.

"왜 우리가 당신 말을 믿어야 하지?" 내가 말했다. "당신은 자기 목적을 위해 진실을 조작해. 당신은 단순한 살인자야. 그 이상 아무것도 아니야. 멋대로 신성함을 표방하고 그 깃발 아래서 사람들을 죽이는 것일 따름이다."

심연 속에서 불길 두 개가 타오르는 것처럼, 콜렉터의 눈 속에 불꽃이 번쩍였다. "아니, 나는 단순한 살인자가 아니네. 나는 신의 도구야. 신을 대행해 살인을 하는 거라네. 신의 일 전부가 아름다운 것은 아니므로……."

그는 정나미가 떨어진다는 눈길로 나를 쳐다보았다. 하지만 그의 혐오감은 동시에 콜렉터 자신의 의식 속에 감춰진 어떤 것에도 향하는 듯했다.

"자네도 양심의 가책 같은 건 밀쳐버려야 하네. 나처럼 말이야." 잠시 뒤 콜렉터가 말을 이었다. "내가 자네를 괴롭히면 자네도 날 성가시게 하지. 나는 자네 근처에 있는 게 싫네. 자네는 내가 전혀 알지 못하는 어떤 계획의 일부분이야. 자네와 자네 편에 선 사람들 모두가 죽게 될 거야. 그것이 자네의 운명이지. 자네의 시간은 얼마 남지 않았어. 자네가 쓰러질 때 근처에 있고 싶지 않군."

그는 양손을 들어올려 나를 향해 손바닥을 펴보였다. 이제 목소리에는 애원하는 빛이 담겨 있었다. "그러니 이번 일 한 가지만 같이 하도록 하세. 자네가 나를 사악하게 여긴다 해도, 헤러드란 자는 나보다 더하니까. 그 자의 뒤에는 어떤 존재가 있네. 헤러드는 자기가 그것을 이해하고 있다고 생각하고, 자기가 해준 일에 보상이 따를 거라고 믿지.

그 존재는 여러 개의 이름을 갖고 있는데 헤러드는 그중 한 가지 이름만 알 거야. 그 존재가 헤러드의 의식 속으로 파고드는 길을 발견했을 때 알려준 이름만으로."

"당신은 그걸 뭐라고 부르겠나?"

"나라면 무(無)라고 하겠네. 그건, 그건 암흑이야. 악의 화신. 그건 '유리 뒤에서 기다리는 자'야."

32

헤러드는 수도꼭지를 틀어 흐르는 물에 피를 씻어냈다. 시뻘건 핏물
이 스테인리스 세면대 속에서 회오리치는 모습은 머나먼 성운의 가지
들이 소용돌이치며 붕괴하는 모습을 연상시켰다. 콧등에서 땀이 한 방
울 떨어졌다. 그는 눈을 감았다. 손가락이 아팠고 두통도 심했지만 병
이 주는 통증이 아니라 고된 작업에 따른 통증이었다. 사람을 고문하
는 건 힘든 일이었다. 고개를 들어 거울에 비친 자기 얼굴을 쳐다보았
다. 양손이 뒤로 묶인 채 의자에서 고개를 떨어트린 남자의 모습도 거
울에 비쳤다. 남자의 말을 듣기 위해 입속에 박힌 헝겊 조각들을 빼두
었는데 자백이 끝난 뒤에도 그대로 둔 상태였다. 굳이 다시 입을 틀어
막을 이유가 없었다. 남자는 겨우 숨만 쉬고 있을 뿐이며 그것도 곧 끊
어질 터였다.

고개를 숙인 남자 뒤에 또 다른 형체가 서 있었다. 그 형체는 양손을
의자 등받이에 가볍게 올려두고 있었다. 이번에 캡틴은 파란 원피스를
입고 긴 머리를 땋아 가슴으로 늘어뜨린 여자아이의 모습으로 다시 돌
아가 있었다. 전과 다름없이 나이는 기껏 아홉 살이나 열 살이었는데

가슴만큼은 놀랍도록 잘 발달해 있었다. 외설적인 느낌이 들 정도라고 헤러드는 생각했다. 여자아이는 안색이 몹시 창백했으며 얼굴 자체는 미완성이었다. 눈과 입이 있어야 할 자리에는 검은 구멍뿐이었고, 가장자리가 흐릿한 것이 두꺼운 연필로 그린 선을 더러운 지우개로 지운 것 같은 모습이었다. 여자아이는 꼼짝도 않고 서 있었다. 머리 높이가 의자에 앉은 남자의 머리와 거의 같았다.

캡틴은 조엘 토비아스가 죽는 것을 기다리고 있었다.

헤러드를 두고 비도덕적 인간이라고 하면 그건 사실이 아니었다. 도덕관념 자체가 없는 것도 아니었다. 그는 도덕적인 것과 비도덕적인 것의 구별을 인정했고, 거래를 할 때는 최대한 공정하고 정직해야 한다고 생각했다. 그는 다른 사람들에게 도덕성을 요구했으며 자기 자신에게도 마찬가지였다. 그러나 헤러드의 내부에는 공허함이 있었다. 과일의 한가운데서 씨를 제거하고 남은 구멍처럼 과일의 부패를 촉진시키는 무엇이 있었다. 그 공허함에서 특정한 유형의 행동이 나왔다. 그는 의자에 앉은 채 죽어가는 남자를 괴롭히는 데서 아무런 즐거움도 느끼지 못했다. 알고 싶었던 것을 모두 들은 뒤에는 즉시 남자의 몸속에 가하던 고문을 멈추었다. 하지만 고문이 너무 혹독해서 남자의 고통은 그대로 이어지고 있었다. 손에서 피가 완전히 씻겨나가자 헤러드는 그런 고통의 막을 내려주어야 한다고 생각했다.

"토비아스." 그가 말했다. "이제 우리는 끝에 도달한 것 같군."

그는 개수대 옆에 있는 총을 집어 거울에서 몸을 돌리려 했다.

그 순간, 여자아이의 형체가 움직였다. 여자아이는 토비아스의 오른쪽으로 다가가더니 지저분한 손을 뻗어 그의 얼굴을 쓰다듬었다. 그 손길을 느낀 토비아스가 눈을 떴다. 혼란스러운 모양이었다. 피부에 감촉은 느껴졌으나 아무것도 보이지는 않았던 것이다. 여자아이가 몸을 앞으로 기울였다. 입이 있어야 할 검은 구멍에서 혀가 튀어나왔다. 길고 두터운 혀는 죽어가는 남자의 입 주위에 묻은 피를 할짝할짝 핥았다. 토비아스가 얼굴을 돌리려 하자 여자아이는 옷을 붙잡고 자신의 다리를 그의 다리 사이에 끼운 채 온몸으로 상대를 눌렀다. 몸을 뒤척이던 토비아스의 시선이 오븐 문에 달린 그을린 유리에 닿았다. 거기에 비친 자신의 모습과 자신을 누르고 있는 어떤 형체에. 그는 공포에 질려 흐느꼈다.

헤러드는 의자로 걸어가 토비아스의 머리에 총을 겨누고 방아쇠를 당겼다. 그 순간 캡틴이 사라졌고 모든 움직임이 멈췄다.

헤러드는 한 걸음 뒤로 물러섰다. 캡틴이 근처에 있다는 것을 알고 있었다. 캡틴의 분노가 느껴졌다. 두려움 속에서 오븐 문을 힐끗 쳐다봤지만 아무것도 보이지 않았다.

"불필요한 일이었습니다." 그는 숨죽인 어둠을 향해 말했다. "충분히 고통받았어요."

충분하다고? 누구에게? 토비아스에게는 그랬다. 하지만 캡틴에게 있어서 충분한 고통이란 없었다. 헤러드의 어깨가 축 처졌다. 다른 방법이 없었으므로 하는 수없이 그는 창문을 쳐다보았다.

캡틴은 그의 바로 뒤에 있었다. 이제는 여자아이가 아니었다. 기다란 회색 외투를 입은 무성적 형체였다. 흐릿한 얼굴은 끊임없이 모습을 바꾸었다. 헤러드는 자기가 좋아했던 모든 사람들의 얼굴을 보았다. 지금은 죽고 없는 어머니와 누이. 오래 전 세상을 떠난 다정한 할머니. 산 자와 죽은 자가 뒤섞인 친구들과 연인들. 한 사람 한 사람, 모두가 몹시 괴로워하며 고통과 절망으로 얼굴이 일그러져 있었다. 끝으로 헤러드 자신의 얼굴이 나타났다. 그리고 그는 깨달았다.

그렇게 되는 거였다. 다시 한 번 캡틴을 거스르면 그렇게 된다는 뜻이었다.

캡틴은 헤러드를 시체와 함께 두고 가버렸다. 헤러드는 총을 어깨 아래 총집에 넣고 죽은 남자에게 마지막으로 눈길을 던졌다. 그의 친구들이 이 모습을 발견하는 데 얼마나 걸릴지, 그들 중 몇 명이 목숨을 부지할지 궁금했다. 하긴 그런 건 문제가 아니었다. 이제 헤러드는 누가 궤를 가지고 있는지 알게 되었다. 그러나 빨리 움직여야 했다. 캡틴이 경고했다. 콜렉터가 오고 있다고.

콜렉터가 그를 추적하기 훨씬 이전부터 헤러드는 그에 관한 이야기를 들었다. 자신이 영혼을 수확하는 자라 믿고 있으며 희생자들에게서 기념품을 취하는 기묘하고 황폐한 존재. 캡틴은 그 이상의 얘기를 알려주었다. 콜렉터 또한 궤를 원할 것이다. 캡틴이 그렇게 말했고, 헤러드는 그 말을 믿었다. 헤러드는 여러 개의 가명, 간판뿐인 위장 단체, 양심의 가책 따위를 받지 않는 변호사들, 돈만 제대로 받으면 서류나 고객의 신분에 개의치 않는 운반자들을 이용해 신중하게 자기 모습을 숨겨왔다. 그럼에도 불구하고 독특한 물품을 사들인다는 것 때문에, 조사 과정에서 그가 던진 질문들 때문에 결국 콜렉터의 관심을 끌게 되었다. 콜렉터와의 거리를 유지하는 것이 지금은 결정적으로 중요했다. 궤에 달린 복잡한 자물쇠를 풀어내려면 적지 않은 시간이 걸릴 터였다. 일단 궤가 열리기만 하면, 콜렉터가 아니라 그 누가 와도 할 수 있는 건 없었다. 캡틴의 승리가 곧 헤러드의 복수가 될 것이며 마침내 죽을 수 있게 될 것이다. 그리고 다음 세상에서 받을 보상을 청구할 것이다.

헤러드는 그 집을 떠났다. 마당에 널브러진 프리처드와 버넌의 시체를 지나 차에 올랐다. 멀리서 울리는 사이렌 소리가 이쪽으로 다가오는 중이었다. 시동을 걸자 트렁크에서 쾅쾅 치는 소리가 울렸으나 엔진 소음에 묻혀버렸다.

33

캐런 에모리가 어렸을 때의 일이었다. 어머니의 침실이 빤히 보이는 곳에 있긴 했지만 처음으로 혼자서 자기 시작했을 무렵, 한밤중에 어떤 남자가 집에 침입했다. 문득 캐런이 잠에서 깨어보니 침입자는 어둠에 몸을 숨긴 채 구석에 서서 자기를 지켜보고 있었다. 침입자는 아무 소리도 내지 않았지만 ─ 숨소리조차 캐런은 들을 수 없었다 ─ 무언가 이상한 일이 벌어졌으며 위험이 가까이 있다는 본능적 자각이 캐런을 깨웠다. 침입자의 모습이 눈에 들어오는 순간 그녀는 겁에 질린 나머지 비명도 지르지 못했다. 몇 십 년이 지난 지금도 입안이 깔깔하게 말랐던 것, 도움을 청하려 했을 때의 발작적인 가쁜 호흡, 엄청난 무게에 짓눌린 듯 몸을 움직일 수 없었던 감각이 고스란히 남아 있다. 침입자와 그녀는 둘 다 꼼짝도 하지 않았다. 한 사람은 움직이지 않았고, 다른 한 사람은 움직이지 못했다.

침입자가 달려들 준비라도 하듯 장갑을 낀 손을 그녀 쪽으로 뻗는 순간 주문은 깨졌다. 그녀는 힘껏 비명을 질렀다. 어찌나 큰 소리를 질렀던지 며칠 동안 목이 아팠을 정도였다. 침입자는 계단을 향해 달아

났다. 방에서 뛰어나온 어머니는 그가 현관문으로 모습을 감추는 것을 보았다. 어머니는 딸이 괜찮은지 살펴본 뒤 911에 전화를 했다. 인근에 차량들이 몰려들고 수색이 시작되었다. 얼마 뒤, 뒷골목의 대형 쓰레기통 뒤에 숨어 있던 클래런스 버틀이라는 떠돌이가 검거되었다. 캐런은 방에 있던 남자를 제대로 보지 못했으며 그 남자에 대한 것은 아무것도 기억나지 않는다고 경찰관에게 말했다. 어머니도 마찬가지였다. 어둠 속에서 남자의 뒷모습만 흘끗 보았을 뿐, 너무 충격을 받았기 때문에 뒷모습에서 특징을 가려낼 수 없다고 했다. 침입자는 창을 통해 집으로 들어왔으나 지문은 남기지 않았다. 버틀은 목소리를 높여 결백을 주장했다. 경찰이 깔린 것에 놀라서, 그리고 하지도 않은 일로 공연히 걸려들까 무서워 골목에 숨었던 것뿐이라고 했다. 그는 마치 어린아이 같은 어투로 말했으며 심문하는 형사들과 눈을 맞추려 하지 않았다.

경찰은 그를 스물네 시간 동안 잡아두었다. 특정한 범죄로 고발된 것은 아니었으므로 그는 변호사를 요청하지 않았다. 그는 경찰에게 이름을 대면서 앨라배마 주 몽고메리 출신인데 12년 가까이 떠돌이 생활을 하고 있다고 말했다. 나이는 확실히 모른다면서 아마도 "우리 주 예수 그리스도처럼" 서른셋일 거라고 했다.

그가 감금되어 있는 동안 캐런 방의 창에 박힌 못에서 옷 조각이 발견되었다. 옷 조각은 버틀의 외투에 난 찢어진 자국과 완벽하게 일치했다. 그는 강제 주거침입 및 무기소지 혐의로 기소되었다. 외투 안감 속에서 면도칼이 발견되었던 것이다. 그가 카운티 교도소로 이송되어 재판을 기다리고 있던 중에 지문 식별 시스템에서 버틀의 것과 일치하는 지문이 나왔다. 1년 전 일리노이 주 위넷카에 사는 프래니 키턴이라는 아홉 살 소녀가 집에서 유괴당한 사건이 있었는데, 일주일에 걸친 수색 끝에 아이의 시체가 빗물 배수관에서 발견되었다. 아이는 목을 졸려 살해당했으며 옷이 벗겨지긴 했으나 성폭행 흔적은 없었다. 클래런스 버틀의 지문이 프래니 키턴과 나란히 누워 있던 인형의 왼쪽 눈에서 나왔다.

클래런스 버틀은 위넷카 사건에 관한 물음에 교활한 웃음을 지으며 말했다. "나는 나쁜, 나쁜 아이였어요……."

세월이 많이 지났지만 캐런 에모리는 지금도 한 달에 한 번은 깜짝 놀라 잠에서 깨어나곤 했다. 클래런스 버틀, 그 나쁜 아이가 돌아와서 그녀를 빗물 배수관으로 데려가 함께 놀자고 하는 꿈이었다.

그런데 이제 클래런스 버틀 대신 다른 악몽들이 그녀를 괴롭혔다. 그녀의 귀에 이상한 언어로 속삭이는 목소리들이 들려왔다. 하지만 자기와 이야기를 하려는 건 아닌 듯했다. 오히려 그 목소리들은 그녀를 철저히 무시했으며 경멸마저 어려 있었다. 그들은 다른 사람, 자신들의 간청에 응답해줄 사람을 기다리고 있었다. 너무 오랜 기다림이었기 때문에 그들은 점차 인내심을 잃어갔다. 꿈속에서 그녀는 조엘이 지하실의 어둠 속으로 들어가는 것을, 그 목소리들이 열렬한 환호로 그를 맞는 것을 보았다.

하지만 조엘은 이곳에 없다. 떠나기 전에 그는 베개 위에 작은 상자 하나를 놓았다.

"당신 생일까지 갖고 있으려 했는데 생각이 바뀌었어. 뭣 하러 기다리겠어?"

사과의 뜻이라고 그녀는 짐작했다. 때리고 상처준 것에 대한 사과였다. 그녀는 상자를 열었다. 금빛은 흐릿했으나 매우 섬세하고 정교하게 조각되어 있어 금속이 아니라 레이스처럼 보였다. 손으로 만지기도 전에 그녀는 그 귀고리가 아주 오래된 것이라는 걸 알았다. 오래되고 값비싼 물건이었다.

"어디서 난 거야?" 그 말을 입 밖에 낸 순간 그녀는 잘못된 반응을 보였다는 것을 깨달았다. 조엘이 기대한 놀라움과 감사가 아니라 의혹이 깃든 말투였다. 그가 상자를 거칠게 빼앗아가거나 또 한 번 분노의 발작을 일으킬지도 몰랐다. 하지만 그는 상처받은 모습을 보였을 뿐이었다.

"선물이야. 마음에 들 줄 알았는데."

"마음에 들어." 그녀의 목소리가 떨렸다. 그녀는 손을 뻗어 상자에서 귀고리를 꺼냈다. 보기보다 묵직했다. "아름다워." 캐런은 상황을 되돌리려 애쓰며 미소를 지었다. "정말 아름다워. 고마워."

그는 고개를 끄덕였다. "그래, 잘됐네."

그는 그녀가 귀고리를 하는 모습을 지켜보고 있었다. 하지만 그녀가 커튼 사이로 들어온 햇살에 귀고리를 비춰보느라 고개를 돌리자 얼굴이 흐려졌다. 그를 실망시키고 말았다. 아니, 그보다 더 나쁜 상황이라고 그녀는 생각했다. 그가 자기에 대해 품은 의혹을 행동으로 시인한 셈이 되었다. 그가 떠나자 그녀는 귀고리를 떼서 상자에 다시 넣어두고, 시트를 머리끝까지 뒤집어 쓴 채 잠을 청했다. 휴식이 너무도 간절했다. 하지만 꿈은 꾸고 싶지 않았다. 결국 그녀는 앰비엔(수면제)을 반 알 먹고 잠이 들었다. 잠과 함께 목소리가 들려왔다.

그녀는 오후 늦게야 일어났다. 머리가 멍하고 혼란스러웠다. 막 조엘을 소리쳐 부르려 하다가 그가 나가고 없다는 사실을 깨달았다. 둘 사이에 문제가 있었음에도 지금은 조엘이 가까이 있었으면 싶었다. 그는 오늘 밤 안에는 들어오지 않을 거라 말하고 떠났다. 어쩌면 이틀 밤이 걸릴 수도 있다고 했다. 큰 건이 순조롭게 진행되고 있다면서 더 좋은 집을 찾아보자고 말했다. 어딘가 아름답고 조용한 곳으로 가는 것도 좋겠다고 했다. 함께 가는 건 좋지만 그냥 이대로 있는 편이 행복하다고 그녀는 대답했다. 장소는 중요하지 않으며 그가 옆에 있어주기만 하면, 그가 만족하기만 하면 자기도 행복하다고. 그러자 토비아스는 그래서 자기가 그녀를 좋아한다고 했다. 값비싼 것을 요구하지 않고 취향이 소박하기 때문에. 그녀가 한 말과는 뜻이 전혀 달랐고, 자기를 제대로 이해하지 못한다는 것 때문에 그녀는 화가 났다. 조엘은 항상 선심을 쓰며 그녀를 돌봐준다는 식이었는데 그녀는 그런 게 싫었다. 그가 지하실에 감춰둔 어리석은 비밀이 싫은 것과 마찬가지로, 트럭을 몰고 어디를 가는지 무엇을 운반하는지 말해주지 않는 것과 마찬가지로 생색을 내는 것도 싫었다.

귀고리도 마음에 걸렸다. 그녀는 침대 위에서 몸을 굴려 상자를 열었다. 분명히 아름다웠다. 또한 골동품이었다. 아니, 골동품 이상으로 오래된 물건이었다. 골동품이란 1800년대의 가구나 보석 같은 걸 말한다. 그녀 생각에는 그랬다. 이 귀고리는 '고대'의 물건이었다. 처음 만졌을 때부터 오랜 세월이 느껴졌다.

그녀는 일어나서 욕조에 물을 채웠다. 하루가 이미 저물고 있었으므로 옷을 차려입지 않기로 했다. 가운을 걸치고 TV를 보며 뒹굴다가 피자를 주문하자. 그녀는 개인 서랍에 감춰둔 마리화나를 말아 욕조에서 피웠다. 조엘은 마약에 반대했다. 대놓고 마리화나를 금지하지는 않았지만, 혹시라도 피운다면 그 사실을 알고 싶지 않다는 점을 분명히 했다. 그 때문에 그녀는 그가 근처에 없을 때만, 혹은 친구들과 어울릴 때만 피웠다.

목욕과 마리화나 덕분에 오랜만에 기분이 좋아졌다. 다시 귀고리를 쳐다본 그녀는 걸어보기로 했다. 머리카락을 위로 올리고 깨끗한 하얀 시트를 몸에 두른 다음 제대로 옷을 차려입고 귀고리를 하면 어떨지 보려고 거울 앞에 섰다. 바보 같다는 생각도 들었으나 우아하게 보이긴 했다. 전등 빛을 받은 귀고리가 빛나면서 노란빛 조각들이 작은 먼지처럼 얼굴 위로 쏟아졌다.

조엘에게 이런 귀고리를 살 여유가 있을 리 없다. 트럭 운전으로 너무 많은 수입을 올리는 것도 미심쩍은데 그녀에게 그 이상의 거짓말을 하고 있는 것이 아닌 이상 무리였다. 가능한 결론은 오직 한 가지였다. 그가 불법적인 일에 연루되어 있으며 귀고리는 거기서 나온 것이다. 뭔가와 교환한 것이거나 거기서 올린 수입으로 산 것이다. 그 생각을 하자 귀고리의 아름다움이 빛을 잃는 것 같았다. 캐런은 평생 동안 도둑질을 몰랐다. 고등학교 때에 친구들은 싸구려 화장품을 예사로 슬쩍하곤 했지만 그녀는 사탕 한 알 훔친 적이 없었다. 패챗의 식당에서도 자기 몫으로 정해진 음식 이상의 것은 절대 손대지 않았다. 음식 자체가 푸짐하게 제공되기도 했거니와 탐욕을 부릴 이유가 없었다. 웨이트리스 중에는 직원들에게 제공된 음식을 집으로 싸가서 남자친구나 마침 집에 찾아온 손님과 배불리 먹는 사람도 간혹 있었다.

하지만 귀고리는 너무나 아름다웠다. 이처럼 아름답고 오래되고 값비싼 것을 받아본 적이 없었다. 그런 귀고리를 막상 귀에 거니 떼놓기 싫었다. 정직하게 손에 넣은 것이라고 조엘이 납득시켜 준다면 귀고리를 간직할 것이다. 그렇지만 거짓말에 속지는 않을 것이다. 그가 귀고리에 대해 거짓말을 하면 이번에야말로 그들의 관계는 위험해질 것이다. 두 번이나 손을 댄 것은 용서하기로 마음먹었다. 그를 사랑하기 때문이었다. 하지만 이제는 그가 그녀에게, 또한 아마도 자기 자신에게 정직해져야 할 시점이다.

그녀는 침대에 앉아 TV를 켰다. 아무려면 어때. 그렇게 생각하며 마리화나를 한 대 더 말았다. TV에서 하는 영화는 전에 본 적이 있는 지루한 코미디였는데 마리화나에 약간 취한 상태에서 보니 전보다 훨씬 우스웠다. 코미디가 끝나자 액션영화가 시작되었다. 졸음이 밀려오고 눈이 스르륵 감겼다. 자신의 코고는 소리에 놀라 퍼뜩 깨어난 그녀는 제대로 자세를 고쳐 누워 머리를 베개 위에 얹었다. 다시 목소리가 들려왔다. 하지만 이번엔 목소리가 들리는 꿈과 클래런스 버틀의 악몽이 뒤섞였다. 누군가 가까이 있다는 사실이 꿈속에서 느껴졌다.

아니, 꿈속이 아니다.

집 안에 누군가 있다.

그녀는 눈을 떴다.

"조엘?" 예상보다 일찍 왔나보다 생각하며 그의 이름을 불렀다. "당신이야?"

대답은 없었지만 집 안 어딘가에서 자신의 목소리에 반응한다는 느낌이 들었다. 움직이던 것이 멈추고 소리를 내던 것이 침묵했다.

일어나 앉았다. 그녀의 콧구멍이 씰룩거렸다. 낯선 냄새가 났다. 향 냄새가 밴, 낡은 교회의 제의(祭衣)처럼 퀴퀴하면서도 아련한 향기가 섞인 냄새였다. 그녀는 알몸 위에 가운을 걸쳐 입고 목 부분을 여민 다음 침실 문 쪽으로 향했다. 그러다 걸음을 멈추고 침대 협탁으로 되돌아가 서랍을 열었다. 서랍 안에는 38구경 스페셜 레이디 스미스가 들어 있었다. 조엘은 집에 총을 두어야 한다고 고집을 피웠고, 숲에서 그녀에게 쏘는 법을 가르쳤다. 총을 싫어한 그녀는 마지못해 동의했지만 지금은 고마울 따름이다. 조엘은 없지만 완전히 무방비 상태는 아니었다.

그녀는 계단 쪽으로 향했다. 아무 소리도 들리지 않았다. 처음에는. 그러다 그녀는 그것이 무엇인지 서서히 의식하기 시작했다.

속삭임이 다시 시작되었다. 하지만 그녀는 지금 자고 있지 않았다.

34

캐런은 지하실 문 앞에 서서 귀를 세웠다. 수면제와 마리화나, 온종일 낮잠을 잔 여파로 머리가 멍해서 몽유병자 같은 느낌이었다. 모든 게 정상 상태에서 약간씩 어긋나 있었다. 고개를 옆으로 돌리면 시선이 몇 분의 1초 정도 뒤늦게 따라오는 것 같았고, 초점이 맞지 않아 시야가 흐렸다. 그녀는 망설이다가 손바닥을 문에 대고 무릎을 꿇어 열쇠구멍에 귀를 가까이 가져갔다. 속삭임이 지하실 문 뒤에서 들려오는 것은 분명한데 그렇게 해도 소리가 더 크게 들리지는 않았다. 내부에서 들렸던 목소리들이 문 저편에서 들려오자 소리에 대한 감각이 달라졌다. 그녀는 수학적 도형, 그러니까 정삼각형 같은 것을 머리에 떠올렸다. 한 꼭짓점에 그녀가 있고, 목소리의 근원이 다른 꼭짓점에 그리고 전송된 목소리가 세 번째 꼭짓점에 있는 느낌이었다. 자기가 있는 것을 모른 채 남들이 나누는 대화를, 보다 정확히는 자기의 존재에 개의치 않고 나누는 대화를 우연히 듣게 된 것 같은 기분이었다. 어렸을 때, 화창한 날 아버지가 친구들과 정원 테이블에 둘러앉아 맥주를 마시던 장면이 떠올랐다. 나무 그늘에 앉아 그 모습을 보고 있던 그녀에게도 몇 마디 단어와 어구가 들려왔지만 어른들이 무슨 얘기를 하는지는 제대로 알아들을 수 없었다.

어두운 공간에 대한 두려움과 그의 지하실에 침입했다는 —혼자서 지하실에 들어갔다는 걸 알면 조엘은 그것을 침입으로 여길 것이다— 것에 조엘이 어떤 반응을 보일지 걱정이 되었지만, 아래 지하실에 무엇이 있는지 궁금했다. 그가 지하실에 새로운 물품을 갖다 두었다는 것은 알고 있었다. 전날 퇴근해 돌아와보니 조엘은 트럭에서 상자들을 꺼내 옮기는 중이었다. 그녀는 불안과 공포 속에서도 자기가 하는 행동에 짜릿한 전율을 느꼈다.

그녀는 지하실 열쇠를 찾기 시작했다. 조엘이 다른 열쇠들과 한 묶음으로 갖고 다니지만 근처에 스페어 열쇠가 분명히 있을 것이다. 집 안의 공용 공간을 뒤져보았다. 주방 서랍 중 하나에 뭔지 모를 열쇠들과 번호 자물쇠, 나사 등이 뒤죽박죽 섞여 있었다. 하나씩 뒤적여봤지만 지하실 자물쇠에 맞을 것 같은 열쇠는 없었다. 홀에 걸린 조엘의 외투 주머니에는 먼지와 동전 몇 개, 오래된 주유 영수증만 나왔다.

마침내 그녀는 조엘의 개인 옷장으로 다가갔다. 선을 넘는 행동이라는 것을 의식하면서 양복 주머니, 구두, 티셔츠 무더기 아래, 양말과 속옷 더미를 더듬었다. 군대 시절의 습관이 남아 모든 것이 깔끔하게 접혀 있었다. 어느새 그녀는 열쇠에 관한 일은 잊어버리고 사랑하는 사람의 모습을 들여다보는 즐거움에 빠졌다. 군 시절 사진 몇 장이 있었고, 예전 애인에게서 받은 편지도 나왔다. 그녀는 편지를 몇 줄 읽다가 멈추었다. 자기가 조엘을 사랑한다고 여기듯 다른 여자도 그런 생각을 했을지도 모른다는 게 기분 나빴고, 조엘이 아직도 그런 편지를 간직하고 있다는 것에도 화가 났다. 편지 뭉치를 넘기다 찾던 것을 발견했다. 군 생활 탓에 계속 떨어져 있는 게 견디기 힘들다며 관계를 끝내자고 하는 결별 편지였다. 날짜는 2007년 3월이었다. 그 여자, 페이라는 그 여자가 결별 편지를 쓰기 전에 이미 다른 남자를 만난 건 아닌지 궁금했다. 직감적으로 그럴 것이라는 느낌이 왔다.

옷장 바닥의 강철 상자에는 루거 권총, 총검을 비롯한 날붙이 무기 몇 개가 들어 있었다. 꿰뚫고 들어가는 힘을 지닌 칼날, 희생자와 살인자를 잔혹하게 결합시켰다 떼어놓는 금속 조각을 보자 몸이 떨렸다.

그 나이프들 옆에 지하실 문의 열쇠로 보이는 것이 놓여 있었다.

그녀는 그것을 집어 들고 아래층으로 내려가 자물쇠에 끼워보았다. 오른손으로 자그만 레이디 스미스 권총을 들고 있었으므로 열쇠를 왼손으로 돌렸다. 열쇠는 쉽게 돌아가면서 자물쇠를 풀었다. 그녀는 문을 열었다. 갑자기 집 안의 적막함이 뚜렷하게 인식되었다.

속삭이는 소리가 그쳤던 것이다.

앞에는 지하실 계단이 어둠 속으로 뻗어 있었다. 홀의 조명이 비치는 곳은 제일 위쪽의 3단뿐이었다. 그녀는 손가락으로 더듬어 천장에서 드리워진 스위치 줄을 찾아 잡아당겼다. 머리 위의 전등이 켜지자 계단 바닥까지 볼 수 있었다. 계단 바닥까지 가면 지하실 전체를 밝히는 다른 스위치 줄이 매달려 있었다.

천천히 조심스럽게 계단을 내려갔다. 발을 헛디뎌선 안 되었다. 여기선 절대 안 된다. 조엘이 돌아와 지하실 바닥에 다리가 부러진 채 쓰러져 있는 자기를 발견하는 것도, 혼자 지하실에 방치된 채 속삭임 소리가 다시 들려올까봐 가슴을 졸이는 것도 생각하고 싶지 않은 일이었다.

그녀는 그런 생각을 지워버렸다. 날카로운 신경을 진정시키는 데 전혀 도움이 되지 않는 생각이었다. 아래에서 두 번째 계단에 도달하자, 난간을 단단히 붙잡은 채 발꿈치를 들어올려 스위치 줄을 당겼다. 불이 들어오지 않았다. 다시 줄을 잡아당겼다. 다시 한 번 더. 여전히 앞에는 캄캄한 어둠뿐이었다. 그녀의 뒤에도, 그리고 왼편에도 어둠뿐이었다. 집과 거의 같은 폭인 지하실 전체가 어둠에 휩싸여 있었다.

빌어먹을. 그러다 꼼꼼한 조엘이 바로 이런 경우에 대비해 계단이 끝나는 지점 바로 위의 선반에 손전등을 두었다는 사실을 기억해냈다. 이 집으로 이사온 첫 날, 조엘이 지하실을 구경시켜줄 때 봤었다. 천장을 떠받치는 철제 장선을 따라 손가락을 움직이던 그녀는 차가운 금속의 감촉에 움찔 놀랐다. 자칫 손전등을 밀어 떨어트리지 않도록 천천히 선반을 따라 손을 움직였다. 마침내 손전등을 움켜쥐었다. 손전등 빛에 천장에 걸린 거미줄과 황급히 구석으로 달아나는 거미들의 모습이 드러났다. 빛은 약했다. 배터리를 갈아야 할 때가 된 것 같았다. 하지만 지하실에 불필요하게 오래 있을 생각은 아니었다.

새로 옮겨둔 짐은 금세 눈에 들어왔다. 조엘은 그 나무 상자와 판지 상자들을 구석에 차곡차곡 쌓아두었다. 그녀는 지하실의 냉기에 몸을 떨면서 그쪽으로 슬리퍼를 신은 발을 옮겼다. 상자는 모두 열려 있었고 완충재가 들어 있었다. 대부분은 밀짚이었는데 발포 고무도 있었다. 가장 가까운 상자로 손을 뻗었더니 기포 비닐 포장재에 싸인 자그마한 원통형 물체가 만져졌다. 상자에서 그것을 꺼내 손전등을 비추며 포장을 벗겼다. 원통 양쪽 끝에 입혀진 금에 박힌 보석 두 개가 불빛에 반짝였고 상아로 보이는 몸통에는 낯선 기호들이 새겨져 있었다.

상자를 뒤져 원통형 물체를 두 개 더 집어 들었다. 제각각 조금씩 달랐지만 금과 보석으로 장식된 건 같았다. 상자 안에는 서른 개가량의 원통들이 더 들어 있었고, 거의 같은 수의 금화가 비닐 포장재에 하나씩 싸여 있었다. 그녀는 꺼낸 원통들을 다시 싸서 제자리에 돌려놓고 옆의 상자로 옮겨갔다. 더 무거운 상자였다. 밀짚 포장재를 헤치고 들여다보니 아름답게 장식된 화병이 모습을 드러냈다. 그 옆에 있는 와인용 나무 상자 안에는 라피스 라줄리가 눈에 박힌, 금으로 만든 여인의 두상이 있었다. 살아 있는 듯 완벽한 조각상이었다. 박물관에 가본 일은 별로 없었지만 그녀는 바로 이곳, 퀴퀴한 지하실에서 그런 골동품들의 매력, 오랜 세월을 견딘 아름다움, 오래 전 사라진 문명과의 연계를 이해하게 되었다.

그러자 귀고리 생각이 났다. 조엘이 어디서 귀고리를 손에 넣었는지는 알 수 없으나 이 물건들이 그가 말했던 큰 건이라는 것, 그가 거기에 그들 두 사람의 미래를 걸고 있다는 것은 알 수 있었다. 그에게 화가 나면서도 한편으로 안도감도 들었다. 지하실에서 찾아낸 물건이 마약이라거나 위조지폐, 보석상에서 훔쳐온 고급시계와 보석이었다면 그에게 실망했을 것이다. 그런데 이 아름다운 물건들은 너무나 이례적이고 뜻밖이어서 그를 다시 보게 되었다. 그녀가 이사 오기 전까지는 벽에 그림 한 점 걸지 않았던 사람이 지하실에 이런 물건들을 두고 있었다? 웃음이 나올 것만 같았다. 몸 깊숙한 곳에서 터져나오려는 웃음을 막기 위해 입을 가린 순간, 조엘이 지하실 문 옆에 책상다리를 하고 앉아 문 저편의 누군가와 골똘히 이야기를 나누던 장면이 떠올랐다. 그러자 지하실에 내려온 본연의 목적이 생각났다. 그녀의 얼굴에서 웃음기가 사라졌다. 다른 나무 상자들로 옮겨가려는 순간 왼쪽 선반에 놓인 물건이 눈길을 끌었다. 그것은 분명 궤였다. 기포 비닐에 느슨하게 싸인 궤는 페인트 깡통과 못과 나사가 든 항아리 사이에 어울리지 않게 놓여 있었다. 하찮은 물건들 사이에 방치된 듯 놓여 있었음에도 그녀는 그쪽으로 다가갔다. 궤에 손을 대는 순간 손가락에 진동이 전해졌다. 가르랑거리는 고양이를 쓰다듬는 느낌이었다.

그녀는 선반에 손전등 불빛을 비추며 궤의 포장을 벗겼다. 포장을 벗기느라 궤의 아랫부분을 들어올리자 안에 든 무언가가 살짝 움직이는 느낌이 왔다. 지하실에 내려왔다는 사실을 조엘에게 들킬지도 모른다는 걱정은 어느새 사라지고 없었다. 궤를 보고 싶다는, 그것을 열고 싶다는 갈망이 치밀었다. 궤에 손이 닿은 순간, 그것이 자기가 찾던 물건이라는 것을 그녀는 알았다. 이 궤가 악몽 속에서 들리는 목소리와 관련되어 있다는 것, 구속되고 감금된 것 같은 감각 및 조엘이 그날 밤 나눈 대화와 연결되어 있다는 것을 알았다. 기포 포장지를 손가락으로 찢었다. 기포가 터지는 소리 속에서 궤가 온전히 모습을 드러냈다. 그녀는 궤에 새겨진 조각의 정교함에 감탄하면서 그것을 쓰다듬고 어루만졌다. 들어올려보자 깜짝 놀랄 만큼 무거웠다. 연대를 떠나 만드는 데 들어간 금의 가치만 따져도 얼마나 될지 짐작도 가지 않았다. 그녀는 뚜껑을 몸체에 고정시키고 있는 거미 모양의 정교한 자물쇠들을 손끝으로 더듬었다. 눈에 보이는 열쇠 구멍은 없었으며 고정된 걸쇠들뿐이었다. 궤를 열지 못해 약이 오른 그녀는 손톱으로 자물쇠를 찔러댔다. 이성과 참을성은 모두 사라져버렸다. 그러다 손톱 하나가 부러지자 그 아픔 덕분에 정신이 번쩍 들었다. 손에 든 궤가 갑자기 뜨거워지기라도 한 듯 그녀는 궤를 떨어트렸다. 그녀는 깊은 악의를 감지했다. 자기에게 오직 해를 끼칠 뿐인, 자기의 손길이 닿는 것에 분노를 터뜨리는 비밀에 근접했다는 느낌이 그녀를 압도했다. 도망치고 싶었다. 그러나 이제 지하실에는 그녀 혼자만 있는 게 아니었다. 왼쪽 구석에서, 계단과 정확히 대각선에 놓인 지점에서 움직임이 느껴졌다.

"조엘?" 그녀의 목소리가 떨렸다. 그는 무섭게 화를 낼 것이다. 어떤 장면이 펼쳐질지 눈에 보였다. 그는 그녀가 마음대로 침입한 일로 분노를 터뜨릴 테고, 그녀는 훔친 골동품을 자기들 집의 지하실에 쌓아둔 것에 화를 낼 것이다. 둘 다 잘못을 저지르긴 했지만 그녀의 잘못은 그에 비하면 아무것도 아니었다. 물론 그는 그런 식으로 생각하지 않겠지만. 그녀는 제정신을 차렸다. 조엘이 연루된 이 일은 심각한 범죄다. 아주 나쁜 범죄다. 하지만 이 궤는…… 이 궤는 전혀 다른 문제다. 궤는 사악한 물건이다. 궤에서 달아나야 한다. 우리 둘 다 그래야 한다. 조엘이 함께 가지 않겠다면 혼자라도 떠나야 한다.

그가 보내준다면 말이지만. 내가 한 짓을 보고 때리는 정도로 끝내준다면 말이지만. 그의 옷장에 있는 무기들, 특히 총검이 눈앞에 떠올랐다. 브렛 할란의 죽음 때문에 방에 틀어박혀 울고 있던 조엘을 찾아냈을 때 그는 총검을 보여주었다. 할란이 아내를 죽이고 자기 목을 그은 총검과 같은 M9 총검이었다.

궤가 그런 짓을 하게 만들었다…….

그녀는 어둠 속을 응시하려 애쓰면서 자기가 떠올린 상상에 몸서리를 쳤다. 그러다 퍼뜩 손전등에 생각이 미쳐 급히 움켜쥐고 구석에 불빛을 비추었다. 그림자가 어른거렸다. 정원 손질용 도구들, 병들, 선반의 윤곽. 그리고 빛에서 달아나 계단 아래 암흑 속으로 녹아들어간 어떤 형체가 있었다. 손전등 불빛의 움직임 탓에 왜곡되고 비틀린 형상이었지만, 반드시 그래서만은 아니고 본질적으로 비정상적이며 뒤틀어진 형상이었다. 냄새마저 풍겨오는 듯싶었다. 낡은 옷을 태울 때처럼 매캐하면서도 퀴퀴하고 묵은 냄새.

조엘이 아니다. 일단 사람도 아니다.

그녀는 손전등 불빛으로 그 형상의 뒤를 쫓았다. 손이 떨려서 양손으로 손전등을 고쳐들고 팔을 바싹 몸통에 붙였다. 계단 밑으로 불빛을 비추자 형체는 다시 춤추듯 사라졌다. 보이지 않는 불꽃에서 피어오르는 연기처럼 그림자만 흔들렸다. 이번에는 오른편에서 움직임이 느껴졌다. 불빛을 그쪽으로 돌리자 일순간 벽에 그 형체가 비쳤다. 구부정한 몸, 몸통에 비해 너무 긴 팔다리, 도드라진 뼈 때문에 기이하게 변형된 정수리. 그것은 실재하는 동시에 환영이었다. 궤 안에 든 것이 악취처럼 빠져나온 것 같은, 궤 자체에서 그림자가 뻗어나온 것 같은 느낌이었다.

속삭임이 다시 시작되었다. 그 목소리들은 이제 그녀에 관해 이야기하고 있었다. 불안과 분노가 배어 있었다. 그녀는 궤에 손을 대지 말았어야 했다. 그녀의 손가락, 여자의 손가락으로 궤를 모독하지 말았어야 했다. 불결한 손, 더러운 손으로.

피.

그녀는 생리 중이었다. 그날 아침 시작되었다.

피.

더러운 몸.

피.

그들은 알고 있었다. 그들은 그녀에게서 냄새를 맡았다. 그녀는 물러서서 계단으로 가려고 했다. 세 개의 형체가 늑대들처럼 그녀 주위를 에워쌌다. 불빛이 미치는 범위 밖에서 움직였으나 점점 죄어들어왔다. 그녀는 손전등을 횃불처럼 휘둘러 그들의 접근을 막으면서 뒷걸음질 쳤다. 선반에 등이 닿았고 이어 벽의 감촉이 느껴졌다. 그녀는 지하실을 마주본 채로 첫 번째 계단에 발을 올린 다음 등을 벽에 댄 자세 그대로 천천히 계단을 올라갔다. 반쯤 올라갔을 때 머리 위의 전구가 깜박이더니 나가버렸다. 손전등의 불빛도 꺼졌다.

그들 짓이다. 그들은 어둠을 좋아하니까.

그녀는 몸을 돌려 남은 계단을 비틀거리며 급히 올라갔다. 마침내 문을 빠져나와 쾅 닫는 순간 뒤쫓아 올라온 형체들이 힐끗 보였다. 실체가 없는 형상, 오래된 뼈에서 불러낸 악몽. 급히 열쇠를 돌려 빼내다 발을 헛디뎌 엉덩이를 찧었다. 공포영화에서처럼 문손잡이가 저절로 돌아가기라도 할 것 같아 쳐다보았으나 그렇지는 않았다. 들리는 것은 자신의 숨소리와 심장 뛰는 소리, 앉아서 가쁜 숨을 진정시키려 팔걸이의자 쪽으로 달려가는 동안 가운이 살갗에 스치는 소리뿐이었다.

초인종이 울렸다. 그녀는 자기도 모르게 비명을 질렀다. 불빛을 받은 남자의 형체가 문 뒤에서 어른거렸다. 벽에 걸린 시계를 보았더니 새벽 3시가 지난 시간이었다. 언제 시간이 이렇게 흘렀을까? 넘어질 때의 통증으로 얼얼한 등뼈를 어루만지며 현관문으로 가서 누구인지 보려고 커튼을 한쪽으로 걷었다. 60대 남자가 옆모습을 보이며 계단 위에 서 있었다. 남자가 검은 모자를 예의바르게 들어보이자 흰머리가 몇 가닥 붙어 있는 휜한 정수리가 드러났다. 그녀는 문을 열었다. 낯선 인물이었으나 사람의 존재에 안도감이 들었다. 그러나 도어체인은 그대로 건 채였다.

"안녕하십니까." 남자가 말했다. "우리는 캐런 에모리란 사람을 찾고 있습니다." 여전히 몸을 돌리고 있었기 때문에 옆얼굴밖에 보이지 않았다.

"지금 없는데요." 그 말은 의식하지도 못하는 사이 입 밖으로 튀어나왔다. "언제 올지 모르겠어요. 너무 늦었으니까 아마 아침에나 올 테지요."

그녀는 자기가 왜 거짓말을 하고 있는지 몰랐다. 그러면서 그 말이 사실처럼 들리지 않는다는 것도 의식했다. 남자에게서 딱히 위협적인 기미는 없었으나 조금 전 지하실에서의 일 탓에 생존본능이 깨어난 그녀는 오싹한 느낌을 받았다. 애초에 문을 연 것이 잘못이었다. 가능한 빨리 이 남자 앞에서 문을 닫아버려야 한다. 그녀는 비명을 지르고 싶었다. 지하실의 형체들과 남자 사이에 갇힌 느낌이 들었다. 제발 조엘이 돌아와주었으면 싶었다. 이 모든 것이 그의 잘못 때문이었지만, 이 남자가 여기 있는 것도 지하실의 물건과 그의 탓이었지만. 그렇지 않다면 새벽 3시에 이런 사람이 문간에 서 있을 리 없었다. 조엘이라면 어떻게 해야 할지 알 것이다. 아무리 화를 낸다 해도 돌아와 구원의 손길을 내밀어주기만 한다면 좋을 것 같았다.

"우리는 기다릴 수 있습니다." 남자가 말했다.

"죄송해요. 그건 불가능해요. 집에 다른 사람도 같이 있거든요." 거짓말 위에 거짓말을 더하면서 자기 귀에도 설득력 없이 들린다고 생각했다. 그러다 문간의 남자가 방금 한 말에 퍼뜩 생각이 미쳤다. '우리'는 캐런 에모리를 찾고 있습니다. '우리'는 기다릴 수 있습니다.

"아니죠. 당신이 누구와 같이 있다고는 생각되지 않는군요. 우리는 당신이 혼자 있다고 봅니다."

그녀는 밖에 또 누가 있나 둘러보았다. 기묘하고 오싹한 남자가 모자를 손에 들고 있을 뿐, 다른 사람은 보이지 않았다. 그제야 총을 지하실에 두고 왔다는 생각이 떠올랐다.

"가세요. 가요. 안 그러면 경찰을 부를 거예요."

그러자 남자가 고개를 돌렸다. 그가 얼마나 망가지고 손상되어 있는지 그녀는 보았다. 육체적인 면만이 아니라 정신적으로도 그렇다는 것을 알 수 있었다. 문을 닫으려 했으나 남자의 발이 먼저 문틈으로 들어왔다.

"멋진 귀고리로군요." 헤러드가 말했다. "오래된 물건이에요. 당신 같은 사람한테는 과분합니다."

전광석화 같은 손이 문틈으로 들어와 귀고리 하나를 낚아챘다. 그 서슬에 가운이 찢기고 피가 튀었다. 비명을 지르려 했지만 그의 손이 목을 단단히 죄면서 손톱을 그녀의 살갗에 박아 넣었다. 그가 무서운 힘으로 문에 어깨를 부딪치자 도어체인이 떨어져나갔다. 그녀가 손가락으로 할퀴며 저항하자 헤러드는 그녀의 머리채를 움켜쥐고 벽에다 찧었다.

한 번: "거짓말을……."

두 번: "…… 하면……."

세 번째에 이르자 그녀는 거의 충격을 느끼지 못했다.

"…… 안 되지!"

35

완전히 정신을 잃은 것은 아니었다. 머리채를 잡힌 채 바닥에 질질 끌려가 구석에 내팽개쳐지는 것을 캐런은 희미하게 의식하고 있었다. 찢어진 귓불이 타는 듯 화끈거렸고 상처에서 피가 흘러내리는 게 느껴졌다. 현관문을 잠그는 소리가 들렸고, 창문에 커튼이 반쯤 쳐져 있는 게 보였다. 속이 메스꺼웠다. 눈에도 문제가 생긴 것 같았다. 남자가 창 쪽으로 걸어갈 때 유리에 두 사람의 모습이 비쳤기 때문이었다. 하나는 그 남자였고, 다른 하나는…….

다른 하나는 클래런스 버틀이었다. 그날 밤처럼 빨간색과 검정색 체크무늬 셔츠를 헐렁한 배기바지에 쑤셔 넣고 그 위에 후줄근한 검은 재킷을 걸친 차림은 아니었지만, 그 걸음걸이와 자세에는 그녀의 기억을 불러일으키는 무언가가 있었다. 클래런스는 바지에 갈색 벨트를 했고 낡은 은색 버클은 카우보이모자 모양이었다. 그것이 그녀가 기억하는 모습이었다. 경찰 조사로 그의 정체가 드러난 뒤 찍힌 사진 속의 모습이 그랬던 것이다.

하지만 클래런스 버틀은 죽었다. 위암에 속을 갉아먹혀 감옥에서 죽었다. 창에 비친 클래런스의 모습은 분명 갉아먹힌 상태였다. 다만 갉아 먹힌 것이 얼굴이라는 점이 달랐다. 커튼이 완전히 닫히기 전에 그녀가 힐끗 본 클래런스는 눈이 있어야 할 곳에 구멍이 나 있고, 입술도 없어 검은 잇몸과 썩은 치아 뿌리가 드러났다. 그런데 마지막 순간 그의 입술 없는 입이 움직였고, 그녀는 그 말을 알아들었으며 그의 내부에서 뿜어져나온 악취가 방을 채우는 것을 느꼈다.

"나는 나쁜, 나쁜 아이였어요."

클래런스이면서 동시에 클래런스가 아닌, 창에 비친 형체는 그렇게 말했다. 그동안 분노를 억누르려 줄곧 애썼던 캐런에게는 마음 깊은 곳, 자신만 아는 특별한 장소에 묻어두었던 진실이 있었다. 그녀는 지금 자기가 보고 있는 존재가 클래런스를 그렇게 만들었다는 것을, 저 목소리가 그에게 낡은 배수관에서 어린 여자아이를 데리고 노는 즐거움을 알려주었다는 것을, 클래런스의 마음에 스며들어 캐런 에모리라는 이름을 그에게 심어주었다는 것을 알았다.

"그 애는 너와 함께 재미있게 놀 거야, 클래런스. 그 애는 남자아이를 좋아해. 컴컴한 곳을 좋아해. 비명 같은 건 지르지 않을 거야. 네가 무슨 짓을 해도 비명을 지르지 않아. 그 애는 착한, 착한 아이거든. 그런데 착한, 착한 여자아이에게는 그 아이 속에 있는 최고의 것을 끌어내줄 나쁜, 나쁜 남자아이가 필요해……"

침입자는 흡족한 표정으로 그녀를 쳐다보았다. 방금 자신이 본 것을 그 남자도 보았다는 것을 그녀는 알았다. 그 또한 안팎으로 썩어가는 사람이었다. 그 정도로 심각한 영적, 정신적인 부패는 육체적으로 발현될 수밖에 없는지도 모르며 그렇다면 그 존재가 암을 발생시킨 것일 수도 있었다. 결국에 악은 일종의 독이자 영혼의 염증이다. 독이 시간을 두고 서서히 흡수되면 육체를 바꿔놓는다. 니코틴은 피부를 누렇게 물들이고 폐를 시커멓게 만든다. 알코올은 간과 신장을 망가뜨리고 얼굴을 상하게 한다. 방사선은 머리카락을 빠지게 한다. 납과 석면, 헤로인 역시 몸에 영향을 주어 죽음을 앞당긴다. 가장 순수한 형태의 악, 악의 정수라면 똑같은 효과를 일으키는 게 가능할까? 지금 그녀를 손아귀에 넣은 남자와 마찬가지로 그런 병증이 클래런스에게도 있었다.

"그 사람 이름이 뭐지?" 남자의 물음에 그녀는 대답하지 않으면 안 된다는 느낌을 받았다.

"클래런스. 그의 이름은 클래런스였어요."

"그가 널 해쳤나?"

그녀는 고개를 가로저었다.

사실은 해치려고 했다. 그래, 클래런스는 놀고 싶어 했다. 그리고 상대가 어린 여자아이인 경우 거칠게 놀았다.

캐런은 무릎을 턱 밑까지 끌어올려 팔로 감쌌다. 창에 비쳤던 형체는 더 이상 보이지 않았지만 그 형체를 만들어낸 존재가 두려웠다. 그것은 여기 있다. 느낄 수 있었다. 그녀 자신과 클래런스 사이에 연결점이 있기에 느낄 수 있었다. 그녀는 그를 피했다. 아니, 그 정도가 아니라 그녀는 그를 붙잡히게 만들었다. 그는 그것을, 아무도 찾아오지 않는 교도소 병동에서 아무도 걱정해주는 사람이 없는 가운데 고통스럽게 죽어가게 만든 것을, 결코 용서하지 않을 것이다. 그가 원했던 건 그저 같이 노는 것일 따름이었는데.

침입자가 다가오자 그녀는 몸을 움찔했다.

"내 이름은 헤러드다. 겁내지 않아도 돼. 다시 너한테 손을 대지는 않을 테니까. 내 질문에 정직하게 답하기만 한다면."

그녀가 보고 있는 건 그가 아니었다. 클래런스 아닌 그 무엇, 그것의 독기 서린 입김, 더듬는 더러운 손가락이 접근하는 것을 경계하며 그녀의 눈이 핵핵 돌아가며 방을 둘러보았고 콧구멍이 씰룩거렸다. 나이 든 남자는 신기하다는 듯 그녀를 유심히 쳐다보았다.

"나 때문에 겁을 먹은 게 아니군? 그를 본 거야. 그래서 그래. 그래서 그런 거야. 원한다면 그를 클래런스라고 불러도 돼. 그는 이름이 아주 많아. 나한테는 캡틴이지만."

침입자는 손을 그녀의 머리에 얹고 머리카락을 쓰다듬었다. 그녀는 남자의 손길에 몸을 떨었다. 클래런스에게 있던 무언가가 남자에게도 있었다. "그렇다고 캡틴을 두려워할 필요는 없어. 네가 나쁜 짓을 하지만 않으면. 아주, 아주 나쁜 짓을."

그가 머리에서 손을 떼고 어깨에 손톱을 세게 박아 넣었기 때문에 그녀는 질겁하면서 그의 얼굴을 쳐다보았다. 그녀의 눈길이 윗입술에 난 활모양의 썩은 부위, 감염의 독성이 번진 부위로 내려갔다. "뜨거운 입김을 내뿜으며 엉덩이를 흔드는 너 같은 창녀도 걱정할 필요는 없을 거다. 캡틴에게는 훨씬 중요한 관심사가 있으니까. 너는 하찮은 계집년에 불과해. 계속 그러고만 있으면 돼. 그럼 캡틴이 더 이상 다가오지 않을 테니까. 만약 그렇지 않으면⋯⋯."

자기한테만 들리는 목소리에 귀를 기울이는 듯 그는 고개를 위로 젖혔다. 그러더니 불쾌한 웃음을 머금었다. "네 이름이 쓰인 빗물 배수관이 있다고 캡틴이 너한테 말해주라는군. 같이 놀아줄 사람을 애타게 기다리는 친구가 거기 있다고." 그는 윙크를 했다. "캡틴이 말하길 저 클래런스는 늘 따뜻하고 축축한 장소를 좋아했다고 해. 지금 딱 그런 곳에 있다는군. 캡틴은 항상 약속을 지키거든. 클래런스는 이제 자기만의 깊고 컴컴하고 축축한 구멍을 갖고 있어. 도망친 여자아이를 거기서 기다리고 있어. 바로 그게 캡틴이 약속한 거니까. 계약서에 서명을 하기 전에 세세한 내용을 잘 읽어봐야지. 클래런스는 그걸 몰랐어. 그래서 그렇게 오랫동안 혼자 있었던 거야. 나는 달라. 캡틴과 나, 우리는 정말 가까워. 한 목소리로 말한다고 해도 좋을 정도지."

그가 몸을 일으켰다. 여전히 어깨를 잡힌 상태라 그녀도 딸려 일어났다.

"너한테 전해줄 나쁜 소식이 있어. 네가 거친 반응을 보일 것 같지만 어쩔 수 없지. 네 남자친구 조엘 토비아스 얘긴데, 넌 이제 팔소 없는 찐빵 신세가 되어버렸어. 대화를 좀 하려고 했는데 워낙에 떠들기 좋아하는 친구가 아니어서 말이야. 할 수 없이 압력을 좀 가해야 했지."

그는 왼손으로 그녀의 볼을 살짝 꼬집었다. 차가운 손길에 그녀는 짐승 같은 신음 소리를 냈다.

"내가 무슨 말을 하는지 알 거야. 솔직해 말해 종말이 찾아온 게 그에게는 축복이었지."

그녀의 다리에 힘이 쭉 빠졌다. 헤러드가 떠받치지 않았다면 쓰러지고 말았을 것이다. 그를 밀쳐내려고 했지만 힘에 부쳤다. 그녀가 흐느끼자 그는 그녀의 머리카락을 움켜쥐고 목에서 우두둑 소리가 날 지경으로 머리를 뒤로 홱 젖혔다.

"안 되지. 지금은 슬퍼할 시간이 없어. 난 바쁜 사람이야. 시간은 내

편이 아니거든. 우린 해야 할 일이 있어. 그런 다음에 실컷 그를 애도하면 돼."

그는 지하실 문으로 그녀를 끌고가서 오른손을 뻗어 문을 짚었다.

"저 아래 무엇이 있는지 알고 있지?"

캐런은 고개를 저었다. 여전히 울고 있었으나 마취제의 효과가 사라질 즈음 서서히 돌아오는 고통처럼 그 슬픔에는 무감각이 배어 있었다.

"또 거짓말을 하는군. 하지만 어떤 뜻에선 진실을 말하는 것이기도 해. 저기 무엇이 있는지 네가 정말로 알지는 못하겠지. 그러니 너와 나, 우리 함께 찾아내자고. 열쇠는 어디 있나?"

그녀는 천천히 가운 주머니로 손을 뻗어 열쇠를 건넸다.

"다시 지하실로 가고 싶지 않아요." 울먹이며 상대의 비위를 맞추려는 어린 소녀의 말투 같다는 생각이 들어 그녀는 자신이 역겨웠다.

"이봐요, 아가씨. 널 여기 위에 혼자 둘 순 없잖나?" 그는 찬찬히 사리에 맞게 말했다. 심지어 다정하다고까지 할 만한 말투였으나 바로 그가 조금 전에 그녀를 창녀라 불렀던 그 사람이었다. 어깨에 손톱을 찔러 넣어 그녀의 피부에 상처를 낸 사람이었다. 그녀의 귓불을 찢은 사람, 조엘을 죽이고 다시 그녀를 혼자로 만든 사람. "걱정할 필요는 없어. 너한테 신경 쓰도록 만들지만 않으면." 그는 열쇠를 돌려주었다. "자, 앞으로 가서 문을 열어. 난 바로 네 뒤에 있을 테니까."

그가 권총을 보여주며 자기 말에 따르라는 무언의 지시를 더하자, 그녀는 거기에 따랐다. 자물쇠에 열쇠를 끼우는 그녀의 손은 생각만큼 떨리지는 않았다. 그녀가 문을 열자 그는 한 걸음 뒤로 물러섰다. 그들의 눈앞에 어둠이 펼쳐졌다.

"전등은 어디 있나?"

"불이 안 들어와요. 아까 내려갔을 때 나가버렸어요."

그것들 짓이야, 라는 말이 입 밖으로 나올 뻔했다. 발을 헛디뎌 떨어지게 하려고, 저 아래에서 자기들과 같이 있도록 만들려고.

헤러드는 주위를 둘러보다 바닥에 떨어져 있는 손전등을 보았다. 그가 손전등을 집으려 몸을 굽혔을 때 그녀는 옆머리를 힘껏 걷어찼고, 그가 고꾸라진 틈에 현관문을 향해 도망쳤다. 하지만 자물쇠를 더듬고 있는 사이 그가 금방 뒤따라왔다. 그녀가 비명을 지르자 그는 손으로 입을 틀어막고 안으로 끌고가 바닥에 내던졌다. 바닥에 쓰러진 그녀가 몸을 일으키려 하자 그가 가슴에 올라탔다. 헤러드는 손으로 그녀의 혀를 움켜쥐었다. 그녀는 그가 혀를 뽑아내려 한다고 생각했다. 말을 할 수 없었지만 그녀는 눈으로 애원했다.

"마지막 경고다." 그의 입술에 난 상처가 찢어져 피가 흐르고 있었다. "나는 이유 없이 고통을 주진 않는다. 이미 상처 입힌 것 이상으로 더 괴롭힐 생각도 없고. 하지만 네가 나를 그렇게 하도록 만들면 이야기는 달라. 한 번만 더 나를 거스르면 네 혀를 뽑아 쥐들한테 먹이로 던져줄 거다. 너는 네가 흘린 피로 숨이 막혀 죽게 될 거고. 알겠나?"

캐런은 보일 듯 말 듯 고개를 끄덕였다. 머리를 너무 많이 움직이면 혀가 찢어질 것 같았다. 그가 손을 놓았다. 그녀는 입안에서 독한 화학 약품 맛을 느꼈다. 그녀가 몸을 일으키자 그는 손전등을 켰다. "지금은 제대로 불이 들어오는 것 같군." 그러면서 앞장서라는 몸짓을 해보였다.

"먼저 내려가. 양손은 몸에서 떼도록 해. 계단 난간 말고는 아무것도 만지지 마라. 계단을 내려가는 동안 조금이라도 갑작스런 움직임을 보이면 정말로 뜨거운 맛을 보게 될 거다."

망설이면서 그녀는 앞으로 나아갔다. 손전등 불빛이 계단을 비췄다. 그녀가 세 번째 계단을 딛자 헤러드도 따라 움직였다. 계단을 반쯤 내려갔을 때 그녀는 걸음을 멈추고 왼편을 쳐다보았다. 지하실 안에서도 가장 캄캄한 저곳에 그 금궤가 선반에 놓여 있다.

"왜 멈춘 건가?"

"그건 저기 있어요."

"뭐가?"

"금궤. 그게 당신이 찾는 것 아닌가요? 그 금궤를 찾는 거죠?"

"가서 정확한 위치를 알려줘."

"이 아래엔 뭔가 있어요. 봤단 말이에요."

"말했지? 위험한 건 없다고. 계속 내려가."

그녀는 계단을 내려가 바닥에 닿았다. 헤러드가 뒤따라 내려서더니 손전등으로 지하실 구석을 이곳저곳 비췄다. 그림자가 이리저리 뛰어다녔지만 그건 손전등 불빛에 의한 것이었다. 그 순간 속삭임이 다시 들려오지 않았다면 그녀는 아까 보았던 것들이 상상의 산물이었다고 생각했을지 몰랐다. 이번에는 목소리에서 풍기는 느낌이 달랐다. 약간 의아한 듯했으나 기대감이 묻어 있었다.

그녀는 그를 보물들이 있는 곳으로 이끌었다. 하지만 그는 모습이 드러난 인장들이나 아름다운 대리석 두상에 전혀 관심을 보이지 않았다. 그의 눈길은 그 궤에 고정되어 있었다. 그는 잠시 궤에 불빛을 비추면서 옆면에 난 작은 홈집을 보며 혀를 끌끌 찼다. 그러더니 선반 옆에 쌓인 낡은 여행 가방들 위에 놓인 삼베 자루를 가리켰다.

"궤를 집어서 저 자루에 넣어라. 조심해서."

궤를 만지기 싫었지만 이 모든 일을 끝내고 싶은 생각도 그만큼 강했다. 궤를 손에 넣으면 그는 갈 것이다. 입 밖에 낸 말을 지키는 사람이라면 나를 살려줄 것이다. 공포를 느끼면서도 그녀는 그가 자기를 죽이지 않을 것이라고 믿었다. 그가 그러려고만 했다면 이미 한참 전에 시체가 되었을 터였다.

"이게 뭔가요?" 그녀는 물었다. "안에 뭐가 있는 건가요?"

"아까 여기 내려왔을 때 무얼 봤었지?"

"어떤 형체들. 기형적인 형체들. 사람 같았지만…… 사람이 아니었어요."

"맞아. 인간이 아니지. 판도라의 상자 얘기는 들어봤나?"

그녀는 고개를 끄덕였다. "악을 봉인해둔 상자. 그 상자가 열리자 온갖 악이 이 세상에 퍼졌다죠."

"아주 좋아. 하지만 그건 상자가 아니라 입이 큰 항아리, '피토스'였지. '판도라의 상자'라는 말은 라틴어를 잘못 번역한 용어야."

그토록 오래 찾아 헤매던 것을 손에 넣은 순간 누군가가 옆에 있다는 사실에 기분이 좋아진 그는 설명해주고 싶었다. 자기 이외에 다른 누군가도 그 중요성을 알아주었으면 싶었다.

"이게 진정한 판도라의 상자, 금으로 지은 감옥이야. 일곱 개의 방이 있는데, 방 하나 하나에 지옥의 문을 상징하는 일곱 개의 자물쇠가 달려 있지." 그는 거미 모양의 자물쇠를 가리키며 말을 이었다. "자물쇠가 거미 모양을 하고 있는 건, 예언자 모하메드가 아부 바크르와 함께 동굴에 숨어 있을 때 거미가 동굴 입구에 줄을 쳐서 암살자의 손길에게서 보호해주었기 때문이야. 이 궤를 만든 자들은 그 거미가 이번에는 자신들을 보호해주길 바랐지. 궤 안에 무엇이 들어 있냐 하면, 글쎄, 고대의 정령이라고나 할까. 캡틴만큼이나 오래된 존재. 거의 그만큼 말이야."

"그것들은 사악해요." 캐런은 말하면서 몸을 떨었다. "사악한 기운이 느껴졌다고요."

"오, 그야 그렇지. 사실 그들은 아주 나쁘거든."

"그걸로 뭘 할 생각이죠?"

"궤를 열어서 그들을 자유롭게 해줄 거야." 어린애를 상대하는 말투였다.

캐런은 그를 뚫어지게 쳐다보았다. "왜 그러려는 거죠?"

"캡틴이 그러길 원하니까. 캡틴은 자기가 원하는 걸 가지게 되어 있지. 자, 궤를 집어서 자루에 넣어."

고개를 내젓자 헤러드는 권총을 그녀의 입술에 바싹 붙였다.

"나 또한 내가 원하는 걸 갖지. 내가 널 죽일 수도 있고, 우리 둘 다 살 수도 있다. 네가 선택하기 나름이야."

머뭇거리면서 그녀는 궤를 집었다. 다시 한 번, 손가락에 진동이 전해져왔다. 설치류 짐승 같은 것이 안에 갇혀 헛되이 뚜껑을 할퀴고 있는 것처럼 안쪽에서 두드리는 느낌이 있었다. 그 탓에 그녀는 궤를 떨어트릴 뻔했다. 헤러드는 초조한 듯 낮은 신음 소리를 냈지만 말은 하지 않았다. 그녀는 조심스럽게 궤를 삼베 자루에 넣고 지퍼를 닫았다.

그녀가 자루를 건네려 하자 그는 머리를 가로저었다.

"네가 들고 가. 어서. 여기선 볼일이 끝났으니까."

그녀가 앞장서 계단을 올랐고 헤러드는 바로 뒤에서 따라왔다. 그는 한 손을 그녀의 어깨에 가볍게 올려놓고 권총을 든 손을 그녀의 등에 대고 있었다. 거실에 도착한 그녀는 걸음을 멈추었다.

"계속……." 캐런이 본 것을 그제야 본 헤러드는 말을 맺지 못했다. 방에는 무기를 든 남자 셋이 서 있었다. 그들의 총이 헤러드의 머리를 겨눴다.

"그녀를 놔줘." 내가 말했다.

36

헤러드는 우리를 보고도 놀랐다는 기색을 드러내지 않았다. 그는 캐런 에모리를 바짝 끌어당겨 방패로 삼았다. 권총을 그녀의 목에 댄 채 총구를 머리 쪽으로 향했다. 우리에게는 그의 옆머리밖에 보이지 않았고 루이스조차 총을 쏠 엄두를 내지 못했다. 헤러드의 윗입술에 난 상처에서 피가 줄줄 흘러내려 입술과 턱을 물들였다.

"괜찮은가요, 캐런?" 나는 물었다.

그녀는 고개를 끄덕이려 했으나 총 때문에 겁에 질린 나머지 겨우 머리를 떠는 동작을 취했을 뿐이었다. 헤러드의 눈이 번쩍였다. 그는 앙헬과 루이스에게는 전혀 관심을 두지 않았다. 그의 눈길은 내게 붙박여 있었다.

"아는 놈이군." 헤러드가 말했다. "그 술집에서 널 봤었지."

"그때 자기소개를 했었어야지. 그랬다면 엄청난 시간과 에너지를 절약할 수 있었을 텐데."

"아, 내 생각은 달라. 캡틴은 그런 걸 좋아하지 않을 테니까."

"캡틴이 누구지?" 그러다 차 속에서 힐끗 본 모습을 떠올렸다. 어릿

광대의 얼굴을 한 유령.

"캡틴은 너에 관해 굉장히 궁금해 했어. 그만큼 캡틴의 관심을 끌다니 대단해. 캡틴은 너무 많은 걸 봐왔기 때문에 웬만한 일에는 눈도 깜짝 안 하거든."

"헛소리를 늘어놓으며 널 속이려는 거야." 루이스가 말했다.

"내가?" 그러면서 헤러드는 자기한테만 들리는 목소리에 귀를 기울이는 것처럼 머리를 위로 젖혔다. "도미누스 메우스 보누스 에트 베니그니타스 에스트. 들어본 적 있나, 파커?"

나는 손에 든 권총을 고쳐 쥐었다. 그 문구를 전에 들었던 적이 있다. 간접적인 인사말, 자비로운 것과는 거리가 먼 존재에 대한 믿음을 천명하는 블랙 유머, 변변찮은 작명 등에 다양하게 사용되는 문구였다.

"나의 주인은 선하고 다정하다는 뜻이라네."

선하고 다정하다. 굿카인드(Goodkind). 그것이 추종자들이 부르는 이름이다. 지금 헤러드는 굿카인드와 그가 캡틴이라 부르는 존재가 동일한 것임을 암시하는 것이다.

"그런 건 중요하지 않다." 내가 말했다. "너의 유령 이야기 따위엔 흥미 없어. 그 자루에 든 게 뭐지?"

"이것도 유령 이야기라네. 감옥 역할을 하는 궤. 나는 이걸 가지고 여길 나갈 작정이야. 넌 내가 그렇게 하도록 해줄 테고."

"내 생각은 다른데." 이번에는 앙헬이었다. 그는 나른한 모습으로 문에 기대서 말했다. "아직 눈치 채지 못했나? 총 세 자루가 네놈을 겨누고 있거든."

"그리고 나는 에모리의 머리를 겨누고 있지." 헤러드가 대답했다.

"그녀를 죽이면 우린 너를 죽인다." 앙헬이 말했다. "그렇게 되면 그 궤를 갖고 놀지 못하게 될 거야."

"모든 걸 다 계산해두었다고 생각하겠지, 파커? 너도 그렇고 네 친구들도. 그런 오해를 바로잡아줘야만 하다니 유감이야. 에모리, 내 외투의 왼쪽 바깥 주머니에 든 것을 아주 천천히 꺼내도록 해. 조심조심. 아니면 이 특별한 이야기의 끝을 못 보게 될 수도 있어."

캐런은 그의 주머니를 더듬어 거기 든 것을 우리한테로 던졌다. 여자 핸드백이었다.

"봐라. 안을 살펴봐." 헤러드가 말했다.

그 물건은 루이스의 왼발 가까이 떨어졌다. 그는 눈길을 헤러드에게 고정시킨 채 내게 발로 차서 보냈다. 열었더니 화장품과 약과 지갑이 들었고, 지갑 속에 캐리 손더스의 운전면허증이 있었다.

"그 여자를 파묻어 두었어. 아, 그리 깊게 묻은 건 아니야. 그 집 지하실에 강철제 상자가 있더군. 아마 군용일 거야. 흙더미 무게에 상자가 휠 정도로 해두지는 않았어. 숨도 쉴 수 있지. 구멍 하나에 플라스틱 관이 꽂혀 있으니까. 하지만 캄캄한 데 갇혀 있는 게 유쾌하지는 않을 거야. 게다가 관이 막히는 일이 생길지 누가 알아? 떨어진 잎사귀 한 장, 지나가는 짐승이 떨어트린 흙덩이 하나면 충분하지. 지금쯤이면 아마 패닉을 일으켰을 테지. 패닉이 일어나면, 글쎄…… 손이 묶여 있거든. 계속 관을 물고 있지 않으면 기껏 15분쯤 버틸 수 있을까? 하지만 그 15분이 그 여자한테는 아주 긴 시간이 될 거야."

"왜 그녀를?" 내가 물었다.

"네가 알 거라고 보는데. 모른다면 넌 내가 생각했던 것만큼 똑똑하지 않은 거겠지. 마음 같아선 여기 머물러 자세한 내용을 들려주고 싶지만, 토비아스 일당이 멕시코인들을 살해하느라 몹시 바빴고, 그 일을 끝내자 전열을 가다듬기 위해 손더스의 집으로 갔다는 것 정도만 말해주면 충분하겠지. 토비아스가 죽기 전에 그 친구한테서 많은 것을 알아냈어. 지미 주얼에 대한 것, 그가 어떻게 죽었나 하는 것, 그리고 포스터 잰드로에 관한 것도. 손더스란 여자는 작정하고 덤비면 남자를 마음대로 할 수 있나봐. 그 여자를 조직의 브레인으로 불러도 괜찮겠지. 여자가 그들을 모두 죽였어. 로댐, 주얼, 잰드로. 나를 보내준다면 그 여자한테 직접 물어볼 수 있을 거야. 네가 어물거리는 동안 여자가 살 확률은 점점 줄어든다. 모든 건 교환이야. 모든 게 교섭이지. 나는 명예를 중시하는 사람이고 내가 한 약속은 지켜. 궤 대신 에모리의 목숨과 캐리 손더스의 임시 관이 있는 장소를 주지. 에모리가 죽도록 내버려두진 않겠지? 넌 그런 기억을 갖고 아무렇지도 않게 살아갈 수 있는 그런 사람이 아니니까."

나는 손더스의 운전면허증을, 그리고 캐런 에모리의 공포에 질린 얼굴을 쳐다보았다.

"약속을 지킨다는 걸 우리가 어떻게 알지?"

"그야, 난 항상 그러니까."

내가 찬성한다고 고개를 끄덕이는 데는 몇 초가 걸렸다.

"진심이야?" 앙헬이 말했다. "그걸 받아들이겠다는 거야?"

"선택의 여지가 없잖아. 총을 내리고 저 사람을 보내줘."

앙헬과 루이스는 둘 다 잠시 망설였다. 루이스가 먼저 총구를 낮추자 앙헬도 그렇게 했다.

"휴대폰 있나?" 헤러드가 물었다.

"있어."

"번호를 알려줘."

말해준 다음 내가 물었다. "적어주는 게 낫겠나?"

"아니, 괜찮아. 난 기억력이 비상하니까. 10분 뒤 공중전화에 에모리를 내려놓지. 그런 뒤 캐리 손더스가 묻혀 있는 장소를 에모리한테 알려주겠네. 전화를 걸 돈까지 챙겨주지. 그런 뒤 네가 에모리를 구하러 오면 우리 거래는 매듭지어지는 거야."

"약속을 저버리면 널 끝까지 찾아내겠다. 너와 네 캡틴을."

"날 믿어도 돼. 난 불필요하게 사람을 죽이진 않아. 이미 내 영혼에는 평생 지워지지 않을 오점이 많으니까."

"그 궤를 어떻게 할 건가?"

"열 거야."

"안에 든 것을 네가 통제할 수 있다고 생각하나?"

"아니. 하지만 캡틴은 할 수 있지. 굿바이, 파커. 친구들더러 길을 비키라고 하게. 셋 모두 저 구석으로 가주면 좋겠어. 누구라도 이 집에서 나오거나 나를 추적하려 들면 우리 계약은 깨지는 거야. 난 에모리를 죽일 거고, 캐리 손더스는 감옥 상자 속에서 모든 걸 운에 맡겨야겠지. 우리가 서로의 입장을 충분히 이해하고 있는 거겠지?"

"그래."

"내가 다시 널 만나게 될 것 같지는 않군. 하지만 너와 캡틴, 그건 다른 문제야. 조만간 너와 캡틴은 서로를 잘 알게 될 기회가 분명히 있을 거야."

앙헬이 문에서 물러났고, 우리 셋은 현관문과 대각선 방향의 구석으로 움직였다. 캐런을 방패 삼아 헤러드는 뒷걸음질로 집을 나갔고, 그의 지시로 캐런이 문을 닫았다. 두 사람은 가버렸다. 잠시 후, 자동차가 출발하는 소리가 들렸다.

루이스가 문 쪽으로 움직였지만 내가 제지했다.

"안 돼."

"그자를 믿어?"

"이번 경우엔 그래."

"헤러드 얘기가 아닌데."

"나도 마찬가지야."

37

캐리 손더스가 패닉을 일으켰는지 어쨌는지 나는 모른다. 호흡관이 입에서 미끄러졌는데 다시 물지 못한 것인지도 알지 못한다. 때때로 그녀의 최후를 떠올려보게 되는데, 그럴 때면 헤러드가 삽을 내던지고 단단히 다져진 흙을 내려다보며 그 아래 파묻힌 여자의 입에서 호흡관을 부드럽게 빼내는 장면을 연상하게 된다. 그녀가 구두계약을 깨트렸기 때문이겠지만 동시에 그런 행동에서 즐거움도 느꼈으리라. 명예와 협상, 약속에 대해 떠들어대긴 했지만 나는 헤러드가 잔인한 인간이라고 생각한다. 캐런 에모리를 풀어주겠다는 약속은 지켰다. 떠나기 전에 캐리 손더스를 파묻은 장소도 캐런에게 알려주었다. 하지만 검시 결과 손더스는 발견되기 몇 시간 전에 이미 숨진 것으로 판명되었다.

이제 나는 알고 있다. 캐리 손더스가 지미 주얼을 죽였고, 포스터 잰드로도 죽였다. 글록 22구경 권총이 그 집에서 발견되었다. 탄환이 지미와 잰드로를 살해한 것과 일치했으며 권총에 찍힌 지문은 그녀의 것밖에 없었다. 로댐에 관해서는 그녀의 짓이라는 확증이 없었지만, 다른 살인 사건에 대해 헤러드가 진실을 말한 만큼 로댐 건만 거짓말을 했을 것으로 볼 이유는 없었다.

손더스의 시체가 발견된 뒤, 그녀를 죽인 자가 다른 사건을 그녀의 짓으로 보이게끔 꾸몄다는 추측이 나왔다. 하지만 보비 잰드로가 나서서 데미안 패챗, 버니 크레이머와 할란 부부의 죽음이 조엘 토비아스의 밀수 조직과 관련되어 있을 거라는 이야기를 사촌에게 했다고 증언하자 그런 추측은 무산되었다. 자신의 이야기를 뒷받침할 공식 증거를 제시하지는 못했지만 사람들은 잰드로의 이야기를 믿었다. 포스터 잰드로는 야심만만한 경찰관이었으나 원하는 만큼 빨리 승진하지 못했고 앞길이 막힌 상태였다. 조엘 토비아스가 한 불법 거래의 증거를 잡기만 하면 활로를 찾아낼 수 있었다. 그런데 보비 잰드로는 캐리 손더스의 진료 시간에 그 문제를 이야기하는 실수를 저질렀고, 손더스는 포스터 잰드로가 조직을 더 파고드는 것을 막기 위해 그를 죽이고 마약 약병을 써서 그의 평판을 더럽혔다. 조엘 토비아스가 그런 내막을 알고 찬성했는지는 알 수 없다. 그런 내용을 말해줄 수 있는 사람들은 모두 죽어버렸다. 토비아스에 대해 사람들이 했던 말이 기억난다. 영리한 사람이지만 그 정도로 영리하지는 않았다고 했다. 그에게는 수백만 달러 가치가 있는 훔친 골동품과 관계된 조직을 지휘할 만한 능력이 없었다. 하지만 캐리 손더스는 달랐다. 파리에서는 로슈망이 문제의 상아와 인장들을 구매하기 위해 접촉한 사람이 '메디아'라는 가명을 쓰는 여자였으며, 돈은 메인 주 뱅거에 있는 은행으로 송금했다고 밝혔다. 손더스와 로댐이 아부그라이브에 있을 당시 연인이었다는 소문도 돌았으나 어느 모로 보나 어울리지 않는 커플이었다. 전쟁이 그런 묘한 결합을 만들어내는 것도 사실이지만 연인이었다기보다는 서로를 이용했다는 것이 더 있음직한 일이었다. 로댐이 죽은 것을 보면 손더스가 그 관계의 승자였다. 손더스와 토비아스는 뱅거에 있는 고등학교 동문으로 손더스가 한 해 후배였다. 둘은 오랫동안 알고 지낸 사이였다. 그녀가 조직을 뒤에서 움직이는 두뇌였다면, 조엘 토비아스든 누구든 다른 사람의 승인을 받고 움직이지는 않았을 것이다.

나는 손더스가 갇힌 강철 상자를 부수어 열 때 거기 있었고, 그녀의 얼굴을 보았다. 무슨 짓을 했건 그런 식의 죽음을 맞는 건 너무 심한 일이었다.

시체가 발견된 직후, 나는 이민 및 관세집행국(ICE) 소속 요원 두 사람이 동석한 자리에서 경찰에 진술했다. 그들 뒤에는 까무잡잡한 피부에 수염을 기른 자그마한 남자가 서성이고 있었는데, 바그다드 이라크박물관에 근무한 알-다이니 박사라고 자기를 소개했다. 동석한 요원들은 유관기관 업무조정단(JIACG)에도 소속된 사람이었다. JIACG는 군, FBI, CIA, 재부무, ICE, 그리고 이라크 문제 및 테러리스트 조직의 운영자금에 관심이 있는 사람들이 뒤섞인 조직이다. 그들이 이라크박물관 약탈에 관심을 가진 것은 도난당한 물품들이 암시장에 팔려 봉기자금으로 흘러들어갈지도 모른다는 우려 때문이었다. 블루문에서 나를 심문했던 자는 거짓말을 했다. 내게도, 자신에게도. 그들이 한 짓은 많은 사람들에게 상처를 입혔다. 하지만 그들 또한 바그다드와 팔루자 등에서 표적이 되어 죽음의 공포를 맛본 건 사실이다. 나는 요원들과 알-다이니 박사에게 모든 것을 얘기했다. 사소한 내용 한 가지만 숨겼다. 콜렉터에 관한 부분은 털어놓지 않았다. 궤가 사라졌다는 말을 듣고 알-다이니 박사는 동요하는 기색이었지만 아무 말도 하지 않았다.

경찰 진술을 마친 나는 차를 타고 남쪽으로 향했다.

38

헤러드는 책과 도구들에 둘러싸여 서재에 앉아 있었다. 거울을 비롯해 표면이 반사되는 물건은 아무것도 없었다. 어떤 형체가 흘낏 비치는 일을 막기 위해 컴퓨터까지 다른 방에 옮겨두었다. 캡틴이 있으면 정신이 산만해진다. 궤를 열겠다는 갈망이 너무 컸던 헤러드는 반사되는 물건을 모두 치워 그가 나타나는 것을 막았다. 일을 제대로 하기 위해서는 평온한 상태가 유지되어야 했다. 캡틴의 존재를 의식하면서 작업을 하다간 미쳐버릴 것 같았다. 자물쇠의 메커니즘을 알아내는 데는 시간이 걸릴 것이다. 아마도 며칠은 필요하리라. 칸칸마다 다른 칸들이 들어 있으므로 특정한 조합을 찾아내야 열 수 있다. 궤는 색다른 구조를 가진 미로 상자였다. 마지막 칸에 어떤 유물이 숨겨진 것인지는 몰라도 그것은 철사에 묶여 있고, 철사는 모든 자물쇠와 연결되어 있었다. 힘으로 자물쇠를 부수려했다간 안에 든 유물이 산산조각 날 것이다. 이만한 장치를 해두었다는 건 유물이 훼손되지 않는 게 중요하다는 뜻이었다.

궤는 하얀 천 위에 놓여 있었다. 자신들을 자유롭게 해줄 사람이 집

중할 수 있도록 조심해야 한다는 듯 더 이상 진동이 없었고 속삭이는 목소리도 사라졌다. 헤러드는 그들이 두렵지 않았다. 캡틴은 안에 든 것이 무엇인지 말해주었고, 그들을 제한하는 구속의 본질에 대해서도 설명해주었다. 그것들은 짐승이었으나 사슬에 묶인 짐승이었다. 궤가 열리면 풀려나지만 그렇다고 구속이 완전히 풀리는 것은 아니었다. 그것들에게 자신들이 캡틴의 창조물이라는 사실을 인식시켜주어야 했다.

첫 번째 거미를 비틀어 자물쇠의 메커니즘을 살펴보려 하는 찰나에 집의 경보장치가 울렸다. 너무 갑작스런 일이라 놀라긴 했지만 무슨 일인지 알아보느라 시간을 낭비하지는 않았다. 헤러드는 안전실로 가서 자물쇠를 열고 안으로 들어갔다. 그런 뒤 전화기를 들고 보안 시스템을 감시하는 회사와 연결된 빨간 버튼을 눌러, 침입자가 있을지 모른다며 자신은 안전실에 들어와 있다고 말했다. 그가 벽장으로 가서 문을 열자 집 안팎 곳곳을 보여주는 모니터 스크린들이 드러났다. 궤에 관해 집요한 호기심을 보이던 캡틴의 모습이 스크린이 비쳤으나 그는 캡틴을 무시했다. 침입자의 흔적은 없었고, 부지로 통하는 문들은 모두 닫혀 있었다. 허위 경보인지도 몰랐다. 하지만 헤러드는 자신의 안전과 수집품들을 두고 모험을 할 생각은 없었다. 특히나 그토록 귀중하고 희귀한 품목을 막 손에 넣은 시점에는.

4분 뒤, 표지 없는 검은 밴이 정문 앞에 나타났다. 보안 강화를 위해 매주 바뀌는 숫자 암호들이 문기둥에 붙은 패드에 입력되자 헤러드가 절차에 따라 승인했다. 정문이 열리고 밴이 부지로 들어서자 곧바로 문이 닫혔다. 밴은 집 앞에 멈춰 섰다. 차 문이 열리면서 무장한 남자

넷이 내렸다. 둘은 즉시 집의 측면과 후면을 점검했고, 한 명은 바닥을 향해 무기를 겨누었다. 그 사이 마지막 인물은 현관문으로 다가가 인터컴을 작동시켰다.

"뒤러(Dürer)." 그 요원이 말했다. 숫자 암호와 마찬가지로 보안팀의 신원을 확인하는 단어도 매주 바뀌었다.

"뒤러." 헤러드는 대답한 뒤 현관 자물쇠를 원격조종으로 열어 보안 요원들을 집으로 들였다. 암호를 말했던 요원은 즉시 집 안으로 들어왔다. 지면을 감시하던 요원도 문 쪽으로 움직였으나 다른 둘이 합류할 때까지 기다리고 서 있었다. 집의 측면과 후면이 안전하다는 것을 확인한 뒤 그도 두 사람을 밖에 세워두고 안으로 들어왔다. 헤러드는 스크린으로 그들의 움직임을 쫓았다. 집으로 들어온 보안 요원 둘은 주 경보장치를 끄고 데이터 기록을 점검한 다음 집 안을 샅샅이 훑었다. 수색이 시작되고 10분이 지난 뒤 안전실의 인터컴이 울렸다.

"아무 문제없습니다, 선생님. 2번 구역의 식당 창에서 경보가 울린 것 같습니다. 하지만 침입 시도는 없었습니다. 고장인 듯합니다. 내일 아침에 기술자들을 보내겠습니다."

"고맙소. 이제 가도 돼요."

그는 네 사람이 떠나는 것을 지켜보았다. 정문이 그들 뒤에서 닫히자 헤러드는 서재 문의 자물쇠를 원격조종으로 풀고 벽장문을 닫아 스크린들을 감추었다. 그리고 캡틴의 모습도. 안전실은 공기가 잘 통하고, 때때로 문을 닫아둔 채 일하는 적도 있긴 했으나 그는 잠긴 곳을 좋아하지 않았다. 감금당한다는 생각, 장기간 어떤 형태로든 갇힌다는 생각을 하면 두려웠다. 손더스라는 여자를 가두면서 즐거움을 느낀 것도 그 때문이라고 생각했다. 그것은 일종의 전이였으며 또한 처벌이기도 했다. 헤러드는 그녀와 토비아스에게 거래를 제안했다. 획득물과 목숨을 맞바꾸자고. 하지만 그들은 탐욕스러웠고, 헤러드에게는 협상에 낭비할 시간도 의향도 없었다. 토비아스에게는 한 가지 거래를 더 제안했다. 어쨌거나 죽게 되겠지만 천천히 죽을 것인지 빨리 죽을 것인지 선택하라고 했다. 토비아스는 그 말이 믿기지 않는 듯했지만 결국에는 상황을 납득하지 않을 수 없었을 것이다.

서재 문을 열었을 때에도 헤러드는 경보장치가 울린 원인에 약간 마음을 쓰고 있었고, 그 탓에 방 저편을 제대로 쳐다보지 않았다. 그는 캡틴의 목소리에 퍼뜩 정신을 차렸다. 분노와 경고, 공포가 뒤범벅된 목소리였다. 그가 채 대답을 하기도 전에 앞쪽에서 무언가가 움직였다. 무기를 든 남자 둘이었다. 그중 한 명은 담배 냄새에 찌들어 있어 그자가 방에 있다는 것만으로도 공기가 오염될 것 같았다. 그가 헤러드를 바닥에 주저앉히고 목에 칼날을 대었다.

헤러드는 콜렉터의 얼굴을 올려다보았다. 그의 뒤에는 그 탐정, 파커가 서 있었다. 둘 다 아무 말도 하지 않았으나 헤러드의 머릿속에는 소리가 울려퍼졌다.

캡틴이 지르는 비명 소리였다.

39

콜렉터와 나 둘 중에 누가 더 큰 위협인지 알 수 없다는 듯 헤러드가 분주히 눈길을 옮기는 동안 나는 그에게 총을 겨누고 있었다. 헤러드의 총은 콜렉터가 빼앗아 손이 미치지 않도록 바닥에 던져두었다. 그사이 콜렉터는 헤러드의 선반을 살폈다. 그는 물건들을 손에 들어 감탄하면서 들여다본 다음 제자리에 돌려놓았다.

"아주 인상적인 보물들을 갖고 있구면." 콜렉터가 말했다. "책, 필사본, 유물들. 전부터 네 뒤를 쫓고 있었지만 이렇게 많이 모아두었을 줄이야. 게다가 취향이 이렇게 멋진 줄도 몰랐고 말이야."

"나도 너처럼 수집가니까."

"아니, 나처럼은 아니지. 내 수집품들은 종류가 전혀 달라."

"어떻게 나를 찾아냈지?"

"기술의 승리지. 네가 에모리의 집에 있는 동안 자동차에 추적 장치를 달았어. 아마 죽은 조엘 토비아스가 만든 장치일 거야. 상황을 생각해보면 아이러니지."

"줄곧 집 밖에 있었나?"

"맞아."

"그때 나를 붙잡을 수도 있었을 텐데?"

"파커가 에모리의 안전을 확실하게 확보하고 싶어 했거든. 나는 네 수집품을 보고 싶었고."

"여긴 어떻게 들어왔고?"

"교묘한 속임수지. 여러 사람이 집 안 곳곳에서 움직이고 있을 때 그걸 각각 다른 화면으로 지켜보는 건 어렵지. 특히 경보장치가 해제되었을 때는 말이야."

"보안 암호를 빼돌렸군."

"맞아. 앉아도 되지만 양손은 책상 위에 얹어 두도록. 손이 시야에서 사라지면 파커가 총을 쏠 거야."

헤러드는 지시대로 책상 앞에 앉은 뒤 손바닥을 궤의 양 옆에 펼쳤다.

"열려고 했군." 콜렉터가 말했다.

"그렇다."

"왜?"

"안에 든 것이 궁금해서."

"그렇게 온갖 일을 했던 게 쓸데없는 호기심 때문이었다는 거로군."

"쓸데없는 게 아니야. 절대로."

"그러니 순수하게 개인적인 관심이었다?"

헤러드는 그 물음을 잠시 생각해보는 듯했다. "대답을 이미 알고 있을 것 같은데."

콜렉터는 팔걸이의자를 빼내 거기 앉았다. 손을 무릎에 얹고 엄지를 교차시킨 채 손가락을 얽은 모습이 기도하려는 사람 같았다.

"네가 누구를 섬기는 것인지 알고 있기는 한 건가?"

"너는 아나?"

콜렉터가 입술 한쪽 끝을 올리며 미소를 지었다. "나는 셈을 청산해. 빚을 걷지."

"누구를 위해?"

"그분의 이름을 여기서 입에 담진 않을 거야. 이…… 이 물건이 있는 자리에서."

콜렉터는 손가락을 풀고 궤를 가리켰다. 그러더니 주머니를 뒤져 합금 담배 케이스와 성냥갑을 꺼냈다. "담배 피워도 될까?"

"안 돼."

"유감이군. 환대를 강요하는 것처럼 되어버렸으니."

콜렉터는 담배를 입에 물고 성냥을 켰다. 역겨운 냄새를 풍기는 회색 연기가 천장을 향해 피어올랐다. 헤러드가 불쾌하다는 듯 얼굴을 찌푸렸다.

"특별주문한 담배야. 전에는 평범한 담배를 피웠는데 개나 소나 그걸 피워대니 말이야. 기왕 독을 먹을 거면 약간 수준 있는 독이 낫겠다 싶었지."

"존경스럽군. 재를 어디 털 건지 물어봐도 되겠나?"

"아, 이 담배는 천천히 타. 그게 문제가 될 때쯤에는 넌 이미 죽어 있을 거야."

방 안 공기가 변했다. 공기 중의 산소가 방에서 빨려나가는 듯했고, 내 머리 속에서는 끽끽거리는 고음의 쇳소리가 울렸다.

"네 손에, 아니면 네 친구들의 손에?" 헤러드가 담담하게 물었다.

"둘 다 아니야."

헤러드는 영문을 모르겠다는 얼굴이었다. 그러나 그가 더 물어보기 전에 콜렉터가 먼저 입을 열었다.

"이름이 뭐지? 네가 섬기는 존재 말이야."

헤러드는 자세를 약간 고쳐 앉았다.

"나는 캡틴이라고 알고 있지만 이름은 여럿이다."

"그렇겠지. 캡틴. 유리 뒤에서 기다리는 자. 미스터 굿카인드. 어차피 큰 문제는 아니야, 그렇지? 워낙 오랜 세월 존재해왔기 때문에 고유한 이름이 없지. 모두 다른 사람들이 붙인 이름이야."

콜렉터는 천천히 손을 움직여 방을 가리켰다. 그의 손가락 사이에서 담배 연기가 피어올랐다.

"거울이 전혀 없군. 표면이 반사되는 물체는 하나도 없어. 누가 보면 네가 그의 존재를 피곤하게 여긴다고 생각하겠는걸. 지칠 만도 하지. 그렇게나 분노에 불타고, 그처럼 요구가 많은 존재니까. 그런 존재가 머릿속에 있으면 작업하는 게 거의 불가능할 테지." 그는 몸을 기울여 궤를 톡톡 두드렸다. "그는 이 궤가 열리길 바라지. 그렇잖아도 엉망인 이 세상에 혼돈을 더하기 위해. 그래, 그를 실망시켜선 안 되겠지?" 콜렉터는 몸을 일으켰다. 피우던 담배를 의자 팔걸이에 조심스레 얹어두고, 책상 쪽으로 몸을 기울여 손가락으로 자물쇠 장치를 더듬었다. 거미의 다리들, 비틀린 거미 몸체들, 벌린 입들을 능숙하게 매만졌다. 그러는 동안에도 궤를 쳐다보는 것이 아니라 시선을 헤러드에게 고정시키고 있었다.

"뭐하는 짓이야?" 헤러드가 말했다. "이건 복잡한 장치야. 하나하나 점검해서 순서대로……."

그러나 그가 말하는 동안에 벌써 궤의 내부에서 찰칵, 윙 하는 소리가 연이어 들려왔다. 콜렉터가 계속 손가락을 움직이자 기계적인 소음을 압도하는 다른 소리가 들렸다. 둥지 속의 벌레들이 웅웅거리는 것처럼 한 소리 위에 다른 소리가 겹치면서 엄청난 기쁨에 취한 속삭임이 방 안을 가득 채웠다. 뚜껑 하나가 열렸다. 이어 다른 하나가, 또 하나가 열렸다. 그러자 흐릿한 형체가 책장 앞에 나타났다. 뿔이 달린 구부정한 형체였다. 그러더니 비슷한 형체들이 둘 늘어났다. 모습을 드러내려고 하는 그 무엇의 전주곡이었다.

"멈춰!" 내가 말했다. "그러면 안 돼!" 나는 오른쪽으로 움직여 콜렉터가 내 모습을 볼 수 있도록 하면서 총구를 헤러드에게서 그에게로 옮겼다. "그 궤를 열면 안 돼."

콜렉터는 양 손을 펼쳤다. 항복의 표시가 아니라 공들인 마술의 마지막을 장식하는 마술사의 손짓처럼 과시하는 몸짓이었다.

"이미 늦었어." 그가 말했다.

그 순간 마지막 뚜껑이 홱 열렸다.

잠깐 동안 방 안의 모든 움직임이 멈췄다. 벽에 어른거리는 그림자들이 정지했고, 오랜 세월 실체 없이 지내온 무언가가 구체적인 형상을 띠기 시작했다. 콜렉터는 양 손을 펼친 채 그대로 서 있었다. 교향곡 연주를 시작하기 위해 손가락 사이에 지휘봉이 끼워지길 기다리는 지휘자 같은 모습이었다. 헤러드는 궤를 응시했다. 눈에 반사된 햇살처럼 차가운 하얀빛이 그의 얼굴에 비쳤다. 공포에 질렸던 표정이 지금 자신의 앞에 모습을 드러낸 것에 대한 경이로 바뀌었으나 콜렉터와 내게는 그런 감정을 숨기고 있었다.

다음 순간 헤러드는 모든 것을 이해했으며 그대로 의식을 잃었다.

콜렉터가 몸을 돌리고 내게 덤벼들었다. 나는 납작 엎드렸다. 그러면서도 보았다. 활처럼 굽은 검은 등이 보였다. 날카로운 등뼈가 삐져나와 살갗이 비틀리고 너덜너덜해진 등이었다. 몸통에 비해 너무 큰 머리, 접힌 살 속에 묻힌 목, 껍질을 벗겨낸 오래된 나무뿌리처럼 누런 뼈들로 뒤엉킨 정수리를 보았다. 노란 눈이 번득거렸다. 검은 손톱, 날카로운 이를 보았다. 머리가 두 개로 변하더니 다시 세 개가 되었다. 두 개는 헤러드를 덮쳤고 하나가 내 쪽으로······.

콜렉터가 내 뒤통수를 눌러 얼굴을 바닥으로 향하게 했다.

"보지마. 눈을 감아라. 눈을 감고 기도해."

헤러드 쪽에서는 아무 소리도 들리지 않았다. 내게 가장 충격을 준 것은 그것이었다. 머리 두 개가 덮쳤는데도 헤러드는 조용했다. 무슨 일이 일어나는지 보고 싶었지만 참았다. 콜렉터의 손길이 느슨해졌을 때에도 나는 그대로 눈을 감고 있었다. 콜렉터가 몸을 일으키는 것이 느껴졌다. 그가 말했다. "끝났네."

그제야 나는 눈을 떴다.

헤러드는 의자에 푹 주저앉아 있었다. 고개가 약간 뒤로 젖혀졌고 눈과 입이 열렸다. 숨이 끊어져 있었지만 왼쪽 귀에서 흘러내린 가느다란 핏줄기 하나와 눈의 모세혈관이 터져 각막이 붉게 변한 것을 제외하면 상처는 보이지 않았다. 책상 위의 궤는 다시 닫혀 있었다. 속삭임 소리가 들렸다. 외부의 힘에 흔들린 벌통 속의 벌들이 붕붕거리는 것처럼 분노로 가득한 속삭임이었다.

　콜렉터는 의자 팔걸이에 둔 담배를 집어 들었다. 무너지기 일보 직전의 건물처럼, 기다란 재가 담배에 대롱대롱 매달려 있었다. 그는 헤러드의 벌린 입에 재를 떨고 담배를 입에 물고는 깊이 빨아들였다.

　"개를 약 올리고 놀리려면 사슬의 길이를 먼저 살펴봐야 하는 법이지." 그렇게 말하면서 콜렉터는 궤를 들어 팔 아래 끼웠다.

　"당신이 가질 거요?" 나는 물었다.

　"임시로. 내가 간직할 물건은 아니네."

　그는 선반으로 가서 자그마한 여자 악마상을 집었다. 상아로 만든 그 물건은 동양의 것처럼 보였으나 나는 전문가가 아니니 알 수 없었다.

　"기념품이네. 내 수집품에 더해야겠군. 자, 내게는 아직 해야 할 일이 하나 더 있어. 자네한테 그 사람을 소개해주지……."

　우리는 헤러드의 서재 바깥에 있는 화려하게 장식된 거울 앞에 섰다. 처음에는 나와 콜렉터의 모습밖에 없었으나 곧 제3의 형상이 거울에 비쳤다. 입과 눈의 위치에 검은 구멍이 뚫린 흐릿한 형상이 차츰 뚜렷해졌다.

　죽은 아내 수전의 모습이었다. 하지만 그녀의 눈이 있던 자리는 휑하니 구멍이 나 있었다. 그러더니 딸랑이가 흔들리듯 그 형상이 지워지고 이번에는 살인자에게 목숨을 잃은 딸 제니퍼가 나타났다. 엄마와 마찬가지로 눈이 없고 입에는 벌레가 들끓었다. 이제 더 많은 얼굴들이 점점 **빠르게** 나타났다. 과거의 적들. 수전과 제니퍼를 죽인 '떠돌이.' 여성 연쇄살인범 칼렙 카일. 푸드는 얼굴이 오래된 거미줄에 싸인 모습이었다. 그리고 브라이트웰. 악마 같은 브라이트웰은 목의 갑상선이 거대한 핏덩이 자궁처럼 부풀어 있었다.

그는 그들 모두 속에 있었고, 그들은 모두 그였다.

마침내 평범한 남자의 모습이 나타났다. 평균치보다 약간 키가 큰 40대 초반의 남자. 검은 머리카락에 잿빛이 섞이기 시작했고 눈에 근심과 슬픔이 어려 있는 남자. 옆에는 그의 쌍둥이가 있고, 그 옆에는 콜렉터가 있었다. 그러더니 콜렉터가 물러서고 남은 두 형상이 하나로 합쳐졌다. 거울 속에는 이제 내 모습뿐이었다.

"기분이 어떤가?" 콜렉터가 물었다. 그 목소리에는 전에 들어보지 못한 불안감 같은 게 묻어 나왔다. "거울을 보았을 때 어떤 느낌이 들었나?"

"분노와 공포. 그리고 두려웠다." 부지불식간에 입에서 대답이 흘러 나왔다. "당신에 대한 두려움."

"아니야." 콜렉터가 말했다. "나에 대한 두려움이 아니야……."

콜렉터의 얼굴에 깊은 생각에 잠긴 표정이 떠올랐는데 거기엔 뭔가가 더 있었다.

처음으로, 콜렉터가 내게서 느끼는 두려움이 감지되었다.

에필로그

이 물건들의 3분의 1만 가진 채 내 집에서 살면 좋으련만,
그 시절 드넓은 트로이 땅에서 죽은 사람들이 살아 있으면 좋으련만.

─ 호머, 《오디세이》 24권

퀸스에 있는 그 창고는 '요새'로 불린다. 미국 정부가 관리하는 예술품 보관 시설이다. 이라크박물관에서 유출된 많은 유물이 요새의 문을 거쳐 들어왔다. 수메르 왕 라가슈의 엔테메나의 두상 없는 석재 조각상도 거기 있고, 2003년 뉴어크 공항에서 관세청이 압류한 669점의 물품도 진품 확인을 위해 옮겨졌다. 요새의 어둑한 실내에서 알-다이니 박사는 메인과 퀘벡에서 압류한 물품들을 정리하고 있었다. 그의 마음속에는 가장 열심히 찾아다닌 물품, 이번에 또 다시 잃어버린 물품에 대한 아쉬움이 가득했다.

작업을 하다 피곤해진 박사는 요새를 나와 근처 커피점으로 갔다. 그는 스프를 주문하고 아침에 사둔 아랍신문을 펼쳤다. 나중에 들은 말이지만, 박사는 맞은편 자리에 앉은 사람을 보기도 전에 냄새로 알아차렸으며, 그의 몸에 찌든 담배 냄새가 스프를 오염시켰다고 했다. 알-다이니 박사는 담배를 피우지 않았다.

박사는 신문과 스프에서 눈을 들어 콜렉터를 응시했다.

"실례지만 제가 아는 분인가요?"

콜렉터는 고개를 가로저었다. "우리는 비슷한 궤적을 따라 움직이고 있을 뿐입니다. 그게 전부죠. 당신한테 드릴 게 있습니다."

그는 갈색 종이에 싸서 끈으로 묶어둔 물건을 테이블 위에 놓았다. 손을 뻗는 박사의 손가락이 떨렸다. 주위를 둘러본 다음 나이프로 끈을 잘랐고, 포장지를 옆으로 치운 뒤 앞에 놓인 길고 하얀 상자를 열었다. 자물쇠를 조심스레 살펴보던 그가 얼굴을 찌푸렸다.

"열린 흔적이 있군요."

"그렇습니다. 매우 흥미로운 결과를 낳았지요."

"하지만 그것들은 아직 갇혀 있는 거지요?"

"느껴지지 않습니까?"

알-다이니 박사는 머리를 끄덕이고는 하얀 상자의 뚜껑을 덮었다. 몇 년 만에 처음으로 편안히 잘 수 있을 것 같았다.

"당신은 누굽니까?"

"나요? 나는 평범한 수집가입니다." 그러면서 그는 종이 두 장을 알-다이니 박사 쪽으로 밀었다. "그런 독특한 물품을 당국에 인도했으니 대가를 받아야겠지요."

알-다이니 박사는 종이를 살펴보았다. 종이에는 작은 원통형 인장 사진이 하나씩 나와 있었다.

"파손되었다고 생각하세요. 아니면 완전히 잃어버렸다고 여기든지."

알-다이니 박사 역시 그 세계의 사람이었다. "알겠습니다. 당신의 개인 수집용입니까?"

"아닙니다." 일어나서 떠날 채비를 하면서 콜렉터는 말했다. "보상용입니다."

공기는 고요했다. 앞서 비가 내렸지만 지금은 메인 전몰장병 기념묘지의 풀이 햇살에 반짝거렸다. 내 곁에는 보비 잰드로가 있었고, 그의 여자친구는 뒤쪽 길에서 우리를 기다리고 있었다. 죽은 자들 사이에는 우리뿐이었다. 보비가 이곳에서 만나자고 했고 나는 기꺼이 받아들였다.

"오랫동안, 내가 여기 누워 있길 바랐어요." 보비가 말했다. "모든 걸 끝장내고 싶었어요."

"지금은?"

"그녀가 같이 있잖아요." 그는 뒤돌아 멜을 쳐다보았다. 멜이 그에게 웃음을 지어보였다. 그 모습을 보면서 나는 생각했다. 나중에 그녀는 자네와 나란히 여기 누워 있겠군.

"두 사람이 누울 땅은 남아 있을 테니 너무 서두를 필요는 없네."

그는 고개를 끄덕였다. "이게 우리가 받는 보상이죠. 여기 명예롭게 묻히는 것. 그밖엔 아무것도 없어요. 돈도, 훈장도. 이걸로 충분하죠."

그의 시선은 바로 옆의 묘비에 고정되어 있었다. 남편과 아내가 나란히 묻힌 묘였다. 그는 거기서 자기 이름이 멜의 이름과 함께 새겨져 있는 장면을 보고 있었다. 나도 마찬가지였다.

"의도는 선한 것이었어요. 처음에는."

"내가 지금까지 겪은 나쁜 상황 대부분이 처음에는 최선의 의도에서 출발한 것이었네. 하지만 어떤 면에서는 그들이 옳았어. 부상당하고 상처 입은 사람들이 지금보다 나은 대우를 받아야 한다는 것은 맞아."

"너무 많은 돈이 얽혔던 것 같아요. 그걸 다른 사람들에게 넘겨줄 수가 없었겠지요."

"내 생각도 그래."

그가 손을 내밀었고 우리는 악수를 했다. 나는 금과 보석으로 장식된 작은 원통형 인장 두 개를 그의 손바닥에 얹어주었다. 그중 한 개에는 종잇조각이 고무줄로 묶여 있었다.

"이게 뭡니까?"

"기념품이네. 알-다이니란 사람이 금궤를 돌려받는 대신 도난품 목록에서 그걸 뺐지. 종이에는 그 물건들에 값을 후하게 쳐줄 사람의 이름이 적혀 있네. 아무것도 묻지 않고 말이야. 자네가 그 돈을 좋은 일에 쓸 걸로 믿네."

보비 잰드로는 인장을 꽉 쥐었다. "나보다 훨씬 처지가 못한 사람들이 있습니다."

"나도 알고 있네. 그래서 이걸 자네한테 주는 거야. 자네는 올바른 일을 할 테니까. 필요하면 로널드 스트레이디어한테 조언을 구하게. 아니면 그저 자네 여자친구한테 물어보든지."

그들이 먼저 떠났다. 한동안 혼자서 죽은 자들 사이를 거닐었더니 어느새 그림자가 길어졌다. 나는 십자가를 긋고 죽은 사람들을 떠났다.

여기, 죽은 자들이 잠시 짐을 내려놓고 있다. 돌에는 이름들이 새겨졌고, 벌초된 풀 위에는 꽃다발이 놓여 있다. 남편은 아내 곁에, 아내는 남편 곁에 누워 있다. 이곳에는 평화의 약속이 있다. 하지만 약속일 따름이다.

죽은 자들만이 견뎌온 생에 관해 말할 수 있다. 불안한 꿈이 잠 속에 끼어드는 것처럼, 최후의 휴식 또한 너무 많은 것을 본 사람, 너무 많은 고통을 겪은 사람에게는 때론 불편할 수 있다. 죽은 자는 죽은 자가 아는 것을 알며, 병사는 병사가 아는 것을 안다. 그들은 그들 자신의 방식으로 괴로움을 나눌 수 있을 뿐이다.

밤이 되면 어둠 속에서 흐릿한 형체들이 나타나 무성한 풀숲 속에서 움직인다. 한 남자가 다른 남자와 나란히 석재 벤치에 앉아 있다. 머리 위의 새들이 자장가를 부르고, 남자는 상대의 이야기에 조용히 귀를 기울인다. 그해 첫 낙엽 사이로, 아무 흔적도 남기지 않고 세 남자가 걸어간다. 여기, 병사들이 모여 전쟁에 관해, 자신들이 잃어버린 것에 대해 이야기한다. 여기, 죽은 자가 증인이 되어 증언한다.

밤공기가 위로의 속삭임을 실어 나른다.

베트남 전쟁 참전용사인 톰 하일랜드의 너그러움과 인내가 없었더
라면 이 책은 태어나지 못했을 것이다. 그는 내가 작업을 마칠 때까지
수많은 질문에 답을 해주었으며 풍부한 지식을 바탕으로 원고의 질을
현격히 높여주었다.

트럭 사업자 모임인 트럭킹보드 분들에게도 감사드린다. 귀한 시간
을 내어 미국과 캐나다를 운행하는 작업에 대해 자세히 설명해주었다.

이번에 《무언의 속삭임》을 쓰면서 많은 신문과 잡지를 참고했는데,
특히 PTSD 및 귀환 장병들의 처우에 관한 뉴욕타임스의 상세한 보도
가 도움이 되었다. 스트라이크 부대에 대한 세부 내용은 콜비 버즈웰
이 쓴 《My War: Killing Time in Iraq》를 많이 참고했다. 또한 아래
책들도 내 지식의 빈틈을 메우는 데 큰 도움이 되었다. 한스 할버슈타
트의 《Trigger Men》, 이본느 래티의 《In Conflict: Iraq War Veterans
Speak Out on Duty, Loss, and the Flight to Stay Alive》, 에드워드
트릭의 《War and the Soul》, 마이클 바이스코프의 《Blood Brothers》,
덱스터 필킨스의 《The Forever War》, 피터 보몬트의 《The Secret

Life of War》, 새뮤얼 노라 크래머의 《Sumerian Mythology》, 조지 루의 《Ancient Iraq》, 매튜 보그대너스의 《Thieves of Baghdad》, 밀브리 폴크와 앤절라 M.H. 슈스터가 편집한 《The Looting of Iraq Museum, Baghdad》, 제프 엠벌링과 캐서린 핸슨이 편집한 《Catastrophe! The Looting and Destruction of Iraq's Past》 등이다.

많은 책들이 전쟁을 다루고 있으나 베트남전에 전투 위생병으로 참전한 리처드 커리만큼 아름답고도 통렬한 글을 쓴 저자는 드물다. 커리의 고전적 소설 《Fatal Light》는 산타페 작가 프로젝트에 의해 2009년 다시 발간되었으며, 이 책에서도 인용한 《Crossing Over: The Vietnam Stories》는 30년 넘도록 쇄를 거듭하며 팔리고 있다. 더 자세한 내용은 www.richardcurry.com에서 볼 수 있다.

언제나 그랬듯, 호더 앤드 스토턴의 내 편집자 수 플레처와 아트리아 북스의 편집자 에밀리 베스틀러에게 감사한다. 그밖에도 호더와 아트리아에서 일하는 모든 분들, 이 색다른 책이 독자의 손에 들어가기까지 애쓴 모든 분들에게 감사한다. 내 에이전트인 달리 앤더슨과 그의 스태프, 마데이라 제임스, 제인 도허티, 클래어 램, 미건 비티, 케이트와 KC 오헌에게 고마움을 전한다.

끝으로 제니, 캐머론, 앨리스테어에게도 사랑과 감사를 전한다.

그리고 사샤에게도.

무언의 속삭임

초판 1쇄 인쇄 2011년 11월 28일
초판 1쇄 발행 2011년 12월 2일

지은이 | 존 코널리
옮긴이 | 전미영
발행인 | 정상우
주간 | 김영훈
기획편집 | 이민정, 이길호
마케팅·관리 | 현석호, 김정숙

발행처 | | 오픈하우스 @openhousebooks
출판등록 | 2007년 11월 29일 (제13-237호)
주소 | 서울시 마포구 서교동 465-18 (121-841)
전화 | 02-333-3705   팩스 | 02-333-3745
홈페이지 | www.openhousebooks.com

ISBN 978-89-93824-64-3 (03840)

• 잘못된 책은 바꾸어 드립니다.
• 값은 뒤표지에 있습니다.

이 책은 환경보호를 위해 재생종이를 사용하여 제작하였으며
한국간행물윤리위원회가 인증하는 녹색출판 마크를 사용하였습니다.